서사문학과 현실
그리고 꿈

저자 신동흔(申東昕, Shin, Dong-Hun)은 서울대학교 국어국문학과와 동 대학원을 졸업하고 문학박사 학위를 받았다. 서울대와 덕성여대, 한신대, 성균관대 등에서 구비문학을 강의했으며, 현재 건국대학교 국어국문학과 교수로 있다. 펴낸 책에 『한국 구비문학의 이해』(월인, 2000, 공저), 『역사인물 이야기 연구』(집문당, 2002), 『한국인의 삶과 구비문학』(집문당, 2002, 공저), 『세계민담전집 1 — 한국편』(황금가지, 2003), 『살아있는 우리 신화』(한겨레출판, 2004), 『양주의 구비문학』(박이정, 2005, 공저), 『도시전승 설화자료 집성』(전10권, 민속원, 2009, 공저), 『이야기와 문학적 삶』(월인, 2009) 등이 있다.

서사문학과 현실 그리고 꿈

초판 발행 2009년 10월 1일 **초판 2쇄 발행** 2010년 12월 5일
지은이 신동흔 **펴낸이** 박성모 **펴낸곳** 소명출판 **출판등록** 제13-522호
주소 서울시 서초구 서초동 1621-18 란빌딩 1층
전화 02-585-7840 **팩스** 02-585-7848 **전자우편** somyong@korea.com

값 33,000원
ISBN 978-89-5626-428-8 93810

서사문학과 현실 그리고 꿈

Narrative, Real World, and Dream

신동훈

소명출판

　　과연 서사문학의 본질은 무엇이며 우리 삶에서 어떤 의의를 가지는 것일까. 이는 필자가 그간 학자의 길을 걸어오면서 한시도 손에서 놓지 않았던 기초적인 질문이었다. 때로는 현장의 이야기에서, 때로는 고전소설 텍스트에서 그 질문에 대한 답의 실마리들을 찾아 헤매며 여기에 이르렀다.

　　다양한 서사문학 양식과 작품들을 다루어 옴에 있어 '현실'은 하나의 중심 화두였다. 사람들은 왜 실제 현실을 살아가는 데 만족하지 않고 그것을 문학으로 담아내는 것일까. 문학에 담아낸 현실은 실제 현실과 어떻게 다른가. 문학 속 현실은 과연 실제 현실을 살아가는 데 도움을 줄 수가 있는가. 문학은 우리의 현실적 삶을 더 가치 있고 행복하게 할 수 있는가. 나에게 있어 '현실'은 실상 '삶'의 다른 이름이었다.

　　서사문학과 현실의, 또는 서사문학과 삶의 관계를 논구해 나가면서 필연적으로 만난 요소가 바로 '꿈'이었다. 서사문학은 현실의 단순한 반영이 아니었다. 어느 서사문학이든 거기에는 현실과 꿈이 함께 깃들어 있고, 그럼으로써 문학은 특유의 힘을 내는 터였다. 현실과 꿈이 어떻게 얽히는가에 따라 작품의 성격이 달라지고, 의미가 달라지며, 가치가 달라지는 것이었다. 현실이 꿈을 보살펴주고 꿈이 현실을 이끌어줌으로써 우리의 삶은 오롯이 살아나는 법. 그렇게 현실과 꿈을 맺어주는 지점에 자리하는 것이 문학이었다.

학문의 길로 접어든 지 20여 년. 그간 서사문학을 놓고 그 문학적 특성과 의미를 놓고 고민한 글 16편을 한 자리에 모았다. 따로 따로 쓰인 글들이지만, 기본적인 문제의식 차원에서 밑바탕이 서로 닿아 있는 글들이다. 글들을 크게 설화에 대한 것과 소설에 대한 것으로 나누고, 그 앞쪽에 양자의 장르적 관계를 살핀 글들을 실었다. 전체적으로 글 내용을 수정 보완하려고 노력했으나, 현 시점에서 글을 전면 개고하는 데까지 미치지는 못하였다. 이 점 독자들의 양해를 구한다.

설화와 소설은 서사문학의 양대 축이면서도, 그간 그 변별적인 문학적 속성이 충분히 드러나지 않았던 측면이 있었다. 그 서로 다른 문학적 정체성을 제대로 가늠해 보는 것은, 그리고 그에 기초하여 설화답게 설화를 분석하고 소설답게 소설을 분석하는 것은 내 자신이 내건 커다란 학문적 과제였다. 어찌 충분이야 할까마는, 이 책에 그를 향한 의미 있는 자취들이 담겨 있다고 믿는다. 그간의 학문적 역정을 수습하여 이 책을 내놓는 일은, 미흡한 줄 알므로 부담스러운 한편으로, 오랜 짐을 덜어내는 편안함과 함께 그간 이런 일을 해왔노라 하는 뿌듯함이 없지 않다.

그간 서사문학과 함께 해온 과정은, 힘들고 답답할 때도 없지는 않았으나, 즐겁고 행복한 여정이었다. 때로는 작품 속에 담긴 향기와 의미에 취하여 가슴 벅찬 적도 많았다. 그 작품들은 나 자신의 삶을 격상시키고 실현시켜 준 고마운 존재였으니, 앞서 언급했던 의문 곧 '문학이 우리의 현실적 삶을 더 건강하고 행복하게 할 수 있는가' 하는 질문에 대해 감히 스스로를 하나의 증거로 삼아서 '과연 그러하다'고 분명하게 말하고 싶다.

　서사문학과 함께 하는 즐거운 여행은 앞으로도 계속될 것이다. 이 책의 출간을 하나의 계기로 삼아 무거운 짐을 조금 내려놓고 앞으로는 더 가볍고 더 신명나게 나아가고 싶은 생각이다. 물론 그것은 '쉽게' 가겠다는 뜻은 아니다. 서사문학의 힘과 더 깊고 벅차게 만나고 그것을 더 힘차게 살려내겠다고 하는 것은 필자의 변함없는 '꿈'이다.

　이 책에 실린 여러 글들을 쓰고 또 책을 내기까지 많은 분들의 도움이 있었다. 여러 고마운 분들께 감사드린다. 이제는 저세상에 계신 부모님 영전에 이 책을 바친다. 서대석 선생님을 비롯한 여러 은사님들께 감사드리며, 학문의 길에 지침과 자극을 전해준 선후배 학자와 동학들, 그리고 항상 나를 믿고 따라주는 제자들에게 감사한다. 옆에서 따뜻한 응원을 보내온 아내와 두 딸에게도 사랑과 고마움을 전한다. 그리고 이 책의 출간을 맡아 좋은 책으로 만드느라 애써 주신 소명출판의 박성모 사장님과 편집부의 여러분들께 깊이 감사드린다.

2009년 7월
신 동 흔

제1부 이야기와 소설 사이

설화와 소설의 거리

〈정수경전〉과 관련설화의 비교고찰

1. 서론

설화와 소설의 문학적 특성을 비교 고찰함에 있어 〈정수경전〉은 매우 중요한 작품이다. 〈정수경전〉은 〈죽을 고비 세 번〉이라는 구비설화 유형의 서사구조를 전면 수용한 작품으로서 설화의 소설적 수용과 변용을 살피기에 적합한 성격을 지니고 있다. 특히 구비설화 〈죽을 고비 세 번〉이 〈정수경전〉이 성립된 이후에도 설화적 생명력을 온전히 지닌 채 활발히 구전되어 많은 자료가 채록되고 있다는 사실을 주목할 만하다. 그 자료 가운데는 소설 〈정수경전〉의 내용을 설화로 구연한 것들이 일부 포함돼 있지만, 소설과 상관없이 독자적으로 전승되어 구연된 것이 주류를 이루고 있다. 요컨대 〈정수경전〉과 〈죽을 고비 세 번〉은 동일한 서사구조를 공유한 작품이면서 하나는 소설로, 하나는 구비설화로 존재해 온 작품으로서 설화와 소설의 문학적 관습을 다각적으로 고찰할 길을 열어주고 있다. 특히 설화와 소설의 관계를 일방적인 수용이나 종속의 관점에서 보는 틀을 벗어나 객관적 관점에서 양자의 문학적 특성을 견주어볼 수 있다고 하는 점을 주목할 만하다. 이러한 자료적 특성을 바탕으로 삼아 설화와 소설의 존재방식과 미학을 대비적으로 조명하는 작업을 진전시키려는 것이 이 글의 목적이다.

이 글에서는 먼저 〈정수경전〉과 관련설화 자료를 개괄적으로 정리한 다음 네 가지 측면에서 양자를 비교 고찰하려 한다. 먼저 기본 서사구조상의 특징을 살핀 다음, 언어표현상의 특징과 장면의 구체화 방식을 살펴보고, 이를 바탕으로 주제 구현 양상을 검토할 것이다. 이 네 측면 가운데 기본 서사구조 대비를 제외한 세 가지 측면은 기존 연구에서 본격적으로 검토되지 않았던 것들이다. 설화와 소설의 관계에 대한 지금까지는 연구는 주로 작품의 소재나 줄거리, 혹은 구조 차원의 대비가 논의의 주종을 이루어 왔던 터다.[1] 이러한 논의는 설화와 소설의 존재방식과 미학을 드러냄에 있어 제한적인 의미만을 갖는다고 보는 견지에서 그 비교 고찰의 폭을 넓히고자 하는 것이다.

본고에서 진행하게 될 비교 고찰 작업은 궁극적으로 설화와 소설의 관계라는 일반적인 문제로 연결되는 것이라 할 수 있다. 그럼에도 본고에서는 일반적 차원의 논단은 가급적 피하고 〈정수경전〉과 관련설화에 나타나는 특징을 충실히 기술하는 데 주안점을 두고자 한다. 논의 결과로 확인되는 설화와 소설의 특징을 일반적 차원의 논의로 발전시키는 일은 앞으로의 과제가 될 것이다.

설화와 소설의 관계라는 문제에는 구비설화와 문헌설화가 함께 얽혀 있는데, 이 글에서는 구비설화와 소설의 비교고찰에 초점을 맞추고자

---

1) 김일렬, 조동일 역, 「설화의 소설화」, 『한국문학연구입문』, 지식산업사, 1982; 김종철, 「춘향전의 근원설화」, 『한국문학사의 쟁점』(장덕순), 집문당, 1986 등을 참고하면 그 논의의 개요와 성격을 개략적으로 이해할 수 있다.

한다. 이는 문헌설화의 의미를 축소해석해서가 아니라, 서사문학 양식
의 체계에 대한 논의의 기본 바탕을 이루는 영역이 구비설화와 소설이
라고 보는 관점에 의한 것이다. 〈정수경전〉과 밀접한 연관을 맺고 있는
설화들이 주로 구비설화에 분포되어 있다는 점을 고려한 것이기도 하
다. 문헌설화를 포함한 더욱 포괄적인 논의는 차후에 진행될 수 있을
터이다.

2. 자료의 개괄적 검토

1) 〈정수경전〉 이본과 서사단락

〈정수경전〉의 자료적 실체는 기존 연구작업을 통해 거의 밝혀지지
않은 상태다. 일찍이 〈정수경전〉의 이본에 대한 검토가 이루어진 바 없
으며, 〈정수정전〉 이본들과의 분간 역시 제대로 이루어지지 않은 상황
이다. 작품을 대상으로 한 논의에 있어 자료에 대한 고찰을 선행하지
않을 수 없다.

소설 원본 자료들을 검토해 보면 〈정수경전〉과 〈정수정전〉이 서로 뒤
얽혀 있음이 드러난다. 작품의 내용상 중국을 배경으로 한 군담소설과
조선을 배경으로 하는 송사소설로 명백히 구별되는 두 작품이 각기 ‘정
수경전’과 ‘정수정전’이라는 표제를 섞어서 쓰고 있는 상황이어서 혼란
이 있다. 본고에서는 이 두 작품을 장덕순의 선례를 따라서 분간하고자
하는 바,2) 중국 배경의 군담소설을 〈정수정전〉으로, 조선 배경의 예언

---

2) 장덕순, 「정수정전과 정수경전」, 『한국고전문학의 이해』, 일지사, 1973, 202~204면.

담계 소설을 〈정수경전〉으로 통칭하려 한다.

'정수경전', '정수정전' 등의 표제를 달고 있는 소설자료로서 필자가 직접 확인한 것은 총 18종이다. 이 중 12종이 '정수경전'이라는 표제를, 6종이 '정수정전'이라는 표제를 달고 있다.[3] 그 내용을 검토해 본 결과, 18종의 자료 중에서 '정수경전' 표제의 7종과 '정수정전' 표제의 2종 등 9종이 〈정수경전〉에 해당하는 것으로 나타났으며, 그 나머지는 〈정수정전〉에 해당하는 것으로 밝혀졌다.

먼저 〈정수정전〉에 해당하는 9종의 이본을 간략하게 제시하면 다음과 같다.

- 정수경젼(1081),[4] 필사본(국문) 34장[5] 11책
- 정수경젼(1083), 필사본(국문) 50장 1책
- 뎡수뎡젼(1088), 필사본(국문) 60장 1책
- 정수경젼(1091), 목판본(국문) 17장 1책
- 뎡슈정젼(1092), 목판본(국문) 17장 1책
- 정슈경젼(1093), 목판본(국문) 16장 1책[6]
- 정수경젼(박순호 소장본), 필사본(국문) 57장(?) 1책[7]
- 정슈경젼(박순호 소장본), 필사본(국문) 92장 1책[8]
- 정슈경젼(박순호 소장본), 필사본(국문) 63장 1책[9]

---

3) 물론 표제의 이름은 주인공의 이름과 일치하고 있다.
4) 이는 한국정신문화원 소장 고소설자료번호이다. 이하 마찬가지임.
5) 이는 겉표지를 제외한 장수이다. 이하 마찬가지임.
6) 1092, 1093에 해당하는 두 자료는 김동욱 편, 『고소설판각본전집』 3권에 영인, 수록되어 있다.
7) 월촌문화연구소 편, 『한글필사본고소설자료총서』 87권, 오성사[영인], 1986, 793~906면. 끝장이 낙질이어서 정확한 장수를 알기가 어렵다.
8) 위의 책, 88권, 425~608면.
9) 위의 책, 609~730면.

이상의 목록을 통해 볼 때10) 〈정수정전〉 중 상당수의 자료가 '정수경전'이라는 표제를 달고 있음을 알 수 있다. 특히 필사본은 대부분 '정수경전'을 표제로 삼고 있다.

다음으로 〈정수경전〉에 해당하는 자료를 본다. 〈정수경전〉에 해당하는 이본에는 '정수경전'·'정수정전' 표제의 이본 9종 외에도 '정두경전'이라는 표제로 되어 있는 것 1종이 최근에 발견되었는데,11) 이를 포함하여 총10종의 자료를 제시한다.

이본 ① 뎡수뎡젼, 뎡수경젼

　　　박순호 소장(한글필사본고소설자료총서 88, 172~242면)

　　　필사본(국문) 36장 1책 / "경인이월초사일필셔ᄒᆞ노라"(1890년)

이본 ② 정슈경젼(정슈경젼, 뎡슈경뎐, 鄭壽慶全)12)

　　　김동욱 소장(한국정신문화연구원 고소설자료번호 1080)

　　　필사본(국문) 54장 1책 / "壬辰春三月二十五日平明書"(1892년)

이본 ③ 뎡슈정젼(정슈경젼)

　　　고려대도서관 소장(한국정신문화연구원 고소설자료번호 1090)

　　　필사본(국문) 28장 1책 / "디한광무오년신축십이월이십구일필셔"(1901년)

이본 ④ 증수경전(鄭壽慶傳, 증슈경젼)

　　　김동욱 소장(한국정신문화연구원 고소설자료번호 1082)

　　　필사본(국한문) 23장 1책 / "신희정월이십일일종ᄒᆞ노라"(1911년)

---

10) 이 밖에 세창서관(世昌書館) 발행의 활자본도 있는 것으로 소개되어 있는데, 직접 확인해 보지는 못하였다. 김기동, 『한국고전소설연구』, 교학사, 1981, 415면.
11) 이는 서울대 이상택 교수가 1989년에 하버드대 도서관에서 복사해 온 자료이다.
12) 괄호 밖의 것은 첫장 머리의 표제이며, 괄호 안의 것은 겉장의 표제이다.

이본 ⑤ 鄭壽慶傳(鄭壽慶傳)

　　　국립중앙도서관 소장(한국정신문화연구원 고소설자료번호 1085)[13]

　　　필사본(국한문) 23장 1책 / "壬子 十一月 日 筆書 李"(1912년)

이본 ⑥ 정두경전

　　　하버드대 도서관 소장

　　　필사본(국문) 51장 1책 / "계축팔월십숨일필셔ᄒ나…"(1913년)

이본 ⑦ 뎡슈경젼(뎡슈경젼, 鄭秀瓊傳)

　　　한국정신문화연구원 소장(고소설자료번호 1084)

　　　필사본(국문) 28장 1책 / "갑인오월십오일발행"(1914년)

이본 ⑧ 鄭壽景傳, 뎡슈경젼

　　　漢城書館 발행 (초판 : 1915년)

　　　활자본(국한문 병기) 49면 1책

이본 ⑨ 정슈경젼

　　　박순호 소장(한글필사본고소설자료총서 88, 82~171면)

　　　필사본(국문) 45장 1책

이본 ⑩ 뎡슈경젼

　　　고려대도서관 소장(한국정신문화연구원 고소설자료번호 1089)

　　　필사본(국문) 31장 1책

　이상 10개의 이본을 배열한 순서는 필사기(筆寫記)를 통하여 추정한

---

13) 정신문화연구원, 『한국고소설목록』, 한국정신문화연구원, 1983, 83면의 자료 설명과
　　실제 자료 사이에 차이가 있다.

연도순에 따른 것이다. 단, 이본 ⑨, ⑩의 경우에는 필사년도의 추정이 어려워 뒤에 배열하였다. 이에 대해 연대추정이 타당한가 하는 점이 문제가 될 수 있겠다. 이본들 중 이본 ③과 이본 ⑧의 경우는 필사기 혹은 관련 난을 통해 1901년, 1915년이란 연도가 확정되므로 문제가 없다. 이본 ⑤의 마지막 장 공면(空面)에 "中華民國 二年 癸丑"이라는 글씨가 씌어 있고 이본 ⑦의 표지 배면에 '朝鮮總督府'라는 글자가 보이고 있어 이 두 이본의 연대추정 역시 정확한 것이라 생각된다. 그 나머지 자료가 문제인데, 연대가 확증되는 자료들과 연관하여 살펴봄으로써 해결될 수 있는 문제로 보인다. 이본들의 내용이 서로 긴밀히 통하고 있는 만큼 이들이 수십 년씩 시간 간격을 두고 있다는 것보다 서로 인접해서 산출되었다고 보는 것이 타당하다. 그런 점에서 ①, ②, ④, ⑥ 등 네 이본의 연대를 위와 같이 추정하였다. 필사기에 간지(干支)가 기록되지 않은 ⑨, ⑩의 두 이본의 경우, 내용상 1890~1915년 사이의 시기인 것으로 추측되지만 그 이상의 고증은 어려운 상황이다.

이들 10개의 이본을 종합적으로 고려하여 작품의 서사단락을 제시하면 다음과 같다.14)

　　☐ 경상도 안동부 운학동에 정운선이라는 처사가 있어 인품이 높았는데, 슬하에 일점혈육이 없었다.15)

　　② 처사 부부가 늦은 나이에 한 기남자를 낳으니 그 이름을 수경이라고 짓는다.16)

---

14) 정리의 방법은 이본들의 내용을 종합하여 공통된 부분을 추출해 내고, 차이가 있을 때는 수적으로 우세한 쪽을 택하며 중요한 차이는 각주로 설명하는 방법을 이용하기로 하였다.

15) 그 연대는 ①태조대왕 시절, ②정종대왕 시절, ⑤숙종대왕 시절, ⑥선조대왕 시절, ⑨고려시절 등으로 구체화되어 있으며, 나머지 이본에는 명시되어 있지 않다. 처사의 이름은 ①정면사, ②정마천, ④정운경, ⑨정명사 등으로 달리 나타나기도 한다.

16) 이본 ⑥, ⑧, ⑨ 등에는 기자치성을 통해서 자식을 얻은 것으로 되어 있다. 주인공의 이름은 ①, ③에서 '정수정'으로 되어 있으며, ⑥에는 '정두경'으로 되어 있다.

③ 수경이 5세 되던 해에 갑자기 부친이 병을 얻어 세상을 떠나니 수경 모자가 쓸쓸하게 세월을 보낸다.

④ 수경이 글을 익히니 일취월장한다. 수경이 나라에서 과거를 실시한다는 소식을 듣고 모친을 설득하여 과거를 보러 떠난다.[17]

⑤ 서울에 도착한 후 장안을 구경하던 길에 한 점쟁이에게 앞일을 물은 즉 장원급제는 할 것이되 세 번 죽을 액이 있어 면치 못할 것이라 한다.[18]

⑥ 수경이 간절히 도액할 방법을 구하니 점쟁이가 혹시 두 번의 액을 면하여 세 번째 죽을 지경에 이르면 내놓아 보라며 흰 종이에 누런 대를 그려준다.

⑦ 점쟁이 집에서 나와 길을 가는데 건장한 괴한들이 덤벼들어 수경을 결박한 후 한 대갓집 후원으로 끌고 간다. 상부살풀이에 걸려 죽게 된 것이었다.

⑧ 방 안에서 만난 아름다운 여인이 수경의 인물을 아끼고 불쌍히 여겨 은자를 채워주고 이별한다. 수경이 벽상에서 슬픈 회포를 담은 영결시를 써 남긴다.

⑨ 수경이 물에 던져져 죽게 된 지경에 차고 있던 은자를 노복들에게 나누어 주니 노복들이 함구하기로 하고 수경을 살려 보내준다.[19]

⑩ 살아 돌아온 수경이 과거에 응시하니 임금이 그 글을 보고 장원급제시키며, 그 인물을 대한 후 한림학사를 제수한다.

⑪ 정승 이공과 김공이 서로 수경을 사위로 삼고자 하여 다투니,[20] 임금이 김공의 딸이 더 나이가 많음을 참작하여 수경을 김공의 딸과 결혼하게 한다.[21]

---

17) 이본 ②에서는 모친이 수경에게 과거보기를 종용하여 수경이 할 수 없이 행하는 것으로 되어 있다.

18) 이본 ⑧에서는 서울에 도착하는 내용 앞에 다음과 같은 삽화가 포함되어 있다. 서울 가는 길에 한 곳에서 문복하니 죽을 액이 있다며 글귀를 지어주었는데, 한 숙소에 들었을 때 괴한이 나타나 주인집 여자를 결박하려다 저항하자 죽이고 달아난다. 수경이 범인으로 몰리게 되었을 때 점쟁이에게서 받은 글귀(木下에子有 東方紅 第一夫)를 내놓으니 사또의 부인이 그것을 해석하여 李日天이 범인임을 알아낸다.

19) 이본 ③에는 이때 수경이 노복들에게 감사하며 지은 짧은 노래를 곁들였다.

20) 이본에 따라 이공필 · 김성필(①, ⑨), 이현택 · 김공필(②), 이공필 · 김공성(⑥), 이공 · 김공필(⑧) 등으로 이름이 명시되기도 한다.

21) 이본 ②에는 이하 다른 삽화가 하나 결부된다. 수경과 함께 과거를 보러온 마을 선비들이 수경을 시기하여 두 차례 수경을 죽이려 하나 수경이 술법을 써 피한다. 후에 결국은 사실이 드러나 그 마을 선비들이 벌을 받는다. 이 삽화는 다분히 어색하게 엮어져 있다.

⑫ 수경이 결혼 초야에 잠을 이루지 못하다가 인기척을 느끼고 병풍 뒤로 몸을 숨기니 한 괴한이 들어와 신부의 목을 자르고 달아난다.

⑬ 수경이 살인범으로 몰려 옥에 갇히나 변명이 통하지 않는다. 몇 달간 옥사가 이어지던 끝에 결국 처형당할 위기에 봉착하자 수경이 점쟁이로부터 받은 그림을 내어놓는다.

⑭ 백관이 그 뜻을 알지 못하고 장안에 뜻을 풀 이가 없었는데, 이공의 딸이 스스로 나서서 그 뜻을 풀어 김소저와 내통해 온 김공댁 노복 백황죽(白黃竹)이 범인임을 밝혀낸다.

⑮ 임금이 백황죽을 처형하고 김공을 파직하여 내친 후 수경을 사면하여 벼슬을 높여주고 이공의 딸과 혼인하게 한다. 장안사람들이 그 옥사의 해결을 보고 '시원가'를 지어 부른다.

⑯ 수경이 이소저와 결혼하여 초야를 보내게 되는데 벽상에서 자기가 써놓은 영결시를 발견하고서는 그 신부가 바로 전날 보쌈에 들었을 때 만났던 처녀였음을 알게 된다.

⑰ 수경이 경상감사로 재직한 후 노모를 모시고 올라와 부인과 더불어 자식들을 낳고 살며 부귀영화를 누린다.22)

주석의 설명을 통하여 알 수 있듯이 〈정수경전〉의 이본들은 크고 작은 내용상의 차이를 다양하게 나타내 보이고 있다. 그 언어표현이라든지 서술의 기법을 구체적으로 비교해 보아도 미묘하고 중요한 차이가 확인되고 있다. 그러나 이러한 이본들간의 차이가 관련설화와의 비교에 있어 특별히 고려하지 않으면 안 될 정도로 심각한 것은 아닌 만큼 여기에서 그 문제를 번다하게 논할 필요는 없다고 본다.23) 이 작품이 조

---

22) ①, ④, ⑦, ⑨ 등의 이본에는 자식을 낳았다는 내용이 누락되어 있다. 한편 ⑤에서는 수경부부가 나이 들어서 죽는 내용까지 포함되어 있다.

23) 〈정수경전〉 이본의 체계적인 비교검토는 소설 이본간의 내용상, 서술방식상의 변모 과정을 살피는 데 있어 중요한 시사점을 얻을 수 있는 작업이라 보이며, 그런 점에서 이는 고를 달리하여 독자적으로 논의할 수 있는 문젯거리에 해당된다.

선조 말엽에 창작된 작품으로서 생명력을 지니고 변모되면서 전승되어
왔다는 사실을 확인하는 것으로 충분할 터이다. 다만 설화와의 비교고
찰에 있어 비교의 대상으로 삼을 주된 이본을 선정할 필요가 있는데,
이본 ①, 이본 ⑤, 이본 ⑥ 등을 그 대상으로 삼고자 한다. 이본 ①은 시
기상으로 앞서는 이본이면서도 내용이 잘 다듬어져 있으며, 이본 ⑤는
내용이 다소 축약된 평범한 이본으로서 국한문체로 되어 있다. 이본 ⑥
은 이본 중에서 내용이 가장 풍부하고 다채롭게 확대된 것에 해당한다.

2) 설화자료의 전승양상

구전을 통해 전승되어 오다가 최근에 채록된 바 있는 구비설화 자료
에는 그 짜임새가 〈정수경전〉과 유사한 것들이 여럿 포함되어 있다. 『한
국구비문학대계』의 유형분류에 의거해 살펴보면,[24] 715-6 '천냥짜리
점치고 잘되기', 733-3 '상부살풀이에 걸렸다가 여자 도움으로 살아나
기', 733-4 '간부에게 피살당할 뻔하다가 구출된 신랑', 733-10 '부당
하게 잡혔다가 구출되고 배필 얻기' 등과 같은 여러 설화유형에 속하는
각편들 중 상당수가 그 내용상 〈정수경전〉과 비슷한 모습을 보이고 있
다. 죽을 운명에 있다가 벗어난다는 것을 기본적인 내용으로 한다는 점
에서 보면 212-4 '호식당할 사람구한 이인', 733-12 '호식당하려다 도
움받아 구출되기' 등의 설화유형도 그 성격이 통한다.
설화자료 중에서도 그 내용이 〈정수경전〉과 가장 흡사한 것들은 소
설로 읽은 내용을 이야기로 구연한 자료들의 경우라 할 수 있다. 다음
과 같은 자료들이 그러한 성격을 나타내 보이고 있다.

---

24) 한국정신문화연구원, 『한국구비문학대계』별책부록 1(한국설화유형분류집), 한국정신
   문화연구원, 1989 참조.

자료 ①『한국구비문학대계』(이하, 『대계』라고 약칭함), 2-5 양양군 양양읍 설화
       3, '과부살이 면한 처녀'
자료 ②『대계』 7-11, 군위군 산성면 설화 38, '점괘로 목숨 구한 숙형'

이중에서 자료 ②의 내용을 요약하여 제시하면 다음과 같다.

    ① 숙형이라는 사람이 조실부모하고 살다가 과거를 보러 떠난다.
    ② 점을 치니 과거급제는 하는데 죽을 고비가 두 번 있다며 백지 한 장에
대를 그려준다.
    ③ 숙형이 보쌈에 들어 죽게 되었을 때 거기에서 만난 이정승 딸이 돈을 내
어 주어 이별한다. 숙형이 이별서를 써놓는다.
    ④ 숙형이 죽게 되어 노복들에게 돈을 내미니 노복들이 함구하기로 하고
숙형을 살려보낸다.
    ⑤ 숙형이 과거에 급제하자 김정승이 숙형을 사위로 삼는다.
    ⑥ 결혼 초야에 어떤 자객이 들어와 신부를 쳐죽인다. 숙형은 뒷문 밖에 숨
어 화를 면한다.
    ⑦ 숙형이 범인으로 몰려 죽게 되자 대그림을 내놓는다.
    ⑨ 이정승 딸이 그 뜻을 풀어 김정승댁 하인인 대백이를 범인으로 잡아내
게 한다.
    ⑩ 숙형과 이정승 딸이 부부가 되어 잘산다.

이 각편은 소설 〈정수경전〉과 비교할 때 전체적으로 간략하게 축약
되어 있고 내용상 약간의 차이가 있지만 주인공의 이름이 '숙형'으로
되어 있고, 점쟁이가 대 그림을 그려주며, 숙형이 이소저와 헤어지면서
이별시를 남긴다는 등의 내용이 소설과 흡사하다. 소설의 내용에 바탕
을 둔 것이라고 보아 무리가 없다.
한편, 다음 자료들은 그 내용이 〈정수경전〉과 유사하면서도 소설의

내용을 구연한 것으로 판단되지는 않는 것들이다.

　　자료 ③『대계』 1-1, 도봉구 미아동 설화 81, '장한영을 살린 금낭—黃·白·三'
　　자료 ④『대계』 4-1, 당진군 고대면 설화 7, '황백삼(黃白三) 잡은 얘기'
　　자료 ⑤『대계』 4-4, 보령군 대천읍 설화 18, '세 번의 죽을 고비'
　　자료 ⑥대계』 5-6, 정읍군 태인면 설화 26, '과거길의 죽을 고비'

이 중에서 자료 ④의 서사단락을 제시하면 다음과 같다.

　　① 편모를 모시고 있던 아이 하나가 과거를 보러 서울로 간다.
　　② 도중에 점을 치니 죽을 수가 세 번 있는데, 처음 것은 마음을 잘 먹으면 살고 두 번째 것은 돈 가지면 살고 세 번째 것은 면하기 어렵다면서 종잇조각 하나를 접어서 준다.
　　③ 한 숙소에 이르러 여자 하나가 유혹하는데도 넘어가지 않고 버티고 있는 중에 그 남편이 엿보다가 나타나서 사례한다.
　　④ 김정승의 딸이 상부살이 있어 사람을 하나 잡아오는데 주인공이 거기에 걸려들어 죽게 된다.
　　⑤ 여자로부터 금덩이를 받은 주인공이 노복들에게 그 금을 나누어 주고 풀려난다.
　　⑥ 과거에 장원급제하니 박정승이 데려다가 사위로 삼는다.
　　⑦ 첫날밤 신랑이 변소에 간 사이에 간부가 나타나서 박정승의 딸을 죽이고 사라진다.
　　⑧ 범인으로 몰린 주인공이 죽기 전에 점쟁이에게서 받은 쪽지를 내보이니 누런 종이에 '白'자가 세 개 적혀 있는 것이 나타난다.
　　⑨ 아무도 그 뜻을 해명하지 못하는데 김정승의 딸이 쪽지를 보고 황백삼이 범인임을 밝혀낸다.
　　⑩ 도망가 있던 박정승댁 황백삼이 김정승의 딸을 죽이려고 찾아왔다가 함

정에 걸려서 잡힌다.

    ⑪ 주인공이 김정승의 딸과 결혼하여 잘산다.

   자료 ③, ⑤, ⑥에 있어서도 인명상의 차이[25] 외에는 대체로 전체 줄거리가 거의 이 자료에 유사하다. 그런데 이 자료들의 내용을 〈정수경전〉과 비교하면, 우선 주인공의 이름이나 신분이 다르다는 점, 소설에는 없는 ③단락이 반드시 나타난다는 점, 점쟁이가 주인공에게 주는 물건 및 주인공과 범인의 이름이 소설과 다르다는 점[26] 등 주목되는 차이점이 있다. 그 밖에 ⑦에서 주인공이 변소에 간 사이에 살인이 났다는 것 역시 소설에서 병풍 뒤에 숨었다고 한 것과 구별되는 일관적인 차이에 해당한다. 그런데 이상과 같은 소설과의 차이가 각지에서 채록된 설화 각편들에서 공통적으로 나타나고 있다는 사실은 이 자료들이 소설의 내용을 구연한 것이 아니고 구비 전승의 맥락을 통해 이어져 내려온 자료들임을 짐작케 한다.

   이 설화자료들이 소설과는 다른 독자적인 맥락에서 전승되어 온 것이라는 추정은 주변의 다른 설화자료들에 의해 뒷받침된다. 즉, 구비설화 자료 가운데는 '제시된 운명으로부터의 도피'를 기본 특징으로 하는 것들이 많이 있는 바, 그 중에서도 〈천냥짜리 점〉 유형의 설화는 앞의 〈죽을 고비 세 번〉과 깊은 연관성을 나타내 보이고 있다. 그 줄거리를 간략하게 요약하면 다음과 같다.

   한 사람이 점쟁이에게 (천냥을 주고) 점을 치니 점쟁이가 '바위 밑에 배를 매지 마라', '머리에 기름이 떨어져도 닦지 마라', '벼 한 말에 쌀 서 되가 나온

---

25) 주인공의 이름이 ③장한영, ⑤장한익으로 되어 있고 ④, ⑥에는 제시되지 않는다. 범인이름이 ⑤에는 백지죽, ⑥에는 백황숙으로 되어 있다. 그리고 정승댁(혹은 판서댁) 의 성씨가 서로 일치하지 않는다.
26) 소설에 있어 범인의 이름은 언제나 백황죽이다.

다'는 등의 점괘를 뽑아준다. 이 사람은 그 점괘로 해서 바닷가의 바위가 무너졌을 때 죽음을 면하고, 잠을 자던 중 머리에 묻은 기름 때문에 여자로 오인되어 간부로부터의 피살을 면하며, 아내를 죽인 살인범으로 몰렸다가 '벼 한 말 쌀 서 되'가 해석되어 강칠승이라는 범인이 잡히는 바람에 죽음을 면한다.

이와 같은 〈천냥짜리 점〉 유형의 설화는 우리나라뿐만 아니라 세계적으로 널리 분포되어 있는 것으로 알려져 있다.27) 그런데 위에 정리한 내용을 〈죽을 고비 세 번〉과 비교해 볼 때, 그 구체적인 점괘의 내용과 사건전개는 서로 다른 것이 인정되지만, 다음과 같은 점에서 그 성격이 서로 통한다. 즉 주인공이 죽을 위기를 세 번 넘긴다는 점, 간부로부터의 피살을 면한다는 점, 이름풀이로 범인을 잡는다는 점 등이 그것이다. 이러한 유사성에 비추어 볼 때 〈죽을 고비 세 번〉은 〈천냥짜리 점〉 설화의 한 변형으로 산출된 것으로 보아도 무방하리라 여겨진다. 요컨대 〈죽을 고비 세 번〉은 오랜 설화적 전통 속에서 연원한 것으로서 내용을 새롭게 다듬음으로써 성립된 설화유형으로 볼 수 있는 것이다. 그런데 설화자료 중에는 위에 제시한 〈천냥짜리 점〉의 내용과 황백삼 잡은 내용이 함께 결합된 것이 보이는 바, 이는 〈죽을 고비 세 번〉이 〈천냥짜리 점〉 유형 설화의 전통 속에서 산출된 것임을 말해주는 또 하나의 좋은 방증이 되고 있다. 그 자료는 다음과 같다.

　　자료 ⑦ 『대계』 1-1, 도봉구 미아동 설화 49, '세 대룡의 예언-黃白三'28)

이상에서 우리는 〈죽을 고비 세 번〉 유형의 설화가 소설〈정수경전〉의

---

27) 조희웅, 「천냥짜리 예언 설화 소고」, 『이숭녕선생고희기념 국어국문학논총』, 간행위원회, 1977 참조 물론 지역에 따라 그 점괘의 구체적인 내용은 많이 달라진다.
28) 이 자료에는 '배 밑에 배를 대지 마라', '머리에 기름을 닦지 마라'고 하는 점괘에 얽힌 내용과 노란 종이의 흰백자 셋으로 황백삼이라는 간부를 찾아내 징치하고 정승딸과 결혼하는 내용이 결부되어 있다.

영향으로 형성된 이야기가 아니라 구비 전통 속에서 형성된 것임을 알
수 있다. 이렇게 볼 때 소설 〈정수경전〉이 민간에 구비 전승되던 설화의
내용을 수용하여 지어졌다는 설명이 가능해진다.

그런데 일단 설화가 〈정수경전〉으로 정착된 이후에는 소설 자체의
전통 속에서 작품의 전승과 변이가 이루어졌다고 판단된다. 이는 〈정수
경전〉의 초기자료에서 후기자료에 이르기까지 그 이야기 내용이 거의
흡사하게 이어져 나왔다는 사실을 통하여 확인된다. 단지 이본 ⑧이 부
분적으로 차이를 보이는 바, 변개과정에서 설화의 삽화를 하나 더 첨가
하고 있는 모습을 나타내 보인다. 그러나 이 경우에도 그 기본 줄기는
소설적 전통에 바탕하고 있는 것으로 판단된다.

〈죽을 고비 세 번〉 유형의 설화가 소설 〈정수경전〉이 성립된 후에 나
름대로 계속 전승되어 왔으며, 설화자료 중에는 ①·②와 같이 소설의
줄거리를 이야기로 구연한 것이 공존하고 있다는 사실까지를 고려하여
〈정수경전〉과 그 관련설화의 전승상의 맥락을 정리하면 다음과 같이
된다.

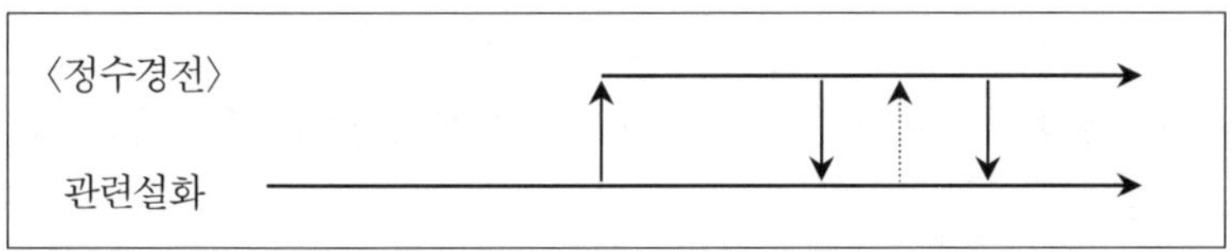

3. 〈정수경전〉과 관련설화의 비교

1) 기본 서사구조의 대비

앞 절에서 〈정수경전〉과 그 관련설화의 내용을 대비하여 정리하는 작업을 수행하였는데, 그것은 스토리의 단순비교에 해당하는 작업이었다. 이제 〈정수경전〉과 관련설화가 서사적 '구조'에 있어 어떻게 대비될 수 있는가 하는 문제를 살펴보기로 한다.

〈죽을 고비 세 번〉 유형의 설화는 점쟁이의 예언과 그 예언의 실현, 남녀간의 기이한 결연, 신분이 다른 남녀간의 불륜, 국가죄인의 송사, 한 개인의 출세 등과 같은 여러 이야기 요소를 통해 구성되어 있다. 그런데 이러한 여러 요소 중에서도 이 설화에 있어 전체 서사구조의 근간을 이루고 있는 것은 예언담적 구조라고 판단된다. 하나의 예언이 제시되어 그것이 실현되어 종결되기까지의 과정이 이 설화의 서사적 전개의 핵심이 되고 있다.

⑦ 운명의 탐지(예언) : 주인공이 과거에 급제할 것이나 죽을 운수가 세 번 있음을 탐지한다.

⑭ 운명과의 대면 : 과거길에 한 여인의 유혹에 넘어가 죽을 뻔하며, 상부살 풀이에 걸리고, 첫날밤 간부에게 피살당할 뻔하고, 살인자로 몰려 죽을 뻔하는 등 계속 액운에 부딛힌다.

㉲ 운명의 탈피 : 굳은 마음과 돈 요행 등으로 차례로 액운을 모면하며, 살인의 진범이 잡힘으로써 마지막 액운에서 탈피한다.

이상과 같이 크게 세 단계로 서사적 구조가 축약될 수 있는 바, 〈죽을 고비 세 번〉은 서두에서부터 종결에 이르기까지 충실하게 이와 같은 구

조에 따라 이야기가 구연되고 있다. 한 각편의 첫부분과 끝부분을 보기
로 하자.

요전에 은진 사는 장한익이라는 사램이 있었어……(청중 : 계속하시야 해
요.) 응. 장한익이라는 사람이 있는디, 자기 어머니가 혼거(홀어미)여. 그런디
그 아들을 참 지극히 가르쳐. 바느질 삯 품팔어서 뭣이두 허구, 이렇게 보냈
어.

보내다가아, 인저 공부 아, 엥가안히 됐으닝께 과거영이 있어서 과거를 보
러 갔더란 말여 서울루? 가는디 그때 국장이 났덩가 워째서 삼년을 밀렸어.
도루 네려왔어.

또 공부허구서, 또 삼년 후에, 인저 서울을 또 과문이 있어서 가닝께, 남대
문께 가닝께 워떤 판수가 아,

"시굴서 과가보러 오시는 되련—되련님 과거여 그때—익거던 점치구 가
시요오"

그게여. 그래 하여간 자기 어머니 정성얼 믿었던지 워쨌던지,

"점 좀 해 달라."29)

그래서 인저 그 그 사람은 살인죄루는 풀렸어. 풀리구서 인저 김판서 딸
……게루 참 장개를 들게 됐는디. 가보닝께, 츰이 보쌈들었던 그 뱅여 어. 흐
으……신뱅이.

그래서, 세 번 죽을 수를 그렇게 면하구서, 장원급제해 가지구 즈이 집이 네
려와서 즈이 어머니 모시구 서울 가서 자알 살다가……살더란 말여.30)

이 자료를 보면 첫머리에 있어 간단히 인물 소개가 제시된 후 곧바로
서울로 과거를 보러 가는 내용과 점을 치는 내용이 제시되고 있음을 알

---

29) 『대계』 4-4, 119면 (자료 ⑤).
30) 『대계』 4-4, 125면 (자료 ⑤).

수 있다. 서사구조상 첫머리에 '운명의 탐지'라는 요소가 자리 잡고 있는 것이다. 한편 그 종결부분을 볼 때, 살인죄가 풀림으로써, 즉 '운명의 탈피'가 완결됨으로써 자연스럽게 이야기가 끝맺어지고 있음을 알 수 있다. 주인공이 결혼하고 잘살았다는 내용은 간략한 부연서술 정도로 처리되고 있다. 이와 같이 문제의 발생을 통해 이야기가 시작되고 문제의 해결로써 이야기가 마무리된다는 특징은 이 설화유형에 속하는 다른 각편들에 있어서도 공통적으로 드러나고 있다.

소설 〈정수경전〉의 서사구조를 분석해 볼 때, 이 작품 또한 예언담적 구조를 서사적 전개의 기본 틀로 삼고 있음이 쉽게 확인된다. 설화에서보다 사건 전개의 디테일이 다양하게 확대되어 있음은 분명하지만, 이 작품의 기본 골격은 주인공 정수경이 점쟁이로부터 자신의 운명을 탐지한 후 실제로 그 운명에 대면하게 되고 결국 그 운명을 타개하게 된다는 것으로 요약될 수 있다. 이와 같은 예언담적 구조는 우리 고전소설의 전통에 비추어 볼 때 상당히 낯선 것이라 할 만하다. 군담소설이나 가문소설·판소리계소설·한문소설 등 여러 계열의 소설작품들 가운데서 이와 같은 구조를 갖춘 작품은 찾아보기가 쉽지 않다. 결국 이 작품은 구비설화의 구조를 수용함으로써 고전소설의 새로운 세계를 개척한 것이라고 말할 수 있다.

그러나 〈정수경전〉이 설화의 서사구조를 수용하여 가다듬는 데 그친 것은 아니며, 설화자료와는 다른 중요한 구조적 요소를 아울러 갖추고 있다는 데 유의할 필요가 있다. 그것은 특히 작품의 서두부와 종결부에서 두드러지게 나타난다. 우선 그 서두부를 본다.[31]

아티조디왕 등국시졀의 국티민안ᄒ고 시화연풍ᄒ야 빅셩이 격양가를 일슴
는디 잇쩌의 경상도 안동짜 운학동의 혼 스롬이 잇스되 승은 뎡이오 명은 면

---

31) 이하 소설 자료를 인용함에 있어 원문을 그대로 옮기되 어절 별로 떼어 쓰고 구두점을 첨가하기로 한다.

스라. 평싱 마음이 쳥직ᄒ야 젼셰스롬과 다른지라.[32)]

　부인니 신긔 불평ᄒ여 침상의 의디ᄒ여 복통이 ᄌ심ᄒ더니 어언간의 아희을 싱ᄒ니 시비등이 일변 향슈을 가됴와 드리거날 도시 황망이 바다 아히을 씨기며 자셔이 보니 일긔 옥동이라.[33)]

　앞의 인용문은 정수경[34)]의 부친에 대한 설명에 해당하며, 뒤의 인용문은 정수경의 출생을 묘사한 대목에 해당한다. 그런데 이와 같은 내용은 설화자료에 있어서는 접할 수 없었던 것이라는 데 유의할 필요가 있다. 앞서 2절 1항에서 〈정수경전〉의 서사단락을 요약한 데서도 알 수 있듯이, 이 작품에 있어 주인공의 부친(즉, 가계)에 대한 서술, 주인공의 잉태 및 출생에 관한 서술, 그리고 편모슬하에서의 주인공의 성장과 학업 및 그 뛰어난 재질에 관한 서술은 필수적인 요소로 자리 잡고 있다. 그리고 그 다음에 비로소 주인공이 과거를 보러 떠나서 점을 치고 운명을 탐지하는 내용이 이어진다.

　한편, 이 작품의 종결부는 다음과 같이 표현된다.

　그 고즐 ᄒ즉ᄒ고 모부인과 나소져을 뫼시고 경셩의 을나와 경졔ᄉ졔 졍돈ᄒ고 니공긔 뵈압고 궐니의 들어가 복명복디ᄒ온디 샹이 반기ᄉ 층춘불의ᄒ시더라. 쏘 니소져로 동낙ᄒ니 슘ᄌ이녀을 싱ᄒ니 다 부귀공명ᄒ여 만수무강ᄒ더라.[35)]

　슬푸다. 흥진빈니논 ᄉ롬의 상ᄉ라 웃지 壽福니 장구할리요. 承相니 卒然得

---

32) 이본 ①, 1장 a, 172면.
33) 이본 ⑥, 4장 a.
34) 이본 ①은 정수정, 이본 ⑥은 정두경이 주인공으로 되어 있으나, 논의의 혼란을 피하기 위해 '정수경'으로 통칭하고자 한다.
35) 이본 ⑥, 51장 a~b.

病ᄒ미 百藥이 무효ᄒ야 別世ᄒ신니 부인도 승상영위의 통곡ᄒ시고 인ᄒ야 명니 진ᄒ신니 三子등니 승상전 보음을 듣고 주야로 나려와 兩親 영位의 痛哭ᄒ고 퇵日ᄒ야 先山의 安葬ᄒ고 반혼 후의 가랑비 오고 달도 흐미하고 두 건 접동시 울러 적막훈 空山中의 도라가난 혼빅을 위로ᄒ더라.36)

위 예문들에서 볼 수 있듯이 〈정수경전〉에 있어서는 정수경이 죽음을 당할 위기에서 벗어나고 이소저와 결혼한다는 내용에 이어서 그 이후의 주인공의 행적이 덧붙여 서술되고 있다. 정수경이 경상감사가 되어 선정을 펼치고 다시 내직의 고관으로서 부귀영화를 누렸으며, 자식들을 낳아 현달케 했다고 한다. 특히 이본 ⑤에서는 정수경이 일생을 마감하고 세상을 뜨는 내용까지가 결부되면서 작품이 마무리되고 있다.

이상 〈정수경전〉의 서두부와 결말부를 검토한 결과로 〈정수경전〉이 관련설화와 달리 한 인물의 일대기라는 구조를 수용하고 있음을 확인할 수 있다. 그것은 '가계의 제시→평범치 않은 잉태→비범한 출생→고난 속의 성장→위기→위기의 해결과 현달(→죽음)' 등으로 이어지는 관습적이고 정제된 구조로서 자리 잡고 있다. 이는 설화자료에 있어 문제의 발생과 더불어 이야기가 시작되고 문제의 해결과 함께 이야기가 종결되었던 것과는 다른 양상이라고 할 수 있다.37) 〈정수경전〉에 있어 예언담적 구조는, 그것이 작품의 중심부에 놓이며 작품 분량상으로도 대부분을 차지하고 있음이 분명하지만, 전체 일대기 구조의 맥락에서 보면 그것은 '위기→위기의 해결'이라는 한 국면으로서 포괄되고 있다. 요컨대 구비설화의 예언담적 구조를 작품의 기본 골격으로 수용하면서도 그것을 일대기 구조라는 더욱 포괄적인 구조의 일부로서 위

---

36) 이본 ⑤, 23장 a~b.
37) 설화자료에도 주인공의 환경과 성장에 대하여 서술하는 부분들이 보이지만, 〈정수경전〉에 보이는 바와 같은 정제된 구조에 따른 서술과는 질적으로 다른 단편적인 것들이다.

치시키고 있는 것이 〈정수경전〉의 서사구조라 할 수 있다.

그렇다면 설화자료 중 소설 〈정수경전〉의 내용을 구연한 것들, 즉 자료 ①·②의 경우에는 그 성격이 어떻게 나타나고 있는가 하는 것이 관심사가 아닐 수 없다. 자료 ①의 예를 보기로 한다.

> 한 선비가 과거 보러 갔단 말이야. 가서 한 주막 가 잤어. 주막 가 자더라니까 아, 밤중에 말이어 가매가 하나 오더니만 달랑 집어 태워 가지구 어디루 가뻬리거던.[38]

> 그래서 인제 한 군데서 인제 과거보러 가는지라. 가는데 [제보자가 이야기의 순서가 잘못된 듯 바로잡는다.] 참 고 먼저 점을 했어요 어디 가서 고, 먼저, 먼저 인제 오다가 한 군데 점쟁이가 용타 그래서 점을 하니까 아, 흰동이에다가 대를 하나 그래(그려) 주더래.[39]

> 예, 그래서 재판이 판결이 되고, 그 사램이 그 먼저 돈 채워주던 치녀(처녀)한테루 장개를 갔어. 첫날밤 떡 가보니깐 그 신랑이 그 처녀더랍니다.[40]

이 자료가 비록 간략한 것임을 인정하더라도, 그 서두와 종결부를 통해 볼때 주인공의 가계·출생·성장 등과 같은 일대기적 요소가 전혀 나타나지 않고 있음을 주목할 만하다. 이 자료는 '제시된 운명의 탈피'라는 문제를 중심으로 하여 출발되고, 또한 마무리되고 있는 것이다. 비록 〈정수경전〉이라는 소설의 내용을 구연한 것이라 하더라도 그 서사구조가 〈죽을 고비 세 번〉 유형의 구비설화와 동궤의 특징을 나타내고 있는 것이라고 설명할 수 있다. 즉, 이들은 소설의 관습이 아닌 설화의 관

---

38) 『대계』 2-5, 170면.
39) 『대계』 2-5, 172면.
40) 『대계』 2-5, 174면.

습을 따르고 있는 것이라 할 수 있다.

이상의 논의를 통해 우리는 〈정수경전〉의 일대기 구조가 관련설화 전반과 변별되는 요소임을 알 수 있었다. 그렇다면 〈정수경전〉이 이와 같은 구조를 지니게 된 사실을 어떻게 설명할 것인가 하는 점이 문제가 된다. 이에 대해서는 〈정수경전〉이 소설의 일반적 관습을 받아들인 것이라고 하는 설명이 유력하다고 판단된다. 고전소설은—특히 '~傳'이라는 명칭을 지닌 작품들은—대개 일대기 구조를 바탕으로 하여 씌어지고 있는바, 〈정수경전〉 역시 그러한 관습에서 벗어나지 않은 것이다.

2) 언어표현상의 특징

앞 절에서 살펴본 〈정수경전〉과 관련설화의 서사구조상의 차이는 중요한 것임에 틀림없다. 그러나 그것이 양자의 성격을 규정하는 가장 본질적인 차이에 해당한다고 보는 데는 무리가 있다. 비록 〈정수경전〉에 일대기 구조가 잘 갖추어져 있다 하더라도 그 중심부는 예언담적 구조를 취하고 있어 관련설화와 서로 일치하고 있기 때문에, 기본 서사구조의 대비에 의해서는 양자간 차이의 한 부분만을 밝힐 수 있을 뿐이다. 그렇다고 해서 양자의 차이를 단순히 구전된 것과 기록된 것의 차이라고 치부해 버리는 것은 성급한 태도라 할 수 있다. 양자의 성격을 규정 짓고 있는 또 다른 요소를 살펴볼 필요가 있다. 이 절에서는 언어표현상의 특징을 통해 이 문제를 고찰하기로 한다.

먼저 설화자료에서 사용되는 언어의 특징을 예문을 통해 살펴보기로 한다.

장한영이라구 있어요. 시골에 장한영이란 사람이 글도 잘 하구, 이목두 남자구 아주 그냥 어디다 남자였어요. 그래서 인자 서울에서 과거를 본다 해서 과거를 보러 왔어요. 그 장한영이란 사람이, 과거를 보러 왔는데, 주인을, 주인을 해놓고는, 인자 서울 장안—그 인자 남대문을, 고 안—고 인자 돌아댕기면서 귀경을 좀 하고 집을 찾다 못 찾았어요.[41]

　　"너 어찌 오늘은 그렇게 수심이 가득허고 맥이 읎냐?"
　　"어머니 맥이 없어 없는 것이 아니라 서당패들이 전부 과거허로 간답니다. 그런디 내가 생각해 보건대 이렇게 가난허니 내가 읍성(옷)이 있겠소 갈 노수(노자)가 있겠소. 그래서 내가 수심이 돼서 그러요."[42]

앞의 인용문은 서술자의 직접 서술에 해당하는 부분이고, 뒤의 것은 인물의 대화를 재현한 부분이다. 이 예문들에 사용된 언어들의 기본적인 특징으로서 우리는 그것이 특별한 꾸밈이 없는 일상의 생활어라는 점을 들 수 있다. 인용된 부분 어디에서도 일상언어의 범주를 벗어나 의도적으로 사용된 특별한 언어표현을 발견할 수 없다(이는 앞에서 계속 인용되어 온 설화의 대목들을 통해서도 확인된다).

이러한 설화적 언어의 특징은 소설내용을 구연한 자료에서도 마찬가지로 나타난다.

　　"당신이 요분 질에 가마 과제는 하는데 죽을 고비가 두 고비 있으이 이 일로 어떻기 할로?"
　　카거든예, 과게는 한다 카이 좋기는 좋으나 죽는다 카이 그 일도 같잖거던요.
　　"그래 어짜만 이 죽는 방법을 면하겠노?"[43]

설화자료에 있어 이와 같이 일상적·생활적 언어가 별다른 꾸밈새

---

41) 『대계』 1—1, 82면 (자료 ③).
42) 『대계』 5—6, 171면 (자료 ⑥).
43) 『대계』 7—11, 789면 (자료 ②).

없이 자연스럽게 사용되고 있다는 사실은 이 설화들이 전승자들의 일상 언어생활의 일부로서 존재하고 있다는 데서 쉽게 설명이 될 수 있을 터이다. 한편, 설화자료들이 일상 생활언어로써 사건을 형상화하고 있다는 것은 이들이 언어의 측면에 있어 '사실적 모방'의 성격을 지닌다는 사실을 보여주는 것이라고 이해할 수 있겠다.

소설 〈정수경전〉에서의 언어표현은 관련설화의 경우와는 다른 특징들을 나타내 보이고 있다.

> 道士 年滿토록 슬ㅎ의 ㅎ낫 자식이 읍셔 晝夜 근심ㅎ던니 잇디는 春三月 望間이라 일일은 夫人의 精神이 혼미ㅎ야 ㅎ 男子을 誕生ㅎ니 용모 풍양ㅎ야 當世 奇男子라 道士夫婦 每日 깃거ㅎ고 寶玉갓치 사랑ㅎ야[44)

> 부인 왈 "니 늦게야 너을 나아 형손빅옥가치 스랑ㅎ여 여슈그린가치 스랑ㅎ더니 가운이 불길ㅎ여 너의 부친니 일직 ㅎ계ㅎ신 박그로 강근지친이 읍고 안으로 응문지치통이 읍시 다만 모즈 셔로 의지ㅎ여……"[45)

앞의 인용문은 서술자의 직접 서술에 해당하는 부분이고, 뒤의 것은 인물의 대화에 해당하는 부분이다. 그런데 이 예문들을 보면 문어(文語)로 굳어진 한자성어들이 폭넓게 사용되고 있음이 확인된다. 이들은 단순히 그 담당자들의 언어습관을 반영한 것이라고 판단되지는 않으며, 의도적으로 많이 사용되고 있는 것으로 보인다. 얼마든지 평범한 일상 언어로 표현할 수 있는 것들도 가급적이면 한자성어로 대체하여 표현하고 있다. 이러한 성향은 이 작품의 이본들 전체에서 두루 나타나고 있는 보편적인 현상이 되어 있는 바, 앞 절에서 제시한 소설 예문들에서도 그 사실을 확인할 수 있는 터다.

---

44) 이본 ⑤, 1장 a.
45) 이본 ⑥, 6장 a.

　이러한 사실은 〈정수경전〉이 그 언어표현에 있어 격식성과 장식성을 추구하고 있음을 보여주는 것이라 할 만하다. 격식화된 장식적 언어는 그 자체가 향유의 대상이 된다는 점에서 설화자료에서 사용된 언어와는 성격을 달리한다. 한편, 그것은 일상의 언어습관에 대해 '낯선' 것이라는 점에서 새로운 느낌으로 대상에 접하도록 하는 기능을 수행한다고 판단된다. 그러나 한편으로는 상황을 사실적으로 표현해 냄에 있어 장애요소가 되는 측면도 있는 것으로 생각된다. 특히 한자성어로 가득한 인물의 대화는 현실감을 불러일으키지 못하고 있다.

　소설 〈정수경전〉의 언어표현에 있어 관련설화와 변별되는 또 하나의 중요한 특징은 표현의 관습성에서 찾을 수 있다. 설화자료에서는 찾아보기 힘든 다양한 관습적 표현구나 표현대목들이 소설작품에서 흔히 사용되고 있다.

　　수경이 점점 즈라 나히 팔셰 되민 글을 가르치니 영민총혜ᄒ여 스광의 총명과 니젹션의 장과 왕희지의 필법을 가젓고 얼골은 관옥이요 풍치 두목지라 나히 십뉵셰 이을러서 셔빅가예을 무불통지ᄒ고 글을 지으민 니티빅 봉황시와 송동파 젹벽부의 나리지 아니ᄒ더라.[46]

　　셩안 셩밧 옥벽쳐로 다니며 구셩이나 ᄒ리라 ᄒ고 동힝과 혼가지로 슴각손 사이 인황손니 비희 층암절벽과 긔룡낙화의 졀한층셩을 구경ᄒ고 도라드러 쥬스쳥노로 여람ᄒ여 모화 홀뎐원의 이르러 무중자졔드리 모히여 활쇼난 구경도 ᄒ고 남순잡두와 등구지 징반 노리터의 올나셔셔 셔중의 억만인중과 팔만가구를 구버보고[47]

　앞의 예문은 고전소설에 있어 남주인공의 재질을 표현함에 있어 거

의 공식화될 정도로 널리 쓰이고 있는 대목으로서, 〈정수경전〉에도 예외 없이 사용되었다. 뒤의 것은 서울 장안 유람의 노정으로서, 또한 관습적으로 사용되고 있는 대목이다. 이 작품에서는 이 예들에서 볼 수 있듯이, 구절에서부터 대목에 이르기까지 다양한 관습적 표현이 사용되고 있다. 이와 비슷한 예는 관련설화에 있어 찾아볼 수 없다. 설화자료에 있어서는 관습적 표현에 의존하는 것이 아니라 화자 자신의 표현능력에 바탕을 두고 형상화가 이루어지는 것이다.

이와 같은 표현의 관습성은 소설 〈정수경전〉의 내용이 다채롭게 전개됨에 있어 긴요한 역할을 수행하고 있다. 관습적 표현들을 이용함으로써 작가 개인의 표현능력을 넘어서는 풍부한 표현이 가능해지는 것이다. 이러한 관습적 표현은 흔히 사건의 전개와 직접적 연관을 맺지 않은 채 제시되고 있으며, 그 자체가 독자적 향유대상이 되고 있는 바, 이 역시 장식적 성격을 짙게 지니고 있다고 할 수 있다. 이와 같이 〈정수경전〉에 널리 나타나는 표현의 관습성은 여타의 소설에서도 흔히 접하게 되는 것으로서, 이 작품을 '소설답게' 만드는 데 있어 긴요한 역할을 하고 있는 것으로 판단된다.

3) 장면의 구체화 양상

지금까지 우리는 두 방향에서 〈정수경전〉과 관련설화를 비교하였다. 그 서사의 기본 골격을 대비하였으며, 작품 서술의 기초요소인 언어표현상의 특징을 비교하여 보았다. 그런데 이 둘은 모두 작품을 포괄적으로 이해하고 대비함에 있어 부분적인 의미만을 갖는다고 할 수 있다. 그 문학적 특성에 대한 포괄적인 이해에 다가가기 위해서는 서사적 전개의 단위가 되고 있는 각각의 장면·단락이 어떻게 서술되어 구체화되는가 하는 문제를 꼼꼼히 살필 필요가 있다.

장면을 엮어가는 방식에 있어 설화자료들이 나타내 보이고 있는 기본적인 특징은 각 장면의 서술이 서사적 전개의 흐름으로부터 거의 벗어나지 않고 있다는 점이다.

이전에 두 내외가 사는디, 결국이 그 아버지는 일찍 돌아가시고 이제 그 혼자된 어머니가 아들 하나를 데리구서 사는디. 한 아이일망정 똘똘하게 잘 뒀단 말여. 결국 가르쳐 가지구서 서울루 인저 과거를 보러 가는디, 어머니를 작별하구서 떠나가지구 얼마큼 가니께, 이게 신작로 가에서 웬 점쟁이가 점을 하는디,

"용하다구. 모두들 용하다"구 해싸.

그런디 그 애가 가만히 생각하니께 그 점이라는 게 다 허무한 일이지만 행여 그래두 그거 알 수 없다는거. 하두 용타니께, 그래서 나두 인제 한번 볼 게라구. 그래서 그 판수 앞에 가서 복채를 내놓구.

"나 점 좀 봐 달라구."[48]

이 인용문을 보면 화자의 설명적인 서사에 의하여 사건내용이 성큼 진전되어 나가고 있음을 확인할 수 있다. 이러한 예는 설화자료에 있어 광범위하게 확인되고 있는데, 특히 사건전개상 별로 중요하지 않다고 판단되는 부분들에 있어 이와 같이 간략한 서술로써 처리되는 경우가 많다.

그러나 설화자료에 있어 사건내용이 전반적으로 이와 같이 간략한 설명적 서사에 의해서만 처리되고 있는 것은 아니다. 사건전개상 중요한 부분들은 구체적·사실적으로 묘사되고 있다. 특히 구연력이 뛰어난 화자에 의하여 구연된 설화자료의 경우 그러한 특징이 두드러지게 나타난다.

---

48) 『대계』 4-1, 522~523면 (자료 ④).

조끔 있은게 여자가 하나 쏙 들온디 소의 소복을 허고 떡 들오더만 살무시 앉음서,

"도령님 죄송합니다마는 초저녁으 오시는디 본게 도령님 얼굴도 참 비범허시고 귀골도 좋으시고 해서 내가 욕심이 나가지고 하리저녁 모실라고 여 모셔왔읍니다. 많으 얼으시요."

아 간청을 하거던. 오라 그 점한 일을 생각헌게 소름이 확 끼친단 말여. 점은 커니 음 '요것이 죽을 목망이로구나.' 속으로 그려.

"네 이년! [큰소리로] 괘씸한 년 같으니라고 이년! 니 서방은 어쩌고 나한티 붙을라고려. 개같은 년! 네 서방 있는 년이 나한티 앵길 간청이 뭐야? 니 서방 데리고 살지. 고약한 년! 저년! 너 이년 가 매 해와!"49)

이는 주인공이 첫 번째의 위기를 만나 대처하는 내용을 구연한 대목인데, 장면이 실감 있게 형상화되고 있음을 볼 수 있다. 그러나 여기서도 유의할 바는 이와 같은 구체적 장면묘사 역시 기본적으로 사건의 전개를 긴밀하게 부각시키는 데 표현의 초점이 놓여 있다고 하는 사실이다. 이는 〈정수경전〉 관련설화 자료—소설내용을 구연한 것까지 포함한—에 두루 적용되는 특징으로 나타나는 바, 사건전개와 무관하게 독자적으로 확대된 장면은 찾아지지 않고 있다. 설화자료들에 있어서 장면의 구체적 서술의 초점이 주어진 문제에 대하여 집중되고 있으며, 그 문제로부터 벗어나지 않고 있다는 것이다.

소설 〈정수경전〉에 있어 장면이 구체화되는 방식을 관련설화와 비교할 때, 우선적으로 들 수 있는 특징은 전반적으로 장면들이 확대되어 있다는 사실이다.

그 집을 추즈 드러가니 집니 가장 정쇄흐야 이스집과 다른지라. 판수 일인

이 안져씨되 용모 엄숙ᄒ고 단정ᄒ지라. 수정이 나어가 절ᄒ고 졈치러 온 년
고를 고ᄒᆫ디 판수 분향ᄉ비ᄒ고 산통을 흔들며 헛눈을 번득이며 축수ᄒ여 왈
"쳔ᄒᆫ언지시며 고즉웅ᄒ나니 신지영의라 감이 신통ᄒ소서. ……"50)

壽慶을 바우의 안치고 믈의 느ᄒ랴 한디 壽慶이 갈오디 "平生 죠아ᄒᄂᆫ 거
시 담비라. 담비 흔디 먹고 죽기가 쇼원이로소이다" ᄒ니 열려 놈이 밧부다
ᄒ고 허락지 안이흔디 늘근 죵니 갈오디 "아모 罪人이라도 朝夕을 먹기고 죽
기거눌 져 아히 무슨 죄로 담비도 못 먹게 ᄒ니뇨" 담비을 흔디 쥬며 동닌 것
슬 잠간 풀어ᄂᆫ니51)

이는 무작위로 뽑은 예에 해당하거니와, 〈정수경전〉에 있어 사건의
전개과정상 특별히 중요하다고 생각되지 않는 부분들에 있어서도 구체
적인 정황을 자세히 표현하여 장면을 실감 있게 재현하고자 하는 경향
이 두루 확인되고 있다. 이러한 사실은 〈정수경전〉에 있어서 각 장면들
이 사건 전개의 요소로서 기능할 뿐만 아니라, 그 자체가 관심과 흥미
의 대상이 되고 있음을 보여준다.

〈정수경전〉에 있어 구체적으로 묘사된 장면이 사건의 진전에 얽매이
지 않으면서 독자적인 존재의미를 지니고 있음은 다음과 같은 예에서
뚜렷하게 드러난다.

수정이 할일업셔 년당의 드러가이 힝니 진동ᄒ고 디평풍 소평풍 좌우로 둘
너치고 왼갓 긔름 다 붓쳣ᄂᆫ디 부츈 엄ᄌ롱이 간희티후 마다ᄒ고 동강 칠이
탄의 낙시줄 던진 경을 녁녁히 그려잇고 한종실 유현덕은 젼장풍우 요란흔디
외롱선싱 만나야고 젹토말을 밧비모라 남양초당 풍셜즁의 숨고초려 ᄒᄂᆫ 경
을 역역히 그려잇고52)

---

50) 이본 ①, 5장 b, 180면.
51) 이본 ⑤, 8장 b.

두경이 실피 바다 셰샹 영결ᄒᆞ난 글을 디여시디 "한심ᄒᆞ고 가련ᄒᆞ다 졍두경
의 신셰야. 이팔쳥츈 소년으로 쳘니객디의 나왓다가 황쳔객이 되단 말가. 티
고젹 쳔황씨 후셰의도 일개션싱 되여나셔 이니팔즈 갓흔 샤람 ᄯᅩ 잇실손가.
만화방창 호시졀의 화류가는 져소년 이니목슘 술녀쥬소셔."53)

잇쩌 장안의셔 동요가 잇시니 이롬은 시원가라 ᄒᆞ여씨되 "시원ᄒᆞ고 상쾌ᄒᆞ
다 졍슈경의 일니로다. 신통ᄒᆞ고 기쑥ᄒᆞ다 니쇼졔의 발금이여. 죠졍빅관 모여
ᄯᅳ가 쇼졔일인 당홀쇼야. 함공관 밍상군이 달기소리 신통ᄒᆞ야 싱환고국 그일
린들 이예셔 더홀손가."54)

첫 번째 예문은 앞에서도 언급한 바 있는 관습적 표현에 의한 장면묘
사에 해당하는 것으로 주인공이 죽음을 당할 위기에 처했다는 사건전
개상의 상황과 무관하게 장황한 배경 묘사가 이어져 나가고 있다. 두
번째 예문은 주인공이 세상을 떠나는 감회를 적은 영결시에 해당하는
데, 사건의 전개로부터 한 발 비껴나서 무려 4장 7면에 걸쳐 이어져 나
가고 있다. 세 번째 예문은 사람들이 정수경의 일을 두고 부른 노래인
데, 이 역시 사건전개와 상관없이 독자적으로 존재하고 있다. 이러한 예
들은 한결같이 이 작품에 있어서의 장면 재현이 사건전개에 얽매이지
않고 오히려 그것으로부터 일탈하여 그 자체로 다채롭고 풍부하게 구
체화되고 있음을 잘 보여주고 있다. 이러한 현상은 이 작품의 작가와
독자들이 각 장면에서의 인물들의 구체적인 움직임과 심리 하나하나에
관심과 흥미를 느끼고 있음을 시사한다. 그러한 관심과 흥미가 구체적
장면들로 하여금 사건의 흐름으로부터 일탈하여 자족적으로 확장되도
록 하고 있다는 것이다.

---

52) 이본 ①, 7장 b~8장 a, 185~186면.
53) 이본 ⑥, 15장 b.
54) 이본 ⑤, 19장 b.

이상 이 절의 논의를 정리하면, 설화자료에서는 각 장면의 서술에 있어 사건전개의 흐름을 기본 바탕으로 삼으면서 주어진 문제를 표현하는 데 초점을 맞추고 있다면, 소설자료의 경우 각 장면을 형상화함에 있어 사건전개에 얽매이지 않고 상세한 묘사에 관심을 기울임으로 해서 각 장면들이 독자적 의미맥락 위에서 확대되는 성향을 나타내 보이고 있다고 할 수 있다. 〈정수경전〉과 관련설화의 미적 지향의 차이와 관련하여 매우 두드러지고도 중요한 특성에 해당하는 부분이다.

4) 주제 구현의 양상

지금까지 우리는 크게 세 측면에서 〈정수경전〉과 관련설화의 특징을 비교하였다. 이제 이를 종합하는 가운데 이 작품들이 구체적으로 무엇을 말하고자 하며 그것을 어떻게 보여주는가 하는 문제를 검토하기로 한다. 주제 구현의 문제이다.

〈정수경전〉과 관련설화의 주제에 관한 논의는 그 기본 서사구조로부터 실마리를 풀어나갈 수 있을 터이다. 우리는 앞서 〈정수경전〉과 관련설화가 '운명의 탐지 → 운명과의 대면 → 운명의 탈피'로 이어지는 예언담적 구조를 바탕으로 삼고 있음을 지적한 바 있다. 이러한 작품구조는 과연 인간에 있어 운명이란 무엇이며, 그것이 극복될 수 있는 것인가 하는 문제의식을 함축하고 있다. 그것은 특히 인간의 숙명으로서의 '죽음'의 문제와 인간의 사회적 소망인 '출세'라는 두 문제를 중심으로 하여 구체화되고 있다. 주인공은 '젊어서 죽을 운명'을 미리 탐지하고 그것을 탈피하여, 그와 동시에 출세하여 행복을 누리는 것으로 그려지고 있는 바, 인간에게 주어진 운명이란 고정불변의 불가피한 것이 아니라 상황에 따라 해결될 수 있으며 그 운명의 극복에 의해 보다 나은 삶이 열려질 수 있음을 보여주고 있다. 이때 운명 극복의 양상은 소극적인 측면과 적극적인 측면을 동시에 지니고 있다. 주인공이 점쟁이에게 받은 그림을 내놓고 요행히 죽음을 벗어날 길을 찾고 있다는 점은 소극적인 측면이며, 여주인공이 적극적으로 문제 해결에 나서서 뛰어난 예지로써 문제를 해결해 내고 있다는 점은 적극적인 측면이 된다.

이상의 사항이 〈정수경전〉과 관련설화에 공통적으로 해당되는 것이라면, 양자는 주제의 구현에 있어 또한 중요한 차이를 나타내고 있기도 하다. 그것은 우선 〈정수경전〉이 갖추고 있는 일대기 구조의 포괄성으로부터 찾아진다. 설화에 있어 '인간의 운명'이라는 기본문제에 관심의 초점이 맞추어진 가운데 문제의 발생과 함께 이야기가 시작되고 문제의 해결과 함께 이야기가 종결되고 있는 것과 달리 〈정수경전〉에 있어 주인공의 출생으로부터 만년의 부귀영화에 이르는 일대기를 포괄적으로 문제시되고 있음을 앞서 언급한 바 있다. 이는 〈정수경전〉이 '운명'이라는 하나의 문제에 초점을 맞추고 있는 것이 아니라 그것을 중심으로 하여 인간의 일생을 전반적으로 문제삼고 있음을 뜻한다. 하나의 작품에서 일생을 전반적으로 문제삼고 있다는 것은 그 주제가 포괄성을 지향하고 있음을 의미하며, 이는 주어진 하나의 문제에 초점을 맞추는 설화자료와 구별되는 〈정수경전〉의 중요한 특징이 되고 있다.

한편 이 문제와 그 맥락이 닿는 것으로서 〈정수경전〉에 있어 다변적인 주제가 구현되고 있다는 점이 또한 주목된다. 이는 〈정수경전〉에 있어 설화자료와 달리 각각의 장면이 독자적인 의미를 지니고 확대되어 있다는 특징과 긴밀히 연관된다. 이 작품에 있어서는 각 장면이 독자적으로 확대되는 성향을 보이는 가운데, '운명의 탐지와 탈피' 외에 모친에 대한 효, 남녀의 결연, 국가의 죄인 송사 등과 같은 여러 문제들이 각각 자체로서 중요한 관심거리가 되면서 작품의 주제를 형성하고 있다.

시비 슈슘인니 션녀갓흔 신부 일인을 옹위ᄒ여 들어오거날 두경이 마음의 황홀ᄒ여 우션 기좌ᄒ고 좀간 눈을 드러 술펴보니 그 화용월틱는 월궁선녀가 인셰간의 슘샹가약 미디러 나려온 듯ᄒ니 웃디 헌황치 아니리오. 쏘 쳐ᄌ가 두팔을 들어 두경을 술펴보니 그 쳥슈ᄒ 모양은 쳥산빅옥가치 일졈 딘이 읍고 화려ᄒ 틱도는 동졍슈월이 운산의 와년ᄒ여 딘실노 쳔ᄒ의 긔남자라. 마음의 일변 흠양ᄒ며 일변 불샹이 여겨⁵⁵⁾

이 대목은 정수경과 이소저가 처음 대면하는 장면인데, 아름다운 청춘남녀의 애틋한 만남이 잘 표현되고 있다. 이 작품에 있어서 이 남녀의 관계는 단순히 정수경의 운명이 실현되는 과정의 일부로서 그려지는 것이 아니라 그 자체가 한 편의 기이한 사랑 이야기로서 독자적인 흥미를 불러일으키고 있다.

"복망 쳔존당은 몸이 디중부가 되여 디디로 국녹을 줍샤오시고 셩명을 조졍의 현달ᄒ오면셔 국샤을 명출치 못ᄒ시고 무죄ᄒ ᄒ방스람을 칠팔 식이나 옥즁의 고쵸을 격게 ᄒ오니 웃디 죠흐리오 이후의 혹 어려온 샤을 당ᄒ드려도 남의 샤졍을 ᄌ셔이 혀아려 발키옵소셔."⁵⁶⁾

이 대목은 이소저가 남다른 지혜로 정수경에 얽힌 송사를 해결한 뒤 관리를 경계한 부분이다. 이에서 보듯 소설 〈정수경전〉에서는 정수경에 얽힌 송사가 그 자체로 하나의 정치적 관심의 대상으로 자리잡고 있으면서 정치인에 대한 비판이라는 주제의식을 나타내고 있다. 이러한 주제 역시 '주어진 운명의 탈피'라는 사건전개상의 기본 관심으로부터 일탈하여 독자적인 의미를 부여받게 된 것이라 할 수 있다.⁵⁷⁾

이상의 예를 통해 우리는 〈정수경전〉의 주제가 설화자료에서와 달리

---

55) 이본 ⑥, 12장 b~13장 a.

56) 이본 ⑥, 41장 b.

57) 이와 같은 주제의 다변성은 흔히 '부분의 독자성'이라는 개념으로 판소리계 소설에 적용되어 왔던 것인데, 본고의 논의를 통해 볼 때 그것은 ― 질적 차이는 있겠으나 ― 판소리계소설 외의 다른 소설에도 적용됨을 알 수 있다.

복합적이고 다변적이라는 사실을 구체적으로 확인할 수 있다. 달리 말해서 〈정수경전〉은 한 작품 내에서 인생의 여러 가지 문제를 다양하게 형상화하고 있다고 할 수 있다.

그런데 〈정수경전〉의 주제가 이처럼 다변적이라 할 때 유의할 사항이 있다. 〈정수경전〉에서 다변적인 주제가 포괄적으로 제시되는 것은 관련설화에 있어 주어진 기본문제에 집중적인 관심이 주어지고 있는 것과 마찬가지로 주제구현의 여러 방식 중의 하나일 뿐이다. 양자는 제 나름의 독특한 방식으로 문제에 접근하고 그것을 형상화하고 있는 터, 그것이 미학의 차이를 의미할지언정 문학성의 고하를 평가하는 기준이 될 수는 없다고 하겠다.58)

이제 남은 문제는 〈정수경전〉과 관련설화에 있어 주제가 '어떠한 방식으로' 구현되는가 하는 점이다. 이 문제에 있어 먼저 살펴보아야 할 것이 '관습성'의 문제이다. 앞서 설화들이 전승자의 생활어와 밀착된 구어로써 이야기 상황을 엮어나가고 있는 데 비해 〈정수경전〉에서는 관습적 언어와 표현들이 광범위하게 사용되고 있음을 지적한 바 있거니와, 이러한 차이는 주제의 구현 방식과 일정한 연관을 맺고 있다.

〈정수경전〉에서 사용되는 관습적인 문어나 관습적인 표현은 관련설화의 일상적 언어와 표현에 비하여 격식을 갖춘 화려한 것이라 할 만하다. 이러한 언어표현은 설화의 일상적 언어에 비해 독자의 흥미를 유발시키기에 유리한 면이 있다. 그런가 하면 이와 같이 관습화된 언어표현을 이용함으로써 전달하고자 하는 내용을 풍부하고 다채롭게 묘사해낼 수 있게 된다. 이는 〈정수경전〉 언어표현이 관련설화에 비하여 주제의 구현에 유리한 측면이라 할 수 있다. 그러나 언어표현이 지나치게

---

58) 설화의 세계에 있어서는 수많은 설화유형을 통해 인생의 여러 가지 문제가 다양한 방식으로 형상화되고 있으며, 그런 점에서 개별 설화유형에 있어서는 어느 한 문제에 관심이 집중된다 하더라도 설화의 세계 전반에 있어서는 포괄성이 구현되고 있다고 말할 수 있다. 요컨대 설화는 그 나름의 존재방식에 맞도록 인생의 문제를 형상화하고 있는 것이다.

관습성에 의존할 경우, 그것은 주제의 사실적인 형상화에 있어 장애요소가 될 수도 있다는 점에 유의할 필요가 있다. 언어표현이 관습에 얽매여 자동화 혹은 타성화될 경우, 그것은 표현하고자 하는 의미내용과 어긋날 위험성을 지니게 되며, 그것은 주제의 효과적 형상화에 역작용을 할 수 있는 것이다. 〈정수경전〉에 있어서도 그러한 표현과 의미상의 어긋남이 흔히 발견되고 있는바, 주제의 효과적인 전달이라는 측면에 초점을 맞추어 볼 때 하나의 걸림돌이 되고 있다.

〈정수경전〉의 관련설화들이 언어표현상 관습의 힘을 폭넓게 이용할 수 없다는 점은 이야기 내용을 다채롭고 흥미 있게 표현함에 있어 소설의 경우보다 한 걸음 처지도록 한다. 실제로 설화자료 중 상당수는 이야기 줄거리를 중심으로 하여 다소 무미건조하게 구연되는 모습을 보여주고 있다. 자료 ⑥과 같이 훌륭한 화자에 의해 구연된 설화에 있어 비로소 그러한 단조로움이 극복되고 있으나, 이 경우에도 〈정수경전〉에서와 같은 풍부하고 다채로운 표현이 이루어지고 있는 것은 아니다. 그러나 화자 자신의 목소리에 의한 표현이라는 점에서 '진솔한' 표현으로 자리 잡고 있다는 점이 주목된다. 설화자료에 있어서의 언어표현은 화자 스스로 선택한 언어표현이며, 언제나 전달하고자 하는 의미내용—즉, 주제—과 긴밀히 결합되어 하나가 되어 있다. 즉, 설화자료의 언어표현은 문제에 충실한 언어표현, 주제의 효과적 전달에 충실한 언어표현인 것이다.

주제가 구현되는 방식에 있어 또 한 가지 주의 깊게 살펴야 할 것이 '현실성'과 '대상성'의 문제이다. 즉, 작중에서 그려지고 있는 문제가 청자나 독자에게 있어 어떠한 거리감을 가지고 받아들여지며, 얼마나 현실성 있게 받아들여지고 있는가 하는 문제이다. 이는 매우 복잡 미묘하면서도 중요한 문제라고 할 수 있겠는데, 〈정수경전〉과 관련설화에 있어서도 이 문제는 복잡한 양상을 나타내고 있다. 그 중에서 두드러진 기본 성향을 간략하게 살펴보기로 한다.

〈죽을 고비 세 번〉에 있어 — 〈정수경전〉에서도 마찬가지이지만 — 주인공이 겪은 경험은 일상생활에서 쉽게 만나기 힘든 특별한 것이라 할 수 있다. 설화자료에 있어서는 이 특별한 경험을 현실적인 것으로 자리 잡도록 하는 데 여러 가지 관심을 기울이고 있다. 특히 이 설화들에 있어 주인공이 평범한 인물로 설정되고 있다는 점이 주목되는 바, 이는 작중의 상황을 사람들 누구에게나 발생할 수 있는 일로 부각시킴으로써 현실적 관심을 불러일으키고 있다. 한편, 작중상황이 일상적 언어를 통해 표현되고 있으며 작중인물들의 대화가 일상의 구어로써 이루어지고 있다는 점 역시 현실성을 부여하는 데 기여한다고 판단된다.

〈정수경전〉에 있어서는 무엇보다도 각각의 장면이 자세한 서술에 의해 구체화되고 있다는 점이 우리의 관심을 끈다. 이는 기본적으로 작중상황에 실감을 부여하여 그것을 현실상황에 근접시키는 요소로 기능하고 있다고 판단된다. 반면, 이 작품에 있어 주인공이 일상 인물과는 다른 뛰어난 재질을 갖춘 인물이면서, 소설에서 흔히 볼 수 있는 바 관습적으로 유형화된 인물이라는 점은 작중상황을 현실상황과 변별시키는 요소로 작용하고 있다. 그리고 그 언어표현이 일상의 언어생활과 구별되는 장식적인 것이며 작중인물이 그러한 언어로써 대화를 나누고 있다는 점 역시 작중상황에 거리감을 부여하는 요소가 되고 있다. 이와 같이 작중상황에 현실성을 부여하는 요소와 거리감을 부여하는 요소가 함께 얽혀 있는 것이 〈정수경전〉의 특징이 된다.

문학작품에 있어서 현실성과 대상성의 문제는 매우 미묘한 것으로서 간단히 가치평가를 내리기 힘든 문제라고 할 수 있다. 그에 대한 더욱 본격적인 논의는 작품론 차원의 심층분석을 필요로 한다. 여기서는 〈정수경전〉과 그 관련설화가 각기 서로 다른 방식으로 이 문제를 구체화하고 있으며 그에 따라 서로 다른 효과를 창출하고 있다는 사실을 일반적 사실을 확인하는 데 그치고자 한다.

4. 결론

이 글에서는 소설 〈정수경전〉과 설화 〈죽을 고비 세 번〉이 서로 유사한 이야기 내용을 서로 다른 방식으로 형상화하고 있다는 사실에 착안하여 몇 가지 측면에서 그 특징을 비교 고찰하였다. 소설과 구비설화의 문학적 관습을 상호조명을 통해 규명해 내는 과업의 일환으로서 수행된 작업이었다. 그 비교 고찰의 결과로 밝혀진 사실은 다음과 같다.

〈정수경전〉과 관련설화는 다같이 '운명의 탐지 → 운명과의 대면 → 운명의 탈피'로 이어지는 예언담적 구로를 기본구조로 삼고 있다. 그런데 설화자료들—소설내용을 구연한 것까지 포함된다—에 있어 그것이 이야기의 처음과 끝을 일관하는 기본구조로 되어 있는 데 비하여, 〈정수경전〉에서는 주인공의 출생 → 성장 → 고난 → 현달 등으로 이어지는 관습적인 일대기 구조 속에 예언담적 구조가 포괄되고 있음이 특징으로 나타났다.

설화자료들에 있어 그 언어표현은 일상생활에서 쓰이는 구어(口語)를 바탕으로 삼고 있으며, 화자의 표현능력에 기대어 언어표현이 이루어지고 있다. 이에 비해 〈정수경전〉의 언어는 장식적이고 격식화된 문어(文語)로 되어 있으며, 언어 표현에 있어 고전소설에서 흔히 쓰이는 관습적인 표현구나 표현대목이 다양하게 사용됨으로써 풍부하고 다채로운 표현이 이루어지고 있음이 확인되었다.

설화자료에 있어서 각각의 장면은 기본적으로 사건 전개의 맥락에서 벗어나지 않은 채 구체화되고 있음이 드러났다. 장면의 구체화가 전달하고자 하는 문제로부터 일탈되지 않고 있는 것이다. 이에 비해 〈정수경전〉에 있어서는 각 장면들이 사건 전개의 단위가 되고 있으면서도 흔히 사건의 흐름으로부터 일탈하여 확대되고 있는 바, 장면 하나하나가 흥미의 대상으로 구체화되고 있는 것으로 나타났다.

끝으로 그 주제를 보면 설화자료에 있어 시종일관 '인간에게 주어진 운명의 극복'이라는 문제에 관심을 집중하는 가운데 다른 문제들을 이를 중심으로 하여 결집하고 있는 데 비하여, 〈정수경전〉에 있어서는 일대기구조를 바탕으로 하여 인생을 전반적으로 문제삼고 있으며 독자적으로 확대된 장면들을 통하여 남녀의 결연, 정치적 관심 등과 같은 다변적인 주제를 포괄하고 있음이 드러났다. 한편, 그 주제를 구현함에 있어 설화는 화자의 창조적 능력에 의존하면서 작중상황에 현실성을 부여하는 데 힘쓰고 있는 반면, 〈정수경전〉에서는 소설적 관습에 많이 의존하면서 현실성과 대상성을 복합적으로 구현해 나가는 경향을 보이고 있음이 확인되었다.

이상의 연구결과는 구비설화와 소설의 존재방식 및 문학적 관습의 변별을 목적으로 하여 산출된 것이지만, 동시에 〈정수경전〉과 그 관련설화라는 특수한 대상을 통해 산출된 것인 만큼 그 유효성이 일단 이 대상 내에 한정되는 것이라 할 수 있다. 이 글에서 추출해낸 〈정수경전〉과 관련설화의 변별적 특징들 중 어느 것이 구비설화와 소설 일반에 널리 적용될 수 있고 어느 것이 그렇지 못한가를 밝히고 또한 그것이 소설과 설화의 장르적 속성과 어떻게 관련되는가 하는 문제를 밝히기 위해서는 고찰 대상을 확대하여 보다 충실한 연구작업을 수행할 필요가 있다고 하겠다. 그러한 후속 작업을 통하여 설화와 소설의 문학적 관습이라는 문제에 대한 인식이 확충될 수 있기를 기대한다.

고전소설의 문학적 성격과 장면구현 방식

〈정수경전〉을 중심으로

1. 서론

한국의 고전소설에 관한 연구는 그간 여러 측면에서 많은 발전을 해 왔다. 그렇지만 고전소설을 소설답게 만드는 기본적인 요소가 과연 무엇이며 어떻게 하면 고전소설의 문학성을 정밀하게 드러낼 수 있는가 하는 문제를 일반적으로 조명하는 작업은 난관에 부딪혀 있는 것이 또한 사실이다. 여러 학자들이 소설의 서사구조나 갈등구조상의 특성, 그리고 거기 반영된 현실상황이나 담당자의 세계관을 검증하는 방식으로 이 문제에 접근해 온 바 있다.[1] 이러한 연구방법이 주목할 만한 성과를

---

[1] 이 문제를 일반적으로 다룬 예로서 조동일, 『한국소설의 이론』, 지식산업사, 1977; 「한국·중국·일본 '소설'의 개념」, 『성곡논총』 제20집, 성곡학술문화재단, 1989; 박희병, 「조선 후기 '전'의 소설적 경향 연구」, 서울대 박사논문, 1991 등을 들 수 있다.

산출한 것은 분명하나, 이를 통해 도달한 결론은 제한된 의미를 갖는다는 것이 우리의 생각이다. 이러한 연구들을 통해 소설과 여타 산문서사양식 간의 차이가 충분히 해명되지 못했다고 보며, 소설작품의 문학성을 정밀하게 검증할 만족스런 방안이 마련되지 못했다고 보는 것이다.

이 글에서는 고전소설의 문학성, 특히 구비설화나 야담 등과 변별되는 소설 고유의 문학성을 드러내기 위한 모색의 일환으로 고전소설의 장면구현 방식(場面具現方式) 상의 특징을 살펴보려 한다. 즉, 고전소설에 있어 서사내용을 구성하는 여러 장면들이 어떻게 구체적으로 형상화되고 있으며 그것이 작품 전체의 문학성에 어떻게 연관되고 있는가 하는 문제를 고찰하려는 것이다. 소설작품에 있어 구체적으로 형상화된 장면이란 인물과 사건·배경 등의 작중상황이 총체적으로 구체화된 서술단위로서 중요한 의미를 지니고 있다. 이런 이유로 해서 장면구현 방식상의 특성을 충실히 살펴보는 것은 소설작품의 의미를 정당하고 정밀하게 드러냄에 있어 매우 중요한 몫을 차지한다고 할 수 있다. 그럼에도 불구하고 이 문제를 정면에서 본격적으로 논의한 연구성과가 눈에 띄지 않고 있는 상황이다.[2]

필자는 이 논문에서 일단 〈정수경전〉이라는 텍스트에 한정해 문제를 구체적으로 고찰하려 한다. 〈정수경전〉을 고찰대상으로 택한 것은 이 작품이 설화·야담 등과 비교 고찰하기에 좋은 자료라는 점, 이본의 성향이 다양하여 다각적인 논의를 제공한다는 점, 판소리계소설과 문어체소설의 기술양식을 포괄하고 있다는 점 등을 고려한 것이다. 필자는 이

---

2) 판소리를 대상으로 한 조동일의 「흥부전의 양면성」, 『계명논총』 5, 계명대, 1968; 김홍규, 「판소리의 서사적 구조」, 『창작과비평』 31, 창작과비평사, 1974, 봄; 서대석, 「판소리의 전승론적 연구」, 『전통사회의 민중예술』, 민음사, 1980; 정충권, 「판소리 삽입가요의 삽입양상 연구」, 서울대 석사논문, 1989 등이 이 문제에 대한 의미있는 논의를 담고 있으며 서대석, 「칠성풀이 연구」, 『진단학보』 65, 진단학회, 1988에도 주목할 만한 논의가 포함되어 있다. 그러나 이 논문들이 장면구현 방식의 문제에 대한 집중적이고 본격적인 논의에 해당하는 것은 아니었다.

미 이 작품의 이본과 서사내용을 정리하고 그 특성을 관련설화와 종합적으로 비교 고찰하는 작업을 수행한 바 있다.[3] 그 작업을 통해 필자는 장면구현 방식이라는 문제가 소설작품의 문학성을 구명함에 있어 중요한 의미를 지닌다는 사실을 확인한 바 있거니와, 이 글은 그 문제를 좀 더 집중적으로, 본격적으로 검토하는 작업에 해당한다.

2. 고전소설에서의 장면구현의 문제―구비설화·야담과의 비교

소설에 있어 장면이 어떤 방식으로 구현(具現)되며 구현된 장면이 작품 내에서 어떠한 기능을 수행하는가 하는 문제에 접근해 가는 첫 단계로서 우리는 소설과 그 주변의 산문서사양식들 간에 가로놓인 장면구현 방식 상의 기본적인 편차가 무엇인가 하는 점을 살필 필요가 있다. 〈정수경전〉의 한 장면을 그것과 직접 관련되는, 혹은 비슷한 상황을 형상화한 구비 설화·야담의 장면과 비교함으로써 논의의 실마리를 풀어보기로 한다.

　① 그냥 모르는체 하구서 뒤를 보구서 들어가 보니께 아 그 신부가 목아지 칼을 맞구서 죽었단 말여. 그러니께 신랑이 있다가 가만히 생각하니께 이거 뭐 어떻게 뭐 그냥 모르는 체 해두 안 되구 할수 없이 인제 거기서 아무개야 하구 종을 불렀단 말여. 불르니께 그래 불른 종이 딱 들어와 보니께 아 신부 가 피가 유혈이 낭자하구 목에 칼이 꽂히구서 죽었단 말여. 그러니께 인제 거 기서 냅다 아무개 불르구. 아무개 불르구 해서 야단 야단 치구. 전부 나와서

---

3) 신동흔, 「정수경전―관련설화와의 비교 고찰」, 『한국고전소설작품론』(김진세 편), 집문당, 1990. 이 논의에 앞서 이헌홍이 이 작품을 전반적으로 고찰한 바 있다. 이헌홍, 「정수경전 연구」, 『국어국문학』 제23집, 부산대 국어국문학과, 1986 및 「조선조 송사소설 연구」, 부산대 박사논문, 1987 참조.

보니께 그 지경이거든. 그러니께 인저 그 장인 장모 자리가.

"네 이놈아, 내 딸이 무슨 행실이 그러더냐, 뭐 잘못 해가지구 첫날 밤이 이런 모사를 했단 말이냐"구 막 그냥, 막 대들어 쥐 쌓는디 아 이건 뭐 변소에 가구, 어떤 놈이 들어왔다 해두 뭐 말 가치두 안 가고. 할 수 없이 그 누명을 쓰구서 관가에서 나와서 붙잡어 들여가서 갖다 가두구 인제 이러구서. 그 인제 죄인을 잡을라구 보니께, 무죄이니 어디가 있나. 할 수 없이 결국은 그 신랑이 그 누명을 쓰구서 결국 사약을 받게 됐거든. 그 신랑이 살인으로 사약을 받게 됐는디 그래 인저 그방으루 조사를 하구. 에서두 암만 이렇게 봐야 개가 그렇게 할 사람은 아니긴 아니면서두 그 증거를 못잡으느께 할수 없어, 애매하기는 하나 그냥 사약을 받게 됐는디. 결국 이제 아무 날까지 진범을 잡지 못하면 개를 사형을 시킨다는 걸루 이제 날짜를 결정하구 있는 판인디.[4]

—〈죽을 고비 세 번〉

2 조술이 동니예 전파ᄒ여 굴오디 "박시 날노 더부러 ᄉ통ᄒ여 잉틱ᄒ연지 이믜 심ᄉ삭이 되엿다" ᄒ니 소문이 ᄌᄌᄒ거늘 박시 듯고 굴오디 "이졔는 훌길 업스니 관가의 졍소ᄒ여 셜치ᄒ리라" ᄒ고 치마로 얼골을 가리고 관뎡의 드러가 조술의 죄악과 ᄌ가의 원통ᄒ 졍상을 알외여 송ᄉ할시 조술이 지물을 관쇽의게 훗터 푸고 ᄯ한 일읍 관쇽이 다 조술의 노쇽이라 다 말하디 "이 계집이 ᄌ리로 힝음ᄒᄂ 소문이 난 지 오라니이다." 본읍 원윤이 현이 관쇽의 말을 듯고 굴오디 "네 만일 졍졀이 잇스면 비록 남의 거즛말을 닙을지라도 스스로 버슬 거시어늘 엇지 몸쇼 관졍의 드러와 방ᄌ히 알외ᄂ다. 믈너가라." ᄒ거늘 박시 굴오디 "만일 관가의셔 김사의 죄롤 엄치ᄒ고 쳡의 원통ᄒ믈 변빅지 아니ᄒ시면 쳡이 맛당히 관졍의 목을 질너 죽으리이다" ᄒ고 찻던 칼을 ᄲᅦ며 사기 강개ᄒ거늘 원이 노즐왈 "네 이갓치 날을 공동ᄒ난다. 네 만일 죽고져ᄒ즉 네 집의 가 죽으며 올커늘 예셔 져근 칼노 어루 져이난다. ᄲᆯ

---

4) '황백삼 잡은 얘기', 『한국구비문학대계』 4-1(충청남도 당진군 편), 528~529면. 『한국구비문학대계』는 이하, 『대계』라고 약칭함.

니 니여 보니라" 후니 관비 등 미러 관문 밧긔 니친디 박시 쫏기여 나와 방셩
대곡후며 드디여 즈문후니 보는 재 차악히 아니리 업더라.5)

—〈소년노튱복명원(訴輦路忠僕鳴寃)〉

③ 김승샹 마리 "이 혼스는 쥬샹 전후 즁미후신 비니 니 임의로 못후리라"
후고 우션 연즁의 들어가 복디 통곡후며 알외디 "쇼신의 집의 족야 동방디년
의 사괴 여차여차훈 닐이 세샹 쳔디간의 이런 변괴 쏘 어디 잇슬리가" 훈디
전후 경문후샤 옥슈로 으람을 치시며 용안니 딘노후스 왈 "증두경의 션셰 쳥
딕과 그 인긔 출즁후므로 스랑후여 즁작을 제슈후여 혼스을 즁미후엿더니 읏
디 그런 맘을 품어시리오 옛말의 일너시미 '쳔 길 믈 쇽은 알더라도 한 길 물
쇽은 모런다' 후더니 고금스예 완년 올토다" 후시고 일변 "두경을 금부로 나
슈후라" 후시고 후교후사 죄긔영을 노와 엄즁 궁문후라 후시니 츠시 슴당승
과 육낭쳥과 오영문즁신니 츠례로 봉교훌시 영의졍 니공필과 좌의졍의 흔명
길 우의졍의 김공셩이 좌졍후고 부졔학의 학봉과 대사관의 니덕형과 공조판
셔 박협이며 예조판셔 니쥰형과 형조판셔 심형이며 이조판셔 홍영익과 병조
판셔 권육과 호조판셔 김즁셕과 대졔학의 최일경과 도승디의 니원닉과 금부
도스 윤틱연과 봉명 션젼관니 좌우의셔 젼교을 후며 엄즁국문후며 "실스즉초
로 보후라" 후니 한님이 다만 알외 "죄인의 마음은 쳔디신명밧긔야 알니 읍스
오니다" 후니 도승디 봉초 쥬단훈디 샹이 초스을 후감후시고 후교후스 왈 "그
일이 가즁 괴샹후니 김승샹 딥 가너의 소쟝디변인가 의혹이 읍디 아니후니
즈금 이후루는 즈로 국문 말나. 오일 득 초보후라" 후시니 이런 고로 무졍셰
월이 팔구 식이 되여는디라.6)

—〈정수경전〉

---

5) 국문본 『청구야담』 권11(한국야담자료집성 3), 계명문화사, 1987, 138~140면. 띄어쓰
기와 구두점은 필자에 의한 것이다.

6) 〈정수경전〉 하버드대 51장본, 31~32장. 이 이본은 서울대 국문과 이상택 교수가 입수해
온 자료로서 아직 널리 알려져 있지는 않다. 이 이본의 제목은 '정두경전'으로 돼 있는데,
여기서는 편의상 '정수경전'으로 대표하여 논의하려 한다('정수정전'으로 돼 있는 이본도
마찬가지 방식으로 다룰 예정이다). 소설의 장수는 본문 첫 면부터 계산한 것이다.

이상의 세 예문은 각각 구비설화·야담·소설에서 뽑은 것들인데, 모두 죄인 송사의 문제를 포함하고 있어 비교하기에 적합한 성격을 지니고 있다. 특히 ①과 ③은 서로 스토리가 유사한 자료의 대응되는 대목에 해당한다.

위의 예문들은 모두 작품에 있어 장면의 구현이 이루어진 대목을 선택하여 제시한 것이다. 그 서사내용이 서술자의 요약적 진술로 제시된 것이 아니라 작중상황이 구체적으로 형상화되어 있어 독자들이 그 장면을 구체적으로 감지할 수 있게 되어 있다. 예를 들어 ①에 있어서 서술자가 전달하고자 하는 서사내용은 '주인공이 뒷간에 다녀온 사이에 신부가 괴한에게 피살당하여 주인공이 살인누명을 쓰고 옥에 갇혔다'는 것으로 요약될 수 있을 터인데, 서술자는 주인공이 당황하여 종을 부르고, 식구들이 모두 나와서 놀라 주인공을 책망하고, 주인공이 옥에 갇혀서 사실을 증명하지 못하여 고초를 겪고 하는 등의 구체적인 정황을 제시함으로써 청자가 그 장면을 구체적으로 머리에 떠올릴 수 있도록 하고 있다. 즉, 장면을 '구현(具現)'하고 있는 것이다. 다음 ②, ③의 예문에서도 장면이 구체적으로 제시되어 있다는 사실이 어렵지 않게 확인된다. 구체적인 형상을 통하여 의미가 전달되어야 한다는 것이 문학작품의 기본적인 요구조건임을 생각할 때 이와 같이 여러 서사문학 양식에 있어 그 서사내용을 구성하는 대목들이 구체적으로 형상화되는 것은 당연한 일이라고 할 수 있을 것이다.

그런데 이 예문들 중에서도 소설의 한 대목인 ③은 다른 예문들과 비교할 때 특수한 성격을 나타내고 있다. 우선적으로 지적할 수 있는 것은 그 장면구현의 양상이 다른 예들에서보다 더 구체적이라는 점이다. 그 차이는 특히 줄거리가 유사한 자료인 ①과 ③의 비교를 통하여 잘 확인된다. 두 자료는 모두 주인공이 누명을 쓰고 옥에 갇힌다는 내용을 전하고 있다. 그런데 ①의 경우, 장면화가 이루어졌다는 판단이 가능하기는 하지만, 그 수준은 기초적인 단계에 머물러 있다. 이 예문에는 신부가 죽은 것을 알고 사람들이 당황해 움직이는 장면과 주인공이 누명을 쓰고 옥에 갇히는 장면이 그려져 있는데, 그 디테일이 그리 세심하게 다듬어져 있지 않다. 특히 뒤의 장면은 다분히 구연자의 요약적 서술에 의존하고 있다. 이에 비해 ③에 있어서는 그 디테일이 ①에 비해 훨씬 상세하게 묘사되어 있다. ③에 서술된 내용 전체는 ①에서 "할 수 없이 그 누명을 쓰구서~갖다 가구두 인제 이러구서"라고 간략하게 제시된 부분에 대응된다. ①의 내용 전체에 대응하는 소설의 해당부분은 〈정수경전〉에 있어 몇 장에 걸쳐서 자세하게 서술되고 있다.

③에 있어 장면구현이 상세하게 이루어졌다는 판단은 이 대목을 ②와 비교할 경우에도 기본적으로 유효하다고 할 수 있다. ①보다 ②에서 장면이 상세하게 기술되어 있음은 분명하지만, ③에 비하면 상대적으로 그 구체성이 떨어진다. ②대목에 있어 송사가 일어난 배경과 송사의 전체 진행과정, 결말 등이 두루 제시되어 내용이 일단락되는 데 비해, ③에서는 단지 주인공이 고소당하여 옥에 갇히는 상황을 예문에서와 같이 자세하게 서술하고 있다. ③에 있어 주인공과 관련된 송사는 위에 제시한 예문보다도 훨씬 길게 이어져 나가며 상세하게 서술되고 있다. 결국 이 예를 통해 우리는 서사적 전개상 서로 대응되는 대목을 서술함에 있어 야담보다는 소설에서 그 내용이 더 길고 상세하게 그려지고 있음을 확인할 수가 있다. 이러한 사실은 작품의 다른 곳에서도 두루 확인이 되는바, ②가 포함된 야담자료에서 ②이상으로 상세하게 장면이 기술된 예가 별로 없는 데 비해 〈정수경전〉에서는 ③이상으로 장면이 상세하게 기술된 예가 많이 있다.

〈정수경전〉에 있어 장면구현의 정도가 관련설화나 야담자료에서보다 훨씬 구체적이라는 사실은 이 작품 전체에 있어 장면이 어떻게 엮어져 있는가를 살핌으로써 잘 드러낼 수 있다. 필자의 선행 논문에서 추출된 서사단락7)을 놓고 〈정수경전〉의 장면구현 양상을 정리해 제시하면 다음과 같다. 이본에 따라 장면 분석의 결과에 차이가 있을 수 있는데, 여

기서는 예문 ③이 포함된 하버드대 51장본을 대상으로 삼기로 한다.[8]

1) 주인공의 부친 : 작품배경, 부친의 인품을 상세히 서술.

2) 주인공의 탄생 : 기자정성, 태몽과 해몽, 출생과정 등을 구체적으로 장면화.

3) 부친의 사망 : 부친의 유언을 장면화.

4) 주인공의 학업과 과거행 : 주인공의 재질을 자세히 서술, 과거에 앞서 모친과 의논하는 대목을 상세히 장면화.

5~6) 문복(問卜) / 세번 죽을 운명의 탐지 : 배경을 장면화. 문복과정을 상세히 장면화.

7) 보쌈당해 잡혀감 : 시 · 공간적 배경, 보쌈과정을 장면화.

8) 여인과의 상봉 : 방안의 모습을 장면화. 상봉과정을 구체적으로 장면화. 주인공 심정을 상세히 장면화. 여인과의 이별을 장면화.

9) 죽음의 모면 : 배경과 주인공의 심정을 장면화. 도액과정을 장면화.

10) 과거급제 : 과거보기를 결심하는 내용을 장면화. 과거장의 모습을 장면화.

11) 정혼과 혼례 : 두 집안의 청혼과정, 임금의 결정과정 등을 상세히 장면화. 고향 방문 장면화. 혼례 풍경을 구체적으로 장면화.

12) 신부 피살 : 피살과정을 장면화.

13) 주인공 고초 : 심문 광경을 장면화. 주인공의 정상을 장면화. 대그림 시비를 장면화.

14) 여인의 해결 / 누명 탈피 : 여인의 해결과정을 몇 단계로 상세히 장면화.

15) 사면 / 정혼 : 진범 심문과정을 장면화. 백성의 반응을 장면화.

16) 새 결혼 / 여인과의 재상봉 : 혼사광경을 장면화. 첫날밤의 정경을 상세히 장면화.

17) 후일담 : 고향 방문 장면화. 부귀영화를 간략히 서술.

위의 분석 결과를 통해 우리는, 〈정수경전〉에 있어 대부분의 서사단

---

7) 신동흔, 앞의 논문, 862~864면.
8) 장면구현 여부를 판단하고 장면간의 경계를 설정하는 것은 매우 어려운 작업이다. 여기서의 장면 분석은 다분히 필자의 주관적 감각에 입각한 것이다. 앞으로 이 문제를 더 객관적으로 다룰 수 있는 방안을 마련할 필요가 있을 것 같다.

락들이 구체적으로 형상화된 장면을 포함하고 있으며 여러 단락이 그러한 장면을 복수로 포괄하고 있음을 발견할 수 있다. 이처럼 〈정수경전〉에 있어 대개의 서사단락들이 장면화에 입각하여 상세히 서술되고 있는 데 비해, 예문 ①, ②가 포함된 설화나 야담자료에 있어서는 서사단락이 서술자의 요약적 진술에 의해 처리된 예가 흔히 발견된다. 이 작품들에 있어서는 그리 중요하지 않은 단락들이 간략히 처리되곤 하며 특별히 중요한 의미를 갖는 몇몇 핵심 단락을 중심으로 하여 장면의 구현이 이루어지고 있다. ①의 〈죽을 고비 세 번〉을 보면, 이 자료가 훌륭한 화자에 의해 충실하게 구연된 것임에도 불구하고, 주인공이 성장하여 과거를 보는 내용, 과거에 급제하여 혼례를 치르는 내용, 황백삼을 잡아 문초하는 내용, 주인공이 새 신부를 맞이하여 사는 내용 등 여러 서사내용이 구연자의 요약적 진술에 의해 처리되고 있다. ②작품의 경우도 사정이 크게 다르지 않다. 이 작품은 야담 중에서도 상당히 길고 내용이 잘 짜인 자료에 해당함에도 불구하고 여러 단락들이 요약적으로 서술되거나 간결하게 장면화되어 제시되고 있다. ②를 보더라도 조술이라는 인물이 거짓말을 퍼뜨리는 내용과 박씨가 자결하는 내용이 간략하게 처리되고 있음을 확인할 수 있다.

이상에서 우리는 〈정수경전〉이라는 소설작품이 설화나 야담자료에 비해 더 폭넓게 장면을 구현해 내고 있음을 알 수 있다. 설화나 야담자료가 이야기 전개상의 필요에 의해 군데군데 장면을 구현하고 있는 데 비해 이 작품은 되도록이면 모든 대목을 구체적인 장면의 형태로 기술하려 하고 있으며, 가능하면 장면들을 길고 상세하게 그려내려는 경향을 나타내고 있다. 그 결과 이 작품은 전체적으로 관련설화나 야담에서와는 다른 차원의 효과를 획득하고 있다. 이 작품은 그 서사내용 하나하나가 장면의 형태로 제시되고 있음으로 해서 독자들이 그 작중상황을 훨씬 더 구체적으로, 직접적으로 실감할 수 있도록 되어 있는 것이다.

그런데 더욱 주목할 사실은 〈정수경전〉에 포함된 여러 장면들이, 관련설화나 야담의 장면들과는 달리, 단지 스토리를 구체화하는 데, 머무르고 있지 않다는 점이다. 〈죽을 고비 세 번〉에 있어 장면들이 기본적으로 스토리에 근간을 두고 있으며 스토리를 효과적으로 제시하는 기능을 하고 있음은 이미 선행 논문에서 논한 바 있거니와,9) ②의 야담 자료에 있어서도 장면들은 기본적으로 스토리에 의존하고 있는 것으로 나타나며, 장면이 스토리의 맥락에서 일탈하는 예는 찾아지지 않는다. 이에 비해 〈정수경전〉에서는, 이미 전의 논문에서 밝힌 바와 같이,10) 장면들이 스토리의 일부를 이루면서도 그 자체가 흥미의 대상이 되어 자세히 기술되고 있으며, 흔히 스토리의 맥락에서 벗어나곤 한다. 이 작품에 있어 장면이 자족성을 지니고 있음은 위의 예문 ③을 통해서도 확인이 된다. 이 대목에 있어 삼공 육경 등 그 이름이 장황하게 나열되는 사람들 중 이공필과 김공성 말고는 작품의 전체 스토리와 구체적으로 관련되는 인물이 없다. 그럼에도 그 이름을 이렇게 길게 나열한 것은 여러 인물들을 상세하고 풍부하게 그려 보여주는 것 자체가 흥미의 대상이 되고 있기 때문이다. 이러한 장면은 독자들이 스토리의 진전에 매달리지 않고 작중상황의 디테일 자체를 음미하도록 형상화되어 있는 것이다.

결국 〈정수경전〉에 포함된 여러 장면들은 기본적으로 이중적인 성격을 지니는 것으로 드러난다. 그 장면들은 한편으로는 스토리의 일부가 되어 그것을 구체적인 형태로 진전시켜 나가는 기능을 수행하고 있으며, 다른 한편으로는 그 자체가 문학적 향유의 대상이 되어 상세하게 기술되고 있다. 물론 그 구체적인 양상에는 단락들 간에 편차가 있다. 주로 '서사'의 기술방식에 의존하는, 출생과정·문복과정·보쌈과정·상봉과정 등을 그린 장면은 스토리의 전개에 상대적으로 긴요한 역할을 한다. 그에 비해 주로 '묘사'에 의존하고 있는 장면들은 상대적으로 스토리와의 관련성이 약하다고 할 수 있다. 이러한 다양한 장면들이 서로 어울림으

---

9) 신동흔, 앞의 논문, 877~878면.
10) 위의 논문, 878~880면.

로 해서 한편으로는 스토리가 진전되어 나가고 다른 한편으로는 스토리
의 진전이 멈추어 장면 자체에 초점이 놓이게 된다고 할 수 있겠다.

이중 스토리의 멈춤, 혹은 머무름을 통하여 독자들은 스토리를 중심
으로 하여 서술된 서사문학 작품들에서는 쉽게 접하기 힘든 미적 체험
을 하게 된다. 독자들은 사건 전개의 맥락에만 관심을 집중하는 것이
아니라 그럴듯하게 그려진 작품 배경을 상상을 통해 음미하며, 작중인
물에 밀착해 호흡하면서 그의 느낌과 생각을 감지한다. 그리고 사건의
디테일 하나하나를 구체적으로 감각하는 가운데 사건이 담고 있는 의
미에 더욱 체험적으로 다가서게 된다.

필자는 〈정수경전〉이 드러내는 이와 같은 장면구현 방식상의 특성이
소설의 일반적 속성으로서 다른 소설작품에도 널리 적용될 수 있는 가
능성이 있다고 보고 있다. 이와 같은 특징은 소설 작품으로 하여금 독
자들에 대하여 여타 서사양식과는 다른 차원의 커다란 감염력을 행사
하게 한다. 예컨대, 같은 사랑 이야기라고 하더라도 설화나 야담에서 스
토리 중심으로 제시한 것과 소설에서 구체적인 정황을 그럴듯하게 묘
사하여 제시한 것은 독자의 반응을 환기함에 있어 매우 다른 효과를 나
타내게 된다. 조선 후기의 많은 소설론자들—예컨대 김춘택이나 이덕
무 등11)—이 특별히 소설양식의 폐해를 심각하게 논하였다는 사실, 나
아가 개화기나 그 이후의 비평가들—예컨대, 장지연이나 김기진 등—
이 또한 소설에 대하여 민감한 관심을 가지고서 한편으로 소설의 역작
용을 심각하게 우려하면서도 다른 한편으로 소설이 대중을 인도함에
있어 지니는 큰 효용성을 강조했다는 사실12)은 소설이 지니는 이와 같
은 감염성, 혹은 감발력을 인식했기 때문이라고 할 수 있다.13)

---

11) 이 평자들의 구체적인 주장은 조동일, 앞의 논문(1989), 629~631면에 정리되어 있다.
12) 지금 우리의 논의는 기본적으로 한국 고전소설을 대상으로 한 것이지만 그것이
   근·현대소설을 논함에 있어서도 일정한 의미를 지닐 수 있다고 보기 때문에 장지연
   이나 김기진의 예를 든 것이다.
13) 한 가지 덧붙이면, 여러 평자 혹은 작가가 소설의 특징을 '架虛鑿空'·'架空構虛'·

3. 소설의 장면구현 방식과 그 의미

1) 장면구현의 몇 가지 방법

앞 절에서 우리가 행한 논의는 고전소설과 이를 둘러싼 다른 산문 서사양식의 장면구현 방식상의 기본적인 차이를 개괄적으로 드러내는 차원의 논의였다. 이제 우리는, 〈정수경전〉을 텍스트로 하여, 과연 고전소설에 있어 어떤 구체적인 방법에 의하여 장면의 구현이 이루어지는가를 살펴보려 한다. 기존의 연구를 통하여, 〈정수경전〉에 10편이 넘는 이본들이 있음이 확인된 바 있지만,14) 모든 이본을 거론하면 오히려 논의가 너무 산만해질 염려가 있으므로 여기서는 세 편의 이본을 구체적인 인용대상으로 삼아 논의를 전개하고자 한다. 그 이본은 [가] 박순호 소장 36장본, [나] 김동욱 소장 54장본, [다] 하버드대 소장 51장본이다.15)

④ 숨천동의 이르러 일식이 져물거늘 주인의 집을 츠저 도라오더니 혼 누각이 잇는더 방을 쎠붓쳐스되 '과졈 치리 잇거든 돈 오양을 가지고 오라' 흐엿거늘 수정이 낭턱을 열고 보니 다만 이냥뿐이라. 부족흔 수회를 동힝의게 취흐녀 가지고 동힝러더 가로디 "니 잠간 이곳의 단녀가거시이 즈니더른 몬져 도라가라" 흐고 그 집을 츠즈 드러가니 집니 가장 졍쇄흐야 이스 집과 다른지라. 판수 일인이 안져씨되 용모 엄숙흐고 단졍흔지라. 수정이 나어가 절

'憑空着影' 등으로 설명한 사실 역시 단지 소설의 내용상의 특징을 지적한 것이 아니라 소설이 작중상황을 구체적으로 형상화하는 것이라는 점, 혹은 그에 따른 문제점까지를 지적한 것으로 볼 수 있을 것 같다. 이 문제에 대해서는 더 깊은 논의가 요망된다.

14) 이헌홍, 「정수경전 연구」, 75~79면; 이헌홍, 「조선조 송사소설 연구」, 41면; 신동흔, 앞의 논문, 859~862면 참조.

15) 앞으로는 이 이본들을 각각 [가], [나], [다]로 칭하고자 한다. 그 이본의 특징에 대해서는 신동흔, 앞의 논문, 860~862면 참조.

ㅎ고 졈치러 온 년고을 고한디 판수 분향ㅎ비ㅎ고 산통을 흔들며 헛눈을 번득이며 축수ㅎ여 왈

—[가] 179~180면

⑤ 임에 신부가 잠니 들고 혼즈 모친 싱각과 젼일 고싱하든 싱각ㅎ고 오날 일러ㅎ믈 탄복을 마지 안니ㅎ고 안즈더니 쏘흔 등촉니 휘황ㅎ고 쏘흔 박가치 인젹니 고뇨ㅎ므로 할님니 침셕의 누어 밤을 지니려 홀 지음의 할님니 잠니 안니오기로 남초을 피고 타연니 안즈더니 문득 밧갓테셔 인기쳑니 나는지라. 할님니 고히 여기고 가로디 ‘밤니 야심흔 가온디 누가 드러오리뇨’ ㅎ고 닛다가 할님 마음의 싱각ㅎ되 ‘그러도 그러치 안타’ ㅎ고 문듬무로 가마니 여러보니 밧갓테 월싴니 됴뇨ㅎ고 쏘흔 달니 초롱가치 발근 가온디 엇지 흔 도젹니 창검을 들고 들어오믈 보고 젼일레도 놀난 가삼니 되여 미쳐 신부 깃우지 못ㅎ고 할님니 몸을 슈습ㅎ여 병풍 뒤흐로 드러셔셔 몸을 슈습ㅎ고 가만니 여어보니 그 창검 든 놈니 문을 열치고 급피 드러와서 방황ㅎ다가 그 칼노 신부을 질너 쥭니고 다라나거놀

—[내] 26~27장

④는 정수경이 점을 치러 들어간 장면이며, ⑤는 괴한이 첫날밤에 정수경의 신부를 살해하고 달아난 장면이다. 이 예문들에 있어 장면의 구현은 기본적으로 서술자의 직접적인 진술에 의존하고 있다. 즉 서술자가 서사 내지 묘사를 통해 장면을 상세히 그려 독자가 그 상황을 구체적으로 감지할 수 있도록 하고 있다. 이 대목들을 단지 스토리 차원에서 서술한다면, ④의 경우 ‘수경이 삼청동에 갔다가 점치는 집을 발견하고 들어가서 점을 쳤다’는 식으로, ⑤의 경우 ‘수경이 첫날밤에 잠을 못 이루고 앉아있던 중 인기척을 느끼고 병풍 뒤에 숨었는데 한 괴한이 들어와 신부를 죽이고 달아났다’는 식으로 내용을 요약적으로 제시할 수도 있을 것이다(실제로 이 작품의 관련설화에서는 이와 유사한 방식으로 이 부분이 처

고전소설의 문학적 성격과 장면구현 방식　63

리된 예를 발견할 수 있다). 그런데 이 작품에서는 이러한 대목에 대해 서술자가 작중상황을 디테일에 이르기까지 친절하게 서술해 제시함으로써 독자들이 장면을 구체적으로 연상할 수 있도록 하고 있다. 이와 같이 서술자가 작중상황을 상세하고 꼼꼼하게 서술하여 장면을 구현하는 방식이 우리가 일차적으로 들 수 있는 이 작품의 장면구현 방법이다.

이러한 장면구현 방법이 관련설화나 야담자료에서도 종종 이용되고 있는 데 비해, 다음 대목에서 사용된 장면구현 방법은 색다른 것이라 할 수 있다.

⑭ 수졍이 졈졈 즈라 팔 셰 되민 글을 가르치니 영민 총혜ᄒ여 스광의 총명과 니젹션의 장과 왕희지의 필법을 가젓고 얼골은 관옥이요 풍치 두목지라. 나히 십뉵세 이을러서 셔빅가예을 무불통지ᄒ고 글을 지으민 니티빅 봉황시와 송동파 젹벽부의 나리지 아니ᄒ더라.

—[개] 175~176면

⑮ 졍한님이 디례ᄒ러 가는 긔구범졀은 이로 긔록디 못할너라. 그만 쥰마 완완니 타고 홍관 옥디의 홍문구긔을 몸의 씌고 좌우의 각스셔리 츄종ᄒ고 젼후의 오셕등용을 쌍쌍이 옹위ᄒ여 홍문 디나 힝보셕 즐비ᄒ게 펴노흔디 쳥순층암의 미호 거름으로 어넌니 거러 교빅셕의 들어가니 디소 병풍을 흐닐즈로 좌우의 둘너치고 화문 등비셕을 층층이 도도 펴고 셜면 안기 갓흔 치일은 반공의 놉히 치고 빅옥슴을 윤각 디쳥의 마조 노코 왜밀 초디 샹샹이 노코 이 셩디합 빅복원네 디닐졔 잉무 갓흔 시녀들이 쌍쌍이 셔셔 월노승 유리병을 반만 긔울너 빅년가약 젼홀졔

—[대] 29장

⑭은 정수경의 비범한 재질을 묘사한 대목이며, ⑮은 정수경이 김소저와 혼례를 올리는 것을 그린 대목이다. 이 대목들에 있어 장면의 구

현이 서술자의 목소리에 입각하여 이루어지고 있음은 분명하나, 그 양상은 4, 5의 경우와 상당히 다르다. 그 차이는 무엇보다 이러한 서술이 표현상 강한 관습성을 지니고 있다는 데서 찾아진다. 6의 인물묘사에는 고전소설의 남주인공의 묘사에 있어 매우 폭넓게 나타나는 공식적인 표현이 활용되고 있다. 그리고 7에서는 판소리계 소설에서 흔히 나타나는 운율이 실린 열거식 표현방법이 수용되어 있다. 이러한 관습적 표현을 사용함으로써 이 장면들은 생기를 얻으면서 그 자체로서 즐김의 대상이 되고 있다. 6에서 주인공의 인물됨이 역사적 인물들과의 대비를 통해 흥미롭게 부각되며, 7에서는 혼례라는 행사가 지니는 화려하고 흥분된, 활기 넘치는 정황이 효과적으로 구체화되고 있다.

이와 같은 장면구현 방법 역시 이 작품에서 여러 차례 나타나고 있는데, 이러한 방법은 소설 이외의 다른 산문서사양식에서는 찾아보기 힘든 독특한 것이라 할 수 있다.16) 다른 산문서사양식과 달리 소설에 이러한 관습이 마련되어 있어 작품을 서술할 때 두루 이용할 수 있게 돼 있다는 사실은 큰 의미를 갖는다고 생각된다. 서술자가 작중상황을 처음부터 끝까지 일관되게 독자적으로 '창조'해 낸다는 것은 실상 쉽게 감당하기 힘든 어려운 작업이라 할 수 있을 터인데, 이와 같은 관습적 표현들이 마련되어 있음으로 해서 서술자가 그것을 이용하여 더욱 용이하게, 더욱 효과적으로 장면을 구현해 낼 수 있게 되는 것이다.

이상의 장면구현 방법이 기본적으로 서술자의 목소리에 의거하는 것이었다면, 우리는 또한 이 작품에서 등장인물 자신의 목소리에 의해 장면구현이 이루어지는 예를 광범위하게 발견할 수 있다.

　8 슈경니 문복 문젼에 가서 츠지니 그 문복 집으로셔 혼 시비 나오믈 보고 슈경니 반겨 왈 "니 집니 문복ᄒᆞ시는 집니냐." 시비 왈 "그러므로소니다" ᄒᆞ거

---

16) 서사무가나 판소리 같은 구비서사시에서는 이러한 표현이 흔히 나타나고 있는데, 그 것은 이 양식들이 장면구현 방식상 소설과 상당한 천연성을 지니고 있음을 암시한다.

놀 슈경 "문전의 손 오시믈 고ᄒ라" ᄒ거놀 봉스왈 "그러ᄒ면 긱을 쳥ᄒ라" ᄒ
시거놀 시비 나와 "봉스계옵셔 여츄ᄒ오니 드러가스니다" ᄒ거놀 슈경니 시비
을 다리고 드러가니라. 일일은 슈경니 봉스계 졀ᄒ고 가로디 "봉사계 졈을 치
라 완나니다" ᄒ거놀 봉스 담여 왈 "졈은 무상 졈니잇고" ᄒ거놀 슈경 왈 "다
름니 아니오라 소싱은 경승도 안동 ᄯᅡ히 스옵더니 이번 경과의 과가 보라 왓
습고 ᄯᅩ흔 소싱의 셩명은 졍수경니로소니다" ᄒ거놀 "졈은 치련니와 복츅가
단양닌이 복츅을 니라" ᄒ거놀 슈경니 "문복츅가 단양니나 되는닛가" ᄒ거놀
봉스 왈 "그러ᄒ니 엇지ᄒ오면 조흘랴" ᄒ거놀 슈경왈 "봉스의 말슴니 여츄ᄒ
다 ᄒ시니 복츅 단양 브드시고 졈을 잘 쳐 쥬옵시기을 바라나니다" ᄒ거놀

—[나] 4장~5장

⑨ 졍수졍이 과거 소식을 듯고 모친계 엿ᄌ오디 "소ᄌ의 연광이 십뉵셰라.
장부 셰상의 쳐ᄒ야 입신양명ᄒ야 임군을 셤기미 ᄶᅥᆺᄶᅥᆺ흔 비여늘 하향 심곡의
뭇쳐잇시미 장부의 일이 아니옵기로 이번 과거를 구경코ᄌ ᄒᄂ이다." 부인니
ᄀᆞ로오디 "너 늣게야 너을 나어 보옥갓치 스랑ᄒ던니 가운니 불힝ᄒ여 너의
부친니 일즉 별셰ᄒ고 박그로 지친니 업고 안으로 응문지동이 업셔 모지 셔
로 의지ᄒ야 네 아침의 나어가 져물면 죽문의 나와 니문을 의지ᄒ여 바라더
니 네 나히 아즉 어리고 향양 쳘니길의 엇지 가며 간 후의 어미 뉘를 의지ᄒ
야 일시나 지니리요 옛말의 일너시되 '임군 셤기고 어미 셤긴다' ᄒ여시나 네
장셩흔 후 쳥운의 올나 문호을 빗니고 임군 셤긔미 늣지 안니ᄒ니 망영된 말
다시 말나." 수졍이 다시 엿ᄌ오되 "시호시호부지니라. 쇼ᄌ의 나히 이팔이요
군ᄌ의 닙신양명흔 ᄯᅥ라. 니ᄯᅥ을 일습고 한숀 궁벽 뭇쳐 둥신ᄒ면 셰상스롬이
뉘가 수졍이 인간의 낫던 줄 알이요 모친은 일신의 연흔 졍을 너무 싱각지
마르시고 쇼ᄌ의 원디로 ᄒ여 먹은 마음 일우겨 ᄒ옵소셔."

—[개] 176~178면.

⑧은 졍수경이 졈을 치러 가서 졈쟁이와 말을 주고받는 대목이며, ⑨

는 수경이 과거를 보러 떠나기에 앞서 모친의 허락을 구하는 대목이다. 이 예문들을 통하여 인물간 대화의 직접적인 표현이 장면구현의 효과적인 방법이 되고 있음을 발견하는 일은 어렵지 않다. 인물들이 직접 주고받는 대사는 서술자가 인물이나 상황에 대해 말하는 간접적인 언술보다 더 직접적으로 독자들의 반응을 환기시키게 된다. 작중인물들의 다양한 대화는 그들이 살아서 움직인다는 것을 보여주는 징표가 됨으로 해서 스토리에 일방적으로 종속되지 않은 채 그 자체로서 중요한 표현대상이 되고 있다. 그러한 대화들이 얽혀 있는 작중 상황은 여러 인물들의 다양한 처지와 생각, 감정이 한데 얼크러져 갈등하는 축약된 삶의 장으로서의 의미를 지니며,[17] 독자들은 인물들의 대사를 통해 자연스레 작중상황에 젖어 들어가 작품 속에서 살아 움직이고 있는 인물들과 교감을 나눌 수 있게 된다. 이러한 의의를 지니고 있기 때문이겠지만, 〈정수경전〉에 있어 대화를 바탕으로 하여 장면을 확장하고 구체화하는 방법은 다른 어느 것보다도 두드러진 장면구현 방법으로 자리 잡고 있다.

그런데 위의 ⑧과 ⑨대목을 비교하면 그 대화표현의 양태가 서로 다르다는 사실을 발견할 수 있다. ⑧에서는 짤막한 대사들이 연쇄적으로 교환되는 방식으로 대화가 전개되고 있다. 그 대화 하나하나는, '여차여차……' 식의 비사실적인 표현이 포함된 것이 사실이지만, 구어적인 성향을 지니고 있다는 것 또한 특징적이다. 반면 ⑨에서는 인물들이 긴 대사를 거침없이 유려하게 토해내고 있다. 이러한 유려한 달변은, 한자식 문어나 고사 등을 많이 포함하고 있는 등 일상대화보다 과장된 것이지만, 인물의 생각 혹은 감정을 폭넓게 드러내는 데 있어 효과적인 것이라고 할 수 있다.

---

17) 바흐찐이 지적한 대로, 인물의 대사가 제 나름의 세계관에 입각해 서로 갈등할 때 대화의 의미는 더욱 뚜렷이 부각될 수 있다고 생각된다. 그러나 그러한 성격이 소설에 일반적으로 구현되고 있는 것은 아니라고 본다. 바흐찐, 전승희 외역, 「소설 속의 담론」, 『장편소설과 민중언어』, 창작과비평사, 1988 참조.

〈정수경전〉의 여러 이본들에서는 이 두 가지 형태의 대화전개방식 중 ⑨에서와 같은 달변적이고 다분히 문어적인 대화 표현방식을 주로 많이 활용하고 있는데 이 작품에서 폭넓게 취한 이러한 대화 표현방식은 다른 고전소설에 있어서도 폭넓게 활용되는 종류의 것이다. 달리 말하면, 이러한 표현방식은 고전소설에 있어 널리 관습화되어 있다. 〈정수경전〉의 서술자는—특히 위의 두 예문 중 ⑨의 서술자는—이와 같은 고전소설의 대화 표현방식상의 관습에 익숙한 인물이었음으로 해서 인물의 대화를 막힘없이 유려하게 형상화할 수 있었다고 판단된다. 이런 판단이 성립된다면, 소설 작가들이 작품을 서술함에 있어 양식의 관습에 기대고 있다는 사실은 단순히 앞서 살핀 일부 공식적인 표현대목뿐만 아니라 소설의 서술 전반에 폭넓게 적용될 수 있다고 하겠다.

〈정수경전〉에는 이밖에도 장면을 구현함에 있어 시나 노래, 편지글 등이 중요한 역할을 하고 있는 예가 나타난다.

⑩ 수경이 할일업셔 죽긔을 면치 못할 줄 알고 앙천 탄식ㅎ며 필연을 쳥하여 영결시을 두어귀 지여 벽상의 붓쳐시이 그 글리 ㅎ어되 "한심ㅎ고 가련ㅎ다 뎡수경의 몸이로다. 이팔쳥츈 소연으로 황쳔긔 되단말고. 쳔황지황 인황후로 이런팔자 쏘잇난가. 삼츈화류 소년더러 이니한몸 살여쥬소 인간칠십 다소라도 죽을인싱 불상한디 십뉵세 졔유되여 죽단말이 어인말고. 불상ㅎ고 가련ㅎ다 이니신셰 싱각ㅎ 초당삼간 젹막흔디 침침흔 야슘경의 나죽난쥴 뉘알손가 엄동셜흔 찬바람의 졔우지는 쏫쩔기가 졀호 시졀의 봉을봉을 물이밋쳐 숨츈가졀 만나던이 는디움는 불이나셔 싱초목이 불이붓니. 이니몸 츌싱후의 이팔쳥츈 되여오이 시젼논어 일거내여 입신양명 바라쩌이 도물이 사긔ㅎ여 함졍안의 들어오다. 죄가 잇셔 죽을손가 명이이셔 죽을손가 죄도업고 명도업니. 무죄인싱 죽으랴니 속졀업셔 더옥답답 어이그리 이니목슘 경각간의 죽기는고 (……)"

—[개] 191~192면

11 젼갈을 알외디 "소녀는 ㅈ약ㅎ고 경수을 셤역디 못홀 나여ㅈ라 졍졍 유
슌ㅎ는 은힝 규여ㅈ의 쥬분니압고 국가디사의 참녜ㅎ와 당도라 의논ㅎ는 거
슨 여ㅈ의 도리 아니리오나 옛글의 ㅎ여시되 ㅎ날 마음은 곳 빅셩의 마음이
오 임군니 측ㅎ시면 신ㅎ가 츙셩타 ㅎ고 스름의 죄 잇고 읍는 거슨 다사려 보
아야 짐쥭혼다 ㅎ여시며 혼 사람을 죽이려면 열 스람이 다 맛당타 ㅎ여야 죽
일 거시오니 형벌을 션찰ㅎ여 원악히 죽는 지 읍셔야 빅셩이 편ㅎ다 ㅎ고 날
아 승벌을 말연ㅎ옵기는 신민을 위ㅎ오미니 읏디 빅샤을 삼가 조심치 아니리
가. 쇼졔 아모리 여자의 몸이오나 본디 고목 셰신의 딥 ㅈ식으로 디디 국녹을
먹ㅅ와 국은을 만분디일이라도 갑ㅅ길을 원ㅎ옵는 반고로 일어틋 ㅎ오니 쳘
모로는 여ㅈ가 번줍ㅎ고 방ㅈ타 마옵소셔. 대쳐 날아의 법이 즁ㅎ고 가쟝 광
디ㅎ여 육형을 면치 못ㅎ오면 쳔ㅎ만민니 다 칭원ㅎ여 쳣지는 ㅎ물이 임군의
긔 도라가고 둘지는 칭원니 듕신의게 밋치압ᄂ니 읏디 두렵고 두렵디 아니ㅎ
오리가. (……)"

—[대] 36장

10은 정수경이 상부살풀이의 희생물로 잡혀가서 죽을 위기에 처하였
을 때 남긴 영결시의 일부로서 가사체로 서술되어 있다. 이와 같이 고
전소설 속에 가사나 한시 등이 삽입되는 것은 종종 볼 수 있는 현상인
데, 흔히 소설의 문학성을 떨어뜨리는 요소로 인식되어 왔다. 그러나 각
도를 달리해서 볼 때, 이러한 시가의 삽입[18]은 장면을 크게 확대하는
중요한 기능을 하고 있음이 드러난다. 여러 장에 걸쳐 길게 이어지고
있는 위의 가사는 인물의 처량한 심정을 드러내는 역할을 하고 있는데,
사건을 진행시키기보다 사건 진행을 중지시키고 구체적인 장면에 관심
을 모으는 기능을 하고 있다.[19] 결국 이 시가는 이 작품의 작중상황을

---

18) 이 작품에는 이밖에도 옥사가 해결되었을 때 사람들이 지어 부른 '시원가'라는 노래
　　가 삽입되어 있다.
19) 이 가사가 사건을 진행시키기보다 머무르게 하고 있음은 선행 논문에서도 논한 바
　　있다. 신동흔, 앞의 논문, 879면.

'소설답게' 형상화하는 데 일조하고 있는 것이다.[20]

이러한 논의는 예문 [11]대해서도 비슷한 방식으로 적용될 수 있다. [11]은 이소저가 정수경의 옥사를 해결하는 데 나설 뜻을 비치면서 관원에게 보낸 편지글의 일부로서, 이소저는 이 글을 통하여 국법의 중요성과 법집행의 공정성을 강조하면서 잘못된 옥사가 가져올 후환에 대하여 경계하고 있다. 이와 같은 편지글을 이용한 표현이 장면의 구현에 크게 기여하고 있음은 [10]의 경우와 별로 다르지 않다. 이 편지글은 일종의 크게 확대된 대사의 의미를 갖는 것으로서 인물의 생각, 나아가 인물의 성격을 구체적으로 드러내 독자들을 효과적으로 작중상황 속으로 끌어들이고 있다.

이와 같이 〈정수경전〉은 다양한 방법을 활용하여 장면을 구현해 내고 있다. 소설작품이 활용하고 있는 이러한 다양한 장면구현 방법은 소설의 미학적 지향과 상호작용을 하고 있는 것이라 할 수 있다. 되도록이면 장면을 구체적으로 형상화하고자 하는 소설의 미학적 지향으로부터 다양한 장면구현 방법이 개발되고 다듬어졌다고 생각되며, 다른 한편으로는 이러한 다양한 방법이 관습으로 마련됨으로 해서 소설작품에서 장면이 폭넓게, 효과적으로 구현될 수 있었다고 생각되는 것이다.[21]

2) 이본에 따른 편차와 그 의미

우리는 지금까지의 논의에 있어 〈정수경전〉의 이본 간의 차이에 대해서는 별다른 관심을 두지 않았다. 그러나 이 작품의 이본들 간에는 장면구현 방식에 있어 중요한 차이가 발견되며, 그것은 각 이본의 문학

20) 필자는 김시습의 『금오신화』와 같은 작품이 소설다운 특징을 드러내게 된 데 있어서도 삽입시가가 중요한 몫을 했다고 생각하고 있다.
21) 고전소설 일반에 있어 이와 같은 여러 장면구현 방식이 어떤 위상을 지니고 있는가 하는 문제는 후속논문에서 구체적으로 논의할 예정이다.

성을 해명함에 있어 큰 의미를 지니고 있다. 이 절에서는 앞에서 인용해 온 바 있는 세 이본을 대상으로 하여 이본간의 편차와 의미를 살펴보려 한다.

〈정수경전〉의 이본 [가]와 [다]는 기본적으로 서로 맥락이 통하는 이본이다. 두 이본은 사건의 구체적인 전말에 이르기까지 서사 전개가 거의 일치하며, 구체적인 표현도 상당 부분 겹치고 있다. 그중 [가]의 필사연대가 앞서므로 [다]는 [가] 또는 그와 흡사한 다른 모본을 바탕으로 하여 서술된 이본으로 판단된다. 그런데 이와 같은 내용상의 유사성에도 불구하고 두 이본은 양적으로 큰 차이를 보인다. [가]의 장수가 35장인 데 비하여 [다]의 장수는 51장이며 한 장의 글자 수도 [다]가 더 많다. 그 분량상 [다]에 있어 [가]에 비해 50% 이상의 확장이 이루어져 있는 것이다. 그렇다면 과연 어떠한 요소에 의하여 이와 같은 확장이 가능했는가 하는 것이 우리의 관심사가 된다.

⑫ 셔편의 실니를 부르거날 할님이 나어가 현알ᄒ이 그난 우의정 김셩필이라. 실니을 무슈히 진퇴ᄒ고 ᄒ고 또 사회 되기를 쳥ᄒ거날 할님이 미쳐 디답지 못ᄒ고 쥬저ᄒ더이 승상 공필이 말ᄒ되 "졍할님은 너가 몬져 스회을 증ᄒ엿스오이 말슴 마옵소셔" 훈디 김승상이 가로디 "디감은 날버더 비승ᄒ오이 셜스 몬져 말슴ᄒ셩지라도 너계 아슬 밧긔 업다." 셜왕셜리ᄒ야 가부을 증치 못ᄒ더이 고이 탓토지 못ᄒ야 탑젼의 쥬달ᄒ야 각각 원정을 넛즈올시 김셩필이 다시 엿즈오되 "이공필은 비로 즉시 업스오나 원근지친이 잇스와 양즈라도 할 디가 만삽거이와 신은 혈혈무의ᄒ와 양자라도 할 곳시 읍스오이 복망 승상은 신을 불상이 여기스 맛당호 스회를 ᄒ교ᄒ옵쇼셔. 외손봉스나 ᄒ계ᄒ옵소셔." 상이 김셩필을 불상이 여기스 허락ᄒ야 쥬시고 즉시 틱일ᄒ엿시되 습월 초칠일이라.

—[가] 204~206면

13 셔편 병문셔 쏘 실내을 연ᄒ여 불으거날 한님이 나아가 산호금편을 놉히 들어 읍ᄒ니 이는 네조판셔 겸 우의졍 김공셩이라. 실내을 무슈이 딘퇴ᄒ고 희식이 만면ᄒ여 왈 "누부가 귀긱의게 쳥홀 마리 잇시나 혹 괄세할가 혐의ᄒ여 발구치 못ᄒ노라" ᄒ니 한님이 공경 디왈 "디감긔옵셔 무산 말슴을 소셩다려 ᄒ고져 ᄒ시나니가." 김공셩 왈 "노부 늣긔 다만 닐녀을 두어 방금 연광이 십구셰라. 위인니 총명 영민ᄒ기로 두로 어딘 사회를 구ᄒ디 가합ᄒ 고디 읍셔 근심ᄒ든 츳 그디을 만나니 즈년 마음이 탐탐ᄒ여 여식의 빅년 원앙 즈미를 불가ᄒ나니 그디 마음은 읏더ᄒ뇨" ᄒ니 할님이 황공ᄒ여 밋쳐 디답디 못ᄒ여ᄒ니 니공필이 급히 말ᄒ여 왈 "증한님은 싱이 몬져 등습을 경ᄒ여 허락을 바더샤오니 대감은 쓸디읍는 말슴을 마시고 달니 구혼ᄒ소셔" ᄒ며 닷토다 결정치 못ᄒ고 두 지상이 각각 원졍을 디여 답젼의 밧쳐 쥬달ᄒ여 쳐분을 기다리더니 김공셩이 다시 알외디 "니공필은 비록 즈식은 읍샤오나 원근 족은 만사와 양자라도 할 고디 만스오디 신은 본디 고단종젹으로 혈혈무의ᄒ와 양즈 할 곳디 읍삽기로 가합ᄒ 스회을 읏스와 일후 외손봉사나 할가 ᄒ와 황송ᄒ 연유을 쥬광 아래 품ᄒ오니 복걸 젼ᄒ는 특별이 ᄒ교ᄒ스 소신의 원졍을 불숭이 여기샤 졍할님으로 쇼신의 이셔을 제슈ᄒ스 소신 부부의 일후 희골이나 거둘가 바라옵나이다" ᄒ디 샹이 그 원졍이 가긍ᄒ 졍디을 통쵹ᄒ스 츠근니 여기스 니공을 인견ᄒ스 가유ᄒ여 마음을 위로ᄒ시고 왈 "경의 여식은 다시 구혼ᄒ여 쇼년등과ᄒ고 가합한 곳 잇시면 딤이 쥼민홀 거시니 아즉 물너잇시라" ᄒ시고 증한님을 김공셩의 샤회을 제슈ᄒ시며 대샤관을 인견ᄒ사 즉시 택일 증ᄒ니 츈삼월 초사일이라.

―[대] 26~27장

이 두 예문은 [다]에 있어서 장면이 확장되고 있는 양상을 전형적으로 보여주고 있다. 우선 13은 12에서보다 서술자의 서술과 묘사가 더 세심하게 다듬어져 있다. 12에서 "셔편의 실내을 부르거날 할님이 나어가 현알ᄒ이"이던 것이 13에서 "셔편 병문셔 쏘 실내을 연ᄒ여 불으거

날 한님이 나아가 산호금편을 높히 들어 읍흐니"로 다듬어져 있는 것이
그 예이다. 그런데 ⑬에서는 무엇보다도 대화표현의 확충이 잘 나타나
고 있다. 우선 ⑫에 없는 대사가 추가되었으니, 김공이 정수경을 불러
사위가 돼주기를 청하는 대사나 임금이 이공을 위로하는 대사 같은 것
이 그 예이다. 한편 두 예문에 함께 나오는 대사 또한 ⑬에 있어 더욱
풍부하게 확장되어 있다. 이공이 임금에게 사정을 아뢰는 대목을 비교
하면 그 사실을 쉽게 확인할 수 있을 것이다.

　이와 같이 ⑬에서는 장면 표현이 더욱 상세하게 다듬어져 있는데 중
요한 것은 그것이 작품이 독자에게 주는 효과와 긴밀히 연관되어 있다
는 사실이다. 위 예문을 서로 비교하면 ⑬이 ⑫보다 더 실감있게 독자
의 반응을 환기시키고 있음이 드러난다. ⑬에 있어 정수경이 김공을 대
면하는 장면은 ⑫에 있어서보다 더욱 구체적이고 실감이 있다. 그리고
⑬에서는 임금이 이정승을 위로하는 대사가 첨가됨으로써 ⑫와는 달리
임금의 자상한 성격이 잘 부각되고 있다. 그밖에 인물의 대사 하나하나
를 비교해 보아도 ⑬에 있어 더욱 실감이 부각되고 있다는 사실을 두루
확인할 수 있다. 이와 같은 차이 때문에 독자들은, 같은 스토리를 비슷
하게 펼쳐나간 이본임에도 불구하고, 이본 [다]에 더 흥미를 느끼게 되
고 그 작중상황에 효과적으로 젖어들게 된다.

　위 예문의 비교를 통해 나타나는 차이는 두 이본의 전체적 서술에 있
어 두루 확인이 된다. 이본 [다]는 전반적으로 서술자의 서술이 상세하
고 치밀하며, 대화 표현이 더 풍부하고 유려하다. 그뿐만 아니라 [가]에
서보다 관습적인 표현방법을 더욱 폭넓게 활용하여 내용에 생동감을
더하고 있다. 예컨대 앞의 예문 ⑦은 [가]와 같은 다른 이본에서는 활용
되지 않았던 관습적 표현대목에 해당한다. 이를 통해 볼 때, 이본 [다]
의 서술자는 소설의 장면구현 방식상의 관습에 익숙하여 그것을 잘 활
용할 수 있었음으로 해서 단순 필사자 이상의 창조적 역할을 할 수 있
었다고 판단된다.

이본 [다]의 서술자가 소설의 장면구현상의 관습을 잘 활용함으로써 효과적으로 작중상황을 서술하고 있는 데 비해, 이본 [나]에서는 그 반대의 현상이 드러나 있다. 단적으로 말하면, 이 이본은 전반적으로 그러한 관습을 적절히 활용하지 못함으로써 문학성의 저하를 드러낸다. 이 이본에서는 장면이 자주 분할되고 있으며, 분할된 장면들은 구체적으로 형상화가 됐다고 보기가 힘들 정도로 간략하게 서술되고 있다. 이러한 서술방법은 〈정수경전〉의 다른 어느 이본에서도 발견할 수 없는 특수한 것이다. 이 서술자는 이러한 대목을 서술함에 있어 작품—나아가 고전소설—의 일반적인 관습에 입각하지 않고 있는 것이다. 그런데 그 결과는 그리 신통치 않아 보인다. 각 장면이 서술자에 의해 끌려가고 있으며 또한 단편적으로 흩어져 실감이 살아나지 않고 있다. 물론 내용상으로도 흐름이 매끄럽게 이어지지 못하고 자주 단절되고 있다 이러한 식의 어색한 중복은 이 이본에서 여러 군데 발견된다.

이러한 이유 때문에, 양적으로 길고 개성이 있는 이본임에도 불구하고, 필자는 이 이본을 선본으로 보지 않는다.22) 이본 [다]가 능숙한 작가에 의한 선본인 데 비해 이본 [나]는 서툰 작가에 의한 습작이라고나 할 수 있을 것이다. 어쨌든 우리는 이 이본을 통해서, 소설의 장면구현 방식상의 관습을 충분히 활용하지 못하고 있고 그렇다고 해서 독자적이고 효과적인 표현방법을 창출하고 있지도 못한 이본—나아가 작품—은 문학성의 효과적인 구현에 성공하기 어렵다는 사실을 단면적으로 확인할 수 있다.

---

22) 이에 비해 이헌홍은 이 이본을 대표본으로 삼아 논의를 전개하고 있다. 그 내용이 가장 풍부하고 현실적이라는 것인데, 필자의 견지로는 소재가 포괄적이고 현실적이라면 몰라도 실제 서술된 내용이 현실적이고 박진감 넘친다는 견해에는 동의하기가 어렵다. 이헌홍, 앞의 논문(1986), 79~81면 참조.

3) 작품주제와의 관계

우리는 지금까지 고전소설의 장면구현이 지니는 의미를 주로 작중상황의 구체성과 실감이라는 측면에서 다루어 왔다. 즉, 우리의 입장은 작중상황이 장면화되어 구체적인 형상으로 제시됨으로써 독자들이 효과적으로 그 상황 속에 젖어들게 된다는 것이었다. 그러나 이를 소설 작품의 문학성과 연결 짓는 데는 신중을 기할 필요가 있다. '문학성'은 실감 이상의 훨씬 복잡하고 총체적인 문제이기 때문이다. 이제 〈정수경전〉의 장면구현 방식과 작품주제와의 관련성을 살펴봄으로써 소설작품이 문학성을 표출함에 있어 장면구현의 문제가 어떤 위상을 차지하는가를 좀더 넓은 시야에서 점검하기로 한다.

필자의 선행 논문의 분석 결과에 따르면 〈정수경전〉의 주제는 두 가지 차원에서 추출된다. 우선 '운명의 탐지 → 운명과의 대면 → 운명의 탈피'를 근간으로 하는 이 작품의 기본 서사구조로부터 '인간의 운명이란 상황에 따라 해결될 수 있는 것이며, 그 운명의 극복에 의해 보다 나은 삶이 열릴 수 있다'23)는 기본 주제가 추출된다. 이러한 주제가 작품 전체를 관통하는 주제라면, 자족성을 지니는 장면들에 입각해 부각되는 주제의 층위가 또한 존재한다.

14 그렁져렁 셜오 슈죽할 즈음의 밤이 임의 깁혀 회한봉의 달이 디고 구계춘의 계명성이 낭즈ㅎ고 풍편의 인경 소리 쳥쳥이 들니고 동구밧긔 인경이 낭즈하거날 쳐즈 일어나 빅옥함을 열고 빅년 불망슈은 금 스되을 니여 쥬거날 두경이 스양 왈 "디금 죽는 스람이 은즈난 갓다 무엇ㅎ리오" 한디 쳐지 다시 위로ㅎ고 침션 글웃셜 니여노코 슌금 비단견디 딩고 샹봉 낭숟을 다라 은즈을 단단니 너코 옥슈로 두경의 허리을 다졍이 안고 슬피 둘너 미쥬며 왈

---

23) 신동흔, 앞의 논문, 880면.

　　"슈즈는 아즉 세상 물정을 모로는도다. 길가의 힝인이라도 그 지물을 탐ᄒ여 무더쥬고 가나니 이거시 비록 약소ᄒ나 가져가시면 요힝으로 살아날 고디 잇실가 ᄒ노라 ᄒ며 두리 얼골을 한디 다히고 늣겨 울졔 발셔 시비 슈슴인니 문 밧긔 등디ᄒ여 쳐쟈 나오기을 지쵹ᄒ니 ᄎ시 양인니 원앙디졍을 미흡ᄒ여 운우디낙을 흠셕 이루지 못ᄒ여시나 홍안을 셔로 다이고 옥슈을 다졍이 줍고 이별코즈 ᄒ다가 차마 이별치 못ᄒ여 은근ᄒ 졍회 비홀 곳 읍더라.

―[대] 19장24)

　　이는 정수경이 보쌈을 당하여 한 여인과 만나 밤을 지낸 후 죽으러 가기 위해 그녀와 헤어지는 정황을 그린 장면이다. 우리는 이 두 남녀가 상부살풀이라는 기이한 인연에 의해 우연히 만난 사이임에도 불구하고 서로 애틋한 연정을 느끼고 있음을 발견할 수 있다 두 남녀는 헤어짐이 아쉬워 '홍안을 셔로 다이고 옥슈을 다졍이 줍고' 이별을 아쉬워하고 있는 것이다. 이러한 '기이하고 애틋한 사랑'이란 요소는 이 작품의 기본 서사구조가 드러내는 의미와는 편차를 지니는 것으로서 장면 하나하나를 실감나게 형상화한 결과로서 부각된 주제라 하겠는데, 관련설화에서는 달리 소설에서만 특징적으로 나타나고 있다.

　　이처럼 장면들이 각각 제 나름의 의미를 구현하고 있는 예는 작품의 다른 곳에서도 두루 발견된다. 앞서 3절 1항에서 장면구현 방법의 예로 들었던 예문 ⑪은 그 좋은 예이다. 이 편지글은 정수경을 둘러 싼 옥사를 제대로 해결하지 못한 고관대작들의 무능력을 꾸짖는 내용으로 이루어져 있는데, 이것 역시 주인공의 운명의 여정을 서술하는 데서 한 발 비켜나서 정치적 맥락의 문제를 제기하고 있다. 그리고 3절 1항에 제시한 예문 ⑬ 또한 두 정승이 주인공을 사위로 삼기 위해 다투는 모습을 보여줌으로써 벌열가문의 세력다툼 양상에 대한 비판이라는 주제를 드러내고 있다. 이 밖에도 이 작품에 있어서는 효도와 출세 간의 갈

---

24) 이하 이 절의 논의의 기준은 선본인 이본 [대]에 두고자 한다.

등, 상부살풀이에 의한 인명 탈취, 벌열가 여인과 노복과의 통정 문제 등 여러 문제들이 각각 제 목소리를 내고 있다. 설화에 있어서는 이 문제들을 '그런 일이 있었다'는 식으로 개략적으로 언급하고 넘어가는 것이 가능했지만, 소설작품에 와서는 그 정황을 구체적으로 서술할 것이 요구되면서 자연스레 이 문제들이 구체적인 관심대상으로 부각된 것이라고 해석된다.

이상의 논의를 통해 우리는 〈정수경전〉이 다양하고 다층적인 주제를 구체적인 형태로 드러내고 있다는 것, 그리고 그것은 장면구현이라는 요소에 의해 뒷받침되고 있다는 것을 알 수 있다. 그렇다면 과연 그 주제들은 효과적으로 구현되고 있는가? 우리는 우선 다음과 같은 물음으로부터 이 문제에 접근할 수 있다. 과연 이 작품에 있어 서사구조 차원의 기본 주제와 장면 차원의 주제들이 서로 잘 조화를 이루고 있는가?

앞서도 언급한 바 있듯이 이 작품의 기본 스토리는 한 인물의 운명을 둘러싼 우여곡절로 되어 있다. 그 운명의 여정을 이루는 구체적인 장면들 내에 애틋한 사랑이라든지 문벌의 세력다툼, 정치세력의 무능력 등이 형상화되고 있다. 그러한 요소들은 스토리의 전개상 그리 어색하지 않게 한데 결합되고 있다. 이 작품은 단형의 소설이면서도 이러한 의미들을 한데 엮음으로써 의미의 다층성 및 포괄성을 획득하고 있다. 특히, 인간의 운명이라는 다분히 보편적인 삶의 문제가 구체적인 사회적 삶의 과정으로 구체화되어 설화에서와는 다른 차원의 의미를 획득하고 있다.

그러나 그러한 포괄성이 곧바로 주제구현의 성공으로 직결된다고 판단되지는 않는다. 예컨대, 운명의 우여곡절이 펼쳐지는 가운데 편입된 이 작품의 사회비판은 구체적인 역사적 실체와 제대로 연결되지 못함으로 인해―이것은 이 작품의 기본 관심이 사회적 삶의 문제와는 편차가 있다는 점과 연관되어 있다―다분히 막연하고 원론적인 차원에 머물고 있다. 그런가 하면 이 작품이 나타내고자 한 운명의 우여곡절과 그 극복이라는 기본적인 의미는 그것과는 성격이 다소 다른 사회비판이나 사랑 등과 같은 의미에 관심이 주어지는 가운데, 전체적으로 집중력이 약화되고 긴장이 이완되는 모습을 드러내기도 한다. 이렇게 볼 때 작품의 형상적 총체성의 구현이란 문제는 주제를 다각적으로 제시하는 것 이상의 복잡한 문제임을 알 수 있다.

　주제의 효과적 구현이라는 문제는 또한 주제의 현실성 문제와 관련된다. 우리는 이에 대해 기본적으로 〈정수경전〉이 추구하는 구체성이 현실성의 구현을 의도하고 있다고 말할 수 있다. 그리고 구체적인 작중상황을 통해 뒷받침되고 있음으로 해서 이 작품의 주제들이 스토리 중심의 서사양식에서는 도달하기 힘든 새로운 차원의 현실성을 획득할 가능성을 확보했다고 할 수 있다. 그러나 그러한 작중상황의 구체성이 바로 작품의 현실성을 보장한다는 판단은 성립되지 않는다. 우리는 이 작품의 여러 대목에서 구체적인 상황제시에도 불구하고 상황이 비현실적으로 설정된 예를 발견할 수 있는 것이다. 한 예로 주인공이 옥에 갇힌 후 여인이 점쟁이가 준 그림의 뜻을 알아내는 과정을 보자. 정수경은 살인 누명을 덮어쓰고 옥에 갇힌 뒤 여러 달에 걸친 옥사가 결국 자신의 처형으로 귀결되자 점쟁이로부터 받은 그림, 즉 흰 종이에 누런 대가 그려진 그림을 바친다. 그러자 다시 그 그림의 의미를 풀 사람을 찾아 옥사가 몇 달간 연기된다. 그러던 중 이정승의 딸인 이소저가 자청하여 문제의 해결에 나서서 범인이 김정승댁 종인 황백죽임을 알아내 그를 잡도록 지휘한다. 그런데 이와 같은 서술 내용에는 현실적으로 납득이 되지 않는 부분들이 있다. 우선 정수경이 자기와 원한관계가 없는 신부를 살해한 범인으로 몰리면서도 자신의 입장을 충분히 피력하지 못하고 있다는 것이 납득되지 않는다. 그가 점쟁이로부터 받은 그림을 옥사가 몇 달 이어진 뒤에 내놓는 것도 어색하게 그려져 있다. 몇 달이 되도록 전국에서 그림의 의미를 풀 사람이 나타나지 않는다는 것, 그것을 규방 여자가 간단히 해결한다는 상황설정에도 어색한 요소가 포함되어 있다. 이와 같이 군데군데 포함된 비현실적인 상황설정은 주제의 현실성을 약화시키는 결과를 가져오고 있다.

이와 같이 작중상황을 '리얼하게' 그려 현실성을 획득하는 작업이 지니는 어려움은 소설이 스토리 차원을 넘어서는 서사양식으로 존재하기 위해 기본적으로 짊어져야 하는 부담이라고 판단된다. 설화의 경우 서사내용을 구체적으로 장면화하고 상황을 자세하게 그럴듯하게 꾸며내야 한다는 부담은 그리 크지 않은 것으로 보인다. 내용을 구체적으로 풀어 구연하면 더 좋지만, 그렇게 하지 않는다고 해서 서사내용의 현실성이 크게 손상되는 것은 아니다. 스토리가 '그럴듯하게만' 연결되면 그 자체로서 의미가 구현되는 것이 보통이다.[25] 이에 비해 작중상황을 구체적으로 그려내야 하는 부담을 무겁게 짊어지고 있는 소설에서는, 그 작업이 상상력 — 혹은 세계인식 능력 — 과 구체적인 표현능력의 뒷받침에 의해 효과적으로 잘 수행될 경우 매우 효과적으로 현실성을 성취할 수 있지만, 그 작업이 실패할 경우에는 작품의 내용 혹은 주제가 오히려 스토리 차원의 이야기들에서보다도 더 비현실적이고 공허한 것이 되고 만다고 할 수 있다. 요컨대 소설이 지니는 작중상황의 구체성은 '소설적 현실성'의 한 기초요소이지 그 전부가 될 수는 없다고 하겠다.

이제 논의를 일단락하기에 앞서 다음과 같은 사실을 확인할 필요가 있다. 소설작품의 가치, 혹은 그 진정한 리얼리티란 단순히 작중상황의 그럴듯함 차원에서 논단될 수 있는 문제가 아니라는 것이다. 만약 어떤 작품의 구체적인 장면들이 아주 그럴싸하게 형상화되었다 하더라도 그것이 독자의 의식을 마비시킨다든지 독자를 반역사적인 행동으로 이끈다든지 한다면 오히려 그 작품은 큰 폐단을 낳게 될 것이다. 요컨대, 소설에 있어 구체적인 표현단위로서의 장면구현의 성공은 훌륭한 작품을 만드는 충분조건이 되지 못하는 것이다. 그렇지만 그것이 훌륭한 소설

---

25) 이에 대해서는 설화양식이나 설화유형간에 의미 있는 차이가 있음이 인정된다. 우리는 물론 그 차이를 무시하려는 의도를 지니고 있지 않다. 그 차이를 견제하더라도 소설과 설화 간에는 또 다른 차이가 있다고 보는 것이다.

작품의 산출에 필요한 필요조건이라는 사실은 여전히 부정되지 않는다. 훌륭한 작품의 밑바탕인 건전한 세계관과 올바른 상황인식, 치열한 주제의식은 구체적인 표현능력과 만남으로써 비로소 문학성을 획득하여 빛을 발할 수 있는 것이다.

4. 결론

이 글에서는 장면구현 방식의 문제가 고전소설의 문학성을 해명함에 있어 의미 있는 역할을 할 수 있다는 판단 아래 그 장면구현상의 기본적인 특징을 살펴보고 의미를 다각적으로 검증하였다. 그 결과는 다음과 같다.

우선 구체적인 고찰대상으로 선정한 〈정수경전〉과 그 관련설화, 야담자료 간의 장면구현상의 기본 편차가 무엇인가 하는 점을 살펴보았다. 그 작업을 통해 우리는 소설작품인 〈정수경전〉이 설화나 야담자료에 비해 서사내용을 구체적인 장면의 형태로 형상화하려는 경향을 훨씬 강하게 드러내고 있으며, 그 결과 상세하게 기술된 다양한 장면들을 매개로 하여 서사단락들이 훨씬 구체화되고 있음을 알 수 있었다. 특히 주목되는 점은 이 작품에 있어 표현의 단위가 되는 장면들이, 다른 산문서사양식 자료와는 달리, 스토리의 진전에 크게 얽매이지 않고 그 자체가 관심의 대상이 되는 자족적 성격을 강하게 지니고 있으며 때로는 스토리로부터 일탈하는 경향을 보이기도 한다는 사실이었다. 소설의 장면들이 지니는 그러한 자족성 혹은 독자성은 독자들이 작중상황 속에 실감 있게 젖어들도록 하는 데 효과적으로 기여하고 있는 것으로 나타났다.

다음으로 〈정수경전〉의 장면구현 방법을 구체적으로 추출한 결과 이 작품에 있어 서술자의 상세한 서술, 관습적인 열거식 묘사, 인물간 대화의 구체적인 재현, 시문이나 노래를 통한 감정·생각의 표현 등 여러 가지 장면구현 방법이 다각적으로 활용되고 있음을 알 수 있었다. 고전소설에서 특징적으로 나타나는 것으로 여겨지는 이러한 다양한 장면구현 방법들은 작품에 실감과 생동감을 부여하여 독자를 작중상황에 끌어들임에 있어 각기 중요한 구실을 하는 것으로 나타났다.

한편, 그와 같은 장면구현의 방법이나 활용능력은 작품 이본에 따라 상당한 편차가 있으며 그것은 이본이 지니는 문학성의 차이와 긴밀한 연관을 맺고 있는 것으로 나타났다. 고전소설에 관습화된 다양한 장면구현 방법을 다채롭게 활용하고 있는 이본이 높은 문학성에 입각하여 효과적으로 독자의 흥미를 불러일으키고 있는 반면에 장면구현 방법을 제대로 활용하지 못하고 있는 이본에서는 그러한 문학적 효과가 제대로 시현되지 못하고 있는 것이다.

장면구현 방식과 작품주제와의 관계를 논의한 결과, 역시 양자간에 깊은 관련이 있음이 확인되었다. 소설에 있어서의 장면의 구체성은 장면 차원의 의미 구현을 가능하게 함으로써 작품의 주제를 다층화한다. 그것은 작품주제에 '소설적' 현실성 —설화나 야담에서와는 차원이 다른—을 부여함에 있어 중요한 기초 요소가 되고 있기도 하다. 다만 그러한 장면 형상화 방식상의 구체성이 곧바로 주제의 현실성을 보장하는 충분조건은 아닌 것으로 나타났다. 그것은 하나의 중요한 필요조건일 뿐인 것이다.

이상과 같은 논의결과는 본격적인 논의를 위한 출발에 불과하다. 더 어렵고 복잡한 작업이 과제로 남아있다. 문어체소설과 판소리계 소설을 비롯한 소설의 하위양식에 나타나는 장면구현 방식상의 특징을 충실히 비교 고찰하는 작업이 과제가 되며, 소설의 장면구현 방식을 설화나 야담 이외에 전(傳)이나 서사시와 같은 또 다른 문학양식과 비교 고찰하는 작업 또한 긴요한 과제이다. 그 작업을 통해서 고전소설에서의 장면구현 방식이 지니는 위상이 거시적으로 조망될 수 있을 것이며, 그것은 소설의 양식적 특성의 해명을 위한 중요한 실마리를 제공할 수 있을 것이다. 이 방면의 논의가 활발히 진행될 수 있기를 기대한다.

설화와 소설의 장르적 본질 및 문학사적 위상

1. 연구목적과 시각

설화와 소설은 우리 서사문학의 핵심적인 두 영역에 해당한다. 설화의 시대를 거쳐 소설이 등장한 이후 양자는 나름의 문학적 정체성을 지닌 채 보완적으로 공존하면서 사람들의 다양한 문학적 욕구를 충족시켜 왔다. 특히 조선 후기에 들어와 설화와 소설은 서로 긴밀한 상호관련을 맺는 가운데 커다란 발전을 이루면서 우리 서사문학의 전성기를 이루었다.

설화와 소설의 공존적 발전은 양자가 지니고 있는 고유의 장르적 정체성을 바탕으로 한다. 서로 존립 근거 및 존재 방식을 달리하는 가운데 문학적 소임을 수행해 왔다는 뜻이다. 이때 본질적인 문제가 되는 것이 그 서로 다른 정체성이 어디에 있는가 하는 것이다. 그것을 바르게 짚어내야만 각자의 문학적 역할 및 양자의 상호관계 등 제반 문제를 온전히 해명할 수 있다. 문제는 아직까지 그 차별적 정체성에 대한 명쾌한 해법이 마련되지 못하고 있다는 사실이다. 여러 연구자들이 다양한 견해를 제출했지만 충분한 설득력을 발휘하지 못하고 있는 상황이다.[1]

설화와 소설의 본질 및 상호관계에 대한 새롭고 설득력 있는 논의는 설화의 문학적 존재방식에 대한 바른 이해를 통해 그 길이 열릴 수 있다. 연구자들 사이에는 설화의 서사문학적 깊이를 격하하는 관념이 은연중에 널리 퍼져 있거니와, 이는 그릇된 입론의 출발이 된다. 설화는 구조적 측면에서, 그리고 표현의 측면에서 서사문학적 완전성을 지향하며 그것을 부단하게 실현해 왔다. 이에 대해 소설을 '서사문학을 완성시킨 양식'으로 보는 입장에 설 때, 논의는 필연적으로 설화에 결여된 그 무엇을 찾는 방향으로 이어지게 된다.[2] 소설을 위하여 설화를 딛고서는 선택인데, 그간의 어떤 논의도 이로부터 자유롭지 못했던 것으로 나타난다.[3]

소설이 서사문학의 완결적 총화라는 인식은 이론의 여지가 없는 것처럼 보인다. 필자 또한 소설이 서사문학의 새로운 차원을 열었다고 하는 데 동의한다. 문제는 그 새로운 차원이 어떻게 열렸는가 하는 점인데, 이 지점에서 새로운 관점이 요청된다. 앞서 언급했지만, 서사는 설

---

1) 최초의 소설사를 쓴 김태준 견해를 필두로 하여, 설화와 소설에 대한 독자적 이론체계를 제기한 조동일의 논의와 그에 대한 비판적 보완을 추구한 박희병의 논의 등이 이 방면 논의의 대표적 사례가 된다. 김태준, 『조선소설사』, 학예사, 1939; 조동일, 『한국소설의 이론』, 지식산업사, 1977; 박희병, 『한국 전기소설의 미학』, 돌베개, 1997 등. 이를 위시한 기존 논의를 구체적으로 점검하는 작업은 2절에서 수행하기로 한다.
2) 설화는 소설과 달리 '인물과 환경을 구체적으로 묘사 서술하지 않으며, 시간상의 질적 변화가 나타나지 않고, 작중 인간이 도대체 고독을 알지 못하며, 창작에 있어 뚜렷한 목적의식이 없다'고 설명한 박희병의 규정이 단적인 사례가 된다. 박희병, 앞의 책, 58~61면 참조.
3) 설화의 문학적 완전성을 힘써 강조한 사례로 조동일의 논의를 들 수 있는데, 그 또한 소설을 '자아와 세계의 상호우위적 대결'을 보여주는 완성적 서사장르로 규정함으로써 결과적으로 신화나 전설·민담은 거기 미달된 양식이라고 하는 결론에 이를 수밖에 없었다. 조동일, 앞의 책, 104~132면 참조.

화의 세계에서 이미 다양한 형태로의 완성을 보았다고 할 수 있다. 신화는 신화대로, 전설은 전설대로, 민담은 민담대로 그 자체 완전한 서사의 세계를 구축하고 있다. 구비설화 외에 지괴(志怪)나 우언(寓言), 골계전, 야담과 같은 기록설화 양식 또한 그 자체 완전성을 지니고 있다고 보아야 한다. 설화(구비설화 및 기록설화)에 대한 그간의 수많은 논의는 그 문학적 완전성을 드러내는 과정이었다고 보아 틀림이 없다. 그렇다면 소설은 어떻게 설화와는 다른 새로운 문학세계를 열 수 있었던가. 그 답은 소설이 '서사를 완성시켰다'는 쪽에서가 아니라 '서사를 넘어섰다'는 쪽에서 찾아야 한다는 것이 우리의 시각이다. 소설은 그 자체 서사문학이면서도 특유의 방식으로 그 틀을 넘어섬으로써 새로운 문학세계를 펼칠 수 있었다고 하는 관점이다.

필자는 이와 관련한 선행 연구를 제출한 상태다. 설화의 문학적 존재방식과 의미에 대한 고찰을 통해 그 문학적 특성을 살핀 연구작업들은 굳이 거론할 필요가 없겠거니와, 다만 '이야기꾼'의 발견을 통해 설화가 구조 외에 표현의 측면에서도 놀라운 예술성을 실현하고 있음을 발견한 사실은 특기할 만하다.4) 그것은 소설이 '표현'의 측면에서 설화를 넘어 서사문학을 완성시켰다는 식의 생각을 깨뜨리는 것이었다. 이번 논제와 좀더 긴밀히 연관되는 선행 작업은 구체적인 작품을 대상으로 한 설화와 소설의 비교 논의 형태로 수행하였다. 구비설화와 소설 자료가 공존하는 〈정수경전〉을 연구대상으로 삼은 두 논문이 그것이다. 먼저 설화와 소설의 특성을 언어와 구조와 주제, 표현방식 등 제 측면에서 살피는 작업을 수행했는데,5) 그 결과는 기본 서사구조와 주제 등에서 본질적 차이를 발견하기 어렵다는 것이었다. 양자의 두드러진 차이는

---

4) 신동흔, 「이야기꾼의 작가적 특성에 관한 연구」, 『구비문학연구』 제6집, 1998 및 「탑골공원 이야기꾼 김한유(금자탑)의 이야기세계」, 『구비문학연구』 제7집, 1998. 그 이전에 천혜숙이 「이야기꾼의 이야기 연행에 관한 고찰」, 『계명어문학』 1, 1984에서 보고한 사례도 함께 주목할 대상이다.
5) 신동흔, 「정수경전─관련설화와의 비교 고찰」, 『한국고전소설작품론』, 집문당, 1990.

구체적 형상화의 방식에서 나타나고 있었다. 이에 필자는 후속 연구로서 장면구현 방식에 초점을 맞추어 설화와 소설의 변별 양상을 구체적으로 점검하는 작업을 수행하였는바,[6] 논의 결과 그것이 장르 변별 지표로서의 가능성을 지님을 확인할 수 있었다. 이제 그 가능성을 원론 차원에서 논리화하려는 것이 이 글의 목적이 된다. 구체적 논증에 이은 이론화 작업이다.

이 글은 설화와 소설의 장르적 본질의 해명에 이어 그 문학사적 위상의 점검까지를 논제로 삼는다. 감당키 어려운 큰 주제임을 잘 알지만, 양자가 긴밀히 연결되어 하나의 그림을 이루는 터라서 무리를 무릅쓴다. 어떤가 하면, 우리 서사문학사 도처에 설화와 소설의 경계 내지 관계의 문제가 얽혀 있다. 나말여초의 전기문학(傳奇文學)이 그러하고, 여말선초의 가전체와 몽유록, 전기소설(傳奇小說)이 그러하며, 조선 후기 야담과 판소리의 성격이 또한 그러하다. 고전소설과 근대소설의 관계 또한 소설의 장르적 본질과 관련한 쟁점적 논제가 된다. 그에 더하여 최근 다양한 형태로 펼쳐지고 있는 '인터넷 서사' 또한 원론적 접근이 필요한 대상으로 떠오르고 있다. 설화와 소설에 대한 장르론은 이러한 제반 문제에 대해 타당하고도 유효한 관점을 제공할 때 비로소 이론적 보편성을 확보할 수 있다. 만약 이 시론(試論) 차원의 거시적 점검을 통해 그 이론적 타당성과 유효성이 확인되지 않는다고 할 때, 이 논의에서 제기하는 장르론은 폐기되어 마땅할 터이다.

---

6) 신동흔, 「정수경전을 통해 본 고전소설의 장면구현 방식」, 『애산학보』 12집, 1992.

2. 설화와 소설의 장르적 특성

1) 논의의 경과

우리 학계에서 소설의 개념에 대한 학술적 논의가 비롯된 것은 김태준의 『조선소설사』를 통해서라 할 수 있다. 김태준은 우리 소설의 양상을 살피기에 앞서 소설에 대한 동양의 전통적 관념과 서구의 정의를 함께 소개하면서 소설의 본질 및 실체에 대한 고민을 드러냈다. 전통적으로 '小說'이란 잡사(雜事)의 서술과 이문(異聞)의 기록, 쇄설(瑣說)의 철집을 포괄하는, "패설·해학·야담·수필 등의 부분적 혹은 총칭적 대명사"였던 것이 문예의 중심이 "생활의 묘사"로 옮겨오는 과정에서 연의(演義) 및 전기(傳奇)가 소설의 중추가 되는 방향의 변화가 일어났다고 하는 그의 설명[7]은 간명함 속에 정곡을 꿰고 있다. 문제는 이와는 맥락이 다른 서구의 근대적 소설(novel) 개념을 어떻게 적용할 것인가 하는 점이었다. "평범한 인간생활의 실화를 고조한 정서로써 말하되, (…중략…) 진실한 자연에 근거를 둔",[8] "사회생활의 풍습과 세태와 인정(人情)의 기미(幾微)를 진실히 서술"[9]하는 것이 소설(novel)이라 할 때, 근대 문학혁명 이전의 조선에 이에 적합한 작품이 없다는 것이다. 이에 대하여 김태준은 소설의 개념이란 역사적으로 변해온 것이니 그 변해온 맥락에 따라 실체에 접근하겠다는 입장을 취하였다. 그리하여 설화류 이야기에서 시작하여 '전기'나 '이야기책'으로 중심이 이동하며 서사문학사의 흐름이 이어져온 양상을 소설사 서술의 대상으로 삼고 있다. 역사적 실체에 초점을 맞추는 실제적인 접근 방법이라 하겠거니와, 문제는 소설에

---

7) 김태준, 『증보 조선소설사』, 학예사, 1939, 11~12면.
8) 위의 책, 12면.
9) 위의 책, 13면.

대한 일반적 개념 설정을 피해간 선택에 있다. 설화나 수필이 두루 소설이다가, 또 '전기'나 '이야기책'이 소설이다가, 이제 'novel'이 소설이라고 할 때 소설이란 보편적 실체가 없는 허상적 개념으로 해소되고 마는 것이다. 이질적 개념 사이에서의 고민을 충분히 공감하면서도 그 해법에 대해 동의할 수 없는 이유가 된다.

보편적 실체로서의 소설의 개념을 이론적으로 체계화하는 것은 이후로도 계속 어려운 과제로 남았다. 설화를 발전시킨 서사양식이 소설이라고 하는 관점에서 허다한 논의들이 이어졌지만, 그 과정에서 김시습의 『금오신화』를 설화와 구별되는 소설의 출발로 보는 관점이 일반화되기도 하였지만, 설화와 소설을 개념적으로 명료히 분별하는 논의는 오래도록 제출되지 못하였다. 설화에 부족했던 어떤 것, 예컨대 창작성이나 구체성, 복잡성, 현실성 같은 것을 잘 살려낸 양식이 소설이라고 하는 식의 막연한 논의가 조금씩 내용을 달리하면서 반복되었을 따름이다. 소설이란 것이 대략 무엇이다 하는 직관은 있으되 그것을 객관적으로 개념화할 명쾌한 논리를 찾지 못한 암중모색의 상황이었다.10)

이에 대하여 소설 개념에 대한 정연하고도 명쾌한 논리체계를 내세운 연구자가 조동일이다. 그는 '자아와 세계의 대결 양상'을 갈래의 지표로 삼아 문학의 큰 갈래를 서정 · 교술 · 희곡 · 서사로 분별하는 이론을 세운 후 서사에 눈을 돌려 신화 · 전설 · 민담 · 소설 네 갈래에 대한 새로운 이론체계를 제시하였다.11) 그에 의하면 서사의 본질은 '작품외적 자아의 개입으로 전개되는 자아와 세계의 대결'인데, 신화와 전설, 민담 그리고 소설에 있어 그 대결 양상이 서로 다르게 구현된다. 신화

---

10) 이러한 상황은 북한 학계의 경우도 남한의 학계와 대동소이했던 것으로 보인다. 『조선문학통사』(과학원 언어문학연구소 문학연구실, 1959)나 『조선문학사』(김일성 종합대학 편, 1982) 등 여러 문학사를 보면 설화에서 소설로의 서사문학적 발전을 다각적으로 설명하는 가운데 『금오신화』를 소설적 출발점으로 보아온 사실이 확인된다.
11) 조동일, 『한국소설의 이론』, 지식산업사, 1977. 특히, 「자아와 세계의 소설적 대결에 관한 시론」에 그 이론체계의 핵심 내용이 담겨 있다.

는 자아와 세계의 동등한 작용에 입각한 대결을 통해 둘이 상호 보완적인 관계에 이르는 질서는 보여주고, 전설은 세계의 우위에 입각한 자아와 세계의 대결을 통해 세계의 경이를 보여주며, 민담은 자아와 우위에 입각한 자아와 세계의 대결을 통해 자아의 가능성을 보여준다. 이에 대해 자아와 세계의 상호 우위에 입각한 대결을 통해 자아와 세계 양쪽에 통용될 수 있는 진실성을 추구하는 것이 소설의 본질이 된다.[12] 우리 문학사에 있어 그와 같은 서사세계를 이룩한 첫 작품이 곧 『금오신화』라는 것이 그의 설명이다.

조동일의 논의는 보편적 개념을 통한 체계적인 논리, 설화의 문학적 특성에 대한 남다른 감각, 구체적 작품을 통한 정치한 논증 등의 미덕에 의해 큰 설득력을 발휘하며 서사장르에 대한 이해를 혁신하는 대안적 이론으로 떠올랐다. 설화와 달리 소설이 구현해내고 있다고 믿어지는 '치열하고도 현실적인 갈등'을 설명하는 이론적 틀이 비로소 찾아진 셈이다. 하지만, 오늘날에 이르도록 그의 견해가 소설에 대한 독보적 이론으로서 통용되고 있음에도 불구하고, 거기에는 본질적인 문제점이 내재해 있다고 보는 것이 필자의 시각이다.

무엇보다도 자아와 세계간 갈등의 '심각성'이라든가 어느 한쪽의 '우위'나 '승리'와 같은 개념이 다분히 추상적이고 주관적이라는 사실이 문제가 된다. 그것은 작품을 보는 이에 따라서, 그리고 작품을 보는 관점에 따라서 크게 달라질 수 있는 요소가 된다. 한 예로 〈아기장수〉 전설을 보자면, 단순한 갈등구조 속에 자아에 대한 세계의 우위를 현시하는 것처럼 생각되는 이면에 자아와 세계간 대결이 무척이나 심각하고도 끈덕지게 이어지고 있는 것이 작품의 실질이다. 사람들은 흔히 아기장수의 죽음을 두고 그 정당성이나 필연성을 인정하지 않음으로써 세계에 대한 대결의지를 내면화하거니와,[13] '세계의 우위' 또는 '자아의

---

12) 위의 책, 104~132면.
13) 이에 대한 자세한 논증은 신동흔, 「아기장수 설화와 진인출현설의 관계」, 『고전문학

우위'라 단순화하기 어려운 양상이다. 일일이 예거하기는 어렵지만, 하나의 서사적 양상에 대해 그 갈등의 심각성 여부나 세계관적 의미를 두고 때로 상반될 정도의 시각차가 나타날 수 있는 것은 보편적인 현상이 된다. 갈등의 속성이나 세계관적 의미란 무척이나 가변적이고 다층적인 것이라는 사실은 작품론 차원의 연구를 통해 거듭 확인되는 사실이거니와, 조동일 또한 인물전설 연구를 통해 그 다양한 의미의 층위를 강조하였던 터다.14) 그것을 장르론 차원에서 일반화하는 것은 아무래도 무리한 일이라 하겠다.

이와 연관되는 것이겠지만, 그 이론체계가 자료의 실상을 온전히 감당하지 못한다는 사실을 지적하게 된다. 본격적인 작품분석을 수행하지 않고 상식의 눈으로 보더라도, 전설 가운데 자아의 우위가 현시되는 사례가 비일비재하며 민담 가운데 세계의 힘에 의한 자아의 좌절을 그려낸 사례가 얼마든지 있다. 동일 설화유형의 각편 사이에도 상반된 양상이 나타나곤 하거니와, 〈우렁각시〉나 〈선녀와 나무꾼〉 민담에서 자아의 승리와 좌절이 경쟁적으로 공존하는 것이 그 예가 된다(그것은 자아와 세계의 상호 우위로 해석될 만한 상황이 되기도 한다. 전승자들의 세계관적 논쟁이 치열하게 펼쳐진 결과이니 말이다). 소설 쪽으로 눈을 돌려보더라도, 작품 일반이 자아와 세계의 상호 우위에 입각한 심각한 갈등을 형상화해내고 있는가 하면 그렇지 않은 사례들이 얼마든지 있다. 세계를 주름잡는 자아의 모습을 펼쳐낸 작품 ― 예컨대 〈전우치전〉이나 〈인간시장〉 같은 ― 이나 세계의 힘 앞에 무너지는 자아의 모습을 그려나간 작품 ― 예컨대 〈주생전〉이나 〈잉여인간〉 같은 ― 이 얼마든지 있다. 제대로 된 갈등을 성립시키기조차 못한 소설 작품들이 또 얼마나 되는지 알 수가 없다.

우리의 주장은 설화와 소설에 있어 갈등의 양상에 차이가 없다는 것이 아니다. 그것을 '서사'의 차이에서 찾으려는 관점이 문제가 된다는

연구』 제5집, 1990, 118~121면 참조.
14) 조동일, 『인물전설의 의미와 기능』, 영남대 출판부, 1979, 403~408면.

것이다. 앞서 지적한 바, '설화의 서사적 미숙성'에 대한 '소설의 서사적 완전성'이라는 방식의 인식구조 말이다. 조동일이 설화의 서사세계가 갖는 문학적 의미를 힘써 강조한 사실이 인정되지만, '세계 우위(전설) —자아 우위(민담)—세계와 자아의 상호우위(소설)'라는 발전도식이 설화의 서사적 불완전성에 대한 인식을 투영한 것임은 재론의 여지가 없다. 그러한 인식이 가감 없는 진실이라면 문제가 없겠지만, 사실이 그와 다르니 문제가 된다. 전설이나 민담은 인간와 세계가 어우러지는 삶의 양상을 온전히 반영하는 것을 문학적 지향성으로 삼으며, 그것을 다양하게 실현해내곤 한다(또는 실현해내지 못하기도 한다). 소설이 그런 것처럼 말이다.15) 거듭 말하지만, '갈등의 양상과 의미' 같은 서사적 질의 문제는 작품론 차원의 분석 평가 대상이지 장르론의 지표가 될 수는 없다.16) 그 지표는 다른 쪽에서 찾아야 한다.

홍미로운 사실은 조동일이 위와 같은 이론체계를 바탕으로 『금오신화』를 소설의 출발로 보는 시각을 수립한 다른 한편에서 그와 맥락을 달리하는 소설론이 제기되었다는 점이다. 지준모와 조수학에 이어 임형택, 이헌홍, 김종철 등의 논의를 통해 힘을 얻은 나말여초(羅末麗初) 소설 발생설이 그것이다.17) 소설 이전의 설화로 치부되었던 '전기(傳奇)'를 소

---

15) 하나하나 자세히 논할 수는 없지만, 이는 전설과 민담 외에 신화가 또한 그러하며, 기록문학의 세계에서 특화된 설화 양식들, 예컨대 '우언'이나 '골계전'·'야담'—이들을 전설과 민담 개념에 분산 소속시킬 것인가 하는 것은 꽤나 복잡한 또다른 차원의 문제로서, 여기서 상론하지는 않는다. 기본적으로는 그 고유성을 인정하는 것이 좋다고 생각한다—또한 마찬가지로 '완전한 서사'로서의 지향성을 지닌다. 서정요와 사뇌가·속요·시조 그리고 한시(고시·절구·율시·배율 등) 등의 제 장르가 제각기 '완전한 서정'을 지향하는 것과 같다.

16) 조동일은 신화와 전설·민담·소설에서의 갈등의 성격과 의미를 분별하기 위해 〈주몽신화〉와 〈이인보전설〉·〈한량민담〉·〈만복사저포기〉에 대한 길고도 정치한 분석을 수행하였다. 그 분석 과정에 개재될 수 있는 주관성을 논외로 한다 하더라도, 이와 같은 작품론 차원의 분석을 거쳐서야 그 장르적 본질을 규정할 수 있는 것이라면 그 유효성이 의문시되지 않을 수 없다.

17) 지준모, 「전기소설의 효시는 신라에 있다」, 『어문학』 32, 한국어문학회, 1975; 조수학, 「최치원전의 소설성」, 『영남어문학』 2, 1975; 임형택, 「나말여초의 전기문학」, 『한국한

설로 보는 관점으로서, 〈최치원(崔致遠)〉과 〈수삽석남(首揷石枏)〉, 〈조신(調信)〉, 〈김현감호(金現感虎)〉 등이 그 작품이 된다. 임형택은 "① 작가의 창작성 및 문식의 가미, ② 사회현실의 보다 풍부한 반영"과 같은 특성을 근거로 하여 이를 소설로 보았거니와,[18] 중국을 위시한 동양의 소설 전통에 착안한 규정이 된다. 하지만 이는 판단의 타당성 여부를 떠나 그 개념 정의가 막연하고 객관성이 부족하다는 문제를 안고 있는 것이었다. 이에 대하여 설화와 소설의 개념적 차이를 보다 분명히 함으로써 논지를 보완하는 작업이 박희병에 의해 수행되었는바,[19] 조동일에 이은 본격적인 소설론이라는 면에서 주목할 만하다.

박희병에 의하면 설화와 소설은 여러 측면에서 그 성격이 뚜렷이 구별되는 양식이다. 첫째, 소설은 설화와 달리 인물과 환경을 구체적으로 묘사 서술한다. 인물의 외면 외에 내면세계까지 서술하며, 시간적·공간적 환경을 구체적으로 확정하고 서술한다. 아울러 인물과 환경의 긴밀한 내적 연관을 보여준다. 둘째, 설화의 시간이 지속성을 특성으로 하는 데 비해 소설의 시간은 '성장과 변화, 형성'으로 표상된다. 셋째, 소설(전기소설)은 설화와 달리 섬세하고 내면적이며 고독한 인간상을 그려내며 그를 통해 심중한 사회적·현실적 의미를 함축한다. 넷째, 설화가 기본적으로 자연발생적인 데 비해 소설은 뚜렷한 목적의식을 갖고 창작된다. 그 목적의식은 '뚜렷한 주제 구현, 치밀하게 짜여진 플롯, 인물의 개성적 부조, 매개적 인물의 다양한 활용' 등과 연결되며 소설의 장

문학연구』 제5집, 1981; 이헌홍, 「최치원전의 전기소설적 구조」, 『수련어문논집』 9, 1982; 김종철, 「서사문학사에서 본 초기소설의 성립문제-전기소설과 관련하여」, 『다곡이수봉선생회갑기념논총』, 1988. 그 논의 경과가 장효현, 『한국고전소설사연구』, 고려대 출판부, 2002에 실린 「전기소설의 장르개념과 장르사의 문제」(65~67면)에 정리되어 있다.

18) 임형택, 앞의 논문, 『한국문학사의 시각』, 창작과비평사, 1984, 22~24면.

19) 박희병, 「한국고전소설의 발생 및 발전단계를 둘러싼 몇몇 문제에 대하여」, 『관악어문연구』 제17집, 1992. 이는 전(傳)과 소설의 개념 차이를 분별한 연구 작업(박희병, 「조선 후기 전의 소설적 성향 연구」, 서울대 박사논문, 1991)에 이어 설화와 소설의 차이를 논변하고 소설사 전개에 대한 구도를 설정한 논의다.

르적 특질을 구현한다.[20] 어떤가 하면, 서구의 소설이론 및 조동일과 임형택의 논의 등을 두루 소화하는 차원에서 이끌어낸 종합적 소설론이 된다.[21] 그 관점을 소설사에 적용한 결과는, 우리 소설사가 〈최치원〉, 〈조신〉, 〈김현감호〉 등 나말여초의 전기소설에서 출범하며 『금오신화』는 소설사 제2기의 시작이 된다는 것이었다.

이 논의가 소설의 장르적 특성에 대해 일정한 시사점을 주고 있음은 분명하다. 문제는 역시 설화에 대한 시각에 있다. 그가 나타내 보이는 설화에 대한 시각이, 설화와 소설의 차이에 대한 시각이 정당한가 하는 문제다. 결론적으로 말하면 설화에 대한 그의 시각은, 앞서 살핀 조동일의 사례 이상으로 편파적인 면모를 나타내고 있다. 그가 여러 항목으로 나열한 설화의 특성 가운데 어느 하나도 수긍하기 어렵다. 정도가 어떨지는 모르지만, 인물과 환경의 구체적 설정이라든가 인물과 환경의 연관관계는 설화적 서사의 기본 관심사가 된다. 그리고, 설화의 시간은 본질적으로 변화와 형성의 시간이다. 설화에 있어 그 시작과 끝에 있어 시간(상황)이 동질적인 경우는 없다고 보아도 좋다. 설화는 다양한 인간을 다양하게 그리는바 인간의 외면과 내면은 당연히 함께 서사의 관심사가 된다. 박희병은 "설화적 인간은 도대체 고독을 알지 못한다"고 했거니와,[22] 저 음험한 권력 앞에 홀로 선 김덕령의 고독이나 천하의 외로운 존재로서 꿈처럼 각시를 얻었다가 그를 속절없이 잃었을 때의 나무꾼이나 우렁총각의 고독은 무어란 말인가. 인간이 고독한 존재일진대 그 고독은 설화에도, 소설에도 투영되는 것이 극히 당연하다. 다음, 설화에 창작성이나 목적의식이 없다는 것은 또 다른 편견일 뿐이다. 설화가 화자에 의해 새로 창작되거나 창의적으로 변형되는 사례가 부지기

---

20) 박희병, 『한국 전기소설의 미학』, 돌베개, 1997, 58~61면.
21) 박희병, 「조선 후기 전의 소설적 성향 연구」, 28~36면에서 좀더 자세하게 설명한 '소설의 장르적 성격'을 통해 이러한 사실을 확인할 수 있다. 그가 인용한 서구 이론가는 바흐찐(M. Bakhtin)과 부쓰(W. Booth), 함부르거(K. Hamburger) 등이다.
22) 박희병, 『한국전기소설의 미학』, 돌배개, 1997, 60면.

수다. 설사 창작성이 미약한 것이라 하더라도 목적의식이 없이 전승되는 설화는 하나도 없다고 보아도 좋다. 그 외에 '심중한 사회적·현실적 의미'나 '뚜렷한 주제', '치밀한 플롯' 등의 문제는 앞서도 언급한 것으로 구구히 따질 필요성을 느끼지 못한다.[23]

　다시 한번 강조하건대, 이처럼 설화를 '불완전한 서사', '초급의 서사'로 보는 식의 관점으로는 설화와 소설의 관계에 대한 정당한 해명에 이를 수 없다. 특히나 그것이 기록문학 내지 '고급문학'에 의거한 관점일 경우에는 더 말할 필요도 없다. 문제는 이러한 시각들이 설화와 소설에 대한 대표적 관점으로서 자리를 지키고 있고, 그에 의거하여 소설사에 대한 이해가 이루어지고 있다는 사실이다. 단지 조동일 식의 이론체계에 입각한 '금오신화론'이나 임형택―박희병 식의 논리에 입각한 '나말여초론' 가운데 어느 쪽이 타당한가의 문제가 아니다. 그것은 문학의 본질 및 문학사 전개에 대한 기본 관점과 관련되는 더욱 근본적인 차원의 문제를 낳고 있다. 예컨대 조선 후기 서사문학사 서술에 있어 설화가 뒷전으로 밀려나고 근대문학사에 와서 완전하게 배제되었던 것과 같은 현상이 그것이다. 소설의 등장과 함께 설화는 존재의미를 상실한다고 하는 식의 관점에 따른 현상이다. 단언컨대, 이러한 상황이 계속될 때 서사문학사에 대한 온전한 전망은 열릴 수 없다. 그러한 편향적 관점을 가지고서야 소설의 시대를 넘어 설화의 시대가 새롭게 열리고 있는 상황을 어찌 감당하겠는가.

---

23) 박희병이 지적한 여러 요소 가운데 '구체성'이나 '내면세계의 관찰', '현실성' 같은 문제는 설화보다 소설에서 두드러져 보이는 것이 사실이다. 그가 말한 '고독'의 문제 또한 상황적 측면보다 섬세한 표현적 측면을 지적한 것이라 이해된다. 문제는 그것이 '유무(有無)'나 '고하(高下)' 차원에서 논단될 수 없다는 것이다. 그러한 양상이 어떻게 왜 나타나는 것인가를 양식 본래적인 문학적 관습 차원에서 짚어내는 논의가 필요하다는 뜻이다.

2) 장르 변별의 지표

설화와 소설에 대한 기존의 어떤 논의도 그 본질을 제대로 짚어내지 못했다고 했다. 하지만 설화와 소설이 같지 않음은 누구나 알고 있다. 그렇다면 그 차이는 과연 어디에 있는 것일까. 막연한 상대적 차이가 아닌, 문학적 본질과 연결되는 명료하고도 근본적인 차이 말이다.

필자가 설화와 소설을 다각적으로 비교 검토한 결과로 도달한 결론은 그 차이를 구조나 주제가 아닌 형상화 방식 차원에서 찾아야 한다는 것이다. 서사적 상황을 어떻게 표현해내는가의 문제인데, 특히 서사를 구성하는 국면(화소 또는 단락)으로서의 제 장면(場面)이 어떻게 형상화되는가 하는 측면에서 양자간의 질적 차이를 읽어낼 수 있다는 것이 우리의 시각이다. 일컬어 장면구현 방식(場面具現方式)의 문제다. 필자는 서로 같은 줄거리를 지닌 소설 〈정수경전〉과 설화 〈죽을 고비 세 번〉[24]을 대상으로 삼아 그 장면구현 방식상의 차이를 점검하고 그것이 어떻게 미학적·주제적 특성으로 연결되는가를 논구한 바 있거니와[25] 그 논의결과가 설화와 소설 일반에 적용될 수 있는 것이라 여기고 있다. 〈정수경전〉을 '소설'로 〈죽을 고비 세 번〉을 '설화'로 표현하면서 그 특성을 요약하면 다음과 같다.

첫째, 소설은 되도록이면 모든 서사내용을 구체적으로 장면화하려는 경향을 보인다. 설화에 있어 주요 단락을 중심으로 장면화가 이루어지

---

24) 그 줄거리를 간단히 소개하면 다음과 같다. 소설과 설화에 공통된 사연이다. ─편모를 모시고 살던 주인공이 과거를 보러 가는 길에 점을 쳐서 출셋길에 세 번의 죽을 고비가 있음을 안다. 그는 한양에 도착한 뒤 상부살 풀이를 위한 보쌈의 희생양이 되어 죽게 되지만 여인으로부터 받은 금덩이의 힘으로 고비를 벗어난다. 그는 과거에 장원급제한 후 정승의 사위가 되는데 잠깐 신방을 비운 사이에 자기 대신 신부가 죽임을 당한다. 하지만 그는 신부의 살인범으로 몰려 다시 사형의 위기에 처한다. 이때 그가 점장이로부터 받은 물건을 제출한 것을 다른 정승의 딸이 뜻을 풀어 진범이 잡히게 된다. 주인공은 물건의 뜻을 풀이한 여인과 결혼하였는데 그녀는 보쌈을 당해 갔을 때 만났던 처녀였다. 둘은 이후 행복하게 잘 살았다.

25) 신동흔, 앞의 논문(「정수경전을 통해 본 고전소설의 장면구현 방식」).

고 일부 단락이 요약적 진술로 처리되곤 하는 것과 구별되는 특성이다. 하나의 서사단락이 여러 개의 장면으로 분화되는 것도 소설에 있어 흔히 나타나는 특징이 된다.

둘째, 소설은 설화보다 더욱 구체적으로 장면을 형상화한다. 서사단락이 구체적 장면으로 형상화되는 것은 설화에서도 널리 나타나는 특성이지만, 같은 장면을 놓고 서로 비교해 볼 때 그 디테일 면에서 큰 차이가 있다. 소설에서의 장면구현은 설화에 비하여 훨씬 길고 자세하며 섬세한 형태로, 수용자들이 아주 구체적으로 감지(感知)할 수 있는 방식으로 이루어진다.

셋째, 소설의 장면은 스토리에 종속되지 않고 자족적으로 확장되는 양상을 보인다. 설화의 장면들이 기본적으로 스토리에 근간을 두면서 그것을 실현 내지 뒷받침하는 역할을 하는 데 비해, 소설의 장면은 스토리의 실현이라는 차원을 넘어서서 그 자체 문학적 흥미의 대상이 되는 방식으로 형상화된다. 스토리의 실현에 필요한 수준 이상의 형상을 이루며, 스토리의 맥락을 벗어나서 독자적인 자기 세계를 펼치곤 한다.

이상의 여러 요소 가운데 가장 중요한 것은 셋째의 특성이 된다. 첫째와 둘째 특성이 '계량적 차이'에 해당하는 데 비해 셋째 특성은 '질적인 차이'로서의 속성을 지닌다. 어떤가 하면 첫째와 둘째에 해당하는 차이는 기존 논의에서도 자주 거론되었던 특성이다. 문제는 그것을 질적 차이로 강변한 데 있었으니, 소설과 달리 설화에서 인물과 환경의 구체적 표현을 보기 어렵다는 류의 주장이 그것이다. 이것이 얼마나 무모한가는 뛰어난 이야기꾼의 텍스트를 한번 접해 보는 것만으로도 단번에 알 수 있다. 인물과 상황에 대한 구체적이고도 생생한 형상화는 설화의 세계에서도 얼마든지 훌륭하게, 완전하게 이루어져 왔던 터다.26) 문제는 그 형상화의 지향성이다. 설화에 있어 훌륭한 장면구현이

---

26) 이야기꾼 설화의 생생한 장면 묘사에 대해서는 천혜숙, 앞의 논문 및 신동흔, 「이야기꾼의 작가적 특성에 관한 연구」 참조.

란 곧 스토리(서사)의 훌륭한 구현에 해당한다. 스토리의 재미에, 또는 스토리의 의미에 기여하는 차원의 형상화인 것이다.[27] 그런데 소설은 작중상황의 형상화에 있어 스토리(서사)의 차원을 넘어서는 확장이라는 지향성을 실현함으로써 질적 차이를 현시하고 있다.

소설은 어떠한 방식으로 작중상황을 엮음으로써 스토리 차원을 넘어서는 형상화로 나아가고 있는가. 그 양상 또한 선행 연구에서 검토한 터다.

첫째, 서술자의 목소리에 의한 상세한 진술을 통해 작중상황을 구체화한다. 특히 묘사(描寫)의 적극적 활용을 통해 작중상황을 구체적 감지가 가능한 형태로 섬세하게 확장하곤 한다. 둘째, '관습적 표현'의 활용을 통해 장면에 생기 내지 중량감을 부여한다. 관습적 표현은 인물과 배경, 행동 묘사에 두루 활용된다.[28] 셋째, 인물간 대화의 구체적 재현을 통해 장면을 확장한다. 대화를 통한 서사상황의 표현은 서사문학 일반의 기법이지만, 소설에 있어 대화의 재현은 길고 상세하게, 유려하게 이루어진다. 인물들의 서로 다른 처지와 생각, 감정을 투영한 세계관적 대화의 장이 스토리에서 일탈하는 차원에서 펼쳐지곤 한다. 넷째, 시(詩)와 노래·편지글 등을 통해 장면의 자족적 확장이 이루어진다. 한시나

---

27) 일부 특출한 이야기꾼의 경우 부분적으로 스토리에서 일탈하는 방향으로 장면을 형상화하는 모습도 보이지만, 이는 일반적 지향성에서 벗어나는 예외적 특성이라 할 수 있다. 스토리의 실현에 한껏 멋을 부려 보는 행위로서의 의의를 지닌다. 만약 그 수준을 넘어 그러한 형상화 양상이 의식적·지속적 일관성을 나타낼 때 그 구연은 설화 문법을 넘어선 것이라 보아야 옳다. 판소리 구연이 그러한 것처럼 말이다.

28) 부연 설명하자면 판소리의 '치레사설' 같은 것이 그것이다. 〈정수경전〉에서 예를 들면, "정한님이 디레흐러 가는 긔구범졀은 이로 긔록디 못할너라. 그만 쥰마 완완니 타고 홍관 옥더의 홍문구긔을 몸의 씌고 좌우의 각스 셔리 츄종흐고 전후의 오식등용을 쌍쌍이 옹위흐여 홍문 디나 힝보셕 즐비흐게 펴노흔 디 쳥 순충암의 미호 거름으로 어넌니 거러 교비셕의 들어가니 디쇼 병풍을 훈닐즈로 좌우의 둘너치고 화문 등비셕을 층층이 도도 펴고 셜면 안기 갓흔 치일은 반공의 놉히 치고 빅옥승을 윤각 디쳥의 마조 노코 왜밀 초대 쌍쌍이 노코 이셩디합 빅복원녜 디닐 졔 잉무 갓흔 시녀들이 쌍쌍이 셔셔 월노승 유리병을 반만 긔울너 빅년가약 젼홀졔"와 같은 표현으로 혼례 장면을 그린 것이 단적인 사례가 된다.

노래 · 가사 · 편지 · 상소문 등의 삽입은 설화와 달리 소설에서 특징적
으로(의식적 · 지속적으로) 사용되는 기법이거니와, 이는 스토리를 효과적
으로 구체화하는 한편으로 장면이 스토리에서 일탈하여 자족적으로 살
아나도록 하는 효과를 나타내곤 한다. 독자로 하여금 상황 자체를 음미
하면서 미적으로 감응하도록 하는 것이다. 이와 같은 여러 요소가 다양
한 방식으로 활용되는 가운데 장면의 미적 형상화가 이루어지는 것이
소설의 특성이 된다.

여기 두 개의 텍스트가 있다.

신라 풍속에 해마다 2월이 되면, 초여드레에서 시작하여 보름까지 서울의
남자와 여자들은 흥륜사의 전탑(殿塔)을 다투어 돌면서 그것을 복회(福會)로
삼았다.

원성왕 때에 낭군 김현(金現)이 밤이 깊도록 홀로 탑을 돌면서 쉬지 않았다.
그 때 한 처녀가 염불을 하면서 따라 돌므로 서로 정이 움직여 눈을 주었다.
탑돌이를 마치자 그는 처녀를 구석진 곳으로 이끌고 가서 관계했다. 처녀가
돌아가려 하자 김현은 사양하고 거절하는 처녀를 억지로 따라갔다. 서산 기슭
에 이르러 한 초가에 들어가니 늙은 할미가 그 처녀에게 물었다.

"함께 온 이가 누구냐?"

처녀는 그 사실대로 말했다. 늙은 할미는 말했다.

"비록 좋은 일이지만 안 한 것보다 못하다. 그러나 이미 저지른 일이니 나
무랄 수도 없다. 구석진 곳에 숨겨 두어라. 네 형제가 나쁜 짓을 할까 두렵다."

처녀는 김현을 이끌고 가서 구석진 곳에 숨겼다. 조금 뒤에 세 마리의 범이
으르렁거리면서 오더니 사람의 말을 지어 말했다.

"집안에 비린내가 나는구나! 요깃거리가 생겼으니 어찌 다행이 아닐꼬?"

늙은 할미와 처녀는 꾸짖었다.

"너희 코가 잘못 맡았겠지 무슨 미친 소리냐?"

그 때 하늘에서 외쳤다.

“너희들이 사람의 생명을 즐겨 해침이 너무 많다. 마땅히 한 놈을 죽여서 악을 징계하겠다.”

세 짐승은 그 소리를 듣자 모두 근심하는 기색이었다. 처녀가 말했다.

“세 분 오빠가 멀리 피해 가서 자숙하겠다면 제가 그 벌을 대신 받겠습니다.”

모두 기뻐하며 고개를 숙이고 꼬리를 치면서 도망가 버렸다. 처녀는 들어와 김현에게 말했다.

“처음에 저는 낭군이 우리 집에 오시는 것이 부끄러워 짐짓 사양하고 거절했으나 이제는 숨김없이 사실대로 말하겠습니다. 또한, 저와 낭군은 비록 같은 종류는 아니지만 하룻저녁의 즐거움을 같이했으니 부부의 정을 맺은 것입니다. 이제 세 오빠의 악은 하늘이 이미 미워하시니 우리 집안의 재앙을 제가 혼자 당하려 하는데, 보통 사람의 손에 죽는 것이 어찌 낭군의 칼날에 죽어서 은덕을 갚는 것과 같겠습니까? 제가 내일 저자에 들어가 사람들을 심하게 해치면 나랏사람이 나를 어찌 할 수 없으므로, 임금께서 반드시 높은 벼슬로써 사람을 모집하여 나를 잡게 할 것입니다. 그때 낭군은 겁내지 말고 나를 쫓아 성 북쪽의 숲 속까지 오시면 나는 낭군을 기다리고 있겠습니다.”

“사람과 사람끼리 관계함은 인륜의 도리지만 다른 종류와 관계함은 대개 떳떳한 일이 아니오. 그러나 이미 잘 지냈으니 진실로 하늘이 준 다행이 많은데, 어찌 차마 배필의 죽음을 팔아서 한 세상의 벼슬을 바랄 수 있겠소?”

“낭군께서는 그런 말을 하지 마십시오, 이제 제가 일찍 죽음은 대개 하늘의 명령이고 또한 제 소원입니다. 낭군의 경사요, 우리 일족의 복이며, 나랏사람들의 기쁨입니다. 제가 한 번 죽음으로써 다섯 가지 이익을 얻게 되는데, 어찌 그것을 어길 수 있겠습니까? 다만 저를 위하여 절을 지어 불경을 강(講)하여 좋은 과보(果報)를 얻는 데 도움이 되게 해 주신다면, 낭군의 은혜는 이보다 더 큰 것이 없겠습니다.”

마침내 서로 울면서 작별했다.

― 〈김현감호〉29)

날이 새자 여인은 양서생을 인도하여 풀숲을 헤치고 가는데 이슬이 흠뻑 내려서 길을 찾을 수 없었다. 양서생은 여인에게 물었다.

"어찌 거처하는 곳이 이렇습니까?"

여인은 대답하였다.

"홀로 사는 여인의 거처는 본디 이렇습니다."

여인은 다시 『시경(詩經)』의 시 한 수를 읊으면서 농담을 걸었다.

축축히 내린 길가의 이슬

이슥한 밤 어찌 가지 않으랴만

이슬이 많아서 가지를 못했지요

양서생도 또한 『시경(詩經)』의 시를 읊어 농담을 했다.

어슬렁어슬렁 수여우는 다리 위를 지나네.

노나라로 뻗어간 길도 훤하여,

제나라 아씨 넋 잃고 달려가네.

두 사람은 읊고 나서 한바탕 웃으며 마침내 함께 개령동(開寧洞)으로 갔다. 다북쑥이 들을 덮고 가시나무가 공중에 높이 늘어선 속에 집 한 채가 있는데 자그마한 것이 매우 화려했다. 여인의 인도에 따라 들어가니 이부자리와 휘장이 잘 정돈되어 있는데 벌여놓은 품이 어젯밤과 같았다.

서생은 그곳에서 3일을 머물렀다. 즐거움은 평상시와 조금도 다름이 없었다. 시녀는 아름다우면서도 교활한 태도가 없었고, 좌우에 진열된 그릇은 깨끗하면서도 사치스럽지 않았다. 양서생에게는 그것들이 인간 세상의 것이 아니라는 생각이 들었으나 여인의 은근한 정에 끌려 다시는 그런 생각을 하지

---

29) 일연, 이재호 역, 『삼국유사』 2, 솔, 1997, 360~363면.

않았다. 사흘 후 여인은 양서생에게 말했다.

"이곳의 사흘은 인간 세상의 3년과 같습니다. 도련님은 이제 집으로 돌아가셔서 옛날의 살림살이를 돌보셔야 합니다."

"어쩌면 이별이 이렇게 빠릅니까."

여인은 대답했다.

"작별하더라도 다시 만나 평생의 소원을 다 풀 수 있을 것입니다. 도련님이 누추한 이곳까지 오시게 된 것은 반드시 예전의 인연이 있었기 때문입니다. 저희 이웃 친척들을 한번 만나보시는 것이 어떻겠습니까."

양서생은 말했다.

"예, 좋겠습니다."

여인은 곧 시녀를 시켜 이웃 친척들에게 알렸다.

이날 모인 사람은 정씨, 오씨, 김씨, 유씨 등 네 여인인데, 모두 귀족집 따님이며, 이 여인과 한 마을에 사는 친척들로서 성숙한 처녀들이었다. 성품이 온순하고 인자하며 모습이 무척 아름다웠고 또한 자질이 총명하며 문장에 능했다.

그들은 칠언 절구 네 수씩을 지어 양서생을 전별해 주었다.

정씨는 태도와 인품이 갖추어진 여인인데 곱게 쪽진 머리채가 귀밑을 살짝 가리고 있었다. 그녀는 숨을 내쉬며 즉흥시를 읊었다.

꽃 피는 봄 밤에 달빛마저 고운데 / 내 시름 그지없어 세월조차 아득하네. / 이 몸이 죽어가서 비익조(比翼鳥)나 된다면 / 쌍쌍이 노닐면서 하늘 아래 춤추리라.

등불엔 빛이 없고 밤은 또한 기나긴데 / 북두성 기울고 달도 반쯤 비꼈구나. / 쓸쓸한 나의 침소 뉘라서 찾아오리 / 푸른 적삼 구겨지고 귀밑머리 헝클어졌네.

(…중략…)

김씨는 자세를 바로잡고 엄전한 태도로 붓에 먹을 찍더니 앞에 읊은 시가 너무 음탕하다고 책망하면서 말했다.

"오늘의 모임에서는 여러 말 할 것 없이 다만 이 자리의 광경만 읊어야 할 텐데, 어째서 마음의 회포를 털어놓아 우리들의 절조를 잃어야 할 것이며, 우리들의 소식을 인간 세상에 전해야 하겠습니까."

하고, 그녀는 낭랑한 목소리로 시를 지어 읊었다.

오경 깊은 밤에 두견새 울고 갈 제 / 희미한 은하수는 동쪽으로 기울었네. / 애끊는 옥통소를 다시는 불지 마소 / 그윽한 이 풍경을 속인 알까 두렵네.

한잔 가득 쳐서 금잔에다 부으리라 / 취토록 잡으시오 술이 많다 사양 마소 / 날이 새어 샛바람이 사납게 불어오면 / 한 자락 봄빛이 꿈처럼 사라지리.

— 〈만복사저포기〉[30]

잘 알듯이 이들은 공통적으로 남녀간의 놀랍고도 애틋한 사랑의 서사를 펼쳐낸 작품이다. 호랑이 여인과의 사랑이나 죽은 여인과의 사랑은 다 같이 놀라우며, 운명적인 슬픈 이별이 전하는 의미 또한 강렬하다. 그 '서사'를 놓고 볼 때 질적 차이를 발견하기 어려운 모습이다. 『금오신화』와 함께 〈김현감호〉를 소설로 보는 관점이 제기된 사정을 이해할 만도 하다. 하지만 이런 류의 서사는 설화(물론 구비설화를 포함한)의 세계에서 널리 볼 수 있는 것이니, 그것을 소설 장르의 지표로 삼을 수는 없다. 그 서사를 통해 제기되는 주제적 의미 또한 마찬가지다.[31] 관건은 앞서 말했던 바 작중상황의 형상화 방식에 있다.

두 작품은 단순히 스토리를 전하는 차원의 작품이 아니다. 스토리는

---

30) 김시습, 이재호 역, 『금오신화』, 솔, 1998, 34~42면.

31) 잘 알려져 있듯이 〈김현감호〉는 같은 내용, 같은 주제의 구비설화가 오늘날까지도 널리 전승되고 있다. 한편, 〈만복사저포기〉와 유사하게 무덤 속 여인과의 사랑을 축으로 하여 서사가 전개되는 설화들도 있는데, 서사적 귀결은 좀 다르게 나타난다. 〈하생기우전〉의 결말처럼, 죽음에서 돌아온 여인과 짝을 이루어 잘 사는 것으로 마무리되는 것이 보통이다. 어떻든, 그 서사적 차이가 설화와 소설을 가르는 본질적 요소로 기능하지는 않는다.

문학적으로 형상화되어 있다. 화자의 서술과 묘사, 대화의 재현 등을 통해 작중상황이 구체적으로 표현되었다. 하지만 두 작품은 형상화의 구체적 양태에 있어 질적 차이를 나타낸다.

〈김현감호〉에 있어 문학적 형상화는 '스토리에 충실한 방향으로' 이루어져 있다. 스토리를 실감나게 전하고 거기 담긴 의미를 부각하는 차원의 형상화다. 인물들의 대화는 곧 스토리 실현의 과정이 되고 있다. 인용 뒷부분의 꽤 길고 구체적인 호녀(虎女)의 대사가 인상적이지만, 이 또한 '서사의 실현' 차원의 표현으로서의 성격을 지니고 있다. 서사의 절정에 해당하는 부분이므로 그 상황이 특별히 강조되어 구체적 표현이 이루어진 터다. '창작성' 내지 '문식(文飾)'이 발휘된 측면에 주목할 수 있겠지만, 이와 같은 형태의 표현은 설화에 있어 보편적인 것으로서, 설화를 넘어선 특성이라 하기 어렵다.

〈만복사저포기〉가 드러내는 형상화 양상은 이와 다르다. 어스름한 밤길을 가면서 시구를 희롱하는 모습이나 개녕동 초당의 정경에 대한 섬세한 묘사 등이 전하는 미감이 남다르다. 장면의 의식적인 부각이다. 그래도 이 장면에 대해서는 '스토리의 실현' 차원에서의 표현이라고 볼 수 있는 측면이 있는 것이 사실이다. 하지만 네 여인이 찾아와 시를 화답하는 장면을 형상화한 양상은 분명 그 이상이다. 정씨와 오씨, 김씨, 유씨가 각기 네 수의 시를 읊은 후 양생이 그에 화답하여 긴 시를 읊는 모습이 시작품의 구체적 제시를 통해 길고도 자세하게 펼쳐지고 있거니와, 그 장면이 수행하는 역할은 '서사의 실현' 차원을 넘어서고 있다. 어떤가 하면 서사가 잠시 멈추어진 상태에서 한바탕 서정(抒情)의 장이 펼쳐지고 있는 모습이다. 그것도 평면적인 형태의 나열이 아니다. 시 하나 하나가 가진 곡진함에 더하여 정씨(및 오씨)의 시에 대한 김씨의 반론적 시작(詩作)에서 보듯 서로 다른 세계관이 얽히는 대화의 장으로서의 한마당이 펼쳐진다. 물론 이러한 장면이 작품의 기본 서사와 무관한 것은 아니겠지만 그것이 스토리에 종속되지 않은 채 자체의 미감(美感)과

의미를 실현하고 있다는 데 대해 긴 설명이 필요치 않을 것이다. 독자들은 작중상황에 젖어들어 서정에 한껏 취하는 가운데 인간의 고독을 음미하고 그 고독을 풀어내는 다양한 방식을 경험하게 되는 것이다. 전체 서사 차원의 미의식과 의미 이상으로 중요한 본질적 요소다.[32]

위의 인용은 작품의 일부를 옮겨놓은 것인데, 작품 전체를 놓고 보면 문학적 지향성의 차이가 좀더 분명해진다. 〈김현감호〉의 경우 김현이 여인이 변한 호랑이를 잡아 벼슬을 얻고 여인을 위해 절을 지어주었다는 내용이 이어지는데, 인용 앞부분에서 볼 수 있는 수준의 서술로 내용이 제시된다. 작품 전체가 서사에 충실한 형태로 짜여 있는 셈이다. 〈만복사저포기〉는 어떤가 하면, 스토리를 넘어선 자족성을 지향하는 장면구현이 작품 전체에 걸쳐 일관되게 나타나고 있다. 첫 대목부터가 배꽃이 피어난 야경 속에서 양생이 읊는 서정적인 시로 출발한다. 만복사에서 양생이 여인과 만나는 대목 또한 자세한 묘사와 함께 여인이 부처께 올린 글의 인용을 통해 스토리 실현 이상의 표현을 이루어낸다. 이후 양생과 여인이 사랑을 나누고 이별을 하기까지의 과정 또한, 위 인용에서 단면적으로 볼 수 있듯이, 서정적 묘사와 시편(詩篇)들로 점철돼 있다. 양생의 고독감과 비애를 절절히 담은 제문(祭文)을 통해 특화된 작품의 마무리 역시 단순 서사와는 다른 모습이다. 요컨대, '스토리를 넘어서는 차원에서의 작중상황의 형상화'는 〈만복사저포기〉의 일관된, 의식적인 지향이 된다. 그리하여 그것은 서사 이상의 작품이 되었으니, 일컬어 '신화(新話)'다. 그 다른 이름이 곧 소설(小說)이 된다.[33]

---

32) 자족성을 지니는 장면들을 통해 실현되는 의미는 작품의 전체적 주제와 통할 수도 있고 때로는 그로부터 벗어날 때도 있다. 〈만복사저포기〉의 경우 전체 주제와 의미맥락이 통하는 예가 되는 데 대해 〈정수경전〉의 장면들은 전체 서사의 주제와 다른 방향의 의미를 드러내곤 하였다(신동흔, 「정수경전을 통해 본 고전소설의 장면구현 방식」, 168~174면). 이 외에 판소리계 소설의 여러 장면에서 서사 차원의 주제와 다른 의미가 실현되고 있음은(부분의 독자성, 또는 이면적 주제) 널리 알려진 사실이다.

33) 『금오신화』에서의 '서사 넘어서기'에 있어서는 '시(詩)'의 역할이 특히 두드러지지만 전적으로 거기 의존하는 것은 아니다. 상황 묘사와 대화의 재현과 같은 일반적 방법

스토리를 실현하는 차원을 넘어서, 서사에 충실한 차원을 넘어서 미적 자족성을 추구하는 형태의 장면구현. 이를 설화와 변별되는 소설의 지표로 보는 것이 우리의 결론이다. 서사를 기반으로 하는 어떤 텍스트에 있어 그와 같은 지향성이 작품 전반에 걸쳐 일관되게 나타나고 또한 그것이 실제적으로 실현이 된다고 할 때 그 텍스트는 곧 소설이 된다는 입장이다. 이에 대해서 주제나 세계관을 배제한 차원의 형식미학적 논리는 곤란하다는 관점에서 그 타당성을 비판하는 논의가 제기될 수 있음을 안다. 어떤가 하면 그 형상화 방식상의 특징이 작품의 주제 문제와 불가분의 관계를 맺고 있는 것이 작품의 실상이다. 자족성을 지니는 장면들을 기초로 하여, 서사 차원의 주제와 상황 차원의 의미가 한데 얽히는 것이 소설의 특성이 된다. 앞서 〈만복사저포기〉의 인용 대목에서 잠깐 살폈던 것처럼 말이다. 단지 주제뿐만이 아니다. 소설이 특징적으로 실현한다고 하는 현실성이나 감발력(感發力) 등의 제 문제가 소설 특유의 장면구현 방식과 긴밀한 관련을 맺고 있거니와, 이에 대해서는 뒤에서 재론하기로 한다. 그러한 여러 요소들이 서로 맞물리면서 소설의 장르적 본질을 구성하는바, 장면구현 방식은 그 총화가 아닌 '지표'일 뿐임을 분명히 해둔다. 지표란 구체적이고 명료할수록 좋은 것일 터, 소설의 지표로서 이만한 것을 다시 찾기 어렵다고 믿는다.

다음 논의로 넘어가기에 앞서 한 가지만 더 덧붙여 둔다. 소설이 설화와 달리 '서사를 넘어서는' 양상을 보인다고 할 때 이 또한 설화와 소설의 우열을 전제하는 논리가 아닌가 하는 데 대한 설명이다. 우리의 논리는 소설이 설화보다 우월한 양식이라는 것이 아니다. 그것은 서로 문학

외에 '토론'이 또한 특징적으로 활용된다. 토론은 〈취유부벽정기〉에 단면적으로 나타나며, 〈남염부주지〉에서 전면적으로 도입된다. 『금오신화』 가운데도 스토리가 단순한 편인 〈남염부주지〉는 웬만한 논설 수준을 뛰어넘는 철학적 토론의 도입을 통해 '신화(新話)'가 되었다. 서사 넘어서기는 '서정' 외에 '교술'을 통해서도 훌륭히 이루어졌던 것이다. 뒤에서 자세히 살피겠지만, 이 두 가지 방식은 전기소설의 중요한 형상화 기법으로 정착하게 된다.

적 지향성을 달리하는 이질적인 양식일 뿐이다. 설화가 서사적 충실성을 지향하는 데 비해 소설은 그와는 다른 길을 통해 문학적 의미를 구현한다. 〈김현감호〉의 길이 있고 〈만복사저포기〉의 길이 있으니, 둘은 모두 완전하고 소중하다. 〈만복사저포기〉에 손에 잡힐 듯 육박해오는 구체적 정경이 있다면, 〈김현감호〉에는 잘 짜여진 서사의 재미와 함께 다방향으로 열린 서사적 의미가 있다. 그 길이 서로 다른 것은 말하자면 영화의 길과 소설의 길이 다른 것과 같다. 영화는 소설보다 더욱 구체적·감각적이며 총체적이지만, 그렇다고 해서 영화가 소설보다 우월한 양식이라고 할 수는 없는 터다.[34)

3) 소설의 장르적 본질

소설의 본질에 대한 우리의 기본 관점은 이미 드러났다. 스토리를 근간으로 하여 미감과 의미를 표출하는 서사양식이 설화이며,[35) 자족적으로 확장된 장면들을 통하여 서사를 넘어서는 차원의 미감과 의미를 추구하는 서사양식이 소설이다. 한 마디로 말하여, 소설은 '서사를 넘어서는 서사'라 할 수 있다. 그 서사 넘어서기는 서정성이나 교술성을 통해 이루어지기도 하고 극성(劇性)을 통해서도 이루어지거니와,[36) '서정과

---

34) '설화-소설'과 '소설-영화'는 서로 성격이 크게 다른 비교대상으로 보일 수 있으나 그렇지 않다. 설화에 대해 소설이 복합적·종합적인 무엇(서사+α)인 것처럼 소설에 비해 영화가 복합적·종합적인 무엇(문학+α)으로서 그 관계양상이 서로 통한다.

35) 총괄적인 측면에서 설화를 이렇게 규정할 수 있겠지만, 좀더 자세히 살펴보면 설화의 세계 안에는 서사 내용 및 서사의 형상화 방식을 달리하는 여러 양식이 공존한다. 구비설화의 세계에 있어서의 신화와 전설·민담의 존재가 그러하다. 그 구분법은 기록설화에 그대로 적용해 볼 수도 있으며 기록문학적 특수성을 반영하여 '우언'이나 '일화'·'야담' 등을 별개 양식으로 설정해 볼 수도 있다. 하지만 본고의 논제는 설화와 소설을 변별해 논하는 데 있으므로 이에 대한 구체적 논의는 생략한다. 설화를 비롯한 구전 이야기의 다양한 양식에 대해서는 신동흔, 「구전 이야기의 갈래와 상호관계에 관한 연구」, 『비교민속학』 제22집, 1992 참조.

교술, 희곡의 미학을 포용한 서사'가 소설이라고 표현할 수도 있겠다.[37) 서사 넘어서기가 스토리 전개를 가로지르는 형태의 횡적 확장을 통해 이루어진다는 점에서 '종적 형상 및 횡적 형상의 어울림을 통해 문학적 의미를 드러내는 서사'라는 식으로 소설을 규정해 볼 수도 있겠다.

그간 갖가지 이론적 논의를 통해 제기된 소설의 제반 문학적 특성은 이와 같은 규정을 통해 합리적 설명이 가능해진다.

먼저 소설의 감발력(感發力) 내지 감염성(感染性)에 관한 것이다. 조선 후기에 들어 국문소설의 등장과 함께 소설이 크게 성행하면서 소설에 관한 긍정 또는 부정의 견해들이 속속 제기되었거니와 그 논의의 한 축을 이루는 것이 '감발성'의 문제였다. 예컨대 만와옹(晩窩翁)이 소설에 대해 "세상에서 소설이라 일컫는 것들은 말이 모두 비리(鄙俚)하고 내용 역시 황탄(荒誕)하여 모두 기담(奇談)·궤학(詭謔)에 빠질 뿐이나 이중 이른바 〈남정기〉, 〈감의록〉 등 수 편은 사람으로 하여금 저의(底意)를 감발케 함이 있다"[38)고 한 것이나, 이덕무가 소설을 야담과 지괴(志怪), 전기(傳奇)와 소설을 비교하면서 유독 소설에 대해 "헛것을 얽고 빈 것을 뚫으며 귀신을 말하고 꿈을 말하는" 것으로서 "허황된 짓을 도우며 천박하고 비루한 짓을 고취"하며 "귀중한 시간을 허비"하게 한다는 식으로 그 위험성을 강조한 것[39)은 소설이 독자를 빨아들이는 놀라운 힘을 의식한 것이라 하겠다. 다음은 또 어떠한가.

---

36) 인물간 대화를 통한 장면의 형상화 기법에서 극적 요소를 볼 수 있다. 그 대화가 '서사의 실현' 차원을 넘어서 상황 자체의 실감나는 재현을 지향할 때 그 장면은 극적 자족성을 나타내게 된다. 소설이 발달해 가면서 널리 일반화된 표현법이 된다.

37) 그 가운데 하나를 특징적으로 포용하기도 하고 둘이나 전부를 포용하기도 한다. 서정적 묘사와 극적 재현을 함께 포괄하는 것이 일반적으로 말하는 소설의 모범형에 가깝다 하겠는데, 이와 함께 교술성도 중요한 소설적 역할을 수행한다는 사실을 강조해 둔다.

38) 만와옹(晩窩翁), 「일락정기(一樂亭記) 서」; 장효현, 「조선 후기의 소설론」, 『어문논집』 23집, 1982, 578면에서 재인용.

39) 이덕무의 소설론은 조동일, 「한국·중국·일본 "소설"의 개념」, 『성곡논총』 제20집, 1989, 629면에서 재인용함.

죽계일사가 삼한습유를 저술하니 내가 마왕이 싸우는 곳까지 읽고 나도 모르고 책을 덮고 탄식하고는 멍하니 망연자실하였다.

혹은 재능이 높이 뛰어나고, 혹은 얼음이 대번에 확 시원하게 풀리고, 혹은 무릎을 치느라 팔이 피로하고, 혹은 거품을 흘리면서 침이 튀고, 가까이는 밤새도록 잠을 설치고, 멀리는 석 달 동안 밥맛을 잊었소

이는 김소행의 장편소설 〈삼한습유〉에 대한 홍현주와 홍석주의 평이거니와,[40] 소설의 감발력이 얼마나 대단한가를 단적으로 보여주고 있다. 일반인은 물론 당대 지식인의 마음까지 온통 뒤흔드는 힘을 발휘한 것이 소설이었다.

사람들을 이토록 감발·격동시켜 심각한 우려를 낳기까지 한 소설의 힘이 어디에서 연원하는가 하면 그것은 무엇보다도 '작중상황(장면)의 구체성'에서 찾을 수 있다. 설화와 달리 구체적 상황 하나 하나가 손에 잡힐 것처럼 그린 듯 펼쳐지니 그 속에 빨려드는 것이 자연스러운 일이 된다. 어찌 놀랍고도 흥분되는 경험이 아니겠는가. 설화(또는 시)만 알던 이들이 소설을 새로이 경험하는 일은 모름지기 소설(또는 그림)만 알던 이들이 영화를 처음 보는 일에 못지않은 문화적 충격이었을 터이다. 비록 상상을 통해서이기는 하지만, 마치 활동사진과 같은 형태로 이야기가 펼쳐져 나가는 것이 바로 소설이다. 소설이 짧은 시간 내에 놀라운 힘으로 대중을 사로잡은 것은 우연이 아니다.[41]

소설의 문학적 특성을 '그림'에 견주는 것은 필자의 주관적 주장이 아니다. 그것은 당대의 여러 비평가들의 시각이기도 했다. 유만주가 『흠영

---

40) 간호윤, 「조선시대 소설비평 연구」, 인하대 박사논문, 2001, 108면에서 인용.
41) 필자는 소설의 문학적 특성을 설명하면서 비유적으로 "소설은 글로 써낸 영화다"라는 말을 하곤 하거니와, 소설이 구현하는 상황적 구체성과 그에 따른 감발력을 함께 나타내기 위한 표현이 된다. 소설에 대한 당대 지식인의 우려는 영화나 비디오에 대한 현대 지식인의 우려와 성격에 있어 서로 통한다고 할 수 있다.

(欽英)』에서 "관화당이 두루 엮은 문장들은 곧 신이한 그림이다"라거나 "비로소 요재지이를 온전히 보았는데 그 일은 꿈과 같고 문(文)은 그림과 같다"라고 한 선례[42]에 이어 전통 소설비평의 보고(寶庫)라 하는 〈광한루기(廣寒樓記)〉에는 문장여화론(文章如畵論)이 비평의 전체적 요체로 자리잡고 있다.

그 책에서 남원의 빼어난 경치를 서술한 것은 동해를 그린 것이요, 이도린의 풍류와 문체를 서술한 것은 바다 위의 여러 봉우리를 그린 것이요, 정을 서술하고 이별을 서술한 것은 물을 그리고 돌을 그린 것이요, 원숭 등 여러 인물을 서술한 것은 숲 속의 절을 그린 것이요, 부용 등의 여러 기생을 서술한 것은 구름 속의 암자를 그린 것이었다. (…중략…) 한 사람의 훌륭한 글재주로 급속한 변화를 통해 천태만상을 표출해 낸 것이 흡사 금강산 일만 이천 봉이 주위 500리 사이에 펼쳐 있는 것 같아서 부분 부분마다 특별히 빼어나고 하나하나가 신비하고 오묘하였다. 이 작품에서 춘향의 아름다운 자태와 곧은 정절을 서술한 부분은, 앞에서는 맞이하고 뒤에서는 배웅하며, 왼쪽에서는 수직하고 오른쪽에서는 대꾸하는 것이 마치 비로봉이 아득하게 우뚝 솟아 있는 것과 같았다. 이는 매우 특별한 사건이 아닌가? 이는 매우 기묘한 문장이 아닌가?[43]

이는 소설에 대한 실제적이고 감각적인 비평이라는 점에서 주목되거니와 이와 같은 비평적 관점이 작품 전반에 걸쳐 제시되어 있다. 본래 선적인 전개를 특징으로 하는 서사보다는 서정이나 극이 그림에 보다 가까운 것이거니와, 소설작품의 제 장면이 '그림'으로 해석된다는 것은 소설이 '서사를 넘어서는 형상'의 표현을 특징으로 하고 있음을 잘 말해준다. 위 평자는 소설의 성패가 그 그림이 얼마나 빼어난가에 의해

---

42) 간호윤, 앞의 논문, 74~75면.
43) 성현경 외, 『광한루기 역주 연구』, 박이정, 1997, 12~13면.

가름된다고 보고 있는 터, 소설 특유의 문학적 성격을 날카롭게 꿰뚫은 것이라 하겠다.

한편, 소설에 대한 여러 가지 근대적 개념규정 역시 그것이 '서사를 넘어서는 서사'라고 하는 사실을 통하여 이해하고 포용할 수 있다. 김 태준이 인용했던 롱(Long)의 소설(novel) 규정, 곧 소설이 "사회생활의 풍습과 세태와 인정(人情)의 기미(幾微)를 진실히 서술"하는 양식이라는 것은 소설의 현실 반영성을 강조한 규정이 되는데, 소설에 있어 그러한 '진실한 반영'의 바탕이 되는 것이 곧 소설의 탈서사적 형상성이라 할 수 있다. 스토리에의 종속성을 벗어남으로써 설화와는 다른 차원의 '소설적 리얼리티'의 가능성이 열리게 되었다는 뜻이다. 김태준은 우리의 고전 가운데 그러한 작품이 없다고 했지만, 이는 지나치게 조심스러운 시각이었다. 『금오신화』나 〈홍길동전〉·〈춘향전〉 등 대다수 소설 작품이 그를 향해 열려 있었던 터다.44)

이는 한때 비평계를 풍미했던 루카치와 골드만의 소설론에도, 그리고 조동일의 소설론에도 비슷하게 적용할 수 있다. "타락한 세계에서 진정한 가치를 추구하는 이야기"45)라거나 "자아와 세계가 상호우위에 입각한 대결을 통해 진실성을 드러내는 서사양식"이라는 규정은 실상 '소설적 리얼리티'에 대한 규정으로 읽을 수 있거니와, 소설의 문학적 지향점을 이렇게 표현한 것이라 할 수 있다. 소설 작품들이 실제로 그것을 구현해내고 있는가와는 별개로(그럴 수도 있고 그렇지 않을 수도 있다), 소설이 모종의 '총체적 리얼리티'를 향해 열려 있음은 분명하다. 문제는 그것이 어떤 방식으로 열려 있는가 하는 점이거니와, 앞서 언급한 대로 그것은 '서사의 질'이 아닌 '서사를 넘어서는 서사'를 통하여 열려 있다

---

44) 여기서 소설 작품이 두루 그러한 현실성을 '실현했는가' 것은 다른 차원의 문제가 된다. 그 문학적 실현 여부에 대한 점검과 평가는 장르론보다 작품론 차원의 과제라는 사실을 이미 언급한 바 있다.

45) 루시앙 골드만, 조경숙 역, 『소설사회학을 위하여』, 청하, 1982, 12면.

는 것이 우리의 대답이 된다. 서정과 극, 교술을 향하여 서사가 열려 있음으로 하여 자아와 세계의 대결양상이 보다 총체적으로 형상화되는 가운데 소설적 진실성을 드러낼 수 있게 되었다는 뜻이다. 루카치나 골드만은 그것을 단지 자본주의 이후 근대소설만의 특성으로 들었지만, 그러한 특성은 설화적 서사를 넘어서는 시점에서 소설 일반이 갖게 된 가능성이라고 보는 것이 정당한 시각이 될 것이다. 근대에 들어와 그 구체적 양태가 달라지기는 하지만 말이다.

또 바흐찐의 소설이론이 있다. 그의 이론은 "다양한 사회·이념적 언어들간의 대화적 공존" 또는 "다양한 언어들간의 대화적 상호작용"을 통한 다성적(多聲的) 세계의 구현을 소설의 본질로 보는 것으로 요약할 수 있거니와,46) 그러한 관점은 우리가 설화에 대한 소설의 변별적 특성으로 설명한 바 '장면의 자족성'과 긴밀히 통하는 것이라 할 수 있다. 특히 '대화의 극적 재현'과 연관이 된다. 인물의 대화가 '스토리의 구체화' 차원을 넘어서 자족적으로 확장됨에 있어 인물들이 각기 제 목소리를 내면서 세계관적 대화를 펼칠 '가능성'이 그만큼 커진다고 할 수 있다. 특정 장면을 통하여 세계관적 논쟁을 표출할 수 있다는 것은 설화에 대한 소설의 두드러진 특성이 된다. 단지 그것만이 소설의 문학적 본질이라고 할 수는 없지만 말이다. 이 또한 '서사 넘어서기'라는 설명을 통해 자연스럽게 포용할 수 있는 문학적 지향점이 되니, 역시 '장면의 자족성을 통해 서사를 넘어서는 서사양식'이라고 하는 것이 동서고금(東西古今)을 막론한 소설의 제반 문학적 특성을 제대로 설명할 수 있는 정당한 규정이 된다고 생각된다.

---

46) 미하일 바흐찐, 전승희·서경희·박유미 역, 「소설 속의 담론」, 『장편소설과 민중언어』, 창작과비평사, 1988.

3. 설화와 소설의 역사적 위상

1) 소설의 성립과 설화

이제 우리한테 주어진 과제는 소설에 대한 새로운 관점을 축으로 하여 우리 서사문학사의 구도를 새롭게 파악하는 일이다. 서사문학사의 전개양상을 통시적으로 살피는 작업이란 무척이나 크고 복잡한 과제로서, 한목에 제대로 감당할 수 있는 일이 아니다. 여기서 할 수 있는 일은 그 대체적인 구도를 가늠해 보는 정도가 될 것이다.

먼저 소설의 성립에 얽힌 문제를 본다. 오랜 설화의 시대를 거쳐 소설이 등장하면서 우리 서사문학사는 새 단계를 맞게 되었거니와, 언제 어떻게 소설이 성립되었는가 하는 점이 문제가 된다. 문제가 중요한 만큼이나 그 양상이 간단치 않아서 오랜 논쟁의 대상이 되어 왔으니, 그 핵심에 놓이는 것이 『신라수이전(新羅殊異傳)』, 그중에도 특히 〈최치원(崔致遠)〉이 된다. 『금오신화』를 소설로 보는 데 대해서는 특별한 이견이 없는 터이거니와, 그에 앞선 소설의 성립 여부가 첨예한 쟁점을 이루고 있다. 이때 거론되는 핵심적 작품이 〈최치원〉이며, 이 밖에 〈수삽석남〉·〈조신〉·〈김현감호〉·〈백월산이성성도기〉 등이 함께 거론되기도 한다.47) 이에 대한 입장은 다음과 같다.

먼저 〈최치원〉을 제외한 다른 작품들은 명백히 설화에 해당한다는 것이 우리의 판단이다. 앞서 〈김현감호〉를 살핀 바 있지만, 이는 스토리를 축으로 하여 미감과 주제를 실현하는, 설화의 문학적 관습에 입각한 작품이다. 설화의 일반적 형상화 방식에서 벗어난 특징적 면모를 보기 어

---

47) 임형택이 〈최치원〉 외에 〈수삽석남〉과 〈조신〉·〈김현감호〉를 소설로 거론하였으며, 박희병이 〈백월산이성성도기〉(노힐부득과 달달박박의 이야기)를 추가로 들었다. 임형택, 앞의 글(「나말여초의 전기문학」) 및 박희병, 앞의 책(『한국 전기소설의 미학』) 참조

렵다. 이는 다른 작품들 또한 마찬가지여서, 〈수삽석남〉과 〈조신〉·〈백
월산이성성도기〉 등이 나타내는 형상화 방식은 〈김현감호〉와 크게 다른
점이 없다(대체로 스토리에 좀더 충실한 모습이다). 요컨대 이들은 소설이 아
닌 설화로서 문학적 의미를 구현하고 있는 작품이라 할 수 있다.[48] 만
약 이들이 소설이라고 할 때, 이루 헤아릴 수 없는 수많은 설화 — 문헌
설화 및 구비설화 — 들을 소설로 규정해야 하는 상황에 직면하게 될 것
이다.[49]

  〈최치원〉은 어떤가 하면 여타 작품과는 그 양상이 사뭇 다르다. 이
작품은 스토리 차원의 서사를 뛰어넘은 작품세계를 보여주고 있다. 정
도의 차이는 있겠지만, 앞서 살폈던 〈만복사저포기〉와 비교하여 질적으
로 다르지 않은 모습이다. 섬세한 장면묘사와 수많은 서정적 시편(詩篇)
들을 통해 작중상황이 짙은 낭만적·몽환적 분위기로 채색되는 가운데
서사 차원을 넘어서는 형태의 미감과 주제가 표출되고 있다. 최치원이
팔랑(八娘) 및 구랑(九娘)과 주고받는 대화나 시편은 서로 다른 목소리를
지닌 채 그 자체로 살아 움직이고 있다. 서사는 걸음을 멈춘 채 서정에
게 주인공의 자리를 양보하고 있다. 여인들과 꿈같은 인연을 이룬 다음
최치원이 여인들의 무덤 앞에서 가없는 심회를 기나긴 시로 풀어내는
장면 또한 마찬가지다. 만약 이를 스토리로 환원하면 꽤나 간단한 서사
구조로 정리되겠지만, 그것은 이미 〈최치원〉이 아니다. 〈만복사저포기〉
가 스토리로 치환될 수 없는 것과 마찬가지다. 〈최치원〉은 엄연한 소설
이다.

---

48) 『수이전』 일문(逸文)으로 전하는 〈수삽석남〉은 본래 지금과 다른, 〈최치원〉과 유사
   한 모습의 작품이었으리라고 보는 추정도 있으나, 존재하는 자료에 입각할 수밖에 없
   는 것이 우리의 입장이다.
49) 실제로 조선 후기 야담집에 실린 여러 이야기들을 소설로 보는 관점이 제기되어 있
   기도 한데, 그렇다면 그에 준하는 구비설화는 어찌할 것인가 하는 문제가 따른다. 그
   것은 '문(文)'이 아니니 더불어 논의할 대상이 못 되는 것일까. 이에 대해서는 뒤에 다
   시 논하기로 한다.

참 난감한 일은『금오신화』앞에 오로지 이 한 작품이라는 사실이다. 그것도 수백 년의 시간차를 두고서 말이다. 이를 어떻게 설명할 것인가 하는 데 연구자들의 고민이 있었던 터다. 〈최치원〉외에 〈수삽석남〉이나 〈김현감호〉같은 작품 다른 작품에 주목한 것도, 〈최치원〉을 설화로 치부하고『금오신화』에서 소설사의 시작을 잡은 것도, 또는 그것을 설화와 소설의 중간형태로서의 전기(傳奇)나 '수이전체문학'으로 본 것50)도 그 고민과 관련이 있다. 〈최치원〉이 나말여초가 아닌 후대에 소설로서 개작되어 정착되었으리라고 보는 견해51) 또한 마찬가지다. 〈최치원〉과 같은 작품이 단 하나만 더 있었더라도 우리 소설사의 구도가 훨씬 명료해질 수 있었을 터인데 말이다.

〈최치원〉을 하나의 예외적 성과로 볼 것인지 또는 그와 같은 수준의 소설작품들이 더 있었던 것으로 볼 것인지 판단을 내리기는 어렵다. 확실한 것은 〈최치원〉이 분명 설화적 서사를 넘어선 소설의 모습을 하고 있다는 사실이며, 그를 통해 서사문학의 새로운 경지가 펼쳐졌다는 사실이다. 〈최치원〉과『금오신화』사이의 공백이 너무 커 보이지만, 그 또한 어쩔 수 없는 일이다. 소설의 공백이 곧 '서사'의 공백, 나아가 문학의 공백이 아니라는 사실을 강조해 둘 뿐이다. 다양한 설화(전설이나 민담·우언·지괴 등)를 통하여, 그리고 다양한 교술산문(경험담과 전, 잡록 등)을 통하여 인간과 세계에 대한 문학적 인식이 간단없이 이루어졌던 터다. 그러한 가운데 소설의 본격적 개화(開花)가 준비되고 있었던 것이다.

김시습의『금오신화』를 통해 우리의 소설사는 본격적으로 출범하게 되었다.『금오신화』가 이룩한 '서사 넘어서기'의 양상은 전면적이고도

---

50) 이는 국문학사 서술에 있어 널리 적용된 전통적 견해 가운데 하나인데, 최근 소설의 성립을 둘러싼 논란을 연구사적으로 정리한 김현양과 장효현이 다시 이런 입장을 나타내기도 했다. 김현양,「최치원의 장르 성격 논의에 대한 비판적 검토」,『민족문학사연구』제10집, 1997 및 장효현, 앞의 글(「전기소설의 장르개념과 장르사의 문제」) 참조
51) 그 시기를 13세기와 15세기로 보는 견해가 각기 김종철과 박일용에 의해 제기된 바 있다. 김종철, 앞의 논문 및 박일용, 앞의 논문 참조

다각적인 것이었다. 시를 통한 서정의 기법과 토론을 통한 교술의 기법, 그리고 묘사 및 대화체를 통한 극적 기법이 두루 활용되면서 서사의 틀을 벗어난 새로운 문학세계가 구축되었다. 『금오신화』가 이룩한 '서사를 넘어선 서사'의 세계는 사람들에게 미적 체험과 함께 문화적 충격을 가져왔으니, 『금오신화』가 금기시되고 그 전례를 이은 채수의 〈설공찬전〉이 공격의 대상이 되었던 것은 그 문화적 충격이 소화되는 과정에서의 진통을 표상한다.

어떻든 그것은 이제 대세였다. 심의의 〈대관재몽유록(大觀齋夢遊錄)〉과 신광한의 『기재기이(企齋記異)』, 임제의 〈원생몽유록(元生夢遊錄)〉과 〈화사(花史)〉·〈수성지(愁城志)〉·〈서옥설(鼠獄說)〉, 최현의 〈금생이문록(琴生異聞錄)〉 등이 나오면서 소설은 터를 다져 새로운 문학양식으로 자리잡았다. 이들은 토론이나 고사와 같은 교술적 요소를 적극 포용함으로써, 또는 시를 비롯한 서정적 요소를 전면 부각함으로써, 또한 대화를 통한 극적 재현의 기법 등을 활용함으로써 서사를 넘어선 차원의 작품세계를 이룩하였다. 이러한 특징이 단순한 형상화 기법의 문제에 그치지 않고 새로운 미적 체험과 의미의 발현으로 이어졌음은 물론이다.[52]

이처럼 소설이 자리를 잡아가는 과정이 곧 설화가 밀려나는 과정이었는가 하면, 그렇지 않다. 오히려 이 시대는 설화문학이 그 세력을 넓혀나가며 양태를 다양화하는 과정이기도 했다. 성현의 『용재총화』나 서거정의 『태평한화골계전』 같은 소화집과 강희맹의 『촌담해이』, 송세림의 『어면순』 같은 육담집이 편찬되어 후대로 두루 이어질 전례를 이루

---

52) 여기서 잠깐 '몽유록'이란 이름을 지닌 작품의 장르 소속에 대한 입장을 밝혀 둔다. 몽유록에 대해서는 그 토론적 교술적 요소에 초점을 두어 교술장르로 보는 시각이 있었고 소설 이전의 서사양식으로 보는 시각도 있었는데, 그들은 실상 '소설'로서의 정체성을 지닌다는 것이 우리의 판단이다. 몽유록은 '꿈'을 매개로 한 서사이거니와 그 꿈의 세계는 흔히 토론으로 점철되며 때로 시적 서정으로 채색되기도 한다. 이는 서로 다른 방식으로 '서사'를 넘어서는 양상이 된다. 이미 금오신화의 〈남염부주지〉와 〈용궁부연록〉이 그 선례를 이루었던바, 후대 몽유록들은 이를 이은 소설적 창작이 된다. 작품의 수준과는 다른 차원의 문제다.

었다. 일화와 잡록의 편찬이나 전(傳)의 서술이 더욱 활성화 다각화된 것 또한 같은 시기의 일이었다. 이는 당대 문학사에 있어 소설의 정착 못지않게 중요한 또 다른 측면이 된다. 거듭 강조하지만, 소설이 담당하는 문학적 역할이 있고 설화나 전이 담당하는 역할이 있다. 그것은 두루 잘 살아나야 하는 것이고, 어쩌면 공존을 통하여 더 잘 살아날 수 있는 것이다.

2) 소설 시대의 서사문학

우리 소설은 17세기에 들어와 온전히 제 자리를 잡게 된다. 소설적 완성을 이루며, 문학의 주도적 장르로 떠오른다. 일컬어 '소설의 시대'가 펼쳐지게 된다. 그 과정 및 양상은 이미 수많은 연구자들에 의해 정리된 바 있거니와, 자세히 반복할 필요를 느끼지 않는다. 다만 큰 흐름을 확인하는 가운데, 몇 가지 쟁점적 문제에 대한 새로운 관점을 찾아보기로 한다.

우리 소설은 17세기 초 〈주생전〉과 〈운영전〉·〈상사동기〉·〈위경천전〉 같은 작품을 거치면서 그 문학적 완성을 보았다고 할 수 있다. 물론 어느 작품이든 완성되지 않은 것은 없겠지만, 이들 작품이 이룩한 문학적 성취는 특별한 데가 있다. 주제적 깊이는 별개의 문제로 두고, '서사를 넘어서는 형상화'에 있어 이전 작품과 달리 시적 서정이나 교술에 의존하는 양상을 탈피했다는 점에 주목한다. 이는 무엇보다도 장면묘사 및 대화체 표현을 통한 서사 상황의 극적 재현 방식이 온전히 자리를 잡은 데 힘입은 것으로 여겨진다. 예컨대 〈운영전〉을 보면, 주옥같은 시편들이 작품의 소설적 실현에 큰 기여를 하고 있는 것이 사실이지만, 그 시편들을 전부 뺀다 하더라도 한 편의 훌륭한 소설로서 손색이 없는 모습을 하고 있다. 인물간 대화의 구체적·개성적 재현을 위시한 형상화 기법을 통해 제 장면들이 실감나게 살아나는 가운데 소설 특유의 미의식과 주제가 실현되고 있다. 이는 〈운영전〉 외의 다른 작품들 또한 그 양상이 다르지 않다. 이들 작품이 나타내는 소설적 형상성과 미적 감응력은 현대의 작품들과 비교해 보아도 차이를 찾아내기 어려운 모습을 하고 있다.

이와 같은 소설적 힘은 국문으로 씌어진 소설이 등장하면서 폭발적인 확산을 이루게 된다. 그 첫 작품으로 일컬어져 온 〈홍길동전〉의 실체에 대해서는 논란이 있는 터이지만,53) 〈사씨남정기〉와 〈구운몽〉·〈창선감의록〉 외에 〈소현성록〉 연작을 비롯한 장편 가문소설들과 〈숙향전〉을 비롯한 여러 국문소설 작품이 이미 17세기에 널리 유포되었음이 확인되어 있다.54) 그러한 흐름은 18세기 이후 더욱 가속화하여 새로 수많은 작품들이 지어지는 한편으로 사람들 사이에 소설이 널리 확산되었으니 초기에 사대부 남성으로 한정되었던 독자층이 17세기 들어 규방 여성으로 확산된 데 이어 이제 일반 대중을 두루 포용하게 되었다. 이러한 폭발적 확산이 소설이 발휘하는 '서사를 넘어서는 서사'로서의 놀라운 감발력에 기초하고 있음은 물론이다. 마치 실제의 일처럼 생생히 펼쳐지는 경이롭고 흥미진진한 가상의 상황은 놀라운 흡인력으로 사람들을 이끌어 들여 흠뻑 빠져들게 했던 것이다. 소설이 세책(貰冊)의 단계를 넘

---

53) 한 예로 이윤석, 『홍길동전 연구』, 계명대 출판부, 1997은 현전 「홍길동전」이 모두 19세기 후반 이후의 작품으로서, 〈홍길동전〉을 허균이 지은 것이라 보기 어렵다고 하였다. 이에 대해 장효현은 여러 전거를 통해 허균이 〈홍길동전(洪吉同傳)〉('洪吉童傳'이 아닌)을 지었음을 주장했는데, 그 작품이 한문이 아닌 한글로 지어졌는가에 대해서는 확정을 하지 못하였다. 장효현, 「홍길동전의 생성과 유전」, 『한국고전소설사연구』, 고려대 출판부, 2002 참조.

54) 17세기에 장편 가문소설이 널리 읽힌 사실에 대해서는 다음의 논문들을 참고할 수 있다. 임형택, 「17세기 규방소설의 성립과 창선감의록」, 『동방학지』 57집, 1988; 장효현, 「장편가문소설의 성립과 존재양태」, 『정신문화연구』 44호, 1991; 박영희, 「장편가문소설의 향유집단 연구」, 한국고전문학회 편, 『문학과 사회집단』, 집문당, 1995. 국문본 〈숙향전〉이 17세기에 유포된 사실은 조희웅·松原孝俊, 「숙향전 형성연대 재고」, 『고전문학연구』 제12집, 1997을 통해 알 수 있다. 이 논문에 의하면 1702년 일본인이 한글을 익히기 위한 교재로 〈숙향전〉과 〈이백경전〉 같은 국문소설을 이용하였다고 한다.

어 목판 인쇄를 통해 상업적으로 출판되고, 그 소설을 읽기 위해 한글을 배우며, '소설 읽어주는 사람'이 등장하여 사람들의 갈망을 채워 주는 상황이었다. 소설은 문학을 넘어 당대 '(대중)문화'의 총아가 되었던 것이다.

이 지점에서 다시 설화로 돌아가 본다. 소설이 일부 계층을 넘어서 일반 대중을 두루 흡인하게 된 시점에서 설화는 어떠한 양상을 보였는가의 문제다. 설화가 소설의 기운에 눌려 침체했는가 하면 그렇지 않다. 오히려 설화는 이 시기에 양적·질적으로 커다란 발전을 이루었으니, 수많은 새로운 이야기가 생겨나고 질적으로도 혁신을 이루었다. 우리는 그 단면을 조선 후기 야담집에 실린 이야기를 통하여 확인할 수 있다. 『동패락송』이나『학산한언』·『금계필담』·『계서야담』·『청구야담』 등의 야담집에 실린 이야기들은 그 대다수가 조선 후기를 시대배경으로 한 것으로서 당대에 생성 유전된 것이라 할 수 있다. 그 자료를 보면 일화나 잡록, 전설, 소화류의 이야기들도 있으나, 그 서사내용과 주제에 있어 사실성 내지 현실성이 두드러져 보이는 이야기들이 주류를 이루고 있어 주목된다. 그리하여 이들에 대해서는 그것을 '한문단편(漢文短篇)'이라 하여 소설로 규정하는 관점이 제기되기도 하였었다.55) 하지만, 이에 대해서는 그것을 '설화적 세계의 변화'로 보는 것이 합당하다는 것이 우리의 판단이다. 야담이 그려내는 문학세계는 '서사를 넘어서는 서사'라기보다는 '새로운 서사'로서의 속성을 지니고 있다. 무엇보다도 그들이 '스토리를 축으로 한 문학'으로서의 정체성을 벗어나지 않고 있음에 주목하게 된다. 현실성 높은 잘 짜인 서사내용이 실감 있게 제시되곤 하지만 그 작중상황은 기본적으로 '서사'를 뒷받침하여 실현하는 형태로 형상화되고 있는 터다.56) 요컨대 야담의 성행은 소설의 시대에

---

55) 『이조한문단편집』을 엮은 임형택이 이러한 입장을 내건 이래로 주로 한문학 전공자를 중심으로 한 많은 연구자들이 그 관점에 동조하고 있다.
56) 이에 대해서는 선행 논의에서 설화와 소설의 장면구현 방식을 논하는 가운데 구체

들어와 설화문학이 자기갱신을 이루면서 그 문학적 역할을 확대해온 상황을 보여준다고 할 수 있다. 소설과 설화(야담)은 좋은 경쟁자로서, 서로 문학적 영감을 주고받으면서 함께 발전했다고 보는 것이 우리의 시각이다.57)

어찌 야담뿐이겠는가. 설화문화의 새로운 발전은 구비설화의 세계에서 펼쳐진 일이기도 하였다. 야담이란 기실 구비설화에 바탕을 둔 것이니 구비설화의 발전이 이 시대 설화 발전의 기본 축이라고 볼 수 있겠다. 과연 구비설화의 세계에는 폭넓은 역동이 있었던 것으로 여겨지거니와, 그 역동의 중심에 '이야기꾼'들이 있다. 조선 후기 이야기꾼에 대해서는 임형택이 그 주요한 사례를 소개하였거니와,58) 뛰어난 이야기능력으로 당대를 주름잡은 오물음·김중진·민옹·윤영 등이 그들이다. 이들은 풍부하고 다양한 이야기문서와 즉흥적 재담, 탁월한 묘사능력 등으로 사람들을 사로잡았던 것으로 알려져 있다. 박지원은 윤영이 "허생의 이야기와 염시도, 배시황, 완흥군부인 등에 대한 이야기"를 전해줬다고 하고 있는데59) 이들 이야기꾼이 당대의 삶을 수렴한 이야기 종목을 개발해 지니고 있었던 사실을 확인할 수 있다. 근간에는 현대에 활동중인 이야기꾼의 사례를 통해 시정의 이야기판을 주름잡아온 설화 화자의 면모를 점검한 연구들이 제출되어 과거 구비설화의 역동을 더욱 구체적인 형태로

적 비교검토를 수행한 바 있다. 구비설화 텍스트와 소설 텍스트 외에 '야담' 텍스트를 함께 놓고 비교한 결과 야담은 구비설화와 마찬가지로 '스토리 중심의 서사문학'이라고 하는 설화의 문학적 관습을 따르고 있음을 확인할 수 있었다. 자세한 논의는 신동흔, 앞의 논문(「정수경전을 통해 본 고전소설의 장면구현 방식」), 145~153면 참고.

57) 야담은 기본적으로 설화의 문법을 따르고 있는 한편으로 부분적으로 소설적 형상화 기법을 활용하여 이야기 효과를 높이고 있는 모습도 보이는데, 이는 소설의 영향을 받은 것일 가능성이 크다고 본다. 한편, 소설이 야담을 변용하면서 문학세계의 확충을 이루었던 사실도 뚜렷이 확인되니, 〈요로원야화기〉나 〈염시탁전〉·〈채봉감별곡〉 같은 작품을 그 예로 들 수 있다. 이들은 야담적 서사를 수용하면서 그것을 소설 차원으로 새롭게 풀어낸 작품에 해당한다.

58) 임형택, 「18·9세기 소설의 발달과 이야기꾼」, 『한국학논집』(계명대) 제2집, 1975.

59) 위의 논문, 313~314면.

가늠할 수 있게 되었다.[60] 이들 이야기꾼은 정교한 짜임새 및 높은 현실성을 갖춘 이야기 종목과 전문성을 발휘한 놀라운 구연능력을 통해 사람들의 문학적 욕구에 부응하는 모습을 보이고 있다. 이러한 이야기꾼들을 통해 설화문화는 새롭게 찬란한 꽃을 피울 수 있었다.

주목할 것은 설화문화와 소설문화 사이의 상관성이다. 앞서 소설과 야담의 상관성에 대해 잠깐 언급했거니와, 구비설화와 소설의 연관성 또한 깊고 다양한 것이었다. 그것은 〈허생전〉이나 〈정수경전〉·〈조생원전〉 등 구비설화의 서사를 수용한 소설이 있다고 하는 정도에 그치지 않는다. 설화와 소설의 관계는 상호적인 것이었다. 소설은 이야기꾼의 아주 좋은 구연종목이 되었으니, 강독사에 의한 낭독 이외에 이야기로서 구연이 되곤 하였다. 그리고 텍스트 외에 형상화 기법의 수용을 주목할 만하다. 소설의 제반 형상화 기법은 이야기꾼에게 영향을 미쳐 설화 구연에 여러 가지 형태로 적용되었는바, 이야기꾼이 설화를 구연함에 있어 관습적 표현이나 대화의 극적 재현 기법 등을 통해 장면의 자족적 확장을 구현하는 사례를 종종 볼 수 있다.[61] 어떤가 하면 그러한 형상화 기법은 일관되는 지향성을 이루기보다 '서사를 특별하게 하는' 차원에서 도입되고 있어 텍스트 전체가 설화를 벗어나 소설이 되었다고 하기는 어렵다. 하지만, 우리는 여기서 이런 가정을 해볼 수 있다. 개중에는 그러한 지향성을 일관되게 관철하여 '소설적 서사'를 온전히 펼쳐낸 구연자도 있었으리라는 사실이다. 이때 그가 구연한 텍스트는 무엇이 될까? 그것은 소설 이외의 다른 것이 될 수 없다. 일컬어 '구비소

---

60) 천혜숙, 「이야기꾼의 이야기연행에 관한 고찰」, 『계명어문학』 1, 1984에서 소개한 이종구의 사례와, 신동흔, 「이야기꾼의 작가적 특성에 대한 연구」, 『구비문학연구』 제6집, 1998 및 「탑골공원 이야기꾼 김한유(금자탑)의 이야기세계」, 『구비문학연구』 제7집, 1998에서 소개한 봉원호와 김한유의 사례 등이 대표적이다.

61) 앞서 소개한 이종구, 봉원호, 김한유 등에게서 두루 이러한 특징을 볼 수 있다. 자세한 논의는 앞의 논문 참조. 예컨대, 봉원호씨가 구연한 「서울기생과 이선달」의 도입 대목은 소설의 한 장면이라고 보아도 무방할 정도의 모습을 하고 있다. 신동흔, 앞의 논문(「이야기꾼의 작가적 특성에 관한 연구」), 196~198면 참조.

설(口碑小說)'이다.

엉뚱하고 허튼 상상이라고 생각할지 모르겠다. 하지만 그렇지 않다. 우리한테는 명백한 '구비소설' 작품이 있다. 그것도 한 편이 아닌 여러 편이다. 무엇인가 하면 바로 판소리 작품들이다. 판소리가 펼쳐 보이는 문학세계는 어떠한 것이던가. '서사를 넘어선 서사'의 총화가 곧 판소리라 할 수 있다. 서정 표현을 극대화한 다양한 노래들, 교술적 요소를 흥겹게 녹여낸 치레사설들, 서술자가 숨는 가운데 극적으로 재현되는 인물간의 생생한 대화, 이러한 여러 요소들이 서사의 흐름 속에서 맘껏 제 목소리를 내는 가운데, 자족적 미감과 의미를 발현하는 가운데 하나의 '대서사'를 이루고 있는 것이 판소리다. 그것을 글로 옮기면 곧바로 소설이 된다는 사실을 누구라도 인정하고 있거니와, 그것은 글로 옮겨지는가의 여부를 떠나 그 자체 '소설'이라고 보아야 마땅하다. 중요한 것은 텍스트의 문학적 속성이니 말이다. '구비소설'로서의 판소리는 설화 구연의 문화와 소설의 문학적 관습이 상승적으로 결합하여 이루어낸 문학양식으로서, 전통시대 우리 문학이 이루어낸 총화라 하겠다.[62] 판소리 작품들이 성취해낸 현실성이나 주제의식 등에 대해서는, 그것이 우리 소설문학을 변혁시킨 구체적 양상에 대해서는 굳이 언급하지 않아도 되리라 믿는다.

3) 현대의 소설과 '이야기'

이렇게 우리 서사문학이 하나의 전성을 이루며 발전하던 상황에서 항구가 열렸고 서구의 문화가 들어왔다. 그리고 새로운 소설이 도입되

---

62) 엄밀히 따지면 판소리의 정체성에는 이밖에도 또다른 중요한 요소가 얽혀 있다. 서사무가를 위시한 구비서사시의 전통이 거기 맞물려 있는 것이다. '구비소설'로서의 판소리와 선행 '구비서사시'의 관계는 그 자체 하나의 크고 복잡한 논제가 된다. 이에 대한 구체적 논의는 후고를 기약한다.

었다. 전통 소설은 여전히 폭발적 인기 속에 널리 읽히며 독자의 폭을
더욱 확대하기도 했지만, 세월의 흐름과 함께 구시대 문화로 밀려날 운
명이었다. 그 자리에 '신소설'을 거쳐 '근대소설'이 들어섰다.

개화 이후 산출된 근대소설만이 소설(novel)이라고 보는 시각이 있다.
하지만 그 논리적 근거는 실상 매우 박약하다. 전통소설과 근대소설의
문학적 성격에서 본질적인 차이를 찾아 제시해야 하는데 그렇게 하지
를 못한다. 신소설의 서사구조나 주제의식이 고전소설과 질적으로 다를
바 없음은 이미 널리 밝혀진 터다.63) 근대소설이 새롭게 성취한 '리얼
리티'를 내세우기도 하지만, 소설적 리얼리티의 추구는 고전소설의 특
성이기도 하다. 근대소설의 특성이라 하는 '일상성의 리얼리티'는 이미
〈춘향전〉이나 〈흥부전〉·〈이춘풍전〉 같은 작품에서 훌륭히 성취되었던
터다. '이야기하기'에 대한 '보여주기'의 특성을 들기도 하지만, 이는 고
전소설과 근대소설의 차이가 아니라, 설화와 소설의 차이에 해당한다.
혹여 '근대의 삶'을 반영한 점을 차이점으로 든다면, 그것은 논의를 소
재 차원으로 환원하는 일이 된다. '당대적 삶의 반영' 문제는 중요한 논
점이 될 수 있겠으나, 이미 판소리계 소설을 비롯한 여러 고전소설에서
당대적 삶을 형상화한 바 있다. 요컨대, 고전소설을 소설 이전의 그 무
엇으로 보려는 것은 근대 중심적 관점에서의 편견일 뿐이다. 구체적 양
상은 같지 않겠지만, 그들은 공통적으로 '서사를 넘어서는 서사'로서의
소설이다.

구체적 양상이 다르다면 어떤 것일까. 소재와 주제 또는 의식상에서
차이가 나타남은 당연한 일이 될 것이다. 문제는 소설적 형상화 방식상
의 차이인데, 크게 두 가지 측면에 주목할 수 있지 않을까 한다. 첫째는
'이야기(story)'를 탈피하는 양상이 더욱 두드러졌다는 것이고, 둘째는 1
인칭 시점의 도입 등을 통해 작중세계가 실제적 삶에 더욱 가까이 다가

---

63) 조동일, 『신소설의 문학사적 성격』, 서울대 한국문화연구소, 1973.

    서사문학과 현실 그리고 꿈

섰다는 사실이다.

　작품에 따른 차이가 있기는 하지만, 고전소설에 있어 이야기(서사)는 작품의 기본 바탕이자 축으로서 역할을 수행해 왔다. '서사 넘어서기'가 소설의 특성이라 했지만, 그것은 서사를 전제한 상태에서의 넘어서기였으니, 잘 짜인 '허구적(fictional) 서사'의 존재는 고전소설 문학세계의 기본 바탕이었다. 처음 소설이 성립되는 단계에 '토론성'을 지향하는 일부 작품—예컨대 〈남염부주지〉나 〈수성지〉 등—에서 서사가 숨는 듯한 모습을 보이기도 했으나, 이는 새로운 형상화 관습을 모색하는 과정에서 나타난 과도적 현상이었다고 볼 수 있다. 조선 후기의 수많은 소설작품은 거의 예외 없이 잘 짜여진 스토리를 포함하고 있다. 이에 대하여 일부 근대소설은 '이야기 넘어서기'를 보다 강력히 추구함으로써 '이야기의 해체'를 지향하는 양상을 나타냈으니, 〈표본실의 청개구리〉에서 〈삼대〉로 이어지는 염상섭의 작품이 좋은 사례가 된다. 서사구조가 거의 문제시되지 않는 가운데 작중상황을 최대한 치밀하게 그려내고 그를 통해 작품적 주제를 실현하는 것이 그 문학적 지향성이 된다. 일부 비평가는 염상섭에 이르러 비로소 근대적 의미의 소설(novel)이 성립되었다고 보았거니와, 이러한 지향성은 '지식인 소설' 내지 '고급 소설'의 표상처럼 받아들여지기도 했다. 그러한 소설의 흐름은 최인훈(〈회색인〉 등)이나 김원우(〈짐승의 시간〉 등)를 거쳐 최수철·이인성·하일지 등에 이르러 '서사의 완전한 해체'라는 양상으로 나타나면서 고전소설에서 볼 수 없던 새로운 작품세계를 펼쳐냈다.

　또 하나는 1인칭 시점의 도입에 따른 변화다. 1인칭 시점이 서사 넘어서기의 새로운 기법으로 활용되었다는 사실 외에 '경험적 사실의 소설적 형상화'란 측면에 주목하게 된다. 1인칭 시점은 '허구적 서사'의 형상화 차원에서 도입되는 한편으로 작가 자신의 실제적 삶을 그려내는 데 적용되기도 했다. 소설적 서술이 '나의 목소리'로 '나의 삶'을 그려내는 양상을 나타낼 때 그 장르적 정체성 문제가 복잡해진다. '허구

의 문학'이 아닌 '사실의 문학'으로서의 교술성이 두드러지게 되는 때
문이다. 이문구의 〈관촌수필〉이나 박완서의 〈그 많던 싱아는 누가 먹었
을까〉, 신경숙의 〈외딴 방〉 등 여러 작품이 이러한 문제에 걸린다(이문구
는 아예 작품명을 '수필'이라 하였다). 어떤가 하면, 이 또한 소설의 탈서사적
지향성이 극대화된 데 따른 현상이라고 생각된다. '허구적 서사'라는 요
소보다 '구체적 형상화'가 중시되는 가운데 개인적 경험이 그 형상화
대상이 된 양상이다. 어떻든 이 또한 고전소설에서 거의 보기 힘들었던
모습이 된다.64)

　문제는 이와 같은 새로운 양상을 통해 고전소설과 근대소설이 질적
분단을 이루었는가 하는 점이다. 어떤가 하면, 위와 같은 양상은 근대소
설 공통의 주류적 지향을 이루었다고 보기 어렵다. 그것은 어디까지나
부분적·예외적인 현상이었다고 보는 것이 합당하다. 근대소설에 있어
서도 대다수 작품은, 그 소재가 좀더 일상현실에 밀착했던 점은 인정되
지만, 고전소설과 마찬가지로 허구적 서사로서의 이야기(story)를 기본적
인 문학적 바탕으로 삼는 것이었다. '이야기체 소설'의 품격에 의심을
보내는 시각도 있으나, 대중적 통속소설 외에 홍명희나 채만식, 김주영,
황석영 등 당대의 주요 작가들에 있어 '이야기'는 작품세계의 기본 골
간이었다. 그리고 그것은 독자들에 의해 흔쾌하게 받아들여졌다. 염상
섭이나 김원우·최수철·하일지 등 이야기의 해체를 지향한 작가들의
작품보다도 말이다. 이는 매우 자연스러운 현상이라고 하는 것이 우리
의 시각이다. 일반적 독자들이 소설에 기대하는 것은 그들이 나날의 삶
에서 직면하는 바와 같은 '도저한 일상'보다는 '놀라운 이야기가 활동
사진처럼 펼쳐져 나가는' 모습 쪽이라고 할 수 있는 것이다. 요컨대, 이
야기를 해체하는 차원의 일상적 리얼리티란 소설의 하나의 의미 있는

---

64) 재미있는 것은 〈한중록〉의 경우다. 〈한중록〉은 '사실의 기록'(교술) 차원에서 씌어진
　　글인데, 상황을 눈에 잡힐 듯이 치밀하게 그려나간 결과 오늘날 보는 바 '실제 경험을
　　그려낸 소설'과 유사한 모습을 보여 그 자신 소설작품으로 받아들여지기도 했던 것이다.

문학적 지향이 될 수는 있으되, 그것이 곧 소설의 본질적 요건이라 할 수는 없다. 그것을 지표로 삼아 소설양식 및 소설사를 진단하는 것은 특수를 통해 일반을 재단하는 격이 된다.

어떻든 소설은 근대에 들어온 이후에도 주도적 문학 장르로서의 자리를 지켜왔고 문화예술의 주요 축으로서의 역할을 수행해 왔다. 그러나 20세기가 마감되고 21세기가 시작된 오늘날 문화적 상황이 급변하면서 소설의 위치가 흔들리고 있다. 소설은, '근대적 소설'은 어찌 대응할 길이 없을 만큼의 놀라운 속도로 일반 대중들의 관심대상에서 벗어나고 있다. 그 자리를 무엇이 대신하고 있는가 하면, 영화와 드라마, 만화, 애니메이션, 컴퓨터 게임 등이 그것이다. 그리고 '판타지'나 '팬픽', '인터넷 소설' 등 극히 '이야기(story)'에 충실한 소설들이 그것이다.

근대의 문학관념으로 볼 때 이것은 문학의 타락이고 문화와 삶의 타락이라 할 수 있겠다. 그러나 이를 타락이라 말하는 것은 조선시대 지식인들이 소설의 성행을 두고 문학의 타락을 말했던 것과 같은 일이 될 공산이 크다. 우리한테 필요한 일은 이러한 문화적 현상의 역사적 맥락을 꿰뚫어 보는 일이다. 어떤가 하면 소설이 지향하는 바 '서사 넘어서기'가 이제 언어의 독점물이 될 수 없게 된 상황이다. '활동사진처럼 펼쳐져 나가는 놀라운 서사'는 오랫동안 소설의 독보적인 영역이었다. 어떤 다른 매체도(그림·연기·음악 등) 그 놀라운 상상의 세계를 언어만큼 리얼하고 생생하게 표현해낼 수 없었다. 그러나 이제 그렇지 않다. 상상할 수 있는 모든 것을 시각적(+청각적)으로 표현해낼 수 있는 상황이 된 것이다. 영화나 드라마를 통해, 애니메이션과 컴퓨터 게임을 통해 소설 이상의 리얼리티를 생생하게 경험할 수 있게 된 지금, 소설이 여전히 '도저한 상황적 리얼리티'에 매달리는 것은 올바른 대처방법이라고 보기 어렵다. '이야기'를 새롭게 발견하고 살려내는 것이 소설의 과제가 되고 있는 상황이다. 언어가 발현하는 '상상적 기동성'은 어떤 현대적 매체도 따라오기 어렵다. 놀라운 상상의 세계를 단숨에 창조해낼 수 있는 것이 언어다. 그리하여 그 상상의 창조를 주도하는 것이 소설에 주어진, 서사문학에 주어진 현재적·미래적 소임이 되고 있다는 것이 우리의 시각이다. 어떤가 하면 소설가들이 당황하고 있는 사이에, 신세대 아마추어 작가들이 그 길에 나선 터다. 그 유치해 보이는 판타지나 팬픽(fanfic), 인터넷소설이 세간에 성행하는 것은 기이한 현상이 아니다. 그를 탓할 것이 아니라 '좋은 이야기'를 산출하는 일에 나서야 할 상황이다.

그리하여 다시 이야기가, 설화가 관건이다. 좋은 이야기(story)가 있어야 좋은 소설이 있다. 소설뿐이겠는가. 좋은 이야기가 있어야 좋은 영화와 좋은 드라마, 좋은 게임이 있다. 이야기를 찾아내는 일은 이제 문학예술의, 문화산업의 결정적 과업이 되어 있다. 좋은 이야기만 있으면 그것을 소설로, 영화로, 게임으로 만들어낼 인력과 기술이 무궁하다(이야기가 곧바로 영화와 드라마로, 게임으로 수렴될 수 있으니 소설은 긴장해야 한다). 수많은 눈이 눈동자를 번득이면서 '이야기'를 찾고 있다.[65]

한동안 잠자고 있던 것처럼 보였던 이야기의 시대는 이렇게 다시 열리고 있다. 그리하여 설화와 소설이 상호 역동하면서 서사문학적 전성을 이루었던 지난 시절을 돌아보는 일은, 그 설화와 소설들을 새롭게 조명하는 일은 이제 '과거의 일'이 아니라 '미래의 일'이 되었다. 역사의 아이러니다.

---

65) 예컨대 세계의 유명한 이야기를 영화와 애니메이션으로 제작한 미국의 월트 디즈니사 등이 수많은 전문가를 두고서 세계 여러 민족의 이야기를 샅샅이 훑고 있는 상황이다.

4. 맺음말

이 글에서는 서사문학의 핵심적인 두 영역으로서의 설화와 소설에 대하여 그 장르적 특성을 변별하고 역사적 위상을 새롭게 살피는 작업을 수행하였다. 설화에 대한 새로운 인식에 기초하여 서사문학을 재조명하는 작업이었다.

먼저 설화와 소설에 대한 기존의 논의경과를 비판적으로 점검하였다. 기존의 연구는 소설을 '서사의 완성'으로 보는 입장을 취함에 따라 설화를 '무언가가 결여된 서사'로 보는 관점을 벗어나지 못하였거니와, 설화에 대한 그러한 편견 때문에 둘 사이의 관계에 대한 온전한 해명에 이를 수 없었다고 보았다.

이어 설화를 그 자체 '완전한 서사'라고 보는 관점에서 설화와 소설의 변별 지표를 탐색하였다. 그 차이점은 갈등구조와 주제 같은 '서사의 질'에 있다기보다 서사내용을 구체적으로 형상화하는 방식에 있었으니, 설화가 서사(스토리)에 충실한 형상화를 지향하는 데 비해 소설은 장면의 자족적 확장을 통해 '서사를 넘어서는 서사'를 지향한다고 보았다. 소설은 대화의 극적 재현이나 시와 토론의 도입 등의 기법을 통한 장면의 확장을 통해 설화와는 다른 차원의 미감과 의미를 구현하는 양식이라는 입장이다.

다음으로 '서사를 위한 서사'라는 규정을 소설의 제반 문학적 특성과 연관하여 살핌으로써 소설의 장르적 본질을 해명하였다. 소설이 발휘하는 남다른 감발력이나 현실반영의 리얼리티, 세계관적 대화의 양상 등은 모두 소설이 서사를 넘어서 서정과 교술, 극을 포용하는 새로운 문학적 관습을 이룩했다는 사실과 긴밀한 연관이 있음을 밝혔다.

설화와 소설의 장르적 특성을 점검하는 작업에 이어 그 역사적 위상을 점검하는 작업을 수행하였다. 먼저 소설의 성립에 얽힌 문제를 살폈는데, 소설의 출발은 『신라수이전』을 통해서이며, 『금오신화』를 통해 소설이 본격적 출범을 했다고 보았다. 시적 서정과 토론의 교술성을 서사 속에 적극 활용함으로써 설화를 넘어선 문학세계를 이룰 수 있었으니, 이러한 흐름이 『기재기이』나 기타 몽유록 소설로 이어지면서 소설이 정착했음을 밝혔다.

17세기는 소설이 형태적 완성을 이룸과 동시에 대중적으로 널리 확산된 시기였다. 상황묘사 및 대화의 극적 재현을 통한 장면 형상화 기법이 가다듬어지면서 소설의 형태적 안정이 이루어졌으며, 소설 특유의 감발력이 크게 힘을 발휘하면서 독자층의 대대적 확충이 이루어졌다. 그 흐름은 18~19세기로 이어지면서 소설의 시대를 이루었다.

그 소설의 시대는 곧 설화의 시대이기도 했다. 설화는 소설과 긴밀히 영향을 주고받으면서 양적 질적 혁신을 이루었으니, 그 중심에 이야기꾼들이 있었다. 이야기꾼들은 설화와 소설을 매개하면서 서사문학의 발흥을 뒷받침하였거니와, 구비문학의 세계에서 '구비소설'이라 칭할 수 있는 판소리가 발흥된 것은 이 시기 서사문학의 동력을 단적으로 보여준다.

개화 이후 산출된 근대소설은 고전소설과 일정한 차이를 지니지만, '서사를 넘어서는 서사'라는 장르적 지향만큼은 공통적이다. 서사 넘어서기를 극단으로 밀고 나가 '이야기의 해체'를 추구한 작품들도 있었으나 대세를 이루지는 못하였다. 오히려 오늘날 영화나 드라마 등이 '서사적 리얼리티의 생생한 발현'을 성취해내고 있는 상황에서, '이야기성'의 회복이 소설의 과제가 되고 있는 상황이라고 보았다. 판타지나 인터넷소설의 성행은 이와 관련되는 현상이라는 것이 우리의 분석이다.

마무리에 앞서 한 가지 사실을 강조해 두고 싶다. 그것은 이야기의 놀라운 생명력과 역할에 관한 것이다. 이야기는 저 아득한 옛날부터 오늘 이 시간에 이르기까지 긴긴 세월에 걸쳐 우리 삶의 일부를 이루고 문화의 바탕을 이루었으니, 어느 시대에든 그 자체 완전한 것으로 존재했던 터다. 어떤가 하면, 이야기란 언어로 표현하기에 앞서 이미 우리 마음속에 존재하는 그 무엇이라 할 수 있다. 그 보편적 생명력을 인정할 때 비로소 한 시대의 문학과 삶을 온전히 볼 수 있으며 한 시대의 문학과 삶을 온전히 열어갈 수 있다. 이야기에 대한 모든 종류의 편견이 깨어진 가운데 그 무한한 잠재력이 마음껏 발휘될 수 있기를 기대한다.

제2부 설화에 깃든 삶과 꿈

신분갈등 설화의 형상화 방식과 문제 해결 양상

1. 서론

설화의 존재의미를 규명하기 위한 이론적 논의는 그간 여러 방향에서 진행되어 많은 성과를 낸 바 있다. 일찍이 조동일은 설화이론의 변천 과정을 역사지리학적 방법, 정신분석학적 방법, 제의학파적 방법, 구조주의적 방법, 현장론적 방법의 순서로 점검한 바 있거니와,[1] 그 연구 방법은 우리 설화연구에도 다각적으로 적용되어 왔다. 천혜숙은 그 연구의 경과를 ① 소재론, ② 비교설화론, ③ 작품론, ④ 전승론(현장론), ⑤ 장르론 등 다섯 방면으로 나누어 살피면서 그간의 다양한 방법론적 모색의 자취를 일목요연하게 드러낸 바 있다.[2]

---

1) 조동일, 『인물전설의 의미와 기능』, 영남대 민족문화연구소, 1979, 11~17면.
2) 천혜숙, 「전설의 신화적 성격에 관한 연구」, 계명대 박사논문, 1987, 1~6면.

그간의 연구사를 종합해 볼 때, 설화에 관한 방법론적 논의에 있어 현 단계의 중요한 과제는 서사구조 중심의 분석을 어떻게 극복하여 설화의 양상과 의미를 총체적·다각적으로 드러낼 것인가 하는 데 놓여 있다고 생각된다. 순차구조와 대립구조 분석을 중심으로 한 구조주의적 연구가 설화 연구의 주류적 경향으로 자리 잡으면서 설화 작품에 대한 문학적 해석에 큰 진전이 있었으나, 다른 한편으로 서사구조 외의 요소가 소홀히 취급되어 작품분석이 단순화 내지 정형화되는 양상이 나타나고 있는 상황이다. 이에 대하여 '현장론'을 통해 구조주의적 연구의 한계를 넘어서려는 시도들이 나와 일정한 성과를 거두었으니, 조동일[3]과 임재해[4]의 연구를 대표적 사례로 들 수 있다. 하지만 아직 이 방면의 성과는 아직 많이 미흡하여 다양한 각도의 새로운 모색이 필요한 상황이다.

이 글에서 새롭게 관심을 가져보고자 하는 것은 설화에 있어 작중상황이 어떻게 형상화되는가의 문제다. 사람들이 어떠한 태도로 이야기를 말하고 들으며, 서사적 상황을 어떻게 구체적으로 '표현'하는가의 문제다. 이 글에서는 이 문제를 설화의 작중상황과 그 전승자들이 속한 현실상황의 대비를 통해서 검토하려고 한다. 그럼으로써 전승자와 작품, 현실상황을 상호 연결하는 논의가 가능하리라고 기대한다.

그동안 설화 작품의 해석은 서사의 기본 골격을 대상으로 구조분석을 수행하는 것이 일반적인 방법이었다. 하지만 설화 작품의 의미란 구조 외적 요소에 의해서도 큰 영향을 받는다는 것이 우리의 생각이다. 예컨대, 이야기 골격이 비슷한 두 설화가 하나는 진지한 분위기 속에서 연행이 되고 다른 하나는 진지함과 무관한 가벼운 분위기 속에서 연행된다고 할 때 두 설화의 의미는 동일 차원에서 해석될 수 없을 것이다. 설화 속에 구조화된 의미란 '상황'을 통해 구체화되는 것인 만큼, 작중

---

3) 조동일, 앞의 책; 조동일, 『동학성립과 이야기』, 홍성사, 1981.
4) 임재해, 「설화의 현장론적 연구」, 영남대 박사논문, 1986.

상황의 형상화 방식에 관한 논의는 구조적 논의를 뒷받침하기 위해서도 긴요한 것이라 할 수 있다. 이 글에서는 몇몇 설화유형을 대상으로 삼아 그 형상화 방식상의 특성을 살편 다음 그것을 작품의 구조적 특성과 연결시킴으로써 설화 작품에 대한 더욱 총체적인 이해를 도모할 예정이다.

이 글에서 살필 구체적인 논의대상 자료는 '신분갈등'을 소재로 한 민담들이다. 신분갈등의 문제는 현실적 성격이 강하여 작품 내용과 현실 상황을 연관하여 살피기에 적합한 대상이라 할 수 있다. 설화에 있어 신분갈등이 중요한 주제를 이룸에도 불구하고 그간 이에 대한 연구가 희소했다는 사실 또한 이를 연구대상으로 삼게 된 주요한 동기가 되었다. 설화에서의 신분갈등에 관한 논의는 김일렬·최래옥·유영대 등의 연구가 있는 정도로서,[5] 자료 범위나 방법론 양 면에서 많이 미흡한 상태다. 특히 『한국구비문학대계』를 비롯한 근간의 현지조사 성과를 통해 중요한 새 자료들이 대거 드러났기 때문에 전면적인 재검토가 요청되고 있는 상황이다.

이 논문에서는 다음 몇 가지 기준을 통해 구체적인 논의대상 자료를 선정하였다. 첫째, 구비전승 설화를 대상으로 한정하였으며 특히 '민담'을 대상으로 삼았다. 둘째, 전국적으로 전승되며 여러 편의 각편이 채록된 설화유형을 골랐다. 셋째, 환상적인 이야기나 우화를 배제하고 현실적 구체성이 반영된 자료를 선정하였다. 넷째, 서사내용이 잘 짜여 있고 좋은 반응 속에서 전승되는 '문학성' 높은 이야기를 대상으로 삼았다.

이러한 기준을 통해 선정된 이야기가 바로 〈등제한 상사람〉, 〈백정과

---

5) 김일렬, 「설화에 나타난 신분적 갈등」, 『경북대 어문논총』 12, 경북대, 1978; 최래옥, 「관탈민녀형 설화의 연구」, 『한국고전산문연구』, 동화문화사, 1981; 유영대, 「설화와 신분의 문제―유자광 전설을 중심으로」, 『민족문화연구』 16, 고려대 민족문화연구소, 1982.

박문수〉, 〈꾀쟁이 하인〉, 〈정승 골린 사람〉 등 네 설화유형이다. 모두가 그동안 거의 연구대상이 되지 않았던 설화유형이다. 물론 이들이 모든 설화를 대표할 수는 없을 것이며, 신분갈등 설화를 충분히 대변하기에도 부족함이 있을 것이다. 하지만 이들은 모두 현실적 삶의 문제를 안정된 설화구조에 담아낸 양질의 이야기들로서, 작품의 '구조'와 '상황'을 연계하는 논의를 위한 좋은 자료가 되어 줄 것으로 기대한다.

2. 자료의 전승 양상

1) 〈등제한 상사람〉형 설화

〈등제한 상사람〉형 설화는 백정이나 어부와 같은 상민의 아들이 글공부를 해서 과거에 급제한 후 일련의 시련을 거쳐 양반관료가 된다는 내용의 설화이다. 자료가 채록된 숫자는 그리 많지 않으나 전국적으로 분포되어 있다.

이 설화유형에 속하는 각편은 다음과 같다.

①『대계』 1-4, 남양주 미금 43, '양반 된 상놈'
②『대계』 1-9, 용인 원삼 19, '정승딸과 결혼한 백정 아들'
③『대계』 2-5, 양양 서면 51, '선생의 꿈으로 공부 잘한 백정 아들'
④『대계』 5-1, 남원 보절 5, '백정 부모와 대감 며느리'
⑤『대계』 7-15, 선산 무을 23, '장원급제한 백정 조한동'
⑥『대계』 9-2, 제주 오라 2, '서당아이'
⑦ 민속종합조사보고서 2권(전북편), 설화자료 6162, '쌍놈이 양반 되다'
⑧ 민속종합조사보고서 5권(제주편), 설화 4, '어부의 아들'

⑨『제주설화집성(1)』, 자료 204, '영리한 아들'
⑩ 필자 조사자료 1, '등제한 백정 아들'

이 자료들의 내용을 구성하고 있는 단락들을 정리하면 다음과 같다.6)

ㄱ. 미천한 신분
  ㄱ₁ 주인공은 돈많은 백정의 똑똑한 아들이다. ㄱ₁
  ㄱ₂ 주인공은 어부의 똑똑한 아들이다.
  ㄱ₃ 주인공은 돈많은 소금장수의 똑똑한 아들이다.
ㄴ. 출세 준비
  ㄴ₁ 가난한 서당선생을 잘 봉양한 후 글을 배운다.
  ㄴ₂ 서울로 올라간 후 돈을 이용해 양반자제와 어울린다.
ㄷ. 과거행 : 서울로 은밀히 과거를 보러 떠난다.
ㄹ. 도령들의 방해 : 양반집 도령들이 주인공을 괴롭힌다.
ㅁ. 정승딸과의 만남 : 주인공은 서울에서 우연히 정승딸을 만나 과거 글을 얻는다.
ㅂ. 과거 급제 : 주인공은 신분을 감추고 과거를 치러 장원급제를 한다.
ㅅ. 정승딸과의 결혼 : 정승이 주인공을 데려다 사위로 삼는다.
ㅇ. 아버지의 도래 : 시골에서 아버지가 주인공을 찾아 올라온다.
ㅈ. 아버지 가르치기
  ㅈ₁ 주인공 부부가 아버지에게 은밀히 양반행동을 가르친다.
  ㅈ₂ 정승댁에서 주인공 아버지에게 양반행동을 가르친다.
ㅊ. 신분 탄로 : 아버지의 실수로 미천한 신분이 탄로나 쫓겨난다.
ㅋ. 재물 획득 : 어느 부자와의 내기에 이겨서 큰 재물을 얻는다.
ㅌ. 실수의 만회 : 정승에게 전날 아버지의 실수가 오해였음을 납득시킨다.
ㅍ. 양반으로 출세 : 주인공은 출세해서 양반으로 잘 산다.

---

6) 서사 구조상 의미를 지니는 단락들을 추출하여 ㄱ, ㄴ 등의 번호를 부여하고, 같은 단락에 내용이 상반될 정도의 이질적인 내용이 나타날 경우 ㄱ'와 ㄴ' 등으로 표현하였다. 그 차이가 일반적 변이에 그친 경우에는 ㄱ₁, ㄱ₂ 와 같은 방식으로 구별하여 나타냈다. 이하 다른 설화의 내용을 정리함에 있어서도 같은 원칙이 적용된다.

이상의 단락이 자료 각편에서 어떻게 조직되는지를 도표로 나타내면 다음과 같다.

	ㄱ	ㄴ	ㄷ	ㄹ	ㅁ	ㅂ	ㅅ	ㅇ	ㅈ	ㅊ	ㅋ	ㅌ	ㅍ	
①	ㄱ$_1$	ㄴ$_1$	ㄷ			ㅂ	ㅅ	ㅇ	ㅈ$_1$	ㅊ		ㅌ	ㅍ	(경기)[7]
②	ㄱ$_1$	ㄴ$_1$	ㄷ			ㅂ	ㅅ	ㅇ	ㅈ$_2$				ㅍ	(경기)
③	ㄱ$_1$	ㄴ$_1$												(강원)
④	ㄱ$_1$	ㄴ$_1$	ㄷ			ㅂ	ㅅ	ㅇ	ㅈ$_1$	ㅊ	ㅋ	ㅌ	ㅍ	(전북)
⑤	ㄱ$_1$	ㄴ$_1$ ㄴ$_2$					ㅅ			ㅊ		(ㅂ)	ㅍ	(경주)
⑥	ㄱ$_2$	ㄴ$_1$	ㄷ	ㄹ	ㅁ	ㅂ	ㅅ	ㅇ	ㅈ$_1$	ㅊ	ㅋ	ㅌ	ㅍ	(제주)
⑦	ㄱ$_3$	ㄴ$_2$					ㅅ			ㅊ	ㅋ	ㅌ	ㅍ	(전북)
⑧	ㄱ$_2$	ㄴ$_1$	ㄷ	ㄹ	ㅁ	ㅂ	ㅅ	ㅇ	ㅈ$_1$	ㅊ				(제주)
⑨	ㄱ$_2$	ㄴ$_1$	ㄷ	ㄹ	ㅁ	ㅂ	ㅅ	ㅇ	ㅈ$_1$	ㅊ	ㅋ	ㅌ	ㅍ	(제주)
⑩	ㄱ$_1$	ㄴ$_1$	ㄷ			ㅂ							ㅍ	(충북)

도표에 나타나 있듯이 이 설화는 여러 각편에서 단락의 탈락이 많이 나타나는 것이 주목된다. ③, ⑤, ⑩ 등이 특히 그러한데 아마도 근래에 들어와 설화의 전승력이 약화되면서 내용에 망각과 혼란이 있었던 것으로 추측된다.

전승상태가 양호한 자료들을 중심으로 단락 구성을 대비하여 보면, 전체적으로 이야기 내용이 강한 유형성을 보이는 가운데 내륙 지역 자료와 제주 지역 자료(⑥, ⑧, ⑨)가 이질적인 계열을 이루고 있음을 볼 수 있다. 내륙지역의 자료들은 단락이 'ㄱ$_1$-ㄴ$_1$-ㄷ-ㅂ'으로 이어지는 데 비해 제주지역 자료는 'ㄱ$_2$-ㄴ$_1$-ㄷ-ㄹ-ㅁ-ㅂ'으로 내용이 이어진다.

'내륙형'의 기본 단락구성은 다음과 같이 정리할 수 있다.

ㄱ$_1$ 주인공은 돈많은 백정의 똑똑한 아들이다.

ㄴ 가난한 서당선생을 잘 봉양한 후 글을 배운다.

ㄷ 서울로 은밀히 과거를 보러 떠난다.

---

7) 지역 표시는 구연자의 출신지를 기준으로 한 것이다. 이하 마찬가지임.

ㅂ 주인공은 신분을 감추고 과거를 치러 장원급제를 한다.

ㅅ 정승이 주인공을 데려다 사위로 삼는다.

ㅇ 시골에서 아버지가 주인공을 찾아 올라온다.

$ㅈ_1$ 주인공 부부가 아버지에게 은밀히 양반행동을 가르친다.

ㅊ 아버지의 실수로 미천한 신분이 탄로나 쫓겨난다.

(ㅋ 어느 부자와의 내기에 이겨서 큰 재물을 얻는다.)

ㅌ 정승에게 전날 아버지의 실수가 오해였음을 납득시킨다.

ㅍ 주인공은 출세해서 양반으로 잘 산다.

이에 대한 변이로는 ③, ⑤, ⑩ 등에서 단락구성이 흐트러진 점, ②에서 '$ㅈ_2$-ㅍ'으로 종결이 간략하게 된 점, ⑦에서 '$ㄱ_3$-$ㄴ_2$-ㅅ'으로 단락이 이어져 과거 보는 대목이 누락된 점 등이 눈에 띈다.

'제주형'의 기본 단락구성은 다음과 같다.

$ㄱ_2$ 주인공은 어부의 똑똑한 아들이다.

$ㄴ_1$ 가난한 서당선생을 잘 봉양한 후 글을 배운다.

ㄷ 서울로 은밀히 과거를 보러 떠난다.

ㄹ 양반집 도령들이 주인공을 괴롭힌다.

ㅁ 주인공은 서울에서 우연히 정승딸과 만나 과거글을 얻는다.

ㅂ 주인공은 신분을 감추고 과거를 치러 장원급제를 한다.

ㅅ 정승이 주인공을 데려다 사위로 삼는다.

ㅇ 시골에서 아버지가 주인공을 찾아 올라온다.

$ㅈ_1$ 주인공 부부가 아버지에게 은밀히 양반행동을 가르친다.

ㅊ 아버지의 실수로 미천한 신분이 탄로나 쫓겨난다.

ㅋ 어느 부자와의 내기에 이겨서 큰 재물을 얻는다.

ㅌ 정승에게 전날 아버지의 실수가 오해였음을 납득시킨다.

ㅍ 주인공은 출세해서 양반으로 잘 산다.

자료 ⑧에서 ㅋ 이하의 내용이 갑작스럽게 중단되어 탈락된 것[8] 외에는 ⑥, ⑧, ⑨ 등 세 자료에서 단락구성이 일치한다.

이상 '내륙형'과 '제주형'을 비교하면 단락구성의 차이가 부분적인 것에 그치고 있어 본래 같은 유형으로 전승되어 왔음을 알 수 있다. 차이는 '제주형'에서 주인공이 어부의 아들로 설정되는 점 ㄹ, ㅁ단락이 나타나는 점, ㅋ이 명시되는 점 등이다. 둘 가운데 '내륙형'이 전승지역이 광범위하고 각편이 많아 기본형[9]으로 설정할 수 있다.

이 설화의 이야기 구조는 과거시험을 통해 출세하는 이야기와 결혼담이 합쳐진 형태로 되어 있다. 이 설화에 있어서의 결혼은 신분이 미천한 남자와 높은 신분의 여자 간의 결합이며 결합 후에 일정한 시련을 거쳐 뜻이 성취되는 것으로 되어 있다. 이러한 이야기 구조는 한국 설화에 있어 낯익은 것이다. 〈서동 설화〉와 〈온달 설화〉의 구조가 이와 유사하며, 근래에 검토되었던 〈복 많은 막내딸〉, 〈선녀와 나무꾼〉형 설화 등의 구조도 이와 비슷하다.[10] 이렇게 볼 때 〈등제한 상사람〉형 설화의 결혼담 구조는 오랜 전통을 가진 것이라 할 수 있다. 반면, 과거를 치러서 출세하는 내용은 상대적으로 새로운 것이라 할 수 있다. 이러한 이야기가 보편화된 것은 과거제도가 폭 넓게 출세의 방도로 인식되기 시작한 조선조 이래의 일이라고 생각된다. 이렇게 볼 때 이 설화는 전통적인 결혼담 구조에 과거를 중심으로 하는 새 이야기 내용이 결합됨으로써 성립된 것이라고 추정할 수 있다.

---

8) 이 자료에서 ㅋ 이하가 탈락된 것은 구연자의 중단인지 자료 채록상의 누락인지 확실치 않다. 어느 쪽이든 이야기가 제대로 마무리된 것이라고 보이지는 않는다.

9) 여기서의 기본형이란 말은 원래부터 있던 형태라는 의미가 아니라 변화와 관계없이 가장 폭 넓게 일반화되어 있는 형태라는 의미로 사용하기로 한다. 이하 다른 자료를 검토할 경우에도 마찬가지이다.

10) 최운식, 「쫓겨난 여인 발복설화고」, 『한국민속학』 6, 한국민속학연구회, 1973; 김석배, 「〈내복에 산다〉형 민담 연구」, 『문학과 언어』 제3집, 문학과 언어연구회, 1982; 이지영, 「한국결혼시련담연구―〈나뭇군과 선녀〉와 〈우렁색시〉형 민담을 중심으로」, 『국문학연구』 제85집, 서울대 국문학연구회, 1987.

그런데 이 설화에는 조선조 후기의 사회상을 보여주는 요소가 있어 관심을 끈다. 즉 돈 많은 백정이나 먹고 살기 힘든 가난한 양반의 등장, 양반모칭의 모습 등이 그것이다. 이러한 요소들은 이 설화가 새로운 시대상에 대응하면서 변천해 왔음을 보여주는 것이라 할 수 있다.

'내륙형'·'제주형' 두 자료의 관계는 이상과 같은 분석을 통해 해명의 길을 찾을 수 있다. '제주형'은 주인공과 여인의 만남이 복잡하게 꾸며져 있어 결혼담 본래의 구조에 충실하다. 이에 비해 '내륙형'에서는 결혼의 의미가 많이 축소되어 있고 과거를 통한 출세과정이 더욱 부각된다. 그런가 하면 조선조 후기의 사회상과 연관되는 내용들이 '내륙형'에 훨씬 잘 나타난다. 요컨대, '제주형'이 전통적인 이야기 구조에서 더욱 충실하다면, '내륙형'에는 새로운 이야기 요소가 두드러진다고 할 수 있다. 이 설화가 내륙에서 제주도로 넘어간 것이라 할 때, 제주에서는 전래된 이야기 본래의 내용이 존속되어 왔고, 내륙에서는 새로운 시대상에 맞추어 부적당한 요소들이 탈락되면서 내용이 변모한 것으로 전승과정을 정리할 수 있다.11)

2) 〈백정과 박문수〉형 설화

〈백정과 박문수〉형 설화는 돈많은 백정(혹은 하인)이 박문수(혹은 양반)를 이용하는 등의 여러 시도를 통해 결국 양반 행세를 하며 살게 된다는 내용을 지니고 있는, 전국적으로 전승되어 온 설화유형이다. 이 유형에 해당하는 각편들은 다음과 같다.

①『대계』 1-1, 도봉 수유 88, '당숙이 된 박어사'

---

11) 이같은 설명은 동심원적 전파이론의 설명과 합치된다. 이 이론에 따르면, 설화가 분포하는 변두리 지역에서 고형의 자료가 자주 발견된다고 한다.

②『대계』1-4, 의정부 호원 2, ‘양반 된 백정 아들’
③『대계』1-4, 남양주 미금 56, ‘양반 된 상놈’
④『대계』2-2, 춘천시 11, ‘백정의 양반 행세’
⑤『대계』2-2, 춘천시 36, ‘백정의 조카 노릇한 박문수’
⑥『대계』2-7, 횡성 갑천 10, ‘박문수의 당숙이 된 백정’
⑦『대계』2-7, 횡성 갑천 45, ‘백정과 박문수’
⑧『대계』3-1, 중원 주덕 10, ‘양반이 된 백정’
⑨『대계』3-3, 단양 단양 8, ‘양반 행세하는 종놈을 봐준 주인 양반’
⑩『대계』3-3, 단양 대강 24, ‘가짜 박문수의 삼촌 노릇을 한 백정’
⑪『대계』4-4, 보령 대천 7, ‘박문수 덕분에 양반노릇한 백정’
⑫『대계』4-4, 보령 오천 29, ‘박문수 박어사가 우리 사촌 형님’
⑬『대계』5-5, 정읍 정우 16, ‘백정의 양반노릇’
⑭『대계』6-4, 승주 황전 5, ‘박문수의 가짜 당숙’
⑮『대계』7-1, 월성 현곡 79, ‘박문수와 백정’
⑯『대계』7-6, 영덕 창수 106, ‘박문수와 돈 많은 백정’
⑰『대계』7-8, 상주 청리 25, ‘박문수의 백정 동생’
⑱ 필자 조사자료 2, ‘백정과 박문수’
⑲ 필자 조사자료 3, ‘백정과 박문수’

이 설화의 서사 내용을 이루고 있는 단락은 다음과 같다.

ㄱ. 천민 신분
  ㄱ₁ 주인공은 돈많은 백정이다.
  ㄱ₂ 주인공은 돈많은 하인이다.
ㄴ. 천민 탈피의 노력
  ㄴ₁ 주인공은 마을 이방의 포흠진 돈을 변상해 주고 좌수 사령장을 얻는다.
  ㄴ₂ 주인공은 못사는 양반을 도와주고 그 족보를 베낀다.
  ㄴ₃ 주인공은 몰래 양반의 행동을 익힌다.
ㄷ. 양반의 반발 : 고을 양반들의 반발로 좌수 노릇을 못하게 된다.
ㄹ. 이사 : 주인공은 아는 사람 없는 먼 고장으로 거처를 옮긴다.

ㅁ. 양반행세

ㅁ$_1$ 주인공은 박문수의 친척이라 자칭하면서 양반행세를 한다.

ㅁ$_2$ 주인공은 자기가 박문수의 삼촌일고 대문에 써 붙인다.

ㅁ$_3$ 주인공은 처에게 자기가 박문수의 친척이라고 근본을 속인다.

ㅁ$_4$ 주인공은 (족보를 베껴준) 양반의 친척을 가장하며 양반행세를 한다.

ㅂ. 박문수(양반)의 도래

ㅂ$_1$ 박문수가 주인공의 집으로 찾아온다.

ㅂ$_2$ 친척이라 가장한 장본인인 양반이 주인공을 찾아온다.

ㅅ. 박문수(양반)의 협조

ㅅ$_1$ 박문수(양반)가 주인공의 친척 노릇을 해준다.

ㅅ$_2$ 박문수가 마지못해 주인공의 친척 노릇을 해준다.

ㅇ. 보은: 주인공이 돈을 보내 박문수(양반)의 협조에 보답한다.

ㅈ. 징치자의 도래

ㅈ$_1$ 박문수의 동생이 그 일을 알고는 주인공을 징치하여 찾아온다.

ㅈ$_2$ 양반의 친척 하나가 그 일을 알고는 주인공을 징치하러 찾아온다.

ㅊ. 징치자를 물리침

ㅊ$_1$ 주인공이 징치자를 미친놈 취급해 혼을 내서 항복받는다.

ㅊ$_2$ 동네사람들이 징치자를 미친놈이라고 때려 죽인다.

ㅋ. 양반으로서의 삶: 주인공은 천대를 벗고 양반으로 살아간다.

이상의 여러 단락들이 설화 각편에 어떻게 엮여 있는지를 나타내 보이면 다음과 같다.

	ㄱ	ㄴ	ㄷ	ㄹ	ㅁ	ㅂ	ㅅ	ㅇ	ㅈ	ㅊ	ㅋ	
①	ㄱ$_2$				ㅁ$_3$	ㅂ$_1$	ㅅ$_1$				ㅋ	(전북)
②	ㄱ$_1$	ㄴ$_2$		ㄹ	ㅁ$_4$	ㅂ$_2$	ㅅ$_1$	ㅇ	ㅈ$_2$	ㅊ$_1$	ㅋ	(경기)
③	ㄱ$_2$	ㄴ$_2$		ㄹ	ㅁ$_4$	ㅂ$_2$	ㅅ$_1$	ㅇ	ㅈ$_2$	ㅊ$_1$	ㅋ	(경기)
④	ㄱ$_1$			ㄹ	ㅁ$_4$	ㅂ$_2$	ㅅ$_1$		ㅈ$_2$	ㅊ$_1$	ㅋ	(강원)
⑤	ㄱ$_1$				ㅁ$_2$	ㅂ$_1$	ㅅ$_2$		ㅈ$_1$	ㅊ$_1$	ㅋ	(강원)
⑥	ㄱ$_1$	ㄴ$_1$	ㄷ	ㄹ	ㅁ$_1$	ㅂ$_1$	ㅅ$_1$	ㅇ	ㅈ$_1$	ㅊ$_1$	ㅋ	(강원)
⑦	ㄱ$_1$	ㄴ$_3$			ㅁ$_1$	ㅂ$_1$	ㅅ$_1$	ㅇ	ㅈ$_1$	ㅊ$_1$	ㅋ	(강원)

	ㄱ	ㄴ	ㄷ	ㄹ	ㅁ	ㅂ	ㅅ	ㅇ	ㅈ	ㅊ	ㅋ	
⑧	$ㄱ_1$	$ㄴ_2$		ㄹ	$ㅁ_4$	$ㅂ_2$	$ㅅ_1$				ㅋ	(충북)
⑨	$ㄱ_2$	$ㄴ_3$		ㄹ	$ㅁ_4$	$ㅂ_2$	$ㅅ_1$		$ㅈ_2$	$ㅊ_1$	ㅋ	(충북)
⑩	$ㄱ_1$	$ㄴ_1$	ㄷ	ㄹ	$ㅁ_1$	$ㅂ_1$	$ㅅ_1$	ㅇ	$ㅈ_1$	$ㅊ_1$	ㅋ	(충북)
⑪	$ㄱ_1$	$ㄴ_1$	ㄷ	ㄹ	$ㅁ_1$	$ㅂ_1$	$ㅅ_1$	ㅇ	$ㅈ_1$	$ㅊ_1$	ㅋ	(충남)
⑫	$ㄱ_2$				$ㅁ_3$	$ㅂ_1$	$ㅅ_1$				ㅋ	(충남)
⑬	$ㄱ_1$	$ㄴ_1$	ㄷ	ㄹ	$ㅁ_1$	$ㅂ_1$	$ㅅ_1$	ㅇ	$ㅈ_1$	$ㅊ_2$	ㅋ	(전북)
⑭	$ㄱ_1$	$(ㄴ_1)$	(ㄷ)	ㄹ	$ㅁ_1$	$ㅂ_1$	$ㅅ_1$		$ㅈ_1$	$ㅊ_1$	ㅋ	(전남)
⑮	$ㄱ_1$	$ㄴ_1$	ㄷ	ㄹ	$ㅁ_1$	$ㅂ_1$	$ㅅ_1$	ㅇ	$ㅈ_1$	$ㅊ_1$	ㅋ	(경북)
⑯	$ㄱ_1$	$ㄴ_1$	ㄷ	ㄹ	$ㅁ_1$	$ㅂ_1$	$ㅅ_1$	ㅇ	$ㅈ_1$	$ㅊ_1$	ㅋ	(경북)
⑰	$ㄱ_1$				$ㅁ_1$	$ㅂ_1$	$ㅅ_1$	ㅇ	$ㅈ_1$	$ㅊ_1$	ㅋ	(경북)
⑱	$ㄱ_1$			ㄹ	$ㅁ_1$	$ㅂ_1$	$ㅅ_1$	ㅇ	$ㅈ_1$	$ㅊ_1$	ㅋ	(충북)
⑲	$ㄱ_1$				$ㅁ_2$	$ㅂ_1$	$ㅅ_2$	ㅇ	$ㅈ_1$	$ㅊ_1$	ㅋ	(전남)

이 도표를 잘 살펴보면 크게 두 계열로 단락구성 방식이 나뉘고 있음을 확인할 수 있다. 'ㄱ₁-ㄴ₁-ㄷ-ㄹ-ㅁ₁-ㅂ₁……'로 이어지는 것이 하나이며 'ㄱ₁(ㄱ₂)-ㄴ₂-ㄹ-ㅁ₄-ㅂ₂……'로 이어지는 것이 또 다른 하나이다. 앞의 것은 박문수가 중요 인물로 등장하여 '박문수형'이라 할 수 있다. ①, ⑤~⑥, ⑬~⑲ 등 다수가 여기에 해당하여 기본형을 이루고 있다. 뒤의 것은 박문수 아닌 양반이 등장하여 '양반형'이라 할 수 있으며, ②~④, ⑧~⑨ 등이 여기에 해당한다.

'박문수형'의 기본 단락구성은 다음과 같이 요약된다.

ㄱ₁ 주인공은 돈많은 백정이다.

ㄴ₁ 주인공은 마을 이방의 포흠전 돈을 변상해 주고 좌수 사령장을 얻는다.

ㄷ 고을 양반들의 반발로 좌수 노릇을 못하게 된다.

ㄹ 주인공은 아는 사람 없는 먼 고장으로 거처를 옮긴다.

ㅁ₁ 주인공은 박문수의 친척이라 자칭하면서 양반행세를 한다.

ㅂ₁ 박문수가 주인공의 집으로 찾아온다.

ㅅ₁ 박문수가 주인공의 친척 노릇을 해준다.

ㅇ 주인공이 돈을 보내 박문수의 협조에 보답한다.

ㅈ₁ 박문수의 동생이 그 일을 알고는 주인공을 징치하러 찾아온다.

ㅊ₁ 주인공이 징치자를 미친놈 취급해 혼을 내서 항복받는다.

ㅋ 주인공은 천대를 벗고 양반으로 살아간다.

　여기에 대한 주요 변이로는 ①, ⑫가 'ㄱ₂－ㅁ₂－ㅂ₁－ㅅ₁－ㅋ'과 같이 간략한 구성을 보이고 있는 점, ⑮, ⑲에서 'ㄱ₁－ㅁ₂－ㅂ₁－ㅅ₂' 등으로 되어 있어 주인공의 성격이 더욱 적극성을 띠는 점 등이 지적될 수 있다.
　다음 '양반형' 자료의 기본 짜임새는 다음과 같다.

ㄱ₁ 주인공은 돈 많은 백정이다.

　　(혹은, ㄱ₂ 주인공은 돈많은 하인이다.)

ㄴ₂ 주인공은 못사는 양반을 도와주고 족보를 베낀다.

ㄹ 주인공은 아는 사람 없는 먼 고장으로 거처를 옮긴다.

ㅁ₄ 주인공은 (족보를 베껴준) 양반의 친척을 가장하며 양반행세를 한다.

ㅂ₂ 친척이라 가장한 장본인인 양반이 주인공을 찾아온다.

ㅅ₁ 양반이 주인공의 친척 노릇을 해준다.

ㅇ 주인공이 돈을 보내 양반의 협조에 보답한다.

ㅈ₂ 양반의 친척 하나가 그 일을 알고는 주인공을 징치하러 찾아온다.

ㅊ₁ 주인공이 징치자를 미친놈 취급해 혼을 내서 항복받는다.

ㅋ 주인공은 천대를 벗고 양반으로 살아간다.

　ㄱ₁과 ㄱ₂가 나뉘는 점, ㄴ이 안보이거나 ㄴ₃이 있는 점 등의 부분적 예외를 제외하면 단락구성이 각편들 사이에서 서로 일치한다.
　이 이야기가 서사적 골격을 갖추면서 하나의 설화유형으로 자리 잡은 것은 조선조 후기에 접어든 뒤의 일인 것으로 추정된다. 그것을 이 설화의 전체 이야기 내용이 조선조 후기의 사회상과 밀접히 관련되어 있는 데서 그 근거를 찾을 수 있다. 박문수라는 영조시대의 실제인물,

가난한 양반과 돈 많은 백정(하인)이라는 인물설정 등이 그러하며, 돈을 이용한 이방과의 친교, 족보 베끼기, 양반 모칭 등도 그러한 특징을 보인다.

'박문수형'과 '양반형' 중에서 원래의 모습에 더 가까운 것은 '양반형'이라 추정된다. 무명의 양반 이야기가 박문수 설화로 바뀐다는 것은 자연스럽게 설명되지만 그 역은 생각하기 어렵다. 주노(主奴) 간의 갈등을 주제로 하는 이야기들이 조선조 후기 전반에 걸쳐 폭넓게 산출되고 있었던 데 비해[12] 박문수 설화가 자리 잡은 것은 박문수라는 인물이 활동한 뒤인 18세기 후반 이래의 일이라는 점 역시 그러한 추정을 뒷받침한다. 요컨대 이 이야기는 처음에 하인에 관한 일화로 전승되다가 차차 백정과 박문수의 이야기로 바뀌면서 내용도 변화하게 된 것으로 이해된다. '양반형'도 하나의 이형으로 전승되었지만, '박문수형'이 호응을 얻어 더 큰 전승력을 확보하게 되었다고 볼 수 있겠다.

3) 〈꾀쟁이 하인〉형 설화

〈꾀쟁이 하인〉 설화는 꾀 많은 하인이 상전을 골려먹던 끝에 그 딸까지 차지해 잘 살게 된다는 것을 줄거리로 하는 설화이다. 전국적으로 많은 편수의 자료가 채록되었는데, 전승의 질과 양 두 측면에서 하인을 주인공으로 하는 설화 중 대표적인 것으로 손꼽힐 만하다.

이 설화의 전승은 크게 두 형태로 이루어지고 있다. 하인과 상전의 다툼이 복잡하게 얽히면서 일정하게 완결되는 '완결형'이 그 하나이고, 그 이야기 중 한두 삽화만이 독립되어서 전승되는 '삽화형'이 다른 하

---

12) 이 설화 '양반형'과 거의 비슷한 설화가 『청구야담』, 『동야휘집』 등의 야담집에 실려있기도 하다. 이우성·임형택 역편, 『이조한문단편집』 중, 일조각, 1978, 140~148면 참조

나이다. 이중 완결형 자료가 논의대상으로서 더욱 적당하므로, 이를 중심으로 논의를 전개하고자 한다.

채록된 각편은 다음과 같다.

①『대계』 1-1, 도봉 수유 62, '꾀쟁이 하인의 사기행각-정평구 일화'

②『대계』 1-1, 도봉 수유 63, '상전을 속인 하인-엠한 유기장사'

③『대계』 1-1, 도봉 수유 63, '꾀쟁이 하인-유월삼'

④『대계』 1-2, 여주 북내 10, '마부 이야기'

⑤『대계』 1-2, 여주 가남 22, '상전 골탕먹이는 하인'

⑥『대계』 1-6, 안성 안성 31, '꾀쟁이 하인'

⑦『대계』 1-9, 용인 원삼 9, '왕굴장굴대'

⑧『대계』 2-3, 삼척 삼척 34, '하인 방학둥이의 출세'

⑨『대계』 2-6, 횡성 청일 14, '꾀쟁이 하인의 사기행각'

⑩『대계』 3-2, 청주 내덕 1, '복수의 복수'

⑪『대계』 4-1, 당진 당진 6, '김복선 이야기(1)'

⑫『대계』 4-4, 보령 대천 13, '꾀많은 막동이'

⑬『대계』 4-4, 보령 주포 6, '눈 감으면 코 베간다.'

⑭『대계』 4-5, 부여 부여 46, '훼방꾼 막동이'

⑮『대계』 5-1, 남원 금지 28, '주인 골탕먹인 머슴과 애매한 유기장수'

⑯『대계』 5-4, 군산시 19, '막둥이의 간계'

⑰『대계』 5-5, 정읍 감곡 26, '꾀많은 머슴과 애민 유기장수'

⑱『대계』 5-7, 정읍 산외 17, '말썽꾸러기 하인의 꾀'

⑲『대계』 6-1, 진도 군내 8, '종 속여먹은 머슴놈'

⑳『대계』 7-2, 월성 외동 22, '양반주인을 골려준 정만서'

㉑『대계』 7-3, 월성 내남 21, '어정스러운 하인[13]'

---

13) 이 자료는 두 설화유형이 합쳐진 것인데, 〈꾀쟁이 하인〉에 해당하는 부분만을 문제 삼기로 한다.

㉒『대계』7-9, 안동 예산 41, '상전을 골려먹은 방학중'

㉓『대계』7-9, 안동 임하 18, '상전을 욕보인 하인 떠거리'

㉔『대계』7-10, 봉화 봉화 2, '상전을 골려준 방학중(1)'
　　　　　　　봉화 봉화 4, '상전의 사위가 된 방학중'14)

㉕『대계』7-10, 봉화 봉화 3, '상전을 골려준 방학중(2)'

㉖『대계』7-10, 봉화 명호 52, '위기를 역전시킨 달걸이'

㉗『대계』7-13, 대구시 69, '원님 사위된 아이의 기지'

㉘『대계』7-14, 달성 하빈 19, '영악한 종의 말로'

㉙『대계』7-15, 선산 무을 18, '꾀많은 막동이'

㉚『대계』8-5, 거창 남상 22, '김도령과 막동이'

㉛『대계』8-7, 밀양 밀양 28, '막동이'

㉜ 최운식,『한국의 민담』87, '상전을 우롱한 하인'

㉝ 김광순,『경북민담』44, '종 떠걸이의 기지'

참고로 삽화형에 해당하는 자료의 목록을 보이면 다음과 같다.

㉞『대계』1-1, 도봉 수유 15, '꾀쟁이 하인(앙글장글대)'

㉟『대계』1-4, 의정부 가능 10, '꾀쟁이 하인'

㊱『대계』5-2, 완주 삼례 2, '진평국 이야기'

㊲『대계』5-7, 정읍 산외 15, '말썽꾸러기 하인'

㊳『대계』6-4, 승주 서면 17, '꾀많은 하인'

㊴『대계』7-7, 영덕 영해 12, '방학중과 코빠진 술'

㊵『대계』7-10, 봉화 명호 51, '떡보리로 사기를 친 달걸이'

㊶~㊹ 조동일,『인물전설의 의미와 기능』자료(방10), (방18), (방23), (방48)

㊺ 필자 조사자료4, '꾀쟁이 하인'

---

14) 이 두 자료는 그 내용이 이어져 한 이야기로 완결되므로 묶어서 하나의 각편으로
　　처리하였다.

완결형을 대상으로 삼아 서사 단락을 추출한 결과는 다음과 같다.

ㄱ. 하인 신분: 주인공은 시골 양반집의 하인이다.

ㄴ. 상전의 횡포: 상전이 주인공의 어머니를 뺏으려 하나 지혜로 물리친다.

ㄷ. 상전과의 서울행: 주인공이 상전과 함께 서울로 길을 떠난다.

ㄹ. 상전을 골려먹음

  ㄹ$_1$ 주인공이 꾀로 상전의 음식을 뺏어먹는다.

  ㄹ$_2$ 주인공이 상전의 말을 팔아먹는다.

  ㄹ$_3$ 주인공이 상전의 보따리를 잃게 만든다.

  ㄹ$_4$ 주인공이 상전의 딸을 꼬인다.

ㅁ. 첫 번째의 위기: 상전이 주인공을 죽이라고 글을 써서 집으로 돌려보낸다.

ㅂ. 사기 행각

  ㅂ$_1$ 방아 찧는 곳에서 꾀로 떡보리를 훔쳐 내뺀다.

  ㅂ$_2$ 꾀로 꿀장수에게서 꿀을 떼먹는다.

  ㅂ$_3$ 일하는 처녀에게 꾀로 배꼽을 맞춘다.

  ㅂ$_4$ 남의 가축을 잡아먹는다.

  ㅂ$_5$ 엉뚱한 물건을 팔아먹는다.

ㅅ. 위기의 해결

  ㅅ$_1$ 주인공은 상전이 쓴 글 내용을 고쳐 딸과 결혼한다.

  ㅅ$_2$ 주인공은 글 내용을 고쳐 주인집 재산을 나눠 받는다.

  ㅅ$_3$ 주인공은 글 내용을 고쳐 살아나나 결혼은 못한다.

ㅇ. 두 번째 위기: 상전이 주인공을 죽이려고 묶어서 자루에 넣어 놓는다.

ㅈ. 위기의 모면: 주인공이 다른 사람과 바꿔치기 해서 살아난다.

ㅊ. 상전에 대한 복수: 주인공이 상전의 식구들을 물에 뛰어들어 죽게 한다.

ㅋ. 종국의 승리

  ㅋ$_1$ 주인공이 주인 딸을 데리고 잘 산다.

  ㅋ$_2$ 주인공이 멀리 도망가서 산다.

  ㅋ$_3$ 상전이 할수없이 그냥 두어 주인공이 잘 산다.

  ㅋ$_4$ 주인공이 공부를 해 장원급제하고 사죄하여 잘 산다.

ㅋ₅ 주인인 사또가 죽자 그 뒤를 이어 원님이 된다.

ㅋ′. 종국의 죽음[15)

ㅋ′₁ 주인 딸이 주인공을 죽여 원수를 갚는다.

ㅋ′₂ 주인공이 도망가서 살다가 우연히 죄가 드러나 처형당한다.

각편에 따른 단락 구성 양상은 다음과 같다.[16)

	ㄱ	ㄴ	ㄷ	ㄹ	ㅁ	ㅂ	ㅅ	ㅇ	ㅈ	ㅊ	ㅋ	
①	ㄱ		ㄷ	$ㄹ_2$	ㅁ	$ㅂ_5$	$ㅅ_1$	ㅇ	ㅈ	ㅊ		(전북)
②	ㄱ		ㄷ	$ㄹ_3ㄹ_1$	ㅁ	$ㅂ_3$	$ㅅ_3$	ㅇ	ㅈ	ㅊ	$ㅋ'_2$	(전북)
③	ㄱ		ㄷ	$ㄹ_1$	ㅁ	$ㅂ_1$	$ㅅ_1$	ㅇ	ㅈ			(경남)
④	ㄱ		ㄷ	$ㄹ_1ㄹ_2$	ㅁ	$ㅂ_1ㅂ_2$	$ㅅ_1$	ㅇ	ㅈ	ㅊ	$ㅋ_1$	(경기)
⑤	ㄱ		ㄷ	$ㄹ_1$						ㅊ	ㅋ	(경기)
⑥	ㄱ	ㄴ	ㄷ	$ㄹ_3ㄹ_1ㄹ_2$	ㅁ	$ㅂ_1ㅂ_2$	$ㅅ_1$	ㅇ	ㅈ	ㅊ	$ㅋ_1$	(경기)
⑦	ㄱ		ㄷ	$ㄹ_1ㄹ_2$	ㅁ	$ㅂ_4ㅂ_1ㅂ_2$	$ㅅ_1$	ㅇ	ㅈ	ㅊ	$ㅋ'_1$	(경기)
⑧	ㄱ		ㄷ	$ㄹ_1ㄹ_2$	ㅁ		$ㅅ_1$				$ㅋ_4$	(강원)
⑨	ㄱ		ㄷ	$ㄹ_1ㄹ_2$	ㅁ	$ㅂ_1ㅂ_2$	$ㅅ_1$				$ㅋ_2$	(강원)
⑩	ㄱ	ㄴ	ㄷ	$ㄹ_1ㄹ_2$	ㅁ	$ㅂ_1ㅂ_2$	$ㅅ_1$			ㅊ	$ㅋ'_1$	(충북)
⑪	ㄱ		ㄷ	$ㄹ_1$	ㅁ	$ㅂ_1ㅂ_2ㅂ_3$	$ㅅ_1$	ㅇ	ㅈ	ㅊ	$ㅋ_1$	(충남)
⑫	ㄱ		ㄷ	$ㄹ_2$	ㅁ	$ㅂ_1ㅂ_2$	$ㅅ_1$	ㅇ	ㅈ	ㅊ	$ㅋ_1$	(충남)
⑬	ㄱ		ㄷ	$ㄹ_1ㄹ_2$	ㅁ	$ㅂ_1ㅂ_2$	$ㅅ_1$	ㅇ	ㅈ	ㅊ	$ㅋ_1$	(충남)
⑭	ㄱ		ㄷ	$ㄹ_1ㄹ_2$	ㅁ	$ㅂ_1ㅂ_2$	$ㅅ_1$	ㅇ	ㅈ	ㅊ	$ㅋ_1$	(충남)
⑮	ㄱ		ㄷ	$ㄹ_1ㄹ_2$	ㅁ	$ㅂ_5$	$ㅅ_1$	ㅇ	ㅈ	ㅊ	$ㅋ_1$	(전북)
⑯	ㄱ		ㄷ	$ㄹ_1ㄹ_2$	ㅁ	$ㅂ_1ㅂ_2$	$ㅅ_1$	ㅇ	ㅈ	ㅊ	$ㅋ_1$	(전북)
⑰	ㄱ			$ㄹ_4$				ㅇ	ㅈ	ㅊ	$ㅋ_1$	(전북)
⑱	ㄱ		ㄷ	$ㄹ_2$	ㅁ	$ㅂ_1ㅂ_2$	$ㅅ_1$	ㅇ	ㅈ	ㅊ	$ㅋ_1$	(전북)
⑲	ㄱ			$ㄹ_2$		$ㅂ_4$		ㅇ	ㅈ	ㅊ	$ㅋ'_1$	(전남)
⑳	ㄱ		ㄷ	$ㄹ_2$	ㅁ	$ㅂ_1ㅂ_2$	ㅅ				ㅋ	(경북)
㉑	ㄱ		ㄷ	$ㄹ_2$	ㅁ		$ㅅ_2$				$ㅋ_3$	(경북)
㉒	ㄱ		ㄷ	$ㄹ_1ㄹ_2$	ㅁ		$ㅅ_1$	ㅇ	ㅈ	ㅊ	$ㅋ_1$	(경북)
㉓	ㄱ		ㄷ	$ㄹ_1$	ㅁ		$ㅅ_1$	ㅇ	ㅈ	ㅊ	$ㅋ_1$	(경북)
㉔	ㄱ		ㄷ	$ㄹ_1ㄹ_2$	ㅁ	$ㅂ_1$	$ㅅ_1$				$ㅋ_3$	(경북)

---

15) ′ 표시는 같은 위치에 놓이는 단락이면서도 상반될 정도의 큰 차이를 보이는 경우에 사용하였다.

16) 실제 자료에는 ㄹ, ㅂ단락에 해당하는 내용들이 여기저기 나타나 순서가 섞인 것이 많은데, 그것을 일일이 표현할 수가 없어 순서를 환원해 정리하였다.

№	ㄱ	ㄴ	ㄷ	ㄹ	ㅁ	ㅂ	ㅅ	ㅇ	ㅈ	ㅊ	ㅋ	
㉕	ㄱ		ㄷ	ㄹ$_1$	ㅁ		ㅅ$_2$	ㅇ	ㅈ		ㅋ$_3$	(경북)
㉖	ㄱ		ㄷ	ㄹ$_3$						ㅊ	ㅋ$_1$	(경북)
㉗	ㄱ	ㄴ	ㄷ		ㅁ		ㅅ$_1$				ㅋ$_5$	(경북)
㉘	ㄱ	ㄴ	ㄷ	ㄹ$_1$ㄹ$_2$	ㅁ	ㅂ$_1$ㅂ$_2$	ㅅ$_1$	ㅇ	ㅈ	ㅊ	ㅋ$'_1$	(경북)
㉙	ㄱ		ㄷ	ㄹ	ㅁ					ㅊ	ㅋ$_1$	(경북)
㉚	ㄱ		ㄷ	ㄹ$_1$ㄹ$_2$	ㅁ	ㅂ$_1$ㅂ$_2$	ㅅ$_1$	ㅇ	ㅈ	ㅊ	ㅋ$_1$	(경남)
㉛	ㄱ		ㄷ	ㄹ$_1$ㄹ$_2$	ㅁ	ㅂ$_1$	ㅅ$_2$				ㅋ$_2$	(경남)
㉜	ㄱ		ㄷ	ㄹ$_1$ㄹ$_3$	ㅁ		ㅅ$_1$	ㅇ	ㅈ	ㅊ		(경기)
㉝	ㄱ		ㄷ	ㄹ$_1$ㄹ$_2$	ㅁ		ㅅ$_1$	ㅇ	ㅈ	ㅊ	ㅋ$_1$	(경북)

위 결과를 살펴보면, 이 설화의 단락 구성은 그 기본 줄기가 하나로 모아지고 있음을 알 수 있다. 단락의 탈락이나 변이가 없지 않지만, 그 변이가 일관된 경향성을 나타내 하나의 계열을 이루는 모습은 보기 힘들다.

단락의 출현 빈도를 바탕으로 삼아 이 설화의 기본 서사구조를 정리하면 다음과 같다.

ㄱ 주인공은 시골 양반집의 하인이다.

ㄷ 주인공이 상전과 함께 서울로 길을 떠난다.

ㄹ$_1$ 주인공이 꾀로 상전의 음식을 뺏어먹는다.

ㄹ$_2$ 주인공이 상전의 말을 팔아먹는다.

ㅁ 상전이 주인공을 죽이라고 글을 써서 집으로 돌려보낸다.

ㅂ$_1$ 방아 찧는 곳에서 꾀로 떡보리를 훔쳐 내뺀다.

ㅂ$_2$ 꾀로 꿀장수에게서 꿀을 떼먹는다.

ㅅ$_1$ 주인공은 상전이 쓴 글내용을 고쳐 주인딸과 결혼한다.

ㅇ 상전이 주인공을 죽이려고 묶어서 자루에 넣어 놓는다.

ㅈ 주인공이 다른 사람과 바꿔치기해서 살아난다.

ㅊ 주인공이 상전의 식구들을 물에 뛰어들어 죽게 한다.

ㅋ$_1$ 주인공이 주인딸을 데리고 잘 산다.

이 설화의 변이양상을 살펴보면, 먼저 ㄴ단락이 첨가되는 변이가 눈에 띈다(⑥, ⑩, ㉗, ㉘). 이 단락은 주인공의 고난과 지혜를 부각시키는 의미를 갖는데, 이 설화의 기본 단락으로 일반화되지는 못한 상태다. 다음으로 ㅇ~ㅈ단락이 탈락되고 ㅋ₂~ㅋ₅ 등으로 결말이 이루어지는 변이가 보인다. 이러한 변이는 이야기내용에 현실성을 부여하고 갈등의 양상을 완화시키는 등의 특징을 보인다. 그러나 해당 자료가 소수이고 내용이 모아지지 않아 의미 있는 하위유형을 이루지는 못하고 있다.

이 설화에서 무엇보다 문제되는 것은 ㅋ'의 변이라 할 수 있다. ②, ⑦, ⑩, ⑲, ㉘ 등의 자료에서 보이는 특징인데, 기본형과 전혀 다르게 주인공이 죽고 마는 것으로 되어 있어 주목의 대상이 된다. '좌절형'이라 할 만한 이 변이형은 주인공을 부정적으로 보는 태도 속에서 성립된 것이라 생각되는데, 자료가 전국적으로 분포하고 있음을 볼 때 기본형과 경쟁하면서 전승되어 왔음을 알 수 있다. 그런데 대부분의 자료에서 ㅋ₁의 결말을 선택하고 있고 이 경우에 작품구조가 더 안정된 모습을 보이고 있어, 이 변이형은 기본형에 비해 열세를 나타내고 있다.

〈꾀쟁이 하인〉 설화에 내재한 서사 구조는 그 연원이 매우 오래 된 것이라 할 수 있다. 꾀 많은 주인공이 힘센 상대와 대항하는 가운데 재치과 기지를 위기를 벗어나면서 이득을 취하는 것을 특징으로 하는 이 설화의 서사 내용은 궤술사(詭術師; trickster)형 설화의 전형에 부합하는 것이라 할 수 있다. 이는 세계적으로 널리 나타나 보편성을 강하게 지니는데,17) 우리나라에도 이 궤술사형 이야기는 오래 전부터 존재해 왔으리라고 추정이 된다.

이처럼 보편적 서사구조를 지니는 한편으로 이 설화는 조선시대의 사회상에 밀접히 관련되는 요소를 폭넓게 수렴하고 있다. 이 설화의 핵심 경쟁 인물인 양반과 하인은 전형적인 조선시대의 인물들이다. 간혹

---

17) Maria Leach ed., "Standard Dictionary of Folklore", *Mythology and Legend*, Vol.2, Funk & Wagnalls, 1950, pp.1123~1125.

이 설화의 주인공으로 나타나는 방학중·정만서 같은 인물은 조선조 후엽에 살았던 인물이다. 그리고 이 설화에 있어 관심의 초점 가운데 하나인 '속량'은 조선 후기에 들어와서 부각된 문제다. 요컨대 이 설화는 전통적인 궤술사형 이야기가 조선시대의 시대상을 반영하면서 새롭게 구성되어 전승된 것이라 할 수 있다. 그 전승 과정에서 앞서 언급한 변이들이 나타난 상황이다.

4) 〈정승 골린 사람〉형 설화

〈정승 골린 사람〉형 설화는 정승의 미천한 사위나 건달 조카 등이 속임수를 써서 벼슬을 얻은 후 자기를 징치하려는 정승 부자를 골탕먹인다는 내용을 담고 있는 설화다. 전국 각지에서 전승되고 있고, 서사내용이 잘 짜인 흥미로운 설화이다. 각편 목록은 다음과 같다.

①『대계』 2-1, 강릉시 67, '진사가 제주도 유람한 이야기'

②『대계』 2-2, 춘천시 35, '한량의 명관 행세'

③『대계』 2-5, 양양 서면 17, '장인을 속여 평양감사 된 사위'

④『대계』 2-8, 영월 영월 59, '꾀많은 막내사위'

⑤『대계』 3-2, 청원 미원 17, '괄시한 사위한테 망신당하는 처가'

⑥『대계』 4-2, 대덕 기성 21, '정승과 꾀많은 사위'

⑦『대계』 4-5, 부여 부여 26, '꾀많은 사람'

⑧『대계』 5-4, 군산시 51, '평양감사 김풍산'

⑨『대계』 5-5, 정읍 정우 17, '벼슬 못한 정승 조카의 지혜'

⑩『대계』 5-6, 정읍 태인 27, '얌체정승 골려주고 평양감사 된 김서방의 책략'

⑪『대계』 5-7, 정읍 옹동 9, '지혜로운 평양감사'

⑫『대계』 6-2, 함평 엄다 8, '처갓집 식구 속여먹은 사위'

이들 자료의 서사 내용을 구성하는 단락들은 다음과 같다.

ㄱ. 주인공이 박대 받는 상황

ㄱ₁ 정승의 사위가 집안이 미천해 벼슬을 못하고 박대 받는다.

ㄱ₂ 정승의 조카가 벼슬을 못하고 건달로 떠돈다.

ㄱ₃ 주인공은 서울의 건달이다.

ㄱ₄ 시골선비가 정승에게 돈만 뜯기고 벼슬을 못 얻는다.

ㄱ₅ 정승의 아들 하나가 아버지의 비리에 반대하가 구박받는다.

ㄴ. 주인공의 속임수

ㄴ₁ 주인공이 백마에 먹칠을 해 흑마로 만들어 정승에게 바친다.

ㄴ₂ 주인공이 선물로 가장하여 벌을 진상해 정승식구가 그 벌에 쏘인다.

ㄴ₃ 주인공이 아내를 빼돌려 놓고는 정승에게 딸을 내놓으라고 한다.

ㄷ. 벼슬의 획득

ㄷ₁ 정승이 말을 받고 좋아서 평양감사 등의 벼슬을 준다.

ㄷ₂ 정승이 벌한테 당한 앙갚음으로 부임만 하면 죽는 고을에 사또로 보
낸다.

ㄷ₃ 정승이 말을 받고 좋아서 주인공을 사위로 삼고 벼슬을 준다.

ㄷ₄ 정승이 훗날 죽일 것을 계획하고 주인공을 평양감사로 보낸다.

ㄷ₅ 주인공이 과거에 급제해 평양감사가 된다.

ㄷ₆ 아내를 찾아내라는 주인공의 재촉에 정승이 벼슬을 주어서 무마한다.

ㄹ. 속임수의 탄로

ㄹ₁ 진상한 말이 가짜임이 탄로난다.

ㄹ₂ 주인공이 부임한 후 요물을 퇴치하고 살아난다.

ㄹ₃ 아내를 찾아내라는 재촉이 속임수였음이 드러난다.

ㄹ₄ 주인공이 정승부인에게 정승이 기생에 빠졌다고 속여 정승을 골린다.

ㅁ. 징치자의 도래(1) : 정승이 아들을 어사로 보내 주인공을 징치하게 한다.

ㅂ. 징치자 격퇴(1)

ㅂ₁ 주인공이 정승의 부고가 온 것처럼 꾸며 징치자를 돌려보낸다.

ㅂ₂ 주인공이 가짜 호랑이로 징치자를 쫓아 보낸다.

ㅅ. 징치자의 도래(2)

ㅅ₁ 정승이 (다른) 아들을 보내 주인공을 징치하게 한다.

ㅅ₂ 어사 하나가 정승의 말을 듣고 주인공을 징치하러 온다.

ㅇ. 징치자 격퇴(2) : 주인공이 미인계를 써서 징치자를 발가벗겨 궤에 가둔다.

ㅈ. 징치자의 도래(3)

ㅈ₁ 정승이 다시 다른 아들을 보내 주인공을 징치하게 한다.

ㅈ₂ 정승이 직접 주인공을 징치하러 온다.

ㅈ₃ 어사가 다시 주인공을 징치하러 온다.

ㅊ. 징치자 격퇴(3)

ㅊ₁ 주인공이 거짓 신선놀음을 꾸며 징치자를 속여 넘긴다.

ㅊ₂ 징치자가 바둑 두는 사람한테 붙들려 만사를 잊고 만다.

ㅋ. 종국의 승리 : 주인공은 자기 벼슬을 지키고 잘 산다.

이상 여러 단락이 자료 각편에 배분된 양상은 다음과 같다.

①	$ㄱ_2$	$ㄴ_1$	$ㄷ_1$	$ㄹ_1$			$ㅅ_1$	ㅇ	$ㅈ_3$	$ㅊ_2$	ㅋ	(강원)
②	$ㄱ_2$	$ㄴ_2$	$ㄷ_2$	$ㄹ_2$	ㅁ	$ㅂ_2$	$ㅅ_1$	ㅇ	$ㅈ_1$	$ㅊ_1$	ㅋ	(강원)
③	$ㄱ_1$	$ㄴ_3$	$ㄷ_6$	$ㄹ_3$	ㅁ	$ㅂ_1$	$ㅅ_1$	ㅇ	$ㅈ_1$	$ㅊ_1$	ㅋ	(강원)
④	$ㄱ_1$	$ㄴ_1$	$ㄷ_1$	$ㄹ_1$	ㅁ	$ㅂ_1$	$ㅅ_1$	ㅇ	$ㅈ_1$	$ㅊ_1$	ㅋ	(강원)
⑤	$ㄱ_1$	$ㄴ_1$	$ㄷ_5$	$ㄹ_3$			$ㅅ_1$	ㅇ	$ㅈ_1$	$ㅊ_1$	ㅋ	(충북)
⑥	$ㄱ_1$	$ㄴ_1$	$ㄷ_1$	$ㄹ_1$	ㅁ	$ㅂ_1$	$ㅅ_1$	$ㅊ_1$	$ㅅ_1$	ㅇ	ㅋ	(충남)
⑦	$ㄱ_2$	$ㄴ_1$	$ㄷ_1$	$ㄹ_1$			$ㅅ_3$	$ㅊ_1$	$ㅅ_1$	ㅇ	ㅋ	(충남)
⑧	$ㄱ_3$	$ㄴ_1$	$ㄷ_1$	$ㄹ_1$			$ㅅ_1$	$ㅊ_1$	$ㅅ_1$	ㅇ	ㅋ	(전북)
⑨	$ㄱ_2$	$ㄴ_1$	$ㄷ_1$	$ㄹ_1$			$ㅅ_1$	$ㅊ_1$	$ㅅ_2$	ㅇ	ㅋ	(전북)
⑩	$ㄱ_4$	$ㄴ_2$	$ㄷ_4$		$ㅅ_1$	ㅇ	$ㅅ_1$	$ㅊ_1$	ㅁ	$ㅂ_2$	ㅋ	(전북)
⑪	$ㄱ_1$	$ㄴ_1$	$ㄷ_1$	$ㄹ_1$	ㅁ	$ㅂ_1$	$ㅅ_1$	ㅇ	$ㅈ_1$	$ㅊ_1$	ㅋ	(전북)
⑫	$ㄱ_1$	$ㄴ_1$	$ㄷ_1$	$ㄹ_1$	ㅁ	$ㅂ_1$	$ㅅ_1$	ㅇ	$ㅈ_1$	$ㅊ_1$	ㅋ	(전남)
⑬	$ㄱ_1$	$ㄴ_1$	$ㄷ_1$	$ㄹ_1$	ㅁ	$ㅂ_1$	$ㅅ_1$	ㅇ	$ㅈ_1$	$ㅊ_1$	ㅋ	(전남)
⑭	$ㄱ_2$		$ㄷ_5$				$ㅅ_1$	ㅇ			ㅋ	(전남)
⑮	$ㄱ_3$	$ㄴ_1$	$ㄷ_1$	$ㄹ_1$			$ㅅ_1$	ㅇ	$ㅈ_1$	$ㅊ_1$	ㅋ	(경북)
⑯	$ㄱ_3$	$ㄴ_1$	$ㄷ_1$	$ㄹ_1$			$ㅅ_1$	ㅇ	$ㅈ_1$	$ㅊ_1$	ㅋ	(경남)
⑰	$ㄱ_1$	$ㄴ_1$	$ㄷ_1$	$ㄹ_1$			$ㅅ_1$	ㅇ	$ㅈ_1$	$ㅊ_1$	ㅋ	(경남)
⑱	$ㄱ_5$	$ㄴ_2$	$ㄷ_2$	$ㄹ_2$	ㅁ	$ㅂ_1$	$ㅅ_1$	ㅇ	$ㅈ_1$	$ㅊ_1$	ㅋ	(경남)
⑲	$ㄱ_2$	$ㄴ_1$	$ㄷ_2$	$ㄹ_2$	$ㅅ_1$	ㅇ	$ㅈ_1$	$ㅊ_1$	ㅁ	$ㅂ_1$	ㅋ	(제주)
⑳	$ㄱ_4$	$ㄴ_1$	$ㄷ_4$	$ㄹ_1$	$ㅅ_1$	ㅇ	ㅁ	$ㅂ_1$	$ㅈ_1$	$ㅊ_1$	ㅋ	(충북)
㉑	$ㄱ_2$	$ㄴ_1$	$ㄷ_1$	$ㄹ_1$			$ㅅ_2$	ㅇ	$ㅈ_2$	$ㅊ_1$	ㅋ	(충북)

중요한 변이가 없는 것은 아니지만, 전체적으로 단락 구성의 기본 윤곽은 한 줄기로 모아지고 있다. 단락의 빈도를 바탕으로 하여 이 설화의 기본 서사구조를 설정하면 다음과 같다.

$ㄱ_1$ 정승의 사위가 집안이 미천해 벼슬을 못하고 박대 받는다.

(혹은, $ㄱ_2$ 정승의 조카가 벼슬을 못하고 건달로 떠돈다.)

ㄴ₁ 주인공이 백마에 먹칠을 해 흑마로 만들어 정승에게 바친다.

ㄷ₁ 정승이 말을 받고 좋아서 평양감사 등의 벼슬을 준다.

ㄹ₁ 진상한 말이 가짜임이 탄로난다.

ㅁ 정승이 아들을 어사로 보내 주인공을 징치하게 한다.

ㅂ₁ 주인공이 정승의 부고가 온 것처럼 꾸며 징치자를 돌려보낸다.

ㅅ₁ 정승이 (다른) 아들을 보내 주인공을 징치하게 한다.

ㅇ 주인공이 미인계를 써서 징치자를 발가벗겨 궤에 가둔다.

ㅈ₁ 정승이 다시 다른 아들을 보내 주인공을 징치하게 한다.

ㅊ₁ 주인공이 거짓 신선놀음을 꾸며 징치자를 속여 넘긴다.

ㅋ 주인공은 자기 벼슬을 지키고 잘 산다.

이에 대한 변이로 가장 중요한 것은 이야기 앞부분이 '¬₂―ㄴ₂―ㄷ₂―ㄹ₂' 등으로 이어져 나가는 것으로 ②, ⑧, ⑱, ⑲ 등이 여기 해당한다. 주인공이 요물을 퇴치한다고 하는 영웅담의 요소가 담겨 있어 눈길을 끄는 자료들이다. 일컬어 '요물퇴치형'이라 할 만하다. 단락구성은 다음과 같다.

¬₂ 정승의 조카가 벼슬을 못하고 건달로 떠돈다.

ㄴ₂ 주인공이 선물로 가장하여 벌을 진상해 정승식구가 그 벌에 쏘인다.

ㄷ₂ 정승이 벌한테 당한 앙갚음으로 주인공을 부임만 하면 죽는 고을에 사또로 보낸다.

ㄹ₂ 주인공이 부임한 후 요물을 퇴치하고 살아난다.

* 이하 ㅁ₁―ㅂ₁―ㅅ₁―ㅇ―ㅈ―ㅊ₁―ㅋ은 기본형과 같음

또 다른 의미 있는 변이로서, ¬₁로 시작되는 것은 '막내사위형', ¬₂로 시작되는 것은 '건달형'이라고 구분하기로 한다. 그 외에 ㅁ―ㅂ 단락이 빠져있는 자료가 여럿 있는 점, ㅅ―ㅇ, ㅈ―ㅊ 단락 간의 순서 바뀜이 자주 나타나는 점 등을 지적할 수 있다.

이 설화가 서사적 골격을 갖춘 것은 조선시대의 일로 생각된다. 특히 조선 후기 시기와 밀접한 관련이 있는 것으로 추정된다. 이는 이 설화의 구체적인 내용으로부터 추론되는바, 건달형 인물이나 몰락양반의 등

장, 정승의 매관매직, 암행어사의 등장 등과 같은 주요 서사 요소가 조
선 후기의 시대상을 반영하고 있다.

이 설화의 서사 내용에 포함된 ㅅ—ㅇ, ㅈ—ㅊ 등의 삽화는 비슷한
이야기를 야담집에서 볼 수 있다는 사실이 주목된다.[18] 특히 '미궤 설
화'로 일컬어지는 이야기는 ㅅ—ㅇ의 삽화 내용과 아주 유사하여 관심
을 끈다. 이러한 설화들은 흔히 양반사회를 둘러싼 일화의 형태로 전승
되어 왔거니와, 〈정승 골린 사람〉 설화는 이와 같은 일화들을 한데 묶고
새로운 내용을 보강하는 과정을 통해 형성되었을 것으로 추정된다. ㄱ
—ㄹ은 새로 보충된 내용으로 생각되는데, 이 부분에서 조선조 후기의
사회상이 잘 부각되고 있다. 야담의 경우 윗사람이 아랫사람을 골리거
나 친구끼리 희롱을 하는 데 비해 이 설화에서는 아랫사람이 윗사람을
골려먹는 것으로 되어 있어 의미상 큰 변화가 일어난 상황이다.

여러 사정을 고려할 때 '건달형'과 '막내사위형' 중 연원이 더 오래
된 것은 '건달형'이 아닐까 한다. 원래 양반사회 주변의 이야기였던 것
이 신분 갈등의 요소가 부각되면서 주인공이 서민형 인물로 바뀐 것으
로 생각된다. '건달형'의 전승지역이 폭넓은 데 비해 '막내사위형'이 몇
몇 지역에 집중적으로 분포한다는 사실도 막내사위형이 후대의 것이라
는 추정을 뒷받침한다.

한편 '요물퇴치형'의 변이는 별개로 전승되어오던 설화유형이 결합
됨으로써 나타난 것이라 할 수 있다. ㄷ₂~ㄹ₂의 단락이 그 결합된 이야
기에 해당한다. 그런데 〈정승 골린 사람〉이 전체적으로 희극적인 설정
을 특징으로 삼는 데 비해 ㄷ₂~ㄹ₂의 내용은 신이한 영웅담의 요소를
지니고 있어 이질적으로 겉도는 느낌을 주고 있다. 이 변이형이 큰 세
력을 얻지 못한 사실은 이로써 설명이 된다.

---

18) 김동욱, 『한국가요의 연구』, 을유문화사, 1961, 382~389 및 401~404면 참조.

3. 이야기 전승 태도와 표현의 방식

1) 전승자의 태도

서론에서도 언급했듯이, 전승자가 설화를 구연하고 청취하면서 이야기에 대해 어떤 태도를 나타내는가 하는 점은 설화의 정체성과 의미를 살핌에 있어 매우 중요한 의미를 지닌다. 이제 네 설화유형에서 전승자의 태도가 잘 나타난 대목을 인용하고 그 의의를 분석해 보기로 한다. 먼저 〈등제한 상사람〉에는 다음과 같은 부분이 있다.

> ① 아마도 사름은 잘 살문(살면) 양반이 뒈고 못 살아가문(살아가면) 쌍놈이 뒈어 부는(되어 버리는) 거라.
> 못사는 사름이 윗날은(옛날은) 고기 잡아서 먹는 것도 쌍놈이라 ᄒ고, 뭐 신발 맹그는(만드는) 것도 쌍놈이라 기영(그리) 아니해싱가게(아니했던가).
> ─『대계』9-2(⑥), 617면.

> ② ᄌ식을 서당에 부쩌 달라고 인혜 ᄒ레 가니까, 무쉬 못 들게 나무를 ᄀ르 놓는 것 이제 정낭이라고 ᄒ는디, 그 정낭 베껏딜로 간딱 엎대였어
> ─『제주설화집성(1)』(⑨), 941면.

다음은 〈백정과 박문수〉에 들어 있는 대목이다.

> ③ 이게 그니 여느 데 같으믄 양반 노릇을 헐래야 근본이 읍구, 입은 가지구 지껄일 재산은 있으나 뭐이 하나 근족(近族)이 쪼끔 있어야 그 또 대놓고 지껄이지 그냥 지껄이기가 힘든 거유.
> ─『대계』1-4(③), 635면

④ 그래가주구 구선 양반노릇을 했다는 그런 얘기를 내 전설에 들었는데 그것두 시방 얘긴 아니지만 실화예요.

─『대계』 2-2(④), 64면

〈꾀쟁이 하인〉 자료에는 다음과 같은 대목이 있다.

⑤ 이거 말짱 거짓말야.

─『대계』 2-3(⑧), 1₃8면

⑥ 그눔 데리구 와서…… 살더랴아……[웃음] [청중1 : 그집 차지허구서?] 응. [청중2 : 그짓말두 어지간히 혀] [일동 : 웃음] 거짓말 안 들어가구 되나? [청중3 : 참말루 무지허게 그집말이네] [청중4 : 아녀. 그집말 아녀. 옳은 말여] [청중3 : 그집말 좀 들어가야 푸짐하다구.]

─『대계』 4-4(⑫), 99면

끝으로 〈정승 골린 사람〉의 경우는 다음과 같다.

⑦ [청중 : 웃음] 혼내구 봉고파직시킨다는 놈이 네에미 니미만 빠지구(창피만 당하고) 와 뻐렸지. [청중 : 웃음]

─『대계』 4-5(⑦), 122면

⑧ [청중 : 웃음] [친구를 쳐다보면서] 듣기는가 제씨. [친구 : 허허 아, 이놈] (…중략…) [친구 : 아, 크게 말혀, 이 녀석아]

─『대계』 5-4(⑧), 246면

①과 ②에서 우리는 구연자가 이야기의 사실성에 관하여 관심을 보이고 있음을 발견할 수 있다. 구연자들은 이야기의 대상이 되는 현실상

황에 대한 진지한 인식을 출발점으로 삼으면서 이야기를 구연하고 있다. 때로는 ①에서처럼 그 인식에 대하여 청자의 동의를 구하는 모습을 보이고 있기도 하다. 구연자들이 이러한 태도를 보이는 것은 이들이 실제 현실을 문제삼는 차원에서 이야기를 엮어 나가고 있음을 의미한다. 이러한 태도와 어울려 그 이야기 구연 현장은 진지한 분위기를 형성하게 된다고 할 수 있다.

③에서 나타나는 태도 역시 ①, ②의 경우와 크게 다르지 않다. 구연자는 사실 전달 차원에서 진지한 태도로 구연에 임하면서 청자를 설득시키려 하고 있다. 한편, ④에서는 ①∼③에서 엿볼 수 있었던 태도가 더욱 뚜렷하고 단적인 형태로 명시되고 있다. 화자 스스로가 이야기 내용을 '사실'로 받아들이면서 구연에 임하고 있는 것이다.

이에 비해 ⑤, ⑥에서 나타나는 구연자의 태도는 매우 그 성격이 다르다. 이 이야기의 구연은 ⑥에서와 같이 웃음보가 터지는 쾌활한 분위기 속에서 이루어지고 있다. 전승자들은 이야기를 하고 또 듣는 데 있어 '거짓'을, 즉 그것이 '허구'라고 하는 사실을 전제하고 있다. 이러한 태도는 ⑦, ⑧에서도 유사하게 나타나고 있다. 비속어가 자유롭게 구사되고 웃음이 터져 나오며 이야기 중간에 서로 농담을 주고받는 등 '흐트러진' 모습을 볼 수 있다. ①∼④에서 확인되는 사실 차원의 진지한 전승 태도와는 성격이 크게 다른 모습이다.

이상에서 우리는 설화 전승자들이 이야기를 구연하고 듣는 태도가 두 방향으로 나누어지며, 그들 간에 큰 차이가 있음을 알 수 있다. 한편에서 사람들은 이야기를 사실 차원에서 문제 삼으면서 진지한 태도로 전승에 참여한다. 다른 한편에서 사람들은 스스로 이야기에 허구를 전제하면서 부담 없는 흐트러진 태도로 전승에 참여한다.[19]

---

19) 주의할 것은 여기에서 말하는 '사실'이 단순히 '실제의 일'을 뜻하지 않는다는 점이다. 그것은 '문학적 허구'를 전제로 하는 상태에서 이야기 내용의 '그럴 듯함'을 나타내는 말에 해당한다. '허구' 역시 단순히 '거짓말'을 뜻하는 것이 아니고, '희극적으로

이 지점에서 우리가 확인해야 할 사실은 과연 이러한 변별이 각 설화 유형에 있어 일관적인 경향성을 나타내 보이는가 하는 점이다. 결론적으로 말하자면, 그러하다고 할 수 있다.

〈등제한 상사람〉은 자료 전반에 걸쳐 진지한 전승 태도와 사실적 성격이 두드러지게 나타나고 있다. 어느 각편에서도 전승자들이 긴장을 늦추고 흐트러진 채 웃고 떠드는 모습을 보기 힘들다. 이야기 내용에 관심을 나타내며 진지하게 소통에 참여하고 있는 상황이다. 필자의 현지조사에서도 이러한 특징이 확인되었거니와, 자료 ⑩의 구연자인 박준기 화자는 이야기를 '참말'로 여기면서 진지한 태도로 이야기를 구연해 주었다. 진지한 전승 태도와 사실 지향성은 이 설화의 일반적 특성이라 할 수 있다.

이러한 특징은 〈백정과 박문수〉에서도 자료 전반에 걸쳐 확인된다. 이 설화는 특히 박문수라는 실제인물의 이야기로 되어 있어 쉽사리 '참말'로 받아들여지고 있다. 필자가 채록한 ⑲는 박문수에 관한 여러 일화들 속에 끼여 구연된 것인데, 구연자와 수십 명의 청중이 진지하게 연행에 참여하였다. ⑱의 경우에도 화자는 내용을 '참말'로 생각하면서 진지한 태도로 이야기를 구연해 주었다.

한편 〈꾀쟁이 하인〉과 〈정승 골린 사람〉의 경우에는 자료 전반에 걸쳐 즐겁고 흥겨운 분위기가 대세를 이루고 있는 양상이 확인된다. 그러한 분위기는 이야기 내용이 희극적으로 과장된 것이라고 하는 인식을 전제로 하고 있다. 어차피 웃자고 꾸민 내용이니 즐기면 된다고 하는 태도다. 필자가 채록한 〈정승 골린 사람〉(⑳, ㉑)의 구연 현장에서도 이러한 분위기를 뚜렷이 확인할 수 있었다.

물론 개별 자료에 따라 이와 다른 특징을 나타내 보이는 사례가 없는 것은 아니다. 〈백정과 박문수〉 구연 과정에 즐거운 웃음이 넘치는 대목들

꾸며진 것'을 뜻하는 말이다. 뒤에 다시 설명하겠지만, 여기서의 사실과 허구는 상호 배타적인 개념이 아니다.

이 있으며, 〈꾀쟁이 하인〉의 경우 '복수형'의 자료에 있어 '사실성'을 추구하는 면모와 만날 수 있었다. 하지만 〈백정과 박문수〉에서의 웃음은 '사실적 긴장'을 허물지 않는 상태에서의 웃음이었으며, 〈꾀쟁이 하인〉의 사실적 지향은 예외적 성격이 강한 소수 변이형에서 부분적으로 나타나는 특성일 따름이었다. '사실성 지향'과 '희극성 지향'이라는 서로 다른 두 가지 지향은 각 설화유형에 있어 어느 한쪽으로 모아지고 있는 것이다.

이러한 유형성은 다음과 같은 방식으로 설명될 수 있다. 설화 전승에 임하는 사람들의 태도는 그들의 자유의사에 의해서만 결정되는 것이 아니다. 각 설화마다 전승 과정을 통해 형성된 정체성이 있는바, 그 정체성과 개인의 성격이 상호작용하는 가운데 구체적 연행이 이루어진다. 대개의 경우 그 연행은 그 이야기의 의미가 더 잘 실현될 수 있는 방식으로, 곧 그 정체성을 잘 살리는 방식으로 이루어지기 마련이다. 특히 설화는 화자와 청중의 상호 소통에 의한 집단적 전승을 특징으로 하는 터여서 그 정체성이 임의적으로 변형될 가능성은 그만큼 더 적다고 할 수 있다.

2) 작중상황의 표현방식

앞 절에서 우리는 설화를 대하는 전승자의 태도에 서로 다른 경향성이 있음을 확인하였다. 이와 같은 전승방식상의 차이는 표현방식의 차이로 연결되리라는 것이 자연스러운 예측이다. 이제 자료를 통해 그 양상을 구체적으로 확인해 보기로 한다.

〈등제한 상사람〉에서는 다음과 같은 방식으로 작중상황이 표현되고 있다.

　①　그래 그럭저럭 공부를 한 삼년 허구 나니깐 여느 양반에 자식이 십 년 헌 거버덤두 벌써 앞서 갔어. 이놈이 벌써 아는 것두 많구…… 그러나가두

선생이 그놈이 잘했다는 소리를 잘 했다구 허질 못해. 그놈이 잘했다면 어느 놈이 시기를 놔서 읍쎌가봐 겁이 나서 그저그저 만날,

"예끼놈." 이저 "이러믄 씨니?"

그래가지구 그늠이 만날 못헌 것처럼 해줘야 여느 새끼들이 모두 좋아하지. 그 그늠이 잘한 걸루 그럴 것 겉으머는 담박 시길 놔 죽여버리겠으니깐…….

—『대계』 1-4(①), 555면

② "아버님, 여기가 어디신데 이렇게 오셨읍니까? 큰일나시는 텝니다. 그러니 아버님, 제가 오늘 저녁에 찾아가 뵈올테니, 여기서 어디로 어디로 이 길로 이렇게 나가시면 거기 버드낭구가 있고 다리가 있고 이래니깐, 요기서 약 백미터쯤 나가면 그런데가 있으니, 그 다리 밑에 가서 기다리시면 제가 저녁에 찾아가서 뵈옵겠읍니다."

그랬단 말이야. 그러니깐 이제 아버지는 '그렇게 하라'고 아들이 시키는 대로 했어요. 그래 인제 그때는 해가 거의 다 넘어갈 땐데, 인저 밤을 기다리자니— 다리 밑에서 밤을 기다리자니 참 일각이 여삼추여.

—『대계』 1-9(②), 514면

다음은 〈백정과 박문수〉의 대목이다.

③ 밥도 안 주는기라. 그러니 그놈이 이제 배짝, 지금 굶었어요. 그담에 이제 어떤 때는 조용할 때 밤이면 떠억 와 가지고 그 백장 놈이 하는 말이,

"이거 봐. 사람이 좋은 기이 좋지. 내가 설마 그 얘기를 했기로서니 그 말야. 그기 너의 가문에 무슨 그렇게 큰 화가 됐느냐 그말이야. (…중략…) 그러니 어여 그만두고 마음 풀고 내가 오늘 저녁 주찬을 잘 들여서 뭐 좋은 음식 좀 해줄테니까 받아 먹게. 받아 먹고, 피차간에 좋은게 안 좋겠나. 자네 어서 내 얘길 듣게."

—『대계』 2-2(⑤), 246면

④ 그래 더 앉아 있자니까, 술을 밤에 내왔는데 참 별다른 안주를 해서 내와서 그래. 둘이서 얼근히 수월찮이 먹고서 이제 왔었드란 말여.

그 이튿날 또 그래. 그러더니,

"내가 여쭐 말씀이 있는데 좀 들어 주었으면 좋겠는데 들어 주실는지 모르겠어요."

"아 무슨 얘긴가? 한번 들을만 하면 듣지."

그 이래 가지고선 말을 못해. 얼마 있으니까,

"그 족보……" 이랜단 말여.

"아 저놈이 그여 날 곤욕을 주는구나. 아 간다"고.

―『대계』 3-1(⑧), 298면

〈꾀쟁이 하인〉은 다음과 같다.

⑤ 그래서 밥 채리는데 들어 가가지군 그 주인 마누래 보군 그랬거든

"우리 선상님은 숟갈을 달궈놔야 됩니다."

그래서 밥을 채리니까 이눔 숟갈을 화로에다 푹 파묻었다가 척 올려놨거든. 그래 애뜨기 갖다가 선생님 앞에다 놓테니깐. 숟갈을 들래. 뜨겁거덩.

"에이 뜨겨."

그랬거덩.

"애뜨기면 지나 잡숫지, 지나 먹죠."

애뜨기란 말여 그 종, 말 끌구 완 눔이. [일동 : 웃음]

―『대계』 2-6(⑨), 312면

⑥ 인저 그 장인 장모 부채 하나씩 들구 그러구서는 조옥 가서 인저 채곡 채곡 선후배루다가서 장인 스구 장모 스구 큰딸 스구 작은딸 스구 막내딸 섰지.

"장인버텀 먼지 들어가요"

툼벙 들어가니께 인저 부채 내둘를 거 아녀? 물속이 들어 갔이닝께?

신분갈등 설화의 형상화 방식과 문제 해결 양상　165

"장모 싸게 들어오라고 한다."

구. 장모 들어가.

큰딸 들어가.

둘째딸 들어가.

—『대계』 4-4(⑫), 98면

끝으로 〈정승 골린 사람〉은 다음과 같이 표현이 이루어진다.

⑦ 그런디 그 쟁인이 이정승이 아조 성질이 고약한 분여. 이 어쩔 것이고 허고 있는 찰난디, 그때 살고 또 살면 강진 원이고 살고 또 살면 평양감사드라고, 평양감사 자리가 비었어. 근게 사우를 딱 부르더니,

"너 원이 뭐야?"

"아 나 공부도 벨시럽게 못허고 지가 평양감사나 했으면 좋겠읍니다."

"아 그면 평양감사 자리가 지금 비었은게 어서 가거라."

근게 평양감사를 떡 갔단 말여.

—『대계』 5-7(⑪), 300~301면

⑧ 그에 좀 있드이마는 사랑으로 떠억 들오더니 바돌 두는 노인들 옆에 가서 따악 쪼그리고 앉어서 이 노인 요렇고 낫뿌닥(얼굴) 쳐다보고, 저리가 즈그(자기) 아부지가 마치 옆에서 바돌을 뒤등가 즈그 아부지 낯을 요리 쳐다 보더니 즉(자기) 아버지 머리를 씨다듬시로(쓰다듬으면서),

"아이고 이놈의 새끼야! 그 혈육 따라서 생기기는 같이 생긴다고 허드라마는 그렇고도 탁허게 생겼냐? [일동 : 웃음] 너는 나 모를 것이다."

밋 대(몇대) 십대 손자라고 즉 압씨 보다가 신선 되었다고 아 이렇게 해서 [청중 : 아 저렇게 하면 밥 안묵어도 배 안고픈디]

—『대계』 6-2(⑫), 84면

①, ②에서 두드러지게 드러나는 표현방식상의 특징은 사실성(寫實性)이라 할 수 있다. 서사내용이 실제의 삶에 비추어 '그럴듯하게' 형상화된다. ①에서는 능력이 있으면서도 상사람이기 때문에 그것을 제대로 나타내지 못하고 차별과 괴로움을 겪어야 하는 주인공의 모습이, ②에서는 신분 때문에 부자간의 정리도 제대로 못 누리고 갈등을 겪는 모습이 실감나게 그려지고 있다. 이들은 반상(班常)간에 엄격한 차별이 있었던 조선조 신분사회와 관련하여 사람들로 하여금 고개를 끄덕이게 할 만한 사실성을 획득하고 있다.

〈백정과 박문수〉의 대목인 ③, ④에서의 작중상황 표현 역시 비슷한 특징을 보인다. ③은 주인공이 자기를 징치하러 온 박문수의 동생을 설득하는 장면인데, 힘과 타협의 현실적인 역학에 바탕을 두고 사실감 있게 표현되고 있다. ④에서는 조선 후기 사회에 있어 실제로 신분상승의 한 방법으로 활용되었던, '양반 족보 베끼기'를 둘러싼 긴장이 사실적으로 표현되어 있다.

〈꾀쟁이 하인〉의 ⑤, ⑥은 이와 다른 특징을 보인다. ⑤는 주인공이 상전의 밥을 뺏어먹는 대목인데, 웃음을 일으키는 우스꽝스러운 표현을 특징으로 한다. 그 상황은 희극적으로 과장 내지 변형이 되어 있어 사실성과는 거리가 멀다. 이는 ⑥또한 마찬가지여서 작중상황이 현실적 실현 가능성의 범주를 벗어나 희극적으로 과장되어 표현되고 있다. 이 두 예에 나타난 표현상의 특징은 한마디로 말하면 '희극성'이라고 할 수 있다.

〈정승 골린 사람〉에 해당하는 ⑦, ⑧은 ⑤, ⑥과 유사한 특징을 보인다. ⑦에서 정승이 평소 구박하던 주인공에게 선물 하나를 받고서 덜컥 평양감사 벼슬을 내준다는 것은 실제와 거리가 먼 과장된 상황이라 할 수 있다. ⑧에서 멀쩡한 사람이 자신을 신선으로 착각한다는 것도 현실적으로 있을 수 없는 일이다. 그런데도 이러한 상황이 자연스럽게 표현되고 수용되고 있는바, 이는 이 이야기가 애초부터 현실의 사실적 반영을 지향하는 것이 아니기 때문이다. 이 이야기가 지향하는 것은 유쾌한 웃음으로, 그에 걸맞추어 상황 표현에 희극적 과장이 개입되고 있는 터다.

　이상에서 우리는 설화에서 작중상황을 구체적으로 그려 나감에 있어 서로 성격이 변별되는 두 가지 방식이 있음을 알 수 있다. 실제의 삶을 반영하면서 작중상황을 그럴듯하게 그려 나가는 '사실적 표현방식'이 그 하나이며, 현실 상황을 우스꽝스럽게 과장하여 웃음을 유발하는 '희극적 표현방식'이 또 다른 하나다. 전자에 현실 반영의 측면이 강하다면 후자에는 현실 변형의 측면이 강하다.

　앞서 전승자 태도에서 그랬던 것과 마찬가지로, 이들 서로 다른 표현방식은 각 설화유형에 있어 어느 한쪽으로 그 지향성이 모아지는 양상을 나타내고 있다. 〈등제한 상사람〉과 〈백정과 박문수〉에서는 자료 전반에 걸쳐 사실적 지향성이 두드러지다. 작중상황 표현에 있어 현실적 가능성의 범위를 벗어난 희극적·비현실적 요소를 찾아보기 어렵다. 〈백정과 박문수〉의 경우 박문수가 백정의 조카 시늉을 하는 대목이나 백정이 박문수 동생을 다스리는 대목에 희극적 과장의 요소가 없지 않지만, '현실적 가능성'의 범주를 파괴하는 정도라고 보기는 어렵다. 조금 아슬하게나마 사실성을 둘러싼 긴장의 끈이 작용하고 있는 상황이다. 그 외의 다른 대목에서는 특별히 문제될 만한 요소가 보이지 않는다.

　〈꾀쟁이 하인〉과 〈정승 골린 사람〉에서는 '희극적 표현방식'이 자료 전반에 걸친 일관되고 두드러진 특성을 이루고 있다. 처음 출발은 어떨지 모르나, 이야기가 본 궤도에 접어들면서부터 현실적 가능성의 틀을 깨는 희극적 상황이 전개되어 마무리 부분까지 이어진다. 두 설화의 핵심을 이루는 요소들, 곧 꾀쟁이 하인이 주인 양반을 골려먹는 내용이나 정승 사위(조카)가 정승과 아들을 골탕먹이는 내용은 모두 유쾌한 희극적 과장 표현을 특징으로 삼고 있다. 각편에 따라 희극성을 약화시킨 사례가 없지 않으나(〈꾀쟁이 하인〉의 '좌절형' 등), 대세에는 영향이 없는 소수적 예외일 뿐이다.

　여기서 한 가지 짚고 넘어갈 문제가 있다. 표현방식상의 사실성과 희극성이 배타적으로 양단되는가의 문제인데, 결론적으로 말하면 그렇지가 않다. 사실성이 현실을 그럴듯하게 '반영'하는 것이고, 희극성이 현실을 낯설게 '변형'하는 것이라 할 때, 그 경계는 뚜렷하지 않다. 엄밀히 말하여 완전한 현실 반영도 없으며, 완전한 변형 또한 불가능하다. 현실의 반영에는 필연적으로 변형이 수반되며, 현실의 변형 또한 반영을 전제로 삼는다. 요컨대 '사실적 표현방식'과 '허구적 표현방식'은 '반영'과 '변형' 또는 '사실'과 '허구'라는 공통분모 위에서 존재한다. 그러면서도 그것이 서로 다른 것으로 변별되는 것은 양자가 결합됨에 있어 그 비중에 두드러진 차이가 있고, 그에 따라 이야기의 정체성과 의미지향에 큰 차이가 나타나고 있기 때문이다. 의미 있는 상대적 차이가 되는 셈이다.

현실 반영의 요소와 현실 변형의 요소가 각 설화유형에서 결합되고 있는 양상을 더 구체적으로 살펴보면 다음과 같다.

〈등제한 상사람〉 설화는 앞에서 말한 대로 현실 반영을 위주로 한 사실적 표현방식을 특징으로 한다. 그러나 그 작중상황은 실제의 삶과 구별되는 이질성을 지니고 있기도 하다. 백정이나 어부의 아들이 출세해서 정승의 사위가 되고 벼슬을 한다는 것은 조선시대 신분사회의 현실에 비추어 볼 때 범상한 일이라고 할 수 없다. 엄밀히 말해 그것은 현실적으로 가능한 일이라기보다는 그렇게 되기를 '바라는' 일에 가깝다고 할 수 있다. 그럼에도 사람들은 그 일을 사실적으로 표현하는 것인데, 이를 통해 사람들이 현재 처한 현실과는 다른 '더 나은 삶'을 상상하고 추구하게 하는 효과를 나타내고 있다. '현실 넘어서기'의 지향성을 구현하고 있는 것이다. 그런데 그 지향은 이 설화에 있어 '완전하게' 관철되지는 못하고 있다. 전체적으로 사실적 형상화를 추구하고 있음에도 ㅅ의 결혼 대목과 ㅋ의 내기 대목, ㅌ의 반전 대목 등은 상황이 충분하게 현실적으로 그려지지 못하고 있다. 현실 넘어서기가 만만치 않은 일임을 역설적으로 보여주는 것이라 할 만하다.

〈백정과 박문수〉는 기본적으로 사실적 지향성을 지니는 가운데 현실 변형적 요소를 다양하게 포괄하는 양상을 나타내고 있다. 이 설화에서의 현실 변형은 우선 일반적 통념을 깨는 상황의 반영을 통해 이루어진다. 백정이 온갖 방법을 써서 양반이 되려 한다는 것은 신분 사회의 현실에 비추어 볼 때 쉽게 생각할 수 있는 일상적인 일이 아니다. 그럼에도 주인공은 그 행위를 감행하고 있다. 특히 주인공은 박문수(혹은 양반)를 이용하는 등 통념을 넘어서는 뜻밖의 놀라운 방법으로 이를 관철하고 있는바, 그 과정에 일부 과장적 요소가 개입하기도 한다. 그러면서도 전체적으로 '사실성'의 끈을 놓지 않고 있는 것이 이 설화다. 결국 이 설화는 통념을 넘어서서 현실을 새롭게 인식하도록 하는 이야기로서의 의의를 짙게 발현하고 있다. 경제력을 갖춘 백정, 이주와 양반 모칭을 통한 신분상승 시도 등의 주요 화소가 조선조 후기의 사회상을 사실적으로 반영한 것이라는 사실이 그 의의를 뒷받침하고 있는 상황이다.

〈꾀쟁이 하인〉은 현실의 희극적 변형을 특징으로 하는 이야기다. 하지만 이는 구체적 작중상황이 희극적으로 과장되어 있다는 것이지, 이야기 자체가 현실과 무관하다는 것을 뜻하지는 않는다. 오히려 이 설화의 희극성은 그 내용이 현실에 바탕을 두고 있고 현실을 상대로 삼고 있음으로 해서 효과적으로 성취되고 있다고 할 수 있다. 이 설화는 반상 간의 엄격한 신분차별을 특징으로 하는 시대를 배경으로 삼아 그것을 공격하고 있음으로 해서 더욱 유쾌하고 의미 있는 웃음을 유발하고 있다. 이 설화에서의 희극성은 주로 양반의 권위를 무너뜨려 희화화하는 데서 얻어지거니와, 그러한 희극적 전도를 통해 현실에서의 억눌린 상황이 심리적으로 해소되는 효과를 거두게 되는 것이다. 그것은 현실에 대한 새로운 태도로 연결되는 것이라 할 수 있다.

〈정승 골린 사람〉에 있어서도 그 희극적 지향성은 사회현실을 반영하는 가운데 구현되고 있다. 이 설화는 특히 지배층 양반의 모순적 면모를 과녁으로 삼아 그것을 희극적으로 드러내고 있다. 벼슬의 부당한 독점, 여색으로 상징되는 타락, 신선으로 표상되는 공리공론 등을 희극적 과장 표현을 통해 폭로하여 공격한다. 사람들은 이를 통해 조롱 섞인 즐거운 웃음을 웃는 한편으로 신분 간의 장벽이라는 현실적 권위를 상상적으로 깨뜨리는 경험을 하는 것이라 할 수 있다.

우리는 지금 각 설화의 작중상황 표현방식이 그 서사 내용과 어울리는 가운데 특유의 문학적 정체성과 의미를 발현하는 양상을 확인하고 있는 중이다.

3) 민담의 두 유형

지금까지 우리는 '전승의 태도'와 '작중상황 표현방식'이라는 두 가지 측면에서 신분갈등을 다룬 설화(민담)의 서로 다른 지향성을 살펴보았다. 그 둘을 별개로 살폈지만, 실상 그들은 서로 긴밀히 연결되어 하나로 모아지는 것이라 할 수 있다. 사실을 문제 삼는 진지한 전승 태도는 사실적 표현방식과 맺어지는 것이고, 웃음을 지향하는 가벼운 전승 태도는 희극적 표현방식과 맺어지는 것이다. 〈등제한 상사람〉과 〈백정과 박문수〉가 전자에 해당하고, 〈꾀쟁이 하인〉과 〈정승 골린 사람〉이 후자에 해당한다.

조금 더 자세히 살펴보자. 먼저 〈등제한 상사람〉과 〈백정과 박문수〉를 보면, 이 설화에 대해 사람들은 이야기 내용이 사실성을 지니는 것으로, 곧 '참말'로 인식한다. 그러한 인식에 의해 상황의 표현은 자연스레 사실적으로 이루어지게 된다. 이는 거꾸로도 말할 수 있다. 이 설화들은 그 이야기 내용이 사실적으로 표현되는 것들이기에 자연히 '참말'로 여겨진다는 것이다. 이는 〈꾀쟁이 하인〉과 〈정승 골린 사람〉에 있어서도 비슷한 설명이 가능하다. 이들 설화는 사람들이 사실 여부를 문제삼지 않고 허구로 받아들이는 만큼 자연스럽게 희극적인 상황표현이 이루어지게 된다. 역으로, 이 설화의 문학적 관습으로 자리잡고 있는 허구적 표현방식이 가볍고 부담없는 전승 태도를 낳는 것이기도 하다. 이와 같이 전승 태도와 표현방식이 긴밀한 상호작용 속에서 서로를 규정해 가는 가운데 '사실적 지향성'과 '희극적 지향성'이라는 서로 다른 두 가지 형상화 방식이 뚜렷이 자리를 잡게 되는 것이다.

다만 전승자 태도나 전승자 태도나 표현방식은 엄밀히 고정되어 있는 것은 아니어서 자료에 따라 성격을 달리하는 사례들이 있다. 주목할 사실은 이 문제와 관련하여 전승 태도와 표현방식 사이에 상대적 차이가 있다는 점이다. 전승 태도가 상대적으로 유동성이 더 강하다면, 표현방식은 고정성이 더 강하여 예외가 드물다. 전승 태도가 구체적 형태를 갖지 않는 것이라서 전승자나 현장 상황에 따른 가변성이 더 크다면 표현방식은 서사 구조와의 관련 속에서 작품 자체의 특성으로 자리 잡고 있는 측면이 강하여 유동성이 상대적으로 약한 것이라고 설명할 수 있다. 요컨대, 설화의 전승에 있어 '전승 태도'가 변화를 이끄는 힘으로 작용한다면 '표현방식'(및 서사구조)은 상대적으로 전통을 지키는 힘으로 작용한다고 할 수 있다. 이러한 힘이 맞물리면서 설화의 전승과 변화가 다양한 방식으로 이루어진다.

관건은 과연 이와 같은 서로 다른 지향성이 민담 일반에 적용될 수 있겠는가 하는 점이다. 결론적으로 말하면, 그것이 민담의 하위유형을 변별하는 기준으로 작용할 만한 중요한 차이라고 하는 것이 우리의 관점이다. 그 근거는 단순하면서도 명백하다. 그것이 설화의 정체성을 규정하는 기본 요소인 전승 태도와 표현방식, 서사내용의 긴밀한 상호작용 속에서 설화유형에 따른 일관된 지향성을 나타내고 있기 때문이다. 비록 여기서 구체적으로 살핀 것은 네 편의 설화유형뿐이지만, 그 밖의 다른 설화(민담)들에도 이러한 차이가 확인되리라는 것이 우리의 가설이다. 실제로 여러 설화유형들을 통해 그것을 확인하고 있지만, 일단 여기서는 이를 하나의 '가설'로 설정해 두는 정도로 논의를 갈무리하기로 한다.

다만 그 명칭의 문제는 여기서 짚고 넘어가야 할 터이다. 앞서 말한 서로 다른 두 가지 지향성이 민담의 하위유형 구분에 적용된다고 할 때 그 명칭을 어떻게 할 것인지의 문제다. 전통적으로 민담의 하위유형은 '동물담'과 '본격담', '소화' 등으로 나누는 관점이 널리 통용되어 왔는데,[20] 우리가 변별한 두 가지 형태는 각기 '본격담'과 '소화'에 대응된다고 할 수 있다. 하지만 이 용어를 그대로 쓰기에는 난점이 있다. 기존에 사용된 '본격담'은 '동물담'에 대응하는 용어인 한편으로 이 논문에서 다루지 않은 환상적 성격의 민담까지 포괄하는 것이어서 '사실적 지향성'을 지니는 설화를 특정하여 지칭하기에 적합지 않은 면이 있다. 요컨대 이 논문에서의 논의는 기존의 입장과 기준이 다른 것으로서 새로운 용어의 적용이 불가피하다고 하겠다. 그 대안으로 '사실적 민담'과 '희극적 민담', '사실담'과 '소화', '참말형 설화'와 '허풍형 설화' 등을 생각해 볼 수 있겠는데, 여기서는 '사실적 민담'과 '희극적 민담'의 용어를 택하기로 한다. 〈등제한 상사람〉과 〈백정과 박문수〉는 사실적 민담에 해당하고, 〈꾀쟁이 하인〉과 〈정승 골린 사람〉 등은 희극적 민담에 해당한다.

사실적 민담과 희극적 민담의 문학적 지향성을 좀더 일반적인 형태로 풀어 설명하면 다음과 같다.

'사실적 민담'의 이야기 내용이 실제 현실에 바탕을 두고 형상화된다는 사실을 앞서 밝힌 바 있다. 곧 이들 설화는 하나의 축약된 '작은 현실'로서 의미를 지닌다. 그런데 이와 같이 현실을 반영하여 하나의 이야기로 엮는 과정은 곧 현실에 대한 '해석'의 과정이라고 할 수 있다. 그리고 그 설화를 전승하고 향유하는 과정은 그 해석을 음미하고 가다

---

20) 톰슨은 민담을 '동물담'과 '본격담', '소화 및 일화', '형식담', '미분류담' 등 다섯 항목으로 분류했으며, 장덕순 등은 그것을 좀더 단순화하여 '동물담'·'본격담'·'소화' 등 세 항목으로 민담을 분류한 바 있다. S. Thompson, *The Types of the Folktale*, Helsinki : Suomalaines Tiedeaktemia Academia Scientiarum Fennica, 1961 및 장덕순 외, 『구비문학개설』, 일조각, 1971, 55~57면 참조.

듬는 과정이라 할 수 있다. 그 과정은 '진지한 태도'로 이루어진다. 사실적 민담의 기본 존재의미는 현실에 대한 '진지한 해석'에 있다고 말할수 있다. 인간의 삶을 구성하는 여러 문제를 진지하게 성찰하여 형상화하는 가운데 세상에 대한 깨우침을 얻고 즐거움을 얻는 것이 이 설화들의 존재의미가 된다.

'희극적 민담'은 현실의 희극적 변형을 특징으로 하고 있음을 앞서밝혔다. 이들 설화의 작중세계는 과장과 뒤틀림을 통해 현실상황과 다르게 꾸며져 있다. 사람들은 이처럼 희극적으로 변형된 세계를 이야기하면서 실제 현실에서는 불가능한 상상적 가능성의 세계를 즐기게 된다. 그러한 상상의 세계를 통해서 사람들은 의식상 현실을 벗어나거나넘어서게 된다. '희극적 일탈' 내지 '희극적 초월'이라 할 만한 특징이다. 이것이 바로 '희극적 민담'의 기본 존재의미가 된다. 사람들은 그'벗어남'의 경험을 통해 현실의 한계를 넘어서서 삶의 건강성을 회복하게 된다.

다시 강조하건대, 이들 서로 다른 방향의 존재의미는 상호 배타적인것이 아니다. 사실적 민담의 작중세계가 축소된 현실세계라 할 때, 그세계는 실제의 현실과 일정한 거리를 두고 문학적으로 가다듬은 것이다. 사람들은 자신이 놓인 현실상황과 작중상황 사이의 이질적 거리감을 매개로 하여 현실의 새로운 국면에 접근하며 그를 통해 현실에 대한인식을 새롭게 정비하게 된다. 사실적 민담 역시 '현실 넘어서기'를 향해 의미가 열려 있는 것이다. 한편 사람들이 희극적 민담을 통해 현실에 대한 희극적 벗어남을 경험한다 할 때, 그 바탕에는 필연적으로 현실에 대한 '해석'이 결부된다고 할 수 있다. 현실을 인식해야만 그로부터의 벗어남이 가능하다는 것이 당연한 이치가 된다. 이때 현실에 대한'해석'은 현실에 대한 희극적 거리를 전제로 하는 것이어서 해학적·풍자적 특성을 드러내는 것이 보통이다. 희극적 벗어남의 지향 아래 이와같이 모종의 현실인식 내지 현실대응 태도를 함유하고 있는 것이 희극적 민담이라 할 수 있다.

사실적 민담과 희극적 민담은 서로 한데 어울려서 '현실의 인식'과 '현실 벗어나기'라는 문학적 지향성을 상호 보완적으로 발현하고 있다.21)

4. 문제의 성격과 해결 양상

1) 기본 갈등과 그 전개방식

앞서 2장에서 네 설화의 서사내용을 정리한 바 있다. 그를 바탕으로 삼아, 이들 설화에 있어 신분을 둘러싼 갈등이 어떻게 성립되고 전개되는지를 살펴보기로 한다.

〈등제한 상사람〉에서 갈등 상황은 무엇보다도 주인공의 신분이 미천하다는 데서 연유한다. 주인공은 똑똑한 인물이고 출세에 대한 꿈을 가지고 있으나 사회의 신분제도나 관습은 그것을 허용치 않으려 한다. 양반들이 학업의 기회와 관직을 독점하여 여타 계층을 배제하고 있는 상황이다. 이처럼 출세를 지향하는 주인공과 그것을 막는 신분적 관습 사이의 갈등이 이 설화의 기본 갈등을 이룬다.

그 갈등은 다음과 같은 몇 가지 단계를 밟으며 해결을 향해 나아간다.

---

21) 한 가지 유의할 사실은 모든 민담이 '사실적 민담'이나 '희극적 민담'으로 귀속되지는 않는다는 사실이다. 이와 구별되는 또 다른 특징적인 형상화 방식이 있으니 '환상'이 그것이다. 환상적 상상의 나래를 펼쳐나가는 민담은 사실적인 것과도, 희극적인 것과도 구별되는 그만의 정체성을 갖는다. 그런가 하면 환상과 사실, 사실성과 희극성의 경계에 서 있는 '우화(寓話)'의 경우도 그 정체성이 문제시된다. 민담의 종합적 유형 분류는 이런 또 다른 자료를 포함하여 더욱 거시적인 관점에서 이루어져야 할 터, 이는 차후의 과제로 남긴다.

ㄱ : 주인공의 신분적 위치가 제시되어 갈등이 예비됨.

ㄴ~ㅅ : 글공부를 통해 해결을 시도하며, 과거급제 및 양반과의 결혼을 통해 해결을 성취함. 그러나 그것은 신분을 감춘 상태의 불완전한 것임.

ㅇ~ㅊ : 해결의 불완전성이 드러나면서 위기에 부딪침. 그것을 속임수로 넘기려 하나 실패함.

ㅋ~ㅌ : 경제력에 바탕한 또 다른 해결의 시도가 이루어짐. 좌절을 극복하고 더욱 완전한 해결을 성취함

ㅍ : 신분상승과 출세에 성공한 상황.

〈백정과 박문수〉 설화의 주인공은 인물이 잘나고 돈이 많으면서도 천민이라는 신분 때문에 고난을 겪는다. 그리하여 그는 온갖 방법을 동원하여 그 신분적 질곡으로부터 벗어나 신분상승을 성취하려 한다. 그러나 사회의 신분적 관습은 쉽사리 그것을 허용하지 않으며 그를 천민으로 묶어 두려 한다. 이 둘 사이의 갈등이 이 설화의 기본 갈등이 된다. 그 전개과정은 다음과 같다.

ㄱ : 주인공의 미천한 신분이 제시되어 갈등이 예비됨.

ㄴ~ㄷ : 해결을 위한 첫 시도가 이루어짐. 그러나 그 시도는 관습의 벽을 뚫기에는 미흡하여 해결이 성취되지 못함. 다만 좌수 사령장의 획득으로 해결의 기초가 마련됨.

ㄹ~ㅁ(양반형은 ㄴ~ㅁ) : 해결의 시도가 다시 이루어짐. 그 시도는 더욱 계획성 있게 진행되어 해결이 성취됨. 그러나 그 양반 행세는 아직 불완전하여 불안요소를 내포함.

ㅂ~ㅅ : 앞의 해결에 내포된 불안요소가 현실로 등장하여 위기가 닥쳐옴. 그러나 박문수(혹은 양반)의 호의로 전화위복이 되어 더욱 완전에 가까운 해결이 성취됨.

ㅇ~ㅊ : 그러나 그 해결도 완전치 못하여 다시 위기가 닥쳐옴. 주인공은 실력과 회유로써 징치자를 물리쳐 위기를 극복하고 더욱 확고하게 해결을 성취함.

ㅋ : 주인공은 신분상승을 이루어 차별의 탈피에 성공함.

　이 설화는 이와 같이 몇 단계의 과정을 거치면서 해결이 보다 완전하게 성취되어 나가는 모습을 보여주고 있다.
　〈꾀쟁이 하인〉에서는 신분상 상하관계에 있는 주인공과 상전이 맞서 부딪침으로써 갈등이 성립된다. 신분에 따른 반상의 차별은 전통사회에 있어서 기본적인 사회적 불평등의 하나로 많은 갈등을 낳았거니와, 이 설화 속에서의 갈등은 그 갈등의 한 전형을 보여주고 있다. 특히 그 대결에 있어 상전은 주로 양반의 권위로써 주인공을 누르려 하고 주인공은 꾀로 그 권위에 대항하고 있어 양반의 '권위'가 갈등의 초점을 이룬다. 갈등의 전개 양상은 다음과 같다.

ㄱ(~ㄴ) : 하인과 상전이라는 갈등의 관계가 제시됨.
ㄷ~ㄹ : 서울행이라는 공격의 기회를 맞아서 주인공이 꾀로 상전을 공격해서
　　　골려먹음.
ㅁ~ㅅ : 상전이 자신의 권위 및 지식을 이용해 주인공을 공격함. 그러나 주인
　　　공은 꾀로써 여유있게 그것을 물리치며 오히려 그것을 역이용하여 상전
　　　의 딸까지 차지함.
ㅇ~ㅊ : 상전이 다시 강하게 주인공을 공격해 죽이려 함. 그러나 주인공은 다
　　　시 꾀로써 그 급박한 위기를 벗어난 후 오히려 상전을 역으로 공격해 망
　　　하게 함. 양반의 권위는 주인공의 꾀 앞에 완전히 허물어짐.
ㅋ : 주인공은 결국 승리하여 갈등을 청산함.

　이와 같이 몇 차례의 공방을 거치면서 갈등 해소의 실마리를 찾아나가는 것이 이 설화의 특징이다.
　〈정승 골린 사람〉에 있어서도 신분·계층적 차이를 지니는 인물간의 갈등이 그려진다. 곧 지배층 양반인 정승과 권력에서 소외된 서민형·건달형 인물인 주인공이 서로 갈등하면서 공방을 거듭해 나간다. 정승

은 권력과 권위로써 주인공을 징치하려 하며, 이에 맞서는 주인공은 대담성과 꾀를 바탕으로 정승의 권위에 대항해 나간다. 그 진행 과정은 아래와 같다.

ㄱ : 주인공과 정승 간의 갈등관계가 제시됨.
ㄴ~ㄹ : 주인공이 정승을 속여 이득을 취함. 이를 통해 본격적인 공방이 예비됨.
ㅁ~ㅂ : 정승이 주인공을 공격하려 하나 속아서 실패하고 맘. 사(私)를 (公)에 앞세우는 양반의 모습이 폭로되고 주인공의 우월성이 드러남.
ㅅ~ㅇ : 정승이 다시 주인공을 공격하나 더욱 철저히 속아서 망신만 당하고 맘. 인간의 기본적 욕정 앞에 무력한 양반의 모습이 제시되어 그 권위가 허물어짐.
ㅈ~ㅊ : 정승이 또한번 주인공을 공격하지만 다시 철저히 속아서 망신을 당함. 있지도 않은 허상에 도취해 헤매는 모습을 통해 그들 삶의 모순성이 폭로되고 권위가 허물어짐.
ㅋ : 주인공의 승리가 확인되고 갈등이 해소됨.

이 설화는 이와 같이 몇 차례의 공방을 거치면서 지배층 양반의 권위가 허물어져 나가는 방식으로 짜여 있다.

각 설화의 갈등 전개양상을 비교 검토하면 다음과 같은 사실을 발견할 수 있다.

첫째, 이들 설화는 다 같이 반상의 신분 문제를 다루고 있으면서도 그 갈등을 드러냄에 있어 두 가지 구별되는 방향성을 보인다. 〈등제한 상사람〉과 〈백정과 박문수〉 두 설화는 사회제도나 관습 속에서의 인간의 갈등을 그리고 있으며, 특히 '신분상승'에 대한 지향성이 부각되어 있다. 이에 비해 〈꾀쟁이 하인〉, 〈정승 골린 사람〉 둘은 인간간의 갈등을 문제 삼고 있으며, 특히 양반의 권위를 파괴하고자 하는 지향성이 강하게 나타나고 있다. 앞의 둘은 '사실적 민담'이고 뒤의 둘은 '희극적 민담'인 터, 작품의 형상화 방식의 차이가 갈등의 성격에도 연결되고 있음을 암시받을 수 있다. 그 관계에 대해서는 다음과 같이 설명해 볼 수 있다.

〈등제한 상사람〉, 〈백정과 박문수〉 두 설화가 다루고 있는 인간과 사회적 관습 간의 갈등은, 특히 신분상승을 축으로 한 갈등은 사실 차원에서 진지하게 다루기에 적합한 것이었다 할 수 있다. 그것은 당대 현실에 비추어 볼 때 실현 가능성이 적게나마 열려 있었던, 사람들에게 현실적으로 다가올 수 있는 문제였으며, 그런 만큼 이에 대한 진지한 모색은 큰 의의를 지닐 수 있었다. 만약 이 문제를 희극적으로 다룬다고 할 때 그 현실적 가능성을 오히려 무화시키는 결과를 가져올 공산이 있다고 생각할 수 있다. 이에 비하면 〈꾀쟁이 하인〉과 〈정승 골린 사람〉에서 다룬 바 양반의 권위를 둘러싼 공방은 희극적으로 그려나가기에 적합한 성격을 지니고 있다. 현실에서의 양반의 권위를 상상을 통해 뒤집어 무력화시키는 가운데 그 중압으로부터의 심리적 해방감을 성취할 수 있다. 신분사회 속에서 한 개인이 윗사람의 권위에 정면 도전하여 승리를 거두는 것은 현실적으로 기대하기 어려운 일인 터라 그것을 사실 차원에서 다루기에는 난점이 있다고 할 것이다.

물론 어떤 갈등에는 어떤 형상화 방식이 어울린다는 식의 1:1 대응에는 무리가 있는 것이 사실이다. 구체적으로 어떻게 다루는가에 따라 다양한 효과를 기약할 수 있다고 하는 진술이 터 타당할 수 있을 것이다. 중요한 것은, 이 설화들이 표현 대상으로 삼고 있는 갈등을 그에 어울리는 적합한 방식으로 형상화하고 있다는 사실이다. 그리고 그를 통해 설화적 재미나 의미를 효과적으로 발현하고 있다는 사실이다.

이 설화들의 갈등 전개 방식과 관련하여 한 가지 눈길을 끄는 것은 네 설화에 있어 공통적으로 갈등이 몇 단계의 국면을 거치면서 발전적으로 전개된다고 하는 사실이다. 그 과정은 가벼운 승리로부터 큰 승리로, 또는 불완전한 해결로부터 완전한 해결을 향해 나가는 것으로 되어 있어 점층적 논리체계를 나타내고 있다. 이러한 짜임새는 이들 설화에 재미와 문학성을 부여하는 요소가 되고 있다. 그런데 좀 더 자세히 살펴보면 그 구체적 양상이 설화에 따라 차이가 남을 확인할 수 있다.

〈등제한 상사람〉과 〈백정과 박문수〉에 있어서는 '신분상승'이라는 선적인 상승과정이 서사 전개의 초점을 이루고 있다. 모든 이야기 내용이 이를 중심으로 하여 긴밀하게 결합되어 있다. 각각의 서사 단락 및 단계가 모두 신분상승이라는 전체적 과정의 한 부분으로 존재한다는 뜻이다. 그리하여 이들 설화에서는 단락의 순서가 바뀐다거나 단락들이 탈락하여 독자적으로 연행된다든가 하는 모습을 보기 어렵다. 유기적 결합에 바탕을 둔 선적 일관성이 이들 설화의 갈등 전개방식상의 특징이 된다.

이에 비해 〈꾀쟁이 하인〉 및 〈정승 골린 사람〉에서는 그 양상이 다르다. 이들 설화에서 갈등의 초점은 양반의 권위를 허무는 일에 놓이는데, 그것을 성취하는 여러 단계의 공방이 부분적 독립성을 강하게 지니고 있다. 각 이야기 단계는 나름대로 내용이 완결되면서 권위 파괴라는 소임을 다하고 있는 것이다. 이러한 독립성 때문에 이들 설화의 일부 단락들은, 또는 공방의 각 단계를 이루는 서사내용들은 그 순서가 다양하게 바뀌기도 하며 혹은 탈락하여 독립된 이야기로 연행되기도 한다. 물론 이 설화들에 서사 내용을 전체적으로 연결해 나가는 선적 구조가 없는 것은 아니나 그것이 작품 전체를 유기체적으로 결합하는 힘을 발현하지는 않는다. 공방을 계속 이어 나가는데 필요한 끈 역할을 하는 데 그친다. 그 끈을 바탕으로 삼아 독립성 강한 삽화들이 점차 더 재미있는 쪽으로 이어지고 있는바, 이 두 설화는 누적적인 전개방식을 특징으로 하고 있다고 할 수 있다.

이와 같은 서사 전개방식상의 차이 또한 형상화 방식의 문제와 관련을 지닌다는 것이 우리의 관점이다. 사실적 민담의 기본적인 지향성이 현실을 진지하게 해석하는 데 있다고 했거니와, 현실에 대한 진지한 해석이란 현실적 삶을 이루는 여러 요소들의 상호관계를, 특히 인간행위의 원인과 결과 등을 논리적이고 치밀하게 분석하는 과정을 통해 의미 있게 획득될 수 있는 것이라 할 수 있다. 그 행위와 행위가 유기적으로 결합되어 하나의 축약된 현실로 형상화됨으로써 그 해석이 문학적 의미를 갖게 되는 것이다. 이렇게 볼 때 단락들의 유기적 결합에 기초하여 하나의 일관성 있는 세계상을 그려내는 〈등제한 상사람〉과 〈백정과 박문수〉의 서사전개 방식은 두 설화가 사실적 민담으로서 지향하는 문학적 의미를 실현하기에 적합한 형태로 갖추어진 것이라 할 수 있다.

그렇다면 희극적 민담은 어떠한가. 희극적 민담은 현실을 희극적으로 벗어나는 것을 기본적인 지향성으로 삼고 있다고 했거니와, 희극적 일탈이란 현실을 구성하는 요소들의 긴밀한 논리적 결합을 통해서보다는 그러한 논리적 틀을 깨고 이질성을 강화함으로써 더 효과적으로 성취되는 것이라고 말할 수 있다. 현실적 삶의 여러 국면에 내재해 있는 불합리성을 뒤집어엎는 식의 방법이 그 유력한 선택이 될 수 있다. 희극성을 갖는 여러 삽화들이 독자적으로 힘을 발휘하면서 희극적 일탈의 효과를 발휘하는 〈꾀쟁이 하인〉과 〈정승 골린 사람〉의 서사전개 방식은 그와 같은 의미맥락 속에서 선택된 것이라 하겠다.

우리는 지금 민담의 서로 다른 형상화 방식이 작품의 서사구조와 상호 밀접한 관련을 맺고 있다는 사실을 거듭 확인하고 있는 중이다. 어찌 보면 당연한 일이라 할지 모르나, 실제 설화 자료들에서 그 양상을 구체적으로 확인한다는 것은 중요한 일이다. 이러한 방향의 실증적 논의는 앞으로도 더욱 활발히 수행돼야 할 사항이다.

2) 문제 해결의 양상

(1) 해결의 현실성 문제

다음으로 살필 문제는 갈등 해결의 현실성 문제다. 갈등의 발생에서 해결에 이르는 일련의 과정이 얼마나 현실성 있게 그려지는가의 문제다. 각각의 설화에서 한 대목씩을 보고 나서 특징을 살펴보기로 한다.

①"아 당신 어디 가 와요, 이제사?"

"나조꼼 ㅂ름 쐐연(쏘이고) 들어오란(들어왔어)."

영(이렇게) 어지리는디(어지럽히는데),

"기영ㅎ지 말자, 솔직히 말ㅎ자."

고 그 놈을 지도(자기도) 먹고 남펜을 준단 말이여. 느시(기거이) 안 말ㅎ 수가 잇어. 어떻ㅎ문(어떻게 하면) 뒈겟느냐고 ㅎ난,

"뭐 기영홀(그리할) 거 잇느냐. 돌아(데려) 오자. 아바지 돌아오자."

—『대계』9-2(등제한 상사람 ⑥), 625~626면

②그래서 사는 재산 다 몰아가지구 참 돈을 올려 보낸다, 참 곡속을 올려 보낸다 해각구서는 어사는 부자가 뒍거던요? 박문수네가. 부자가 됐는디, 박문수 아우가 있어요.

"형님은 에, 팔도를 돌아 댕기면서 잘 못항 거 잘 해주구 또 잘 될 거 있으면 표를 한가지 짓지 않구서, 성님은 누구를 그냥 뚜드러가지구서 역대호 둘 부려다 부자를 됐오?"

—『대계』4-4(백정과 박문수 ⑪), 74면

③그래 이렇게 올라 앉었는디 엿장사가 지나가는디 눈이 한 짝 욱거든?

"그 나 나 좀 보쇼오? 나 좀 보쇼." 하닝께

"왜 그러우이?"

"엿장사구먼?" 그렁개,

"왜 그러느냐."구.

"당신 눈 한 짝 멀었잖우?"

"아 멀었시다. 당신 거기 왜, 왜 올라 앉었수?"

"내 눈 좀 보쇼 나 눈 둘 괜찮지요?"

"괜찮다."구.

"아 나 눈 고치러 올라 왔다구. 나를 좀 떼 노라."

구. 엿장사가 올라가서 구럭을 내려 놓구서, 자기가 대신 올러 갔어. 눈 좀
고칠라구.

—『대계』 4-4(꾀쟁이 하인 ⑬), 890면

④ 그래, 에- 사우 자식이나 내 자식이나 인재는 못당한다능기지. 머리 영
리한 눔언 당할 수가 없다능기여. 그래

"에- 느덜 삼 형제 다- 뭉쳐두 느이 매제 하나럴 못 당하격구나. 그냥 잘
살다 먹게 놔 둬라."

그래서 평양감사럴 질내 잘 살어먹구 살더라넝 기여. [웃음]

—『대계』 4-2(정승 골린 사람 ⑥), 589면

인용문을 살펴보면, 〈등제한 상사람〉과 〈백정과 박문수〉에 해당하는
①과 ②에 있어 행위의 연결이 현실적 논리를 바탕으로 이루어지고 있
음을 알 수 있다. 행위와 행위가 이어져 사건이 전개됨에 있어 거기 필
요한 상황적 요소가 제시되어 현실성이 확보되는 가운데 갈등이 발전
되고 해결 과정이 이어지는 모습이다. 위에는 각기 한 대목만을 인용했
지만, 이러한 사건 전개와 갈등 해결상의 현실성은 이들 설화유형 전반
에 걸쳐 나타나는 특징이라고 할 수 있다. 그 대체적인 모습은 2장에서
정리한 서사내용을 통해서도 확인할 수 있을 것이다. 이 설화들에 있어
주인공의 신분상승 시도가 순탄하게 성취되지 못하고 많은 도전에 부
딪혀 때로 일시적 좌절을 겪기도 하는 것은 이러한 현실성의 문제와 밀
접히 연관되는 것이라 할 수 있다.

〈꾀쟁이 하인〉과 〈정승 골린 사람〉에 해당하는 ③, ④대목에서는 이
와 다른 특징을 보게 된다. 이 대목에서는 인물의 행위를 연결함에 있
어 현실적 조건에 대한 고려가 무시된다. 현실적 가능성과 상관없이
'말만 되면', 즉 최소한의 서사적 인과성만 가지면 그만이다. 사건 전개
및 갈등의 해결과 관련하여 사실성을 지향하지 않는 데 따른 특성이다.

이러한 성격은 이 두 설화의 주요 서사 전개과정에서 폭넓게 확인이 된다. 윗사람의 권위를 파괴하는 일련의 과정이 현실적 합리성의 틀을 벗어난 형태로 진행되고 있다. 앞의 두 설화와 달리 이 두 설화에 있어 상하 인물간의 갈등이 상대적으로 쉽사리 해결된다고 하는 사실은 이러한 비현실성 내지 일탈성과 상호 연관되는 것이라 할 수 있다.

이 네 설화에서의 갈등 해결상의 현실성 문제는 서사적 연결방식 외에 해결을 위해 사용되는 구체적인 방법 면에서도 가늠해 볼 수 있다. 이에 대해 간략히 살펴보면 다음과 같다.

〈등제한 상사람〉에 있어 해결의 방법으로 제시되는 요소는 다음처럼 정리된다. 우선 인물됨이 바탕이 되며 또한 경제력이 중요한 밑받침이 되고 있다. 이어 과거 응시와 세도가와의 결혼이라는 관습적 방법을 거치면서 최종적으로 다시 경제력이 문제 해결의 열쇠 역할을 한다. 이와 같은 여러 방법들은 모두 현실적으로 중요한 의미를 지니는 것들이라 할 수 있다. 특히 경제력과 같은 요소는 시대적 현실성을 짙게 보여주고 있다.

〈백정과 박문수〉에 있어서는 그 해결의 바탕에 우선 주인공의 적극적인 성격이 놓이며, 또한 경제력이 시종일관 중요한 요소로 작용을 한다. 이를 바탕으로, 다양한 방식의 양반 모칭과 이주(移住) 등의 방법을 통해 문제 해결로 접근해 간다. 이 설화의 시대배경이 조선조 후기임을 생각할 때 이와 같은 요소들은 시대적 전형성을 갖는 현실적인 것이라 할 수 있다. 경제력에 기반한 양반 모칭이나 이주 등은 실제로 조선 후기 들어 경제구조가 재편성되고 신분제에 혼란이 오면서 신분 탈피의 방법으로 많이 활용되어 왔던 요소인 것이다. 요컨대 이 설화의 문제 해결 방식은 무척 현실적인 것이라 할 수 있다.

〈꾀쟁이 하인〉에 있어 해결의 수단으로 작용하는 것은 주인공의 적극성과 '꾀'이다. 주인공은 순간순간의 기지로 상전의 약점을 드러내면서 그를 공격해 골탕먹임으로써 권위를 무너뜨려 나간다. 어떤가 하면,

그러한 순간적인 기지가 실제 현실에서의 신분문제 해결에 적용할 만한 현실성 있는 방법이라고 보기는 어렵다. 복잡한 사회·경제적 요소가 얽혀 있는 상황 속에서 한 개인의 기지가 신분 문제를 해결할 수 있는 수단이 되기는 어렵다는 뜻이다. 그럼에도 그것이 이 설화 속에서 거의 '만능'의 효과를 내는 것은 이 설화가 갈등의 실제적 해결을 문제 삼는 것이 아니라 양반의 약점이나 신분적 권위의 허구성 등을 폭로하는 데 초점이 있고, '꾀'라는 요소가 그 목표를 성취하는 데 유효한 수단이기 때문이다.

〈정승 골린 사람〉에서의 해결방법은 주인공의 대담성 및 상대방의 약점을 이용한 '계략'으로서 〈꾀쟁이 하인〉의 경우와 유사하다. 그 계략들은 정승과 그 아들로 대변되는 지배층 양반의 약점을 노출시키면서 그 권위를 허물어뜨리기에 아주 효과적인 방식으로 짜여 있어 이야기의 재미를 증폭한다. 하지만 이러한 계략이 현실적 가능성을 지니지 못하는 것임은 두말할 나위도 없다. 이들은 애초부터 신분이나 계층갈등 문제에 대한 실제적 해결책으로 제시된 것이 아니다. 대상에 대한 희극적 공격을 위한 수단으로 선택된 것일 따름이다.

종합하면, 사실적 민담에 해당하는 두 설화에 있어 문제 해결의 방법이 경제력이나 양반모칭 등 현실성이 강한 것들로 되어 있는 데 비해 희극적 민담에서는 주인공의 '꾀'나 희극적 계략과 같은 비현실적 요소로 되어 있다. 각각 현실 반영적 지향성과 현실 벗어나기의 지향성에 따른 자연스러운 차이에 해당한다고 할 수 있다. 현실성의 차원에 근본적인 차이가 개재하고 있는 것이다.

중요한 것은 이상과 같은 변별적 특성이 작품의 의미에 대한 차별적 해석을 요구하고 있다는 사실이다. 사실적 민담에 있어 갈등의 진행 과정과 문제 해결 양상이 설화 전승자들이 지니는 현실인식 내지 소망을 그대로 반영했다는 쪽으로 해석할 수 있는 데 비하여 희극적 민담은 그렇지 않다. 희극적 민담으로부터 직접적으로 전승자들의 현실인식을 이끌어내는 데는, 특히 문제 해결에 대한 전망을 읽어내는 데는 무리가 있다는 것이다. 거기에서 볼 수 있는 것은 현실 반영과는 다른 차원의 심리적·상상적(공상적) 만족감에 가깝다. 이 차이를 무시하고 같은 선상에서 의미 분석을 시도할 때, 그것은 설화의 문학적 성격을 단순화하는 오류로 이어지게 된다고 할 수 있다. 우리가 설화의 구체적 형상화방식을 문제 삼으면서 그 변별적 양상을 애써 살피는 이유가 바로 여기에 있다.

(2) 해결의 적극성 문제

이 논문에서 다루고 있는 네 종류의 설화에는 많은 공통점이 있다. 이들은 모두 신분차별이 있는 현실을 극복의 대상으로 보고 있다. 주인공은 신분적 모순과 대결하여 그것을 깨나가기 위해 노력하고 있으며, 그 행위는 전승자들의 공감과 동의를 얻고 있다. 그런가 하면 네 설화는 모두 종국적인 승리를 말하고 있다. 주인공이 문제 해결에 성공함으로써 갈등을 해소하는 것으로 이야기가 종결되고 있다. 이와 같은 특징은 이 설화들이 신분갈등이라는 문제상황의 해결에 대해 긍정적이고 적극적인 전망을 가지고 있음을 보여준다.

그러나 앞에서 거듭 강조했듯이 단순히 서사적 골격만을 가지고 이와 같이 결론을 내리는 것은 별 의미가 없다. 형상화방식상의 특징을 고려하며 해결의 양상을 더 세심하게 살필 필요가 있다. 그 분석 여하에 따라 '문제 해결의 적극성' 문제에 대한 최종 판단이 달라지게 될 것이다. 이제 이들 설화에서 신분에 얽힌 문제가 얼마나 적극적으로 제기되고 해결을 위한 노력이 얼마나 적극적으로 펼쳐지고 있는가의 문제를 구체적으로 살펴보기로 한다.

〈등제한 상사람〉에서 문제가 되는 상황은 신분차별에 따라 상민에게 출세의 기회가 박탈되어 있는 상황이다. 그리하여 주인공은 신분적 제도와 관습에 도전하여 나가는 것인데, 그 행위의 도달점은 '신분상승과 출세'로 설정되어 있다. 반상의 차별을 특징으로 하는 신분사회 속에서 한 인물이 '상민(천민) → 양반'으로 움직여 나가는 것이 이 설화의 기본 관심사가 된다. 살펴보면, 이는 신분사회의 고정성을 부정하고 그 개편에 대한 전망을 보여준다는 점에서 적극적인 의미를 갖는 것이 사실이지만, 신분사회의 모순을 총체적으로 문제삼는 것이라 하기에 부족함이 있다. 이 설화에서는 반상의 신분질서가 시종 엄존하며, 주인공의 행위는 그 질서 내에서의 부분적이고 특수한 움직임으로서의 한계를 지니고 있다. 그런 면에서 이 설화의 문제 제기는 다소 소극적인 것이라 할 수 있다.

〈백정과 박문수〉에서 문제되는 상황은 신분에 따른 인간적 차별의 상황이다. 특히, 능력 있는 인물이 신분 때문에 차별받는 모순적 상황이 문제로 제기된다. 이 설화에 있어서의 주인공의 행위는 그러한 모순상황을 넘어서고자 하는 것으로서 의의를 지닌다. 그 행위의 도달점은 '신분상승에 의한 인간 차별의 탈피'라는 것으로 정리가 되는데, 〈등제한 상사람〉이 출세라는 문제에 관심을 둔 데 비해 이 설화는 인간차별이라는 보다 본질적인 문제에 초점을 둠으로 해서 보다 적극적으로 모순의 해결을 지향하는 모습을 보여준다. 하지만, 그러한 적극적 문제 제기에도 불구하고 이 설화에 있어서도 신분제도나 관습 자체가 부정의 대상이 되고 있는 것은 아니다. 이 설화에서 주인공 행위의 도달점은 역시 '신분상승'으로 귀착되고 있다. 주인공의 신분상승이 신분제적 틀의 흔들림을 보여준다고 하는 중요한 의미를 갖는 것은 사실이지만, 본질적으로 그것이 현실 적응을 통한 개인적 해결에 해당한다는 점에서 이 설화의 전망에도 소극적 요소가 개재하고 있다고 할 수 있다.

〈꾀쟁이 하인〉에 있어서는 양반과 하인간의 대결이 그려진다. 그런데 이 설화에서 하인과 양반은 본질적으로 상호 모순되고 갈등하는 관계로 설정돼 있음이 주목된다. 곧 이 설화에 있어서는 신분적 상하관계를 하나의 본질적 모순으로 파악하고 있는 셈인데, 양반의 권위에 대한 주인공의 공격은 그 모순에 대한 공격으로서의 의미를 지닌다. 그 다툼에서 주인공은 확실하고도 완전한 승리를 거두어 갈등을 해소하는 것으로 되어 있는바, 이는 이 설화가 그 모순의 근본적 해소를 지향하고 있음을 보여준다. 신분에 따른 부조리한 불평등을 그 자체로 문제삼고 그 전면적 해결을 지향하는 이 설화의 전망은 매우 적극적인 것이라 할 수 있다.

〈정승 골린 사람〉에 있어서도 역시 신분·계층구조에 바탕을 둔 인간관계의 불평등성이 공격대상이 되면서 그것을 극복하려는 행위가 표현된다. 특히 집권양반층이 공격 대상이 되는데, 그 공격을 통해 그들의 행태에 내재한 모순성을 폭로하고 그 권위를 허물어뜨림으로써 관계의 불평등성을 해소하는 방향으로 서사가 진행되고 있다. 지배층 양반과 일반 평민 사이에 가로놓인 불평등이 허물어지고 정당한 인간관계가 형성되는 지점이 이 설화가 전망하는 세계이다. 이렇게 볼 때 이 설화 역시 신분모순의 본질적인 측면을 문제 삼으면서 그 해결을 지향하는 적극성을 보인다고 할 수 있다.

문제 해결의 적극성과 관련한 이러한 차이점은 상황에 대처하는 주인공의 행동 방식을 통해서도 다시금 확인할 수 있다.

⑤ "아유 너 왔구- 너 죽지 않구 살았구나. 너- 널 봤으니까 한이 읍다. 널 만날라고 왔으니 그 왜 …… 그래 보니까는 갖다 가둔 게 널 만나라구 예다 가뒀구나. 아유 야 참, 네가 살았으니 난 한이 읍다."

"예, 아버지 바루 내려가십시요. 저는 이렇기 돼가지구 아버지에 근본이- 우리 근본만 탄로나문 나- 아버지 죽구 저 죽구 죄 죽습니다. 그러니까 얘기 헐 거 읍씨 내일 아침에는 물론 또 옥문을 열어 줄 테니까 내려가십시요 저 - 전 이렇게 만나보구서 내려가십시요."

—『대계』1-4(등제한 상사람 ①), 560면

⑥ 가마 가마 생각해 보이까, 이기 꼼다시 죽었다 싶어. 이렇게, 박문수, 박

어사를 자기 당질이라 캐났으니까네. 영 죽었다. 참 죽기는 죽었다 싶어. 그래
뜰안에 가서 아이(아예) 부복해가,

  "하이고, 죽을 때가 됐이이 곱게 죽여 돌라꼬"

  카이, 박문수가 그 부복했는 걸 보이까네, 사람을 보이 사람은 났어. 그래,

  "알어나라꼬. 일나가주고 좌우간 여게 들오라꼬"

  갬히(감히) 어짜면. 그 박문수 절에 가.

—『대계』 7-1(백정과 박문수 ⑮), 216면

  ⑦ 아 자꾸 이 놈이 설득을 시키는기야. 고만 한 보름 뻗치다 하니까 맥이
나 버렸어. 맥이 나니 아이 고만 적당이 그저 고개를 끄덕끄덕 해 버렸어.

  "아유, 조카님 참 세상에 고마운 일이여, 우짜면 그렇게 사람이 이렇게 선한
사람이 그러냐."

  그래 가주구는 야 이걸 꺼내 놓고서는 아주 상감대우를 하는 기여.

—『대계』 2-2(백정과 박문수 ⑤), 248면

  ⑧ "여기에 용왕이 있는데, 내가 용왕을 가 댕기는 사람인데, 뭘 모두 씨구
들어가냐 하믄, 솥을 하나씩 가주 가자구. 이 솥을 이구 들어가자."

  구. 아 전부 그저 이눔의 솥을 디씨가지구 그 강물에 다 들어가니, 전부 물
에 다 가 다 빠져 죽었지. [염주호:가라 앉아서, 솥이 무거우니까.] 그럼 아 자
게(자기) 마누라도 씨구 들어가니깐,

  "다 뒈졌는데 넌 뭘하러 드르가. 용왕이 다 뭔 용왕이야 다 빠져 죽었어."
[청중:웃음]

—『대계』 2-6(꾀쟁이 하인 ⑨), 315~136면

  ⑨ 아, 이 사람들이 나가더니만 큰 대톱을 가져와, 서서 궤짝을 놓고 우에다
톱을 인자 슬렁슬렁 내리고 끊는다. 아, 이 녀석은 조금 있다가 보니깐 머리
위에 선듯 선듯해 치다보니깐 하마 그만 대톱 날이 그저 번쩍번쩍한단 말이

야. 이 짝 비꾸고 저 짝 비꾸고 하다 보니간에 아, 그만 궤가 뚝 한 반이 뚝 (떡) 갈라져. 아, 이 녀석이 그냥 그만,

"여봐라."

하고 그만 들고 튓다.

"사람 살려라."

하고 들고 뛰뿌랬다.

　[조사자: 빨가 벗은 채? …… 청중: 빨가 뺀 채지.]

—『대계』 2-8(정승 골린 사람 ④), 353면

　⑤는 〈등제한 상사람〉의 한 대목으로, 주인공의 행동 양상을 잘 보여준다. 신분이 탄로날까봐 아버지를 몰래 돌려보내려 하는 주인공의 행위는 위기를 적극적으로 해결하려 하기보다는 모피하려고 하는 것으로서 소극적인 태도라 할 수 있다. 이와 같은 주인공의 소극적 면모는 이 설화 전반에 걸쳐서 나타나고 있다. 주인공은 자기에게 주어진 한계를 넘어서 신분상승을 시도하면서도 그 구체적 행위에 있어서는 이와 같이 기존 사회질서의 압력 밑에 눌리는 모습을 보이고 있다.

　⑥, ⑦은 〈백정과 박문수〉의 대목들이다. 먼저 ⑥을 보면 주인공의 행위가 소극적인 양상을 나타내고 있음을 볼 수 있다. 문제 해결에 있어 다른 인물의 도움에 의지하고 있는 모습을 볼 수 있다. ⑦에서는 이와 좀 달리 주인공의 행위가 매우 적극성을 띠고 있다. 징치자를 맞아 힘으로 맞서 위기를 넘어서는 모습을 보여주고 있다. 이처럼 이 설화는 주인공의 행위에 있어 상당한 적극성이 나타나고 있는 것이 특징이다. 하지만 그것이 기존질서에 대한 정면도전으로까지 나아가지는 못하고 있어 소극성을 완전히 불식했다고 하기에는 부족함이 있다.

　〈꾀쟁이 하인〉에 속하는 ⑧에서의 행위 양상은 이들과는 크게 다르다. 주인공은 상전과 정면으로 맞부딪쳐 대결하며, 그 대결에 있어 신분제도나 관습에 얽매이지 않고 오히려 상전보다 우위에 서는 모습을 보

인다. 하인이 상전의 딸에게 명령을 내려 압도한다는 것은 신분관계의
전면적 역전에 해당한다. 상전의 가족을 물에 빠져 죽게 함으로써 완전
한 승리를 거둔다는 것 또한 마찬가지다. 주인공의 행위에 있어서의 이
러한 적극성은 이 설화 전편에 걸쳐 두드러진 특징으로 나타나고 있다.
　〈정승 골린 사람〉의 ⑨에서 주인공이 현시하는 태도 또한 매우 적극
적이다. 인용한 대목은 주인공이 정승의 아들 한 명을 망신시키는 장면
인데, 상대방을 완전히 '깔아뭉개는' 모습을 보이고 있다. 이와 같은 주
인공의 대담성은 이 설화 전체를 두루 관통하는 특징이 되고 있는바,
주인공은 갈등의 상대자인 정승에게 정면으로 도전하며, 위기가 닥쳐와
도 피하지 않고 적극적으로 맞서 싸워 오히려 상대방을 무너뜨리고 있
다. 놀라운 적극성이라 할 수 있다.
　세부적인 차이를 무시하고 논의를 간단하게 요약한다면, 사실적 민
담에 해당하는 두 설화에 비해 희극적 민담에 해당하는 두 설화에 있어
문제 해결의 구도와 해결 방식상의 적극성이 훨씬 두드러지다는 것이
우리가 확인한 사실이다. 이러한 차이를 어떻게 설명할 것인가 하는 것
이 우리의 과제가 되는데, 이 또한 형상화 방식상의 차이와 긴밀한 관
계를 지니고 있다는 것이 우리의 일관된 입장이다. 사실적 민담의 경우
기본적으로 '현실적 가능성'에 의한 제약을 받는 것이기 때문에 해결방
식이 상대적으로 소극적인 면모를 나타내는 것이라 할 수 있다. 곧 〈등
제한 상사람〉과 〈백정과 박문수〉에서 주인공이 기존질서에 정면으로 도
전하여 그것을 전복하지 못하는 것은 당대 현실이 규정하는 한계인 것
이다. 이에 비해 희극적 민담은 현실적 가능성의 틀에 종속되지 않음으
로 해서 더욱 적극적인 문제 해결 양상을 그려 보이는 것이라 할 수 있
다. '희극적 형상화'라고 하는 문학적 관습이 제약 없는 발랄한 상상을
통해 현실을 마음껏 부정하고 공격할 수 있도록 한 셈이다. 그를 통해
'현실 벗어나기'가 효과적으로 성취되고 있음은 물론이다.
　그렇다면 두 편의 '사실적 민담'과 두 편의 '희극적 민담' 가운데 어

느 것이 신분갈등의 문제를 더욱 의미 있게 형상화했다고 할 수 있을까? 이 물음은 한마디로 우문(愚問)이라고 할 수밖에 없다. 사실적 민담이 추구하는 지향성과 희극적 민담이 추구하는 지향성은 그 성격이 서로 다른 것으로서 그 무게를 저울질할 수 있는 대상이 아니다. 사실적 민담이 더 현실적이므로 가치 있다고 하는 판단은 희극적 민담이 더 적극적이므로 가치 있다고 하는 판단만큼이나 적절치 않다. 그것은 서로 다른 방식으로 문학적 소임을 다하고 있다. 우리가 해야 할 일은 그 서로 다른 문학적 지향성을 올바로 이해하는 가운데 각 설화의 문학적 가치를 성실히 점검하는 일이 될 것이다.

5. 결론

이 논문에서는 〈등제한 상사람〉, 〈백정과 박문수〉, 〈꾀쟁이 하인〉, 〈정승 골린 사람〉 등 신분갈등을 주제로 하는 네 종류의 민담을 대상으로 하여 그 전승 양상을 살펴보고, 그 형상화 방식과 서사 전개방식상의 특징이 어떻게 상호 관련되는지를 살폈다. 그것은 한편으로 설화의 문학적 존재방식을 새롭게 조명하는 작업이었으며, 다른 한편으로 구비설화의 신분갈등 형상화 양상을 재검토하는 작업이었다.

형상화 방식에 대한 검토는 크게 전승 태도와 작중상황의 구체적 표현방식 등 두 측면에 걸쳐 이루어졌다. 그 결과 고찰대상 자료에서 두 가지 서로 다른 형상화방식상의 지향성을 변별해낼 수 있었다. 〈등제한 상사람〉과 〈백정과 박문수〉의 경우 사람들이 이야기의 사실성에 대한 관심 속에 진지하게 전승에 임하고 있으며, 작중상황 또한 현실적 가능성을 염두에 둔 가운데 사실적으로 표현이 이루어지고 있었다. 그 두 요소는 서로 긴밀히 결합되며 이들 설화의 문학적 정체성을 이루고 있는바, '사실적 지향성'이라 일컬을 만한 것이었다. 한편 〈꾀쟁이 하인〉과 〈정승 골린 사람〉의 경우는 사람들이 이야기 내용을 '거짓말'로 여기면서 가벼운 태도로 전승에 임하고 있으며, 작중상황 역시 실제적 가능성을 염두에 두지 않고 상상을 마음껏 동원하여 현실을 희극적으로 변형하는 방식으로 표현되고 있었다. 이 또한 서로 결합되어 하나의 문학적 정체성을 이루고 있는바, '희극적 지향성'이라 일컬을 만한 것이었다. 이 논문에서는 이 두 가지 지향성이 민담의 하위유형을 가르는 중요한 변별지표가 된다는 판단 아래, 전자를 '사실적 민담'으로, 후자를 '희극적 민담'으로 명명하여 그 성격을 분별하였다. '현실의 반영과 해석'이 전자의 특성이라면 후자는 '현실의 변형과 일탈'에 초점이 놓인다. 하지만 이 차이는 절대적인 것은 아니며 상대적인 것으로서의 특성을 지닌다.

민담에서 확인되는 형상화 방식상의 차이는 작품의 서사구조 및 의미와 여러 측면에서 깊은 연관을 가지고 있음이 이어진 논의를 통해 확인되었다. 특히 갈등의 전개 방식과 문제 해결의 양상에 초점을 맞추었는데, 두 가지 요소 모두 형상화 방식과 긴밀한 연관을 지니고 있었다. 〈등제한 상사람〉과 〈백정과 박문수〉는 사건의 연쇄적 전개를 통한 유기적인 선적 구조를 바탕으로 현실의 신분갈등 문제를 효과적으로 제기하고 있는바, 이는 이들이 '현실의 반영과 해석'을 지향하는 사실적 민담이라는 사실과 연관되는 것으로 해석되었다. 그리고 〈꾀쟁이 하인〉과 〈정승 골린 사람〉에서는 부분적 독립성이 강한 삽화들이 누적되는 서사구조를 특징으로 삼고 있는데, 이 또한 이들이 희극적 민담으로서 지향하는 '현실 벗어나기'를 효과적으로 뒷받침하는 것으로 확인되었다. 다음은 문제 해결의 양상이다. 현실성과 적극성 등 두 가지 요소를 축으로 하여 문제를 살폈는데, 의미 있는 변별 양상이 드러났다. 사실적 민담에 해당하는 설화들이 문제의 구도 및 해결방법에 있어 현실성이 강한 한편으로 해결의 적극성이 상대적으로 미약한 데 비해, 희극적 민담에 해당하는 설화들은 현실성이 미약한 한편으로 문제 해결방식상의 적극성이 두드러진 것으로 나타났다. 사실적 민담의 경우 '신분상승'에 초점이 맞추어져 있는데 신분 제도나 관습 자체를 부정하기보다 그 안에 소극적으로 머무는 모습을 보인다. 이에 비해 희극적 민담에서는 신분모순 자체를 공격대상으로 한 정면 도전을 통해 해결을 성취하는 모습을 보이고 있다. 그러나 그러한 적극성은 현실적 가능성을 벗어난 자유로운 희극적 상상을 통해 가능했던 것으로 현실대응의 무게감으로 바로 연결되는 것은 아니다. 비록 적극성이 떨어지기는 하지만 현실적 실현 가능성과의 긴장을 유지하며 갈등을 전개해 나가는 사실적 민담에 담긴 인식적 무게가 가볍지 않다. 요약하면, 사실적 민담과 희극적 민담은 서로 다른 고유한 방식으로 현실적 삶의 문제를 다루고 있는바, 그 서로 다른 정체성을 직시하는 가운데 개별 설화의 문학적 가치를 성실히 점검하는 것이 우리의 과제가 된다 하겠다.

구비설화(민담)에서 서로 특성을 크게 달리하는 형상화방식상의 변별을 확인한 점, 그리고 그것이 작품의 서사적 전개 및 문제 해결 양상과 긴밀한 관계가 있다는 사실을 확인한 점, 그러한 논의과정에서 구비설화를 통한 현실대응이 다양하고도 효과적인 방식으로 이루어지고 있다는 사실을 확인한 점이 이 논문의 의의라 할 수 있다. 앞으로 또 다른 설화자료를 대상으로 삼아 실증적 논의를 확대하는 한편, 형상화방식의 차이에 관한 논의를 갈래론 차원으로 심화하는 것이 과제로 남아 있다.

필자는 연구대상 자료를 보충하는 한편 설화의 존재방식을 현장에서 확인하기 위하여 몇 차례의 현지조사를 수행하였다. 1987년 8월 26일부터 9월 10일 사이의 엿새 동안 서울시 관악구 봉천동 일대의 노인정과 서울 종로구의 탑골공원과 남산 공원 등에서 설화를 수집했는데, 특히 탑골공원에서 많은 자료가 채록되었다. 수집한 설화는 총 60편 정도인데, 이 논문에서 대상으로 선정한 네 설화유형에 해당하는 것이 총 여섯 편이었다.

본문에서 부분적으로 이 자료를 언급하였기 때문에 작품 전편을 녹취하여 싣는 것이 원칙이겠으나, 그 작업은 생략한다. 기존의 자료집에 수록된 자료들만으로도 논의의 완결성을 기하기에 큰 문제가 없다고 보기 때문이다. 그 자료들은 추후 기회가 있으면 발표하기로 하고, 여기서는 자료와 결부된 몇 가지 기본사항만을 정리하기로 한다. 각 자료의 대체적인 서사내용은 2절의 각편 정리 결과를 참고하면 될 것이다.[22]

조사자료 1 : 등제한 백정 아들
　　채록장소 : 1987.8.28. 탑골공원.
　　제보자 : 박준기 (남, 81세. 상업 경력). 충북 괴산군 증평읍 중동 출신
　　청　중 : 조사자 1명

조사자료 2 : 백정과 박문수
　　구연상황과 제보자는 앞과 같음.

조사자료 3 : 백정과 박문수

---

22) 여섯 편의 자료 가운데 자료 2와 자료 3은 신동흔의 추후 작업에서 자료 원문을 공개한 바 있다. 신동흔, 『역사인물이야기연구』(집문당, 2002) 부록의 '암행어사 박문수' 편에 그 내용이 실려 있다.

채록장소 : 1987.9.8. 탑골공원
제보자 : 조일운 (남, 80세. 농업 경력). 전남 장흥군 황룡면 신호리 출신
청　중 : 30~40명

조사자료 4 : 꾀쟁이 하인
구연상황과 제보자는 자료 1과 같음.

조사자료 5 : 정승 골린 사람
채록장소 : 1987.8.26. 봉천1동 노인정
제보자 : 정찬석 (남, 79세. 농업 경력). 충북 보인군 산외면 오대리 출신
청　중 : 3~4명

조사자료 6 : 정승 골린 사람
채록장소 : 1987. 9. 8. 파고다 공원
제보자 : 봉원호 (남, 71세. 농업 경력). 충북 괴산군 증평읍 연탄리 출신
청　중 : 10여 명

신분갈등 설화의 공간구성과 주제

1. 머리말

어느 문학양식에 있어서나 마찬가지이겠지만, 설화에 있어서 작중공간의 중요성은 매우 크다고 할 수 있다. 작중인물의 행위는 특정한 공간 위에 놓임으로 해서 형상(形象)으로서의 구체성을 확보하게 되며, 그 구체성을 바탕으로 하여 주제를 효과적으로 구현하게 된다. 설화에 있어서 작중공간은 인간의 삶의 터전으로서의 의미를 지닌다고 할 수 있는데, 인간행위의 배경으로서 존재할 뿐만 아니라 그 자체가 작품의 궁극적인 표현대상이 되기도 한다는 점에서 그 의미가 크다.

이러한 사정에도 불구하고, 설화 연구에 있어 공간의 문제에 대하여 집중적인 관심을 기울인 연구작업은 그다지 많지 않았던 것으로 나타난다.[1] 특히 그 연구작업들이 문제에 대한 접근방식에 있어 어느 한 방향으로의 편향성을 나타내고 있음이 주목되는 바, 공간에 대한 관심이 일상현실의 생활공간과는 다른 이질적인 공간으로서 제시되는 특수한 별세계(別世界)에 대하여 집중되고 있다는 사실이 그것이다. 조희웅의 논문에 있어 주로 천상계·지하계·신선계·용궁계 등의 공간이 지니는 성격에 대하여 논의의 초점이 맞추어졌으며, 황패강의 논문에 있어서는 일상적 공간과는 성격이 다른 신성공간으로서의 밀폐된 내부공간의 존재방식에 관한 논의가 전개되었다. 이수자의 장편의 논문에 있어서도 조희웅의 경우와 마찬가지로 천상계·이상향·지하계·수중계·저승계 등과 같은 별세계에 대한 관심이 주종을 이루었고, 현실공간에 대해서는 산·굴·집 등에 대한 단편적인 논의가 전개되었을 뿐이다. 최근의 이지영의 연구작업[2])에 있어서는 논의가 좀더 집중화되어 천상계와 지상계의 대립 양상에 관한 고찰이 이루어진 바 있다. 이밖에도 여러 논문에서 부분적으로 제시된 공간에 대한 관심 역시 대부분이 이상의 여러 작업과 맥락을 같이하는 것으로 나타난다.

이러한 연구의 흐름 속에서, 일상적인 현실공간을 배경으로 삼고 있는 설화에 있어서 그 공간이 지니는 의미에 대해 본격적인 관심을 기울인 연구작업은 거의 수행되지 못한 것이 현실이다. 조동일의 연구성과가 예외적으로 이 문제에 대하여 관심을 기울인 사례가 되고 있을 뿐이다. 그는 설화에 대한 다각적인 이론적 탐색의 일환으로서 인물전설에서 여러 사회적 공간이 지니는 의미에 대하여 고찰한 바 있는데,[3]) 이 방면 연구에 있어 선구적인 업적이라 할 만하다. 이밖에도 설화, 특히

---

1) 다음과 같은 논문들이 '공간' 문제에 대하여 주된 관심을 표시하고 있다. 조희웅, 「한국 서사문학의 공간개념」, 『고전문학연구』 1집, 한국고전문학연구회, 1971; 황패강, 「한국 고대서사문학의 역동적 motiv에 관한 시고」, 『고전문학연구』 1집, 한국고전문학연구회, 1971; 이수자, 「한국 설화문학의 공간연구」, 이화여자대 석사논문, 1982.
2) 이지영, 「한국 결혼시련담 연구―〈나뭇군과 선녀〉와 〈우렁색시〉형 민담을 중심으로」, 서울대 석사논문, 1987.
3) 조동일, 『인물전설의 의미와 기능』, 영남대 민족문화연구소, 1979, 409~421면.

야담을 대상으로 해서 작품배경으로서의 현실의 제 양상에 대하여 고찰하는 방식의 논의가 활발하게 전개되어 온 것이 사실이지만, 이는 작중공간의 존재방식에 대한 미학적 관심과는 다소 편차가 있는 것이라고 생각된다. 공간·시간은 물론 인물이 다 함께 포괄된 '현실'의 차원에 그 문제의식이 놓인 것이었기 때문이다.

이 글은 현실성·일상성을 특징으로 하는 설화에 있어서의 작중공간의 위상을 살펴보기 위한 작업에 해당한다. 일상적인 생활공간이 이야기공간으로서 어떠한 의미를 지니는가 하는 문제, 그리고 일상의 생활공간, 특히 사회적 생활공간에 있어서 중요한 대립적 축은 무엇이고 그것이 작중에서 어떻게 엮어지고 있는가 하는 것 등이 이 논문에서 관심을 기울일 사항이다. 앞서 조희웅이나 이수자는 작중공간의 분석을 통하여 우리 민족의 공간관념을 추출하겠다는 관점을 제시한 바 있으나,[4] 이 논문에서는 공간의 위상을 작품의 문학적 존재방식의 문제 탐색의 일환으로서 다루려 하며, 특히 작품 주제와의 연관성에 주의를 기울이려 한다.

필자는 이 작업에 앞서, 신분갈등을 주제로 하는 설화유형 중에서 ① 구비설화, ② 광포설화, ③ 현실적, 일상적인 성격을 갖는 설화, ④ 문학성이 높은 설화 등의 요건을 만족하는 것으로서 〈등제한 상사람〉, 〈백정과 박문수〉, 〈꾀쟁이 하인〉, 〈정승 골린 사람〉 등으로 명명되는 네 설화유형의 전승양상을 정리하고 그 작중상황 설정 및 문제 해결 방식에 관하여 살펴본 바 있는데,[5] 이 글에서도 이들 네 설화유형을 대상으로 하여 논의를 전개시키고자 한다.

---

4) 조희웅, 앞의 논문, 97면; 이수자, 앞의 논문, 3면.
5) 신동흔, 「신분갈등 설화의 상황설정과 문제 해결 방식」, 서울대 석사논문, 1988.

2. 이야기공간으로서의 생활공간

이야기를 통한 세계인식이 갖는 중요한 특징의 하나로서 우리는 그 '대상성'에 관하여 관심을 기울일 필요가 있다. 현실에서의 실제적인 생활경험을 통한 인식이란 스스로가 경험의 당사자인 만큼 개인적인 이해관계로부터 자유로울 수 없다는 점에서 주관성을 띠게 마련이며, 스스로 사태 '속에' 놓여 있음으로 해서 전체의 의미를 바로 보기 힘들다는 점에서 불완전한 것이라 할 수 있다. 이에 비해 이야기는 세계는 현실과 닮은 모습을 하고 있으면서도 '나'의 문제 '실제의' 문제라는 이해관계에서 벗어나 있을 뿐 아니라 그 자체로 완결되고 있음으로 해서 객관적이고 총체적인 인식을 가능하게 한다. 전승자들이 편안한 마음으로 대상화된 세계를 음미하고 향유하는 가운데 현실 세계에 대하여 객관적으로 다가설 수 있도록 하는 것이 이야기를 통한 인식이라 할 수 있다.6)

설화라는 문학양식에 있어서 대상성을 구현하는 데 기여하는 관습은 여러 가지가 있는데, 그 중요한 요소들은 다음과 같다. 우선, 흔히 설화를 '옛날이야기'라고 지칭하는 데서 나타나듯이 설화의 작중상황이 '지난날'의 상황으로서 제시된다는 점을 들 수 있다. 이미 지나간 과거의 이야기라는 사실에 의해 실제현실과의 거리가 마련되며, 또한 이미 종결된 상황으로서 음미될 수 있게 되는 것이다. 다음으로 설화는 '나' 아닌 '남'의 이야기로서 제시된다는 점을 들 수 있다.7) 이 역시 전승자들이 개인의 이해관계에서 벗어나 일정한 거리를 두고 작중상황과 대면하도록 한다는 점에서 대상화의 중요한 요소라고 할 수 있다. 한편, 서

---

6) R. D. Abrahams, "Introductory Remarks to Rhetorical Theory of Folklore", *Journal of American Folklore* Vol. 81, No. 320, American Folklore Society, 1968, pp.148~149 참조.

7) 이야기 중에서 '나'를 등장인물로 하는 이야기가 있을 수 있으나 이는 '개인 경험담'의 영역에 드는 것으로서 일반적인 설화의 영역에 포함되기 어렵다. 현대소설에 있어 '나'가 주인공이 될 수 있는 것과는 큰 차이가 있다고 할 수 있다.

술자가 문자 뒤에 숨어 있는 기록 서사물과는 달리 구비설화에 있어서 화자와 청자의 직접적 대면을 통해 이야기의 전달이 이루어진다는 점 역시 대상성과 중요한 관련을 맺고 있다. 기록물에 있어 작가와 독자의 만남이 상대적으로 간접적이고 독자와 작중상황의 대면이 일차적이라 할 수 있는 데 비해, 설화에 있어서는 화자와 청자의 상호관계가 직접 적이고 일차적임으로 해서 작중상황은 상대적으로 간접적인 향유대상 으로 자리하게 되는 것이다.

설화의 작중상황이 이러한 여러 관습을 바탕으로 하여 실제현실의 상황과 변별되고 있음을 생각할 때, 작중상황의 일부를 이루는 작중공 간이 실제현실의 공간과 변별될 것임은 쉽사리 이해할 수 있는 사실이 다. 그러나 설화에 있어 그 공간만을 따로 떼어놓고 볼 때, 작중공간이 실제 현실공간과 차별화되도록 하는 일반적인 미학적 장치가 마련되어 있는가 하는 물음에 대한 대답은 그리 간단치 않다. 설화 속의 공간이 실제현실과 명백히 다른 별세계로 설정되는 것이 가능한 것과 마찬가 지로 전승자들 자신이 살고 있는 공간, 즉 같은 마을, 같은 사회, 혹은 같은 세상이 작중공간으로 설정되는 경우 또한 많은 것이다.8) 이러한 사실은 작중공간을 놓고 볼 때 그 대상화의 양상이 매우 이질적으로 나 타날 수 있음을 암시한다.

설화에 있어 그 작중공간이 실제현실의 공간으로부터 뚜렷하게 변별 되는 경우를 우리는 초월계(혹은 초현실계)가 설정된 이야기들로부터 찾을 수 있다. 즉 이수자가 논했던 바 천상계·이상향·지하계·수중계·저 승계 등과 같은 작중공간이 바로 그것이다. 이러한 공간은 인간이 실제 의 현실에서 경험을 통해 인식할 수 있는 공간의 범주를 넘어서는 것으 로서, 상상을 바탕으로 하여 설정한 별세계라 할 수 있다. 이와 같이 별 세계가 설정되어 있는 경우 이야기 전승자들은 자연스럽게 그들이 발붙

---

8) 지역전설은 작중공간이 전승자들이 살고 있는 현실공간과 직접적으로 연결되는 대
   표적인 예가 된다.

이고 있는 현실세계에서 벗어나 상상의 공간을 즐길 수 있게 된다. 즉 작중세계가 꾸며낸 세계로서의 대상성을 획득하게 되는 것이다. 이와 같이 별세계가 설정되는 경우 그것은 설화의 작중상황에 대상성을 부여함에 있어 다른 어느 요소 이상으로 강력한 역할을 한다고 볼 수 있다.

그런데 설화에 있어 초월계가 설정된다 해도 그것만으로 작중공간이 짜여지는 경우는 흔치 않으며, 상대되는 공간으로서 인간의 보통의 삶의 공간이 병립되는 것이 보통이다. 그리고 이야기가 구현하고자 하는 의미는 이 두 공간 즉 초월계와 현실계가 만나는 방식9)에 의해 구체화되게 된다.10) 그런 면에서 이 경우 작중공간의 위상은 이원성, 혹은 이중성을 특징으로 한다고 말할 수 있다. 이러한 설화에 있어서의 작중공간의 위상은 그 이원적, 이중적 구조가 구체화되고 있는 양상을 검토함으로써 명징하게 밝혀지게 된다 하겠다.

이상에서 우리는 일상적 현실공간과 속성을 달리하는 초월적 공간이 설정되어 있는 경우 작중상황 내에서 공간의 문제가 갖는 의미가 매우 큰 것임을 알 수 있으며, 그 문제에 접근하는 방식 역시 대체로 쉽게 찾아지는 것임을 알 수 있다. 그런 면에서 기존의 연구자들이 이 문제에 관심을 집중한 것은 자연스러운 일이라 하겠다. 그러나 문제가 이것으로 끝나는 것은 아니다. 앞서 언급했듯이, 설화에는 초월계 같은 별세계가 문제시되지 않는 작품들이 존재하기 때문이다. 비록 이 작품들에 있어 작중공간의 의미가 앞의 경우에서와 같이 뚜렷하게 부각되는 것은 아니라 하더라도, 문제의식을 예각화해서 접근할 때 그 속에 많은 논점

---

9) 물론 그 만남의 방식에는 다양한 편차가 있을 수 있다. 그 예로 초월공간이 현실공간처럼 실재하는 것으로 그려지는가, 아니면 현실공간과는 달리 가상으로 설정된 문학적 장치로 나타나는가 하는 차이를 들 수 있다. 이는 지면을 달리해서 논해야 할 복잡한 문제로서 이에 대한 더 이상의 언급은 보류하기로 한다.

10) 이야기 속에 현실계가 직접 드러나지 않는 경우라 하더라도 그 초월공간의 의미는 실제현실과의 관련을 통해 드러나게 된다는 점에서 현실계가 드러나는 경우와 본질적인 차이가 있는 것이 아니라고 할 수 있다.

들이 내포되어 있음을 발견하게 된다. 이 문제에 대한 논의가 진전됨으로 해서 설화에서의 작중공간의 위상이 포괄적으로 자리매김될 수 있음을 생각할 때, 그 논의의 필요성이 더욱 분명해진다 하겠다.

이 글에서 논의대상으로 삼는 네 유형의 설화는 모두 위와 같은 문제를 지니고 있는 것들이다. 그 중 〈등제한 상사람〉, 〈꾀쟁이 하인〉 두 자료를 놓고 몇 가지 일반적인 문제를 검토해 보기로 한다.

〈등제한 상사람〉은 '내륙형'과 '제주형'에 있어 약간의 내용상의 차이를 보이고 있는데, 전체를 아울러서 그 서사단락을 정리하면 다음과 같다.[11]

가. 주인공은 돈많은 백정(어부 : '제주형')의 똑똑한 아들이다.

나. 가난한 서당선생을 잘 봉양한 후 글을 배운다.

다. 서울로 은밀히 과거를 보러 떠난다.

라. 양반집 도령들이 주인공을 괴롭힌다. ('제주형')

마. 주인공은 서울에서 우연히 정승딸을 만나 과거 글을 얻는다. ('제주형')

바. 주인공은 신분을 감추고 과거를 치러 장원급제를 한다.

사. 정승이 주인공을 데려다 사위로 삼는다.

아. 시골에서 아버지가 주인공을 찾아 올라온다.

자. 주인공 부부가 아버지에게 은밀히 양반행동을 가르친다.

차. 아버지의 실수로 미천한 신분이 탄로나 쫓겨난다.

카. 어느 부자와의 내기에 이겨서 큰 재물을 얻는다.

타. 정승에게 전날 아버지의 실수가 오해였음을 납득시킨다.

파. 주인공은 출세해서 양반으로 잘 산다.

이 설화에 있어 논의대상이 된 9편의 각편에서 주인공이 태어나 살아온 고장은 평범한 향촌으로 되어 있다(특히, '제주형'에 있어서는 평범한 어

---

11) 신동흔, 앞의 논문, 9~17면.

촌이다). 대체로 '어느 고을', '어느 동네' 등과 같이 간략히 제시된 경우가 많은데, 자료에 따라서는 '정읍' '안동' 등과 같이 지명이 구체적으로 제시되기도 한다. 한편 이 설화에서는 향촌 마을과 함께 '서울'이라는 공간이 등장한다. 주인공은 서울에서 과거에 급제하여 벼슬을 얻게 되는 것이다. 이와 같이 평범한 향촌과 서울, 그리고 그 사이의 여로 등이 이 설화의 주된 공간으로 자리잡고 있다. 이러한 공간이 실제현실의 공간을 특별한 굴절 없이 반영한 것임은 쉽게 이해될 수 있다. 이 설화에서 제시되는 공간은 일상의 생업과 사회적 활동이 수행되는 평범한 생활공간인 것이다.

〈꾀쟁이 하인〉의 서사단락은 몇몇 단편적인 변이형들을 제외하면 기본적으로 다음과 같이 짜여져 있다.[12]

가. 주인공은 시골 양반집의 하인이다.

나. 주인공이 상전과 함께 서울로 길을 떠난다.

다. 주인공이 꾀로 상전의 음식을 뺏어먹는다.

라. 주인공이 상전의 말을 팔아 먹는다.

마. 상전이 주인공을 죽이라고 글을 써서 집으로 돌려보낸다.

바. 방아찧는 곳에서 꾀로 떡보리를 훔쳐 내뺀다.

사. 꾀로 꿀장수에게서 꿀을 떼먹는다.

아. 주인공은 상전이 쓴 글내용을 고쳐 주인딸과 결혼한다.

자. 상전이 주인공을 죽이려고 묶어서 자루에 넣어 놓는다.

차. 주인공이 다른 사람과 바꿔치기해서 살아난다.

카. 주인공이 상전의 식구들을 물에 뛰어들어 죽게 한다.

타. 주인공이 주인딸을 데리고 잘 산다.

---

12) 위의 논문, 25~35면.

〈꾀쟁이 하인〉은 채록된 각편이 30편이 넘는데, 이야기 주인공인 하인이 살고 있는 공간은 대체로 '어느 한 시골' 등으로 추상적으로 제시된 경우가 많으며, 간혹 괴산, 경남, 충주, 당진 신평, 순천, 언양, 황해도 등으로 구체화된 경우도 눈에 띈다. 이 역시 전형적인 향촌이라고 묶어 말할 수 있다. 한편 이 설화에 있어서도 〈등제한 상사람〉의 경우와 마찬가지로 '서울'이라는 공간이 제시되며, 향촌과 서울을 왕래하는 여로가 중요한 공간으로 등장하고 있다. 이 설화에 제시되고 있는 이러한 공간 역시 양반이 과거를 보러 가고 하인이 뒤를 따르는, 여인이 떡방아를 찧고 꿀장수, 유기장수가 돌아다니는 일상적인 사회생활의 공간으로서 구체화되고 있다. 주인공이 물속에 있는 용궁을 다녀왔다고 하여 상전을 속이는 내용이 나오긴 하나, 여기서 용궁은 거짓말로 꾸며댄 공간인 만큼 별다른 문제가 되지 않는다.

이렇게 볼 때, 이 두 설화유형에 있어서 일상적인 현실공간과 변별되는 특수한 별세계는 설정되어 있지 않으며, 실제현실에서와 마찬가지의 사회적 생활의 공간만이 그려지고 있음을 알 수 있다. 초월계가 설정된 설화에서의 공간구성이 이원적인 데 비해, 이 설화들의 작중공간은 현실적 일원성을 띠고 있다고 할 수 있을 터이다. 작중공간이 현실의 공간과 동질적인 차원에서 설정되어 있는 것이다. 그런 까닭에 이 설화들에 있어 작중공간은 초월계가 설정된 설화에 있어서와는 달리 작중상황에 대상성을 부여함에 있어 그 자체로서 특별한 역할을 수행하지 않고 있다. 오히려 이 설화들에 있어 작중공간은 현실공간과의 유사성으로 하여 작중상황을 현실상황을 향해 열리도록, 연속되도록 하는 역할을 하고 있다고 볼 수 있다. 초월계가 설정된 설화가 기본적으로 '현실 너머'에 대한 관심으로부터 출발하는 것이라면, 이러한 일상적 성격의 설화는 '현실 자체'에 대한 관심을 출발점으로 하여 존재하는 것이라고 할 만하다.13) 설화에 있어 나타나는 이와 같은 이질적인 성격은 이야기의 존재방식에 있어 본질에 닿는 문제라고 생각된다.

우리는 앞서 초월계가 설정되는 설화에 있어서도 그 상대항으로서 현실계가 등장한다는 사실을 언급한 바 있다. 그런데 이때의 현실계가 지니는 의미와, 앞의 두 설화유형과 같이 현실적 일원성을 특징으로 하는 설화에서 현실계가 지니는 의미는 동일하지 않다는 사실이 지적될 수 있다. 전자의 경우 현실계의 의미는 초월계와의 관계를 통하여 규정되는 것인 만큼 흔히 현실 너머의 세계에 대한 현실세계 내지 인간세계로서 보편적인 의미에 연결되는 것으로 보인다. 이에 비해 후자의 경우에는 현실세계 그 자체가 문제가 되는 것인 만큼 작중공간은 현실의 '특정한' 문제가 구체적으로 펼쳐지는 공간으로서 의미를 지니는 것이 보통이라고 생각된다. 즉 전자에서 '인간' 그 자체가 문제가 제기되고 바로 그 인간의 공간으로서 현실이 문제시된다면, 후자에 있어서는 백정, 하인, 양반, 정승 등과 같은 구체적인 인간과 그들의 삶의 공간으로서의 향촌, 서울 등과 같은 특정한 공간이 문제시된다고 할 수 있다.

이 자리에서 우리가 짚고 넘어가야 할 문제는 현실적 일원성을 지니는 설화 내에서의 양식상의 변별이 공간의 위상과 어떻게 관련을 맺고 있는가 하는 점이다. 필자는 선행 논문에서 이미 네 개의 설화 유형이 성격을 달리하는 두 개의 변별적인 양식으로 나뉘고 있음을 밝힌 바 있다. 즉 〈등제한 상사람〉, 〈백정과 박문수〉는 '참말형 설화(사실적 민담)'로 보았는바 이는 전승자들이 이야기 내용의 사실성(事實性) 여부에 진지한 관심을 보이고 있으며 상황 표현의 방식에 있어 사실성(寫實性)이 두드러진 것으로 나타났기 때문이다. 한편 〈꾀쟁이 하인〉, 〈정승 골린 사람〉에 대해서는 '허풍형 설화(희극적 민담)'라 하였는데, 이야기 내용의 사실성 여부가 문제가 되지 않으며 흥미 중심의 과장적 표현을 특징으로 하고 있기 때문이다.14)

---

13) 작품이 궁극적으로 지향하는 의미가 어디로 귀착되는가 하는 것은 공간 외의 또 다른 여러 요소들을 종합하여 살펴보아야 하는 것인만큼, 이러한 대비법이 그대로 적용되는 것은 아님을 밝혀둔다.

그런데 단적으로 말하여 이와 같은 상황설정 방식상의 차이가 작중
공간 자체의 이질성과 직접 연관되어 있다고 보이지는 않는다. 이는 앞
서 〈등제한 상사람〉과 〈꾀쟁이 하인〉의 작중공간에 대하여 설명한 바를
상기할 경우 쉽게 이해된다. 즉 두 작품에 있어 향촌과 서울, 그리고 둘
사이의 여로 등이 공통적으로 주요 공간이 되고 있을 뿐만 아니라, 그
공간이 특별한 변형 없이 일상 사회생활의 공간을 반영하고 있다는 점
에서도 특징을 같이하고 있는 것이다. 즉 이 설화의 경우 기본적으로
그 공간이 이질성보다 동질성을 강하게 드러낸다고 할 수 있다. 이렇게
볼 때 현실적 일원성을 특징으로 하고 있는 설화 내에서의 양식상의 변
별에 있어 작중공간이 특별한 역할을 하고 있다고 보기 힘들며, 오히려
형상화의 공통적 기반이 되는 것으로 나타난다. 전승자의 태도 및 표현
방식의 차이가 변별의 요건으로 작용하고 있을 뿐이다. 이는 '초월계'의
문제가 설화의 양식적 변별 문제와 밀접한 관련을 맺고 있다는 사실과
좋은 대조를 이룬다 하겠다.

3. '향촌'과 '서울'의 위상

이 절에서는 논의대상으로 선정한 네 가지 설화유형에 있어 공간구
성의 기본 축이 되고 있는 것이 무엇이며, 그것이 어떠한 방식으로 구
성되어 작품 주제의 구현에 기여하고 있는가 하는 문제를 구체적으로
살펴보고자 한다.
　설화에 있어 공간상의 대립은 다양한 양상으로 나타난다. 그러나 그

---

14) 신동흔, 앞의 논문, 45~76면.

것은 기본적으로 '이곳:저곳'의 대립으로 요약될 수 있다고 본다. '이곳'이란 설화의 전승자들이 실제로 발붙이고 살고 있는 공간이며, '저곳'은 그와 반대로 전승자들의 삶의 공간에서 멀리 떨어져 있는 공간을 지칭한다. 그 대립은 '이 마을:저 마을', '이 지방:저 지방', '이 나라:저 나라' 등과 같이 여러 차원에서 구체화될 수 있다. 그런데 이와 같은 공간상의 대립은 전승자들이 '실제 발붙이고 있는 공간'을 기준으로 할 수 있는 한편 '심리적 거리'의 차원에서도 문제시될 수 있다고 본다. 즉 실제의 거리가 떨어져 있다 하더라도 전승자들이 자신이 발붙이고 있는 공간과 동질적인 공간으로 느낄 때 그 공간은 심리상으로 보아 '이곳'이 되며, 반대로 실제의 거리와 상관없이 전승자들이 자신이 처해 있는 공간과는 이질적인 것으로 생각하여 심리적으로 먼 곳으로 느낄 때 그 공간은 '저곳'이 되는 것이다. 설화의 의미가 구현됨에 있어서는 이러한 심리적 거리가 중요한 역할을 한다고 본다.

설화의 작중공간에 있어서의 '이곳:저곳'의 위상을 논함에 있어 조동일은 '자기 고장', '서울', '일본', '중국' 등의 축을 설정한 바 있다. '자기 고장'이 '이곳'에 해당하는 것이라면 나머지 셋은 '저곳'에 해당하는 셈이다. 그의 관심은 주로 이들 공간을 축으로 한 인물의 움직임이 지니는 의미를 도출하는 데 놓인 것이었는데, 일련의 분석을 통하여 '머무름'과 '떠나다님'의 행위가 갖는 사회적 의미가 심도 있게 밝혀질 수 있었다.[15] 그러나, 그의 관심은 주로 인물의 행적에 주어진 것이어서 작품 내에서 그 공간들이 서로 관계맺는 양상을 작품의 전체적 구조 및 주제와 연관시켜 해명하는 방향의 작업은 소략했다.

이 글에서는 공간구성 방식을 작품구조 및 주제와 연관시켜 해명하고자 하는 데 주된 목적을 두고 있는 바, '향촌' 및 '서울'이라는 공간을 분석의 주된 축으로 삼으려 한다. 우리는 이미 앞 절에서 〈등제한 상사

---

15) 조동일, 앞의 책, 409~421면.

람〉, 〈꾀쟁이 하인〉에 있어 향촌이라는 공간과 서울이라는 공간이중요
한 자리를 차지하고 있음을 확인한 바 있다. 이제 〈백정과 박문수〉, 〈정
승 골린 사람〉에 있어서는 그 사정이 어떠한가를 살펴보는 데서 논의를
출발하기로 한다.

〈백정과 박문수〉형 설화의 하위유형은 '박문수형'과 '양반형'으로 대
별되는데, 본고에서는 이중 좀더 폭넓게 분포하고 있는 하위유형인 '박
문수형'을 대상으로 해서 논의를 전개하려 한다.16) 약 13편의 각편이
여기에 해당하는데 그 구성은 다음과 같이 정리된다.17)

> 가. 주인공은 돈 많은 백정이다.
>
> 나. 주인공은 마을 이방이 축낸 돈을 변상해 주고 좌수 사령장을 얻는다.
>
> 다. 고을 양반들의 반발로 좌수 노릇을 못하게 된다.
>
> 라. 주인공은 아는 사람 없는 먼 고장으로 거처를 옮긴다.
>
> 마. 주인공은 박문수의 친척이라 자칭하면서 양반행세를 한다.
>
> 바. 박문수가 주인공의 집으로 찾아온다.
>
> 사. 박문수가 주인공의 친척 노릇을 해준다.
>
> 아. 주인공이 돈을 보내 박문수의 협조에 보답한다.
>
> 자. 박문수의 동생이 그 일을 알고는 주인공을 징치하러 찾아온다.
>
> 차. 주인공이 징치자를 미친놈 취급해 혼을 내서 항복받는다.
>
> 카. 주인공은 천대를 벗고 양반으로 살아간다.

이 설화에 있어 주인공이 살아가는 공간은 다양한 이름으로 제시된
다. 그냥 '한 고을' 혹은 '한 고을→다른 고을'로 표현되어 있는 경우가

---

16) '양반형'의 공간구성 방식은 '박문수형'과는 다소 차이가 있다. 그런 만큼 이 논문에
   서는 〈백정과 박문수〉에 대해 언급하는 것은 일단 '박문수형'에만 유효한 것임을 밝혀
   둔다.
17) 신동흔, 앞의 논문, 17~25면.

몇 개 있으며, '광양', '서울→경주', '함경도→경상도', '어느 고을→
서산', '안동→충청도', '전주→서산', '진주→옥천' 등으로 구체화되
어 있기도 하다. 종합해서 보면, 하나의 향촌에서 또 다른 향촌으로 거
처를 옮기는 것으로 그려지는 것이 보통이다. 한편 이 설화의 또 다른
주요 인물인 박문수 및 그의 동생은 서울에 본가를 두고 살아가는 인물
로 표현되고 있다. 그런 면에서 '서울'이라는 공간이 이 설화의 중요한
공간으로 포괄될 수 있다.

〈정승 골린 사람〉의 각편 21편을 종합하여 기본 서사단락을 정리하면
다음과 같다.[18]

가. 정승의 사위가 집안이 미천해 벼슬을 못하고 박대 받는다.

(가'. 정승의 조카가 벼슬을 못하고 건달로 떠돈다.)

나. 주인공이 백마에 먹칠을 해 흑마로 만들어 정승에게 바친다.

다. 정승이 말을 받고 좋아서 평양감사 등의 벼슬을 준다.

라. 진상한 말이 가짜임이 탄로난다.

마. 정승이 아들을 어사로 보내 주인공을 징치하게 한다.

바. 주인공이 정승의 부고가 온 것처럼 꾸며 징치자를 돌려보낸다.

사. 정승이 다른 아들을 보내 주인공을 징치하게 한다.

아. 주인공이 미인계를 써서 징치자를 발가벗겨 궤에 가둔다.

자. 정승이 다시 다른 아들을 보내 주인공을 징치하게 한다.

차. 주인공이 거짓 신선놀음을 꾸며 징치자를 속여 넘긴다.

카. 주인공은 자기 벼슬을 지키고 잘 산다.

이 설화에 있어서도 '향촌'과 '서울'이라는 공간이 병립되고 있음이 확
인된다. 주인공은 흔히 향촌 출신의 인물로 그려지고 있다(특히 '가'의 경

---

18) 위의 논문, 36~44면.

우). 그리고 그의 부임지가 평양·성주·부여·하동 등으로 나타나는데, 넓게 보아 향촌으로 포괄할 수 있는 공간이다.[19] 한편 주인공의 상대자인 정승 및 그의 아들들이 뿌리박고 있는 공간은 '서울'이다. 이 설화는 이 두 공간 및 그 사이에 놓인 길을 배경으로 하여 이야기가 전개되고 있다.

이상의 논의를 종합해 볼 때, 본고에서 논의대상으로 삼고 있는 네 설화유형에 있어 어느 경우에나 '향촌' 및 '서울'이 주된 작중공간으로 자리잡고 있음이 확인된다. 주목되는 사실은 이 설화들에 있어 '향촌'과 '서울'이 서로 대립되는 공간으로서 설정되어 있다는 점이다. 〈등제한 상사람〉에 있어 향촌은 주인공이 상민으로서의 불우한 삶을 사는 공간인 데 비하여 서울은 그가 양반으로 출세하는 공간이라는 점에서 대조적인 의미를 지니고 있다. 〈백정과 박문수〉의 경우에는 향촌에서 살아가고 있는 인물인 백정이 서울에서 박문수와 그의 동생이 내려옴으로 해서 위기를 맞게 된다는 점에서 두 공간이 대립되고 있다. 그리고 〈꾀쟁이 하인〉에 있어서는 '서울'을 대하는 양반과 하인의 태도에서 대립되는 태도가 나타나며, 서울이라는 공간이 양반과 하인의 관계가 역전되는 계기를 마련한다는 점에서 향촌과는 다른 의미를 지닌다.[20] 끝으로 〈정승 골린 사람〉의 경우에는 향촌과 서울이 서로 경쟁관계에서 거듭 다투고 있는 주인공과 정승의 생활공간으로 나뉘고 있다는 점에서 명백하게 대립적인 위상을 보이고 있다.

이와 같이 대립되는 두 공간 중에서 '향촌'은 대체로 '하층민의 생활공간'이라는 의미를 내포한 것으로 나타난다. 하층민에 해당하는 주인

---

19) 평양을 향촌에 포괄시키는 데는 상당한 무리가 따르는 것이 사실이다. 그러나 이 설화에서 평양이 서울에 상대되는 공간으로 제시되고 있을 뿐 아니라, 주인공이 그곳에 부임하여 선정을 펼쳐 향촌민들의 신망을 얻고 그들의 도움으로 위기를 극복해 가는 것으로 그려지고 있기 때문에 '평양'도 '향촌'을 대표하는 공간으로서의 의미를 지닐 수 있다고 본다.

20) 〈꾀쟁이 하인〉에 있어서는 다른 설화에 비해 대체로 서울과 향촌의 대립이 명료히 드러나지 않는 편이다.

공이 뿌리박고 살아온 공간으로 그려지는 경우가 대부분이기 때문이다. 그런데 이 '향촌'은 전승자의 입장에서 볼 때 '이곳'에 해당하는 공간으로 자리하고 있다고 판단되는바, 이는 특히 '심리적 거리'의 측면에서 그러하다. 비록 전승자들이 작중배경이 되고 있는 그 마을 내지 지방에 살고 있는 경우가 아니라 하더라도 그들은 대체로 주인공이나 비슷하게 향촌에서 살아온 이들로 나타나고 있다. 그들 대부분이 이 설화들을 전승함에 있어 주인공의 입장에 공감하는 것으로 나타나는 바, 이는 심리적 동질감을 부여하는 중요한 요소로 작용하고 있다.[21] 이에 비하여 '향촌'에 대립되는 공간인 '서울'은 자연히 '저곳'으로서의 의미를 지니게 된다. 이 설화들에 있어 '서울'은 대체로 '양반의 삶'과 밀접히 연관된 것으로 나타나거니와 향촌민으로 대변되는, 그리고 주인공의 입장에 공감하고 있는 것으로 나타나는 전승자들의 입장에서 볼 때 이러한 양반의 생활공간으로서의 '서울'은 상당한 심리적 거리를 내포하고 있는 것이라 볼 수 있다.

이상의 간략한 논의를 통해 우리는 '향촌 : 서울'의 대립이 이 설화들의 주제와 긴밀한 연관을 가지고 있다는 사실을 암시받을 수 있다. 그 공간대립이 바로 이 설화들에 있어서 이야기 내용상의 기본 대립인 '하층민 : 양반'이라는 신분적 갈등과 연결되고 있음이 드러나기 때문이다. 그런데 그 구체적인 위상이 네 설화유형에 있어 동일한 것일 수는 없는 만큼 각 설화 별로 하나하나 검토해 나가기로 한다. 그 검토작업을 통해 이 설화들이 주제의 구현에 있어 나타내는 미묘한 차이에 심도있게 다가설 수 있으리라 기대한다. 논의는 〈등제한 상사람〉, 〈백정과 박문

---

21) 물론 전승자에 따라 그 입장이나 태도가 상반되는 경우도 상정할 수 있으며, 실제로 그러한 현상이 확인되기도 한다. 이 모든 경우를 각편에 따라 하나하나 따지는 것이 이상적인 방법이겠으나 거기에는 현실적으로 많은 어려움이 따르는 바 우리는 그중 가장 보편화되어 있고 작품 의미의 해석과 밀접하게 연관되는 입장을 취하여 구체적인 논의의 출발점으로 삼을 수 있는 것이라고 본다. 단 이 경우 논의의 타당성은 절대적인 것이 아니고 개연적인 것이 되리라는 점은 인정된다.

수〉, 〈꾀쟁이 하인〉, 〈정승 골린 사람〉의 순으로 전개하기로 한다.

〈등제한 상사람〉에 있어 주인공이 태어나 살아온 '향촌'의 성격은 다음과 같은 대목을 통하여 잘 드러난다.

"그러믄 그 자식을 공부를 가리켜야 할텐데, 대낮에는 배울 수가 없읍니다. 제 자식이 배울 수도 없구 그 동료들이 다 양반인데 그 상놈에 자식하구 같이 배울라구 들지두 않을거구, 또 지가 제 자식을 공부를 가르친다면 저는 여기서 그 양반들 등살에 배겨나지도 못할거구, 또 선생님도 위신 문제로 여기서 견디시지 못할 게 아닙니까?"

"음! 그렇지. 너 잘 아는구나. 그렇지."

"그런데 그런 처지니까 제가 지 자식 공부시켜달라고 할 수 없으니, 밤중에 세 시간씩만 가리켜 주십시요."22)

이 예문에서 우리는 주인공이 천대받고 설움당하는 모습의 일면을 볼 수 있다. 그는 똑똑한 인물임에도 불구하고 양반의 시선이 두려워서 남몰래 밤중에 공부를 해야 하는 처지에 놓여 있다. 이와 같이 주인공에 있어 향촌이란 공간은 신분차별을 감수해야 하는 '고난'의 공간으로서의 의미를 지니고 있다.

주인공이 이러한 고난의 상황으로부터 벗어날 수 있는 계기는 바로 '길의 떠남'을 통하여 마련된다. 즉 고향 마을을 떠나 서울에 도착하여 과거에 급제하고 명문가의 사위가 됨으로 해서 양반 관료로서의 삶에 나아가게 되는 것이다. 여기에서 주인공의 '길 떠남'은 자신의 주체적 판단에 의한 것으로 표현되고 있는데, '머무름'을 거부하고 '떠남'을 선택했다는 것은 기존 질서에 대한 안주를 거부하고 새로운 세계를 추구한 행위로서 의미를 지닌다 할 수 있다.23)

---

22) '정승딸과 결혼한 백정아들', 『한국구비문학대계』 1−9(용인), 용인군 원삼면 설화 19, 512면.

이 설화에서 공간이동 과정은 다음과 같이 요약해 정리할 수 있다.

향촌 I ⟶ 서울 ⟶ 향촌 II[24] ⟶ 서울
(가나) (다) (라) (마자) (차) (카) (타) (파)

여기에서 우리는 이 설화에서의 공간이동이 기본적으로 '향촌→서울'의 방향을 따르고 있으며, 그 과정은 2회 반복을 통해 완결되고 있음을 알 수 있다. 이 설화에서 이와 같이 공간이동의 방향이 일방성을 띠고 있다는 것은 이 설화의 주제가 '신분의 상승'이라는 지향을 기본골격으로 한다는 사실과 불가분의 관계를 맺고 있다.

그런데, 여기서 우리의 관심을 끄는 사실은 '향촌→서울'의 공간이동이 험난한 것으로 그려지고 있다는 점이다.

> "저두 과— 과게를 좀 보면 어떻겠읍니까?"
> 이래니까는,
> "응, 네가 이번에 과거를 보면 급제야. 그러니깐 너 동접한티 들키면 안된다." 이거야.
> (…중략…)
> 그래 집이 와 지 애비한티 과거 보러 간대니,
> "이늠으 새끼. 니가 과거 보면 우리 결국 죽구 마는디, 니가 무슨— 과거가 무신 과거니. 이늠으 새끼."
> "아니요. 가겠읍니다."[25]

---

23) 이는 조동일이 인물전설 연구를 통해 제시한 시각과 일치하는 것이다. 조동일, 앞의 책, 416~417면 참조.
24) '향촌 II'라 한 것은 신분이 탄로나 낙향한 곳이 본 고향과는 다른 곳으로 표현되어 있기 때문이다.
25) '양반 된 상놈', 『대계』 1-4(경기도 의정부시·남양주군 편), 남양주군 미금읍 설화 43, 555~556면.

결국 주인공은 고집을 피워 허락을 얻고 '도보로' 서울을 향해 떠난다. 이와 같이 서울을 향한 주인공의 '길 떠남'은 고난과 위험을 감수해야 하는 험난한 길로의 들어섬으로 나타나고 있다. 주인공의 서울행이 험난한 것이라는 점은 특히 '제주형'의 경우에 잘 형상화되어 있다. 서울을 향해 길을 떠나는 주인공을 발견한 양반 자제들이 주인공을 모래에 파묻는다든지 혹은 어려운 일을 시켜 죽이려 하는 등으로 괴롭히는 바, 주인공은 이 어려운 고비를 극복하고서야 겨우 서울에 이르는 것으로 그려져 있는 것이다. 이와 같이 이 설화에서 '향촌→서울'로의 이동이 험난한 것으로 그려진 것은 바로 신분상승의 어려움을 대변하는 것으로서 의미를 지닌다고 할 수 있다.

한편, 이러한 신분상승의 어려움은 주인공의 서울 정착이 일회적으로 완결되지 못하고 2회 반복되고 있는 데서도 표현되고 있다. 서울에서 과거에 급제한 주인공이 본래의 신분이 탄로남으로 해서 쫓겨나 낙향하게 되는 것은 바로 신분상승의 험난함을 형상화한 것이라 할 만하다. 그런데 이와 같이 서울에서 쫓겨나는 것은 '향촌Ⅰ→서울'의 이동이 불완전한 것이라는 데서 기인한다. 즉 주인공 자신은 향촌을 떠나 서울에 와서 자리를 잡았지만, 부친을 비롯한 다른 가족은 아직도 향촌에 머물러 있었던 것이다. 이러한 불완전성이 주인공의 부친의 상경으로 해서 표면화하게 되고, 결국은 서울에서 양반으로 정착하려는 시도가 일단 좌절되고 만 것이라 하겠다.

주인공이 완전히 신분상승에 성공하여 서울의 양반으로 정착하게 되는 계기는 '향촌Ⅱ' 공간에서 마련된다. '향촌Ⅰ'이 주인공의 출신 공간으로서 그 신분이 노출되어 있는 공간인 데 비해 '향촌Ⅱ'는 낯선 곳으로서 주인공이 새롭게 일을 도모할 수 있는 공간이다. 주인공은 '서울→향촌Ⅱ'의 길에서 얻은 큰 재력을 이용해 '향촌Ⅱ'에서 막강한 실력자로 자리잡게 된다. 그런 후 정승을 초청하여 자신이 당당한 양반임을 보여줌으로써 부친의 실수로 드러난 신분을 감추는 데 성공하게 된다.

설화 문면에 있어 정승이 다시 주인공을 받아들이는 것이 '오해의 풀림'에 의한 것으로 되어 있지만,26) 심층적 의미에서 볼 때 이는 정승이 지방 유지로 자리잡은 주인공의 실력을 인정한 것으로 해석될 수 있다고 본다. 요컨대, 주인공은 '향촌 Ⅱ'에서 새로운 시도를 성공시킴으로써 당당하게 서울의 양반 관료로 자리잡게 되는 것이다.

이상의 논의를 통해 우리는 〈등제한 상사람〉에 있어서 '향촌'과 '서울'의 대립, 그리고 그것을 축으로 한 공간이동이 이 설화의 주제와 밀접한 연관성을 맺고 있음을 확인할 수 있다. 특히 공간구성의 문제가 단순히 작품 배경으로 놓이는 것이 아니라 사건의 발전 및 주제 구현에 있어 적극적인 역할을 행하고 있음을 주목할 만하다.

〈백정과 박문수〉의 작중공간은 다소 특별한 의미를 지닌다. 그것은 이 공간이 조선조 후기의 사회라는 시대적으로 제한된 공간의 성격을 잘 보여준다는 점에서 찾아진다. '박문수'가 조선 후기의 인물이라는 점은 차치하고, 이 작품의 주인공이 '돈 많은 백정'이라는 점, 그리고 그가 적극적으로 신분상승을 추구한다는 점은 조선 후기 천부(賤富)의 모습을 전형적으로 보여주는 것이라 할 만하다. 우리는 이 설화를 통하여 조선 후기 사회라는 공간이 형상화되고 있는 방식에 대하여 이해를 넓힐 수 있을 것이다.

이 설화의 주인공인 백정은 우선 자신이 뿌리박고 살아온 공간 내에서 신분의 상승을 시도한다. 재력을 이용하여 고을 이방으로부터 좌수 사령장을 얻어내기에 이르는 것이다. 이러한 백정의 행위는 향촌사회의 신분질서를 뒤흔드는 행위라 할 수 있는 바, 당연히 고을 양반들의 반발을 사게 되며 결국은 좌절되고 만다. 이러한 전개는 신분제의 관습을 정면으로 부정하는 행위가 용납되는 것이 힘에 벅찬 일이었다는 인식을 반영한 것이라 할 수 있다.27)

---

26) 그 자세한 내용은 신동흔, 앞의 논문, 11~12면 참조.
27) 각편에 따라 백정이 자신의 출신고을 내에서 신분상승을 성취하는 것으로 된 경우

백정은 멀리 떨어져 있는 다른 고을로 거처를 옮김으로써, 즉 '길을 떠남'으로써 상황을 타개해 나간다.

> "에이 내가 인제 천리 밖으루다 이사를 갈 수밖에 없다."
> 그래구 멀리 이살 떠났단 말야. 그래 워낙 벌은 돈은 있으니까 집을 커다랗게 짓구 종을 부리고 거기 가가주구선 무슨 행세를 했느냐 할 것 같으므는 그 첩지 뭐인가 있으니까 가서 좌수 행셀 해구 살았어요 [조사자 : 공명첩 같은 거죠] 응, 그래 인제 그 고일에선 '박좌수, 박좌수' 그래요. 그래 인제 상놈은 면했어요.[28]

백정의 출신공간으로서의 '향촌 I'과 이렇게 새로 자리잡은 공간으로서의 '향촌 II' 사이의 거리는 '함경도→경상도', '경상도→충청도 구석' 등과 같이 왕래가 쉽지 않은 먼 거리로 되어 있다. 곧 주인공은 이러한 공간상의 거리를 이용하여 신분상승에 성큼 다가서고 있는 셈이다. 이렇게 자신의 출신 공간에서 신분상승에 좌절한 주인공이 이와 같이 공간의 이동에 의해 수월하게 신분상승을 향해 나아가고 있다는 사실은 중요한 의미를 지닌다. 기존의 관습은 신분의 변동을 거부하려 하고 있지만 거기에는 허점이 있으며, 그 허점을 이용하면 관습의 권역을 벗어나 신분상승을 이룰 수 있었음을 보여주고 있기 때문이다. 즉 기존의 제도·관습은 향촌사회에서 일어나고 있는 다양한 방법에 의한 신분변동을 일일이 통제하기에 한계를 지니고 있었다는 것이다.

그런데 박문수의 도래로 해서 사태는 급변하게 된다. 백정은 온갖 노력이 수포로 돌아가게 될 위기를 맞게 되는 것이다. 박문수는 서울에 본가를 두고 있는 정부의 관료로서, 지방 감찰의 임무를 맡고 있는 암행어사이다. 그런 의미에서 박문수가 백정에게 찾아오는 것은 향촌사회

도 있는데, 이는 사회변동의 양상에 대하여 좀더 낙관적인 의식을 나타낸 것이라 할 수 있다.

28) '박문수의 당숙이 된 백정', 『대계』 2-7, 횡성군 갑천면 설화 10, 345~346면.

의 변화에 대하여 중앙정부의 통제가 미치게 된 상황으로 해석될 수 있다. 즉 향촌과 서울이 대립적으로 만나게 되는 상황인 것이다. 이러한 만남은 박문수에 이어 박문수 동생의 도래에 의하여 재차 반복되는 바, 이 설화의 공간구성 양상을 전체적으로 정리하면 다음과 같이 된다.

향 촌 Ⅰ ⟶ 향 촌 Ⅱ ⟷ 서울(중앙정부)

(가~다)　　(라)　(마)　　(사~바)

(카)　(차~자)

　박문수의 도래에 의해 이루어지는 향촌과 서울의 첫 번째의 만남은 화해로운 결말을 맞는다. 박문수가 백정을 만나본 후 그 인물됨을 보고서 그를 도와주는 것이다. 여기서 박문수의 행위는 신분에 의한 인간을 규정하고 억압하는 행위가 부당한 것이며 신분상승을 추구하는 백정의 행위가 정당한 것이라고 인정하였음을 의미한다. 박문수는 세상의 흐름을 바로 볼 수 있었던 지식인으로서, 향촌사회에서 전개되고 있었던 사회변화를 정당한 변화, 또는 어쩔 수 없는 변화로 보았다고 할 수 있다.

　박문수의 동생이 도래함으로 해서 이루어지는 향촌과 서울의 두 번째의 만남은 첫 번째 경우보다 더욱 대립적이며 급박한 만남이다. 박문수의 동생이 백정이 양반으로 행세하는 것과 같은 향촌사회의 변동을 터무니없는 것으로 생각하여 거부하고 그 당사자인 백정을 징치하려고 하는 것은 보수적인 중앙양반의 입장을 대변하는 행위라 할 만하다. 그런데 이 인물과 백정의 대결은 백정의 완전한 승리로 끝나고 만다. 백정을 징치하려고 내세운 양반의 위세는 백정의 힘 앞에 무력하게 무너지고 만다. 그의 위세는 서울에서의 위세였을 뿐 백정의 생활공간인 향촌에 이르러서는 아무런 힘도 발휘하지 못하는 것이다. 결국 그의 행위는 '미친놈'의 행위로 몰려 백정에 의해 농락당하게 되며,[29] 끝내 형세가 여의치 않음을 알고 백정 앞에 굴복하게 된다. 이러한 사건전개는 향촌사회의 신분변동이 엄연하고 정당한 현실이며, 중앙으로부터 통제되어서도 안 되고 통제될 수도 없다는 의식이 이 설화의 심층적 의미로 자리잡고 있음을 보여준다.

> "조카님, 이번 참 와서 고생 참 기가 맥히게 했네. 이거 뭐 뭐라고 말을 할 수가 없네."
>
> 그리구설랑에 말을 태워서 올려 보내니, 이 자식두 아뭇소리 못하고 꿀먹은 벙어리 모양 끄덕 끄덕 말 위에서 그리 올라간단 말야.
>
> 집에 떡 들어오니 저의 형이 있다 하는 말이,
>
> "너 거 오래 걸렸구나, 거 사람 잡아 오기가 그렇게 힘이 드냐?"
>
> 그러니까.
>
> "아이고 형님 말 마시요"
>
> "거 봐라 인마. 내가 웬만한 놈 같음 그 자리서 후렸지 그냥 두질 않어. 그냥 둘 놈이 아닌데 원체 사람이 나기를 잘났다. 암만 백정질을 했더래도 그 놈이 나길 잘 났어. 그래서 내 자신도 그를 그냥 눈 감구 귀 먹은 척 하고 왔는데 네까짓 놈이 뭐 대단한 놈이 돼서 그놈을 잡아오냐."
>
> 그러니까,
>
> "아이고 형님 말 마쇼. 세상에 내가 그런 무서운 놈은 이 세상에서 첨 봤읍니다."[30]

이 대화에 있어 박문수와 그 동생이 백정을 달리 처리할 수 없다고 언급하고 있는 것은 바로 그러한 인물이 활동하고 있었던 당대 사회에 대해서도 적용될 수 있는 것이라 하겠다.

---

29) 한 각편에서는 농부들에게 얻어맞아 죽는 것으로 표현되기도 한다.「백정의 양반 노릇」,『대계』5-6, 정읍군 정우면 설화 16 참조.
30) '백정의 조카 노릇한 박문수',『대계』2-2, 춘천시 설화 36, 249~250면.

<꾀쟁이 하인>에 있어 주인공인 하인과 그의 상전은 향촌사회의 전형적인 하층민과 양반이라고 할 수 있다. 즉, 이 설화는 기본적으로 향촌 내에서의 신분갈등 양상을 그려내고 있는 것이다. 이 설화에 있어서 나타나는 '서울'이라는 공간은 그 자체로서 직접적인 대립 요소가 되지는 않고 있음이 특징적이다.

이에 대하여, 이 설화에 있어 향촌과 서울을 두 축으로 한 공간이동이 지니는 의미는 매우 크다고 할 수 있다. 그 이동 양상은 다음과 같이 요약된다.

향 촌 ⟶ 서 울 ⟶ 향 촌

(가) (나)　　(다)　　(라) (마)　　(바~아)　　(아~카)

여기에서 앞의 향촌과 뒤의 향촌은 동일한 곳이므로, 이 설화의 공간구성은 '길 떠남'과 '되돌아옴'에 기초하고 있다고 할 수 있다. 이 설화에 있어서 갈등이 표면화되고 발전되는 과정은 이러한 공간이동과 밀접한 연관을 맺고 있다.

이 설화에서 하인과 상전의 관계는 처음부터 갈등관계로 설정되어 있다. 그러나 '가'의 단락에 있어 그 갈등은 겉으로 분출되는 것이라기보다 잠재적으로 내재해 있는 것으로 그려진다.

"저를 속량(贖良)을 히 주시요. 나가서 살을라우. 나 종노릇 하구 못 살겠소 허니 속량을 히 주시요."

하닝게,

"못 히준다."

그런단 말여.

"왜 못 히주냐?"

그랗게,

"아, 이놈아 느그 네 에미네 애비 때부텀 저 네 지집을 내게다 팔어. 네 쟁인이 팔아먹어서 네 가속이 내 종년이고 네가 이놈아 내 종한테 비부(婢夫) 들었는디 속량을 해 주겠냐. 하니까 못 히준다."

"그러겠다"구.

게 그냥 있어.31)

이와 같이 불만이 있으면서도 '그냥 있을' 수밖에 없는 것이다. 이처럼 '그냥 있을' 수밖에 없는 것은 바로 주인공과 상전의 신분적 관계가 그 거주공간 내에 있어 부정할 수 없는 '현실'이기 때문이다. 즉 그들이 살고 있는 마을은 양반인 상전이 기반을 두고 세력을 펼치고 있는 공간인 만큼 마음대로 그에게 도전할 수가 없는 것이다.

이렇게 잠재되어 있던 갈등이 표면화되는 계기가 바로 서울로의 '길 떠남'이라고 할 수 있다. 상전이 서울로 길을 떠나는 것은 대개 과거를 보기 위한 것으로 되어 있는 바, 서울은 그에게 있어 희망의 공간이라고 할 수 있다. 이에 비해 하인에게 있어 서울은 특별한 이해관계가 없으며 상전의 뒷치닥거리를 하기 위해 향하는 공간일 뿐이다. 그런데 이 서울행을 통해 하인과 상전은 새로운 상황을 맞게 된다.

그래 이놈이 인자 이걸 이걸 종님이라고 아주 상전이 아주 밉상으로 봐서 항께, 이놈이 속으로 뭐 요분(요번) 과게걸음에 말이지 보갚음을 할라고 생각 하는기야.32)

하인은 이 서울행을 '보갚음'의 기회로 삼고자 하며, 그에 따라 필연적으로 두 인물간의 갈등이 표면화되는 상황이 펼쳐지게 된다. 이와 같

---

31) '상전을 속인 하인-엠한 유기장사', 『대계』 1-1, 도봉구 수유동 설화 63, 523면.
32) '꾀쟁이 하인-유월삼', 『대계』 1-1, 도봉구 수유동 설화 93, 765면.

이 '길떠남'을 계기로 해서 하인이 상전에게 도전할 수 있게 되는 것은 그 길떠남이 바로 상전의 '세력권'에서의 벗어남이라는 의미를 갖기 때문이다. 단둘이서 낯선 공간에 처하게 됨으로써 두 인물은 인간 대 인간으로서 일대일 대면을 하게 되는 것이다. 길을 떠남에 있어 상전은 하인에게 서울은 '눈 감으면 코 베가는' 무서운 곳이라고 주의를 시키며 위세를 부린다. 그러나 시간이 흐름에 따라 상전의 위세는 하인의 재략에 의해 철저하게 깨어지고 만다. 일대일의 인간적 대결에 있어 하인의 우위가 명백해지는 상황이다.

상전이 하인을 본가로 되돌려 보내 죽이게 하는 것은 열세가 명백해진 양반이 하인을 다시 자신의 세력권으로 보내 상황을 역전시키려 하는 행위로 해석된다. 그러나 이미 한번 드러난 우열은 더욱 명백해질 뿐이다. 하인이 도리어 상전의 딸과 재산을 빼앗고 마는 것이다. 상전은 끝내 그 우열을 인정치 않고 다시 하인을 징치하려 하지만, 그 결과는 패가망신으로 나타날 뿐이다.

이와 같이 이 설화는 양반과 하층민을 향촌이라는 익숙한 공간으로부터 서울이라는 낯선 공간으로 옮겨놓음으로써 그 인간적 우열을 드러내 신분제의 모순 및 양반의 허위를 공격하는 구조를 취하고 있다. 그 구조의 분석을 통해 우리는 이 설화가 현실사회의 신분갈등 문제를 현실성 있게 반영하고 있음을 확인할 수 있다. 비록 그 작중상황 설정의 방식이나 문제 해결 방식이 희극적 과장성을 특징으로 하는 것임에도 불구하고, 그 이면에는 이러한 현실적인 의미를 담고 있는 것이다.

〈정승 골린 사람〉에 있어서도 향촌과 서울이 병립하고 있음을 앞서 지적한 바 있는데, 이 설화에서는 특히 '서울'로 대변되는 집권양반 사회의 실상이 잘 그려지는 점이 특징이다.

예년에 한 사람이 서울로 과개를 갔어. 과개를 갔는디 아 이놈이 돈을 얼매를 썼는지 집안 살림을 다 털어먹어도 아 초시 한 자리를 안 주네. 이놈으 정승이 얼마나 괘씸헐 것인가. 가만히 생각히보니까 인자 그놈한테 베슬 얻기는 틀렸어. 이 씹어갈 이놈으 자식을 어찌케 웬수를 갚으꼬. 그때가 칠월달인디.

"대감님 저 집이를 좀 가봐야겠읍니다. 시골은 시방 어떻게 생겼는가 모른께 좀 가봐야겠읍니다."

"그문 갈랑가? 갈아믄 물이라도 한 사발 먹고 가얄 것 아닌가?"

저는 약주먹고, 탁탁 탁배기만 그 사람 주고 그런 놈 욕심만헌 놈여. 그리서 인자 간다고 헌게 돈을 댓 냥 주드래여. 한 입이다 할딱 훑아먹어 버리고.[33]

그것은 이와 같이 매관매직을 빌미로 하여 돈을 갈취하는 등 부패한 사회로 그려지고 있다. '가' 단락에서 볼 수 있듯이 집안을 따져서 사람을 차별하는 곳이기도 하다.

이러한 집권양반 사회의 현실에 대한 주인공의 입장은 다분히 적대적인 것으로 그려져 있다. 그는 향촌의 서민 출신으로서 이러한 모순적인 서울사회에 적응하지 못하고 소외되는 인물로 나타나며('가'의 경우), 또는 본래 서울 출신이지만 정승이나 그 아들들과는 달리 그 사회에 적응하지 못하고 건달로 떠도는 인물로 그려진다('가"의 경우). 이러한 주인공이 계책을 써서 지방관으로 발령받으면서 새로운 모습을 보이게 된다는 점은 흥미롭다. 주인공은 선정을 베풀어 향촌민들의 신망을 얻게 되는 것이다. 주인공이 이를 통해 향촌민을 대표하는 위치에 서게 되는 것이라고 해석할 수 있을 터이다.

주인공이 선정을 펼치고 있다는 사실을 아랑곳하지 않고 정승은, 사적인 이유로 해서 벼슬을 주었던 것과 마찬가지로, 사적인 분노로 해서 주인공을 징치하려 한다. 이는 지방사회의 입장을 무시한 중앙집권층의 횡포라고 할 수 있으며, 그런 의미에서 징치지와 주인공의 만남은 향촌과 서울의 대립적 만남으로 해석할 수 있다.

---

33) '얌체정승 골려주고 평양감사 된 김서방의 책략', 『대계』 5-6, 정읍군 태인면 설화 27, 184~185면.

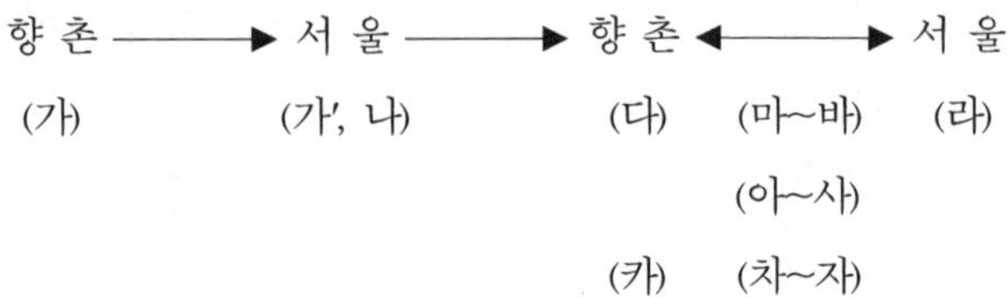

서울과 향촌 사이의 만남과 인물의 다툼은 위에서 볼 수 있듯 3회 반복되는데, 다툼이 하나하나 진척되면서 그 우열이 갈수록 명백해진다. 서울에서 주인공을 징치하러 내려온 정승의 여러 아들은 주인공의 계략에 넘어가 터무니없이 농락당하고 만다. 그 과정에서 양반 사회가 지닌 여러 모순상이 드러나는바, 공(公)보다 사(私)를 앞세우는 모습, 욕정 앞에 무력한 모습, 허상에 도취해 방황하는 모습 등이 희극적으로 폭로된다.[34] 자신이 신선이 된 걸로 착각하고 있는 정승 아들의 모습은 다음과 같이 우스꽝스럽기 그지없다.

> 아 그리고 저그집이 가닌게 아 문간이 그대로 가만히 있고 그대로 다 있단 말이. 근게 '우리 선조께서 원청 튼튼허게 잘 히와서 이렇게 천년이 넘어가도 그대로 가만히 있구나.' 말여. 그러고는 정승 밑이 가서 저그 아버지 방문을 이렇게 배그시 연게, 저그 아버지가,
> "너그 매부 잡어오냐?"
> 헌게 허허 웃더니,
> "용이 용을 낳고 봉이 봉을 낳는다더니 니가 그전에 우리 아버지 영낙 없다." [일동 : 웃음][35]

이 설화에 있어 정승이 사람을 보내 주인공을 징치하려 한다는 것은

---

34) 신동흔, 앞의 논문, 80~81면 참조
35) '지혜로운 평양감사', 『대계』 5−7, 정읍군 옹동면 설화 9, 311면.

중앙 집권층에서 지방, 혹은 향촌을 통제하려는 행위로 이해된다. 그러나 결국은 자신의 추한 모습만을 드러내고 만다. 건강한 향촌사회가 부패한 중앙 집권층에 의해 통제당하고 농단되어서는 안 된다는 의식이 이 설화 밑바탕에 깔려 있다고 할 수 있겠다.

결국 우리는 〈정승 골린 사람〉에 있어서도 공간대립 및 공간이동의 위상이 사건의 발전 및 주제 구현과 긴밀한 관계를 맺고 있음을 다시 한 번 확인하게 된다. 그리고 〈꾀쟁이 하인〉과 마찬가지로 희극적이고 과장적인 표현 이면에 현실적 의미가 담겨 있다는 사실이 이 설화에서 다시 증명된다고 할 수 있다.

이상에서 우리는 네 유형의 신분갈등 설화에 있어서의 공간구성 방식 및 그것과 주제와의 관련성에 대하여 구체적으로 살펴보았다. 각 설화 유형에서 공간이 대립되는 양상, 또는 공간이동의 양상이 동일하지는 않지만, '서울'과 '향촌'이라는 공간이 중요한 대립축이 되고 있으면서 주제의 구현과 긴밀한 연관을 맺고 있음이 충분히 확인되었다고 본다. 한편 그 논의과정을 통해, 허구적으로 대상화된 작중상황이 실제 현실상황과 의미관련을 맺음에 있어 작중공간이 긴요한 역할을 하고 있음을 확인한 점은 큰 의미를 갖는다 하겠다.

4. 맺음말

이 글에서는 신분갈등을 주제로 하는 네 가지 설화유형을 대상으로 하여 그 공간구성의 양상 및 주제와의 관련성에 대하여 고찰하였다. 설화연구에 있어 작중공간에 관한 논의가 주로 '초월계'와 같은 특수 공간을 중심으로 하여 전개되어 온 데 대하여, 일상의 사회생활 공간이 설화 속에서 차지하는 위상을 살펴보고자 한 논의였다. 그 결과는 다음과 같다.

설화에 초월계와 같은 별세계가 설정된 경우 그것은 작중상황에 대상성을 부여함에 있어 긴요한 역할을 한다. 반면, 그러한 별세계가 배제되고 일상적 생활공간이 작중공간으로 자리한 경우 설화의 작중상황은 현실상황을 향하여 열리게 된다. 초월계의 설정이 '현실 너머'에 대한 관심에서 출발하는 것이라면, 생활공간의 설정은 '현실' 자체에 대한 관심을 기본 출발점으로 삼는다. 한편, 초월계의 상대항으로 설정되는 '현실계'가 '인간세계'로서의 보편성을 특징으로 하는 데 비해, 현실계가 일원적으로 문제시되는 경우 그것은 현실의 '특정한' 문제를 반영하는 구체적인 공간으로서 존재하게 된다.

일상 생활공간이 작중공간으로 설정된 설화들에 있어 다양하게 공간대립의 축을 탐색할 수 있는데, 그것은 크게 보아, '이곳：저곳'의 대립으로 요약된다고 할 수 있다. 이 글에서 논의대상으로 삼은 네 설화유형에서는 기본적으로 '향촌：서울'의 대립이 '이곳：저곳'의 대립으로 자리하고 있는 것으로 나타난다. '향촌：서울'의 대립은 네 설화유형에 있어 다양한 방식으로 구체화되면서 의미의 구현에 기여하고 있다. 그것은 '양반：하층민'이라는 신분상의 대립과 밀접한 연관을 맺고 있는 가운데 주제를 구체화하고 있으며, 주제의 폭을 넓히는 데 기여하고 있다. 공간대립을 통해 구현되는 사회적 갈등의 역학은 인물대립 분석에만 의존할 경우 제대로 감지하기 힘든 미묘한 것이다. 한편, 이 설화들에 있어 '향촌'과 '서울'을 두 축으로 하는 공간이동은 갈등이 표면화되고 발전, 종결됨에 있어 중요한 동력으로 기능하고 있다. 곧 이 설화들에서의 의미 구현은 상당부분 공간이동에 의존하고 있는 것이다.

이와 같은 분석 결과를 놓고 볼 때 설화에 있어―특히, 이 경우 사회적 갈등을 주제로 하는 설화에 있어―공간구성이라는 요소가 미학적으로 매우 중요한 의미를 지니고 있음을 알 수 있다.

아기장수 설화와 진인출현설의 관계

1. 서론

　한국의 설화에 있어 집권세력에 대한 저항이라는 문제를 검토하고자
할 때 만나게 되는 두 이야기가 〈아기장수 설화〉와 〈진인출현설〉이다.
이들은 조선조 후기의 어두운 시대상을 배경으로 하여 널리 퍼진 이야
기들로서, 공통적으로 집권세력의 정당성을 문제삼고 체제 변혁의 문제
를 제기하고 있다.

　이 두 종류의 이야기는 지금까지 별개의 대상으로서 따로 연구되어
왔다. 그중에서도 아기장수 설화의 경우 그 연구가 활발하여 전승양상
과 작품구조, 의미 등이 다각적으로 탐색되어 왔다.[1] 한편 진인출현설

---

[1] 주된 연구성과는 다음과 같다. 심정섭, 「전설의 문학적 구조―아기장수 전설을 중심으
　로」, 『문학과 지성』 27호, 1997; 최래옥, 「아기장사 전설의 연구」, 『한국민속학』 11집,

에 관해서는 조동일 교수가 자료를 정리하고 개념을 설정한 후 그 특징을 다각도로 검토한 바 있다.[2] 이러한 연구들을 통하여 아기장수 설화 및 진인출현설의 성격이 각자 깊이 있게 밝혀질 수 있었다.

아기장수 설화와 진인출현설 사이에 일정한 연관이 있으리라는 추정은 조동일 교수의 논문에서 제시되었다. 그리고 천혜숙이 아기장수 설화를 검토하는 작업의 일환으로 진인출현설과의 관계를 좀더 구체적으로 고찰한 바 있다.[3] 그러나 이들 논의는 대체로 부분적인 것이었으며 두 이야기의 관련성을 집중적으로 검토하여 그 전승의 위상을 밝히는 작업은 아직 충분히 수행되지 못하였다.

이 글에서는 기존의 연구성과를 바탕으로 하여 두 이야기의 관련양상을 보다 구체적으로 검토해 나가고자 한다. 자료로는 아기장수 설화의 경우『한국구비문학대계』에 수록된 자료를 이용할 예정이며, 진인출현설의 경우는 조동일 교수가 정리한 10여 편의 자료에, 기타 역사학계에 보고된 자료[4]를 보충하여 다루고자 한다. 그리고 여기에 필자가 2차에 걸쳐 공주, 부여 일대에서 수집한 자료를 덧붙여서 논의를 진행시켜 나가고자 한다.[5]

이 논의를 통해 한국 설화에 있어서의 정치 체제적 갈등의 문제에 대

1979; 최래옥,『한국 구비전설의 연구』, 일조각, 1981; 강진옥,「한국 구비전설에 나타난 전승집단의 의식구조 연구」, 이화여대 석사논문, 1980; 현길언,『제주도의 장수설화』, 홍성사, 1981; 이혜화,「아기장수의 전설의 신고찰」,『한국민속학』16, 1983; 장장식,「아기장수 전설의 의미와 기능」,『국제어문』5, 1984; 천혜숙,「전설의 신화적 성격에 관한 연구」, 계명대 박사논문, 1987.

2) 조동일,「진인출현설의 구비문학적 이해」,『한국고전산문연구』, 동화문화사, 1981.

3) 천혜숙, 앞의 논문, 134~137·147~149면.

4) 진인출현설에 관한 구체적 기사를 인용한 논문에는 다음과 같은 것들이 있다. 정석종,「홍경래란의 성격」,『한국사연구』7, 1972; 김용덕,「정여립 연구」, 한국학보 4, 1976; 정석종,「숙종년간 승려세력의 거변계획과 장길산」,『동방학지』31, 1982; 이이화,「19세기 전기의 민란연구」,『한국학보』35, 1984; 윤대원,「이필제란의 연구」,『한국사론』16, 1987.

5) 1차 조사는 1989년 5월 12일~14일에 걸쳐 공주시, 공주군 일대에서, 2차조사는 5월 20일~21일에 걸쳐 부여군 일대에서 행하여졌다. 조사를 통해, 단편적인 것들이긴 하나, 아기장수를 비롯한 장수설화 여러 편과 정감록, 정도령에 관한 다양한 이야기들을 수집할 수 있었다.

한 인식의 확충이 이루어질 수 있으리라 보며, 나아가 서로 다른 존재 방식을 갖는 이야기들이 어떠한 위상 속에서 전승되어 왔는가 하는 일반적인 논의에도 기여하는 바가 있으리라 기대한다.

2. 이야기 내용의 관련 양상

1) 아기장수 제1유형의 경우

한동안 아기장수 설화는 하나의 유형으로 인식되어 왔으나, 근래의 설화조사 성과를 검토한 결과 그 안에 두 개의 서로 변별되는 유형이 존재하고 있음이 밝혀졌다. 천혜숙의 논의를 따르면, 제1유형은 '날개달린 아기장수와 용마', 제2유형은 '어머니의 배반으로 실패한 아기장수'로 명명된다.[6] 이중 제1유형에 해당되는 것으로 50편이 넘는 많은 자료가 채록되어 있는데, 천혜숙의 정리[7]를 일부 수정하여 짜임새를 소개하면 다음과 같다.

①모처에 용소(또는 장수바위, 장군묘)가 있다.
②어느 집에서 아기를 낳았는데, 겨드랑이에 날개(비늘)이 있어 날아다니는 등 신이한 모습을 보였다.
③부모(또는 문중, 마을)가 화가 미칠 것을 두려워하여 아기를 죽였다.
④아이가 죽자 용마가 나와서 울다 죽었다(또는 울다 사라졌다).
⑤지금도 그 용소(장군바위, 장군묘)가 남아있다.

이중에서 ①, ⑤는 각각 이야기의 대상과 증거를 제시하는 단락으로

---

6) 천혜숙, 앞의 논문, 114~116면.
7) 위의 논문, 114면.

서 상당수 자료에는 결여되어 있으며, ②~④가 기본 단락으로 되어 있다. 한편 자료 중에는 명당자리에 묘를 쓴 것으로부터 이야기가 시작되는 것도 있다. 그리고 아이가 스스로 자기를 죽이는 방법을 가르쳐 주어 죽음을 맞는다고 이야기되는 각편도 몇 개 발견된다.[8]

이 설화와 진인 이야기의 관련성은 우선 인물의 신이성으로부터 찾아진다. 아기가 날개를 가지고 출생하여 나자마자 날아다니곤 한다는 것은 일상의 인간으로서는 상상할 수 없는 신이한 일로서, 이 아이가 큰 일을 행할 수 있는 신비한 능력을 지니고 있음을 상징한다. 장수가 그 신이한 능력을 발휘할 기회를 얻지 못하고 죽으면서 그 죽음에 이어 바로 출현한 용마 역시 아기장수가 지니고 있던 신이성을 다시 한번 극적으로 드러낸다. 이러한 요소들은 아기장수가 하늘의 뜻을 안고 태어난 인물임을 보여주는 것이라 할 수 있다. 한편, 진인 역시 신이성을 강하게 내포하고 있는 인물이다. 그의 탄생과 행적은 신비에 싸여 있으며, 그가 지닌 능력은 함부로 재단되지 못한다. 그는 천명을 얻은 인물로 인식되며 나서기만 하면 반드시 승리할 인물[9]로 표현되고 있다. 이런 점에서 아기장수와 마찬가지로 진인 역시 일상의 인간과는 근본적으로 구별되는 초인적인 존재로 이야기되고 있다.

주목되는 사실은, 아기장수나 진인의 경우에 다 같이 그 능력의 쓰임새가 세상을 변혁하는 일과 밀접히 관련을 맺고 있다는 사실이다. 아기장수는 세상에 동요를 일으킬 인물로서 받아들여지며, 훗날 역적이 되어 후환을 입히리라는 불안감 때문에 가족에 의해서 압살되고 만다. 한편 진인이 세상의 변혁과 관계를 맺고 있다는 것 또한 명백한 사실이다. 진인은 흔히 새 세상의 주인이 될 인물로 인식되고 있으며, 진인 이야기는 민란과 같은 사회동요와 결부되어서 폭넓게 유포되었던 것으로

---

8) 이외에도 변이가 단편적으로 나타나는 경우가 있는데, 이 글과 관련이 있는 것들은 앞으로의 논의과정을 통해 구체적으로 언급하고 그 나머지는 생략하기로 한다.
9) 조동일, 앞의 논문, 115~116면 참조.

나타난다. 정여립 사건, 홍경래란, 갑오항쟁, 이필제란 등이 모두 진인 출현설이 문제가 되었던 역사적 사건들이다.[10]

이상에서 나타나는 아기장수 설화와 진인 이야기의 공통성은 대체로 추상적인 것이라 할 수 있다. 그러나 두 이야기가 하나의 맥락에서 논의될 수 있다는 사실을 보여주는 데는 충분하다고 생각한다. 이를 염두에 두고 두 이야기가 갖고 있는 관련성을 구체적으로 검토하면 다음과 같다.

갑오항쟁의 와중에서 유포된 홍의장군 이야기가 먼저 우리의 관심을 끈다. 그 내용을 간추리면 다음과 같다.

> 예산에서 동학군이 관군과 접전하던 때였다. 서로 맞붙길 수십 차에 승패를 결정하기 어려운 순간이었다. 동학군 편에서 나이 십이세에 불과한 용소년이 나타났는데, 홍의를 입고 장검을 든 채 비호와 같이 관군을 무찔렀으니 그의 힘으로 하여 동학군이 대승을 거두었다. 그 후 그 소년은 종적을 감추었는데, 사람들은 그가 하늘에서 내려온 신동이라고들 말하였다.[11]

이 이야기는 갑오항쟁 당시 널리 유포된 것으로 추정되며, 주인공의 용모나 비범한 능력, 신비로운 행적 등을 종합할 때 당대에 신인 혹은 진인이 출현한 것으로 인식되었을 가능성이 높다고 생각된다. 사람들이 '하늘에서 내려온 신동'이라고 했다는 데서 이러한 추정이 뒷받침된다. 그런데 이 이야기에서 그려지고 있는 소년장수의 모습은 어린 나이와 일상인이 생각하기 힘든 비상한 능력, 출몰의 신이성 등에서 아기장수의 모습과 통한다. 그런 점에서 이 이야기는 아기장수 설화의 요소가 진인이야기로 수용된 사례의 하나로 볼 수 있다고 판단된다.

한편 동학의 창시자 최제우에 관한 전승에 있어서도 아기장수 설화의 요소가 차용되고 있는 모습이 나타난다. 최제우가 진인으로 인식되

---

10) 각주 4)의 논문 참조.
11) 청 오, 「동란잡화」, '먼저 생각나는 홍의장군', 『신인간』 1, 1926.4.

었을 가능성에 대해서는 조동일 교수가 논한 바 있는데,[12] 그의 행적에 관한 이야기 중에서 용마를 탔었다고 하는 대목이 있어 주목된다.[13] 용마란 아기장수 제1유형에 있어 매우 중요한 요소로서, 이 역시 아기장수 설화가 진인출현설로 흡수되고 있음을 보여주는 하나의 단편적인 사례라 볼 수 있다.

그런데 아기장수 설호와 진인출현설이 맺고 있는 관련성은 무엇보다도 아기장수 설화의 변이형 중 아기장수가 죽지 않고 사라졌다는 이야기에 있어 문제시된다.

◎ 전북 익산군 함열면 율산리 장군바위－겨드랑이에 날개 난 아기장사를 부모가 죽이려 하자 바위 속으로 들어간 후 안 나왔다.

◎ 충남 아산군 온양 수리조합자리 남씨댁 선조－겨드랑이에 날개 난 아기장사가 자리발로 나가면서 "목적이 있어 태어난 내다 그냥 나가니까 언젠가 남씨집에 빛이 나게 될 것입니다."라고 말하였다.[14]

아기장수가 태어나서 어린 나이에 자취를 감추었다는 이들 이야기에서는 이 장수가 나중에 큰 일을 하게 되리라는 사실이 암시되며, '큰 일을 할 장수'라는 이미지는 곧 진인 이야기와 통하게 된다. 진인출현설에 있어 진인이 어릴 적에 자취를 감추었다는 사실은 매우 보편적으로 이야기되고 있는 바[15] 이는 앞에 제시한 '사라진 아기장수' 이야기와 흡사한 모습을 하고 있다.[16] 특히 아기장수 이야기 중에는 그가 섬으로 건너갔다고 하는 것도 있는데,[17] 이는 진인이 해중의 신도로 건너갔다

---

12) 조동일, 『동학성립과 이야기』, 홍성사, 1981, 211~213면.
13) 위의 책, 194~198면.
14) 최래옥, 「아기장사 전설의 연구」, 『한국민속학』 11, 124면.
15) 조동일, 「진인출현설의 구비문학적 이해」에서 정리한 11개 자료 중 7개의 자료에서 진인이 어린 시절에 자취를 감춘 것으로 이야기되고 있다.
16) 천혜숙, 앞의 논문에서 이미 사라진 아기장수 이야기와 진인출현설의 유사성에 대한 언급이 있었다. 천혜숙, 앞의 논문, 134~135 참조.

고 하는 것18)과 비슷하여 주목된다. 그리고 아기장수가 중국으로 건너 갔다는 이야기19)가 있는데, 진인출현설에 있어서도 진인이 중국으로 갔다는 말이 있다.20) 아기장수가 죽은 뒤에 중이 그를 데려가려고 나타났다가 이미 죽은 것을 알고는 안타까워하면서, 앞으로 또 둘이 날테니 그 때는 자기를 달라고 했다는 이야기21)는 진인이 신승을 따라 중국으로 들어갔다는 이야기22)와 흡사한 내용을 담고 있어 주목된다.

한편 최서해가 1926년 10월『신민』에 발표한 단편소설 〈저류〉에 사라진 아기장수 이야기가 수용되고 있어 주목된다. 소설을 보면 촌인들이 잠적한 아기장수를 두고 다음과 같이 이야기한다.

"여부 있소! 다 덕을 닦아 그런 아들을 낳는 게지 …… 그리구 그런 장쉬더러 백두산이나 계룡산 같은 데야 있겠지만 때가 안 되구사 나오겠소?"

김서방은 모든 것을 혼자나 아는 듯이 말했다.

"나오기는 어느 때든지 나올 걸? 에구 어서 나와서 ……"23)

여기에서 사라져서 때를 기다리고 있는 장수의 모습은 세상의 구원자로서의 진인의 모습과 겹쳐지고 있다.

이상의 사례들을 통해 우리는 아기장수 설화가 '사라진 아기장수' 이야기로 변이될 때 진인 이야기와 유사한 모습을 하게 된다는 사실을 발견할 수 있다. 그러나 이러한 유사성만으로 두 이야기의 직접적인 관련성이 확

---

17) '용마를 탈 장수가 날 집터', 『한국구비문학대계』 6-6, 신안 지도읍 24. 『한국구비문학대계』는 이하 『대계』라 칭함.
18) 조동일, 앞의 논문의 자료 ②, ⑤, ⑥, ⑦. 청주 괘서 사건에서도 진인 정재룡이 홍하도라는 섬에 살고 있다는 이야기가 유포된 바 있다. 이이화 앞의 논문, 63면 및 『추안급 국안』 권27, 281책, '죄인형서상채신계량국안' 참조.
19) '임장군과 백룡담의 용마', 『대계』 7-10, 봉화군 명호면 4.
20) 조동일, 앞의 논문의 자료 ④, ⑧, ⑪.
21) 『대계』 2-2, 춘성군 북산면 3, '덕받제 아기장수 전설'.
22) 조동일, 앞의 논문, 자료 ⑧. 이는 홍경래군의 격문에 해당하는 자료이다.
23) 곽근 편, 『최서해전집』 상, 문학과지성사, 1987, 36면.

증되는 것은 아니다. 아기장수 이야기가 실제로 진인 이야기로 변모, 흡수
되고 있는 구체적이고 확실한 사례를 찾을 필요가 있다. 그런 점에서 필
자의 현지조사를 통해 채록된 다음 이야기는 매우 중요한 의의를 지닌다.

[*정도령이 살아 있다는 이야기를 들었느냐는 물음에 이 이야기를 했다.]
　그런 말도 있어. 여기 저 거시기, 이기 아이를, 어른내를 낳는디, 어른내를
이기 옆태를 해서 냈단 말여, 옆갈비루다가. 지금은 수술하구, 배를 수술하구
낳잖어? [예] 근디 제절루 옆갈비루 인저, 옆갈비가 터져서 낳는디, 나면서 이
렇게 뭐 어깨 밑이 날개가 돋치구 뭐 이렇구 이런 장사두 이거 [..]디. 메칠 되
니게, 에 한 열흘 되니께 워떤 노인이 좀 애기 좀 보자구 그러더니 그냥 금방
내 애기두 읎구 노인두 읎어지구 워디루 간 종적을 모른다는 뭐 그런 별 애기
가 다 있지. 근디 그렁 건 알 수 읎능기지.
　(잠시 다른 이야기가 이어짐)
　[그 아까 옆으로 났다는 그 얘기, 그 사람이 어떻게 됐나요?]
　근디 모른다는 거지 여태. 어디 참 어디 그 바다 속에서 사는지 섬 속에서
사는지 미국 가서 사는지 워디가 사는지, 워디가 사는지 몰러.24)

정도령 이야기를 묻자 이 이야기를 했다는 점, 그리고 바다 속 혹은
섬 속에서 산다는 이야기가 거론된 점에서 이 이야기는 진인 이야기로
전승되고 있음을 알 수 있다. 이야기 중 미국 가서 산다고 한 것은 "정
도령 아들이 지금 미국에서 별자리를 하고 있다"는 공주 시내의 다른
이야기25)와도 통하는 것이다.
　그런데, 여기서 주목되는 사실은 위의 이야기가 부여 지역에서 아기
장수 설화로서 전승되어 온 것이라는 점이다. 이 설화는 이미 『한국구

---

24) 89.5.12. 공주시 옥룡동 노인정에서 김정영씨(남, 72) 구연. 천기가 누설된다 하여 이
　런 이야기를 사람들이 함부로 말하지 않는다는 말을 덧붙였다.
25) 한국학대학원, 『1982년 추계학술답사보고서』(공주지역), 141~142면.

비문학대계』에 보고된 바 있으며, 필자의 현지조사에서 재차 채록되었다. 그 이야기 내용을 요약하면 다음과 같다.

> 오륙십 년 전 왜정시대에 내산면 천보리 신씨네에서 아기를 하나 낳았는데, 열 달이 넘어서 낳았으며 낳을 때에 향내가 진동하였다. 이 아이는 하얀 노인이 하나 와서 옆구리를 갈라 꺼냈으며 그 노인이 데려가 버렸다. 그래서 한동안 장수가 났다고 이야기가 굉장했었으며, 해방될 무렵에는 그가 나와서 무슨 정리 작업을 하지 않겠느냐는 소리도 떠돌았다. 그 마을에는 농바우라는 큰 바위가 있어 그 속에 그 장수가 입을 갑옷과 투구가 들어있다고들 하였는데, 사람들이 거기 손을 대면 천둥과 번개가 쳤다. 그 동네에 집채만한 바위가 또 하나 있어 해방 후에 거꾸로 뒤집혀졌는데, 사람들은 그것이 그 장수가 한 일이라고들 한다.[26]

부여에서 전승되어 온 이 이야기는 장수가 어려서 사라졌다는 점에서 '사라진 아기장수' 이야기에 해당하는데, 구술된 내용을 통해 볼 때 오랜 세월을 두고 계속 사람들의 관심 대상이 되어 되풀이 이야기되어 온 것으로 판단된다. 그런데 이 이야기와 앞서 제시한 공주시내의 진인 이야기는 주인공이 옆구리로 태어났다는 것과 노인이 데려갔다는 것 등 다른 자료에서는 거의 보이지 않는 특이한 화소가 공통적으로 나타난다는 점에서 같은 이야기가 변이된 것으로 판단된다. 이와 같이 동일한 이야기가 부여에서는 신씨 집안의 장수 이야기로, 공주에서는 정도령, 진인 이야기로 나타나고 있는 것이다. 이는 아기장수 이야기가 진인 이야기로 수용되는 것을 보여주는 결정적인 증거라 할 수 있다.[27]

---

26) 『대계』 4-5, 부여군 홍산면 20(726~728면), '장수전설'. 신동흔의 조사과정에서 같은 제보자인 이원승씨를 만나 다시 이야기를 들었는데, 제보자가 연로하여 의사소통이 잘 안 되는 관계로 새로운 내용을 더 보충할 수는 없었다.

27) 관점에 따라서는 이 자료가 민란이 일어나고 진인출현설이 유포되던 조선 후기 당시와의 사이에 갖는 시간상의 편차 때문에 별 의미를 갖지 못한다고 볼 수도 있을지 모른다. 그러나 최근의 전승현장에 있어서 이와 같은 변전이 확인되고 있다는 사실은

한편, 좀더 단편적인 것이기는 하나, 비슷한 사례가 공주군 반포면 지역 조사에서도 발견되었다.

[* 정도령이 살아 있다는 공주 시내의 이야기를 소개하고, 비슷한 이야기를 물었다.]

근데 그 전이 우리 어머니두 그런 말씀을 하시더라구. 누가 옛날에는 그렇게 얘기하더라는겨. 그런데 이 장수가 지금 때를 찾고 있다, 인제 지금 나올 시기가 아니다, 이렇게 얘기를 한다고.

청중 1 : 지금 장수가 나오면 뭘 혀. 지금 장수가 나오야 필요 있는 시상여? 인재가 나오야지.

청중 2 : 장수가 인재지.

청중 1 : 장수는 힘이지 뭐.

청중 2 : 장수가 인재지 뭐, 장수가.[28]

조사자가 정도령에 관한 이야기를 청하자 때를 기다리는 장수의 이야기가 나왔다는 사실을 통하여 우리는 정도령으로 대표된 진인 이야기가 장수 이야기와 겹쳐지고 있는 사실을 재차 확인할 수 있다. 특히 청중 1이 오늘날의 시각에서 장수를 가볍게 여기는 데 대해, 청중 2가 "장수가 인재"라고 하여 '장수'라는 존재가 단순히 용력을 지닌 사람을 지칭하는 것이 아님을 지적하고 있는 점이 주목된다. 장수란 '인재', 곧 세상을 바르게 할 인물의 상징으로 이해되고 있는 것이며, 그런 점에서 장수 이야기가 진인 이야기와 겹쳐질 수 있었던 것이다.

이상 우리는 몇 가지 사례를 통해 아기장수 이야기가 진인 이야기로 흡수되고 있는 양상을 살펴보았다. 아기장수, 사라진 아기장수, 그리고

장수·진인 이야기가 더욱 활발하게 이야기되었던 과거시절에는 그러한 변전이 더욱 폭넓게 일어났음을 시사해 준다고 본다.

28) 1989.5.13. 공주군 반포면 하신리. 제보자는 안영수씨(남, 47)이며 청중 1은 김근수씨(남, 51), 청중 2는 이홍규씨(남, 56)이다.

여러 진인 이야기 사이에 얽혀진 전승의 위상에 대한 자세한 논의는 3
장으로 미루기로 한다.

2) 아기장수 제2유형의 경우

'어머니의 배반으로 실패한 아기장수'라 명명된 제2유형의 아기장수
설화로는 20여 편의 자료가 채록, 보고되어 있다. 역시 천혜숙이 정리한
내용[29]을 일부 수정하여 그 이야기 짜임새를 제시하면 다음과 같다.

　　① 어느 집에서 아들을 얻었다. (또는 아들을 얻었는데 윗도리만 있었다.)
　　② 어느 장군이 와서 아이를 죽였다.
　　③ 아이는 어머니에게 곡류 일정량을 청하여 바위 밑(또는 바위 속, 땅속, 연
　　　　못 속)으로 들어갔다.
　　④ 장군(혹은 이성계, 병정)이 잡으러 와서 다그치자 죽음이 두려운 어머니
　　　　가 아이 간 곳을 발설하고 말았다.
　　⑤ 곡식이 변하여 된 군사를 막 이끌고 일어서려던 장수가 죽임을 당하였다.

이중 ②는 몇 편에서만 나타나, ①-③-④-⑤로 이어지는 것이 이
야기의 기본적인 짜임새가 되고 있다.

아기장수 제1유형에서와 마찬가지로 제2유형의 주인공 역시 신이한
능력을 보여 준다는 점에서 진인 이야기와 연결된다. 특히, 아기장수가
곡식알을 가지고 수많은 군사를 양성하는 신이한 능력을 보여 준다는
사실은 진인이 술법에 능한 인물로 여겨지고 있다는 사실과 통한다.

이 아기장수가 세상을 흔들 인물로 여겨진다는 점 역시 제1유형의 경

---

29) 천혜숙, 앞의 논문, 115~116면 참조.

우와 유사하다. 그런데 주목할 사실은 이 유형의 아기장수 설화에 있어
'대결'의 문제가 더욱 구체적으로 표현된다는 점이다. 제1유형과는 달리
이 유형에서는 적대자가 직접 찾아와서 아기장수를 죽이는 것으로 되어
있어 그 존재가 구체화된다.[30] 이때 적대자로 제시된 인물은 보통 나라
에서 보낸 이로 그려지고 있어, 아기장수가 나라 곧 정권으로부터 적대
시 · 위험시되고 있음을 보여준다. 특히, 여러 편의 자료에서 이성계가
적대자로 제시되었는바, 이는 아기장수가 조선왕조와 적대적인 위치에
놓이는 인물임을 상징적으로 보여준다. 이와 같이 왕조로부터 적대시되
는 인물로 그려져 있는 아기장수의 이미지는 왕조체제에 대한 도전자로
서의 진인의 모습과 긴밀하게 의미가 통하는 것이라 할 수 있다.

　제2유형의 아기장수 설화와 진인출현설 사이에서 나타나는 좀더 구
체적인 유사성은 양병과 거병의 문제에서 찾아진다. 아기장수는 남에게
노출되지 않는 은밀한 장소에서 곡식알로 군사를 만들어 거병을 도모
하는바,[31] 진인출현설에 있어서도 진인이 은밀히 양성한 병사를 데리고
진격해 올 것이라는 내용은 이야기의 핵심부에 해당한다.[32] 특히 두 이
야기에서 제시되는 군사들은 은밀히 양성된 군사, 신비성을 지닌 군사
라는 점 이외에 세상을 뒤바꿀 군사라는 점에 있어서도 공통적인 함의
를 지니고 있다. 물론 두 이야기에서의 '거병'에는 엄연한 차이가 존재
한다. 아기장수의 거병은 때를 만나지 못해서 실패하는 것으로 그려지
고 있는 반면, 진인의 거병은 승리의 가능성을 향해 열려진 것으로 되
어 있는 것이다. 그러나 때를 만나 거병하는 아기장수의 모습을 가정할
때, 그것은 진인의 거병과 의미가 겹쳐질 수 있다고 본다.

　이상의 검토가 대체로 막연한 것이었다면, 진인출현설이 제2유형 아

---

30) 제1유형에도 나라에서 아기장수를 죽인 것으로 된 경우가 있으나, 예외적이다. 『대
　계』 7-10, 봉화군 명호면 4 참조
31) 제1유형에도 양병의 내용을 담은 것이 있으나 역시 예외적이다. 『대계』 7-9, 안동
　북후면 1 참조.
32) 조동일이 정리한 11개 자료 중 9개 자료에 이 내용이 포함되어 있다.

기장수와 밀접한 관련을 맺고 있다는 것은 무엇보다도 진인출현설 자료 중 진인의 탄생 및 버려짐, 그리고 사라짐을 표현한 부분에서 그 증거가 찾아진다. 홍경래란과 관련된 진인출현설 자료에는 다음과 같은 내용이 들어 있다.

> 저(정세규)의 집은 본현(선천) 수청면 안산리 깨꼴에 있습니다. 예전에 중형수가 처음 잉태하여 열 달 후 어느 해 정월에 괴물을 낳으니 고깃덩어리와 같았습니다. 저의 형수는 이 흉물을 낳고서 남보기 부끄러워 볏짚 쌓아둔 데 두었다가 파묻었습니다. 이웃 사람이 아이를 낳되 울음소리가 없고 또한 흔적이 없음을 의심하여 말하기를 "장군이 났구나. 그래서 낳자마자 사라져 흔적이 없구나." 하였습니다. 그 때 저의 나이 이십 삼세였습니다. 그런데 그 촌인의 허황한 이야기를 가져다가 지금 50여 년 뒤에 이르러 흉적이 허튼 소리를 만들어 냈습니다.[33]

여기서 우리가 주목할 점은 여인이 고깃덩어리와 같은 괴물을 낳았다는 점과 그것을 땅에 파묻었다는 점, 그리고 무엇보다 사람들이 그 일을 일컬어 '장군'이 났다고 했다는 점이다. 여기에서 사람들이 '장군'이 났다고 이야기했다고 할 때 그것은 곧 아기장수 이야기로 떠돈 것으로 보아 틀림없다.[34] 그런데 고깃덩어리와 같은 아기는 윗도리만 있는 아기장수의 형상과 통하며,[35] 그를 땅에 묻었다는 사실 역시 '웃도리'

---

33) "矣身居在本縣(宣川) 水淸面安山里깨꼴. 而昔年 矣身仲兄嫂 初孕十朔後, 年不記正月日, 生下怪物, 形如肉塊. 矣嫂産此凶物, 愧見家人, 藏置於積藁中是女何, 仍爲掩埋矣. 隣里之人疑怪其産無兒哭, 亦無痕跡. 做言曰, '生下將軍 故産卽去之無痕是加.' 是白如乎. 其時矣身年二十三歲. 而其村人虛謊之說, 到今五十餘年之後, 兇賊等做出浪之說."(『관서평란록』 15책, 영인본 4, 340면) 이 인용문은 조동일, 앞의 논문 자료 ③의 번역이다. 자료 ④에도 비슷한 내용이 들어있다.

34) 이 자료에서 우리는 아기장수 설화의 형성경로 문제에 대해 중요한 암시를 얻을 수 있다. 장수를 고대하던 사람들은, 어느 집에 특이한 아이가 탄생하거나 이상하게 죽었을 때, 또는 종적이 불확실할 때 그것을 장수가 났다는 이야기로 발전시킨 것으로 추정되는 것이다.

35) 이 유사성을 천혜숙이 이미 지적한 바 있다. 그러나 둘 사이의 관계가 구체적으로

가 땅 속, 혹은 바위 밑으로 들어갔다는 것과 통한다는 점에서 그 이야기는 제2유형의 아기장수 설화에 해당하는 것이었을 가능성이 크다.36)

그런데 이 당시에 유포되었으리라 추정되는 이 아기장수 이야기가 제2유형 아기장수 이야기와 그대로 일치한다고 보기는 힘들다. 제2유형의 아기장수가 적대자의 손에 죽임을 당하고 만다고 이야기되는 데 비해, 이 당시의 장수 이야기에서는 아기장수의 잠적이 이야기될 뿐 그가 죽음을 맞는다는 내용이 확인되지 않는 것이다. 그런 점에서 이 장수 이야기는 때를 기다리는 장수, 곧 '사라진 아기장수'의 범주에 포괄된다.

이 '사라진 아기장수' 이야기는 수십 년이 지난 후 홍경래란이 발생하면서 진인출현설로 흡수된다. 즉 바로 이 장수가 미지의 땅에서 힘을 길러온, 철기 십만을 이끌고 진격해 올 정진인으로 등장하는 것이다.

> 그러나 다행히 제세(濟世)의 성인이 청북 선천 검산 일월봉하 군왕포산 가야동 홍의도에서 탄생하였으니, 나면서 신령함이 있었고 다섯 살 때에 신승을 따라 중국에 들어갔으며 장성하여서는 강계사군지 여연(閭延)에 머무르기 오년에 황명(皇明)의 세신유족(世臣遺族)을 거느리게 되었으며, 철기 십만으로 부정부패를 숙청할 뜻을 지니셨다.37)

이와 같은 이 이야기의 전승과정을 통해 우리는 '사라진 아기장수' 이야기가 진인출현설을 기다리는 의미를 지니면서 오랜 세월을 거쳐 전승

검토되지는 못하였다. 천혜숙, 앞의 논문, 148면 참조.

36) 문면에서 사람들이 단지 '사라진' 것으로만 이야기한 것으로 되어 있으나, 묻은 사실, 즉 땅속으로 들어간 사실이 문제가 되었으리라 추정하는 것이 가능하다. 만약에 묻은 사실이 문제가 되지 않은 채, '사라진' 것으로만 이야기되었다면 제2유형과의 관련성은 약화되며, 그냥 '사라진 아기장수' 이야기로 전승된 것으로 볼 수 있는데, 이 가능성도 배제할 수는 없다.

37) 정석종, 앞의 논문, 167면. 이는 홍경래군의 격문 중 일부이다. "何幸, 濟世之聖人 誕降于淸北宣川 劍山日月峯下吾主浦上伽耶洞紅衣島. 生而神靈, 五歲隨神僧入中國, 旣長隱于江界四君地閭延, 五歲, 皇明之世臣遺族 鐵騎十萬, 遂有澄淸東國之志."

되다가 민란이라는 결정적인 시기를 맞아 진인출현설로 분출되어 나온 사정을 이해할 수 있다. 그것은 1절에서 살핀 바 있는, 부여의 아기장수 이야기가 공주에서 진인 이야기로 수용되고 있는 현상과도 흡사한 모습을 보여준다. 우리는 조선 후기의 자료와 최근의 자료에서 공히, 아기장수 설화가 진인 이야기로 수용되고 있음을 확인하고 있는 중이다.

3. 이야기 전승의 위상

우리는 앞 절에서 아기장수 설화와 진인출현설을 한 그물 안에 넣고 그 유사성과 구체적 관련성을 확인해 보았다. 그러나 아기장수 설화가 곧바로 진인출현설은 될 수 없다. 그들 사이에는 이야기 존재방식상 두드러진 차이가 존재한다. 이제 그 존재방식의 특징을 살펴보고 이 이야기들의 위상을 파악해 보기로 한다.

제1유형, 제2유형을 막론하고 아기장수 설화는 기본적으로 이가징수의 죽음으로 이야기가 마무리된다. 즉, 아기장수 설화는 처음과 끝을 아울러 갖추어 종결된 이야기로서, 이 설화 속의 이야기 상황은 과거로 대상화되어 있다. 곧 아기장수 설화는 과거형의 이야기이며, 현재상황과의 연관은 이러한 대상성을 매개로 하여 이루어진다.

이에 비해 진인출현설은 바로 '현재의' 이야기로서 존재한다. 진인은 '바로 지금' 혹은 '이제 막' 나타나서 현재의 상황을 개변시킬 인물로 이야기된다. 이러한 현재성 때문에 진인출현설은 결말이 없는 것을 공식으로 삼는다. 오직 승리의 가능성만 예언하는 데서 이야기가 끝난다.[38]

---

38) 조동일, 앞의 논문, 119면.

진인출현설이 과거의 이야기일 수 없음은 발표자의 현지조사에서도 확인할 수 있었다. 사람들은 한결같이 진인이 미래에 나타날 인물이지, 이미 나타나서 활동한 인물은 아니라고 이야기하였다. 단 김구암과 같은 이가 예전에 가짜로 진인행세를 했다는 이야기가 전해지고 있었는데,[39] 이러한 이야기는 역으로 참 진인 이야기가 과거형의 이야기일 수 없음을 보여주는 것이라 할 수 있다.

아기장수 설화와 진인출현설 사이의 또 다른 이질성은 그 전승의 지속성 문제에서 나타난다. 즉 아기장수 설화가 오랜 기간을 두고 반복적으로 이야기되는 데 비해 진인이 출현했다는 이야기는 민란과 같은 결정적 시기에 널리 유포되었다가 상황의 종결과 함께 사그라지는 것이다. 진인이 '반드시 승리할 인물'이라는 의미를 내포하는 인물이기 때문에, 거사의 실패와 함께 그 진인은 이미 더 이상 진인일 수 없는 터다.[40]

아기장수 설화와 진인출현설 사이의 차이는 현실에 대한 대응방식의 측면에서도 나타난다. 즉 아기장수 설화가 과거의 이야기를 통해서 상황을 인식하는 차원의 이야기라면, 진인출현설은 민란과 같은 결정적인 시기에 사람들의 궐기와 같은 직접적 행동을 유도하는 이야기이다. 홍경래란에서 진인출현설이 '격문'에 제시된 사실은 이러한 성격을 잘 보여준다.

이와 같은 아기장수 설화와 진인출현설의 이질적인 존재방식을 연결시켜주는 이야기가 바로 '사라진 아기장수' 이야기라 할 수 있다. 아기장수가 죽음을 면하고 사라져서 때를 기다리는 이야기가 진인 이야기로 변모되고 진인출현설로서 등장하는 현상을 우리는 이미 2절 1항, 2절 2항에서 구체적으로 확인한 바 있다. 그리고 '사라진 아기장수' 이야기가 진인 이야기로 변모하는 현상이 아기장수와 진인이 공통적으로 지니는 신이성, 미지성, 개혁 지향성 등에 연유하는 것이라는 사실도 앞

---

39) 1989.5.13~14에 공주시 중동 및 계룡면 하대리 등지에서 채록되었다.
40) 이 문제에 관한 논의는 이미 조동일 교수에 의해 충분히 이루어진 바 있다. 조동일, 앞의 논문, 128~129면.

절에서 살펴본 바와 같다.

그런데 '사라진 아기장수' 이야기가 아기장수 설화로부터 산출되는 것이라 하지만, 양자 사이에는 중요한 차이가 존재한다. '사라진 아기장수' 이야기는 과거로서 완결된 이야기가 아니라 현재 진행중인, 미래를 향해 열려진 미완성의 이야기이다. 그리고 '사라진 아기장수' 이야기는 아기장수 설화에 비해 더욱 은밀하게 전승되는 것으로 판단되기도 한다.[41] 그렇기 때문에 이 이야기는 그 존재방식상 아기장수 설화와는 변별되는 차원에서 다룰 필요가 있다.[42]

한편 '사라진 아기장수' 이야기가 진인 이야기로 수용되고 혹은 겹쳐진다 할 때, 이 진인 이야기가 그대로 '진인출현설'과 같은 것일 수는 없다. 전자는 '언젠가 나타나서' 세상을 바꿀 인물로서의 진인 이야기인데 비해, 후자는 '지금 현재 나타나서' 세상을 변혁하는 일을 도모하는 인물로서의 진인 이야기로서 사람들의 행동을 분기시키는 차원의 이야기인 것이다. 우리는 전자의 진인 이야기를 '때를 기다리는 진인'의 이야기라는 점에서 '준비중인 진인' 이야기라고 부를 수 있다. 이 '준비중인 진인' 이야기는 오랜 기간을 두고 지속적으로, 그리고 은밀히 전승되면서, 진인출현설이 유포되도록 하는 기본 바탕이 되었다고 볼 수 있다.

이상에서 우리는 아기장수 설화, 사라진 아기장수 이야기, 준비중인 진인 이야기, 진인출현설과 같은 이야기 층위를 추출할 수 있었다. 그 위상을 도시하면 다음과 같다.[43]

---

41) 주 24 참조. 김정영 씨가 이 이야기를 할 때 좌중에 있던 청중들의 표정이 굳어지는 것을 또한 감지할 수 있었다. 조사과정에 있어 사람들이 정도령 이야기를 하기를 꺼리는 현상은 거듭 확인되었다. 앞으로 세상을 뒤바꿀 인물에 대한 이야기 전승이 은밀하게 이루어진다는 것은 아주 자연스러운 현상이라고 생각한다.

42) 약간 다른 문제이긴 하나, 민간에 구전되는 이야기 중에 장수가 남긴 흔적에 관한 다양한 이야기들도 때를 기다리고 있는 장수에 대한 인식과 긴밀히 연관된다고 할 수 있다.

43) 여기에서 주의할 점은 이와 같은 전승의 위상이 '층위'의 개념에 입각해 정리한 것이라는 사실이다. 즉, 아기장수 서화 전승의 토대 위에서 사라진 아기장수 이야기가 산출되고 그 바탕위에서 진인출현설이 산출된다는 것이며, 하나의 이야기가 세월의 흐름에 따라 계기적으로 변전함으로써 이전 자료가 소멸되고 새 이야기가 생긴다는

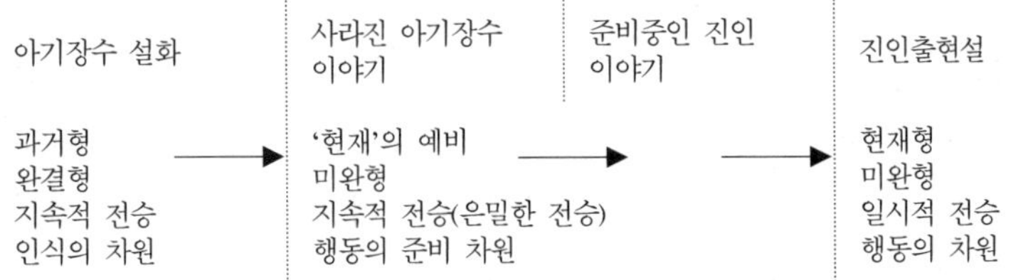

이 정리는 몇 가지 방면에서 논의의 보완을 필요로 하는 바, 이를 차례로 검토해 보면 다음과 같다.

먼저 문제가 되는 것은 아기장수 설화가 과연 자연스럽게 ‘사라진 아기장수’의 이야기로 연결될 수 있는가 하는 점이다. ‘좌절’을 표현하고 있는 아기장수 설화와 ‘희망’, ‘기대’를 표현하고 있는 ‘사라진 아기장수’ 이야기는 서로 상반되는 것이 아닌가 하는 의문이다. 이 문제에 대한 기존의 언급을 보면, 최래옥, 장장식이 이 설화의 부단한 전승 자체가 미래에 대한 희망의 표현이라고 단편적으로 지적한 바 있고,[44] 천혜숙이 재생, 잠적 등의 특징을 지니는 변이형을 중심으로 하여 이 설화가 미래의 희망으로 열려지는 양상을 검토한 바 있다.[45] 그러나 이들 논의는 앞서 제기한 의문에 대한 충분한 해답이 되지 못한다. 아기장수 설화의 대부분이 주인공의 좌절로 마무리되고 있음을 생각할 때, ‘좌절’의 구조 자체에 미래에 대한 희망이 논리화되어 있음을 밝혀야만 이 문제가 충실히 해결될 수 있다. 아기장수 설화에 있어 장수의 죽음, 즉 좌절이 논리화된 방식과 거기에 얽혀있는 의식의 층위를 살펴봄으로써 이 문제에 접근하면 다음과 같다.

아기장수는 그의 비범한 능력을 거부하는 어두운 시대에 태어남으로

식의 역사적 전개과정에 대한 설명이 아닌 것이다. 아기장수 설화는 사라진 아기장수 등의 이야기가 산출되는 동력이 되고 있으며, 사라진 아기장수나 준비중인 진인 이야기 역시 마찬가지 방식으로 진인출현설의 동력이 되고 있다는 것이다.

44) 최래옥, 앞의 논문(아기장사 전설의 연구), 158면; 장장식, 앞의 논문, 51~52면.

45) 천혜숙, 앞의 논문, 146~150면.

써 좌절하고 만다. 그의 좌절은 평민의 자식은 출세할 수 없으며, 그가 비범한 능력을 지니면 역적으로 몰려 큰 후환을 가져온다는 통념을 사람들이 넘어서지 못했기 때문이다(특히 제1유형의 경우). 그런 면에서 이 이야기는 민중적 삶의 비극성을 환기시키는 구실을 한다. 이것이 이 설화의 기본 의식층위라 할 수 있다.

그러나 우리는 아기장수의 죽음이 '당연한' 죽음, '불가피한' 죽음이 아니라 '피할 수 있었던 죽음', '억울하고 부당한' 죽음으로서 논리화되고 있음을 주목할 필요가 있다. 아기장수는 그 타고난 능력을 통해 볼 때 절대로 패할 수 없는 인물로 형상화되고 있다. 어깨 밑의 날개, 용마, 땅속에서의 양병 등이 모두 그 무한한 능력을 나타내는 이야기 요소들이다. 그럼에도 아기장수가 좌절하고 마는 것은, 우선 장수를 둘러싼 주변인물들의 나약한 자세에서 연유한다. 후환을 두려워하여 스스로 자식을 죽여 버린 부모들의 비뚤어진 행위(제1유형), 그리고 적대자의 억압에 굴복한 어미의 나약성(제2유형)이 장수의 죽음을 가져온 것이다. 이들은 전승집단에 의해 준엄하게 비판된다.

> [조사자: 그 장수가 될 자식을 그렇게 죽이고 그러면 잘한 일이라구 할 수가 없죠?]
>
> 못헌 일이죠 암, 잘못헌 일이죠. 생명 하나 죽이는 것두 잘못헌 일이구, 더구나 큰 재목될 사람에서루 죽인 것이 잘못헌 일, 한없이 잘못 아니것슈. 통탄헐 일들이지.[46]

이러한 비판은 '즈거들이 다 죽어도 자식을 낳아두었'어야 한다는 것으로까지 나타나기도 한다.[47] 이러한 비판 속에, 불합리한 현실에 순응하는 것이 잘못된 일이라는 인식이 이루어지며, 앞으로 출현할 장수를

---

46) 1989.5.21. 부여군 내산면 묘원리, 김충현 씨(남, 69)의 구연.
47) '아기장수와 용마', 『대계』 8-2, 거제군 거제면 4, 358면.

보호해야 한다는 인식 또한 구체화된다.

한편, 아기장수의 죽음이 '억울한' 것이라는 인식은 절대자와의 대결이 부당한 조건에서 이루어지고 있다는 데서도 찾아진다(특히, 제2유형). 아기장수의 적대자는 장수의 어미를 부당하게 핍박하여 장수를 찾아내며, 또한 장수가 채 싸움의 준비를 마치지 못한 상태에서 그를 공격하여 죽인다. 아기장수의 죽음이 이와 같이 부당한 대결을 통하여 이루어졌다는 것은, 뒤집어 말하면, 정당한 대결을 했다면 아기장수가 절대 지지 않았을 것이라는, 그리고 만약 앞으로 정당한 대결이 이루어지면 절대 지지 않을 것이라는 사실을 이야기하는 것이 된다.

이와 함께, 아기장수의 죽음이 아주 아슬아슬한 것이었다는 사실 역시 우리의 주목을 끈다. 아기장수는 아깝게도 시기를 놓쳐 좌절하는 것으로 이야기되는 바, 이는 용마가 조금만 더 빨리 나와서 장수를 태우고 갔으면(제1유형), 그리고 적대자가 조금만 더 늦게 도착했으면(제2유형) 얼마든지 성공할 수 있었다는 이야기가 된다.48) 요컨대, '때를 만난' 장수가 등장하면 반드시 승리한다는 인식이 이 설화 속에 내포되어 있는 것이다.

한편 여기서 더욱 유심히 살펴야 할 사실은 이 이야기 속에 새로운 혹은 또 다른 장수에 대한 기대가 내포되어 있다는 점이다. 비록 이야기 속의 아기장수는 아깝게 좌절했지만 언젠가는 때를 만나 성공하는 장수가 나올 것이라는, 혹은 죽지 않고 세상 어딘가에서 '때를 기다리고 있는' 장수가 있을 것이라는 인식이 이 이야기를 전승하는 집단의 의식 속에 내재되어 있다는 것이다. 숨어서 때를 기다리고 있는 그 장수는 바로 '사라진 아기장수'에 다름 아니다.

이상에서 우리는 아기장수 설화가 현실의 비극성을 드러내는 이야기

---

48) 이러한 논의를 통해 우리는 아기장수 설화에 있어 왜 장수가 '아기'로 나타나는가 하는 문제에 대해서도 중요한 시사를 얻을 수 있다. 이 이야기 속의 장수는 아직 성숙하지 못한 어린 장수였기 때문에 좌절하는 것이며 만약 그가 '정상적으로' 장성한 존재라면 무기력한 좌절이란 있을 수 없는 것이다. 곧, 장성한 아기장수는 바로 다름 아닌 무한한 능력의 진인과 다를 바 없는 존재가 되는 것이다.

인 한편, 새로운 장수, 미지의 장수에 대한 기대를 내포하고 있는 이야기임으로 해서 자연스럽게 '사라진 아기장수' 이야기 산출의 토대가 되고 있음을 이해할 수 있다. 한편 사라진 아기장수 이야기는 아기장수 설화에 내재된 신이한 능력이 있어 때를 만나거나 정당한 대결을 하면 절대 지지 않을 장수의 상을 지니고 있음으로 해서 자연스럽게 진인이야기를 산출해 내게 된 것이라 할 수 있다.

아기장수와 진인이야기의 위상을 살펴봄에 있어 다음으로 문제되는 것은 과연 '사라진 아기장수' 이야기와 '준비중인 진인' 이야기가 일대 일로 대응될 수 있는가 하는 점이다.

사라진 아기장수 이야기가 진인 이야기로 흡수되고 있음은 분명하지만, 변화가 꼭 그 방향으로만 이루어진다고 보기는 힘들다. 그것은 역사인물담 중에서 '사라진 아기장수' 계열의 이야기를 수용한 것으로 보이는 것들이 존재하기 때문이다. 예컨대 오금에 비늘 달린 장수인 김덕령이 중국에서 도를 닦은 후 들어와 활동했다는 이야기가 그것이며, 그 외에 오찰방, 이몽학 이야기에서도 아기장수 설화의 요소가 차용되어 있다. 이러한 이야기들의 존재는 '사라진 아기장수' 이야기가 역사상의 장수, 장군에 관한 전설로도 수용되고 있음을 보여준다.[49]

한편, '준비 중인 진인'의 이야기 역시 '사라진 아기장수' 이야기만을 수용하고 있지는 않다. 아기장수 이야기와는 맥락을 달리하여 『정감록』을 비롯한 비기류로부터 또한 다양한 이야깃거리를 받아들여 전승하고 있는 것이다. 발표자의 현지조사에서도 이러한 사실이 확인되었는바, 사람들은 『정감록』의 구절들을 인용하면서 여러 가지로 진인에 대하여 이야기하고 있었다. 주로 계룡산 팔백년 도읍지에 얽힌 이야기들이 많았는데, 다음과 같은 이야기도 있었다.

---

49) 이들 역사인물담은 진인이야기와는 또 다른 차원에서 아기장수 설화와 복잡한 관계를 맺고 있는 바, 그것을 분석하는 것은 또 하나의 중요한 연구거리에 해당한다.

　　정감록 얘기, '해도정출(海島鄭出)'이라고 그랬어요. 정도령이 바다 가운데
서 나온다고 그랬어요, 바다 가운데.[50]

　　그런데 앞서 제시한 김정영씨의 진인이야기에서 진인이 바다 속, 섬
속에 사는 것이 거론된 점, 그리고 홍경래란이 진인출현설에서 진인이
'해중신도'에 있다고 이야기된 점이 주목되는 바, 진인이야기가 일반적
으로 『정감록』과 결부되려는 경향을 보이고 있음을 확인할 수 있다.
　　이와 같이 '준비중인 진인' 이야기는 아기장수로부터 수용된 것, 비
기류로부터 수용된 것 등 두 갈래로 나누어지는데, 이와 대응하여 진인
출현설 역시 두 맥락을 수용하고 있음이 확인된다. 앞서 살펴본 바와
같이 갑오항쟁이나 홍경래란의 진인출현설이 아기장수 계열의 진인이
야기를 수용하고 있는 한편에, 정여립 사건, 숙종년간 승려세력의 거변
계획, 이필제란 등에서는 『정감록』의 기록에 부회하여 진인의 상이 만
들어지고 진인출현설이 유포되고 있음이 확인되는 것이다.[51]
　　이상에서 보충된 논의를 바탕으로 해서 아기장수 설화와 진인출현설
의 위상을 다시 도시하면 다음과 같다.

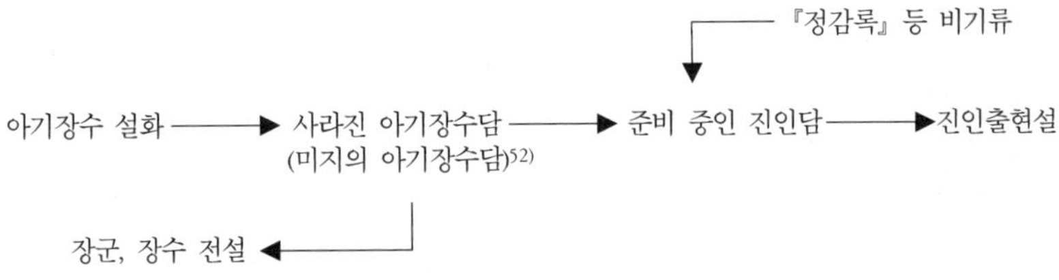

　　이러한 위상을 두고[53] 그 의미를 최종적으로 정리해 보면 다음과 같

---

50) 1989.5.14. 공주시 중동 노인회관에서 정기원씨(남, 69) 구연.
51) 주 4)에 제시한 김용덕, 정석종, 윤대원의 논문 참조
52) 여기에 이 항목을 포함시킨 것은, 아기장수 설화가 미지의 장수의 존재에 대한 기대
　　를 내포하고 있다고 분석한 데 근거한다.
53) 이혜화는 아기장수 설화가 『정감록』 등 비기류의 영향을 받아 형성되었다는 견해를

다. 먼저 아기장수 설화의 의미는 위에서 보듯이 다른 차원의 이야기 형태와 관련지어 고찰해야만 제대로 파악될 수 있다. 아기장수 설화가 진인출현설과 관계를 맺고 있음을 통해, 우리는 이 설화가 단순히 '좌절'의 이야기를 넘어서 적극적으로 현실에 대응하는 태도를 준비하고 있으며, 민란과 같은 중요한 시점을 맞이하여 사람들의 궐기가 가능하도록 하는 데 있어서 하나의 동력으로 작용한 사실을 발견할 수 있다. 이것은 아기장수 이야기 자체만을 두고 고찰해서는 도달하기 어려운 결론이라 할 수 있다. 위의 위상에서 '사라진 아기장수' 이야기, '준비중인 진인'의 이야기, 그리고 진인출현설 등은 미완의 이야기이며 현재형으로 된 이야기로서 설화의 일반적 형태와는 성격이 다르며, 흔히 단편성을 띠고 전승된다. 그러나 그렇다고 해서 이를 연구대상에서 원천적으로 제외한다면 이야기 전승의 체계가 제대로 파악될 수 없다. 다양한 존재방식을 갖는 여러 차원의 이야기에 두루 관심을 가질 필요가 있다.

　다음으로 역사를 보는 시각의 문제이다. 흔히 역사학계에서는 진인출현설과 같은 이야기를 난의 주동자가 민심을 얻기 위해 조작해낸 이야기라고 하는 관점에서 보고 있다. 그러나 위에서 정리한 위상에서 볼 때, 그것은 민중의 세계인식을 내포한 민간의 이야기 전승에 바탕한 것임을 알 수 있다. 진인출현설은 '민의'의 결집에 의해 성립된 것이라 볼 수 있으며, 그것을 듣고 사람들이 궐기하는 현상은 수동적인 추수가 아니라 민중의 주체적 움직임으로서의 성격을 갖는다고 볼 수 있는 것이다.

제시한 바 있으나, 아기장수 설화가 비기류의 직접적인 영향을 받았다는 구체적인 증거는 찾기 힘들다. 아기장수 설화와 비기류는 각기 독자적인 맥락을 통해 전승되어 온 것이라고 볼 때 이들이 각기 다른 경로를 통해 진인출현설에 영향을 미쳤다고 보는 것이 타당하며, 무리하게 둘 사이의 영향관계를 논할 필요는 없다고 본다. 이혜화, 앞의 논문, 274~276면 참조.

4. 결론

이 논문에서는 아기장수 설화와 진인출현설이 다 같이 신이성을 지니는 인물에 관한 이야기며 체제의 변혁이라는 문제와 연관되는 이야기라는 점에 착안하여 그 구체적인 관련성을 탐색해 보았다. 그 결과는 다음과 같다.

아기장수 설화와 진인출현설은 이야기로서의 존재방식을 달리한다. 아기장수 설화가 과거형의 완결된 이야기로서 존재하는 반면, 진인출현설은 현재형의 미완의 이야기로서 존재하며 또한 그 전승이 일시적이다. 그리고 아기장수 설화가 현실을 인식하는 차원의 이야기라면 진인출현설은 행동을 불러일으키는 차원의 이야기이다.

이렇게 그 존재방식이 서로 다름에도 아기장수 설화가 진인출현설로 흡수될 수 있었던 것은, 그것이 장수의 좌절을 표현하면서도 동시에 미래의 성공에 대한 기대를 내포한 이야기이기 때문이다. 그러한 미래에 대한 기대로부터 '사라진 아기장수' 이야기가 산출되며, 이는 미래를 준비하고 있는 진인의 이야기로 흡수된다. 그리고 이러한 '준비하는 진인'의 이야기로부터 진인출현설이 산출되는 것이다. 그런 점에서 진인출현설은 민중의 현실인식에 바탕을 두고 형성된 이야기이며, 그러한 성격 때문에 민란과 같은 사회동요에 커다란 영향력을 미칠 수 있었다고 할 수 있다.

이 논문에서 검토한 이야기 자료들은 민간에서 전승되는 장수·진인 이야기 중에서도 아주 좁은 부분에 해당한다. 자료의 보충을 통하여 논의를 심화하는 것이 일차적인 과제로 남는다. 한편 각종 역사인물담과 비기류 등을 포괄하여 논의를 확대하는 것 역시 중요한 과제이며, 미륵신앙 등 사상적 동향과 관련하여 논의를 진전시키는 것 역시 앞으로 수행되어야 할 작업이다. 이와 함께 장수 이야기 아닌 다른 이야기들에 대해서도 그 이야기 전승의 다양한 위상에 관한 논의가 전개될 필요가 있다 하겠다.

신립 장군 설화의 인간관과 역사인식

1. 머리말

　구비설화의 소재를 이루는 역사적 사건은 매우 많지만 임진왜란은 그 가운데서도 특별한 자리를 차지한다. 난을 겪은 지 벌써 수백 년이 흘렀지만, 구비설화의 세계에 있어 임진왜란은 다른 어떤 사건보다도 많은 이야기를 전하고 있다.[1] 임진왜란이 이처럼 거듭 이야기돼 온 것은 그것이 남긴 상처가 그만큼 컸기 때문일 것이다. 전쟁의 피해자였던 민중은 다양한 설화의 구전을 통하여 과거의 아픈 역사적 상처를 돌아보고 그 정신적 치유를 모색해 왔다.

　구비설화의 세계에 있어 임진왜란은 서로 개성과 능력을 달리하는

---

[1] 인조반정, 이성계의 개국, 동학 농민전쟁 등도 설화에 흔히 등장하는 사건들이다. 그렇지만 양적인 면에서 임진왜란에 상대가 되지 않는다.

역사적 인물들의 활동의 장으로서의 의미를 지니고 있다. 대다수 이야기들이 구성상 인물담으로서의 성격을 지니고 있다. 인물을 축으로 하여 왜란의 여러 우여곡절이 수렴되며, 그에 대한 인식이 표출된다. 임진왜란과 관련하여 설화의 주인공이 된 이들은 매우 많은데, 그 가운데도 전국적으로 많은 이야기가 전해지는 인물로 김덕령·사명당·이여송·곽재우·이항복·유성룡·신립 등을 들 수 있다.[2]

이 논문에서는 이 가운데 신립(申砬) 장군에 관한 설화를 고찰하고자 한다. 익히 알려져 있듯이 신립은 탄금대 전투에서 왜적에게 패하여 순절한 장군인바, 그의 패전은 전쟁의 한 분수령을 이룬 것이었다. 신립의 패배는 특히 문경새재라는 요지를 포기한 사실 때문에 커다란 아쉬움을 남겼거니와, 그 아쉬움은 그를 주인공으로 하는 하나의 흥미로운 설화를 낳았다. 그 설화는 역사에 관한 민간적 사고를 잘 함축하고 있을 뿐 아니라, 인간의 처신 내지는 인간관계와 관련하여 여러 문제를 제기하고 있어 연구 가치를 지닌다.

신립 장군 설화에 관해서는 임철호가 먼저 논의한 바 있다.[3] 그의 작업은 설화 속에 담겨 있는 민중의 역사 인식을 짚어내는 데 초점을 맞춘 것으로서, 필자는 여러 부분에서 그 논지에 공감하고 있다. 그렇지만 그 논의는 전반적으로 소략한 것이었으며, 특히 이 설화의 주요한 의미망을 이루는 '인간관계'의 문제에 대해 충분히 논의하지 않은 것이었다. 신립 장군 설화에서 이 문제는 그 자체로 중요할 뿐 아니라 역사 인식의 문제와 밀접한 관계를 맺고 있다.

이제 이 논문에서는 이 설화가 제기하고 있는 여러 문제를 포괄적으로 관련짓는 입장에서 이 설화를 새로이 분석하고자 한다. 이 설화 자

---

2) 필자는 박사논문에서 이 가운데 김덕령과 이항복에 대하여 다룬 바 있다. 그밖에 필자가 다루었던 다른 인물로 영규와 서기 또한 임진왜란과 관련이 있는 인물들이다. 그 자세한 논의는 신동흔, 「역사인물담의 현실대응방식 연구」, 서울대 박사논문, 1993 참조.
3) 임철호, 『설화와 민중의 역사의식』, 집문당, 1989의 「신립의 패사와 원녀」 부분.

체에 대한 이해를 심화하는 것이 연구의 기본 목적이지만, 그 연구 결과는 현실적 삶의 여러 문제에 대한 설화적 대응방식에 관한 이해를 넓히는 데도 기여하는 바 있으리라고 본다.

2. 신립의 행적과 구비전승

1) 신립의 역사적 행적

신립 장군 설화에는 역사적 사실과 함께 문학적 허구가 중요한 자리를 차지하고 있다. 그렇지만 그 허구적인 내용은 기본적으로 신립의 패전이라는 역사적 사실을 출발점으로 하여 형성된 것이다. 그런 면에서 설화의 검토에 앞서 신립의 역사적 행적을 알아보는 것도 의미 있을 것이다. 다음에 그의 약력을 간단히 적어 본다.

신립(申砬) : 1546(명종 1)~1592(선조 25). 조선 중기의 무신. 어릴 때부터 글 읽기보다 무예닦기를 좋아하였다. 23세 때 무과에 급제한 후 선전관·도총관·진주판관 등을 거쳤다. 온성부사로 있을 때 니탕개(尼湯介)가 거느린 야인(野人)들을 거듭 물리쳤다. 평시 철기 500여명을 훈련시켜 그 용맹이 널리 떨쳤다. 그 전과로 북병사에 임명되었으며, 선조의 총애를 입었다. 양가의 딸을 첩으로 삼았다는 탄핵을 받아 잠시 파직되었고, 수졸(戍卒)을 가벼이 목벤 일로 탄핵을 받기도 하였다. 그는 항상 군비(軍備)의 부족함을 논하여 조정의 신임을 받았다. 1592년 임진왜란이 일어나자 조정에서는 그를 삼도순변사로 임명하고 보검을 하사하였다. 그는 자청하여 김여물(金汝岉) 이하 여러 장졸을 거느리고 충주로 떠났다. 그는 조령을 지키자는 김여물 등의 주장을 물리치고 탄금대로 나가 배수진을 치고 항전하였으나, 왜군의 대병을 대적하지 못하고 포위돼 참패를 당하였다. 그 결과 미처 피난치 못하였던 충주의 사민들이 많은 희생을 당하였다. 아군이 섬멸되자 그는 김여물 등과 함께 한강물에 투신, 수절하였다. 뒤에 영의정에 추증되었으며, 시호는 충장(忠壯)이다.4)

위 내용에도 나와 있듯이, 신립은 용맹하고 충성스러운 장수였다. 북방의 오랑캐가 그의 용맹을 두려워하여 감히 저항치 못하였다고 한다. 그는 임진왜란이 발발하자 자원하여 출병하면서 싸움에 대한 강한 자신감을 나타냈다고 하는바, 그의 용맹과 자신감은 조정과 국민의 기대를 한껏 부풀렸다.5)

그렇지만 믿었던 신립은 왜군과의 전투에서 무참히 패하고 말았다. 휘하 장수들의 의견을 물리치고 요지인 문경 새재를 포기하고는 탄금대에 배수진을 쳐 결사항전의 의지를 불태웠으나, 그 작전은 참담한 실패로 끝나고 말았다. 들판에서의 싸움에 있어 아군은 신무기로 무장한 왜적의 정예 대군에 필적할 수 없었던 것이다. 신립은 순절의 길을 택함으로써 마지막까지 충성심을 빛냈으나, 그의 참패는 민족의 수난을 심화하는 뼈아픈 결과를 가져오고 말았다.

신립의 패전은 하나의 커다란 의문점을 남겨놓았다. 왜 신립은 군사적 요충지인 문경 새재를 포기하고 탄금대라는 불리한 장소에서 왜적과 싸웠던 것인가? 이 문제에 대해서는 배수진을 침으로써 결사항전의 기세를 돋우려 했다는 것과, 넓은 장소에서 기병(騎兵)을 적극적으로 활용하고자 했다는 것 등이 그 이유로 제시되고 있다.6)

신립의 패전이라는 쓰라린 역사가 남긴 아쉬움과 의문은 구비설화의

---

4) 이상의 내용은 한국정신문화원에서 발행한 『민족문화대백과사전』의 '신립' 항목을 간추린 것이다.
5) 임철호, 앞의 논문, 72면.
6) 이형석, 『임진전란사』 상, 임진전란사 간행위원회, 267~268, 273면 참조. 이 책에는 신립의 탄금대 전투에 관한 사항들이 두루 정리돼 있다.

세계에 있어 이와는 다른 차원에서 하나의 독특한 설화를 낳았다. 그 설화는 탄금대의 패전을 신립과 한 원녀(冤女)의 관계를 통해 설명하고 있다. 거기에는 '삶'에 대한, 나아가 '역사'에 대한 설화 전승자들의 독특한 인식방법이 논리화돼 있다.

2) 설화 속의 신립

신립 장군을 주인공으로 하는 설화는 전국적으로 널리 전승돼 왔다. 탄금대가 위치한 충청 지역은 물론 전라·경상도를 포함한 여러 지역에서 많은 자료가 채록되었다. 이는 이 설화가 폭넓은 관심과 공감 속에 전승돼 왔음을 의미한다. 그 자료의 목록은 다음과 같다.

자료 ①『대계』1-2, 여주군 북내면 1, '신립장군 이야기'
자료 ②『대계』1-2, 여주군 여주읍 23, '신립장군 이야기'
자료 ③『대계』1-7, 강화군 화도면 74, '신립장군 이야기'
자료 ④『대계』2-9, 영월군 주천면 24, '신립장군과 탄금대'
자료 ⑤『대계』3-1, 충주시 12, '신립 이야기'
자료 ⑥『대계』3-1, 충주시 22, '신립장군과 탄금대'
자료 ⑦『대계』3-1, 중원군 상모면 5, '신립장군 이야기'
자료 ⑧『대계』3-1, 중원군 주덕면 14, '신립장군 이야기'
자료 ⑨『대계』3-2, 청주시 모충동 20, '살릴 여자 죽인 신립 장군'
자료 ⑩『대계』3-2, 청원군 미원면 2, '오성과 신립'
자료 ⑪『대계』3-3, 단양군 단양읍 39, '원귀 때문에 탄금대에서 패한 신립'
자료 ⑫『대계』4-2, 대덕군 신탄진읍 29, '원귀 때문에 참패한 신립'
자료 ⑬『대계』4-3, 아산군 송악면 18, '권율과 그의 사위 신립, 오성, 정충신'
자료 ⑭『대계』5-7, 정읍군 이평면 28, '신립 장군'
자료 ⑮『대계』6-11, 화순군 동복면 15, '원귀로 망한 신립 장군'
자료 ⑯『대계』7-8, 상주군 화서면 12, '신립장군 따라다닌 원혼'

자료 ⑰ 『대계』7-13, 대구시 12, '신립장군과 원혼녀'
자료 ⑱ 『대계』7-17, 예천군 용문면 36, '처녀귀신 탓에 일본군에 패한 신립장군'
자료 ⑲ 『대계』7-18, 예천군 개포면 31, '신립 장군의 패전과 처녀의 원혼'

이상의 여러 자료는 그 기본적인 서사 내용에 있어 서로 통하는 것들로서 하나의 설화유형을 이룬다. 그렇지만, 그 구체적인 내용에 있어서는 자료에 따라서 적지않은 편차가 있다. 그리고 그 가운데는 이야기의 기본 의미와 연관되는 것들도 있다. 이제 그 기본적인 서사적 전개와 자료에 따른 편차에 대하여 살펴보기로 한다.

먼저 이 설화의 기본 윤곽을 보여주는 한 자료(자료5)의 서사적 전개를 정리해 본다.

□ 신립이 젊었을 적에 여행중 산중에서 날이 저물었다.

② 신립이 한 동네를 찾아 큰 기와집에 가서 유숙할 것을 청하니, 한 처녀가 나와서는 재워 줄 수 없다고 하였다. 이유인즉 집안 식구를 몰살한 흉악한 종이 그날 밤 자기를 죽일 것인데, 집에 있으면 화를 당한다는 것이었다.

③ 신립이 처녀의 만류를 물리치고 그 집에 들어가 저녁을 얻어 먹었다.

④ 밤에 종이 처녀를 겁박하러 들어오자 신립이 활로 종의 눈을 쏘았다. 그러나 종은 화살을 맞고도 끄떡없었다.

⑤ 놀란 신립이 달아나는데 엉겁결에 이무기를 채고 담을 건너 뛰었다. 종이 그 뒤를 따르다가 이무기에게 물려서 죽어 버렸다.

⑥ 처녀가 신립의 은혜에 사례하면서 소실로든 종이로든 자기를 거두어 달라고 하였다. 그러나 신립은 이미 처자식이 있는 처지임을 들어 청을 거절하였다.

⑦ 신립이 동구 밖을 나서는데 뒤에서 부르는 소리가 들렸다. 돌아보니 처녀가 집에 불을 놓고서 지붕에서 타죽는 것이었다. 신립은 어쩔수없이 그냥 길을 떠났다.

⑧ 집에 돌아온 후 신립의 장인인 권율이 그 말을 듣고는 잘못한 일이라고 하였다.

⑨ 신립과 함께 권율의 사위였던 오성이, 사람들이 꺼리는 천하추물 여자와 관계하고 왔다고 하자 권율이 잘한 일이라고 칭찬하였다.

⑩ 임진왜란 때 신립이 조령에 진을 치려고 하자 귀신이 나타나 탄금대에 배수진을 치라고 하였다. 그것은 처녀의 원귀였다.

⑪ 신립이 그 말대로 배수진을 쳤다가 패전하여 죽고 말았다.

이 설화의 핵심적인 서사적 줄기는 신립이 죽을 위기에 있던 처녀를 구해주었으나 자기를 거두어 달라는 처녀의 청을 거절하는 바람에 처녀가 자결하여 원혼이 되어 신립이 패사하게 했다는 것으로 요약된다. 이는 거의 모든 자료에 공통적으로 포함돼 있는 내용이다.7) 그런 가운데 자료에 따라 크고작은 차이가 나타난다. 그 가운데 주요한 것들을 간략히 정리해 본다.

먼저, 자료 가운데는 신립의 출생담이나 결혼담을 포함한 것들이 있다. 자료 ⑧에는 신립이 고자인 줄 알았던 남자의 아들로 태어났다는 특이한 출생담이 포함돼 있다. 자료 ⑥, ⑫, ⑬, ⑰, ⑱ 등은 결혼에 관한 삽화가 포함돼 있는데, 권율이 신립의 비범한 관상을 보고 사위로 삼았다는 것이 그 대체적인 내용이다. 이들은 신립이 보통 인물이 아니었음을 나타낸다.

신립이 우연히 위기에 처한 처녀를 만나 목숨을 구한다는 내용은 여러 자료에 공통된다. 그런데 그 구체적인 과정에는 적잖은 편차가 있다. 신립의 징치 대상이 흉악한 종(또는 중)과 귀물(鬼物)로 대별되며, 그에 따

---

7) 예외로서 자료 ⑦과 ⑬, ⑲ 정도를 들 수 있다. 자료 7에서는 한 여인이 대를 잇기 위해 동품을 청하는 것을 신립이 거절함으로써 자결하게 한 것으로 돼 있다. 자료 13에는 신립이 처녀를 위해 식구들의 장례를 지내 준 것이 악연의 계기로 돼 있다. 자료 19에는 신립을 짝사랑하던 처녀가 죽어 원혼이 된 것으로 돼 있다.

라 내용이 달라진다. 자료 ③, ⑤, ⑨, ⑪, ⑱ 등에는 신립이 처녀를 겁박하는 흉악한 종(자료 3은 중)을 징치한 것으로 돼있다. 그 종은 신립 이상의 용력을 가진 것으로 돼있는바, 신립은 힘겹게(때로는 요행으로) 그 종을 징치한다. 한편, 그밖의 자료들에서는 귀신 내지 귀물이 징치 대상으로 돼 있는데, 그 구체적 종류는 다양하다(닭귀신, 죽은 장수의 혼령, 엽전이나 금의 조화 등). 신립은 뛰어난 담력과 용력으로 어렵지 않게 귀물을 제압하여 처녀를 구한다.

처녀의 자결에 이르는 부분에서의 중요한 차이로 무엇보다 신립이 처녀와 동침한 경우와 그렇지 않은 경우를 가를 수 있다. 대다수 자료에서는 둘의 동침을 설정하지 않고 있으나, 자료 ①, ⑥, ⑨, ⑭ 등에서는 동침을 한 것으로 명시하고 있어 의미맥락이 다르다. 한편, 자료 가운데는 처녀의 간절한 청을 신립이 냉정하게 거절한 것으로 돼있는 것이 많은데, 특히 자료 ③, ⑫, ⑭ 등에서는 처녀가 자기를 거두지 않으면 죽겠다고 하는데도 신립이 이를 뿌리친 것으로 돼 있어 신립의 매정함이 부각돼 있다.[8]

다음으로, 위에 정리한 자료 ⑤에는 오성(이항복)의 일화가 신립 이야기에 결부돼 있는데, 이는 특이한 변이형으로 대개의 자료에는 보이지 않는다. 자료 ⑩에 비슷한 일화가 결부돼 있을 뿐이다. 그렇지만 이 내용은 신립과 오성의 행위를 대비함으로써 이야기의 의미를 강화하고 있다는 점에서 주목된다.[9]

신립의 패망을 이야기하는 부분에도 여러 자잘한 변이가 있지만, 처녀의 원혼이 신립의 싸움을 방해함으로써 패하여 죽게 했다는 내용이 거의 공통된다. 새재를 포기하고 탄금대에 진을 치게 했다는 것이 주요

---

8) 자료 ⑮에서는 특이하게 신립이 불을 질러 여자를 죽인 것으로 돼 있는데, 와전에 의한 변이로 보인다. 그리고 자료 11에는 여자가 신립의 등에 망할 망 글자를 썼다는 것 외에 자결했다는 내용은 명시돼 있지 않은데, 문맥상으로 볼 때 죽은 것으로 판단된다.
9) 자료 ⑬에서는 정충신, 신립, 오성 등 세 인물의 행위를 계기적으로 서술하고 있는데, 각 일화가 긴밀한 관계를 이루고 있지는 않다.

한 내용이며, 거기에 원혼이 탄금대에서의 싸움을 훼방하는 내용이 덧붙은 것들이 좀 있는 정도이다. 그밖에 신립이 계시를 여인의 것으로 알았는가 신령의 것으로 오인했는가 하는 점에 차이가 있으나, 의미상 본질적인 차이를 가져오지는 않는다.[10]

3. 설화에 담긴 세계관

1) 인간관계의 논리

신립 장군 설화는 궁극적으로 탄금대 전투에서의 신립의 패사(敗死)라는 역사적 사실과 관련하여 의미를 표출하고 있지만, 그 의미가 단순히 역사적 맥락에 국한되지는 않는다. 이 설화는 그 서사의 맥락에 있어 신립과 처녀라는 두 남녀 간의 미묘한 은원(恩怨)관계가 중요한 자리를 차지하며, 거기에는 인간의 처신 내지는 인간관계의 문제와 관련하여 예사롭지 않은 의미가 담겨 있다.

다음은 신립과 처녀의 관계 양상을 중심으로 하여 이 설화의 내용을 요약 정리해 본 것이다.

A. 죽을 위기에 처해 있던 처녀를 신립이 구해 준다.

B. 자기를 거두어 달라는 요청을 신립이 거절하자 처녀가 자결한다.

C. 처녀의 원혼이 신립의 전투를 방해하여 패사하게 한다.

---

10) 자료 ⑮에서는 신립이 부모의 꾸짖음에 자결한 것으로 돼있는데, 와전에 의한 변이로 여겨진다. 자료 ⑨에서는 신립이 대관령의 삼년 싸움에 굶주림에 허덕였다는 것으로 내용이 귀결되는데, 이 또한 정석에서 벗어난 것이다.

　이상과 같은 신립과 처녀의 관계의 핵심에는 은혜와 원한, 삶과 죽음의 문제가 얽혀 있다. 신립의 구원으로 처녀가 목숨을 건져 은혜가 성립되었다가, 신립이 처녀의 간절한 청을 거절한 결과 처녀가 죽게 되어 은혜가 원한으로 뒤바뀌며, 그 원한은 복수로 이어져 신립의 죽음으로 귀결된다. 곧 다음과 같이 된다.

　　삶(은혜)－죽음(원한)－죽음(복수)

　그런데 이와 같은 서사적 전개에는 선뜻 이해가 되지 않는 면이 있다. 은혜가 원한으로 뒤바뀌는 과정에서 논리의 비약이 보이는 것이다. 비록 처녀가 죽음을 맞았다고 하지만, 처녀는 스스로 목숨을 끊은 것이었고 그 목숨은 애초 신립이 구해준 것이었다(신립은 더구나 가족들의 원수를 갚아준 은인이기도 하다). 그 은혜와 원한을 대비할 경우 은혜가 원한보다 크면 컸지 작을 수는 없지 않은가? 이렇게 볼 경우 신립의 죽음은 억울한 것이 되고, 두 사람의 만남으로 인해 한 사람 죽을 일이 두 사람 죽는 엉뚱한 결과가 생겨난 것이 된다.

　그렇지만, 이와 같은 해석은 합당한 것이라고 보지 않는다. 인간관계의 본질이란 이와 같은 단순논리로 재단될 수 없는 것이다. 곧 인간의 삶과 죽음, 인간관계에 있어서의 은원이나 옳고그름 등은 기계적으로 계량될 수 없다. 비록 죽을 목숨이었다 하더라도 살아난 이상 그것은 다른 어떤 목숨과 마찬가지로 소중한 것이어서 함부로 훼손될 수 없다. ‘어차피 죽을 목숨이었지 않은가’ 하는 사고방식은 정도(正道)를 벗어난 것이다. 그런 면에서 처녀의 생명이 부당하게 훼손됐다고 할 때 원한이 남는 것은 자연스러운 결과라 할 수 있다.[11]

---

11) 이러한 판단의 밑바탕에는 설화 전승자들의 태도가 있다. 이 설화를 전승 구연한 많은 사람들은 이러한 구조를 별다른 의아심 없이 자연스러운 것으로 받아들이고 있다. 오랫동안 이야기가 이렇게 전해져 왔다는 것 자체가 이 설화의 짜임새를 단순한 모순

그렇다면 무엇이 어떻게 잘못돼서 처녀가 자결하고 신립까지 죽음으로 내몰리게 되는 악업이 발생한 것인가?

이 문제와 관련하여 우리는 먼저 처녀에게서 문제점을 찾아볼 수 있다. 이 설화에 등장하는 처녀는 자신의 삶에 관하여 매우 소극적이며 종속적이다. 자신에게 닥쳐올 재앙을 앉아서 맞이하고 있으며, 목숨을 건진 다음에는 은인에게 무작정 매달린다. 그리고는 뜻을 이루지 못하자 원한을 품은 채 스스로 삶을 포기하고 만다. 비록 봉건사회 여성의 처지를 염두에 두더라도, 그 행위는 너무나 패배적이란 비판을 면할 수 없다.

그렇다면 신립은 책임을 면제받을 수 있는가? 곧 그의 죽음은 처녀를 그릇 만난 데 따른 억울하고 부당한 것이었는가? 그렇지 않다. 이 설화의 전승자들은 오히려 신립에게 더 큰 책임을 지우고 있다. 그가 할 일을 제대로 못하였다는 것이다. 그런 비판적 시각은 흔히 그 장인의 입을 빌어 표명된다.

> "너는 얼굴에 수심이 이렇게 돌으니 나는 너를 큰 사람으로 될 줄루 알구 사위로 삼았었는데 너는 무슨 일을 했길래 얼굴이 숭하게 그렇게 됐느냐?"
>
> 아 이러니께 그것두 바른대루 지껄이니께,
>
> "예이, 못 생긴 놈이다. 참 지질이 못 생긴 놈이다."
>
> —자료 ⑩, 706면

신립이 잘못을 저질렀다는 것은 물론 그가 처녀의 간절한 소청을 거절하고 홀로 떠난 것을 두고 하는 말이다. 그렇다면 그의 행위는 어떤 면에서 그릇되었다고 할 수 있는가?

신립이 처녀와 동침한 것으로 이야기가 전개되는 자료에 있어(자료1, 6, 9, 14) 이 문제는 분명하게 해결된다. 신립은 동침이라는 행위를 통해

으로 간주할 수 없게 한다.

처녀를 거둘 책임을 부과받은 것으로서, 그가 처녀를 버려 두고 떠나는 것은 명확한 책임회피이고 죄악이다. 만약 생명을 구원해 준 댓가로 동침이 합리화될 수 있다고 생각했다면, 그리고 혼자 가버려도 그만이라고 생각했다면, 그것은 무척이나 불순하고 부도덕한 일이 아닐 수 없다. 처녀가 원혼이 되어 복수를 하는 것은 당연한 일이다.

이와 달리 신립과 처녀의 동침을 설정하지 않고 있는 대다수 자료에 있어서는 문제가 만만치 않다. 이 경우 여자의 소청을 거절한 신립의 행위는 도덕적인 명분을 지니고 있다.

> 그런데 신립장군이 그랬다고.
> "나는 이미 장가를 들어서 처자도 있고 부모가 있는 사람이니까, 지금 꽃같은 처녀로서 다른 마땅한 데가 있어서 시집을 가면 좋지 않느냐? 잘 살고."
> 하고 거절을 했단 말여.
>
> —자료 ⑤, 73면

위에서 보이는 신립의 행위는 강직하고 진중한 것으로서 타당성을 지닌다. 거기에는 상대방의 앞날을 생각해 주는 인간애의 정신이 담겨 있는 것으로 보인다. 처녀의 입장에서는 감읍(感泣)할 만한 일일 것이다.

그런데 신립의 선택이 낳은 결과는 뜻밖에도 처녀의 죽음과 원한이었다. 왜 그러한 결과가 나온 것인가? 그것은 선의(善意)가 낳은 어쩔수 없는 결과인가? 그렇다고 말하기에 앞서 우리는 신립의 행위가 정말 '최선'이었는가를 따져볼 필요가 있다. 그가 취할 더 좋은 방법은 없었는가?

이에 대하여 많은 설화 전승자들은 흔히 신립이 여자의 소원을 들어 여자를 첩으로 거두어들였으면 그만이라고 말하고 있다. 사내 대장부가 여러 여자를 마다할 게 있느냐는 것이다. 그러면서 신립이 사내답지 않은 옹졸한 속내로 여자를 떨친 것을 비웃거나 비판한다.

　　"일국 대장노릇이나 헐 줄 알았는디, 못 하겄다. 대장노릇 헐 사내 자식이
시상(世上)에 나서 일처일첩 못헐 게 뭐 있어. 그런 사람을 줘여!"

—자료 ⑫, 136면

　　설화 전승자들의 이러한 관점은 일견 남성의 입장에서 일부다처를
합리화하는 논리로 보인다. 그것은 신립의 강직하고 진중한 선택을 비
판하기에는 속되고 안이한 것이라는 느낌까지 준다. 사람들은 이 설화
를 통해 건전한 상식과는 다른 속되고 편한 삶의 길을 주장하고 있지
않은가? 이 지점에서 우리는 혼란을 겪게 된다.

　　그러나 설화 자료들을 좀더 신중하게 살펴볼 때 우리는 신립에 대한
비판이 실은 정곡에 닿아있음을 발견하게 된다. 그것은 무엇보다도 '생
명'에 대한 책임의 문제와 연관이 있다. 곧 신립이 처녀의 생명을 보호
하지 못한 것이 문제가.된다. 도덕적 명분도 좋지만 그보다 더 앞서는
것이 인간의 생명일진대 신립은 처녀의 생명을 지킴으로써 그 삶을 온
전하게 해주었어야 한다는 것이다.

　　그래 그 내력을 냉제(나중에) 이약을 하는데,

　　"어떤 사람이 사람을 살리놓고 봐양 되지 어데 그런 법이 어디 있냐? 넌 성
　공 못하이껀데, 내 집에 오지 마라."

—자료 ⑰, 77~78면

　　이에 대하여 신립이 여자가 자결할 줄을 몰랐던 것이니 어쩔수없지 않
은가 반문할 수도 있다. 그렇지만 설화의 문면은 신립의 거절이 처녀의
자결을 유발할 것임을 암시해 두고 있다. 처녀는 (죽음까지 거론하면서) 간절
히 신립에게 매달리던 처지였고, 신립은 그러한 처녀를 설복하지 못한
상태였다(그리고 그 처녀는 애초에 본래 무방비상태로 재앙을 맞이하려던 심약한 처
녀였다). 그런 상태에서 신립은 여인을 홀로 남겨둔 채 떠나왔던 것이다.

신립 장군 설화의 인간관과 역사인식　263

결국 신립은 처녀와의 관계에서 '최선'의 길을 택했다고 할 수 없다. 그의 선택은 명분 있는 것이었지만, 그 명분이 무고한 생명에 앞설 수는 없는 것이었다. 신립은 어떻게 해서든—스스로 여자를 거두든, 또는 여자를 데리고 가 짝을 맺어주든, 또는 시간을 두고 충분히 설득을 하든—그 생명을 지켜 주었어야만 한다. 그런데 신립은 그 긴요한 책무를 회피하고 말았다(그것은 마치 죽어가는 사람을 보고도 그럴듯한 핑계를 대고 못본 체한 것과 유사한 일이다). 이제 처녀가 죽어버린 시점에서 그가 내세운 도덕적 명분이란 경직된 허울에 불과한 것이 되고 만다. 그리고 애초에 신립이 자청하여 위험에 처한 처녀를 구해준 것조차도 진정한 구원이었다기보다는 호기(豪氣)에 불과한 것으로 격하된다.

신립이 처녀와의 관계에서 인간적 책무를 다하지 못하였음은 그가 자결한 처녀를 그대로 두고 떠나는 데서 뚜렷이 확인된다. 신립이 진정으로 처녀를 걱정해 주었다면 그는 당장 뒤돌아 뛰어와야 했을 것이다. 그리고 미처 구할 수 없었다면 그 시신이라도 수습해 주고 넋이나마 위로해 주어야 했을 것이다. 그것이 최소한의 양식(良識)이다. 그러나 어떤 자료에도 신립이 되돌아가 처녀를 보살폈다는 내용은 없다. 신립은 다시금 처녀의 죽음을 방기(放棄)했다는 책임을 면할 수 없다.[12]

일부 자료에 포함돼 있는, 신립의 일과 대비되는 오성의 일화는 이 설화가 담고 있는 의미를 더욱 뚜렷하게 해준다. 오성은 천하의 추물이라서 아무도 돌아보지 않는 여자와 성적 관계를 맺는바, 이는 일견 좋지 않은 일이며 명분에 합치되지 않는 일이다. 그렇지만 설화의 전승자

---

12) 설화 속에 그려진 이와 같은 신립의 행위는 물론 허구적인 것이다. 신립의 역사적 행적을 보면 오히려 신립은 양가녀를 취첩한 일로 탄핵을 받았다는 내용이 들어 있다. 아마도 이러한 일이 전래 설화와 미묘하게 결합돼 내용이 전이되면서 허구적인 설화가 형성되지 않았을까 한다.
　　일단 실제의 사실에서 벗어나 있는 이러한 설화를 통해 전승자들이 추구하는 것은 신립이란 역사적 개인에 대한 비평이 아니다. 그들은 한 상징적 인물을 통해 삶의 제반 문제를 돌이켜보고 있는 것이다. 이 논문의 논의 또한 신립을 평하는 데 목적이 있지 않고 사람들이 제기하고 있는 삶의 문제를 점검하는 데 목적이 있다.

들은 오히려 오성이 그 일에 힘입어 뒷날 잘 되었다고 이야기한다. 이러한 대비가 나타내는 뜻은 명료하다. 사람들은 인간관계에 있어 '명분'에 앞서 참다운 인간애를 중시하고 있는 것이다. 신립은 처녀와의 관계에 있어 명분에 가려 그 인간애를 베푸는 데 최선을 다하지 못한 까닭에 처녀를 죽였다. 그러니 화를 입게 되는 것이다.

> 그래서 누구던지 사람을 음 밀뵈여선 안돼. 누구던지 게 에―아무리 나만 못한 사람이래두 할건 해야 해여.
>
> ―자료 ⑨, 392면

다른 사람과의 관계에서 어떻게 처신하는 것이 올바른 일인지 판단하기 어려울 때가 무척 많다. 거기에 대해 이 설화는 일정한 기준을 제시한다. 진정한 인간애의 정신이 우선이라는 것, 경직된 명분을 벗어나 넓은 포용성을 갖추어야 한다는 것 등이다. 이를 제대로 실천하는 것은, 올바른 인간관계를 실현하는 것은 누구에게나 참으로 어려운 일이다. 이 설화는 이 문제를 진지하게 제기함으로써 삶의 방법을 돌이켜 보게 한다. 여기 이 설화의 중요한 의의가 있다.

2) 역사를 이해하는 방식

앞 절에서 우리는 신립과 처녀간의 은원관계를 중심으로 하여 신립 장군 설화의 의미를 살펴보았다. 그런데 그러한 의미는 그 자체로서 종결되는 것이 아니라 역사 인식의 문제와 맞물려 있다. 그리고 그것이 이 설화의 중요한 개성을 이룬다. 이제 이 설화에 담긴 역사 이해의 관점을 분석해 보기로 한다.

앞서도 잠깐 언급한 바 있지만, 이 설화는 역사적 사실에 기반하여 형성된 것이라 할 수 있다. 우리는 그 형성 과정을 다음과 같이 재구해 볼 수 있다.—'신립이 그 천험의 요새인 문경 새재를 포기하고 탄금대에서 대패한 것은 도저히 이해가 되지 않는 일이다. 왜 그랬을까? 귀신에 홀리지 않고는 그럴 수 없을 것이다. 귀신이라면 무슨 귀신? 아마도 그건 여자 귀신일 것이다.' 이런 식의 상상이 전래의 원녀 전설과 결합되면서 성립된 것이 우리가 보는 바와 같은 신립 장군 설화일 터이다.

탄금대에서의 패배라는 역사적 사실이 설화 형성의 동인(動因)이라는 것은 곧 이 설화가 역사적 사실을 해명하는 이야기로서 의미를 지님을 뜻한다. 신립과 처녀간의 일화와 탄금대 패전이 인과관계로 연결되는 것이다. 우리는 그 인과관계를 아주 간단히 설명해볼 수 있다.—신립이 언젠가 여자에게 원한을 끼친 결과 귀신에 씌어서 전쟁에 대패하고 말았다. 하찮은 악연이 결과적으로 역사의 방향을 되돌려놓았다.

그렇지만 이러한 지적은 미흡한 것이다. 이 설화의 의미를 제대로 밝히기 위해서는 두 사건 사이의 더욱 구체적인 의미연관을 찾을 필요가 있다.

우리는 설화에서 문제시되고 있는 신립의 장수로서의 자질에 착안함으로써 그 해명의 실마리를 찾을 수 있다. 이 설화에 있어 신립은 본래 장수의 자질을 지닌 비범한 인물로 등장한다. 장인이 큰 인물임을 알아보고 사위로 삼았다는 것이 이를 시사하며, 신립이 위험에 빠진 처녀를 만나 구출하는 데서 그러한 자질이 발휘된다. 그 호기나 용력은 남다른 것이다.13) 그러나 처녀를 끝까지 지키지 못하고 죽음을 유발하는 데서, 그리고 그 죽음을 방기하고 떠나는 데서 신립의 자질은 한계를 드러낸다. 설화에서 장인의 입을 빌어 언급되듯이 그는 장수로서 성공할 수 없는 인물임이 판명되는 것이다. 아무리 용력이 절륜하고 호기가 있으

---

13) 여기에는 자료에 따른 편차가 있다. 신립이 귀신을 가볍게 징치하는 것으로 돼있는 여러 자료에서 그 자질이 유감없이 발휘되는 데 비하여, 신립의 용력이 종이나 중에 미치지 못하여 우연히 그를 징치했다고 돼있는 자료에서 그 자질은 크게 퇴색된다.

며 뜻이 장하다 하더라도, 무고한 한 생명을 책임지지 못하는 좁은 소견, 또는 옹졸한 성격, 또는 경직된 의식은 나라를 구할 장수로서는 자격 미달이 아닐 수 없다.

신립은 탄금대 싸움에서 패하여 죽는다. 설화는 문면에서 그 죽음을 신립이 귀신에 속았기 때문이라고 서술하고 있다. 그러나 이면에서 볼 때 그 패배는 귀신과 상관없이 이미 예견된 것이었다. 처녀와의 관계를 통해 장수로서의 신립의 한계가 드러난 상태인 것이다.

여기서 우리는 실제 역사 속의 신립을 상기해 볼 필요가 있다. 그는 임진왜란이 나자 나라를 구하기 위해 자청하여 대군을 이끌고 중요한 전투에 나섰다. 그러나 그 결과는 참담한 패배였다. 그는 문경새재를 버리고 탄금대에 배수의 진을 쳤다. 그 작전은 최선이었는가? 물론 그것은 명분이 있는 것이었다. 충심을 다해 필사의 결의로 싸우겠다는 뜻은 장한 것이다. 그렇지만 그 결과는 자신을 포함한 대군의 패사였다. 좁은 소견에 따른 경직된 명분이 대군의 죽음을 부른 것이다. 만약 그가 아군의 안위를, 나아가 백성의 안위를 조금만 더 신중히 헤아렸다면 결과는 달랐을 것이다.

이와 같은 신립의 실제의 형상은 설화에 부각된 허구적 형상과 서로 통하고 있음을 알 수 있을 것이다. 처녀를 구원하려 나섰지만 좁은 소견과 경직된 의식에 따른 소홀한 처신으로 인해 처녀를 죽음에 몰아넣은 허구 속의 신립과, 현실성 없는 소홀하고 경직된 작전으로 수많은 원혼을 낳은 역사 속의 신립은 별개의 존재가 아닌 것이다.

우리는 여기서 설화 전승자들 특유의 역사에 대한 접근법을 본다. 설화 전승자들은 구체적인 일상적 상황과 역사적 상황을 일관된 관점에서 투시하고 있다. 일상적인 일에서 드러나는 인물 됨됨이가 역사를 움직이는 능력과 통하며, 사소한 일상사에서의 잘잘못이 곧 역사상의 성취나 오류와 통한다. 일상적 삶은 역사의 축도이며, 역사는 일상적 삶의 확대판이다. 그리하여 역사를 바르게 움직여 나가기 위해서는 일상의 삶에서, 하루하루의 인간관계에서 최선을 다하는 삶의 자세가 필요하다. 세계를 보는 이러한 관점은 이 설화가 깊이 간직하고 있는 중요한 의미라 할 수 있다.14)

한편, 이미 임철호가 개략적으로 지적한 바 있지만,15) 이 설화가 담고 있는 또 하나의 역사적 의미로서 역사에 대한 가정의 논리를 들 수 있다. 애초에 탄금대 전투의 패전에 대한 아쉬움에서 연원했다고 볼 수 있는 이 설화는 역사에 대한 여러 가정을 담고 있다. 그 가운데 가장 기본적인 것은 다음과 같은 가정이다. ―만약 신립이 명분에 매달리지 말고 인간애의 정신을 발휘하여 처녀의 구원에 최선을 다했다면…… 그리하여 처녀의 원한을 사지 않았다면…… 그리하여 문경새재에서 적군을 맞이하여 여한 없이 싸워 보았다면……

역사에 대한 이러한 가정을 낳는 동인은 물론 아픈 역사에 대한 회한이다. 그렇다면 그러한 가정이 지니는 의미는 무엇인가? 그것은 지난 역사적 상처를 반성하고 치유함으로써 새로운 역사를 지향하는 행위로서의 의미를 지닌다. 그 의미를 신립 장군 설화의 경우에 다음과 같이 정리해 볼 수 있다. ―우리는 왜 뼈저린 패전을 경험해야 했던 것인가? 그것은 작은 일상의 일 하나하나에 최선을 다하지 못한, 진정한 인간애를 펼치지 못한 결과였다. 그리하여 극복할 수 있는 고비를 넘지 못하고 뼈아픈 수난을 겪었던 것이다. 이제 삶을 되돌아보고 최선을 다하여 나날의 삶을 엮어감으로써 그러한 아픔을 되풀이하지 말아야 한다. 그

---

14) 구비설화 가운데 이순신을 주인공으로 한 이야기는 신립 설화와는 대비되는 내용으로 비슷한 의미를 구현하고 있다. 그것은 이순신을 짝사랑하다가 죽어 뱀이 된 여인이 있었는데 이순신이 그 뱀과 하룻밤을 잔 여인의 원을 풀어줌으로써 후에 많은 공을 세울 수 있었다는 내용으로 돼 있다. 이 설화는 일상에서의 최선의 삶이 역사의 성취를 이룬 것을 보여주는 예라고 할 수 있다. 곧 이 설화에서도 일상과 역사는 서로 통하고 있는 것이다. '이순신장군과 상사병 걸린 처녀', 『대계』 8―5, 거창군 거창읍 5 참조 임철호, 앞의 책, 75~76면에서 이 설화의 내용을 신립 이야기와 대비하여 소개한 바 있다.
15) 임철호, 앞의 논문, 77면.

리고 새로운 역사를 엮어 나가야 한다.[16]

우리는 신립 장군 설화가 현시하고 있는 일련의 역사인식 방법이 과연 타당한 것인가 하는 데 대하여 의문을 제기해 볼 수 있다. 역사적 삶을 일상적 삶을 중첩시키는 데는, 특히 특정 인물을 축으로 하여 그렇게 하는 데는 논리적 결함이 있다. 거시적인 역사의 전개란 특정의 구체적 삶의 양상을 통해 해명될 수 있는 것이 아니다. 그와는 차원을 달리하는 수많은 요소들이 역사를 추동시키고 있다. 한편, 가상의 설정을 통해 역사를 재해석하는 관점 또한 위험성을 지닌다. 역사적 사실을 성실히 가리지 않은 상태에서의 소박한 가상은 현실을 외면하는 허망한 기만에 불과한 것일 수 있다.

신립 장군 설화는 실제로 이러한 위험성으로부터 자유롭지 못하다. 이 설화의 역사 인식은 허점 투성이라고 해도 과언이 아니다. 그럼에도 불구하고 우리는 그것을 하찮은 것으로 무시하고 말 권리를 갖고 있지 않다. 왜냐하면 그것은 하찮은 것이 아니기 때문이다.

역사를 일상으로 환원해 이해하는 인식방법은 거칠고 단순한 면이 있지만, 실은 역사의 본질과 닿아 있는 것이기도 하다. 일상적 삶과 역사란, 비록 차원이 다른 것이긴 하지만, 본래 서로 격리돼 있는 것이 아니다. 역사란 사람들의 나날의 삶의 총체로서 존재하는 것일 터이기 때문이다. 일상의 삶을 살아가는 사람들의 입장에서 역사를 자신들의 구체적 삶과 연관해서 이해하려고 노력하는 것은—거기에만 한사코 매달릴 경우 문제가 되겠지만—필연적이고 또한 정당한 행위이다.

가상을 통하여 실제의 역사와는 다른 새로운 역사를 설정해 보는 것

---

16) 구비설화에 있어 이러한 방식의 역사 가정법은 매우 많이 발견된다. 필자는 이미 기존 연구들을 통하여 그 가정의 양상과 거기 담긴 의미를 분석해내는 작업을 수행한 바 있다. 필자가 기존에 분석한 설화 가운데는 역사 가정을 통한 반성의 절실함이 신립 장군 설화보다 훨씬 더한 것들이 여럿 있었다. 자세한 논의는 신동흔, 「아기장수 설화와 진인출현설의 관계」,『고전문학연구』 제5집, 1990 및 「역사인물담의 현실대응 방식 연구」, 서울대 박사논문, 1993 참조.

또한 실은 역사 이해의 본질과 맞닿아 있다. 역사가 용납하기 힘든 것일 때 그러한 역사의 원점으로 돌아가 그것을 돌이켜보고 새로운 역사를 추구하는 것은 역사인식의 중요한 방법인 터이다.[17) 이치에 닿지 않는 엉뚱한 공상을 되씹는다면 그것은 한심한 일이라 하겠지만, 설화에서의 역사 가정법이 거기 그치는 경우는 드물다. 신립 장군 설화만 하더라도 참된 인간관계의 문제와 관련하여 반성적 의미를 담아내고 있는 것이다.

끝으로 이 문제와 관련하여 우리는 여기서 살피고 있는 신립 장군 설화가 '문학'이라는 것을 상기할 필요가 있다. 문학에 있어 역사란 무엇이며 어떻게 다루어야 하는가? 구체적인 삶의 형상을 통해 역사의 본질을 꿰뚫을 수 있는 것이, 또 그렇게 해야 하는 것이 문학일 것이다. 또한 과거를 바탕으로 하여 끊임없이 새로운 역사를 꿈꿀 수 있는 것이, 또 그렇게 해야 하는 것이 문학일 것이다. 신립 장군 설화는 바로 그러한 작업을 해왔다고 할 수 있다.

4. 맺음말

이 논문에서는 수백 년의 세월을 구전으로 이어져 온 신립 장군 설화를 취합하여 그 속에 담긴 의미를 분석하는 작업을 수행하였다. 그것은 기본적으로 이 설화 자체의 이해를 위한 작업이었지만, 한편으로 삶에 대한 설화적 대응방식이라는 원론적 문제에 대한 이해를 넓히는 것을 염두에 둔 것이기도 하였다.

---

17) 신동흔, 앞의 논문(「역사인물담의 현실대응방식 연구」), 54면.

신립 장군 설화는 인간의 처신 내지는 인간관계의 본질과 관련하여 만만치 않은 문제를 제기하고 있다. 과연 나날의 삶에서 우리와 함께하는 많은 사람들을 어떠한 자세로 대하며 살아야 하는가? 그에 대하여 이 설화는 도덕적 명분에 앞서 참다운 인간애를 실현해야 한다는 시각을 나타내 보이고 있다. 그리고 주어진 상황에서 어디까지나 최선을 다해야만 한다는 관점 또한 이 설화 속에 담겨 있다. 신립은 기본적으로 선의(善意)로 한 처녀를 대했지만, 인간애보다 명분에 치우쳤고 자신이 할 수 있는 일에 최선을 다하지 못한 결과 처녀와 자신의 죽음이라는 뼈저린 결과를 낳게 된 것으로 이야기되는 것이다.

이 설화에서 이야기되는 인간관계에서의 불찰은 곧 역사에서의 좌절과 의미 맥락이 통한다. 역사 속의 신립은 문경새재를 포기하고 탄금대에 배수진을 쳤는바, 이는 선의에 의한 것이었지만 최선의 선택은 아니었다. 설화 속에서의 처녀와의 관계가 그랬던 것처럼 신립은 자기 생각에 빠져 기본적인 상식을 외면하고 말았던 것이다. 신립의 형상은 허구와 역사에 있어 이처럼 중첩되어 있는바, 우리는 여기서 설화 전승자들의 역사인식 방법을 발견하게 된다. 그들은 역사를 나날의 일상적 삶의 연장선상에서 이해한다. 일상에서의 최선의 삶이 곧 역사를 이끄는 힘이라는 것이 그들의 관점이다.

한편, 이 설화는 그밖에도 실제 역사와 다른 가능했던 역사에 대한 가정을 통해 역사를 입체적으로 인식하는 관점을 보여주고 있다. 일상의 삶이 좀더 최선의 것으로 엮어졌다면 그런 뼈저린 결과는 없었으리라는 가정이 이 설화에 얽혀 있다. 역사적 과오에 대한 반성과 일정하게 결부돼 있는 이러한 역사적 가정은 아픈 역사를 되풀이하지 않고 새로운 역사를 꿈꾼다는 의미를 갖는 것이어서 그 의의가 작지 않다.

구비설화 자료 가운데는 얼토당토않은 소박하고 엉뚱한 논리로써 삶을 설명하는 것처럼 보이는 것들이 적지 않다. 우리는 그러한 자료들을 가볍게 무시해 버리곤 한다. 그렇지만, 이야기의 맥락을 진중히 살펴볼 때 그 밑바닥에 예사롭지 않은 뜻이 담겨 있음을 발견하고 놀라게 된다.
오랜 세월을 거쳐온 전승의 무게가 그러한 뜻을 침전해내고 있다.

설화의 금기 화소에 담긴 세계인식

장자못 전설을 중심으로

1. 설화 속 금기 화소에 대한 시각

설화에는 다층적인 원형적 의미가 함축되며, 이는 사람들의 세계인식의 정수 내지 총화로서의 의의를 지닌다. 그러한 인식적 의미를 매듭처럼 집약하고 있는 서사요소가 화소(motif)이다. 설화의 화소는 이야기를 통한 세계인식의 결절점이라 할 수 있는바, 설화의 주요 화소에 담긴 인식 층위를 온전히 읽어내는 것은 인간과 삶을 이해하고 이야기를 이해하는 긴요한 통로가 된다.

설화의 여러 화소 가운데 '금기(禁忌)'는 각별한 의의를 지닌다. 그것은 매우 많은 설화에 폭넓게 자리하면서 서사 전개의 핵심 축을 이루고 있다. 금기를 축으로 하여 서사의 역동이 이루어지는 양상이 〈장자못 전설〉이나 〈우렁각시〉, 〈선녀와 나무꾼〉 등 한국의 대표적 설화에서 공통적으로 나타나고 있다. 그 금기는 서사적 재미 외에 '의미'의 측면과 긴밀한 연관을 맺고 있거니와, 그 의미는 인간과 세계의 비밀에 얽혀 있는 본질적인 것이다. 유한능력자로서의 인간이 놀라운 섭리로 가득한 세상을 헤쳐 나가는 일이란 어떤 것인지에 대한 원형적인 문제제기와 답변이 그 속에 응축돼 있다.

이 글은 설화의 금기 화소에 얽힌 세계인식의 층위를 새롭게 해명하는 것을 목적으로 한다. 그간 설화의 금기에 대해서는 이론 및 자료해석의 측면에서 다양한 논의가 전개되어 왔지만, 아직 그 본질이 충분히 해명되지 못한 면이 있다는 것이 필자의 시각이다. 서사 이면에 깃들어 있는 심층적 의미와 관련하여 재해석의 여지가 남아 있다고 보는 입장이다.

금기를 주요 화소로 삼고 있는 설화 가운데 이 글에서 기본 고찰 대상으로 삼을 이야기는 〈장자못 전설〉이다. 〈장자못 전설〉은 '소돔과 고모라' 유형과 연결되는 세계적 보편성, 도승을 매개로 한 '초월적 신의(神意)'의 존재, 선한 주인공이 비극적 종말을 맞는 문제적 전개 등 여러 측면에서 주목할 요소를 지니고 있다. 그간 설화의 금기에 관한 연구에 있어 이 설화가 중요한 논의 대상이 되었던 것은 우연한 일이 아니다.[18]

〈장자못 전설〉에서 금기가 주어지는 대상은 장자의 며느리다. 도승에 의해 주어진 금기를 어기고 뒤를 돌아보았다가 돌이 된 비운의 인물이다. 그 금기에 대한 기존 관념을 한 마디로 요약한다면 그것이 곧 '신적

---

[18] 일찍이 최래옥, 천혜숙 등이 〈장자못 전설〉의 금기 화소에 주목하였고 이상백, 장장식 등이 설화의 금기를 다루면서 이 전설을 중요하게 포함하여 살핀 바 있다. 근간에 김선자가 〈장자못 전설〉을 기본 자료로 삼아 금기와 위반에 얽힌 심리적 의미를 살피는 논의를 제출하기도 하였다. 최래옥, 『한국구비전설의 연구』, 일조각, 1981; 천혜숙, 「장자못 전설 재고」, 『호서 최정여박사송수기념 민속어문논총』, 1983; 천혜숙, 「전설의 신화적 성격에 관한 연구」, 계명대 박사논문, 1987; 이상백, 「한국 금기설화의 연구」, 『어문학교육』 4, 1981; 장장식, 「금기 설화 연구」, 『한국민속학』 17, 1984; 김선자, 「금기와 위반의 심리적 의미에 관한 고찰—장자못 전설과 함호(陷湖) 전설을 대상으로」, 『중국어문학논집』 11, 1999.

질서에 입각한 금지(禁止)'라고 하는 것이다. 그것은 "신의 영역에 대한 인간의 접근을 차단"하는 "절대자의 금기"로 이해되며,[19] 며느리가 돌이 되는 것은 "신과의 약속을 파괴한 불경건, 인간의 신에 대한 도전·교만·방심"에 대한 신의 징벌로 풀이된다.[20] 과연 이와 같은 해석이 타당하고도 충분한 것인가 하는 점이 곧 이 글의 기본적인 논쟁 대상이 된다. 그 인식의 틀에서 한 걸음 더 나아가 그에 대한 새로운 문학적 해석의 가능성을 찾아내는 것이, 그리하여 금기 화소에 얽힌 세계인식의 층위를 새롭게 이해하는 길을 찾아내는 것이 이 글의 목적이 된다. 일차적으로 〈장자못 전설〉에 대한 분석을 통해 금기에 대한 새로운 해석의 가능성을 찾아본 다음, 또 다른 주요 설화들을 대상으로 그 일반적 적용의 가능성을 시론적으로 가늠해 보는 방식으로 논의가 진행될 것이다.

2. 장자못 전설과 금기─새로운 시각

〈장자못 전설〉은 세계적으로 분포하고 있는 광포 전설로, 한국에서도 전국적으로 수많은 자료가 전승되어 왔다. 한국정신문화연구원에서 펴낸『한국구비문학대계』에만도 60편 가량의 각편이 보고돼 있으며, 여타 자료집을 포괄할 경우 각편 수가 100편을 상회한다. 한국에서 가장 널리 전승돼 온 전설이라고 해도 과언이 아니다.

이렇듯 놀라울 정도의 전승력에 비추어 볼 때 그 서사내용은 단순해 보이는 면이 있다. 널리 알려진 것이지만, 논의의 편의를 위해 그 서사의 골격을 제시해 본다.

---

19) 김선자, 앞의 글, 2면.
20) 최래옥, 앞의 책, 105~106면.

① 옛날에 어떤 마을에 인색한 장자가 살았다.

② 어느 날 도승이 시주를 왔는데 장자가 쇠똥(두엄)을 주어 내쫓았다.

③ 며느리가 도승에게 사죄하고 쌀 등을 시주했다.

④ 도승은 며느리한테 집을 떠나되 무슨 일이 있어도 뒤를 돌아보지 말라 했다.

⑤ 며느리가 큰 소리에 놀라 돌아보니 집터가 함몰되어 연못이 되고 있었다.

⑥ 며느리는 그 자리에서 돌이 되었다.

⑦ 지금도 연못(장자못)과 돌이 남아 있다.

이 설화의 서사 전개에서 주축을 이루는 요소는 일견 '장자'에 얽힌 내용으로 보인다. 인색한 장자가 도승을 박대했다가 징벌을 당하여 그 집터가 연못이 되었다는 것이 이야기의 기본 골격을 이루고 있다. 하지만 이 전설의 생명력은 이보다는 '며느리'에 얽힌 서사를 통해 발휘되고 있다고 보는 것이 더 합당한 판단이 된다. '악행을 저지른 부자에 대한 징치'라는 서사 구도가 상투적이라 할 정도로 윤리적·교훈적이어서 전설 특유의 문제성21)을 드러내기에 부족함이 있는 데 비하여, 선행을 베풀고도 뒤를 돌아본 탓에 돌이 된 며느리에 관한 서사는 전설적 문제성을 짙게 함축하고 있다. '그는 왜 돌아보았을까', '그가 돌이 된 이유는 무엇일까', '그가 돌이 된 것은 필연이고 당위인가' 하는 등의 의문을 불러일으키며 세계인식을 둘러싼 논쟁을 유발하고 있는 것이다. 그 논란의 중심에 있는 것이 바로 '금기와 위반'의 문제이니 그것이 바로 이 전설의 중심축이 되는 것이라 할 수 있다. 거기 얽힌 의미망을 읽어내는 것이 〈장자못 전설〉 해석의 관건이 된다.

서론에서도 언급했지만 그 금기에 대한 일반적인 관점은 그것을 '신

---

21) 여기서 말하는 '전설적 문제성'이란 사실과 허구 사이의 미묘한 긴장관계를 통한 의미구현 방식을 지칭한 것이다. 전설은 증거물로 뒷받침되는 사실적 근거와 실제로 일어난 것으로 믿기 어려운 허구적 내용이라는 상반된 현상이 공존하며 긴장하는 가운데 사람들로 하여금 일상적 통념을 뒤집고 낯선 눈으로 세상을 바라보도록 하는 특징을 지닌다. 강등학 외, 『한국구비문학의 이해』, 월인, 2000, 123면.

적 질서'의 발현으로 보는 것이다. 이 설화에 있어 초월적 주재자로서의 신의 존재는 도승의 출현을 통해 구체적으로 확인이 된다. 다수의 자료에 있어 장자 집에 도래한 스님은 곧 '도승(道僧)'이며, 장자를 염탐하고 징치하기 위해 일부러 그곳을 찾아온 존재다. 그리고 장자의 집이 함몰되어 연못이 되는 것은 흔히 도승을 매개로 한 '하늘'의 징치로 명시되곤 한다. '하늘에서 벼락을 때렸다'는 것이 가장 일반적인 내용으로 되어 있다. 가끔은 도승이 직접 도술을 부려 집을 함몰시켰다고 서술되기도 한다.

이와 같은 서사적 맥락에서 볼 때, 며느리에 대한 서사에서도 신(神)의 역할을 상정하는 것은 자연스러운 판단이 된다. 신의 대리자인 도승이 뒤를 돌아보지 말라고 했음에도 며느리가 그 명령을 지키지 못하고 어겼으므로, 곧 신적 질서에 입각한 금지 내지 제한을 위반했으므로 신에 의하여 징벌을 당하게 되었다고 하는 논리다.

실제로 이 설화의 일부 구연자들이 '도승이 여인을 징벌하여 돌로 만들었다'는 식으로 서사적 상황을 서술하고 있다.

[1] 그래 거기다가 그냥 저건 할 수 없다구, 그 여자를 거기다 부처를 만들어 놓구 갔다 그렇다더니.[22]

[2] 그래서 그 중이 하는 말이,

"뒤를 돌아보지 말고 왔으면 날과 같이 될 것인데 뒤를 돌아다 봐서 안 된다고, 여기서 오는 가는 사람 침이나 받아 먹으라."

고, 가버리고 그 여자는 거기서 죽어버리고 그 서낭이 그 며느리라는 게야.[23]

[3] 그리고 그 여자는 마 망부식(石)이 돼서 한 평상 그 못만 돌아 보고 섰구

22) '귀래리 방아못 전설', 『대계』 1−5, 화성군 정남면 설화 2, 248면.
23) '장자못 전설', 『대계』 2−3, 삼척군 삼척면 설화 133, 330면.

로 맨들어 놓고.24)

　④ 도사중이, 그 호박도 있고 고도 있고 이 평풍매이 해 놓고 고따가 그 장
자 며느리를 사람을 갖다가 돌맹이 맨들었어. 딱 이래 놓고,
　"니는," [청중 : 돌로 사람맨치로 맨든 기거마는. 화자 : 응, 요래 놓고] "니는
돌아본 죄로 해서 그래 저 거석하러 몬 간다. 내 따로 그 저 득천하러 몬 간께
네, 요게 요래 있다가 애기 못 놓는 부녀 와서 공들이거던 애기나 태 주고 그
래 있거라.25)

　이 자료들에 의하면, 며느리에게 있어 도승의 명령은 순종하여 따라
야 할 절대적 명령이었다. 그것을 따라야만 그는 구원을 받을 수 있었
다. 그럼에도 그 명령을 지키지 못하자 도승—신(神)—은 그를 돌로
'만들어서' 그 자리에 세워두었다. 말하자면, 신의 뜻을 제대로 따르지
않은 자의 표상으로. 결국 그 어떤 인간도 신에 의한 구원을 받지 못한
셈이다.
　김선자는 이와 같은 서사 상황을 그리스 신화나 구약성서에 나타난
'금기—징벌'의 사례들26)과 비교하면서 다음과 같이 그 맥락을 풀이한
바 있다.

　한 마을을 온통 물로 휩쓸어 버리면서 살려둔 유일한 인간에게조차 신은
'돌아보지 말라'는 금기를 설정하여 유혹했다. 그것은 금기이면서 동시에 '돌
아보라'는 강렬한 유혹이었던 것이다. 유혹에 넘어갈 것임에 틀림없는 것이

---

24) '장자못과 돌이 된 며느리', 『대계』 7-8, 상주군 은척면 설화 24, 1,177면.
25) '의령 북실 장자못', 『대계』 8-11, 의령군 지정면 설화 40, 476면.
26) 신만이 태양마차를 몰 수 있다는 금기에 도전하다가 죽음을 맞이한 파에톤, 수놓기
　시합에서 이겨 신의 권위를 조롱하다가 아테나에 의해 거미가 된 아라크네, 레토의 권
　위에 도전했다가 돌이 된 니오베, 신의 계율을 어겼다가 유황불을 뒤집어쓴 소돔성의
　사례 등. 김선자, 앞의 글, 2면.

인간이라는 존재임을 알면서도 신은 늘 금기를 만들어 자기들의 영역에 인간
이 접근하는 것을 차단했다.[27]

　김선자에 의하면 장자의 징치는 물론 며느리의 죽음까지 모든 것이
‘신의 장난’이었다. 인간은 신의 경계에 들어설 수 없다는 것을, 감히 신
의 영역에 접근할 엄두를 내지 말라고 하는 것을 현시하는 ‘의도된 기
획’이었다. 그 기획에 넘어가 돌로 박힐 수밖에 없는 것이 인간의 예고
된 운명이었다.

　이렇게 보자면 인간이라는 존재가 너무 한심하지 않은가 하는 의문을
갖지 않을 수 없다. 과연 그렇게 신에 의해 휘둘려 좌절하는 것이 합당
한 일인가 하는 차원의 회의가 생길 수 있다. 이 지점에서 〈장자못 전설〉
에 대한 새로운 해석이 도출되는 바, 신의 금기를 어기고 뒤를 돌아본
것을 인간적인 행위로 평가하며 긍정적 의미를 부여하는 관점이 그것이
다. 일찍이 천혜숙이 이 지점에서 ‘신의 무조건적인 재앙에 대한 인간의
회의’를 읽어내고 그 서사 속에 ‘신적 질서에 대한 인간의 존재론적 문
제제기’가, ‘신적 질서화에 대한 반명제’가 함축되어 있다는 해석을 제
시한 바 있다.[28] 특히 그는 돌이 된 며느리가 단순한 돌에 그치지 않고
사람들에 의한 신앙의 대상이 되는 변이형을 통해 이러한 해석을 강력
하게 뒷받침하였다. 실제로 상당수 각편에서 며느리가 변하여 된 돌이
영험을 지닌 존재로 인식되어 지역민들의 신앙적 행위의 대상이 되고
있음이 확인되거니와, 위에 인용한 ②와 ④에서도 그 단면을 볼 수 있
다.[29] 이처럼 신적 질서를 거부하고 ‘인간의 길’을 선택한 며느리에게
신성이 부여된다는 사실에 새롭게 주목함으로써 이 설화는 인간이 범접

---

27) 김선자, 앞의 글, 2면.
28) 천혜숙, 앞의 글(전설의 신화적 성격에 관한 연구), 69면.
29) ②에서 돌이 된 며느리가 ‘서낭’이 되었다는 것과 ④에서 부녀에게 아이를 점지하
　는 존재가 되었다는 것이 여기 해당한다.

할 수 없는 신적 질서의 현시라고 하는 표면구조에 신 중심의 질서에 대한 반명제라는 이면구조를 함께 갖춘 이야기로 이해될 수 있게 되었으니, 의미층위의 해석에 커다란 진전이 이루어진 것이라 하겠다.

이 설화에 담긴 금기의 서사가 '신들이 설정한 운명적인 덫'[30]이었음을 강조한 김선자 또한 천혜숙과 유사하게 거기 저항하는 인간의 형상에 초점을 맞추어 이 설화의 의미를 해석하는 입장을 나타냈다.

> 신들이 그어놓은 경계선을 넘어서는 행위는 신들의 눈으로 보면 오만이지만 인간의 눈으로 보면 용기이다. '돌아보지 말라'는 금기를 깨는 것으로 인하여 인간은 돌로 변해버리지만, 돌로 변할지언정 자신의 의지에 의해 돌아다보는 그 용기는 가상하지 않은가. 어차피 신 앞에서 인간은 나약한 존재, 자신의 의지와 상관없이 돌이 되어버릴 수밖에 없는 운명을 지닌 것이 인간 존재의 근원적 비극이라면.[31]

김선자의 시각에는 신적 질서의 엄중함에 대한 인식이, 그로부터 벗어날 수 없는 인간존재의 한계에 대한 인식이 전제되어 있다. 그러한 한계 속에서 장엄하게 침몰하는 모습 그 자체에서 인간적 의의를 찾을 수 있다는 것이 그의 해석이다. 금기의 파괴에서 인간의 '자유 의지'를 읽고 신적 억압에 대한 인간의 운명적 항변을 읽어내는 관점이다. 그 관점에 따를 때 며느리가 변하여 된 돌은 좌절한 인간 의지의 기념비가 된다. 태양마차를 몰다 나락으로 떨어진 파에톤의 주검에 세워진 비석처럼.

금기를 어기고 돌이 된 며느리에 대한 천혜숙과 김선자의 해석은, 특히 '돌 숭배'라는 요소를 통해 실증적 근거를 확보하고 있는 천혜숙의 해석은, 높은 설득력과 호소력을 갖추고 있는 것이 사실이다. 하지만 그것을 이 설화에 대한 궁극적이고 심층적인 의미로 결정하기에는 아직

---

30) 김선자, 앞의 글, 25면.
31) 김선자, 앞의 글, 26면.

이르다는 것이 필자의 생각이다. 서사 구조 속에 깃들어 있는 또 다른 층위의 의미에 대하여 관심을 가질 필요가 있다.

오랜 시간에 걸쳐 〈장자못 전설〉을 거듭 살피고 그 의미를 반추하던 과정에 떠오른 의문이 있었다. 극히 자명하다고 생각해 왔던 지점, 도승이 정말로 여인을 돌로 '만든' 것인가 하는 데 대한 의문이었다. 신(神)이 그렇게 인간사에 직접 개입하여 한 개인을, 도덕적으로 비난받을 혐의가 없는 연약한 여인을 살리고 죽이고 했다고 하는 식의 설화 읽기가 과연 합리적인 것인가 하는 데 대한 회의다.

이러한 의문을 가지고 설화 자료들을 하나하나 다시 살펴본 결과 '도승이 여인을 돌로 만들었다'는 식으로 서술된 사례는 소수임을 확인할 수 있었다. 『한국구비문학대계』에 수록된 60편의 〈장자못 전설〉 자료 가운데 그와 같이 명시적으로 서술된 자료는 위에 인용한 4편뿐이다. 여타의 자료는 그 대목을 이와는 다른 방식으로 서술하고 있다. 다음과 같은 식이다.

⑤ 이 여인이 가는데 가분자기 뇌성벽력을 하면서 그 벼락치는 소리가 나니까, 깜짝 놀래서인지 뒤를 돌아봤단 말야. 그러니까 그 자리에서 그만 화석이 되서.[32]

⑥ 아 산중턱엘 올라가는데 금방 먹구름이 치멘 우당탕 퉁탕 천둥을 하는데 아 소내기가 그 담엔 쭈룩 쭈룩 내리는데 이 집생각이 나서 안 돌려다 볼래야 안 돌려다 볼 수가 있어야지. 아 이게 뭐야. 꾸루릉 하더니 이렇게 돌려다 보니까 자기 있던 집터가 홀렁 내려가구 그냥 거기다 베락을 쳐버린다 말야. 그 자기네 집을 싹. 그래는 동시에 메누리도 그 자리에서 죽어뿌렸어 그냥.[33]

---

32) '용정리의 용소 전설', 『대계』 1-1, 도봉구 수유동 설화 10, 261면.
33) '아침못 전설', 『대계』 2-2, 춘성군 북산면 설화 14, 709면.

7 아 별안간 캄캄해 지면수루매 소내기가 쏟아지면서루매 이러니까매 집을 안 돌아다 볼 수 있느냐고, 요 개울가이니까요. 그러니까 아 집을 돌아다 보니까서루매, 아 강물이 넘쳐서 그 집안을 홀랑 쓸고 나가더랴. 그러니까, "아차" 이라고

뒤로 물러 앉았는데 부도(浮屠)가 되었대.[34]

8 갑작히 벼락 천둥소리가 나므로 집에 두고온 자식들이 그리워서 스님말을 깜박 잊고 뒤를 돌아보니, 집은 간데없고 그 자리에는 소(沼)가 되어 물이 가득하게 찼드래요. 깜짝 놀라 소리를 지르려고 하는 순간에 부인은 돌로 변했다 하는 전설이 있읍니다.[35]

9 어느 정도 가다이까네, 천지가 막 개벽하는 소리가 막 꽝! 하는 소리가 나이까네, 이 여자가 안 돌아볼 수가 없는 게라. 자기 살던 집이이까네. [큰소리로] 떡─! 돌아 보는데 그게 고마 돌미륵이 됐부렀어요. [본래 소리로] 어린 애 업은 채로, 이래 [몸짓으로 형상 흉내를 내면서] 돌따보는 형상 그대로[36]

위에 인용된 상황을 종합적으로 요약하면 다음과 같다. ─여인은 천둥 번개가 치는 소리에 깜짝 놀라 (도승의 말을 잊고) 뒤를 돌아본다. 그리고 돌아보는 순간 (돌아보던 모습 그대로) 돌이 된다.

여인이 뒤를 돌아보는 순간 '내 말을 어겼구나' 하면서, 또는 '역시 내 생각대로구나' 하면서 도승이, 신(神)이 그녀를 돌로 만든 것일까? 그 가능성을 배제할 수 없겠지만, 생각의 방향을 바꾸어 다음과 같이 상황을 설명해 볼 수 있다고 본다. 뒤를 돌아보는 순간, 그리하여 자기 살던 집이 허물어져 연못이 되는 모습을 확인하는 순간 여인은 그 상황을 감

---

34) '부도 유래', 『대계』 3─1, 충주시 설화 6, 60~61면.
35) '벼락소 전설', 『대계』 6─8, 장성군 북하면 설화 32, 209면.
36) '황지못과 돌미륵', 『대계』 7─10, 봉화군 소천면 설화 7, 564~565면.

당하지 못하고 그 자리에 굳어 버린 것이라고. 예기치 못한 엄중한 상황에 대한 놀라움, 자신의 지난 삶이 송두리째 허물어지는 상황이 전하는 두려움, 버리고 떠나온 냉정함 또는 어리석음에 대한 회오(悔悟), 막막한 세상에 아득히 홀로 남겨진다는 절망감……. 이를 감당하지 못하여 앞으로 나아갈 힘을 잃은 채 스스로 그 자리에 주저앉게 된 것이라고.

요컨대 장자의 며느리가 돌이 된 것은 어떤 초월적 존재의 처벌에 의한 것이 아니라 그가 행한 일에 대한 스스로의 업보(業報)로 해석될 가능성이 있다고 하는 것이 우리의 관점이다. 지난 삶을 벗어나 새로운 삶으로 나아가는 고빗길에서 앞으로 나아가지 못하고 뒤를 향함으로써 과거적 삶의 함정에 발목을 붙잡혀 좌절하고 만 것이라는 해석이다.

이와 같은 해석이 가능하다면, 도승이 내린 금기는 무엇이 되는가? 그것은 며느리의 행동을 억압하는, 그리하여 결국 그를 파멸로 이끄는 함정이라 볼 것이 아니다. 그것은 며느리로 하여금 그 나아갈 길을 열어주는 '계시'라고 보는 것이 합당하다. 어떠한 계시인가 하면, 인생의 결정적인 고비가 되고 분수령이 되는 지점에 대한 계시다. 그 지점에서 인간이 어찌해야 하는가를 일깨워 주는 계시다.

전설의 내용으로 돌아가 보자. 장자의 며느리가 속해 있던 '장자의 집'은 부정과 모순의 공간이었다. 장자는 누구나 부러워하는 부자였지만, 실상은 욕망과 부조리의 늪에 포획되어 속절없이 수장(水葬)될 존재였다. 그 끈끈한 늪 속에 겨우 머리만 내밀고 가쁜 숨을 쉬고 있으면서도 그 사실을 까맣게 모르는 장님이고 귀머거리였다. 스님의 바랑에 똥을 퍼 넣고 내쫓는 순간은, 그가 그 늪에서 벗어날 최후의 희망을 놓아 버린 순간이 된다. 그더러 늪을 벗어나라 한들 그리 하려고도 안했을 것이고 그리 할 수도 없었을 터이니 그가 그 자리에서 수장된 것은 그 누구의 강제도 아닌 스스로의 업보였다.

스스로의 욕망과 부조리에 의해 함몰되고 말 그 부정한 곳. 그곳에 어울리지 않는 한 존재가 있었으니 그가 곧 장자의 며느리였다. 부정한 곳에 몸을 담고 있되 부정함에 결정적으로 빠지지 않았던 존재다. 그는 장자와 달리 귀를 열고 있고 눈을 뜨고 있었으니, 스님이 전해주는 진실―그곳을 떠나야 한다는 것―과 접속하여 그것을 수용할 수 있었다. 그리하여 집을 떠나 뒷산으로 나아가게 되었던 것이다. 그 나아가는 길이란 결국 지금까지의 삶을 넘어서 지금과 다른 새로운 삶으로 향하는 무거운 발걸음이었다.

그 떠남으로써 모든 것이 판가름 나면 좋겠지만, 그리 될 수 없는 것이 인생이고 또한 서사다. 이야기는 '금기'라는 이름으로 장자의 며느리에게 또 하나의 과제를 던져준다. '뒤를 돌아보지 말라'는 것. 새로운 삶으로 나아가는 데는 결정적인 고비가 있는 터, 그 고비를 어떻게 넘겨야 하는가에 대한 계시다. 지금 며느리가 있는 곳이 어디인가 하면, 이편의 삶과 저편의 삶을 가르는 고갯마루 그 턱밑이다. 그 마루턱을 결연히 넘어서면 과거의 삶에서 벗어나 새 삶이 열리게 된다.37) 그러나 미련과 두려움을 못 이겨 뒤를 돌아보게 되면 과거의 삶에 발목을 잡혀 함몰하게 된다. 지난 삶의 자취란, 삶을 통해 깃든 욕망과 집착이란 그렇게도 강하고 또 무서운 것이므로. 바로 이것이 이 설화의 전승자들이 도승의 입을 빌어서 전하고 있는, '금기'라는 화소 속에 함축되어 있는 인생의 내밀한 섭리에 대한 깨달음이다.

요컨대 이 설화에 있어 도승은 며느리에게 살길을 열어주는 계시자였다가 어느 순간 그를 억압하고 파멸시키는 징치자로 변신하는 것이라 할 수 없다. 그는 새로운 삶의 가능성을 담지하고 있는 한 인간에게 '그가 지금까지 있었던 곳'(고갯마루 이편)을 넘어서 '그가 앞으로 있어야 할 곳'(고갯마루 저편)을 가리켜준 일관된 계시자였다고 할 수 있다.

생각을 좀 더 진전시켜 보면 그가 전하고 있는 두 가지의 계시는 '인식'과 '실천'의 문제로 연결시켜 볼 소지가 있다는 것이 필자의 생각이

---

37) 인용 자료 ②에서 "돌아보지 말고 왔으면 날과 같이 될 것"이라고 한 것이나 ④에서 '득천'이라고 한 것이 곧 그 새로운 삶을 일컬은 말이라 할 수 있다.

다. 첫 번째 계시, 집을 떠나야 한다는 것. 그것은 진실에 대한 인식에 해당한다. 부정한 욕망의 함정에서 벗어나 새 길을 찾아야 한다는 깨달음이다. 두 번째 계시, 뒤를 돌아보지 말라는 것. 이것은 그 인식을 실제의 삶으로 옮기기 위한 실천 과제에 해당한다. 일반적으로 인식보다 더 감당하기 어려운 것이 실천인 터이니 실천의 고비에 금기가 자리하는 것은 자연스러운 현상이 된다.

그것이 중대한 고비라고 하는 일깨움에도 불구하고, 삶의 결정적인 분수령에 해당하는 그 지점에서 며느리는 뒤를 돌아보고 말았다. 그리하여 과거의 삶에 포획되어 주저앉고 말았다. 참으로 무서운 것은 그 돌아봄의 다른 이름이, 머뭇거림 또는 주저앉음의 다른 이름이 곧 '죽음'이었다고 하는 사실이다. 지난 삶을 벗어나 새로운 길로 나아가지 못하는 것은 곧 죽음과 같다는 것. 나아가지 못하면 다시 돌아갈 곳은 바이 없다는 것. 〈장자못 전설〉이 금기 화소를 매개로 하여 전해주는 인생에 대한 엄중한 계시다.

그렇다면 며느리는 어찌 해야 했던 것인가. 그는 두려움이나 놀라움, 자책과 회오, 고독감과 절망감, 이 모든 것을 뿌리치고서, 또한 자신에게 주어질지 모를 조롱이나 비난 같은 것을 무릅쓰고서 냉정하게 그 고갯마루를 넘어서야 했던 것일까. 이에 대하여 '그렇다'고 잘라 말하기는 쉽지 않다. 천혜숙이나 김선자가 지적한 바 있듯이 저편이 아닌 이편으로 향하는 것이, 비록 모순이 있고 부정함이 있다고 하더라도 제 삶의 자취를 애서 부여잡는 그것이 더욱 인간적인 선택이었을 수 있다. 그리하여 그것이 더 감동적이고 신성한 것일 수 있다. 하지만, 그것을 결연히 부정하고 단절하여 저편의 길로 나아가는 선택이 갖는 의미망과 무게가 그 이상이라고 하는 것이 우리의 판단이다. 눈을 질끈 감고서, 뒤가 아닌 앞을 향해 눈물 흩뿌리면서 고갯마루를 훌쩍 넘어설 때 부정과 모순의 과거를 넘어선 새로운 삶의 경지는 열리는 터다. 자신을 부정하는 고독한 길이지만, 전진의 길이고 변혁의 길이다. 이 설화의 서사는 바로 이 '저편의 길'을 향하는 방식으로 구조화되어 있으니, 비록 설화의 주인공이 이편을 향하여 주저앉는 데서 텍스트가 종료되지만, 그 텍스트 너머에는 결연히 고갯마루를 넘어서 미지의 새 길로 나아가는 모습이 하나의 이상(理想)으로 가로놓여 있다. 그 이상에 얽힌 의미를 체득할 때 〈장자못 전설〉에 대한 온전한 이해는 비로소 가능하게 된다는 것이 우리의 관점이다.

고갯마루를 넘어선 저편의 길. 그에 대해 이 설화의 전승자들은 흔히 '신'의 이름으로 의미를 부여하곤 한다. 자료 ④에서 보이는 '득천(得天)'이라는 말이 그 좋은 예가 된다. 장자를 찾아온 스님이 신의 대리자 속성을 갖춘 도승(道僧)이었다는 사실을 재차 환기하면, 이 설화의 의미층위에는 '신의(神意)의 발현'이라는 요소가 깊게 개재하고 있다고 볼 소지가 있다. 고갯마루 이편이 '인간의 길'인 데 비해, '득천'으로 표현되는 고갯마루 저편은 '신의 길'이 되는 셈이다.

하지만 그 본질적 속성에 있어 '저편의 길'은 그 또한 '인간의 길'로서의 속성을 지닌다고 하는 것이 우리의 관점이다. 며느리에게 있어 도승이 초월적 주재자 내지 지배자가 아님을 이미 앞서 언급한 바 있다. 그는 며느리가 나갈 길을 강제하는 존재가 아니라 일깨워 보여주는 존재이다. 어떤 선택을 하여 어떤 결과를 맞이할 것인가는 며느리 자신의 판단과 의지에 달린 문제다. 그가 향하고 있던 고갯마루 너머의 길은, 다른 누구가 아니라 그 자신에게 열려 있던 새로운 '인생(人生)'의 길이었다. 그것을 '구원'으로 말하고 '득천'으로 말하는 것은 새롭게 미지의 길로 나아가는 그 자체에 소중한 의미가 내재하기 때문이다. 고갯마루를 넘어서 새 길을 여는 행위가 신성성을 지닌다고 하는 것이다.

〈장자못 전설〉의 금기를 인간에 대한 신의 명령과 억압으로 보는 관점을 벗어나 인간 스스로의 길에 대한 계시라는 맥락에서 읽음으로써, 그 신의 목소리가 곧 인간 스스로의 깨달음을 그렇게 표현한 것으로 해석할 수 있게 됨으로써, 신과 인간에 대한 이원적·차별적 사고를 넘어서 인간의 길과 신성(神聖)을 일원적으로 인식할 수 있게 된 상황이다. 공을 들고 있는 것은 신이 아닌 인간이다.38)

　이상 〈장자못 전설〉의 금기에 내재한 '저편의 길'에 새롭게 의의를 부여하는 방향의 논의를 전개하였다. 부정과 모순의 과거를 넘어서 새로운 삶으로 향하는 '또 다른 인간의 길'에 대한 지향이 함축돼 있다고 하였다. 중요한 사실은 그것이 이 설화의 절대적이거나 최선에 해당하는 의미라고 단정할 성질의 것이 아니라는 점이다. 어떤가 하면 그것은 이 설화의 행간에서 읽어낸 '하나의' 잠재적·심층적 인식으로서의 성격을 지닌다. 그 인식이란 이와 다른 층위의, 이와 다른 방향의 인식과 부딪치고 또 어울리면서 생명력을 발현하는 것이라 할 수 있다. 이 전설에 있어 자신의 지난 삶을 품은 채 돌이 되고 만 며느리의 형상이 전하는 인간적 파토스는 여전히 강력하다. 이에 대하여 이 논의에서 고갯마루 너머의 길에 대한 지향이 지니는 또 다른 강력한 파토스를 찾은 셈이다. 그 서로 다른 방향의 지향이 한데 얽히면서 다층적이고 역동적인 의미구조를 형성하고 있음으로 해서, 그것을 놓고 어느 쪽이 필연이거나 당위인지를 음미하고 논쟁하도록 하고 있음으로 해서 〈장자못 전설〉이 진정한 생명력을 갖추게 되었다는 것이 필자의 결론적 판단이다. 만약 그 어느 한쪽이 일방적으로 힘을 냈다면 이 설화의 '금기'는, 나아가 이 설화의 서사는 빛을 잃고 말았을 것이다.39)

---

38) 이 지점에서 다시 설화로 돌아가 '장자에 얽힌 서사'를 살펴보면, 그 또한 이와 같은 맥락에서 일관된 의미 해석이 가능하다고 본다. 장자에 대한 도승의 역할 또한 '징치자'가 아닌 '계시자'로 해석될 수 있다는 것이다. 도승은 장자에게 명령을 내리고 그를 징치하기 위해서가 아니라, 욕망과 모순의 늪에 빠져 있는 사실 그 자체를 깨우치기 위해서 그 집에 이른 것일 수 있다. 장자는 이미 마음의 문을 꽁꽁 닫고 있으니 그 진실을 받아들일 리 없었던 것이고, 마음의 문을 열고 있던 유일한 존재인 며느리만이 그 진실을 수용할 수 있었던 터다. 요컨대 이 설화는 그 전체의 내용을 '도덕성'에 대한 서사와 다른 차원의 보다 원형적인 '인간의 세계인식'에 얽힌 서사로 이해할 수 있는 것이라고 생각된다.

39) 일찍이 강진옥이 〈장자못 전설〉에서 두 가지 길 사이에 선 인간의 선택이라는 화두에 대한 문제를 제기한 바 있다. 그는 며느리를 '세속적·물질적 세계'와 '초자연적·

이와 관련하여 한 가지, 며느리가 변하여 된 돌이 발현하는 영험성의 문제가 남아 있다. 그 돌이 신성화된다는 사실은 결국 '저편'이 아닌 '이편'의 선택을 옹호하도록 하지 않는가 하는 점이다. 이에 대한 필자의 대답은 그 양상이 단순치 않다는 것이다. 그것은 저편의 질서를 뿌리치고 이편의 '인간적 길'을 택한 데 따른 영험성으로 해석될 수 있는 한편으로, 다음과 같은 또 다른 해석이 가능하다. 무엇인가 하면, 그것은 저편으로 향하는 고갯마루의 턱밑에 다다랐던, 저편으로의 가능성을 보여주었던 한 인간존재의 표상일 수 있다. 사람들은 그 돌을 보면서 그가 넘으려 했던 그 길, 그가 넘어서 나아갈 수도 있었을 저편의 길을 되새기면서 신성성을 발견하는 것일 수 있다는 뜻이다. 이와 같이 서로 다른 맥락의 신성성이 맞물리면서 삶의 진정한 가치를 음미하게 하는 것, 그것이 이 설화의 중요한 문학적 존재 의미를 이루고 있음은 물론이다.

3. 다른 설화 속의 금기 화소

〈장자못 전설〉의 금기를 살피면서 그것이 단순한 금지나 억압이 아닌 더욱 본질적인 무엇일 수 있다고 하였다. 삶의 분수령에 해당하는 지점에 얽힌 내밀한 섭리를 '계시'하는 것이 금기라 했다. 흔히 그것을

초월적 세계'의 중간에 위치하면서 후자를 지향하는 인물로 해석하는 한편, 그가 뒤를 돌아본 행위는 '인간적 속성에 대한 긍정'의 의미를 지닌다고 하였다. 두 길을 '인간의 길'과 '신의 길'로 이해한 것이 우리 논의와 다르고, 금기를 축으로 삼아 두 가지 길이 관계 맺는 양상에 대한 논의가 다소 불투명한 상태이지만, 두 가지 길의 공존적 길항 관계에 주목한 점은 정곡을 얻은 것이라 하겠다. 강진옥, 「구비설화 유형군의 존재양상과 의미층위」, 이화여대 박사논문, 1986, 120~122면 참조.

‘인간적 욕망’과 ‘신적 질서’ 사이의 경계라고 해석해 왔지만, 실은 ‘인간의 길’과 ‘또 다른 인간의 길’ 사이의 고갯마루라 했다. 그 서로 다른 길에 대한 지향이 치열하게 부딪치는 그 지점에 금기의 인식적 의미가 함축되고 그를 통해 이야기의 문학적 생명력이 발현된다고 했다. 그렇다면 이러한 해석은 또 다른 설화들에도 유효하게 적용될 수 있을 것인지. 이제 금기 화소를 담고 있는 주요 설화를 통해 그 가능성을 단면적으로 가늠해 보기로 한다.

먼저 〈장자못〉과 성격이 통하는 전설(傳說)의 사례를 본다. 우리나라의 대표적인 광포 전설 가운데 하나인 〈아기장수 전설〉에서 우리는 또 다른 금기와 만날 수 있다. 그 금기는 ‘아기장수 제2유형’으로 일컬어지는 ‘우뚜리(우투리)’ 이야기에 담겨 있다. 금기가 주어지는 대상은 우뚜리의 어머니다. 뒷날을 기약하며 바위(땅) 속으로 들어가는 우뚜리는 어머니에게 ‘일정한 기한(석 달 열흘)이 되도록 자신이 간 곳을 아무에게도 말하지 말라’는 금기를 부여한다. 우뚜리가 사라진 뒤 그 종적을 찾아내기 위한 ‘관군(또는, 이성계)’의 추적이 시작되고 우뚜리의 어머니가 노출된다. 그리고 그 어머니는 우뚜리가 말한 기한이 차기 하루 전날, 관군의 핍박에 못 이겨서, 또는 이성계의 회유에 덜컥 넘어가서 아들의 종적을 토설하고 만다. 그렇게 금기가 무너진 데 따른 결과는 우뚜리의 비참한 죽음이었고, 새로운 세상을 향한 몸짓의 좌절이었다. 금기의 위반을 통해 구원의 길이 막힌 상황이다.

이 설화에서 ‘석달 열흘간 말하지 말라’는 금기에 얽힌 의미 맥락은 어떠한 것일까. 우뚜리가 신적 존재로서의 속성을 지니고 있으니, 그것을 ‘신이 내린 금지’로 해석해 볼 여지가 있다. 위반에 따른 좌절은 ‘신의 처벌’이 되겠다. 하지만 이와 같은 해석은 모순을 낳게 된다. 위반에 따른 결과로 죽음을 당하는 존재가 금기를 내린 신적 존재 자신이기 때문이다. 신적 질서와 인간적 질서를 분별하는 논리체계로 보면 이해하기 힘든 서사구조다.

앞 절에서 도출했던바 '인간 삶의 결정적인 고비에 대한 계시'라고 하는 해석을 적용하면 이 설화의 금기에 얽힌 서사 맥락은 훨씬 수월하게 설명된다. 우뚜리 모친에게 주어진 금기는 삶의 이편과 저편을 가르는 고갯마루에 대한 계시였다. 참고 때를 기다림으로써, 새 세상의 주인공을 믿고 지켜줌으로써 그 고갯마루를 넘어야 한다는 일깨움이었다. 그리 하면 이편의 부조리한 삶을 넘어선 저편의 변혁과 구원의 삶은, 사람들의 새로운 세상은 마침내 열리게 될 것이었다.

그 계시를 담지한 채 고갯마루로 올라서는 우뚜리 모친은 새로운 세상 앞에 직면한 인간존재의 표상이 된다. 하지만 우뚜리 모친은 그 고갯마루를 넘어서지 못하고 주저앉는다. 그것은 설화자료에 있어 두 가지의 서로 다른 맥락으로 형상화된다. 관군으로 표상되는 세상의 무자비한 폭력 앞에서의 타의적 좌절이 그 하나이며, 회유나 유혹에 넘어가 자신의 안위를 돌본 데 따른 자의적 굴복이 그 하나이다. 어느 쪽이든, 모친이 그 고갯마루를 넘어서지 못함으로 해서, 결정적인 순간에 주저앉음으로 해서 우뚜리는 좌절하고 만다. 그리고 코앞에 직면했던 '세상의 구원'은 한낱 물거품으로 돌아가고 만다. 그 금기와 위반이란 이렇게도 엄중한 것이었다.

이 서사에 대하여 금기를 지키지 못한 우뚜리 모친을 옹호하는 논리를 세워 볼 수도 있을 것이다. 먼저, 무자비한 폭력을 이기지 못하는 것은 인간의 숙명일 뿐 죄가 아니다. 탓해야 하는 것은 그 폭력 자체, 또는 그 폭력이 횡행하게 된 상황일 따름이다. 다음, 잘 살게 해주겠다는 회유나 상대의 이성적 유혹에 넘어가 금기를 어긴 것 또한 '인간적 욕망'으로 변명될 수 있다. 인간이란 본래 약하고 모순적인 존재인데 그에게 어찌 돌을 던지겠는가 하고 항변해 볼 수 있다. 하지만 〈장자못 전설〉과 달리 이 설화에 있어 금기의 위반은 옹호되기가 상대적으로 어려운 측면을 지니고 있다. 무엇보다도, 금기―계시를 따르지 못한 데 따른 결과로 새로운 세상의 가능성이 닫히고 말았다고 하는 결과가 너무나 결정적이다. 세상 사람들이 오랫동안 함께 꿈꾸고 고대했던 그 일이 무척이나 허무하게, 결정적으로 무너진 상황이다. 그리하여 전승자들은 우뚜리 모친을 이해하고 동정하는 쪽이 아니라 비난하고 공박하는 쪽에 서게 된다. 상대의 회유나 유혹에 넘어간 것으로 돼있는 경우는 물론이고, 마지못해 아들을 죽음으로 몰아넣은 경우에도 그는 비판을 비껴나지 못한다. 실제로 우뚜리 모친의 경우는 그 선택이 정당화되기 어려운 것이라는 점에서—혹시 '이해'될 수는 있을지 모르지만 말이다—본질적으로 장자 며느리의 경우와 차이가 있다. 요컨대 〈아기장수 전설〉에서의 금기는 '저편의 길'에 대한 '이편의 길'의 논리가 약한 상황이며, 그 결과 〈장자못 전설〉에 비해 의미의 역동성이 상대적으로 약한 모습을 보이고 있다.40)

  이상 〈아기장수 전설〉을 통해 몇 가지 사실을 확인할 수 있다. 먼저, 금기의 위반이 인간적인 선택으로 옹호되는 데는 제한이 있다는 점이다. 금기에 관한 논의에 있어 흔히 위반 쪽에 의미를 부여해 왔지만, 이 설화는 '이편의 길'을 부정하고 '저편의 길'에 가치를 부여하는 양상을 뚜렷이 나타내고 있다. 다음, 고갯마루를 통해 갈라지는 '이편의 길'과 '저편의 길'이 그 무게에 있어 균형을 잃을 때 금기의 문학적 의의는 상대적으로 약화된다는 사실이다. 다층의 의미를 둘러싼 문학적 논쟁의 소지가 그만큼 적어지기 때문이다. 어떻든 중요한 사실은, 〈장자못 전설〉에 적용한 인식체계가 다른 설화를 살피는 데도 유효한 분석 도구로 적용될 수 있음을 확인한 점이라 하겠다.

  다음은 신화(神話)로 눈을 돌려 보자. 우리 건국신화의 원형에 해당하

---

40) 이러한 평가는 어디까지나 '금기'라는 요소에 국한되는 것으로, 〈아기장수 전설〉이 〈장자못 전설〉에 비해 문학적 가치가 떨어진다고 말하고 있는 것은 아니다. 〈아기장수 전설〉은 '과거(텍스트 내)의 좌절'과 '미래(텍스트 너머)의 희망'이 빚어내는 긴장관계를 매개로 하여 〈장자못 전설〉과는 또 다른 차원의 문학적 생명력을 발휘하고 있다. 이에 대한 자세한 논의는, 신동흔, 「아기장수설화와 진인출현설의 관계」, 『고전문학연구』 제5집, 1990 참조.

는 〈단군 신화〉에서 우리는 하나의 중요한 금기와 만날 수 있다. 인간이 되기를 원하는 곰과 호랑이에게 주어진 금기다. 인간이 되기 위해서는 깜깜한 동굴 속에 들어가 백날 동안 신령한 쑥 한 심지와 마늘 스무 개만 먹어야 한다는 것이 금기의 구체적인 내용이다. 거듭 논의되어 왔듯이, 통과의례의 특성이 유난히 강한 금기다.

곰과 호랑이에게 주어진 금기는 금지와 억제로 해석될 여지가 있다. 동굴에서 나와서도 안 되고, 마늘이나 쑥 외의 다른 것을 먹어도 안 되니 커다란 금지이고 억제라고 할 수 있다. 하지만 그것이 단순한 금지나 억제가 아니라는 사실 또한 자명하다. 그것은 그들이 동물을 넘어서 인간으로 나아갈 수 있는 조건이었으니, 저편의 삶을 향한 '계시'로서의 성격이 더욱 뚜렷하다. 금지나 억제란 그 계시를 성취하기 위한 조건에 가까운 것이라고 할 수 있다. 삶의 내밀한 섭리에 대한 계시라고 하는, 인생길의 결정적인 고비의 상징이라고 하는 금기 화소의 성격은 이 이야기에서도 명백히 확인이 된다.

이 신화의 금기에 대하여 '신적 질서'를 중시하여 신(神)인 환웅이 하등한 곰과 호랑이에게 명령을 내리고 그 이행 여부에 따라 상벌을 내리고 있다는 식의 해석을 제시해 볼 수 있겠다. 하지만 이는 본령을 얻은 것이라 하기 어렵다. 곰이 인간이 되는 것은 신에 의한 시혜라기보다는 '섭리에 따른 스스로의 변신'으로서의 속성을 지니고 있다. 그것은 환웅이 제시한 과제가 '하늘다움'을 익히도록 하는 것이 아니라 '땅다움'을 치열하게 밀고 가도록 하는 것이었다는 데서 뚜렷이 확인된다. 곰과 호랑이가 들어간 어두운 굴은 땅의 극점이고, 그들이 먹은 쑥과 마늘은 땅에서 나는 생명체의 표상이다. 그 속성을 몸으로 체현하는 과정을 통해 곰은 마침내 하늘의 존재와 짝을 이룰 수 있는 신령한 땅의 존재가 될 수 있었던 것이다. 요컨대 그것은 본질적으로 그들 자신의 삶의 문제였던 것이다.

이 신화에 대해서도 금기를 지키는 쪽보다 깨는 쪽을 옹호하는 해석이 가능할지 모르겠다. 금기에 내포된 부당한 차별과 강요를 뿌리치고 이전의 제 모습으로 돌아가는 것이 더 의미 있는 선택이라는 식의 해석 말이다. 이와 꼭 맞아떨어지는 것은 아니지만, 조현설은 웅녀가 결국 '신—남성'의 지배질서에 복무하여 그들의 길을 열어주고 소멸하고 마는 존재라는 측면에서 웅녀의 길에 내재한 모순성을 드러낸 바 있다.[41] 하지만 그렇다고 하여 웅녀가 금기—계시를 거쳐 나아간 '저편의 길'의 의의가 부정될 수 있는 것은 아니라고 생각된다. 현재를 넘어서 미지의 새로운 길로 나아가는 것은 그 자체로 소중한 일이다. 웅녀는 그 고갯마루를 넘어섬으로써 하나의 새로운 국가를 탄생시킬 수 있었으니, 그것은 아무도 가지 못했던 놀라운 창조의 길이었다. 장자의 며느리나 우뚜리 모친이 넘어서지 못했던, 그리하여 잠재적 가능성으로 머물고 말았던 그 형상이 실현된 모습이다. 그 길에 '신성'이 부여되는 것은 자연스러운 현상이 된다.

정리하면, 〈단군 신화〉는 금기가 신에 의한 금지나 억압이 아닌 고갯마루 저편의 길에 대한 계시임을 다시금 확인시켜 준다. 그 고갯마루 너머에 아무도 가지 못했던 '새로운 인간의 길'이 있었으니—곰은 신이 아니라 인간이 되었다고 서술 된다—그것은 새로운 역사의 창조를 이끌어낸 신성의 길이기도 했다. 모름지기 '인간의 신성한 길'이다. 웅녀는 금기를 지킴으로써 그 길을 보란 듯이 펼쳐냈으니, 금기란 위반되기 위해 존재하고 위반됨으로써 의미를 발현한다고 하는 명제[42]는 그 유효성이 제한적으로만 인정되는 것임을 알 수 있다.

신화란 신성성을 발현하는 이야기이니 금기가 위반되지 않고 지켜지는 것이라고 할 수 있겠다. 하지만 사정은 그리 간단치 않다. 신화에 있

---

41) 조현설, 「웅녀·유화 신화의 행방과 사회적 차별의 체계」, 『구비문학연구』 제9집, 1999, 6~7면.

42) 일찍이 정진홍이 이러한 지적을 하였고, 장장식과 김선자도 같은 입장을 나타낸 바 있다. 정진홍, 『종교학서설』, 전망사, 1980, 248면; 장장식, 앞의 글, 97면; 김선자, 앞의 글, 21면.

어서도 금기가 파괴되는 사례는 얼마든지 있다. 한국의 대표적 무속신화인 〈바리데기〉만 보더라도 금기가 위반되는 장면과 거듭 만날 수 있다. 한 차례는 오구대왕(어비대왕)에 의하여, 또 한 차례는 바리데기에 의하여 금기의 위반이 이루어진다. 오구대왕은 왕자를 얻으려면 그해를 넘겨 다음해에 결혼해야 한다고 하는 금기를 어기며, 바리데기는 저승은 인간이 갈 수 없는 곳이라고 하는 오래 된 금기를 깬다.

예언을 무시하고 오구대왕이 길대부인과 서둘러 결혼한 데 따른 결과는 원하던 아들이 아닌 일곱 딸의 출산이었다. 보기에 따라서 '금지'를 묵수하지 않은 데 따른 '징벌'이라 볼 수 있는 설정이다. 하지만 이 또한 징벌이라기보다는 '계시'로 보는 쪽이 더 합당한 해석이 된다고 생각한다. 어떠한 계시인가 하면 자신이 원하는 무엇인가를 제대로 이루기 위해서는 기다림을 통한 성숙이 필요하다고 하는 계시다. 그 계시를 무시하고 '이편의 길'을, 당장의 욕망을 선택한 결과가 제 뜻과 어긋나는 상황의 산출이었던 터다. 그 선택을 '인간적 의지'로 옹호할 수만은 없다는 사실에 대해서는 따로 설명이 필요치 않을 것이다.

〈바리데기〉에서 금기의 더 극적인 파괴는 주인공 바리데기에 의해 이루어진다. 서천서역 저승은 인간의 발길이 미칠 수 없는 곳이라는 것이 상식이었다. 하지만 바리데기는 그 금기에 정면으로 부딪쳐 그것을 깬다. 미리 예고되었던바 수많은 고난과 시험을 한 몸으로 헤쳐내어 서천서역 땅에 발을 들여놓으며, 신령한 약수를 채집하여 이승으로 운반한다. 그 약수를 통해 아비를 구하고 세상을 구하여 신성한 존재가 된다.

지금까지 살펴온 다른 사례와 비교할 때 바리데기의 금기 파괴는 성격이 다른 면이 있다. 그 금기는 정확히 '이편의 길'과 '저편의 길'의 결정적인 고갯마루에 해당하는 것이되, 수호가 아닌 위반을 통해서 '저편의 길'로, 새로운 구원의 길로 나아가는 것으로 되어 있다. 우리는 여기서 지켜야 하는 금기 외에 깨뜨려야 하는 금기가 있다는 사실을 확인할 수 있다. 금기는 신적 질서의 발현을 위해 의도된 기획이라고 하는 관점이 부정되는 순간이다. 거듭 말하지만, 설화에서의 금기는 신에 의한 금지이거나 기획이라기보다는 인간의 또 다른 길에 대한 계시로 보는 것이 타당하다. 그 계시는 때로 무엇을 지켜야 하는 형태로 나타나기도 하고 무엇을 깨야 하는 형태로 나타나기도 하는 터이니, 수호가 옳은가 위반이 옳은가 하는 단순한 양자택일에서 벗어나는 것이 옳다. 중요한 것은 그 금기에 이편의 길과 저편의 길이 어떻게 얽히고 있는가를 정확하게, 다층적으로 해석해내는 일이다.

민담으로 눈을 돌리면 금기를 담은 또 다른 수많은 이야기와 만날 수 있다. 그 중에서도 특히 널리 알려진 두 설화 〈우렁각시〉와 〈선녀와 나무꾼〉을 보기로 하자. 이들 설화에 있어 금기에 얽힌 서사는 그 맥락이 통하는 한편으로 서로 다른 부분이 있어 좋은 비교 대상이 되어줄 것이다.

〈우렁각시〉에서 기본적인 금기는 각시를 발견하고 함께 살자고 청하는 총각에게 주어지는 '아직 때가 되지 않았으니 기다려 달라'고 하는 금기다. 우렁각시가 초월적 존재의 속성을 지니고 있으니 이 또한 신이 인간에게 부여하는 금지라 말할 수 있겠으나, 역시 좀 어색하다. 두 사람의 온전한 결합을 위해서는 기다림과 성숙의 시간이 필요하다고 하는 계시가, 그 고갯마루를 넘어서야 새 삶이 실현된다고 하는 일깨움이 이 금기에 대한 더욱 적합한 해석이 된다. 사람과 사람의 진정한 결합이 일시적 욕망에 기초한 성급한 결연으로 성취되기 어려운 것이라는 점에서, 삶의 섭리를 담지한 깨우침이 된다.

주지하듯이 그 계시는 총각에 의해 무시되며 그 결과는 관계의 위기 내지 파탄으로 이어진다. 그 위반은 인간으로서 당연히 그럴 수밖에 없는 일로 옹호될 수도 있겠지만, 그러기에는 그 결과가 너무 아프다. 특히 두 사람이 끝내 다시 만나지 못한 채 총각이 죽어서 새가 되고 마는 것으로 결말이 지어지는 이야기에 있어서 더욱 그러하다. 자꾸만 이편의 길에 이끌리는 것이 인간의 본능인 터이지만, 그것을 극복하고 저편의 길로 나아가야 함을, 그래야만 새로운 삶을 온전히 성취할 수 있음을 보여주는 서사전개라 할 수 있다. 민담의 특성에 걸맞게 앞서 살핀 전설이나 신화에 비하여 그 저편의 길이 '인간의 길'로서의 정체성을 더욱 뚜렷이 지닌다는 것이 또한 이 설화의 한 특성이 된다. 참고 기다려 마침내 온전한 결합을 이룸으로써 삶의 행복을 성취하는 것이 곧 저편의 길인 터이기 때문이다.

흥미로운 점은 이 설화에 있어 또 다른 금기를 거치며 '저편의 길'이 성취되는 것으로 이야기가 전개되는 각편들이 적지 않다는 사실이다. 각시가 관원에게 잡혀가면서 남자에게 자기를 되찾을 방법을 알려주는 경우가 그것이다. 뜀뛰기 삼년을 배워서 자신을 찾아오라고 하는 등의 일깨움을 두고 하는 말이다. 참고 견디며 이루어내야 하는 과제이니 이 또한 일종의 금기로서의 속성을 지닌다고 할 수 있거니와,[43] 주인공은 이전과 달리 이번의 과제에 담긴 계시를 열심히 따른다. 그리하여 그 결과로 관원(임금)을 거뜬히 물리치고 각시를 되찾아 온전한 행복을 누리게 된다. 어떠한가 하면, 앞서 〈단군 신화〉의 웅녀와 마찬가지로 금기(계시)를 잘 지켜 저편의 길을 성취한 사례가 된다. 한번의 위반을 이어진 수호를 통해 극복하여 삶을 상승시킨 것이니, 그 서사적 구도가 매우 안정된 것이라 할 수 있다.

〈선녀와 나무꾼〉에 있어 금기와 위반의 전개양상은 〈우렁각시〉와 매우 비슷해 보인다. '옷을 내주지 말라'는 금기를 어긴 결과로 선녀를 잃는다는 설정이 그러하고, 우여곡절 끝에 하늘에 오른 뒤에 선녀의 가르침을 어기지 않고 잘 따라서 행복을 성취하게 된다는 서사 전개가 널리 확인된다는 점 또한 그러하다. 앞서 말했던 바, 금기 위반의 결과를 또

---

43) 〈우렁각시〉에 있어 이 과제는 무엇인가를 금하는 방식으로 주어지는 것이 아니어서 일반적인 의미에서의 '금기'와는 차이가 있다. 그럼에도 그것이 속성에 있어 금기와 일정하게 통한다는 사실에 주목하게 된다. 설화에서의 과제는 계시적 성격을 선명하게 지니거니와, 이 논문에서는 금기의 계시적 속성에 착안하는 입장에서 과제와 금기의 연관성을 설정한 터다. 하지만 엄밀한 견지에서 양자가 구별된다는 사실 자체는 부정되지 않음을 밝혀 둔다.

다른 금기(과제)의 수호를 통해 극복하여 삶을 상승시킨 구도다.

하지만 〈선녀와 나무꾼〉의 금기는 〈우렁각시〉와 구별되는 차원의 의미심장한 문제를 내포하고 있다. 〈장자못 전설〉에서 만났던 바와 유사한 '치열한 긴장감'이 이 설화의 금기 속에 역동하고 있다. 금기라는 고갯마루를 통해 나뉘는 '이편의 길'과 '저편의 길'이 제각기 만만치 않은 힘을 발휘하기 때문이다. 나무꾼이 받았던 그 금기란 어떤 것이었던가. 자기가 훔친 날개옷을 자식 셋을 낳도록 오래오래 전해주지 말라고 하는 것이다. 그 금기가 그 날개옷을 받으면 선녀가 떠나가게 될 것이라고 하는 일깨움을 담고 있음은 물론이다. 선녀를 지키려면 날개옷을 숨겨야만 하는 상황이다. 하지만 그 상대방은 어떠한가. 날개옷 때문에 지상에 붙잡힌 채로 끝없이 하늘나라를 그리워하고 있는 존재다. 그 사랑하는 사람에게 날개옷을 보여준다는 것은, 떠나지 않으리라는 믿음을 가지고 그것을 내어준다는 것은 지극히 인간적이어서 탓하기가 어렵다. 오히려 그것이 마땅한 인간의 도리라는 느낌을 일으킨다. 금기의 위반을 통해 선택하게 될 '이편의 길'이 강력한 호소력을 발휘하고 있는 상황이다. 그렇다면 '저편의 길'은 어떠한가. 비록 그것이 냉정하고 비인간적인 행위일지라도, 날개옷을 끝내 감추는 것이 저편으로 나아가는 길이다. 그리 해야만 자신이 오랫동안 갈망해왔던 그 행복한 삶을 온전히 성취할 수 있다. 그것이 그 자신만 아니라 아내와 자식을 위해서도, 곧 가족 전체를 위해서 필요한 일이다. 인정에 치우쳐 뒤로 돌아가 모두를 불행하게 할 수는 없는 일이다. 인생이란 결국 앞으로 나아가야 하는 것이니 말이다. '저편의 길'을 지향하는 논리는 이처럼 '이편의 길'을 향하는 논리에 못지않게 강력하고 설복적이다. 양편의 길이 이렇게 팽팽히 맞서고 있음으로 해서 이 설화는 금기를 둘러싼 문학적 긴장의 한 정점을 보여주고 있다고 할 수 있다.

〈선녀와 나무꾼〉에는 이 외에 또 하나의 놀라운 요소가 있다. 상당수 각편에서 작품 말미에 설정해 놓고 있는 또 하나의 금기가 그것이다.

지상에 두고 온 노모를 방문하고자 하는 나무꾼에게 주어지는 '말에서 내리면 안 된다'고 하는 금기 말이다. 다시 땅에 발을 내리면 하늘로 올라올 수 없다고 하는 엄중한 계시이거니와, 그를 둘러싼 선택은 또 얼마나 어렵고 의미심장한지 모른다. 먼저 '이편의 길'. 평생 자신을 위해 살아온 노모가 자신의 소매를 붙잡으며 박국(떡국) 한 사발만 먹고 가라고 한다. 그 청을 따라 말에서 내리는 순간 '하늘'은 멀어지는 것이지만, 인간으로서 어찌 그 청을 거역할 수 있을까. 결국 말에서 내려 지상에 발을 디딘 탓에 하늘을 잃고, 선녀를 행복을 잃고 한 맺혀 죽어 수탉(뻐꾹새)이 된 이 사내. 어찌 그를 어리석고 못났다 타박하겠는가. 그것인 엄연한 '인간의 길'인 것을 말이다. 다음 '저편의 길'. 자신을 위해 희생하며 살아온 어머니, 어찌 소중하지 않겠는가. 하지만 눈물 꿀꺽 삼키면서, 끊을 것은 끊어야 하는 법이다. 과거를 끊고 미래로 나가야 하는 법이다. 그래야 '새로운 삶'은 비로소 열리는 법이니 그것이 진정한 '인간의 길'이다. —필자로서는 이 두 가지 길 사이에서 어느 한쪽을 버릴 자신이 서지 않는다. 그리하여 그것은 엄중한 현재적 화두가 되어 있다. 결국 언젠가 그 고갯마루를 넘어서야 하고, 또 그 경험을 후세에게 물려주어야 할 것임을 예감하고 있지만 말이다.

〈선녀와 나무꾼〉이 깊은 관심의 대상이 되어 한국의 대표적 설화로 인식되고 새로운 재창조가 거듭 이루어져온 것은 우연이라 할 수 없다. '금기의 미학'이 그 속에 생생하게 살아 숨 쉬고 있기 때문이라 할 수 있다.[44]

---

44) 이상 신화와 전설, 민담에 해당하는 주요 설화를 대상으로 금기에 얽힌 의미구조를 단면적으로 살펴보았다. 신화와 전설, 그리고 민담은 그 문학적 존재방식과 서사적 정체성에 차이가 있는 만큼 금기 화소의 의미맥락에서도 일정한 차이를 찾아볼 수 있을 것이다. 본문에서 다룬 이야기에서도 그 단서들이 발견된다. 예컨대, 〈장자못 전설〉과 〈아기장수 전설〉에 있어 인간적 한계에 의해 금기가 위반되면서 비극적 좌절을 낳고 있는 데 비하여, 〈단군신화〉와 〈바리데기〉 등 신화의 주인공은 금기에 얽힌 고갯마루를 훌쩍 넘어서서 새로운 삶의 길을 열어낸다고 하는 점에서 차이를 발견할 수 있다. 〈우렁각시〉나 〈선녀와 나무꾼〉 같은 민담의 경우는 각편에 따라 금기의 설정과 위반

4. 맺음―고갯마루 넘어서기

이 글에서는 한국의 대표적인 설화들에 있어 '금기'가 형상화되는 양상을 살피고 그 의미망을 검토하였다. 기존의 논의에 있어 설화 속의 금기는 기본적으로 '금지'나 '억제'로 해석되었으며, 그 배경에는 인간적 질서와 다른 차원의 '신적 질서'가 가로놓여 있다고 인식되었다. 하지만 본 논문에서는 금기 화소에 있어 금지나 억제는 표면적 요소이며, 보다 심층적인 의미는 삶의 결정적인 고비에 얽힌, 인생길의 고갯마루에 얽힌 내밀한 섭리를 계시하고 일깨우는 데 있다고 보았다. 금기를 신적 질서에 의해 설정된 경계로 보았던 데 대해서도 그것을 '인간의 길'과 '또 다른 인간의 길' 사이의 분기점으로 보는 것이 옳다고 하는 사실을 천명하였다. 지난 삶을 받아들이는 길과 그것을 넘어서 새로운 삶으로 나아가는 길 사이의 분기점이다. 그 서로 다른 길에 대한 지향이 치열하게 부딪치는 그 지점에 금기의 인식적 의미가 함축되고 그를 통해 이야기의 문학적 생명력이 발현된다고 할 수 있다.

설화에는 수많은 금기가 있다. 바꾸어 말하면, 인생길에는 수많은 고갯마루가 있다. 그 가운데는 손쉽게 훌쩍 넘어설 수 있는 것들이 있으며, 때로는 넘어서지 말아야 할 것들도 있다. 그리고 이보다 더욱 엄중한 또 다른 고갯마루들이 있다. 진정 넘어서야 하는 것인지 무척이나

의 양상, 그리고 위반에 따른 귀추가 다양하게 변주된다고 하는 개방적 다양성을 두드러지게 드러내고 있다. 이와 같은 차이는 신화와 전설, 민담의 갈래적 특성과 일정하게 연결되는 지점이 있을 것이다.

만약 이와 관련한 논의를 본격적으로 전개하고자 한다면 그것은 무척 크고 복잡한 과제가 될 것이다. 하지만 그와 같은 차이를 분별하여 따지는 것은 이 글이 의도한 방향이 아님을 밝혀 둔다. 이 논문에서 주목한 것은 갈래나 유형을 막론하여 금기 화소에 보편적으로 깃들어 있는 의미요소를 찾아내고 그들의 관계를 드러내는 것이었다. 차별적 정체성에 주목하여 더욱 치밀한 논의를 전개하는 것은 또 다른 차원의 과제로 남아 있다고 하겠다.

헤아리기 힘든 고갯마루가 있으며, 애써 힘을 내보지만 타고 올라가 넘어서기가 무척이나 힘든 고갯마루가 있다. 그 마루턱에서 어떻게 움직이는가에 따라 사람들의 삶은 분수령을 통해 갈라지는 물길과 같이 그 방향이 달라지게 된다. 어느 지점이 그 고갯마루인가 하면 바로 '금기'가 주어진 지점이 그것이다. 설화의 금기 화소는 인생의 결정적인 고갯마루에 해당하는 지점을 서사적으로 특화한 것에 해당한다. 오랜 세월에 걸친 삶의 역정을 통해 건져 올려진 원형적인 인식이자 형상이다.

본문에서 다룬 여러 설화 가운데 〈장자못 전설〉과 〈선녀와 나무꾼〉의 금기가 특히 엄중해 보인다고 했다. 무척이나 고민스러우며 넘어서기 어려운 고갯마루를 화두로 삼고 있기 때문이다. 과연 장자의 며느리가, 선녀의 나무꾼이 그 고갯마루를 넘어서야 하는 것이었는지, 우리가 그러한 상황에 처한다고 할 때 그 고갯마루를 넘어서야 하는 것인지 헤아리기가 쉽지 않다. 이에 대하여 두 방향의 선택이 모두 의미 있는 것일 수 있다고 했지만, 이들 설화의 존재의의는 그 고갯마루가 마침내는 넘어서 나아가야 할 그 무엇임을 일깨우는 데 있다고 하는 것이 필자의 기본적이고 최종적인 판단이다.

고갯마루를 넘지 않고 머무르는 것이 더 편안하고 어쩌면 더 행복할 수도 있을 것이다. 하지만 단지 그뿐이다. 삶은 새롭게 고갯마루를 넘어서는 사람들의 것이니, 그 결연한 넘어섬에 의해 마침내 한 인간의, 한 세상의 새로운 길은 열리게 된다. 웅녀가 고갯마루를 넘어서서 새 역사를 이루어내고, 바리데기가 고갯마루를 넘어서서 세상을 구원했던 것처럼 말이다.

이에 우리는 "금기는 위반하기 위해 존재한다"고 하는 명제를 다음과 같이 수정하고자 한다. "금기에 얽힌 고갯마루는 넘어서기 위해 존재하는 것이다"라고.

구비설화에 담긴 효 관념의 층위

1. 머리말

　문학의 세계에 있어 '윤리(倫理)'의 문제가 갖는 의의는 막중하다. 문학이 드러내 보여주는 다양한 삶의 현실과 이상은 사람들간의 관계를 축으로 하여 형상화되기 마련이거니와, 그것은 올바른 인간관계에 대한 인식 체계로서의 윤리관과 어떤 식으로든 맞물리지 않을 수 없다.

　흔히 '윤리의 추구'라고 하면 상층 지식인 문학을 떠올리지만, 일반 민중의 문학에 있어서도 그것은 똑같이 중요한 문제였다. 민간에서 전승돼온 구비설화 자료들을 들춰보면 충(忠), 효(孝), 열(烈)과 같은 윤리적 덕목을 기본 주제로 삼고 있는 것들이 무수히 많음을 확인할 수 있다. 그 가운데도 특히 제반 윤리의 근본으로서의 '효(孝)'를 다루는 이야기가 차지하는 위치가 남다르다. 『한국구비문학대계』 자료 분류 결과는 설화의 수많은 제재와 주제 가운데도 '효행'의 문제가 가장 빈번하게 다루어졌음을 보여주고 있다. 이야기 종류 및 각편의 수효에서 효행설화와 견줄 만한 것을 찾기 어렵다.[1] 한국 전통사회에 있어 효윤리가 양반 사대부들뿐 아니라 일반 민중에게도 삶의 기본적인 화두였음을 엿볼 수 있게 하는 대목이다.

구비 효행설화에 대해서는 그동안 개별 설화유형에 대한 고찰에서부터 거시적 조망에 이르는 일련의 연구작업이 이루어져 왔다.[2] 그러나 수집된 자료의 방대함에 비하면 연구의 성과는 아직 영성한 편이어서, 빈 구석들을 남겨놓고 있다. 거칠게 기존 연구를 평가해본다면, 특정 유형을 집중적으로 고찰한 경우[3] 논의결과가 해당 자료의 특수성에 이끌린 모습을 나타냈고, 전체 자료에 대한 거시적 고찰을 시도한 경우[4] 자료를 평면적으로 개관하는 데 머무르지 않았나 생각된다. 폭과 깊이를 함께 갖춘 입체적·다층적 분석이 이루어지지 못한 상황이다. 이와 함께 지적해야 할 중요한 문제점은, 그간 연구자들이 효행설화를 다룸에 있어 자료가 제시하는 효의 윤리관을 곧 유교적 가치체계의 반영으로 받아들이면서 그것을 선양하거나 또는 비판하는 관점을 취했다는 점이다. 구비설화 자료 내에 단순하게 '유교적 관념'이라 치부할 수 없는 다

---

1) 조동일 외, 『한국구비문학대계 한국설화유형분류집』, 한국정신문화연구원, 1989 참조.
2) 효행설화에 관한 기존 논의에는 다음과 같은 것들이 있다. 유증선, 「설화에 나타난 효행사상」, 『장암지헌영선생 화갑기념논총』, 호서문화사, 1971; 최래옥, 「한국효행설화의 성격연구―효자호랑이 설화를 중심으로」, 『한국민속학』 11집, 1977; 강덕희, 「설화에 나타난 효행사상―부모득병의 치료효행담을 중심으로」, 『국어국문학』 제21집, 부산대 국어국문학과, 1983; 이상일, 「효행윤리의 변이 연구―설화의 역사화과정을 중심으로」, 『인문과학』 3·4합집, 성균관대 인문과학연구소, 1975; 최운식, 「효행설화에 나타난 한국인의 의식」, 『한국일본의 설화연구』, 인하대 출판부, 1987; 강진옥, 「효자호랑이설화에 나타나는 효 관념」, 『민속연구』 제1집, 안동대 민속학연구소, 1991; 서태수, 「자녀희생설화를 통해 본 효행주체의 의식」, 『청람어문학』 5집, 1991; 김대숙, 「구비효행설화의 거시적 조망」, 『구비문학연구』 제3집, 1996; 김대숙, 「문헌소재 효행설화의 역사적 전개」, 『구비문학연구』 제6집, 1998.
3) 최래옥, 강덕희, 강진옥, 서태수 등의 논의가 여기 해당한다.
4) 유증선과 최운식, 김대숙 등의 논의가 여기 해당한다.

층의 인식이 얽혀있을 가능성에 눈을 돌리지 못했던 것이다.[5]

　바로 그 가능성에 주목하려는 것이 이 글의 관점이다. 곧, 구비설화 속의 효의 형상이 단순하지 않다고 하는 인식이 이 글의 출발점이다. 좀더 부연하면, 이 글에서는 구비 효행설화에 있어 양반 사대부의 유교적 윤리관이 투영된 이야기들과 함께 그에 어긋나는(또는 배치되는) 관점을 반영한 이야기들이 맞물리면서 일종의 논쟁적 관계를 형성하고 있다는 데 주목하게 될 것이다.[6] 그 논쟁의 양상을 통하여 구비설화 전승자들의 삶의 역동성을 확인해 보고자 한다.

　작업은 크게 두 가지 방향에서 수행될 것이다. 하나는 여러 설화유형을 두루 살펴나가면서 작품들 사이에 형성되는 논쟁의 양상을 점검하는 작업이고, 또 하나는 일부 전형적 설화유형을 집중 분석함으로써 작품을 둘러싼 논쟁의 양상을 살피는 작업이다. 옆으로 둘러보는 작업과 아래로 파보는 작업을 함께 수행함으로써 설화의 인식층위를 온전히 드러내 보려는 구상이다. 하지만, 이 논의를 통해 설화에 담긴 효 관념의 층위가 완전하게 드러나리라고는 기대하지 않는다. 그러기에는 구비 효행설화의 세계가 너무 넓고 다양하다. 이 논의가 그 넓은 세계로 더 깊이 들어갈 수 있도록 하는 하나의 새로운 안내자가 되기를 바랄 뿐이다.

　구체적인 논의대상 자료는 『한국구비문학대계』(전82권)에 실린 자료들로 한다. 이 책에 실린 자료들만 하더라도 이야기 종류가 다양하고 수량이 풍부해서 소기의 목적을 달성하는 데 큰 지장이 없으리라 본다.

---

5) 이러한 연구결과는 어찌 보면 자연스러운 것이라 할 수 있다. 자료의 실상이 그렇게 다가오기 때문이다. 어느 연구자가 지적했듯이(김대숙, 「구비 효행설화의 거시적 조망」, 178면), 구전 효행설화는 그 구조가 단순하고 내용도 뻔한 것처럼 보이는 면이 있다. 효를 인간의 기본 도리로 삼으면서 그 가치를 선양하는 입장이 여러 이야기들에 공통적으로 반영돼 있기 때문이다. 이에 대하여 별도의 심각한 고민 없이 그것을 유교적 가치체계의 반영으로 받아들였던 것이 그간 논의의 경향이었다.

6) 설화 속의 서로 다른 세계관이 일종의 논쟁적 관계를 이루고 있다고 보고 그 양상을 살핀 선구적인 논의로 조동일, 『인물전설의 의미와 기능』, 영남대 출판부, 1979를 들 수 있다. 필자 또한 역사인물담을 대상으로 하여 전승자들의 문학적 논쟁의 양상을 여러 각도에서 살펴본 바 있다. 신동흔, 「역사인물담의 현실대응방식 연구」, 서울대 박사논문, 1993.

2. 지배 이념으로서의 효

1) 지배적 효 관념의 투영 양상

우리 전통사회에 있어 효는 뭐니뭐니 해도 유교의 이념과 뗄 수 없는 관계를 맺고 있다. 오랜 세월을 거치면서 정치이념이자 생활규범으로 강력한 영향력을 행사한 것이 유교였고 거기서 가장 앞세운, 모든 질서의 출발이 되는 도덕률이 바로 효였다.

효의 윤리는 양반 사대부에게 특히 강력하게 작용한 것처럼 보이지만, 실상을 보면 그렇지만도 않다. 부자간의 수직적 질서로서의 효의 윤리는 일반 민중에게 있어서도 거의 절대적인 가치규범으로 부과돼 왔다. 부자간의 질서가 곧 임금과 신하의 질서, 임금과 백성의 질서, 그리고 양반과 상민, 주인과 노비의 질서 등과 긴밀하게 맞물리면서 중세적 사회체제의 틀을 이루었음을 상기할 때, 하층 민중에게 윤리적 요구가 강하게 이루어진 것은 아주 당연한 일이라 하겠다. 우리는 그 상황을 전국 곳곳에 세워져 있는, 흔히 일반 백성을 주인공으로 하는 수많은 효자문과 효자비를 통해 단적으로 확인할 수 있다. 포상과 찬양으로 포장된 그 기념물들은 기실 중세의 봉건적 질서와 규범을 관철해 나가고자 한 정치행위의 표상이었다고 할 수 있다.[7]

그 수많은 효자문(및 효자비)에는 주인공에 관한 설화가 얽혀 있기 마련이다. 실제로, 현전 효행설화 가운데 효자문에 얽힌 이야기가 차지하는 비중이 만만치 않다. 그 이야기란 어떠한 것들인가.

[1] 숙종 때 박동형이라는 사람이 있었다. 부친과 계모를 모시고 살았는데, 부친이 병환에 물고기를 찾자 겨울에 얼음을 깨고 고기를 잡아 드리기를 무

---

7) 전국 곳곳에 서있는 열녀문이 또한 이와 마찬가지의 함의를 지님은 물론이다.

려 16년 동안 하였다. 부친의 병세를 살피기 위하여 부친의 똥을 맛본 것이 또한 16년이었다. 그는 하늘의 도움으로 겨울에 자라를 잡아서 부친을 봉양하기도 하였다. 부친이 병고 끝에 돌아가시자 삼년간 시묘를 살았는데, 밤이면 호랑이가 와서 시막(侍幕)을 지켜주었다. 그 효성이 조정에까지 알려져 동몽교관 벼슬을 받았으며, 효자비와 비각이 세워졌다.[8]

　②600년 전 사람인 유석진은 어려서부터 효도가 지극하였다. 한번은 유공의 아버지가 중병에 걸려 사경에 이르렀는데, 의원이 말하기를 산사람의 뼈와 살을 먹이면 낫는다는 처방을 내렸다. 그러자 공은 즉시 자귀로 손가락을 잘라 삶아서 아버지께 바쳐 그 병환을 낫게 하였다. 부친은 이후 몇 년을 더 살았다고 한다. 부친 사후에 유공이 3년간 정성껏 시묘살이를 하는데, 겨울에도 옆자리에 채소가 무성하게 나서 그것을 먹으며 살았다. 그 효행이 나라에 알려져 정문이 내려졌으며, 그 아들이 벼슬길에 올랐다.[9]

양반 사대부들이 찬술한 문헌에 실린 일화나 효자전 등에서 보이는 바와 꼭 같은 이야기들이다.[10] 자기 몸을 돌보지 않는(때로는 몸을 해하기까지 하는) 부모 봉양, 그 효성에 대한 하늘의 감응, 그 상황에 수반하는 사람들의 칭송과 나라의 표창. 효를 무조건적으로 추구해야 하는 지상적 가치로 설정하는 관념의 소산이다. 그리고 효를 행하면 보상을 얻을 수 있다고 하는 인식이 또한 그 속에 얽혀 있다. 추상적 규범의 요소와 사회 통제의 요소가 얽혀 있는, 지배 이데올로기 성격이 짙은 효 관념이다. 이와 관련하여 주목할 것은 이러한 효 관념을 내면화하고 유포하는

---

8) '효자 박동형 효자비 유래', 『한국구비문학대계』 5-1(남원), 337~339면. 이하 『한국구비문학대계』는 『대계』로 약칭한다. 5-1은 권(卷)을 괄호 속의 '남원'은 해당 권의 조사 지역을 나타낸 것이다. 이하 마찬가지 방식으로 자료를 인용한다.
9) '기계유씨 효자비', 『대계』 5-2(완주), 583면; '유석진의 효행', 『대계』 5-2, 598~600면.
10) 문헌 소재 효행설화의 내용 및 특징에 대해서는 김현룡, 『한국문헌설화』 2, 건국대 출판부, 306~352면 참조. 효자전의 특성에 대해서는 정운채, 「효자전에 나타난 사대부의 효와 그 심리적 특성」, 『인문과학논총』 제34집, 건국대 인문과학연구소, 2000 참조.

주체의 문제이다. 세간에는 구비설화의 전승자란 곧 일반 민중이라고 하는 식의 인식이 퍼져있는데, 실제 상황은 그리 단순하지가 않다. 일반 민중 외에 향촌사회의 상층부를 형성하는 유림이나 지역 유지들이 또한 설화의 전승에 나서면서 그들의 세계관을 펼쳐 왔다. 효행설화는, 특히 이데올로기적 성향을 짙게 내포하는 효행설화는, 그 적극적인 전승의 대상이었다. 따로 살필 것 없이, 위에 인용한 이야기들을 그 사례로 들 수 있다. 자료 ①과 ②의 화자들은 한결같이 한학의 소양을 갖춘, 지역 유지에 해당하는 이들이었던 것이다.[11]

전국 어느 지역에 가든 곳곳에 서있는 효자문(및 효자비), 그리고 거기 얽혀 있는 향촌사회 지도층의 훈계성 짙은 설화. 여기서 우리는 일반 민중의 삶이 유교적 이데올로기의 공세에 노출돼 있었던 사정을 단면적으로 확인할 수 있다.

'효'의 도덕률을 내세운 그 이념적 공세는 만만한 것이 아니었다. 그것은 효가 거부할 수 없는 인간적 당위로서의 성격을 지닌다는 것과 깊은 관련이 있다. 자신을 낳아주고 길러준 부모님께 존경과 정성을 바쳐야 한다는 도덕률을 누가 감히 부정할 수 있겠는가? 부모 자식 관계라고 하는 천륜(天倫)에 기초하는 효의 관념은, 열(烈)이나 충(忠)—상전이나 임금에 대한—같은 관념과는 비교할 수 없을 정도의 압도적인 설득력을 지닌다. 그 힘에 의지하여, 이념성을 투영한 효행설화들이 일반 민중들 사이에까지 널리 유포되면서 그 의식의 한켠을 차지할 수 있었다.

민간에서 널리 전승돼온 이야기들 가운데 이념성이 투영된 주요 설화유형들을 살펴보기로 한다.

③ 문경에 아주 가난한 출천지효자(出天之孝子)가 살고 있었다. 그 어머니가 병중에 누워서 홍시를 찾는데, 마침 때가 5월인지라 사방을 찾아헤매도 도

---

11) 자료 ①의 구연자 박이식은 현직 면장이었고, 자료 ②의 구연자인 박권제는 전직 면장, 유덕준은 공무원 출신의 한약방 주인이었다.

 서사문학과 현실 그리고 꿈

저히 홍시를 구할 수가 없었다. 효자가 포기하지 않고 밤이 깊도록 돌아다니
는데 웬 호랑이가 와서 등을 내밀었다. 아들이 호랑이에 올라타자 호랑이는
한참을 달려 한 집 앞에 그를 내려놓았다. 제사에 쓰려고 고이 간직해둔 홍시
가 있는 집이었다. 아들은 그 집에서 홍시를 얻어 어머니에게 갖다 드려 어머
니 병을 낫게 하였다. 효자각(孝子閣)이 내려졌다.12)

이 역시 효자각에 얽혀 있는 설화인데, 식자층 집단에 의한 것이 아
니고 민간에서 전승돼온 것이다. 정성껏 부모를 받들어 모시면 하늘도
감동하여 복을 내린다고 하는 인식을 호랑이의 도움을 통해 표현한 이
설화의 구도는 평범하고 소박하다. 그렇지만 그 서사적 구도 및 의미가
앞서 살핀 설화 ①, ②와 겹친다는 점이 심상치 않아 보인다. 부모의 뜻
을 절대적으로 받아들여야 한다는 것이나, 그렇게 '지극하게' 부모를 모
시다 보면 보상을 받게 된다고 하는 인식구도가 그것이다. 그 속에 수
직적 사회질서의 온존을 지향하는 유교적 윤리관이 스며들어 있다고
보면 지나친 무리일까?

④ 친구인 두 사람 사이에 누구의 아들이 효자인가 알아보자는 얘기가 났다.
먼저 아들 자랑을 크게 한 친구의 집에 가서 그 아들더러 지붕에 소를 몰아 올리
라고 하니 아들은 소를 어떻게 지붕에 올리느냐고 반문하였다. 다시 다른 친구
의 집에 가서 지붕에 소를 올리라고 하니 그 아들은 짚을 동그랗게 엮어 쌓으면
서 소를 끌어올리려고 애쓰는 것이었다. 그 사람이 진짜 효자임이 판명됐다.13)

가정을 바로 세우는 바탕으로서 부모에 순종하는 효의 도덕을 내걸
고 있는 이 이야기 또한 얼핏 보면 이념적 요소와 무관해 보인다. 가장
에 대한 신뢰 속에, 또는 가족간의 믿음 속에 집안의 화목이 이루어진

---

12) '여름에 홍시 구한 효자', 『대계』 3−3(단양), 36~38면.
13) '효자와 불효자', 『대계』 7−15(구미), 169~170면.

다고 하는 주제를 별다른 이의 없이 받아들일 수 있다. 하지만 (무조건적인) '순종'이라고 하는 요소에 함정이 도사리고 있다. 그 순종은 가장에 대한 신뢰의 표상으로 해석할 수 있는 것이 사실이지만, 그렇다고 하여 그 일방적·맹목적 성격이 지워지는 것은 아니다. 부모의 명이라면 무리한 것이라도 옳고 그름을 가리지 않고 무조건 복종하는 상황이란 곧 부모(여기서는 특히 가장으로서의 아버지)에게 가정의 삶을 감당하는 권한과 책임을 내맡긴 가운데 자식은 판단과 행동의 주체로서의 역할을 놓아 버린 것과 다르지 않다. 상하의 수직적 위계질서를 앞세우는 유교적 관념이 투영된, 다분히 왜곡의 소지가 있는 관계구조라 하겠다. 이러한 설화를 주고받으며 고개를 끄덕이는 순간 그 위계의 관념은 자연스레 정당성과 함께 힘을 부여받게 된다.

⑤ 그렁깨, 옛말부텀 지금까지 으른 말씀을 에기지 않으면? 응? 소가 새다리 두 타구 올라갈 수가 있다 이기여. 부모 말을 거역 안하먼. 그래 부모가 하라능 걸 군소리가 익구 그것을 응? 기양(순종)치 않으머넌 될 것두 안된다 이기여.14)

부모가 하라는 말에 '군소리'가 있어서는 안 된다는, 그러면 '될 것도 안 된다'는 말 속에 수직적·차별적 이데올로기는 이미 깊이 침윤돼 있다. 일견 자연스럽고 지당해 보이는 이러한 이야기 속에 이처럼 지배 이념이 짙게 도사리고 있다는 것은 가볍게 넘길 일이 아니다.

다음 두 이야기는 효의 절대성을 위 이야기에서보다 더욱 극적으로 현시하고 있다.

⑥ 옛날에 어떤 사람이 부모님을 모시고 품팔이를 하며 어렵게 살고 있었다. 그런데 상에 반찬을 올려놓으면 매번 어린 아들이 낼름 먹어치우는 것이었다. 그러자 그 사람은 아내와 상의하여 어린 아들을 산에 묻어 버리기로 하

---

14) '부모 말씀에 순종하는 것이 효자', 『대계』 4-5(부여), 267~268면.

였다. 부부가 뒷산에 올라가 땅을 파고 있는데 이상한 소리가 나더니 엽전이 가득 담긴 단지가 나왔다. 부부는 아이 묻는 일을 그만두고 엽전 단지를 가져와서 부모를 공양하면서 잘 살았다.[15]

    [7] 홀시아버지를 모시고 사는 효성스런 며느리가 있었다. 하루는 시아버지가 친구를 만나고 온다고 나갔는데 날이 저물도록 돌아오지 않았다. 며느리가 걱정이 되어 마중을 나가 보니, 시아버지가 고갯길에 술취해 누워 있고 그 옆에 호랑이가 시아버지를 노리고 있었다. 놀란 며느리는 업고 있던 아기를 호랑이 앞에 놓고는 시아버지를 업고서 집으로 달려왔다. 그 다음날, 뜻밖에도 죽은 줄로만 알았던 아기가 살아있다는 소식이 들렸다. 며느리의 효성에 감동한 호랑이가 아이를 부잣집 노적 아래에 놓고 사라진 것이었다. 사연을 들은 부잣집에서 신령의 뜻으로 알고 효부에게 노적의 곡식을 선사했다고 한다.[16]

    [6]은 유명한 『삼국유사』〈손순매아(孫順埋兒)〉의 구전적 변형에 해당하는 이야기로서, 비슷한 자료가 여러 편 채록되어 있다. [7]또한 전국적으로 많은 이야기가 전해지고 있는 유명한 효행설화다. 이 두 이야기는, 그 구체적인 내용에는 차이가 있지만 공통적인 서사적 구조와 의미를 간직하고 있다. 그 핵심은 효자(효부)가 부모를 위하여 자식을 희생하려 하자 하늘이 그 지극한 효성에 감응하여 복을 내렸다는 것이다. 부모를 위하여 자식의 소중한 목숨을 희생으로 삼는다고 하는 이들 설화의 극단적 상황 설정은 효라는 도덕규범의 가치를 최대한으로 선양하고 있다. 자식에게 있어 부모란 절대적인 존재이며, 효는 다른 모든 것에 우선하여 반드시 지켜내야만 하는 지상적 규범이라는 관념이 투영돼 있다. 이들 설화에 보이는 바 어린 자식의 희생을 통한 효의 성취란, 문헌에 흔히 나타나는 자기자신의 희생을 통한 효의 관철보다도 훨씬 극적이다.

---

15) '아들을 생매장하려 한 효자', 『대계』 7−15(선산), 480~481면.
16) '호랑이도 감동한 며느리 효성', 『대계』 5−1(남원), 518~521면.

효를 절대적 가치로 설정하는 이러한 이야기 속에 상하의 수직적 질서를 중시하는 유교적 관념이 깔려 있음을 발견하기는 어렵지 않다. 앞서 살핀 설화들에서보다 더욱 뚜렷하게 그러한 관념이 투사돼 있다. 부모에 대한 아들 부부(며느리)의 관계에서, 그리고 그들과 자식의 관계에서 거듭 부모 자식 간의 수직적 위계의 관념이, 상하(上下)의 소유적 관계로의 인식이 극명하게 현시되고 있다. 앞서 언급한 바 부부(夫婦), 장유(長幼), 반상(班常), 노주(奴主)의 위계와 긴밀히 맞물려 있는 지배 이데올로기적 관념이다.17)

사회의 지배 이념은 이렇게 민간전승의 이야기구조에 깊숙이 스며들어 있다. 일반 민중의 의식이 이데올로기에 침윤돼 있었음을 엿보게 하는 특징이다. 그렇지만 단순히 설화의 '서사구조'를 통하여 전승자의 의식을 충분히 드러낼 수 있는 것이 아니라는 점에도 유의할 필요가 있다. 전승자들이 구체적으로 어떻게 이야기를 하고 어떻게 그것을 받아들이는지를 더 자세히 살펴보아야 하는 것이다. 이 작업은 또 하나의 문제적 설화 〈동자삼(童子蔘)〉을 대상으로 하여 수행하기로 한다.

2) 동자삼 설화의 인식 층위

앞서 효의 절대성을 현시하는 자녀 희생의 효 설화들을 보았는데, 이 계통의 설화 가운데 가장 놀라운 내용을 담고 있는 것은 아마도 〈동자삼〉 설화일 것이다. 이 이야기는 부모를 위한 자식의 희생과 그에 따른 감응의 과정을 아주 극적으로 보여줌으로써 큰 반향 속에 많은 자료가

---

17) 서태수는 자식희생의 화소를 담고 있는 효행설화 속에 자식을 부모의 소유적 존재로 인식하는 관념과 더불어, 부모에 대한 미분성(未分性), 아들에 대한 노후 보장의 기대심리, 사회적 보상심리 등이 얽혀 있음을 상세히 분석해낸 바 있다. 그러나 그는 이에 대한 가치 평가는 유보하고 있다. 서태수, 앞의 글, 253~268면 참조 한편 이러한 설화에 '보상'에 대한 심리가 얽혀 있음은 김대숙 또한 지적한 바 있다. 김대숙, 「구비 효행설화의 종합적 고찰」, 194~196면.

전승돼 왔다. 『한국구비문학대계』에 수록된 각편만 30편이 넘을 정도
다. 그 중 두 편의 내용을 요약해 보인다.

⑧ 예전에 어떤 삼대독자가 외아들을 하나 두고 부친을 모시고 살고 있었
다. 그런데 부친이 이상한 병에 걸려 백약이 무효였다. 하루는 그 부친이 아들
에게 "절에 공부하러 간 손자를 삶아먹어야 병이 나을 것 같다"고 하였다. 그
말은 전해들은 며느리가 "자식은 또 낳으면 그만"이라며 남편더러 아이를 데
려고 하였다. 아버지가 아들을 찾아가는데 때마침 아이가 집으로 돌아온지라
부부는 아이를 솥에 삶아서 부친에게 드렸다. 그 고기를 먹고 부친의 병환이
쾌차하였다. 그러던 어느 날 아들이 절에 곡식을 올리러 가보니 뜻밖에도 아
들이 살아서 공부를 하고 있었다. 놀란 아버지가 사연을 말하자 주지 스님이
듣고는 절문 밖에 서있던 동삼 하나가 사라졌다고 하면서 솥에 삶은 것이 바
로 그 산삼이라고 하면서 놀라움을 나타냈다.[18]

⑨ 옛날에 한 부부가 노모를 봉양하며 살던 중 노모가 병환에 들었다. 부부
가 열심히 병간호를 하던 어느 날 부부가 밤에 똑같은 꿈을 꾸었는데, 산신령
이 나타나서 어린 아들을 삶아서 먹이는 것밖에는 약이 없다고 하는 것이었
다. 부부는 깊은 고민 끝에 "자식은 또 낳아 키우면 되지만 어머니는 돌아가
시면 못 오신다"며 신령의 말을 따르기로 하였다. 부부가 솥에 물을 끓인 다
음 서당에서 돌아오는 외동아들을 집어넣고서는 서로 붙잡고 울고 있는데, 뜻
밖에도 아들이 다시 집으로 걸어 들어오는 것이었다. 놀란 부부가 솥뚜껑을
열어 보니 그 안에 들어있는 것은 아이가 아니라 산신령이 보내준 동자삼이
었다. 그 삼을 끓인 물로 어머니 병을 고치고 잘 살았다.[19]

이 설화의 기본 구조는 앞서 살핀 ⑥이나 ⑦과 거의 다르지 않다. 부

---

18) '자식 삶아 효도한 효자', 『대계』 8−4(거창), 84~88면.
19) '동자삼', 『대계』 4−1(당진), 230~232면.

모를 위해 자식의 희생을 무릅쓰는 지극한 효성과 그에 대한 하늘의 감응이 이 설화의 기본적인 이야기 구도다. 길게 설명할 필요 없이, 효의 절대성을 현시하는 서사구조다. 어린 자식을 끓는 물에 삶는다는 극단적 상황설정 및 그것이 산삼으로 확인되는 극적 반전을 통하여 효행의 지상적·절대적 가치는 매우 효과적으로 부각되고 있다. ⑥이나 ⑦과 마찬가지로, 이 설화의 이러한 서사적 구도 밑바탕에 유교적 가치체계로서의 수직적 위계의 관념이 도사리고 있음은 물론이다.

기본적인 서사적 구도를 놓고 볼 때 이 이야기에 대해서는 이 이상의 긴 논의가 불필요한 것처럼 보인다. 하지만 화자의 태도에 주의하면서 각편들을 세심히 견주어보면 그 사이에서 크고 작은 차이점들을 발견할 수 있다. 그중에는 단편적 차이에 불과한 것도 있지만, 작품의 의미를 변주시킬 정도의 중요한 차이도 포함돼 있다.

위에 정리한 ⑧과 ⑨를 한번 비교해 보자. 두 이야기는 일견 비슷해 보이지만 세부적인 내용에 있어 상당한 차이가 있다. ⑧에서 자식을 삶는 동기가 '부친의 요구'로 돼있는 데 비하여 ⑨에서는 '산신령의 현몽'으로 돼있어 차이가 있다. 그리고 ⑧에서 부부가 자식을 삶아 바쳐서 노인이 그것을 먹는 내용이 나오는 데 비하여 ⑨에서는 아이로 변한 동삼을 솥에 집어넣는 상황만이 그려지고 있다. ⑨에서 부모가 자식 죽일 일을 두고 깊게 고민하는 내용과 자식을 솥에 넣은 후 슬피 우는 내용이 나오는 것과 달리 ⑧에서는 그러한 요소 없이 일사천리로 일이 진행된다는 것도 중요한 차이점이다.

전체적으로, ⑧에 그려진 자식 부부의 효성은 극히 이념적이고 기계적인, 정상을 넘어선 왜곡된 형상으로 다가오고 있다. 아무리 이야기라고는 하지만, 조부가 손주의 고기를 요구한다는 것이나 그 말을 받들어서 자식이 아이를 삶는다는 것은 황당한 일이 아닐 수 없다. 조부가 '고기'를 먹는 장면의 끔찍함은 더 말할 것도 없다. 그러한 상황이 다음과 같이 거리낌없이 이야기되는 걸 보면 놀라지 않을 수 없다.

⑩ 그래 밖에 나가서 내위 이 얘기를 하니까, 거 안에서(부인이) 머라카는 기 아이라,

"아 부모는 한번 가면 다시 못 오는 기고, 자석은 있다가 없어지더라 칸데도 아직 우리가 나이가 그리 많지 않고 하닌께 아직 낳아만 또 자식 안 있겠소? 거 아무개를 델꼬 오이소 삶아 드리지요"

"그래 당신 말이 고마버니 내가 아무개를, 내가 델로 갈란다."

그래 딜로 보내놓고 커다란 솥에 물을, 큰 솥에다 물을 한솥 붓고,

(…중략…)

둘이 들고 가서 방문나케 가서 문을 열고 거 아바이를 보고,

"아버님, 저 아무거시 삶아 왔습니다."

거 꼼짝 못 하던 부모가

"아, 그놈 삶아 왔어?"

하미 일어나거던. 그래,

"잡수이소"

하고 앞에다 노니께 얼런 떨어묵어.[20]

도저히 정상이랄 수 없는, 정신적 도착이라고밖에 볼 수 없는 모습이다. 노인과 아들, 며느리의 모습이 두루 그러하고(특히 마치 '효'에 목숨을 건 듯한, '효부'의 명성을 잃으면 견디지 못할 것 같은 며느리의 행위가 그렇다), 이러한 이야기를 무심하게 전하고 있는 화자의 모습 또한 그러하다. 지배적 규범이 요구하는 수준에서 오히려 몇 걸음 앞서 나간 모습이다.

이 예는 특히 극단적인 것이지만, 〈동자삼〉 설화의 각편 가운데는 이처럼 별다른 고민의 과정 없이 '효'라는 명분으로 자식을 손쉽게 희생시키는 것으로 서사적 상황이 설정된 이야기들이 꽤 발견된다. 삶의 주체로서의 인간은 사라지고 지상적 도덕규범으로서의 효만이 관념적으로 부각된 이야기들이다. 자식이 실제로 희생된 것이 아니라고 하지만, 효

---

20) ⑧의 설화, 85~86면.

의 가치를 드러내기 위해 꾸며진 이야기에 불과하다고 하지만, 이러한
이야기가 만들어지고 전승되었다는 것 자체를 가벼이 넘길 일이 아니다.
　이에 비하면 ⑨는 비슷한 서사적 구도에도 불구하고 전해주는 느낌
이 ⑧부류의 이야기들과는 크게 다르다. 자식을 끓는 물 속에 집어넣는
대목은 물론 끔찍한 것이지만, 그것을 둘러싼 서사적 상황 및 인물의
행위 양상이 상당한 공감의 요소를 열어놓고 있다. 병든 부모를 모시는
입장에서 그 병을 고칠 방도를 알았을 때 그것을 실행하려 하는 것은
자식 된 당연한 도리인 터이다. 문제는 그것이 어린 아들의 희생이라는
참으로 받아들이기 어려운 일이었다는 데 있다. 고민하고 괴로워하지
않을 수 없는 상황이다. ⑨설화는 바로 그 고민과 괴로움을 이야기 속
에 반영함으로써 사람들의 공감을 이끌어내고 있다.
　⑨설화에서, 그리고 성격이 통하는 다른 자료에서 두어 대목을 구체
적으로 인용해 본다.

　　⑪ "개럴 달여, 잡어설랑은 달여서 먹으면 낫는다니 그 워터겨?"
　　그러닝개, 퍽 주저앉거던 부인네두? 떠다가 주닝개 먹더니 '아이구, 또 좀
다고오. 또 좀 다고.' 그런단 말여. 그래 또 먹는디, 먹구서는 인제 그 마누라
인제 주물러설랑은 깬 뒤에 '저어 해 디리구 그랬이닝개 인저 애원히 생각허
지 말구 그저 자알 정신차리라'구 그러닝개 정신을 못 차려. 그러자 쪼꼼 있
다가설랑 싸립문 앞이서,
　　"엄마아, 엄마 나 젖 줘어. 젖 줘."
　　허구 들어온단 말여. [청중 : 허허어. 청중 2 : 아하아.] 허구 들어온단 말여.
들어오닝개 즈 어매는 암말두 못혀. 그런디,
　　"이거 헐 수 읎어. 그렁개……."
　　소당 열으라닝개 소당을 못 열어. [청중 1 : 소당 못 열지. 여간해 못 열지.
청중 2 : 번쩍 쳐들어서 집어 쳐늘라구.] 응. 자기가 소당문 활짝 열구서 집어
쳐눟구서 후닥닥 닫었단 말여. 덮웅개 즈 어매는 기냥 기절해 뻐리네그려.[21]

⑫ 그러니께 고심허구, 고심허구. 게, 약속을 굳게 힜단 말여. 그거 워디 허겄
슈. 뭇헌다구. 헐만 할까유. 뭇헐까유? [청중 : 헐 사람 없어] 나 혼자만 있는 것두
아니고, 오늘 저녁이 그짓말인디, 그짓말이라도 헐 만 허겄슈? 못 허겄슈? 못허
쥬? [청중 : 예] 그분덜은 옛날에 그렇게 완고하기 때문에 행했단 이 말여.

　(…중략…)

　그런디, 빨래두 깨끗이 해서 입혀서 잘 해서 멕여서 보냈는디, 고대로, 책을
겨드랑이에 끼고 들어와. 들어오니께, 자기 아버지가 반갑게 안었유. 안으니껜
자기 어머니는 소당(솥 뚜껑)을 열었다 이 말여. 그러니께 집어 넣구서, 자기
어머니는 소당은 덮었어. 죽은 것 볼 수 없으니껜. 덮었어. 그러구선, 나오는
겨. 그럭허구선 남편허구선 얼만큼 울었던지, 두 내외가 붙잡고 우는 거여.[22]

이들 대목에는 효라는 추상적 관념이 홀로 판을 치고 있지 않다. 삶
의 주체로서의 살아 있는 인간의 모습이 거기 있다. 다 같이 소중한 부
모와 자식을 놓고서 한쪽을 선택해야 하는 운명적인 상황에서 번뇌하
는 사람들이다. 보통 사람들이라면 아주 쉽게 판단을 내릴 문제였겠지
만, 부모에 대한 깊은 효성은 이들로 하여금 자식의 희생이라는 상식
너머의 선택을 하도록 했다. 아이를 솥에 넣은 후 기절하거나 통곡하는
모습을 통해서 우리는 이들의 자식 희생이 곧 자기 자신의 희생이었음
을 확인할 수 있다. 마음으로부터 우러나온 참으로 지극한 효성이라 하
지 않을 수 없다. 그 진정성이 듣는 사람들의 마음을 움직인다. 솥 안에
넣은 것이 산삼이었음이 밝혀지는 대목에서 전해지는 감응이 만만치
않다. 이 설화가 널리 전승될 수 있도록 한 주요한 동력이다.
〈동자삼〉 설화에는 이와 같이 윤리적 결단의 주체로서의 살아있는 인
간의 모습을 살려낸 것들이 여러 편 있다. 이들 설화 속에 부각되는 효는
앞서 살핀 ⑧부류에서 볼 수 있는 기계적이고 추상적인, 왜곡된 관념과

---

21) ‘동자삼’, 『대계』 4-5(부여), 113면.
22) ⑨의 설화, 232면.

질적인 차이가 있다. 그것은 삶의 과정 속에서 가꾸어온 생활 윤리로서의 요소를 지니고 있다. 〈동자삼〉이라는 하나의 설화유형 속에는 이처럼 서로 내질을 달리하는 효 관념의 층위가 논쟁적 관계를 형성하고 있다.

이 설화들이 유교적 지배 이데올로기로부터 자유로운 것인가 하면, 물론 그렇지는 않다. 그 차이란 어디까지나 큰 틀 안에서의 차이일 뿐이다. 인간적 진정이 담겨있다고 해서, 자발적 결단의 형식을 갖추고 있다고 해서 그것을 곧 진정한 주체적 행위라고 할 수는 없다. 결단의 '내용'이 문제가 되는 것이다. 이 이야기에서 내려진 결단이란 부모를 위하여 자식을 희생하는 것이었고, 그 행위의 결과는 희생을 정당화하는 것이었다. 자식을 부모의 소유로 보는 식의 수직적 위계의 관념은, 유교적 지배 이데올로기는 이 자료들에도 그대로 적용이 된다. 기본 서사구조 속에 견고하게 틀 지워진 사유구조다.

그렇다면 작중인물의 행위 속에, 작중의 서사구조 속에 함유된 이러한 사유구조는 곧 이야기 전승자들의 것이라고 보아도 될까? 이는 그렇기도 하고 그렇지 않기도 하다. 이야기내용을 그대로 수긍하고 받아들이는 전승자들이 있는 한편으로 그에 대하여 회의를 나타내는 전승자들도 있기 때문이다.

전승자들의 반응과 관련하여 관건이 되는 대목은 어린 자식을 죽음으로 몰아넣는 부분이다. 자연스럽게 예상할 수 있는 바대로, 이 대목에 대해서는 놀라움이나 찬탄과 함께 어찌 그럴 수 있는가 하는 '회의'의 반응이 엇갈리고 있다. 그 양상은 이미 앞에 제시돼 있다. 위의 ⑪과 ⑫ 대목에서 서사적 상황에 대한 전승자의 '회의'와 만나볼 수 있는 것이다. 솥뚜껑을 열고 아이를 넣는 일이 '할 수 없는 일'이라고 하는 화자와 청자의 말에서 그 단서를 찾아볼 수 있다. 여기서 '할 수 없는 일'이라는 말은 '어려운 일'이라고 하는 뜻을 나타낸다고 할 수 있지만, '옳지 않은 일'이라는 뜻으로 해석할 소지가 있다. 특히 ⑫의 화자는 그러한 판단을 직접 나타내고 있는바, 그 '할 수 없는 일'을 옛사람들이 '완고하기 때문'에 행했다고 발언하고 있음이 그것이다. 이야기를 전해주고 있기는 하지만 작중인물이 한 행위를 옳은 일로 받아들이기는 어렵다고 보는 의식의 표현이다.

자식의 희생이라는 선택에 대한 전승자의 비판적 입장이 나타난 대목을 하나 더 옮겨 본다.

⑬ 그래서 이 사람이 가마안히 생각해보닝개나, 내 자식을 뭣해 가지구서 그게 자기 아버지를 고치라는 그겐디이. 자기 아부지를 위하머너언 자식을 그릏게 해서 자기 아버지를 고치야걱구, 그 자식의 그 끔찍헝 것얼 생각헌다면 인저 시 살 먹어 가지구 이 세상에 나와 가지구 인제 시 살 먹응 걸 그것얼 옳이자니 응? 그게 그게 참말루 그게 할 짓이냐 그게지. [청중 : 차라리 늙은이 죽능 게 낫지.][23]

'참말루 그게 할 짓이냐'는 화자의 말에서, 그리고 '차라리 늙은이 죽능게 낫지' 하고 말하는 청중의 발언에서 우리는 이 설화의 서사내용에 내포된 윤리적 관념에 대한 논쟁적 문제제기와 만나게 된다. 다소 추측을 보태 부연한다면, 그렇게 만사를 희생하며 무작정 부모를 받드는 것이 올바른 효일 수는 없다는 식의 입장이 그 발언 속에 담겨 있다고 할 수 있다. 전승자들이 이러한 태도를 나타낼 때, 이 설화의 서사구조에 담긴 지배 이데올로기는 그 효력을 상실하는 것이라 할 수 있다.

이 지점에서 우리는 민간전승의 효설화에 있어 지배 이념의 투영이란 문제가 실로 간단한 것이 아님을 깨닫게 된다. 단순히 기본 서사구조만 가지고 판단할 문제가 아님은 물론이고 텍스트의 내용을 두루 섬세하게 살핀다고 해서 충분히 해명될 수 있는 문제도 아니다. 이야기에 대한 전승자의 반응이라는 또 하나의 층위에서 논쟁이 성립돼 있다. 그

---

23) '동자삼', 『대계』 4−5(부여), 1,067~1,068면.

다양한 층위의 논쟁이 의미하는 바는 분명하다. 문학적으로 형상화된 지배 이데올로기의 공세에 대하여 일반 민중들이 무력하게 종속되었던 것이 아니라는 점이 그것이다. 그것은 일방적 수용의 대상이 아니라 고민과 논쟁의 대상이었다.

3. 주체적 생활 윤리로서의 효

1) 효의 주체적 해석과 실천

지금까지 우리는 지배 이념으로서의 효 관념이 투영된 설화들을 살펴보았다. 여러 측면에서 논란이 야기되고 있는 것이 사실이지만, 그러한 관념은 견고한 서사구조를 축으로 삼아 만만치 않은 힘을 발휘하고 있는 것이 사실이다. 그러나 그것이 효설화의 전부이거나 또는 본령인가 하면 그렇지 않다. 수많은 이야기들이 이와는 다른 방향에서 효의 본질 및 실천방법에 대한 문제를 제기하고 있다.[24] 이제 이들에 대하여 살펴볼 차례가 되었다.

잘 알려져 있듯이 '효'는 양반 사대부들에 의하여 유난히 강조되고 장려된 윤리적 덕목이었다. 그래서인지 '효'라고 하면 곧 상층 사대부의

---

24) 최운식은 '효녀자기희생형', '산삼동자형', '효자매아형', '효자호랑이형', '호랑이에게 자식을 준 효부형', '죽은 아들을 묻은 효부형', '양자효부형', '매처치상형' 등 여덟 가지 유형의 효행설화를 종합적으로 검토한 결과 효지상주의의 관념적 사고가 두드러지게 나타난다는 결론을 내리면서, 효행설화 전반을 대상으로 할 때도 그 타당성이 인정되리라는 견해를 제시하였다(최운식, 「효행설화에 나타난 전승집단의 의식」, 『한국설화연구』, 집문당, 1991, 175면). 그러나 『구비문학대계』에 실린 여타의 수많은 효행설화들에 있어 그 양상은 절대 단순치 않은 것으로 나타나고 있다. 이어질 논의 참조

관념을 연상하는 것이 보통이다. 그렇지만 '효'란 계층을 떠나 기본적인 인간적 당위에 해당하는 문젯거리로서, 민간의 삶에 있어서도 중요한 관심사였다. 그 관심의 방향은 앞서 본 것처럼 지배 이데올로기의 투영이라는 형태로 나타나기도 했지만, 그와는 다른 맥락에서의 고민과 모색 또한 활발하게 이루어졌다. 수많은 설화에서 그 흔적과 만날 수 있다.

먼저, 진정한 효란 무엇인가 하는 문제에 대한 민간설화의 답변을 살펴보기로 한다.

⑭ 옛날에 양수척이라는 사람이 살고 있었다. 아버지 없이 자라다 보니 성품이 빗나가서 어머니께 불량하게 대하였다. 어머니는 근심 끝에 한 훌륭한 선생님을 찾아서 아들을 맡겼다. 아들을 맡은 선생은 다른 말 없이 수척의 옷 속에 참외를 여나믄 개 넣게 하고는 그를 이끌고 무더위에 들판을 하염없이 걷는 것이었다. 옷 속에 든 참외 때문에 지친 수척이 못 걷겠다고 사정하니 선생이 말하기를, "너는 하루도 힘들다고 하는데 너의 모친은 열 달 동안 너를 뱃속에 넣고 고생을 하면서 품도 팔고 별 고생을 다하며 너를 낳아서 길렀다"고 하는 것이었다. 그 말을 들은 수척이 잘못을 깨달아 눈물을 줄줄 흘리고는 이후로 하늘을 감응시키는 지극한 효자가 됐다고 한다.[25]

⑮ 어사 박문수가 효자 열녀가 많기로 유명한 현풍곽씨의 고장 현풍을 찾아갔다. 한 곳을 당도하니 여름에 사람들이 지심을 매고 있는데 한 소년이 논둑에 앉아서 맹자를 읽고 있었다. 이상히 여긴 박어사가 왜 서당이나 그늘을 두고 땡볕에서 책을 읽는가 물으니 "부친께서 더위에 지심을 매고 있는데 어찌 시원한 곳에서 글을 읽고 있겠느냐?"는 것이었다. 과연 효자였다.

박어사가 다시 한 집에 유숙하면서 집안을 살피는데, 한 부인이 열심히 기름을 짜서 그릇에 담아놓고는 잠시 물을 길러 밖으로 나가는 것이었다. 이때 안에

---

25) '하늘이 알아주는 효자', 『대계』 3-2(청주), 459~464면.

서 그 시어머니가 나오더니 "호박에 이렇게 거름을 안 주면 어떡하느냐"면서 그 기름을 오줌으로 알고 호박 구덩이에 부었다. 이때 며느리가 그 모습을 보고는 시어머니와 함께 기름으로 거름을 주는 것이었다. 그것이 기름인 줄 알면 시어머니 마음이 상할까봐 그렇게 한 것이었다. 어사가 감탄하지 않을 수 없었다.[26]

이 이야기들을 통하여 우리는 효란 무엇인가 하는 데 대한 정석적인 답변과 만나게 된다. 자신을 한 인간으로 존재하도록 하기 위해 겪는 부모의 그 고통과 시련에 대하여 진심으로써 보답하는 마음이 곧 효의 출발이라는 것이, 나 아닌 부모님의 입장에서 그 마음을 최대한 편안하게 감싸주는 것이 진정한 효라는 것이 이 이야기들 속에 담겨있는 답변이다. 지극히 상식적인 인식일지 모르지만, 위 이야기들은 구체적인 서사적 상황 속에 체험적 진실성을 담아내고 있어 마음을 움직이게 한다. 그 속에 담긴 인식은 관념으로써 주입된 것과 다른 차원의, 몸으로써 깨닫고 공감하는 생동하는 인식이다.[27]

효의 본질에 대한 민간적 사고는 '정석'에서 벗어난 다음과 같은 이야기들을 통해 그 성격이 더욱 뚜렷해진다.

16 박문수가 한 집에 유숙하는데, 마침 그 집이 제삿날이었다. 박문수가 제사 지내는 것을 보니 제상을 차려놓고서 내외가 그 앞에서 요를 피고 자는 것이었다. 괘씸히 여긴 박문수가 꾸짖으니 그 아들이 하는 말이, "우리 어머니가 나를 장가를 못 보내고 돌아가시면서 내가 처와 자는 걸 보면 원이 없겠다고 하셨으므로 그 원을 풀어 드리려는 것"이라 하였다. 박문수가 고개를 끄덕였다.[28]

---

26) '현풍곽씨는 서방질해도 열녀', 『대계』 4-5(부여), 589~597면.
27) 15에 제시되어 있는 기름 동이 사건은 이만부의 〈임효자전(林孝子傳)〉에 비슷한 내용이 들어 있다고 한다. 효자 임성무가 기름을 밭에 뿌리는 할머니를 말리려는 어린 아들을 제지하여 놀라지 않도록 했다는 것이다(정운채, 앞의 글, 62~63면 참조). 설화 16은 행위의 주체를 며느리로 설정하고 시어머니를 도와 함께 기름을 뿌린다고 함으로써 그 효의 양상을 더욱 발랄하고 인상적으로 부각하고 있다. 문헌 전승 이야기의 재판으로 치부할 수 없는 특징이다.

ⅰ⃞7⃞ 서울 효자의 소문을 들은 시골 효자가 어떻게 효를 하나 궁금해서 서울 효자 집에 찾아갔다. 가서 보니 하얀 팔십 영감이 새벽에 눈을 쓸고 다니는데 그 아들이 못 쓸게 말리지를 않고 다만 화롯불을 들고 영감을 따라다니는 것이었다. 시골 효자가 어찌 노인한테 그런 일을 시키느냐고 하자 서울 효자가 말하기를, "부모가 하고 싶어하는 일을 못하게 하면 마음이 불안할 터라서 그 마음을 즐겁게 하려 한다"는 것이었다.29)

역시 부모님의 마음을 진심으로써 받드는 것이 효라는 인식을 담고 있는 이야기들이다. 주목할 것은 그 '진심'이 형식이나 체면의 틀을 벗어나고 있다는 것이다. 남의 이목에 개의치 않고, 정해진 격식에 얽매이지 않고 부모님과 참마음으로써 소통하면서 행복을 일구어내는 것, 그것이 설화의 전승자들이 생각한 진정한 효의 본질이었던 것이다.30) 논일을 하고 나서 흙이 묻은 다리를 어머니에게 맡겨 닦아주게 했다는 어느 효자의 다음과 같은 발언에서, 그리고 그에 대한 전승자들의 반응에서 이러한 민중의 효 관념을 피부로 느낄 수 있다.

ⅰ⃞8⃞ "예에 그럴 것입니다. 그것이 참 물론 어르신이 보실 때는 불효자라고 이렇게 할 것입니다. 그런데 그것이 아닙니다. 왜 그러냐 하면, 이번뿐이 아니라, 오늘뿐이 아니라 체 전부터서 우리 어머니가 내가 떠억 거기서 따악 씻고 오면, '아 그 찬물에서 왜 니가 씻고 오냐?' 이라고 신경질을 내가지고 하깃 따문, 어머님 마음을 엇찌케든지 즐거운, 흙 털어준 그 즐거운 마음이 쓰이기 따문에 그래서 내가 해나온 그 질려가 있기 따믄에 응 그대로 왔습니다. 우리 어멋님 마음 편안하게 할라고 그랬습니다."

<hr>

28) '이상한 효행', 『대계』 2−2(춘성), 564~565면.
29) '부모가 하고 싶은 대로 해드리는 효', 『대계』 5−1(남원), 693~694면.
30) ⅰ⃞1⃞의 설화에 대해서는 김대숙이 예의와 법도에 의한 조상숭배의 틀을 벗어난 현실적인 감각을 지적한 바 있다. 김대숙, 앞의 글, 197면.

"그럿체."

응 그때는 깨득이(깨다름이) 났단 그 말이여.

"흠 매임매임 끈끄이마다(매끼니마다) 차담상을 해서 앞에다가 받치는 것보다
도 흐, 느그 모 응 마음 편하게 [청중 : 응 그렇제, 그것이 크지라우.] 응 그렇제.
[청중 : 속 편한 곳이 좋제.] 그것이 효도로구." [청중 : 그것이 효도의 길입니다.]

"응 그렇제, 효도로구나."31)

형식이나 체면에 얽매이지 않는 진실된 사랑의 마음—예나 이제나
참된 인간관계의 출발이 되어 마땅한 요소일 터이다. 어느 청자의 말대
로 '그것이 효도의 길'인 것이다.

그 효도의 길과 그 실천의 방법에 대한 문제를 주체적 맥락에서 부각
하고 있는 이야기들을 몇 가지 더 살펴본다.

⑲ 한 며느리가 남편이 길 떠난 상황에서 눈먼 시어머니를 모시고 살았는데,
워낙 가난한지라 시어머니께 드릴 음식이 없었다. 생각다 못한 며느리는 지렁
이를 잡아서 국을 끓여서 드렸다. 매번 국을 맛나게 먹은 시어머니는 아들이
오면 보여주려고 국 건더기를 몰래 감추어 두었다. 마침내 아들이 돌아오자 어
머니는 자랑스레 지렁이를 꺼내어 아들에게 보여주었다. 아들이 놀라서 '지렁
이!' 하고 소리를 치자 어머니는 그만 놀라서 눈을 번쩍 떴다고 한다.32)

⑳ 옛날에 홀시아버지가 과부 며느리를 데리고 살고 있었다. 하루는 시아버
지가 술이 취해 정신없이 자는데 며느리가 방에 들어가 바짓가랭이에 손을
넣어 그 신을 만져보았다. 그러자 노인의 신이 동하는 것이었다. 시아버지의
정력이 남아있음을 확인한 며느리는 집을 떠나 적당한 혼처를 찾아서 시아버
지를 짝지워 주었다.33)

---

31) '효자와 불효자', 『대계』 6-1(진도), 384면.
32) '시어머니 눈 띄운 며느리', 『대계』 3-1(중원), 451~452면.

㉑ 어떤 사람이 상처 후 아들 부부와 살았는데, 아들이 어른을 잘 섬긴다고 소문이 자자했다. 새로 부임하는 원님마다 그 얘기를 듣고 불러서 상을 주었다. 한번은 다시 신관이 부임하여 그 사람을 불러들여 사정을 묻고는 세상에 나쁜 놈이라고 벌을 내렸다. 혼자 되신 아버지를 짝을 안 지어 드렸으니 불효자라는 것이었다. 영감이 그 말을 듣고는 "야, 그 사또가 명관이다"라고 소리 쳤다고 한다.34)

㉒ 예전에 한 부부가 부모님을 집에 두고 밭을 매러 나갔다. 점심때가 가까워 아내가 집에 들어와서 보니 시어머니와 시아버지가 한참 방사(房事)를 치르는 중이었다. 땀을 흘리며 힘들어하는 것을 본 며느리는 물을 끓이고 닭을 한 마리 잡아서 시부모님께 드렸다. 시간이 지체된 것을 못마땅해하던 남편이 내막을 알고는 너무나 아내가 고마워 엎드려 절을 하였다. 마침 그 모습을 보고서 사연을 듣게 된 원님이 효부상을 내렸다고 한다.35)

좋은 옷 좋은 음식 드리는 것이 효도가 아니며, 남 보기 좋게 법도를 지키면서 부모에게 순종하는 것이 참된 효도가 아니라는 인식이다. 참된 효도의 길이란 체면이나 이목에 구애받지 않으면서 부모가 실제로 필요로 하는 것을 찾아서 보살피는 데 있다는 인식이다. 당장 먹을 것이 절박한 처지에서 지렁이 국이 효를 다하는 최선의 선택이었으며㉙, 시아버지의 바지 속에 손을 집어넣는 외람된 행동이, 부모의 정욕을 외면하지 않고 이해하여 받드는 것이 진정으로 효를 다하는 선택이었다㉚. 그것이야말로 자식이 나서서 신경을 쓰지 않으면 안 되는 부모님의 실제적 문제였던 것이다. ㉑에서 사또의 판결에 아버지가 내지른 "그 사또가 명관"이라는 탄성에 그와 같은 효의 길에 대한 인식이 단적으로 표출된

33) '시아버지 장가 들이기', 『대계』 4-4(보령), 673~677면.
34) '효자 판결한 신관사또', 『대계』 7-9(안동), 1,034~1,036면.
35) '효부상 탄 사연', 『대계』 3-2(청주), 263~265면.

다.36) 그런 면에서 22의 며느리는 진정한 효부라고 하기에 부족함이 없
다 하겠다. 화자의 다음과 같은 발언에 고개를 끄덕이지 않을 수 없다.

23 그래서 그 여자가 상당한 효부상을 탔는데 요새말로 할 것 같으면 노인
네들이 참 두 내우 들어앉어서 참 재미를 본다든지 그런 일이 있을 것 같으면
아마 상당히 입을 비쭉거리니와 아마 내적으로 숭(흉)을 적잖이 볼 겁니다.
세상에 그와 같이 훌륭한 효부가 있더래요.37)

구비설화에 담긴 일반 민중의 효 인식과 관련하여 관념을 넘어서는
진정성, 경직된 틀을 넘어서는 유연성과 함께 주목을 끄는 또 다른 중
요한 요소는 효의 상대성, 쌍방성에 대한 인식이다. 많은 구비설화들이
효를 부모에 대한 자식의 절대적·일방적 순종으로 부각하기보다 쌍방
의 인간적 관계 속에서 함께 엮어나가는 생활규범으로 설정하고 있다.
예컨대 다음과 같은 이야기들이다.

24 앞집 아들은 효자라고 하는데 뒷집 아들은 불효라고 매일 혼났다. 혼나
는 아들이 방법을 물으니 "아버지 바지를 입어서 따뜻하게 해드리고, 담뱃대
도 담배를 담아 따뜻하게 해드리고, 밤에 이불 밑에 손도 넣어 따뜻한가 묻는
다"는 것이었다. 그 사람이 그 말을 듣고 따라 했더니, 아비 담배 피운다고,
아비 바지 입는다고 역정을 내고, 방이 식는다며 낯을 후려치는 것이었다. 부
모가 잘해야 효자가 나는 법이다.38)

25 한 불효자가 부모가 지겨워서 강가에서 부모를 강물로 밀어 넣으려고 하

---

36) 김대숙은 이 설화를 효성의 한계를 보여주는 이야기로 해석했으나(김대숙, 앞의 글,
191면), 그보다는 어떤 것이 효인가를 부모의 입장에서 진솔하게 드러낸 이야기로 보
는 편이 적절하다고 판단된다.
37) 22의 설화, 265면.
38) '부모가 잘해야 효자가 나는 법', 『대계』 3−3(단양), 451~452면.

였다. 그때 한 사람이 지나가며 이유를 물으니 부모가 "내가 세상이 지겨워 물에 빠지려 하니 아들이 이렇게 붙든다"고 하였다. 그 아들이 효자상을 받고서 개심하여 정말 효자가 되었다.[39]

[26] 예전에 한 사람이 아내가 죽은 후 며느리와 사이가 벌어져 구속을 받게 되었다. 하루는 그 사람이 며느리한테 밥을 두 상 해오라고 시켜서 한 상을 챙겨 뒀다가 친구를 청해서 음식을 내면서 며느리가 미리 준비해 줬다고 자랑을 하였다. 이렇게 거듭 며느리 자랑을 하니 며느리가 효부라는 소문이 퍼졌으며, 실제로 효부가 되었다.[40]

세 이야기 모두 효심이라는 것이 자식의 일방적 노력에 의해 억지로 발휘될 수 있는 것이 아니라 부모 자식 간의 인간적 교감이 있어야 가능한 것이라는 메시지를 전하고 있다. 자식이 효도를 하려 해도 부모가 그것을 받아주지 않으면 될 수가 없고 [24], 효자 불효자가 따로 정해져 있는 것이 아니라 부모가 자애로 대하면 효심이 생겨나 효자가 생겨난다는 입장이다([25], [26]). 효의 쌍방성, 상대성에 대한 인식이다. 어쩌면 너무나 당연한 것이면서도, 관념과 허식으로 틀 지워진 삶에서는 기대하기 어려운 것이기도 하다. 실제로 문헌설화나 효자전에서는 이러한 이야기들을 찾아보기가 쉽지 않다.[41]

생활 속에서 함께 노력하고 이루어나가는 인간관계의 도리로서의 효 — 이러한 관념은 상하의 위계를 확인하면서 수직적 질서의 사회체계를 온존하고자 했던 지배 이데올로기적 효 관념과는 엄격히 구별되는 것이다. 생활경험 속에서 우러나온 주체적 생활 윤리관으로서의 이러한 효 관념은 오히려 지배 이데올로기로서의 차별적 관념에 대한 '반명제'로서 의의를

---

39) '불효자를 효자로 만든 이야기', 『대계』 7−15(구미), 172~173면.
40) '부모가 잘해야 효자 나는 법', 『대계』 3−2(청주), 386~387면.
41) 김현룡, 앞의 책 및 정운채, 앞의 글 참조.

지닌다고까지 말할 수 있다.

　당연한 이야기일지 모르겠지만, 전통 사회의 민중은 단순한 지배의 대상, 교화의 대상이 아니었다. 그들은 삶의 경험에 입각하여 스스로의 삶의 방식을 모색하고 실천해 온 주체였다. 그것은 효와 같은 윤리적 문제에 있어서도 예외가 아님을 우리는 지금 확인하고 있다.

2) 〈효부 만들기〉 설화의 인식층위

　위에서 우리는 유교적 이념성과는 다른 맥락에서 효의 본질과 실천 방법에 대한 문제를 제기하고 있는 설화 자료들을 만나보았다. 지배 이데올로기와 논쟁적 관계를 맺고 있는 그러한 문제제기에 대하여 민중적 삶의 주체성을 표상하는 것이라는 의의를 부여하기도 하였다. 그러나 이 또한 설화자료에 대한 소략한 개관을 통하여 결판지을 수 있는 문제가 아니다. 이야기자료의 속을 들여다보는 논의가 필요하다. 이제 효의 상대적·쌍방적 성격을 흥미롭게 부각하고 있는 〈효부 만들기〉형 설화를 통해 이 계열 설화에 담긴 효인식의 층위를 가늠해 보기로 한다.

　'효부 된 며느리', '불효 아내 길들인 남편', '개심한 며느리' 등 여러 명칭으로 불려지는 〈효부 만들기〉 설화는 저 앞에서 분석한 바 있는 〈동자삼〉 못지않게 널리 전승돼온 설화유형이다. 『한국구비문학대계』에 30편 이상의 각편이 수록돼 있다. 그중 두 개의 각편을 정리해 보이면 다음과 같다.

　　㉗ 옛날에 어떤 안노인이 아들 내외와 함께 살았는데, 며느리가 시어머니에게 불효를 하였다. 그 사이에서 고심하던 아들이 아내에게 고구마를 한 섬 가져다주면서, 매일마다 그것을 삶아서 드리면 어머니가 돌아가실 거라고 하였다. 그 말을 들은 며느리가 매일마다 세 차례씩 새참으로 고구마를 시어머니께 삶아서 바쳤다. 그러자 평소에 자주 허기를 느끼던 시어머니가 며느리를

사랑하는 마음이 생겨 성화하던 일을 그치고 이웃에 며느리 자랑을 하고 다녔다. 소문이 나서 효부상까지 타게 된 며느리는 어느새 진정으로 시어머니를 위하는 마음이 생겨 효부 노릇을 제대로 하게 되었다.[42]

　㉘ 홀로 된 아버지를 모시고 있는 아들 부부가 있었다. 아들이 밖을 돌아다니는데, 가만히 보니 아내가 부친을 제대로 봉양하지 않는 것이었다. 그러자 그는 고심 끝에 계책을 내어 아내에게 시장에서 살찐 노인을 사가는 사람이 있더라며 부친을 살찌게 해서 내다 팔자고 하였다. 며느리가 그 말에 솔깃해서 그때부터 시아버지께 좋은 음식을 드리며 정성껏 봉양하기 시작하였다. 그러자 근력이 난 시아버지가 손주를 돌보고 마당을 쓰는 등 갖은 집안 일을 거들어주기 시작하였다. 그렇게 세월이 흐른 후 아들이 아내더러 부친을 내다 팔자고 하니 아내는 시아버지 없이는 못 산다며 펄쩍 뛰는 것이었다.[43]

서로 같은 유형에 속한다고 볼 수 있는 이야기들이다. 며느리와 시부모 사이의 불화를 아들이 나서서 교묘한 아이디어를 내어 서로간의 화해와 집안의 화목을 이루어냈다는 것이 공통적인 서사내용을 이루고 있다. 흥미로운 것은 아들이 안출한 계책의 내용이다. 시아버지(시어머니)를 살찌워서 내다 팔자거나 돌아가시게 하자고 하여 아내의 어른 봉양을 유도했다는 것인데, 그 계책이 가져온 효과가 기대 이상이었다. 한쪽에서 먼저 상대방에게 잘하다 보니 서로 마음이 이끌려 가서 어느새 끈끈한 인간적 유대가 형성됨으로써 극적 반전이 이루어진 것이다. 그 서사적 구도를 통해 이 설화는 부모 자식간의 바른 관계란 어느 한쪽이 아닌 서로의 노력을 통해 가능하다는 인식을 제기하고 있다. 구체적 삶의 경험 속에서 길어올린 실제적·상대주의적 철학이다. 저 앞서 살핀 바 있는, 효를 절대적 가치로 부각하는 지배 이데올로기적 효 관념과

---

42) '불효하는 아내를 효부로 만든 남편의 지혜', 『대계』 5-7(정읍), 127~129면.
43) '시아버지 살찌워서 팔아먹기', 『대계』 4-5(부여), 947~949면.

논쟁적 관계를 이루고 있음은 물론이다.

위의 두 각편은 구체적 내용 면에서 일정한 차이가 있다. 봉양의 대상이 시어머니냐 시아버지냐 하는 것은 그렇다 치더라도, 며느리가 꾀하는 것이 시부모의 죽음인가⏍27⏎ 내다 팔기인가⏍28⏎ 하는 차이는 무시할 만한 것이 아니다. 28에서 27과 달리 어른이 아이를 보는 등 집안일에 나서는 상황을 통하여 며느리의 심경 변화가 이루어지는 것으로 설정한 것도 주목할 만한 차이점이다. 말로 칭찬을 하는 것과 직접 나서서 돕는 것의 차이는 결코 작지 않다.

전체적으로 비교하면 28에 비하여 27은 상대적으로 관념적·비현실적이라고 판단된다. 시어머니의 죽음을 바란다는 극단적인 상황의 설정에 작위적 요소가 있으며 시어머니가 자신을 칭찬하고 다닌다고 하여 며느리의 태도가 180도로 바뀐다고 하는 다음과 같은 상황 또한 다소 현실성이 약해 보인다.

> 29 자기의 이얘기를 피알도 잘 히주고 걍 '메눌아 메눌아'허고 걍 세상 천하에 없는 메누리로만 알어. 그런게 메누리가 생각헌게 그전이 불효헌 것이 서운혀. '내가 어찌 부모기다 그렇게 잘못힜던고. 내가 잘히서 나도 효부 말을 들어얄턴디 저렇게 거식헌고나.' 허고 그 고구마 그놈을 다 먹드락까지 부모기다 잘허고 존대헌게, 그 메누리가 그, 그 시어머니가 메누리다 허는 일 메누리가 시어머니 히서 낭중으 고구마 끝난 뒤에 자기 어머니기다 꼭 샛 때 간직허고 꼭 거식히서 그 천하으 효부 말을 듣고 그 아조 상장까지 탔어요.44)

며느리의 심경 변화가 다소 수월하게 이루어지고 있는 듯한 느낌이다. 그 개심의 과정에서 '나도 효부 말을 들어야겠다'고 결심하는 대목엔 관념적 요소를 엿볼 수 있으며, 천하 효부 말을 듣고 상까지 탔다고

---

44) 27의 자료, 128면.

하는 내용에는 사회적 보상에 대한 기대심리가 스며 있는 듯한 느낌이 있다. 사회의 지배 이념으로서의 효 관념의 편린을 볼 수 있는 특성이다.

하지만 이는 실상 트집을 잡은 것에 가깝다. 앞에서 언급했던 대로 이 설화의 서사적 구도는 쌍방간의 인간적 교감에 의하여 형성되는 끈끈한 유대감으로서의 효를 부각하고 있는바, 그러한 사유방식은 이 설화 전반의 서사적 상황에 투영되고 있다. 이 설화 속에 형상화된 며느리의 개심의 과정은, 관념적·비현실적 요소가 전혀 없는 것은 아니지만, 기본적으로 삶 속에서 우러난 진정을 반영한 것임이 여전히 부정되지 않는다.

현실에 기반한 진정한 인간적 유대로서의 주체적 효 관념은 28의 설화에서 더욱 뚜렷하게 부각된다. 이야기를 성립시키는 문학적 가상으로서의 '아버지 살찌워 내다 팔기'라는 화소를 제외하면, 전체적으로 작중 상황이 매우 현실적이어서 자연스러운 공감을 이끌어내고 있다. 시아버지와 며느리의 불화라는 첫 상황부터가 그러하다. 안노인을 잃은 궁색한 처지의 시아버지와 새로 들어온 며느리의 관계란 본래 어색하고 불편한 것으로서 그 사이에서 불화가 생기는 상황이 자연스러워 보인다. 그 틈바구니에서 바깥일을 하는 아들이 고민에 빠지는 것 또한 자연스러운 일이다. 그 상황에서 아들이 낸 교묘한 계책이 먹혀들어서 시아버지와 며느리의 마음이 바뀌어 나가는 것인데, 이 설화는 그 극적 전변의 과정을 아주 자연스럽게 형상화하고 있다.

30 그렇께 그 뒤에부터는 들구(그저) 시중을 잘 하네. 물두 따땃하게 해다 디리구 장두 따땃하게 끓여 주구 고기두 한 근 사다 주면 자기 아덜딜 줄 거 욱구서 그저 맥(몇)끼씩 자짐자짐해서 그 시아버지를 공경허구. 공경허는디 그러자 인제 오뉴월 일 해서 모 심을 때가 됐어. 모 심을 때가 됐는디. 노인이 무슨 살을 쩌? 근력은 차차차차 나지. 그렁개 자기 메느리는 그 아이를 등어리다 억구서 일바라지 허느라구 돌오댕기면서 일바라지 허느라구 정신이 읎어. 그렁개,
"야, 그 아기 좀 나좀 다고 나좀 주면 내가 저 가 놀다 올란다."

아이만 뎌 가지구 가두 살겄어. 그래 그 어름 그늘막이 가서 놀다가서는 젖 멕일 때 젖 멕여 가지구서는 가 또 가가지구서는 놀구. 아 노인이 차차차차 근력이 드닝께 차차차차 근력이 있잉깨나 마당두 싹싹 씰구, 저 안 변소, 동이 두 갖다가서 내버리구. 아⋯⋯ 남새밭두 득득득득 긁구, 오줌두 갖는 찌트리구 이런단 말여. 여자가 가서 ⋯⋯ 그 아덜이, 인제 칠월쯤 왔어. 와서,

"전라도서 살찐 늙은이를 사루 왔는디이, 우리 아버지가 살쪘으면 이거 팔었으면 좋겄잉깨 월마나 살쪘나 좀 어느 정도 좀⋯⋯."

자기 부인이,

"그 정신읎는 소리 말어. 아부지 아니면 시간살이두 못하겄어. 당신 나 아이 함번을 떠가지구 갔어어 남새 물 함번을 냈어? 오줌독 하나를 졌어? 아부지 아니면 시간살이두 못하겄는디 아부지를 파능 게 뭐냐."[45]

한쪽에서 먼저 상대방을 보살피기 시작하자 상대편도 또한 마음을 바꾸어 서로서로 보살펴 나가게 되는 과정이 아주 설득력이 있다. 며느리가 음식 봉양을 잘 하자 시아버지가 차츰 (마음도 좋아지고) 힘이 나서 며느리를 위해 (마음과 함께) '몸'을 움직이기 시작하는 그 전변의 과정이 마치 손에 잡힐 듯 실감이 넘친다. 그 과정에서 서로 상대방의 필요성을 인정하며 인간적 유대가 형성되는 모습 또한 어색한 점이 없다. 그러한 자연스러운 서사적 전개 속에 바람직한 부모 자식 관계란 함께 만들어나가는 것이라는 인식이, 그 관계란 하루하루 상대방이 필요로 하는 일을 꾸준히 실행해 나가는 과정에서 형성되는 것이라는 인식이 효과적으로 구현되고 있다. 수직적 위계를 기본 틀로 삼는 이데올로기적인 효 관념과 뚜렷하게 절연돼 있는 완전한 주체적 생활 윤리로서의 효 관념이다.

그렇다면 현재 전승되는 〈효부 만들기〉 유형의 설화에서 ㉗류의 이야기와 ㉘류의 이야기 가운데 어느 것이 우세할까? 단연 후자가 우세하

---

45) ㉘의 자료, 948~949면.

다는 것이 정답이다. 대다수 각편이 28과 유사한 형태의 서사적 상황을 설정하고 있다. 이 설화를 둘러싼 효에 관한 문학적 논쟁에서, 이들 설화의 전승자들은 이념적 관념성을 배제한 온전한 주체적 생활 윤리로서의 효를 선택했던 것이다.

이제 우리의 최종적 관심사는 작품의 서사구도 속에 내재한 윤리관에 대한 전승상의 논쟁 문제가 되겠다. 풀어서 말하면, 설화를 이야기하고 듣는 과정에서 전승자들이 작중인물의 행위 내지 작품의 주제에 대하여 논쟁을 제기하고 있는가 하는 문제다. 우리는 이미 저 앞에서 〈동자삼〉 설화를 살피면서 그러한 논쟁이 야기되는 모습을 본 바 있었다.

〈동자삼〉 설화에 '자식의 희생'이라는 논쟁적 소지가 다분한 화소가 있었다면, 〈효부 만들기〉에도 그 못지않게 문제적인 화소가 포함돼 있다. 부모를 죽게 하거나 내다 판다고 하는 내용이 그것이다. 그것은 윤리적 행위와 정면으로 배치되는 것임으로 해서 논쟁의 대상이 될 만한 소지를 지니고 있다.

하지만 이러한 화소에도 불구하고 〈효부 만들기〉 설화 각편들에서 그러한 논쟁이 성립되는 모습을 좀체 발견할 수 없는 것이 자료 전승의 실상이다. 그 대신 우리가 볼 수 있는 것은 작중의 상황에 대한 공감의 표현이다. 특히 '아버지 팔기'를 제기했던 그 아들에 대한 전승자들의 찬탄을 여러 자료에서 거듭 확인할 수 있다.

31 응, 근개 그 남자가 수단이 보통이 넘지 않아요?
"팔기는 왜 팔아요?" 그러거든 메누리가.
메누리가 잘한개 시아버지도 잘했던가 보지. 그래갖고 집안에 화해를 붙여갖고 그렇게 좋게 잘 살았다요.
그런개 남자 수단이 무던하다고 했구면.[46]

---

46) '시아버지를 팔려다가 마음 고친 며느리', 『대계』 5-1(남원), 525면.

㉜ 아 그렇게 혀서 고부간에 풀었드라네. 수단이 어쩌? [청중: 근게 수단, 좋은 수단이여.]47)

㉝ 그래 아부지 안 팔고 그래가주 부부 효자질하고 남자가 효자지. [청중: 남자가 그 수다(수단)이 있는 사람이다.] 그래가주고 여자도 그렇고, 여자를 그래 고쳐가주고, 아부지 다시 파지 마자 카고, 틀어붙들고, 아부지 파지 마라 카고, 붙들고 늘어지드래. [웃음]48)

㉞ 그래서 나무꾼의 수단으로 해서 자기 부인으로 해서 효부를 만드고 그 가정을 잘 이끌고 나가는데 그 후에 실지로는 그 아들이 효도한 거 아니냐? 이 말이지. 진짜 효도는 아들한테 있는 거 아니냐? 응, 그래서 아들에게까지 효자 표창을 줬다대요. 그래서 효도를 하는 데는, 그 배우고 안 배우고가 상관 없지 않느냐, 그저 자기 마음만으로도 될 수 있지 않느냐 이렇게 봐 지데요.49)

'수단이 보통이 아니라'거나 '그게 진짜 효도가 아니냐'는 것 등등, 한결같이 아들의 수단과 마음 씀에 대하여 긍정하고 찬탄하는 반응 일색이다. 여러 각편에 이러한 반응이 나와 있는 데 비하여 아들의 행위를 그릇된 것으로 부정하는 식의 반응은 찾아보기 어렵다. 아들이 현시하는 효 관념이 전승자들에 의해 두루두루 긍정되고 있는 모습이다. 예의 상대적이고 쌍방적인, 현실적이고 주체적인 효 관념 말이다.

앞서 살폈던 〈동자삼〉 설화와 달리 〈효부 만들기〉에 대하여 전승자들이 전폭적인 수용의 태도를 나타내고 있는 상황이 의미하는 바는 분명하다. 그것은 〈효부 만들기〉에 내재된 주체적 생활 윤리로서의 효 관념이야말로 전승자들의 의식에 부합하는 윤리의식이었음을 단적으로 증

---

47) '아내를 효부로 만든 남편', 『대계』 5−7(정읍), 550면.
48) '불효 며느리 길들인 남편', 『대계』 7−7(영덕), 583~584면.
49) '진짜 효도라는 것은 무엇인가', 『대계』 4−1(당진), 397면.

명하고 있다. 지배 이데올로기의 공세 속에서 민중이 스스로의 경험에 입각한 주체적 삶을 펼쳐냈음을 다시 한번 확인할 수 있는 대목이다.

4. 효 지키기와 넘어서기

지금까지 우리는 구비설화의 다양한 윤리의식의 층위를 주요 '효행설화'들을 대상으로 하여 살펴보았다. 효의 문제에, 효의 성취에 초점을 맞추어 부모 자식의 관계를 형상화한 이야기들이었다. 그런데 구비설화 가운데는 이와는 좀 벗어난 맥락에서 부모 자식의 관계를 형상화하고 있는 이야기들이 한 자리를 차지하고 있다. 바람직한 부모 자식간의 관계를 문제삼되 그 관점이 일반적인 효의 경계를 넘어서고 있는 이야기들이다. 구비설화의 효 관념의 층위를 온전히 드러내기 위해서는 이러한 이야기들에 대하여 함께 관심을 두는 것이 필요하다. 이들이 효행설화와 서로 맞물리면서 또 한 층위의 논쟁적 관계를 형성하고 있기 때문이다. 일부 설화유형을 중심으로 그 논쟁의 양상을 가늠해 본다.

먼저 효 넘어서기와 효 이루기 사이의 관계를 통념을 넘어서는 관점에서 발랄하게 형상화한 〈시어머니 길들이기〉 유형의 설화를 본다.

㉟ 옛날에 성질이 포악하여 며느리 둘을 쫓아낸 시어머니가 있었다. 아무도 그 집에 딸을 보내지 않았는데, 한 처녀가 자청하여 그 집 막내아들에게 시집을 갔다. 그 여자는 미리 하녀로 하여금 시댁 손님 앞에서 술잔을 엎지르게 한 다음, 무섭게 매질을 하였다. 며느리가 무섭다는 소문이 나서 시댁 식구들이 긴장하는데, 며느리는 보란 듯이 험악한 욕설을 해대면서 난폭하게 집안일을 하는 것이었다. 시어머니가 며느리의 그 행실을 구멍으로 몰래 엿보다가 며느

리가 황토흙으로 구멍을 막는 바람에 그만 벌떡 자빠지면서 오줌을 싸고 말았
다. 시아버지가 놀라서 떨고 있는데 며느리가 상을 차려오는 걸 보니 소담하기
짝이 없었다. 시어머니를 꼼짝 못하게 휘어잡은 며느리는 그후 살림살이를 잘
하여 효부가 됐다고 한다.50)

 36 옛날에 어느 딸이 아버지에게 노여움을 타서 고약한 시어머니가 있는 집
으로 시집을 갔다. 며느리가 밥을 해야 하는데 시어머니가 식구 수에 비해 턱없
이 적은 쌀을 내주었다. 그러자 며느리는 물을 잔뜩 부어 죽을 만들어 올렸다.
사랑방에서는 아무 일 없이 밥을 먹는데 안방에서 큰소리가 나고 야단이 벌어
졌다. 그러자 며느리가 다짜고짜 시어머니 머리를 끌고 나가 부엌에 쑤셔박는
것이었다. 시어머니가 며느리한테 맞았다며 발악을 했지만, 아무도 그 말을 믿
어주는 사람이 없어 시어머니는 그만 외톨이가 되고 말았다. 그때 며느리가 조
용히 시어머니를 찾아 사죄를 하고 지성껏 대하니, 그 뒤로부터는 시어머니의
간섭이 없었다. 그 후로 그 여자는 며느리 노릇을 훌륭하게 하였다 한다.51)

시어머니에 대한 불손한 시위와 폭력이라니, 양반 사대부 식의 유교
도덕상으로는 상상도 할 수 없는 일이다. 효를 넘어서도 한참 넘어서
있는, 그것과 완전히 배치되는 범람한 행위다. 하지만 그것은 가정을 바
로 세우기 위한 현명하고도 훌륭한 선택이었다. 며느리가 처한 그 상황
에서는 말이다.

'그 상황'이란 곧 봉건적 관념에 기댄 부모 자식 간의 위계가 극대화
된 상황이다. 오로지 부모의 권위와 권리만이 횡행하고 자식은 가정생
활의 주체로서의 대우를 받지 못하고 있는 상태다. 지배 이념적 사유에
의하면 그러한 위계가 잘 지켜져야 하는 것이겠지만, 설화 전승자들의
선택은 그쪽 편이 아니었다. 그것은 바른 가족관계를 이루기 위해서 어

---

50) '사나운 시어머니를 이긴 효부', 『대계』 5-6(정읍), 265~271면.
51) '억센 시어머니 길들인 세째 딸', 『대계』 4-5(부여), 428~434면.

떻게든 극복되어야 할 대상으로 설정돼 있는 것이다. 정도(正道)를 벗어
나는 비상수단을 동원해서라도 말이다.

이 설화가 제기하고 있는 것은 '반윤리(反倫理)'가 아니다. 이 설화는
새로운 윤리의 수립을, 부모와 자식간의 관계를 진정으로 바르게 세우
는 일을 지향하고 있다. 그 새로운 윤리관의 요체는 분명하다. 자식을
부모에게 종속된 존재로 보는 대신 부모와 동등한 가정생활의 주체로
설정하는 관점이다. 외양보다 실질을 중시하는 관점이며, 상황의 일방
적 수용보다 능동적 대처를 지향하는 관점이다. 한마디로 그것은 퇴영
적 윤리관에 대한 대안으로서의 주체적·진취적 윤리관이라 할 수 있
다. 윤리를 넘어섬으로써 도달한 윤리관이다.

부모와 자식간의 관계를 '효'로 표상되는 기성의 윤리관과 다른 차원에
서 문제삼은 또 다른 이야기를 하나 본다. 유명한 〈내 복에 산다〉 설화다.

37 옛날에 딸 셋을 데리고 사는 아버지가 있었다. 하루는 그가 딸들을 불러
놓고 누구 덕으로 사느냐고 물었다. 그러자 위의 두 딸은 부모님 덕으로 먹고
산다고 하는데 막내딸은 "제 덕에 먹고살지 무슨 부모님 덕이냐"고 하는 것이
었다. 그 말을 들은 아버지가 괘씸하게 여겨서 딸을 깊은 산중에 팽개치고 왔
다. 딸은 산속을 헤매다 숯구이 총각의 집에 들게 됐는데, 살펴보니 숯가마 돌
이 금덩이였다. 막내딸은 그 금을 판 재산으로 총각과 짝을 이루어 유족한 생
활을 하였다. 그렇게 살던 어느 날 어떤 사람이 동냥을 왔는데 가만히 살펴보
니 자기 아버지였다. 재산을 탕진한 후 첫째 딸, 둘째 딸한테 쫓겨나 동냥을
다니고 있는 것이었다. 막내딸이 그 아버지를 모시고 잘 살았다고 한다.52)

누구 덕으로 먹고사느냐는 아버지의 물음에 대한 막내딸의 대답은
참으로 맹랑한 것이었다. 부모를 앞에 놓고서 제 덕으로 먹고산다니, 효

---

52) '내 덕에 먹고 산다', 『대계』 1－3(양평), 294~298면.

의 윤리관에 비추어 용납하기 어려운 버릇없는 태도가 아닐 수 없다. 그리하여 아버지는 딸을 내버리게 되는 것인데, 이는 곧 부모 자식 간의 위계질서를 확인하는 행위로서의 의미를 지닌다. 자식이 감히 부모에게 거역할 수 없다는 식의 사고다. 그런데 상황은 거꾸로 돌아가고 만다. 막내딸이 제 복에 힘입어 잘 살게 되는 데 비하여 기세등등했던 아버지는 몰락해 버린다. 마침내 아버지가 딸에게 여생을 의지하는 것으로 상황이 귀결됨으로써 딸의 선택이 최종적으로 그 정당성을 확인받고 있다. 그와 함께 아버지가 행사하려 했던 위계적 권위는 서사적 구도에 의하여 부정되고 있다.

상황을 따져보면 기실 문제는 딸보다 아버지에게 있었다고 할 수 있다. 자식을 놓고서 '너희들이 누구 덕으로 사느냐'고 하는 것 자체가 심각한 우문이다. 그것은 가장으로서의 권위를 확인하고자 하는 자기만족적인 행위이다. 이에 대하여 막내딸이 던진 '내 덕으로 산다'는 발언은 그러한 허세에 맞선 당당한 자기주장이라고 하는 의의를 부여받을 수 있다. 그것은 나 자신이 내 삶의 주인임을 천명하는 주체적 선언이다. 이 선언에 대하여 아버지는 딸을 쫓아내는 행위를 통해 상처받은 권위를 회복하려는 것이지만, 설화는 그것을 일축하고 딸의 '주인 선언' 쪽에 손을 들어주고 있다.

어찌 보면 대수롭지 않아 보일지 모르지만, 이러한 설화가 제기하는 문제가 만만치 않다. 부모에 종속된 존재로서가 아닌 삶의 주체로서의 자녀에 대한 인식은, 그리고 그것을 정당화하는 논리구조는 수직적 위계의 관념으로서의 효 윤리에 대한 강력한 반명제로서의 의의를 지닌다. 되풀이되는 말일지 모르겠지만, 그것은 현실적 삶의 경험 속에서 우러나온 주체적이고 진취적인 인간관·윤리관이다.

이 설화의 전승자들은, 특히 부모의 자리에 있는 기성세대의 전승자들은 이러한 이야기를 통해 경직된 위계적 사고의 틀을 깨온 셈이다. 자식을 제 입맛에 맞게 길러 '소유'하고자 하는 욕구를 제지하고 그들을 독립된 인격체로서 받아들이는 연습을 해왔던 터다. 자식은 무조건 부모에게 순종하고 지성을 바쳐야 한다고 하는 인식과는 비할 바 없는 현실적이고 인간적인 사고다.

효설화의 외곽에서 부모 자식의 윤리를 주체적으로 설정하고 있는 이러한 설화들을 통하여 '지배 이념으로서의 효'와 '주체적 생활 윤리로서의 효' 사이의 논쟁은, 그 우열이 더욱 뚜렷해지고 있다고 할 수 있겠다.

5. 맺음말

'효'라고 하면 양반 사대부의 유교적 윤리를 떠올리는 것이 통상적이지만, 그 실상은 통념과 같지 않다. 삶의 구체적 모습을 반영하는 문학을 통해서, 특히 일반 민중의 삶과 의식을 반영하는 구비설화를 통해서 우리는 효 관념의 층위가 아주 다양하다는 사실을 확인할 수 있었다.

구비전승되는 효행설화 가운데는 양반 사대부의 관념이 투영된, 효자전이나 문헌설화에서 볼 수 있는 바와 유사한 이야기들이 한 자리를 차지하고 있다. 흔히 효자문(또는 효자비)에 얽혀 전승되는, 그리고 향촌 사회 지도층에 의하여 구연되는 이러한 설화들은 양반 사대부의 지배 이념을 민간에 전파하는 매개체 역할을 해왔다.

지배 이념에 침윤된 설화는 일반 민중들 사이에서 전승되는 이야기들 속에서도 발견된다. 부모에 대한 일방적 순종을 요구하거나 자녀의 희생을 통해 효를 성취하는 등의 이야기가 그것이다. 이러한 설화들은 의식 무의식중에 봉건 사회의 수직적 질서를 내면화하는 기능을 하고 있다. 일부 설화유형을 분석해본 결과 전승자들이 그러한 관념의 정당성에 대하여 의문을 제기하고 있음이 확인됐지만, 그 설화는 여전히 만만치 않은 전승력을 발휘하고 있다.

그러나 이러한 지배이념으로서의 효 관념은 효행설화 전반에 관철되고 있지 않다. 더 많은 이야기들이 이와는 다른 방향에서 효의 본질 및 실천방법에 대한 문제를 제기하고 있다. 효의 본질에 대한 진지한 물음을 통하여 추상적 관념이 아닌 인간적 '진정(眞情)'으로서 효를 받아들이고 있으며, 주어진 상황 속에서 서로 이해하고 도우면서 함께 노력하는 과정에서 참다운 효가 성취된다는 인식을 표출하고 있다. 지배 이념으로서의 효 관념과 논쟁적 관계를 맺고 있는, 구체적 삶의 경험 속에서 우러나온 주체적 생활 윤리로서의 효 관념이다. 일부 설화유형에 대한 구체적 분석 결과 그러한 효 관념은 전승자들의 전폭적인 지지 속에 힘을 발휘하고 있는 것으로 확인되었다.

이러한 효행설화의 외곽에는 부모에 대한 자식의 효를 내걸기보다 그 틀을 넘어서서 양자를 동등한 삶의 주체로 설정하는 더욱 파격적이고 진취적인 이야기들이 힘을 발휘하고 있다는 사실도 함께 주목할 필요가 있다. 이 설화들은 지배 이념으로서의 효 관념에 정면으로 맞서면서 주체적 생활 윤리로서의 효에 큰 힘을 실어주고 있다.

효라고 하면 지난 시절의 일로, 케케묵은 봉건적 관념으로 치부해버리곤 하는 상황이다. 그러나 부모와 자식 사이의, 나아가 사람들 사이의 바른 관계의 형성이 여전히 중요한 문제임을 누구도 부정할 수 없을 것이다. 물질과 욕망이 횡행하는 오늘날의 상황은 주체적인 생활 윤리의 수립을 더욱 절실히 요구하고 있다. 지배 이념의 거센 공세에 굴하지 않고 주체적이고 진취적인 생활 윤리의 길을 찾아왔던 구비설화의 선례를 소중히 돌아볼 때다.

문헌 육담과 구전 육담에 담긴 성의식

1. 머리말

성적 관심의 문학적 표현은 여러 양식을 통해 이루어져 왔지만, 이야기가 담당한 몫이 특별히 크다고 할 수 있다. 사람들은 성에 얽힌 갖가지 견문이나 상념을 흥미로운 이야기들로 엮어서 널리 전승해 왔다. 이른바 '육담' 또는 '음담'이다.[1]

우리의 전통적 육담은 구전과 기록의 두 가지 형태로 많은 자료가 전해지고 있다. 그중 원형에 해당하는 것은 구전 육담이라 할 수 있지만, 문헌 육담[2]의 위상 또한 그에 못지않게 중요하다. 오랜 기간을 거치면

---

1) 이 글에서는 이중 '육담'을 대표 명칭으로 사용할 예정이다. 그 정확한 개념이 문제가 되겠는데, 일반적인 관점을 따라 '(내용과 표현의 양 측면에서) 성적 관심과 흥미에 초점이 놓이는 이야기'로 규정해 둔다.
2) 문헌설화집에 기록돼 있는 육담을 '문헌 육담'으로 지칭하기로 한다.

서 문헌에 축적돼온 육담은 이야기 종류 면에서 구비전승되는 육담을 능가할 정도다.

육담에 대한 그동안의 연구 또한 문헌 육담에 집중돼 왔다. 구전 육담에 대한 본격적 연구를 찾아보기 힘든 데 대하여 문헌 육담을 집성한 『고금소총(古今笑叢)』[3]에 대해서는, 또는 『고금소총』에 포함된 개별 설화집에 대해서는 많은 연구가 이루어져 왔다. 그 연구는 문헌을 해제하고 내용을 개관한 것 외에 편찬배경과 편찬의식에 관한 것, 장르적 특성에 관한 것, 자료에 담긴 사회의식에 관한 것, 역사적 변천과 문학사적 위상에 관한 것 등 다양한 관심을 반영하고 있다.[4]

그렇지만 그간의 연구를 종합해 볼 때, 우리의 관심대상인 '육담'에 관한 본격적인 연구는 뜻밖에도 부진한 상황에 있음을 발견하게 된다. 육담 자료에 초점을 맞추어서 그것이 '성'을 다루는 이야기로서 특유하게 지니

---

3) 『고금소총』 이본 가운데 가장 널리 이용되고 있는 것은 1958년에 민속학자료간행회가 펴낸 유인본이다. 여기에는 『太平閑話滑稽傳』『禦眠楯』『續禦眠楯』『村談解頤』『蓂葉志諧』『破睡錄』『禦睡新話』『陳談錄』『醒睡稗說』『奇聞』『攪睡襍史』 등 11종류의 소화집이 한데 묶여 있다. 그 안에는 총789편의 이야기가 실려 있는데 이중 약 3분의 1 가량이 육담에 해당한다. 『어면순』『속어면순』『촌담해이』『기문』 등은 거의 육담으로 채워져 있고, 『어수신화』『진담록』『성수패설』『교수잡사』에서는 육담이 전체의 3분의 1 내지 2 정도를 차지한다. 반면 『태평한화골계전』『파수록』『명엽지해』에는 육담이 거의 실려 있지 않다.

4) 이 방면의 주요 논의를 내용에 상관없이 연대순으로 나열하면 다음과 같다. 장덕순, 「한국의 해학—문헌소재 한문소화를 중심으로」, 『동양학』 4, 1974; 조수학, 「골계전 연구」, 『조선전기의 언어와 문학』, 형설출판사, 1976; 이석래, 「문헌소재 한문소화 연구」, 『성심어문논집』 제7집, 1983; 이신성, 「고금소총에 대한 일고찰—…교수잡사의 경우」, 논문집 제19집, 부산교대, 1983; 김문규, 「조선전기소화집연구」, 서울대 교육대 석사논문, 1987; 김영준, 「조선조 문헌소화와 사회의식」, 『원우론집』 제15집, 연세대, 1987; 김현룡, 「촌담해이고」, 『한실이상보박사 회갑기념논총』, 형설출판사, 1987; 정용수, 『사숙재 강희맹 문학 연구』, 국학자료원, 1993; 김근태, 「골계작품류의 성향과 소설사적 관련양상」, 『고소설사의 제문제』, 집문당, 1993; 김영준, 「우리나라 소화의 사적 전개 양상」, 『논문집』 제14집, 기전여자전문대, 1994; 이강옥, 「태평한화골계전연구」, 『인문연구』 16집 1호, 영남대 인문과학연구소, 1994; 황인덕, 「한국소화사론(1)」, 『논문집』 43호, 충남대 인문과학연구소, 1994; 황인덕, 「1400년대 필기소화사의 전개—한국소화사론(2)」, 『초전장관진교수 정년기념국문학논총』, 세종출판사, 1995; 황인덕, 「17세기 소화사의 전개」, 『고전문학연구』 제11집, 한국고전문학회, 1996.

고 있는 표현 내지는 의미상의 특징을 밀도 있게 연구분석한 논문을 찾아 보기가 쉽지 않다. '성'을 금기시하는 시각이 연구에까지 작용한 탓일까?

이제 육담에 대한 하나의 작은, 그러나 정면에서의 접근을 시도해 본 다. 육담의 핵심적 요소에 해당하는 '성'의 문제를 중심으로 하여 육담 에 내재한 의미의 층위를 단면적으로 드러내는 것이 이번 작업의 과제 다. 과연 육담의 전승자들이 성적 욕망에 대하여, 또는 그 주체(또는 객체) 로서의 인간에 대하여 어떤 의식(또는 무의식)을 지녔었던가 하는 문제다. 거기에는 인간의 본성이라는 측면과 사회적 관념이라는 측면이 한데 맞물려 있거니와, 이 논문은 양자를 함께 규명하는 입장을 취한다.[5]

우리는 이 문제에 있어 구전 육담과 문헌 육담이 모종의 공통점과 함 께 차이점을 드러내리라는 예상을 해볼 수 있다. 양자는 인간보편의 문 제인 성(性)을 공통적 주제로 삼고 있는 한편으로, 전승 주체 면에서 차 이를 나타내고 있다. 구전 육담이 일반 민중을 중심으로 전승돼온 것인 데 비하여 문헌 육담은 양반사대부의 개입을 통하여 정착된 특수한 육 담인 것이다. 과연 이러한 차이가 성의식에 어떠한 편차를 가져오고 있 는지, 흥미로운 논제가 아닐 수 없다.

구체적인 분석대상으로는 문헌 육담의 경우 『고금소총』[6]에 실린 육 담 전반을, 구전 육담의 경우 임석재 선생이 엮은 『한국구전설화』(총12 권)[7]에 실린 육담 전반을 기본 자료로 삼고자 한다. 그 자료 수는 각기

---

5) 육담에 담긴 의식을 살핀 대표적인 선행 연구로 김영준의 연구(앞의 논문, 1987)를 들 수 있다. 그는 육담을 비롯한 소화자료 속에 민중의식이 어떻게 반영돼 있는지를 집중적으로 점검하였다. 그 연구는 값진 것이지만 사회적 측면에 관심이 기울어 있고, 문헌 육담의 주요한 전승자라 할 수 있는 양반의 관점을 논외로 하고 민중적 시각만 을 부각시킨 것이어서 논의의 보완이 요청된다.

6) 구체적인 『고금소총』 이본으로는 1958년에 민속학자료간행회가 펴낸 유인본을 기 본 자료로 삼기로 한다. 이하 문헌 육담 자료를 인용함에 있어서는 별도의 주석 없이 이 유인본에 실린 제목을 설화집 명칭과 함께 제시하기로 한다. 참고로, 『고금소총』 자료를 살핌에 있어 조영암 역, 『고금소총』, 신양사, 1962 및 이가원, 『골계잡록』, 일신 사, 1982를 참조했음을 밝힌다.

7) 임석재, 『한국구전설화』(임석재전집), 전12권, 평민사, 1987~1993.

300편 가량에 이른다. 이중 『한국구전설화』의 자료가 구전 육담을 대변할 수 있는가 하는 점이 의문시될 수 있겠으나, 큰 무리는 없다고 본다. 이 자료집에 실린 육담 자료에는 전통적 구전 육담의 주요 이야기유형이 두루 망라돼 있기 때문이다.[8]

자료를 검토함에 있어 이야기 전체를 총괄적으로 살피기보다는 중요한 자료 예를 뽑아 특성을 분석하고, 그것을 일반적으로 적용하는 방식으로 논의를 진행할 예정이다. 논제가 만만치 않은데다가 다루어야 할 자료가 많은 데 대한 일종의 편법이다. 그 논의 결과가 설득력 있게 일반화되기 위해서는 폭넓고 치밀한 후속작업이 필요할 터인바, 본고는 하나의 시론(試論)에 해당함을 미리 밝혀 둔다.

2. 육담의 성격과 의미 층위

'성'에 대한 인간의 관심은 참으로 지대한 것이라 할 수 있다. 그것은 시대와 지역을 뛰어넘는 보편성을 지니고 있다. 우리의 경우도 예외가 아니어서, 명분과 체면을 중시하던 전통적 가치관에도 불구하고 일찍부터 성을 주제로 한 수많은 이야기들이 형성 전승돼 왔다.

특기할 것은 성에 대한 이야기의 전승이 계층의 장벽을 넘어서는 면이 있다는 점이다. 민간에서는 물론 양반사회에서도 육담이 활발히 향유되었음을 수많은 문헌 육담을 통해서 확인할 수 있거니와, 주목되는 것은 양자간 상호 소통의 양상이다. 양반 사대부들이 문헌에 정착하여

---

8) 임석재 선생은 육담의 수집에 특별한 노력을 기울인 것으로 알려져 있거니와, 그 결과로 많은 자료가 집성된 것이라고 할 수 있다. 『한국구전설화』에 실린 육담은 50년 이상의 장기간에 채록된 것으로서, 북한지역을 포함한 전국 각지의 자료가 포괄돼 있다.

전한 육담의 상당 부분은 본래 민간에서 전승되던 것들로 이해되는바, 편자 스스로가 이러한 사실을 밝히고 있다.9) 그런가 하면 구전 육담 가운데 문헌에 있는 내용을 옮긴 것들이 또한 적지 않게 발견되고 있다. 전체적으로 볼 때 구전 육담과 문헌 육담이 겹치는 부분은 전체 자료의 20~30%에 이르는데, 이는 다른 설화 영역과 비교할 때 상당히 높은 비율이라 할 수 있다. 양자의 이러한 '열린 관계'는 성에 대한 관심과 흥미가 인간의 보편적 본성임을 새삼 확인시켜 주는 한편으로, 육담에 대한 고찰이 인간 본성의 차원에서 이루어져야 함을 시사한다.

그러나 우리는 성에 대한 관점이 또한 이야기 전승자의 사회적 처지에 따라서 성격을 달리하는 면이 있다는 사실을 놓쳐서는 안 된다. 좀 극단적인 비교이긴 하지만, 처첩을 거느리고 기방에 수시로 출입하는 사람과 결혼은커녕 평생 여자구경을 하지 못하고 사는 사람의 성의식이 어찌 같을 수 있겠는가. 실제로 구전 육담과 문헌 육담은 구체적인 성의식 면에서 적지 않은 차이를 나타내고 있으니, 이야기 레퍼토리의 70~80%가 서로 다르다는 사실이 이를 단적으로 암시한다. 결국 우리는 육담을 살핌에 있어 인간 본성의 측면과 사회적 처지의 문제를 함께 살피지 않을 수 없다.

이제 한 유명한 자료 예를 통해 육담에 여러 의미가 얽히는 양상을 살펴보기로 한다.

어떤 양반이 예쁜 첩을 두었는데 하루는 이 첩이 본가에 다녀오게 되었다. 양반은 음양의 이치를 모르는 자로 첩을 호행시키리라 생각하여 종들을 모아 옥문(玉門)이 어디에 있는지를 물었다. 그러자 한 응큼한 종이 나서서 양미간에 있다고 대답하였다. 선비가 기뻐하며 그 종으로 하여금 첩을 호행케 하였다.

첩과 종이 길을 떠나 한 냇가에 당도하였다. 잠깐 쉬면서 종이 미역을 감게

---

9) 『촌담해이』『어면순』『속어면순』『어수신화』 등 여러 설화집의 서발문에서 민간의 이야기를 채록했다는 내용을 볼 수 있다.

되었는데, 첩이 보니 종의 양물이 매우 크고 좋았다. 첩이 희롱하여 "네 다리 사이에 고기로 된 막대기 같은 것이 무엇인가?" 하고 물으니 종은 "어려서부터 있던 혹이 점점 커져서 이만해졌습니다"라고 하였다. 첩이 "나도 양다리 사이에 옴폭한 틈이 있던 것이 점점 커져 깊은 구멍이 되었는데, 그 고기방망이로 깊이를 재보지 않겠니?" 하여 마침내 사통하게 되었다.

첩을 보낸 양반이 안심이 안 되어 산꼭대기에서 살피는 첩과 종이 한참 일을 벌이고 있는 것이었다. 양반이 크게 노하여 소리치며 쫓아가니 종이 송곳과 노끈을 꺼내 무엇을 고치는 시늉을 하면서 태연히 말하기를, "아씨가 말에서 떨어져 온몸을 살펴보니 배꼽 아래에 한치 가량 째진 데가 있기로 풍독(風毒)이 나면 안될 것 같아서 꾸며드리려고 하는 중입니다" 하였다. 양반이 그 말을 듣고 안심하면서 "그 구멍은 날 때부터 있는 것이니 그냥 놔두거라" 했다고 한다.
　　—『촌담해이』의 〈痴奴護妾〉/『한국구전설화』 5, 369~370면, 〈첩과 종〉(요약)

이러한 육담을 놓고 거기 담긴 성의식을 살피기에 앞서 우리가 먼저 짚고 넘어갈 것은 그것이 일차적인 존재근거를 '재미'에 두고 있다고 하는 사실이다. 우스꽝스럽고 과장된 상황 설정을 통하여 '잠을 쫓아내는', 또는 '턱이 빠지게 하는' 웃음이 우러난다.[10] 그 재미는 이런 이야기가 창조 전승된, 그리고 기록으로 옮겨지게 된 기본 바탕을 이룬다.

그런데 육담이 유발하는 흥미는 일반 소화(笑話)와 다른 면이 있다. 그 재미의 바탕에는 성의 문제가 놓여 있다. 성적 호기심, 또는 성적 만족이다. 위 이야기가 흥미 속에 전승되는 것은 무엇보다도 이러한 성적 관심에 효과적으로 대응했기 때문이다. 남녀 단둘의 원행(遠行)이라는 설정이 성적 호기심을 유발하며, 그들이 음탕한 수작을 거쳐 성행위로 나아가는 모습이 성적 흥분 내지는 만족감을 불러일으킨다. 이른바 잠재된 욕망의 대리충족이다.[11]

---

10) '禦眠楯' '禦睡新話' '醒睡稗說' '村談解頤' 같은 육담집 명칭 자체에 이러한 흥미에 대한 지향이 내재해 있다.

육담에 있어 성이 유발하는 흥미는 '인식'과 상관없는 무색무취한 것이 아니다. 그 속에는 성에 대한, 인간에 대한 인식적 의미가 깔려 있는 바, 특히 인간의 감춰진 본모습을 적나라하게 노출한다는 데 중요한 의의가 있다. 위 이야기의 두 주인공은 본능적인 성적 욕망에 따라서 사고하고 행동한다. 관습이나 윤리의 허울을 벗어던진 벌거벗은 인간의 모습이다. 이러한 설정을 통해 위 이야기는 '인간이란 본래 어떤 존재인가' 하는 물음을 자연스럽게 제기하면서 그에 대한 인식을 환기한다. 육담의 기본적인 의미층위이다.

그렇지만 이러한 육담이 환기하는 인식이 모든 전승자에게 있어 동일한 것일 수는 없다. 전승자 개인의 성격에 따라서, 또는 그 사회적 처지에 따라서 서로 다른 반응이 나올 수 있다.

양반 전승자의 입장에서 볼 때 위 이야기는 성적 관심과 흥미를 충족시키는 이야기인 한편으로(이는 이러한 이야기가 전승 향유된 바탕을 이룬다), 상당히 불쾌한 이야기로 받아들여질 만한 측면이 있다. 종이 교묘하게 양반을 속여 넘기고서 첩과 사통한다는 설정이 그것이다. 이러한 불쾌감은 평설에서 구체적으로 표명되고 있는바, 『촌담해이』의 편자인 강희맹은 종의 간사함을 질타하면서, 아랫사람을 신중히 다스려 속는 일이 없도록 경계하라고 하는 내용을 이야기 뒤에 덧붙이고 있다.12) 이 외에, 직접 문면에 표명된 것은 아니지만, 종이 뛰어난 성적 능력으로 양반의 첩을 차지한다는 설정 속에는 하층민에 대한 양반들의 성적 열등의식이 잠재해 있다는 식의 해석도 가능하다고 본다.

---

11) 이러한 성적 흥미는 두 측면에서 문제성을 지닌다. 하나는 그 흥미에 상하가 따로 없다는 것이다. 성(性)에 대한 관심은 그야말로 인간 보편의 것이다. 위 이야기가 양반을 농락하는 내용을 담고 있음에도 불구하고 양반에 의해 기록된 것도 실은 이러한 보편적 성향 때문이라 할 수 있다. 다른 또 하나는 그것이 대개 윤리명분에 반하는 성격을 지닌다는 점이다. 윤리적 관념이란 욕망을 억제하는 차원에서 설정되게 마련인데, 성적 흥미는 욕망을 노출하는 차원에서 형성되는 것이다.

12) 太史公曰 知人最難 大姦若忠 大詐若信 其痴奴之謂乎. 苟使士人 正家以法 辨奸 於操則 必不啓痴奴之潰亂矣. 長於家而蔑其下者 其不知所戒哉.

이에 대하여 위 이야기의 본래의 전승자라 할 수 있는 일반 평민의 시각은 큰 차이가 있다. 그들은 작중인물 가운데 종의 자리에 자신을 환치시킴으로써 성적 욕망의 대리충족을 보다 뚜렷이 경험하게 된다. 종이 커다란 양물로 양반의 첩을 유혹하여 질탕한 정사를 벌인다는 설정은 하층민의 입장에서 보면 양반에 대한 성적 우월감의 과시로서 의미를 지닌다. 이와 함께 종에게 거듭 속아 넘어가서 첩을 뺏기고도 사태를 파악하지 못하는 양반의 모습을 통하여 양반의 무능에 대한 조롱과 풍자라고 하는 의미가 구현되고 있다.

구전과 기록으로서 동시에 전해지고 있는, 일반 평민과 양반이 함께 향유했던 이야기에 이처럼 서로 다른 의미가 얽히고 있다고 할 때, 서로 레퍼토리를 달리하는 이야기에 있어 그 이상의 편차가 나타날 수 있으리라는 것은 자연스러운 예측이다. 문헌 육담과 구전 육담이 성의식 면에서 어떠한 편차를 나타내고 있는지, 절을 달리하면서 차근히 짚어 나가기로 한다.

3. 문헌 육담의 인간관

1) '성적 인간'의 형상

위에서 잠깐 언급했지만, 육담은 인간의 벌거벗은 모습을 드러내는 이야기로서의 특성을 지닌다. 육담은 사람들이 의식적으로 감추고 금기시하는 '성'이라는 문제를 전폭적으로 노출함으로써 사람들이 쓰고 있는 관습의 포장을, 윤리의 가면을 벗겨낸다.[13] 문제는 그렇게 벗겨진 인간의 모습이 과연 어떠한가 하는 점이다.

　　문헌 육담에 등장하는 여러 벌거벗은 인간군상의 모습을 한마디로 표현하면 이른바 '성적 인간(homo eroticus)'이라 할 만하다. 오로지 성을 위해 존재하는, 성적 욕망을 충족시키기 위해서 때와 장소를, 수단과 방법을 가리지 않는 인간이다. 그들은 성행위를 성사하기 위해 갖가지의 기기묘묘한 술수를 동원하며, 성적 만족을 높이기 위하여 갖은 방법을 쓴다. 성행위를 벌임에 있어 상대방을 별로 가리지 않으며 또한 시간과 장소를 따지지 않는다. 극단적으로는 옆에 다른 사람—특히 배우자—이 있는 상태에서 질탕하게 성행위를 벌이는 일도 허다하다. 하여간 성에 대한 집착은 아주 대단하여, 성적 만족이 가히 인생 최고의 가치처럼 자리 잡고 있다.

　　한 노파가 병으로 죽게 되어 세 딸의 소원을 물었다. 첫째 딸은 남자의 신낭(腎囊)을 옮겨서라도 양경(陽莖)을 크게 했으면 좋겠다고 하였고, 둘째 딸은 남자의 양경(陽莖)이 항상 커진 상태로 있었으면 좋겠다고 하였다. 셋째 딸은 남자의 두 엉덩이에 큰 혹이 나게 해서 행사(行事)할 때 붙잡고서 힘을 써봤으면 좋겠다고 하였다. 노파가 셋째 딸의 말에 탄복하면서 남편에게 그런 물건이 있었더라면 여한이 없었으리라 하고는 손으로 잡고서 맹렬히 잡아당기는 시늉을 하는 것이었다.

—『기문』의 〈兩臂肉瘤〉(요약)

　　세 딸이 가슴에 묻어둔 소원이란 것도 그렇지만, 다 죽어가면서까지도 성적 욕망에 대한 집착을 보이는 노파의 모습이 한편으로는 아주 희극적이면서 다른 한편으로는 처절하기까지 한 느낌을 주고 있다.[14] 성

---

13) 육담에 있어 이러한 '벗기기' 작업은 '성'을 화제로 삼는다는 것 이외에 여러 방식으로 이루어진다. 인물의 관계를 희극적으로 과장 전도하며, 반윤리적인 상황을 서슴없이 도입하여 통념을 깨뜨린다. 성기나 성욕, 성행위 등을 노골적으로 묘사하는 것 또한 중요한 '벗기기'의 기법이다. 이러한 형상화 방법에 대해서는 복잡한 논의가 필요하지만, 본고의 주제와는 거리가 있으므로 생략한다.

적 인간의 단면적 형상이다.

문헌 육담에 등장하는 인물 군상에 있어 사회의 제반 관습이나 윤리는
성적 만족에 비하면 부차적인 것에 지나지 않는다. 아니, 귀찮은 걸림돌일
뿐이라고 하는 것이 더 적합한 표현일 것이다. 그들은 때로는 그것을 교
묘히 피하고 때로는 거기 정면으로 맞서면서 성욕의 충족을 추구한다.

> 행상 한 사람이 인가에서 자다가 집주인이 아내와 일을 치르는 것을 보게
> 되었다. 그가 주인에게 운우(雲雨)의 품격을 그럴듯하게 설파하니, 그 말을 들
> 은 여인이 마음이 동하였다. 그녀는 남편에게 산돼지가 밭을 짓밟는 꿈을 꾸
> 었다며 남편을 내보내고는 행상을 유혹하여 극도의 환락을 이루었다.
>
> 행상의 성적 능력에 반한 여인은 살림을 챙겨 무작정 행상을 따라나서는 것
> 이었다. 이에 후환을 두려워한 행상은 여인을 속여 집에 가서 솥을 지고 오라
> 고 보내고는 내빼고 말았다. 마침 집에서 남편을 만난 여인은 행상이 물건을
> 훔쳐·달아났다고 둘러대고는 남편을 이끌고 뒤를 쫓았다. 끝내 행상을 놓친
> 여인은 통곡을 하고서 돌아왔다고 한다.
>
> ―『어면순』의 〈負釜跡盜〉(요약)

행상과 여인은 위에 보듯이 교묘한 속임수를 동원하여 질탕한 혼외정
사를 벌인다. 그것은 물론 제도상으로나 윤리상으로 금지돼 있는 것이지
만, 두 남녀는 일을 치름에 있어 아무런 망설임이 없다. 윤리적 갈등 같은
것은 전혀 찾아볼 수 없다. 여인이 통곡을 하는 것은 살림을 잃어버린 것
이 아까워서도 아니고, 남편에 대한 죄책감 때문도 아니다. 그녀는 단지
자신의 성욕을 충족시켜 줄 남자를 놓쳐 버린 것을 한스러워하고 있다.
한두 예만을 들었으나, 문헌 육담에서 성(性)에 의하여 사회적 관습이

---

14) 이 예화에 등장한 인물들은 그래도 덜한 편이다. 성병에 걸린 상태에서 커다란 과일
로 자위행위를 하면서 더 큰 과일을 찾는 여인의 모습(『어면순』의 〈瓜療陰痒〉)이나
총각을 유혹하여 성행위를 하면서 뼈가 부러지는 것을 달게 여기는 칠십 노파의 모습
(『진담록』의 〈碎栗皮〉) 등은 말 그대로 기괴한 느낌을 준다.

나 윤리가 깨뜨려지는 일은 그야말로 비일비재하다. 육담에 나오는 수많은 성행위의 거의 대부분이 혼외정사이거니와(그중 상당수는 '겁간'이다),[15] 그를 통해 남녀간의 윤리는 결정적으로 허물어진다. 그런가 하면 부자(父子)나 장유(長幼)간의 윤리가 정면으로 부정되는 예도 허다하다. 부모의 정사가 자식의 놀림감이 되고, 조손(祖孫) 벌의 남녀가 서슴없이 성행위를 벌인다. 반복되는 지적이지만, 이들 '성적 인간'에 있어 관습이나 윤리는 무력하기 짝이 없다.

정도의 차이는 있겠지만, 성적 만족에 대한 집착은 사람이라면 누구나 가지고 있는 본성적 특성이라고 할 수 있다. 그런 면에서 문헌 육담이 그려내고 있는 성적 인간의 형상이 인간의 진실을 반영하고 있음을 부정할 수 없다. 문제는 그 형상이 '상식적인 것' 또는 '정상적인 것'의 범위를 훨씬 벗어나고 있다는 데 있다. 그것은 단순히 '희극적으로 과장된 것'으로 지나칠 수 없는 문제성을 내포하고 있다.

문헌 육담에 등장하는 성적 인간의 비정상적인 요소를 한마디로 요약한다면, 이들이 속성 면에서 '인간적'이라기보다 '동물적인' 형상을 하고 있다는 것이다. 그것은 이들의 행동양상이 '윤리'와 거리가 멀기 때문이기도 하지만, 더욱 본질적인 것은 그것이 '애정'과 거리가 멀기 때문이 아닐까 한다. 참으로 우리는 문헌 육담에 등장하는 인간군상에게서 '애정'이라고 할 만한 요소를 좀처럼 찾아보기가 어렵다. 이성에 대한 애정도 없으며, 인간에 대한 애정도 없다. 차고 넘치는 것은 단지 '성적 욕망'일 뿐이다.

이러한 동물적인 성적 인간의 형상이 이야기 전승자들의 잠재적 성의식의 반영이라고 할 때, 우리는 큰 의문에 부딪치게 된다. 조선사회는 유난히 윤리와 명분을 중시하는, 인간다움과 정신문화를 지향하는 사회

---

15) 혼외정사를 다룬 이야기에 대하여 부부간의 성행위를 화제로 삼은 이야기는 반도 되지 않는다. 그나마 부부간에 관한 이야기의 상당수는 신랑·신부라는 낯선 인물간의 일을 내용으로 삼고 있다.

였으며, 그것을 앞서 주창하고 이끌었던 이들은 바로 양반 사대부들이
있다. 그런데 어찌하여 양반들이 전승하고 향유한 육담에서는 오히려
동물적 차원의, 비윤리적 차원의 욕망만이 두드러지고 있는 것일까.

이에 대하여 문헌 육담에 등장하는 비인간적인 성적 인간의 형상은
기실 사회적 모순의 산물이라는 것이 우리의 관점이다. 육담 속의 인물
들이 보이는 성에 대한 맹렬한 집착은, 그리고 지나칠 정도의 반윤리적
성향은 성을 억누르고 금기시하는 사회적 경직성이 낳은 하나의 반작
용으로서의 성격을 지닌다고 할 수 있다. 윤리적 관념과 명분이 일방적
으로 내세워지는 가운데, 성적 욕망은 음성적으로 부풀려지고 왜곡된
형태로 해소되었던 것이다.

이와 관련하여 우리는 조선 사회에 있어 성과 윤리를, 또는 성과 애
정을 자연스럽게 매개하는 통로가 거의 막혀 있었음을 주목한다. 이는
무엇보다도 결혼제도의 모순과 관련이 있다. 주지하듯이 조선사회에 있
어 남녀간의 성적 결합은 혼인을 통해서만 가능하도록 제도화돼 있었
다. 그런데 그 혼인이란 어떤 것이었던가. 집안끼리의 계약에 의하여 서
로 일면식도 없는 남녀가 부부로 만나서 그날로 성행위를 치른다. 그리
고는 다른 선택의 여지를 박탈당한 채 그렇게 평생을 함께 살아간다.
타의에 의해 만난 낯선 남녀의 성적 결합, 거기에 자연스러운 인간적
감정이, '애정'이 개입할 여지는 거의 없다. 그저 동물적 본능이 있을 뿐
이다.16) 요행히 서로 마음에 흡족한 상대를 만난다거나 살아가면서 애
정이 생겨난다면 좋겠지만, 정신적으로나 육체적으로 만족할 수 없는
짝을 만나서 평생을 살아야 한다면 그것은 얼마나 큰 고역인가.

한편, 체면과 염치를 중시하는 양반사회의 관념은 남녀관계를 더욱 부

---

16) 육담 가운데는 첫날밤의 성행위를 소재로 한 것들이 있는데, 참으로 엉터리 같은 일
들이 벌어진다. 나이 차이가 많이 나거나 또는 한쪽이 아주 어리석다거나 하여 문제가
발생하는데, 겉보기에 우스운 일이지만 당사자로서는 기막히는 일이라 아니할 수 없
다. 이 이야기들을 통해서 우리는 당시 혼인제도의 모순을 단적으로 보게 된다.

자연스럽게 만들었다고 여겨진다. '남녀칠세부동석'의 관념에 의해 남녀 관계를 차단당한 상태에서의 성장은 이성에 대한 자연스러운 태도와 감정을 저해한다. 그리고 집안 간의 계약에 의해 이루어지는 결혼, 그리고 결혼 뒤에 부부 사이에 놓여있는 많은 규범들—지키자니 까다롭고 지키지 않으면 경망한 사람이 되는—이 또한 자연스럽고 편안한 부부간의 애정을, 성생활을 가로막는다. 이래저래 쌓이는 것은 '욕구불만'이다.

남녀 간의 자연스러운 애정의 부재, 그것은 본질적으로 성적 욕망을 동물적 차원으로 격하시키는 원인이라고 생각된다. 그런가 하면 정상적인 방법으로 성적 욕구불만을 해소할 길이 없는 상황은 혼외정사나 겹간과 같은 비정상적인 방식의 욕구충족을 유도한다고 여겨진다. 바로 문헌 육담에서 나타나는 그러한 특징이다.

지금 우리는 중세 조선사회의 이면에 깔려있던 핵심적 모순의 한 면을 보고 있는 셈이다. 정상적인 남녀관계의 통로를 막아놓았던, 정상적인 욕망의 출구를 막아놓았던 중세의 경직된 이데올로기는 그 반작용으로 욕구불만과 함께 왜곡된 인간관을 낳았던 것이다. 인류의 이념의 반인류성이라고나 할까.

문헌 육담은 이렇듯 중세적 모순의 산물이라 할 만한 왜곡된 성의식을 내포하고 있지만, 그렇다고 하여 이러한 이야기가 지니는 긍정적 의의가 전적으로 부정되는 것은 아니다. 성적 욕구불만을 어떤 식으로든 적나라하게 노정한 것은 그 자체 중요한 문제제기로서의 의의를 지닌다. 그런가 하면 육담이 성적 욕구불만을 중화하고 해소하는 하나의 안전한 통로로서 역할을 해온 점에 유의할 필요가 있다. 육담을 통해 이루어지는 다분히 음험한 심리적 대리충족의 경험은 사람들로 하여금 마음을 되짚어 성찰하고 정화하도록 하는 면이 있는 것이다. 어쩌면 육담집 편자들이 내세운 '경계'의 진정한 의미는 이것이 아닐는지.

그런가 하면 우리는 다분히 동물적인 성적 인간의 군상 한켠에 이와는 다른 '인간적인 성적 인간'이 존재하고 있음을 주목한다. 비록 그 숫

자는 소수지만, 문헌 육담 가운데는 부부를 비롯한 남녀가 애정을 전제
로 하여 성행위를 벌이는 모습을 흥취 있게 그린 자료들이 없지 않다.

> 한 부부가 서로 싸워 남편이 아내를 때리기에 이르렀다. 두 사람은 분이 풀
> 리지 않은 상태에서 잠자리에 들게 되었는데, 남편이 잠 못 이루는 아내를 보
> 니 측은한 생각과 함께 가까이할 마음이 생기는 것이었다. 그가 자는 척 팔을
> 아내 가슴에 얹으니 아내가 '자기를 때린 손'이라며 물리치고 말았다. 다시 그
> 가 발을 엉덩이에 올리니 이번에는 '자기를 차던 발'이라며 집어던지는 것이
> 었다. 남편이 웃으며 양물을 뻗어 아내 배에 대니 아내가 말하기를, "이는 나
> 의 양민(良民)이니, 너야 나에게 어찌했겠니" 하는 것이었다.
>
> —『진담록』의 〈良民讚〉(요약)

이러한 이야기가 주는 웃음은 유쾌하며 또한 건강하다(남편이 아내에게
폭력을 쓴 대목은 예외지만). 실로 성(性)이란 이렇게 남녀를 애정으로 화합
시키는 매개체, 나아가 애정의 결정체가 될 수 있는 것이다. 이러한 성
의식을 선양하는 육담은 어떤 면에서 반중세적 담론으로서의 의의를
지닌다고까지 말할 수도 있을 법하다. 이런 이야기들이 전대보다 후대
의 설화집에서 더 많이 보이는 것[17]은, 물론 더 따져볼 일이지만, 단순
한 우연의 일치만은 아니리라고 생각된다.

2) 사회적 불평등의 문제

앞서 지적한 대로 육담은 관습이나 윤리의 탈을 벗어던진 인간상을
그린다. 그렇게 벌거벗은 상태에서 인간은 기본적으로 서로 평등하다고

---

17) 『진담록』이나 『기문』 『교수잡사』 등에 이런 류의 육담이 많다. 이 소화집들에는 육
　담이 아닌 진진한 애정담이 육담과 함께 실려 있기도 하다(그러한 애정담은 물론 이
　시기의 야담이나 소설에서 흔히 볼 수 있는 그런 종류의 것이다).

할 수 있다. 실제로 육담에서는 여러 종류의 인물이 두루 '성적 인간'으로서 등장하여 성적 능력으로써 승부하는 평등한(?) 면모를 보이고 있다.

그렇지만 이들이 모든 것을 벗어던지고 서로 동등한 존재가 되는 것은 아니다. 좀처럼 떨쳐지지 않는 요소가 있으니, 사회적 처지의 차이가 그것이다. 그 가운데도 신분의 차이와 남녀의 차이가 중요하다. 이제 문헌 육담이 '남성 양반'에 의해 결산된 사실을 염두에 두면서 사회적 불평등이 개재하는 양상을 단면적으로 살펴보기로 한다.

문헌 육담에 등장하는 인물의 신분구성은 매우 다양하다. 고위 양반 사대부에서부터 천민인 종에 이르기까지 사회적 처지가 다른 많은 인물이 등장한다. 이중 신분이 서로 다른 인물 간에 성행위가 시도되는 경우에 성적 욕망의 문제와 사회적 불평등의 문제가 서로 얽히게 된다. 우리는 이를 특히 양반과 여종의 관계를 다룬 여러 이야기에서 단면적으로 볼 수 있다.[18)]

이씨 성을 가진 선비 하나가 자못 음사(淫事)를 좋아했다. 하루는 두어 선생과 친구집을 찾아 술잔을 나누는데 분금(粉今)이라는 침선비가 있어 용모가 수려하였다. 이(李)가 좋아하여 욕정을 참지 못하던 중 반쯤 취한 상태에서 방안에 붙들어다가는 다만 오른쪽 신발만을 벗은 채로 겁탈하여 기쁨을 누렸다. 한 선생이 창구멍으로 이를 보고는 좌중을 향하여 웃으며 말하기를 "분금이 아들을 낳으면 필시 사류(士類)일 터이니 왈 '의관자제(衣冠子弟)'로다" 하였다. 만좌(滿座)가 절도하였다.

—『어면순』의 〈衣冠子弟〉

---

18) 문헌 육담 가운데는 주인과 여종의 사통을 소재로 삼은 것들이 매우 많다. 그것은 실제 현실을 반영한 측면이 있다고 할 수 있다. 여종은 양반이 성적 욕망을 충족할 수 있는 가깝고도 만만한 대상이었던 것이다.
　　이밖에 양반과 상민의 성관계 중에 양반과 여종의 관계만큼이나 많이 보이는 것이 양반과 기생의 관계이다. 그러나 이는 실질적으로 공인된 관계임으로 해서 전자만큼의 문제성을 지니지는 않는다.

이 이야기의 주인공은 자기 집도 아닌 친구 집에서 남의 이목에 개의
치 않고 여자를 겁탈하는바, 이는 물론 자기는 양반이고 상대는 여종이
라는 신분적 차이에 기초한 것이다. 이른바 사회적 지위를 이용한 성적
침탈이라고 할 만하다.

주목할 것은 그의 성적 침탈이 그 자체로 전혀 문젯거리가 되지 않는
다는 사실이다. 다만 의관을 벗지 않은 상태에서 성행위를 한 것이, 그
리고 거기에 대해 '의관자제'라는 교묘한 조롱이 나온 것이 화제일 뿐
이다. 좌중의 한바탕 웃음 속에 여종에 대한 선비의 일방적인 성행위는
묵인되며 나아가 조장된다.[19] 상민의 입장에서 보면 불온하기 짝이 없
는, 불평등하고 비인간적인 양반적 시각이다.

그러나 문헌 육담에 있어 양반의 여종 사통이 항상 뜻대로 성사되는 것
만은 아니다. 여종을 범하려던 양반은 때로 엄청난 망신을 당하기도 한다.

> 이월이란 여종을 마음에 두고 있던 선비 하나가 하루는 종들이 잠든 틈에
> 내실에 들어가 이월의 이불 속으로 기어 들어갔다. 이월이 엉겁결에 주먹으로
> 세게 치니 선비가 놀라 뛰어 나와서는 남들 눈에 띄지 않으려고 땅을 기었다.
> 마침 아이 오줌을 누이던 종이 이를 개로 오인하여 '반반'하고 어르니 선비가
> 개소리를 내면서 도망갔다.
>
> ―『어면순』의 〈般般犬〉(요약)

이 이야기 속의 양반은 종에게 얻어맞고 개 노릇까지 하는 엄청난 봉
변과 망신을 당한다. 양반으로서의, 주인으로서의 권위가 땅바닥에 떨
어짐은 물론이다. 이는 양반의 입장에서 볼 때 참으로 모욕적인 이야기

---

19) 여종과 사통을 하면서 양반이 꺼리는 것이 있다면 그것은 아내의 '투기(妬忌)'다. 양
반은 아내의 눈초리를 피해 갖가지 방법으로 여종에게 접근한다. 그 방법으로 이른바
'십격전술(十格戰術)'이라는 것까지 등장하는바(『속어면순』의 〈十格戰術〉), 여종과 사
통하는 열 가지 전술이다. 이러한 이야기가 왜곡되고 불평등한 인간관계를 조장하고
있음은 물론이다.

이지만, 일반 평민의 입장에서 보면 반대로 통쾌한 일이 아닐 수 없다. 그들에게 있어 이 이야기는 양반을 조롱하고 풍자하는, 사회적 불평등을 공격하는 의미를 구현한다.

그러나 이런 이야기가 과연 사회적 불평등에 대한 반명제로서 충분한 힘을 발휘했던 것인지는 의문이다. 위 이야기가 문제삼는 것은 양반이 여종을 범하려 한 일이 아니라 그 과정에서 벌어진 황당한 사단이다. 곧 뜻밖에 매를 맞고 개가 된 사연이 화제를 이루고 있다. 결국 이 이야기는 양반에게 있어 우스꽝스럽고 어처구니없는 한때의 망신을 웃고 즐기는 것일 뿐, 근본적인 도덕적 반성과는 거리가 멀다고 할 수 있다. 돌이켜 반성하고 경계하는 면이 있다면 일을 소홀히 진행하다가 위신을 잃은 부분이 곧 그것일 터이다. 만약 이 양반이 실존인물이었다면 그는 더욱 교묘한 방법―이를테면 '십격전술(十格戰術)'(주19 참조) 같은―을 써서 끝내 여종과 사통하고 말았을 것이다. 요컨대 아랫사람의 성을 자신의 소유물로 보는 식의 비인간적인 통념은 이런 류의 이야기에서 본질적으로 부정되지 않고 있다.

다음 이야기는 성에 대한 양반의 왜곡된 시각을 가히 웅변적으로 드러내고 있다.

한 양반이 젊고 어여쁜 이웃집 상민 아내에게 항상 뜻을 두고 있었다. 그러던 중 하루는 그 여자가 물동이를 이고 가는 것을 보고 달려가 귀를 잡고 입을 맞추었다. 그러자 여인이 소리를 치고 그 가족이 달려나와 양반을 꾸짖어 욕하였다.

여인의 남편이 관가에 호소하여 이 일을 법으로 다스리게 되었다. 그런데 그 판결은 양반이 한 행위는 법에 죄로 나와 있지 않고 오히려 상민이 양반을 욕한 일이 죄가 된다면서 그 남편을 귀양을 보내겠다는 것이었다.

형벌을 면할 수 없게 되자 마침내 여인이 부끄러움을 무릅쓰고 양반을 찾아가 용서를 빌게 되었다. 그러자 양반은 여인을 방에 들게 하고는 입을 맞추고 합환을 꾀하는 것이었다. 여인 또한 기꺼워하며 응하였다.

그 후 양반이 관청에 가서 남자의 죄를 용서해주기를 청하니, 관장이 말하기를 "이제야말로 가히 일이 이루어졌음을 알겠도다" 하였다. 양반 역시 웃음을 머금었다.

—『성수패설』의 〈冒辱貪色〉(요약)

위 이야기는 사회적 불평등이 일방적이고 비열한 성적 침탈을 어떻게 정당화하고 있는지를 설명이 필요 없을 정도로 명백하게 보여주고 있다. 이는 건전한 양식을 거스르는 모순된 상황이거니와, 문제는 그것이 전승자에 대하여 잘못에 대한 비판보다는 '공모의식'을 환기하는 논리구조를 갖추고 있다는 데 있다. 상민 여인이 양반의 합환 요구에 기꺼이 응하여 즐거움을 누렸다는 설정은 양반의 성적 침탈을 마치 '시혜'나 되는 것처럼 미화하여 조장하고 있다. 양반 전승자들은 이야기 끝의 양반과 관장의 웃음에 동참하면서 자기 자신에게도 그러한 일이 벌어지는 상황을 꿈꾸게 된다. 어찌 이를 잠시 웃고 즐기기 위한 것이라고 가볍게 넘길 수 있겠는가.

앞서 문헌 육담이 '양반 남성'의 관점을 담고 있다고 했는데, 성에 얽힌 차별적 관념은 '양반'의 입장에서뿐만 아니라 '남성'의 입장에서도 만만치 않게 부각되고 있다. 남녀간의 관계와 관련해서도 신분간의 관계에서와 유사한 왜곡된 관념이 얽히고 있는 것이다.

육담은 곧 남녀관계의 이야기라고 할 수 있을 정도로 남녀관계를 풍부하고 다양하게 형상화하고 있거니와, 일견 그 관계는 대체로 동등한 것처럼 보인다. 문헌 육담 속의 남녀는 같은 '성적 인간'으로서, 양편이 다 적극적으로 성적 만족의 추구를 지향한다. 여성의 행동양상은 오히려 남자들보다 더욱 적극적인 면이 있어서 성관계를 여자가 주도하는 것으로 돼있는 이야기들이 자주 보인다.

여성에게 가해진 성적 억압을 염두에 둘 때, 그리고 그것이 성적 욕구불만을 낳았으리라는 점을 고려할 때 성에 대한 여성들의 집착이 과연 그럴 수도 있겠다고 생각되는 면이 없지 않다. 그러나 육담 속의 여성의 형상은 상당 부분 남성에 의해 왜곡된 것이라는 혐의를 지울 수 없다. 성에 대한 남성적 시각이 일방적으로 여성에게 투영되고 있다는 것으로, 특히 '겁간'을 화제로 삼고 있는 이야기들로부터 그러한 느낌을 강하게 받게 된다.

> 한 중이 길에서 여인을 만났다. 중은 욕심이 달랐으나 계책이 없어 그저 여인의 뒤를 쫓던 중 "네 어찌 방귀를 뀌느냐?" 하고 꾸짖는 것이었다. 여인이 노하여 중을 심하게 욕하였다. 중이 재삼 꾸짖었지만 여인은 오히려 굴하지 않았다. 그러자 중이 "저기 신령한 부처가 있으니 함께 가서 물어보자"고 하였다. 여인이 사실을 가리고자 하여 중과 함께 그리로 갔다. 중은 부도(浮屠) 앞의 으슥한 곳에 이르러 여인을 강압하여 극음(極淫)을 누렸다. 함께 돌아오는 길에 여인이 중을 돌아보고 말하는 것이었다. "스님. 방귀 한번 더 뀔까요?" 중이 웃으며 갔다.
> —『속어면순』의 〈女請再屁〉

이 이야기는 악의 없는 재미있는 육담으로 받아들일 만한 소지가 있다. 중의 속임수도 그러하지만 '방귀 한 번 더 뀔까?' 하는 여인의 말이 너털웃음을 자아내는 면이 있다. 확언은 할 수 없지만, 실제 이 이야기의 전승자들은 이를 하나의 재미있고 유쾌한 이야기로 받아들였을 것이다.

그러나 이 이야기 속에는 함정이 있다. 무엇보다도 우리는 이야기 속의 남성이 여성을 '겁간'하고 있다는 점에 주의를 기울일 필요가 있다. 중의 겁간은 속임수를 수반한 교묘하고 부당한 성적 폭력에 해당한다. 그런데 그 결과는 어떠한가? 수모를 당하고 겁간까지 당한 여인이 오히려 그것을 달갑게 생각하여 다시 한 번 일을 벌이기를 원했다는 것이다. 전형적인 '성적 인간'의 모습이거니와, 문제는 그러한 설정 속에 남성의 왜곡된 성의식이 투사되고 있다는 점이다. 그들은 일방적이고 비인간적인 성적 폭력을 은연중에 자연스럽고 정당한 일로 탈바꿈시키고 있는 것이다. 그것은 여성을 성적 쾌락을 위한 정복의 대상으로 보는, 성적 만족의 수단으로 보는 태도를 정당화하고 조장하는 논리이다. 이러한 논리 속에서 여성은 하나의 인격체가 아닌, 남성이 마음대로 농락할 수 있는 성적 대상으로 격하되고 만다.

이런 예가 그저 두어 개만 보인다면 어쩌다 그런 이야기까지도 생긴 것으로 볼 수도 있겠다. 그러나 우리는 문헌 육담에서 남성의 비정상적인 성행위—겁간, 그리고 간통—이 은연중에 정당한 것으로 변질되는 모습을, 그리고 그것이 재미있는 일로 받아들여지고 있는 모습을 너무 자주 만나게 된다(앞에 인용한 『성수패설』의 〈모욕탐색〉에도 양반의 비열한 겁간이 화간으로 변질되는 내용이 들어있으며, 『어면순』의 〈의관자제〉 또한 겁간을 정당화하는 논리를 담고 있다). 남성 중심의 왜곡된 성의식이 하나의 사회적 편견으로 뚜렷이 자리 잡고 있음을 보여주는 증좌라 하겠다. 사회적 불평등은 참으로 성(性)이라는 원초적인 문제에까지 작용하면서 그것을 뒤틀고 있다.

4. 구전 육담의 성의식―문헌 육담과의 거리

지금까지 우리는 문헌 육담에 담긴 성의식을 살펴보았는데 그 결과는 여러 측면에서 건전한 양식을 벗어나는 왜곡된 요소가 발견된다는 쪽이었다. 그렇다면 주로 민간에서 전승돼 온 구전 육담에 있어서는 사정이 어떠할까? 과연 본질적인 차이가 있는 것일까?

문헌 육담에 대한 구전 육담의 유사성 내지 변별성을 살핌에 있어 먼저 전반적인 성관계의 양태를 비교해 보는 것이 의미가 있을 것이다. 육담에는 여러 인간군상이 등장하여 다양한 사단을 일으키거니와, 그 사단은 물론 성의 문제에 얽힌 것들로 돼있다. 그 사단을 좀더 구체적으로 나누어 보면, 남녀의 성관계를 화제로 삼은 것 외에 자위와 동성애 같은 성행위가 화제에 오르기도 하며, 그밖에 성기·성욕 묘사, 성적 흥미를 유발하는 말장난 등도 간간히 보이고 있다. 그 유형을 도표화해 보면 다음과 같다.

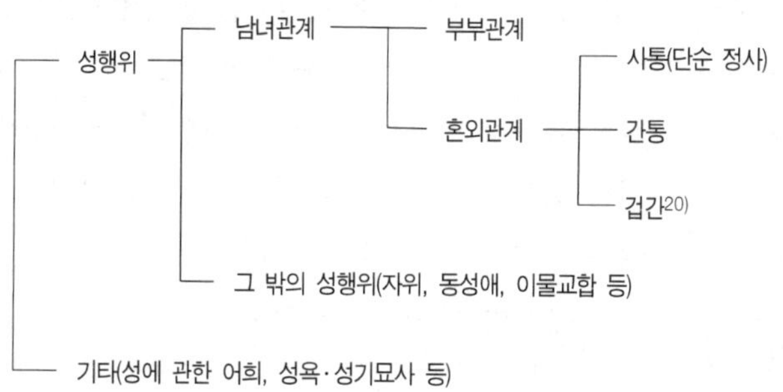

구전 육담과 문헌 육담은 이중 어느 것을 주요 화제로 삼는가 하는 문제에 있어 주목할 만한 편차를 보인다. 관계의 성격에 차이가 있으며, 그 주체에도 큰 차이가 있다.

문헌 육담에서 압도적으로 많이 나타나는 화제는 '혼외관계'다. 특히 간통에 관한 이야기가 전 자료의 반 이상을 차지할 정도로 많으며, 겁간—그중 상당수는 '화간'으로 변질되지만—에 관한 이야기도 적지 않은 부분을 차지한다. 이에 비하면 부부관계나 사통(단순 정사)을 화제로 삼은 이야기는 희소한 편이다. 이밖에 남녀관계 이외의 성행위를 다룬 것이나 '기타'에 해당하는 것들 또한 드물게 보인다.

이와 달리 구전 육담에 있어 간통이나 겁간을 화제로 삼은 이야기의

---

20) 여기서 '사통'은 배우자 없는 남녀 간의 성관계를 뜻하고, '간통'은 배우자 있는 남녀의 상호교감에 의한 성관계를 뜻하며, '겁간'은 일방적·폭력적으로 이루어지는 성관계를 뜻한다.

비중은 상대적으로 매우 낮다(문헌에 있는 내용을 이야기로 옮긴 것을 제외할 경우 더욱 그러하다). 부부관계를 다룬 이야기와 사통을 다룬 이야기가 이들을 훨씬 상회하여 구전 육담의 주요 이야기종목을 이루고 있다. 한편, 성행위를 직접적으로 다룬 것 외에 성에 얽힌 말장난이 다양하게 보인다는 것 또한 구전 육담의 특징이다. 이 외에 자위나 동성애[鷄姦] 따위를 다룬 이야기의 비율이 문헌 육담에 비해 다소 높게 나타나고 있다.[21]

문헌 육담에 있어 성(性)에 얽힌 사단에는 흔히 양반(선비)이 등장한다. 양반은 문헌 육담의 가장 두드러진 남자 주인공이라고 할 수 있다. 양반이 여종이나 기생, 첩, 촌녀(유부녀/과부), 아내 등을 상대로 하여 성 행각을 벌이는 이야기가 문헌 육담의 주류를 이룬다. 양반 외에 장사꾼이나 머슴, 촌사람, 중에 관한 이야기도 적지는 않지만, 그것을 다 합쳐야 겨우 양반에 관한 것에 미칠까 말까 하는 정도다.[22]

이와 달리 구전 육담에 펼쳐지는 다양한 성적 사단에 있어서 양반은 거의 주체로서의 몫을 하지 못한다. 구전 육담의 주요 남성 주인공은 촌사람, 총각머슴, 장사꾼(소금장수, 생선장수, 옷감장수 등), 중이며, 그 상대역은 주로 시골 아낙, 과부, 처녀(시골처녀, 양갓집 처녀) 등이다. 특히 촌사람 부부(신랑·신부 포함), 총각머슴—과부, 총각(머슴)—처녀, 홀아비—과부, 장사꾼—아낙, 장사꾼—처녀, 중—아낙 등이 주된 짝을 이룬다.

문헌 육담과 구전 육담이 나타내는 이러한 차이는 전승자 층이 다른 데 따른 자연스러운 결과로 받아들일 만한 소지가 있다. 그렇지만 거기에는 주목할 만한 문제성이 있다.

그 하나는 성관계의 윤리성 문제다. 혼외정사를, 특히 간통과 겹간을

---

21) 구전 육담 자료 가운데는 문헌 육담에 비하여 동일 유형이 거듭 채록된 각편들이 많은데, 자료의 빈도를 정리함에 있어 유형이 아닌 각편수에 초점을 맞추었다(이하 마찬가지임). 한 이야기가 여러 화자에 의해 거듭 구연된다는 것은 그만큼 대표성을 지니는 것으로 보는 입장이다.
22) 실은 양반의 기록에 촌인에 관한 이야기가 이만큼 수록된 것만 해도 특기할 일이다. 이는 '성'에 대한 보편적 관심으로써 설명할 수 있을 것이다.

집중적 화제로 삼는 문헌 육담이 성윤리와 관련하여 주로 어둡고 음란하며 착잡한 느낌을 유발하는 데 대하여, 부부관계나 처녀-총각(또는 과부-홀아비) 관계를 주로 다루고 있는 구전 육담은 이야기가 주는 느낌부터가 전반적으로 밝고 유쾌하다. 구전 육담에 있어 성적 욕망과 윤리의 관계는 문헌 육담에서와는 양상을 달리한다.

다음으로 주체의 사회적 성격 문제다. 구전 육담의 주인공인 하층민들은 양반들과는 다른 차원의 성적 억압과 결핍을 절박하게 겪고 있음이 주목된다. 나이가 차도록 결혼을 못한 노총각은 그 단적인 예이거니와, 그 외의 주인공들 또한 사회적 처지와 관련하여 크고 작은 성적 억압을 겪고 있음을 보게 된다. 문헌 육담과 변별되는 이러한 특징이 의미상의 편차로 이어짐은 또한 당연한 일이다.

앞서 문헌 육담 속의 인간군상이 '성적 인간'의 형상을 하고 있음을 밝힌 바 있거니와, 구전 육담에 있어서도 '성'에 부여되는 가치는 막대하다. 성적 만족에 비하면 윤리도덕 같은 것은 부차적인 것으로 치부되곤 한다.

옛날에 한 늙은 내외가 두 아들과 며느리를 두었는데 모두 효자 효부였다. 그런데 할멈이 병이 나서 아무리 약을 써도 안 낫는 것이었다. 이때 강원도에 용한 의원이 있어 약을 지어주면서 좃모가지(조 이삭)를 넣고 달이라고 하였다. 식구들이 이를 남자의 양물로 잘못 알아들어 큰 사단이 일어났다. 큰아들이 자기 물건을 자르겠다고 하자 이를 들은 큰며느리가 제사 모실 자식을 낳아야 한다는 핑계를 대며 펄쩍 뛰었다. 다시 작은아들이 물건을 자르겠다고 하자 작은며느리가 시집 온 지 몇 달밖에 안됐는데 그것 없으면 못산다면서 말리는 것이었다. 이에 화가 난 영감이 자기 것을 베어서 달이겠다고 하자 늙은 마누라가 병석에서 벌떡 일어나면서 "아 내 병 다 나았다"고 했다고 한다.
　　　　　　　　　　—『한국구전설화』8, 392~394면, 〈내 병 다 나았다〉(요약)

남편의 물건을 애지중지하는 두 며느리와 시어머니의 모습에서, 그리고 늙은 시어머니의 모습에서 우리는 성에 대한 강한 애착을 본다. 그것은 '효성'이라는 윤리를 무색하게 하는 것이었다. 이것이 육담이 주장하는 인간의 본성이다.

성적 욕망이란 본래 사회의 관습 내지 윤리에 반하는 성향이 있거니와, 둘이 맞부딪치는 예를 구전 육담 자료에서 흔히 볼 수 있다. 자식에게 들통 난 부부의 성행위를 통해 부자간의 질서가 깨지며, 남편의 눈을 속이며 외간남자와 사통하는 여인의 모습을 통해 남녀간의 성윤리가 깨진다. 처녀를 속여 범하는 소금장수나 여색을 밝히는 중 또한 윤리를 파괴하는 데 한 몫 하는 이들이다.

그러나 우리는 대다수 구전 육담 자료에 있어 동물적 차원의 성적 욕망만이 홀로 우뚝하지 않다는 사실에 주목한다. 성적 욕망은 흔히 인간적·윤리적 고민과 함께 맞물리는 양상을 보이고 있다. 위에 인용한 〈내 병 다 나았다〉만 하더라도 윤리의식은 그리 간단히 무시되지 않는다. 두 아들은 성을 포기하고 효성을 선택하는 결단을 내리고 있다. 며느리들이 이를 막아서지만 이 또한 윤리적 가치를 저버린 것이라기보다는 성생활을 차단당할 절박한 상황에서 본성이 윤리의식을 앞선 것일 뿐이다. 그것은 성적 만족에 대한 극단적 집착과는 다른 차원의 자연스러운 인간적 반응이다.

다음 이야기는 욕망과 윤리 사이의 고민을 아주 잘 보여주고 있다.

예전에 한 부자 과부가 있었다. 한 총각이 머슴으로 들어왔는데 새경도 필요 없고 불을 켤 기름만 달라고 했다. 총각은 부지런하고 모든 일을 잘하여 과부 마음에 흡족하였다. 이 머슴은 밤마다 방에 불을 환히 켜두었는데, 궁금한 마음에 그 방을 엿본 과부는 심병을 얻고 말았다. 총각은 반듯이 누워 큼직한 물건을 세워 벌떡거리고 있었던 것이다. 과부는 마음을 진정시켜 돌아왔으나 잠을 이룰 수가 없었다. 다음날 다시 머슴의 물건을 훔쳐본 과부는 다시 뜬눈으로 밤을 새웠다. 그리고는 다음날 자기도 모르게 다시 머슴방으로 가서는 결국 머슴의 몸 위에 주저앉고 말았다. 총각은 과부와 결혼하여 잘 살았다고 한다.

—『한국구전설화』10, 348~349면, 〈과부와 머슴〉(요약)

이 이야기에서 수절 과부가 겪는 윤리와 욕망 사이의 갈등은 진솔하고 절박하다.[23] 그 갈등은 그녀를 오히려 인간적인 존재로 부각시킨다. 이야기 전승자들은 그녀의 갈등에 공감하며, 그녀의 선택을 이해한다. 이 과부와 총각의 결혼은 비난받을 일이 아니라 잘 된 일, 축복받을 일이다.

이러한 이야기를 통해 우리는 경직된 윤리도 아닌, 또한 동물적인 욕망도 아닌, 그 사이에서 갈등하는 모습이 인간의 한 진면목임을 발견하게 된다. 그러한 진지한 갈등을 거쳐서 이루어진 선택은 어느 쪽이든 소중한 인간적 가치를 지닌다. 위 이야기의 주인공은 이중 욕망을 선택했고, 그것은 인간적인 것으로 긍정된다. 본연의 욕망을 건강한 인간성으로 긍정하는 시각이다. 이 이야기를 전승해온 민중이 가다듬어온 인간관이다.[24]

앞서 구전 육담은 이야기가 주는 느낌이 밝고 유쾌하다고 했거니와, 위의 두 예를 통해서도 이를 확인할 수 있었을 것이다. 그러한 느낌은 인물들의 행위가 '정상적인 것'의 범위 안에 있다는 것과 함께, 아마도 이야기 속에 인간적 체취가 담겨있다는 것과 깊은 관련이 있지 않을까 한다. 그러한 예를 짤막한 것으로 하나 더 들어 본다.

어떤 성지(형제)기 아침밥 먹고 어디 함께 가기로 약속얼 혔넌디 성언 갈 채비럴 다 허고 바깥이 나와서 지달코(기다리고) 있넌디 동생놈이 통 나오지 안히서 성언 그만 화가 나서 동생 방문얼 왈칵 열고 "멀 허니라고 이때꺼지 안 나오냐?"

---

23) 이 이야기의 각편은 10편 가량 되는데, 한결같이 과부의 심리를 리얼하게 그리고 있다.
24) 이 이야기는 널리 구전되고 있는 유명한 이야기로서, 『한국구전설화』에만도 여러 편의 각편이 실려 있다. 이는 이 이야기에 담긴 관념의 사람들의 폭넓은 동의를 얻고 있음을 시사한다.

험서 소리질르다 보니 아 이거 야단났단 말이야. 어어 이거 이거 쯧쯧 허고 있었다. 그건 그걸 수밖에. 동생놈언 제수허고 그 짓얼 한참 허고 있어서 말이다.

동생놈언 그만 성헌티 그런 꼴을 당히서 어쩔 줄 몰라 각시 배 우그서 엉겁결에 헌단 말이 "성님도 한 번 허시지요." 혔다. 그렇게 성도 엉겁절에 헌단 말이 "오냐 어서 히라, 나도 허고 왔다."

—『한국구전설화』 8, 374~375면, 〈나도 했다〉

아주 민망한 상황에서 은연중에 주고받는 형제의 말이 주는 웃음이 아주 유쾌하다. 아마도 그것은 상대방의 처지를 감싸주는 따뜻한 마음 때문일 것이다. 우리는 이러한 이야기를 주고받는 전승자들의 심리 속에 또한 인간적 체취가 담겨있는 것이라고 본다.

이제 이 지점에서 우리는 한 가지 중요한 사실을 눈치 채게 된다. 그것은 구전 육담에서 다양한 성적 사단에 '애정' 내지는 '인간적 정감'의 요소가 얽혀들고 있다는 점이다. 이야기에 등장하는 인물의 행위가 그러하며,25) 또한 전승자의 시각이 그러하다. 이러한 '인간적 배려'를 잘 보여주는 또 다른 이야기를 하나 보기로 한다.

옛날에 소금장수 하나가 날이 저물어서 어떤 집 외양간에서 유숙하게 되었다. 그런데 한밤중에 한 사람이 문앞에서 배회하는 것이었다. 소금장수가 그 사람을 내쫓고 문앞에서 배회하니 주인여자가 끌고 들어가 사통하였다. 다음날 여자가 일어나서 보니 샛서방이 아닌 엉뚱한 남자이므로, 일을 무마하느라고 음식을 챙겨주고 떠나보냈다.

마침 그 여자의 남편이 우연히 그 소금장수와 만나 이야기를 나누게 되었는데, 그 와중에 자기 아내가 음행을 저지른 것을 알게 되었다. 남자는 집에 와

---

25) 한 가지 보충하면, 앞에 든 〈과부와 머슴〉에서 과부가 머슴에게 끌린 데는 단순한 성적 욕망뿐만 아니라 머슴에 대한 인간적 호감이 전제돼 있다는 점에 주목할 필요가 있다.

서 어머니 사당에 가서 어머니 말소리를 흉내내어 아내의 음행을 낱낱이 이르는 것이었다. 그 모습을 본 며느리는 남편이 나간 틈에 사당에 가서 시어머니 욕을 해댔다. 그러자 그 모습을 정탐한 남편이 다시 사당에 가서 어머니로부터 그 사실을 듣는 시늉을 하였다. 이를 보고 놀란 며느리는 사당에 가서 용서를 빌고는 다시는 나쁜 행동을 안 했다고 한다.

—『한국구전설화』1, 245~247면, 〈아내의 음행을 고치다〉(요약)

이 이야기를 주목하는 것은 음행을 저지른 아내에 대한 남편의 태도 때문이다. 샛서방을 두고 있고 소금장수하고도 정을 통한 아내, 그 아내에 대하여 남편은 뜻밖에도 직접 책망하거나 폭력을 휘두르는 대신 아내 스스로 잘못을 깨달아 뉘우치도록 인도하는 모습을 보이고 있다. 결코 그렇게 하기 쉽지 않은, 인내심 있고 너그러운 행동이다. 이와 같은 인간적 배려를 우리는 일종의 '애정'으로 규정할 수 있으리라고 본다. 성에 얽힌 갈등을 해결하는 하나의 유력한 해법이다.

앞서 우리는 문헌 육담을 살피면서 전통사회에 있어서의 혼인제도의 모순을 지적한 바 있거니와, 그것은 일반 평민들에게도 적용되는 것이었다고 할 수 있다. 평민들 또한 대개 낯모르는 남녀가 만나 부부생활을 엮어나갔던 것이다. 그런데 구전 육담에 있어 문헌 육담과 달리 인간적 정감의 요소가, 애정의 요소가 상대적으로 두드러진 것은 무엇 때문일까. 이는 간단히 답할 성질의 문제가 아니지만, 평민들의 삶에 있어 적어도 명분과 체면의 허울이 덮여 있지 않았다는 점을 하나의 이유로 들 수 있다고 본다. 그들은 인간 대 인간으로 만나서 삶을 함께 엮어가는 길을 찾아 나왔던 것이다. 육담은 그 자신 그러한 삶의 한 과정에 해당하는 것이었다고 할 수 있다.

이제 구전 육담에 있어 성과 관련한 사회적 불평등의 양상이 어떻게 그려지고 있는가를 살필 시점이 되었다. 구전 육담은 그 전승 주체의 사회적 처지가, 또한 등장인물의 사회적 처지가 문헌 육담에서와는 다

문헌 육담과 구전 육담에 담긴 성의식 365

르다는 점을 앞서 지적했거니와, 그것은 성의식의 측면에서 어떠한 차이를 낳는 것일까?

앞서 문헌 육담에 있어 신분차별의 관점, 남성위주의 관점이 성의식을 왜곡시키고 있음을 지적한 바 있는데, 구전 육담에서는 양상이 크게 다르게 나타나고 있다. 단적으로 말하여, 그러한 요소가 거의 없거나 또는 희미한 편이다.

먼저 남성 위주의 관점을 보자면, 앞서 살핀 구전 육담 자료들이 이미 이에 대한 답변을 웬만큼 제시하고 있다고 본다. 〈과부와 머슴〉 같은 이야기에 있어 남성과 여성은 각기 주체적 인간으로서 사고하고 행동한다. 여성은 성적 만족의 일방적인 수단이 아니라, 인격을 지닌 '상대방'이다. 이런 사정은 〈아내의 음행을 고치다〉에서도 크게 다르지 않다. 이 외의 다른 자료들을 두루 살펴보아도 성에 얽힌 남녀차별의 관념은 그리 쉽사리 발견되지 않는다. 구전 육담에 있어 '겁간'을 화제로 삼는 이야기는 그리 많지 않으며(물론 없는 것은 아니지만), 특히 겁간이 화간으로 둔갑하는 식의 이야기를 거의 찾아보기 어렵다.26) 그것은 육담 일반의 특징이 아닌, 문헌 육담 특유의 설정이었던 것이다.

다음 신분차별의 요소는 구전 육담에 있어 애초에 크게 문제될 소지가 없다고 할 수 있다. 육담의 대다수 등장인물이 일반 하층민들로 돼 있고 이들 사이의 성적 결합이 화제가 되고 있기 때문이다. 간혹 양반과 하층민이 함께 등장하는 이야기들이 보이지만, 그 관계의 짝은 주로

---

26) 이런 예가 아주 없는 것은 아니다. 그 드문 예로 『한국구전설화』 5, 389~390면, 〈봉변당한 여자〉를 들 수 있다. 그 내용은 다음과 같다 : 한 사냥꾼이 색시를 데리고 산길을 가다가 칼을 찬 도적을 만났다. 도적은 응큼한 생각이 들어 사냥꾼더러 그 활과 자기 칼을 바꾸자고 하였다. 그리하여 활을 차지한 도적은 활로 사냥꾼을 위협하여 칼을 버리게 하고 나무에 묶어놓은 다음 색시를 겁탈하였다. 색시는 처음에 저항하다가 나중에 기분이 좋아져 갖은 재주를 부리는 것이었다. 도적이 사라진 후 사냥꾼이 색시를 꾸짖어 욕하니 색시는 오히려 칼을 활과 바꾼 사람이 잘못이지 무슨 소리냐고 하더라는 것이다.
　　이 이야기는 물론 비윤리적·비정상적인 것이라 할 수 있지만, 이야기의 초점이 겁간의 정당화에 놓이지는 않는다. 오히려 적반하장 식의 여인의 뻔뻔한 태도에 초점이 놓인다. 그런 점에서 남성중심의 시각과는 일정한 거리가 있다고 할 수 있다.

'하층 남성 대 양반집 여성'으로 설정돼 있어 문헌 육담과는 상반되는 의미를 구현하고 있다. 앞서 〈첩과 종〉에서 본 바와 같이 양반에 대하여 도전하면서 일종의 우월감을 나타내고 있는 것이다. 다음 이야기 또한 그 좋은 예라고 할 수 있다.

> 옛날에 한 정승이 뒷간을 가다가 하인들이 하는 말을 듣게 되었다. 들어보니 그중 하나가 "대감님 소첩을 불이 나게 한바탕 해봤으면 소원이 없겠다"고 하는 것이었다. 정승이 그 하인을 불러서 "어디 한번 불나게 해봐라. 불이 안 나면 목을 베겠다"고 호령하였다. 하인이 정승 앞에서 소첩과 일을 시작하는데, 한참 일을 벌이다가 말고 갑자기 소첩을 때리면서 "남 목이 달아나라고 이게 무슨 짓이냐"고 욕하는 것이었다. 정승이 왜 딴소리냐고 꾸짖으니 하인이 말하기를, "이년이 한참 불이 나려고 하니 물을 싸서 꺼버리잖아요" 하는 것이었다. 정승이 과연 사내라고 감탄하면서 소첩은 물론 재물까지 주어 보냈다고 한다.
> ―『한국구전설화』 5, 360~361면, 〈불이 나려는데〉(요약)

이상의 논의는 구전 육담에 있어 사회적 불평등이 별 문제가 되지 않음을 보여주는 듯하다. 그렇지만 우리는 구전 육담의 성의식 또한 전승자들이 처한 사회적 조건과 관련하여 나름의 문제성을 내포하고 있음을 소홀히 넘길 수 없다.

먼저 성의 은폐에 따른 왜곡된 성문화의 문제로서, 이는 구전 육담에도 영향을 미치고 있다. 성을 덮어두는 사회적 관습이 낳은 결과는 곧 성적 무지로 나타나는바, 그로 말미암아 겪는 엉뚱한 사단이 구전 육담에 흔히 보이고 있다. 응큼한 남자의 속임수에 넘어가 처녀가 혼전에 몸을 내준다거나, 결혼한 부부가 성행위를 겁내 피한다거나 하는 따위의 모습이다. 이러한 모습은 우스꽝스러운 한편으로 한심하고 착잡한 느낌을 주는 것이 사실이다. 육담이 그 자체로서 이러한 성적 무지에 대한 문제를 제기하면서 성에 관한 인식의 통로를 열고 있다는 데 의의를 부여해 보지만,27) 그 역시 성인남자들의 은밀한 수군거림에 가깝다는 면에서 개방적인 공론(公論)과는 거리가 있음을 부정할 수 없다.28)

다음 비합리적인 제도에 의한 성적 억압의 문제이다. 불합리한 혼인제도에 의해 못마땅한 배필을 만나 욕구불만이 쌓이는 것이나 개가를 막는 제도 때문에 과부가 무조건 욕망을 억눌러야 하는 것 등은 서민들에게 있어서도 큰 고역으로 작용했던 것으로서, 구전 육담에서 자주 화제에 오르고 있다. 그런가 하면 육담에 자주 등장하는, 아예 결혼의 기회조차 가져보지 못한 노총각의 모습은 성이라는 기본 욕구에서조차 소외된 민중의 처지를 단적으로 보여준다.

하층민들의 성적 결핍은 기실 사회적 불평등의 소산으로서 아주 본질적인 문제이거니와, 그에 대한 대응이 주목된다. 구전 육담은 성적 결핍에 대한 대응을 크게 두 가지 형태로 그려 보이고 있다. 하나는 그 욕구불만을 자위나 동성애 등의 방법으로 해소하고 있는 모습이다. 이는 물론 비정상적인 것이지만, 달리 욕구를 채울 수 없는 처지를 고려한다면 '상놈의 천한 짓'이라는 식으로 질타할 수는 없는 노릇이라고 생각된다. 또 하나는 적절한 배필을 짝지어주어서 문제를 해결하는 형태이다. 앞서 본 바 있는 〈과부와 머슴〉 같은 경우다. 이쪽이 훨씬 원만하고 바람직스러운 형태라고 할 수 있지만, 그러나 여전히 문제는 남는다. 그 상황은 기실 현실이라기보다는 '공상'에 가까운 것이고, 그러기에 공허할 수 있는 것이다. 그 공상은 다음과 같은 수준에 이르기도 한다.

진사 집과 나란히 있는 집에 홀어머니를 모시고 사는 노총각이 있었다. 하루는 총각이 어머니에게 진사 딸에게 장가를 보내 달라고 하니 어머니가 그

---

27) 육담 가운데는 이야기 내용 자체에 성교육적 내용을 담고 있는 것들이 있다. 방사를 할 줄 모르는 신랑을 위하여 밖에서 친척이 '脫衣~進退進退' 등으로 방법을 일러주어 신랑이 따라 하게 했다는 것 등이다.
28) 이러한 이야기들이 미혼 남녀들 사이에서 전승되면서 성교육의 역할을 했을 가능성이 있지만, 구체적으로 확인하기는 어렵다. 물론 이때도 '은밀한 것'임은 변치 않는다.

런 소리 하지도 말라며 꾸짖었다. 총각은 돈이 있어야 장가를 간다는 생각에 짚을 구해다가 굵다란 새끼를 서 발을 꼬았다. 밤중에 그 새끼를 쳐놓았더니 새가 한 마리 걸렸는데, '홀런만년 풍덕새'였다. 총각은 꽁지 깃털을 하나 뽑고서 새를 놓아주었다.

어느날 총각은 진사 딸이 담 모퉁이에 오줌을 눈 자리에 새 깃털을 꽂아놓았다. 그랬더니 그 처녀가 걸어가면 밑에서 '홀렁만렁 풍덕궁' 하는 소리가 나는 것이었다. 진사집에서 아무리 용한 의원을 써도 고칠 수가 없었는데, 그때 총각이 나서서 딸과 결혼하는 조건으로 병을 고쳐주기로 하였다. 총각은 가짜 환약을 만들어준 다음 깃털을 뽑아 처녀의 병을 고쳤다. 그러자 진사 댁에서는 딸을 내줄 수 없다고 딴전을 하는 것이었다. 총각은 다시 깃털을 꽂았고 처녀한테는 다시 '홀렁말렁 풍덕궁' 소리가 나기 시작하였다. 결국 진사는 딸을 총각과 결혼시키게 되었고, 총각은 처녀의 병을 고쳐 함께 살았다고 한다.
　　　　　　　　　—『한국구전설화』 8, 315~317면, 〈이상한 새털로 장가들다〉(요약)

참으로 꿈같은 일이 아닐 수 없다. 그러나 그것은 또한 꿈속에서만, 공상 속에서만 가능한 일이기도 하다. 그래도 이러한 이야기가 있어 심사를 조금 달랠 수 있을지 모르겠으나, 이러한 공상적 대리만족이 어찌 성적으로 소외된 이들의 욕구불만을 제대로 해소시켜 줄 수 있었겠는가. 위 이야기는 재미있는 이야기라기보다는 오히려 슬픈 이야기라는 느낌을 지울 수 없다.

끝으로 경제적으로 곤핍한 하층민의 처지 또한 성의 문제와 깊은 연관을 맺고 있다. 구전 육담은 가난과 관련하여 생겨나는 갖가지의 웃지 못할 희극을 보여주고 있거니와, 그 가장 흔한 예로 단칸방 생활에서 빚어지는 부부와 자식간의 민망한 사단을 들 수 있다. 이런 류의 이야기는 아주 많은데,29) 그중 두 편만을 들어 본다.

---

29) 문헌 육담에도 이러한 이야기가 몇 편 있지만, 수적으로 구전 육담과는 상대가 되지 않는다. 구전 육담은 그 상황에서의 다양한 사단을 재미있고 실감있게 그려내고 있다.

한 머슴이 겨우 장가들어 단칸방에서 사는데 자식을 숱하게 낳아 놓았다. 부부는 서로 정답게 잘 기회를 못 찾던 중, 어느 여름날 마당가 대추나무 밑에서 일을 벌이기로 하였다. 아이들 잠든 틈을 보고 남편이 아내에게 '꼬끼오' 하고 신호하니 아내가 '꼬꼬' 하면서 나왔다. 그러자 아이들이 잠을 깨서 '삐요삐요' 하면서 엄마 뒤를 따라나오는 것이었다.

—『한국구전설화』 6, 477면, 〈삐요삐요〉(요약)

한 가난한 집이 있는데 아이까지 많아서 살기가 어려웠다. 아이 보기에 지친 큰자식들이 의논하여 부모가 밤일을 시작하면 불을 켜서 막기로 하였다. 부모가 성냥과 부싯돌을 다 감추자 자식들은 화로에 숯불을 담아 불을 켜대는 것이었다.

오래도록 밤일을 하지 못하던 부부는 어느 날 화로에 무를 묻어놓고 일을 시작했다. 자식들은 일어나서 화로를 쑤시며 불을 켜려고 했으나 무 때문에 불이 붙지를 않았다. 그러자 한 녀석이 소리치는 것이었다. "어떤 놈이 무를 묻었어? 무 묻은 놈이 이번 애기를 보아라."

—『한국구전설화』 3, 327면, 〈무 묻은 놈이 애봐라〉(요약)

단칸방 살림에 자식의 눈을 피하여 일을 벌여야 하는 부부, 그리고 그 일을 방해하는 자식들. 참으로 엉뚱하고 비정상적인 형태로 성이 노출되고 있는 상황이다. 그 민망하고 속상한 것을 어찌 이루 말할 수 있겠는가. 팔자 편한 사람이 보기에는 미련스럽고 우스꽝스러운 일로 보일지 모르나, 실제로 이런 일을 겪으며 살고 있는 고단한 평민의 입장에서는 한숨이 절로 날 수밖에 없는, 그야말로 웃지 못할 희극이다. 삶의 절박성이 거기 배어 있다.

'성'은 인간 보편의 것이라는 명제는 타당하다. 누구나 성적 욕구를 지니고 있고 성인이 되면 성생활을 한다. 그러나 모든 성이 다 같은 성이 아니라는 것 또한 분명하다. 이 절의 논의결과는 이를 단적으로 보여주고 있다.

조선사회에 있어 윤리 관념을 사회의 지표로서 힘주어 내세운 것은 양반 사대부들이었다. 그러나 그 가면 뒤에 비인간적이고 차별적인, 왜곡된 성관념이 도사리고 있음을 우리는 문헌 육담을 통하여 단면적으로 볼 수 있었다. 이에 비하면 일반 민중들이 구전 육담을 통해 가다듬어 온 성의식은 상대적으로 건강하고 인간적인 것이었다. 윤리적 고민이 담겨 있고, 인간적 정감이 배어 있다. 여러 가지 사회적 억압이 성생활을 억누르고 있는 상황 속에서, 사람들은 성에 얽힌 문제를 한편으로는 유쾌하게 또 한편으로는 절박하게 형상화하면서 그것을 헤쳐 나갈 길을 찾고 있다. 고단한 처지 속에서 힘들게 지켜온 민중의 삶의 방식이다.

5. 인간의 길 찾기―결론을 대신하여

이 글에서는 문헌 육담과 구전 육담을 서로 견주어 보는 방식으로 우리 전통 육담의 성의식을 살펴보았는데, 아직 많은 과제를 남겨두고 있다. 충분히 많은 사례를 세밀하게 검토하지 않은 상태에서 나온 이 논문의 결론은 잠정적인 것일 수밖에 없다. 특히 문헌 육담과 구전 육담의 차이를 선명히 드러내고자 한 의도가 때로 문제를 단순화시킨 면이 없지 않으리라고 본다.

그러나 이 논문의 논의 결과는 우리 민족의 전통적 성의식을 이해하는 데 있어서 하나의 유효한 관점을 제공하고 있다고 본다. 그것은 또한 오늘날의 성문제를 돌아보는 데 있어서도 유효한 면이 있다고 감히 생각해 본다.

오늘날 성은 과거 어느 시대보다 더욱 크고 복잡한 문제를 낳고 있는 바, 그중에는 근대 이후에 새롭게 발생하거나 확장된 것이 큰 부분을 차지하고 있다고 할 수 있다. 예컨대 근래에 급속하게 확산되고 있는 대중매체를 통한 '성의 상품화' 같은 것이다. 그렇지만 곰곰이 따져보면 우리의 현재의 성문화는 여러 측면에서 과거의 연장선상에 있음을 깨닫게 된다.

먼저 성을 금기시하고 억압하는 현상은, 과거보다는 다소 나아졌지만, 여전히 우리 성문화의 중요한 특성을 이루고 있다. 성이 무언가 음험한 것으로 치부되는 가운데 음지에서 왜곡된 성의식이 자라고 비정상적인 성행위가 이루어지고 있는 것이 우리 성문화의 현주소다.

이와 깊은 관계가 있는 것이지만, 건전한 성윤리의 확립 또한 아직도 요원한 것으로 보인다. 근대 이래로 '애정'의 인간적 가치가 강조되고 애정에 기초하여 남녀의 성적 결합이 이루어져야 한다는 사고가 보편적 공감을 얻게 되었지만, 그것이 현실에 있어 명실상부하게 실현되고 있는지는 의문이다. 애정과 무관한 동물적 차원의 성관계가 지금도 곳곳에서 벌어지고 있는바, 물질적·육체적 쾌락을 중시하는 자본주의의 이데올로기가 새롭게 그것을 조장하고 있다.

성에 얽힌 사회적 불평등은 해소되었는가 하는 데 대해서도 또한 자신 있게 말하기 어렵다. 양반의 여종 겁탈 대신 직장 내 성추행이 빈발하고 있고, 권력과 돈을 가진 집단의 기생파티가 여전히 성행하고 있다. 많은 남성들이 아직도 여성을 성적 종속물 내지는 성적 쾌락의 대상으로 보면서 성적 결합의 성취를 위해 동분서주하고 있다.

과연 바람직한 성문화는 어떠한 것이고 어떻게 거기로 나아가야 하는 것인가? 성에 관한 참다운 '인간의 길'은 어떤 것일까? 이에 대한 답변을 찾는 것은 필자 혼자만의 몫이 아닐 것이다. 이 문제를 성찰하는 하나의 작은 계기를 마련하는 데 이 논의의 의미를 둔다.

조선 후기 야담에 나타난 재산과 신분의 관계

『청구야담』을 중심으로

1. 머리말

이 논문은 야담 자료를 통하여 조선 후기 문학에 당대의 사회적 삶이 형상화된 양상을 살펴보는 것을 목적으로 한다. 조선 후기는 흔히 중세 사회의 해체기로 일컬어지거니와, 이 시기 사회 변화의 핵심 요소 가운데 하나인 신분과 경제력의 어긋남의 양상을 야담집에 실린 여러 이야기 자료를 통해 점검하고, 또한 그러한 변화에 대하여 당대인들이 어떻게 대응하였는가를 살펴보고자 한다. 그를 통해 이 시대 사회적 삶의 저변을 '구체적으로' 드러내고 그 역사적 방향성을 추적해 보려 한다.

조선 후기 야담에 대한 연구는 그간 활발하게 이루어져 왔으며,[1] 그

---

1) 야담의 연구 경과는 정명기, 「야담 연구의 현황과 장래」, 글터 1집, 원광대 국어교육과, 1983 및 이강옥, 「야담의 연구 시각」, 『한국문학사의 쟁점』(장덕순 외), 1986에서

가운데는 신분(身分)이나 빈부(貧富)의 문제를 주요 관심사로 다룬 것이 적지 않다.[2] 그 연구는 대개 야담 자료로부터 당대의 사회현실을 읽어 내는 방향으로 진행된 것이었는바,[3] 그 연구의 결과로서 조선 후기에 경제력의 재분배를 통해 광범위한 신분변동이 이루어지고 있음이 다각적으로 해명되었고, 그것은 역사의 방향성에 대한 인식의 진전으로 이어졌다. 예컨대 박희병은 『청구야담』 자료에 대한 고찰의 결과로서 이 시기 야담이 "궁극적으로 봉건적 제 구속을 탈피하여 근대적 인간 해방을 지향하는" 방향성을 보이고 있다는 결론을 내린 바 있다.[4]

이 글의 기본 연구 방향은 기존 연구와 본질적으로 다르지 않다. 이 글에서는 기존의 다수 연구와 마찬가지로 사회현실에 초점을 맞추어 '이야기 자료로부터 현실을 읽어내는' 작업을 수행할 예정이다. 논의 중복의 위험성에도 불구하고 이처럼 이 방향의 연구 분석을 거듭 시도하는 것은 이 방면 연구에 보완의 여지가 있다는 판단에 따른 것이다.

문학은 현실을 반영하지만, 그 반영의 양상은 단순하지 않다. 문학에 형상화된 인간과 세계는 사람들의 상상을 통하여 재구성된 것으로서, 그 속에는 현실과 꿈, 사실과 허구가 한데 얽혀 있다. 이에는 물론 야담도 예외가 아니다. 그런데 지금까지의 연구에서 야담의 형상화 원리로서의 사실과 허구의 결합 양상에 대한 신중한 고려가 있었다고 보기 힘들다. 개별 작품 분석 과정에서 사실적 요소와 허구적 요소에 대한 지

정리된 바 있다.
2) 다음 논저들을 그 예로 들 수 있다. 박희병, 「청구야담 연구」, 『국문학연구』 52집, 1981; 임철호, 「이조 후기 한문소설에 나타난 인간상 I」, 『전주대 논문집』 10집, 1982; 이강옥, 「조선 후기 야담집 연구」, 국문학 연구 60집, 1982; 정명기, 「노―주의 어울림과 맞섬」, 『한국언어문학』 21집, 1982; 김경숙, 「신분변동 야담연구」, 『국문학연구』 90집, 1989; 이수영, 「조선 후기 야담연구―치부담을 중심으로」, 영남대 석사논문, 1992.
3) 물론 기존의 모든 연구가 이 문제에 초점을 맞춘 것은 아니었다. 야담집에 실린 이야기의 양식적 성격과 역사적 전개 과정, 서술 시각 등도 기존 야담 연구의 주요 관심 대상이었다. 그렇지만, 신분이나 치부(致富)의 문제 등을 구체적으로 다룸에 있어 관심은 아무래도 당대 사회상 쪽에 귀결되기 마련이었다.
4) 박희병, 앞의 논문, 181면.

적이 있었던 적은 많지만, 그 관계 양상에 대한 일반적이고 체계적인 논의가 부족하였다. 그 결과 실제 현실과 작중 현실의 역학관계가 충실히 드러날 수 없었다. 이 글에서는 야담에 있어 사실과 허구가 얽히는 양상을 좀더 체계적으로 가려 따지는 방안을 마련하고 그에 입각하여 이야기 자료를 분석함으로써 야담의 현실 수용 양상에 관한 인식의 진전을 꾀하고자 한다.

한편, 이 글에서는 현실을 문제 삼음에 있어 '역사적 사실'의 확인에 그치지 않고 '구체적인 삶의 양상'을 드러내는 데 관심을 두려 한다. 변화하는 세상에 대한 사람들의 다양한 대응을 살아있는 '삶'의 차원에서 살펴봄으로써 현실을 보다 '구체적으로' 드러내고자 하는 것이다. 이야기 등장인물의 구체적 행동 양태와 함께 가치관을 신중하게 살핌으로써 그러한 성과를 기약할 수 있으리라 본다.

이 글에서는 고찰 대상을 『청구야담(靑丘野談)』에 실린 자료로 한정한다. 여러 야담집의 자료를 한꺼번에 다루는 것은 무리라고 보기 때문이다. 『청구야담』을 대상으로 택한 것은 그것이 조선 후기의 대표적인 야담집으로서 당대의 사회현실을 반영한 이야기들을 폭넓게 수록하고 있다는 점을 고려한 것이다.5) 자료를 살핌에 있어서는 선별적 논의를 지양하고 신분-재산 관계를 문제 삼고 있는 것들을 두루 포괄해 다룸으로써 시각의 객관성을 추구하고자 한다.6)

---

5) 『청구야담』은 19세기 전반에 편찬된 야담집으로 알려져 있으며, 그 자료들 중 대다수는 17세기 이후 19세기 전반에 이르는 시기의 산물로 인식되고 있다. 이 논문에서 문제삼는 시대현실은 자연 이 시기에 걸치며, 그중에서도 특히 이 책이 편찬된 19세기 전반기의 상황이 특히 문제시된다.

6) 『청구야담』은 이본이 많은데, 그중 19권 19책의 규장각본을 기본 텍스트로 삼고 '서벽외사 해외수일본'을 함께 살폈다. 자료를 살핌에 있어 서대석 편저, 『조선조문헌설화집요(I)』, 집문당, 1991과 이우성·임형택 편역, 『이조한문단편집』(전3권), 일조각, 1973~1978이 좋은 길잡이가 되었다.

2. 야담에서의 사실과 허구

이야기문학에 있어 사실과 허구의 위상은 다양하고도 복잡하다. 사실과 허구가 한데 얽히는 것이 일반적인 특징이지만, 그 구체적 관계 양상은 이야기 각편이나 유형, 갈래에 따라 많은 편차를 보인다. 구비설화의 여러 갈래를 대상으로 한 필자의 연구 결과에 의하면, 사화(史話)는 사실을 중심으로 하여 이야기가 구성되고, 전설(傳說)은 이야기 구성과 전승에 있어 사실과 허구가 맞부딪치는 양상을 보이며, 민담은 허구를 전제로 하여 내용이 구성되고 전승이 이루어진다. 민담은 다시 사실적(寫實的) 민담과 희극적 민담 등으로 나누어지는데, 사실적 민담은 이야기 내용이 현실적 개연성의 범위 내에서 전개되는 데 비하여 희극적 고담에는 현실적 개연성을 벗어나는 내용이 포함되는 것이 보통이다.[7]

야담을 두고 사실과 허구의 위상을 따지는 것은 또 하나의 어려운 과제이다. 이때 우선적으로 문제가 되는 것이 야담집에 실린 이야기들의 다양성이다. 야담집에 다양한 갈래의 이야기들이 섞여 있음은 이미 지적돼 왔는바,[8] 실제로 거기에는 사화나 각종 일화(逸話), 전설, 희극적 민담 등에 해당하는 이야기들이 포함돼 있으며, 그와 더불어 '한문 단편', '야담계 소설' 등으로 지칭돼 온 일련의 현실적인 이야기들이 중요한 자리를 차지하고 있다. 이러한 자료의 다양성은 그 문학적 특성에 관한 논의를 어렵게 만들고 있다.

그렇지만, 이 여러 종류의 자료들 가운데서도 특히 문제가 되는 것을

---

7) 신동흔, 『역사인물이야기연구』, 집문당, 2003, 149~175면 참조.
8) 박희병, 앞의 논문, 55~62면; 이강옥, 앞의 논문(1982), 13~52면 및 「조선 초·중기 일화의 형성과 변모과정 연구」, 서울대 박사논문, 1993, 18~25면. 박희병은 민담, 전설, 소화, 일화, 야담계 단편소설 등으로 구분하였고, 이강옥은 전설, 민담, 소담, 사대부일화 및 야사, 평민일화 및 평민단편소설, 야담계 일화 및 야담계 소설 등으로 나누었다.

가릴 수 있으니, 그것은 바로 '한문 단편' 류의 현실적인 이야기들이다. 이 이야기들이 야담의 새로운 서사 세계를 대변한다고 할 수 있는바, 기존 이야기 양식들과 다른 야담의 서사적 특성은 이 자료들에서 특히 잘 드러난다.[9]

이 '한문 단편' 류의 야담 자료들은 사실과 허구의 관계에 있어 사화나 전설, 고담 등과는 또 다른 특징을 나타내고 있다. 그것은 내용상 어떤 뚜렷한 근거를 두고 있지 않으며 서술자들이 그 사실성(事實性)에 대해 책임을 지지 않는다는 점에서 사화와는 다르다. 그런가 하면 현실적 개연성의 범위에서 내용이 구성된다는 점에서 허구적이고 신이한 이야기 요소가 부각되는 전설과 구별된다. 이러한 야담과 가장 가까운 것은 허구를 전제로 하면서도 현실적 개연성에 입각해 내용이 구성되는 '사실적 민담'이라 할 수 있겠다. 그러나 야담은 화자나 청자가 '꾸며낸 이야기'임을 전제로 하는 고담과 달리 독자로 하여금 이야기 내용이 '실제의 일'이라는 느낌을 강하게 주고 있음이 특징적이다. 이야기의 시 · 공간적 배경이나 등장인물이 구체적으로 명시된다는 점 등이 그 효과와 긴밀한 관계를 맺고 있다. 대체적으로 볼 때 야담은 사실적(寫實的) 민담과 통하면서도 사실성(事實性)을 부각시켜 작품의 현실성을 더욱 강화하고 있는 것으로 판단된다.[10]

야담이 이처럼 강한 현실성을 지닌다는 것은 야담을 통해 현실적 삶의 양상을 읽어내는 작업의 기본 근거가 된다. 현실을 현실의 차원에서 문제삼고 있는 것이 야담이므로, 그 이야기 내용 속에서 어렵지 않게

---

9) 이 자료들에 대해서는 설화인가 소설인가 하는 의견이 맞서 있다. 야담을 '문헌설화'로 다룬 조희웅 등이 이들을 설화에 포괄해 보는 관점을 보인다면 임형택 이래 이신성 · 박희병 · 임철호 · 이강옥 등은 이들을 소설로 보는 입장을 취하였다(그 자세한 논의는 이강옥, 앞의 글(1986) 참조).

10) 필자는 이러한 특징 때문에 야담이 하나의 독자적 이야기 양식으로서의 최소한의 속성을 갖추고 있다고 보고 있다. 그렇지만, 야담의 양식적 특성이란 문제는 이처럼 간단히 논할 수 없는 매우 어렵고 복잡한 문제이다. 그에 대한 본격적인 논의는 차후의 과제로 남겨 둔다.

‘현실’을 발견할 수 있는 것이다.

그렇지만 야담에 있어서도 허구적 요소는 폭넓게 개입돼 있다. 야담의 이야기 내용은 ‘사실적(事實的)’일 뿐 사실 그대로는 아니다. 그것은 현실의 반영물이지만, 그 현실은 사람들에 의하여 ‘선택된’ 것이며, 또한 상상을 통해 ‘재구성된’ 것이다. 그리하여 그 속에는 실상으로서의 현실과 상상과 꿈이 만들어낸 허상으로서의 현실이 함께 얽혀 있다. 우리는 그 실상과 허상을 가려내야 하며, 허상 이면에 가로놓여 있는 삶의 실상을 읽어내야 한다.

문제는 어떤 방식으로 그 작업을 수행할 것인가 하는 점이다. 그 작업의 실마리를 찾기 위해서는 아무래도 이야기의 존재방식에 대한 기초적 성찰이 필요할 것이다. 이와 관련하여 필자는 이야기에 ‘화제’에 해당하는 내용과 ‘전제’에 해당하는 내용이 결합돼 있고, 양자에 있어 현실의 수용 양상이 다르게 나타난다는 점을 주목하고자 한다.

하나의 이야기가, 특히 특별한 목적의식이 없는 세간의 이야기가 사람들 사이에서 전승·향유되는 것은 거기 무언가 흥미 있는 것, 특별한 것이 있기 때문이다. 만약 이야기내용이 빤한 일상사에 불과하다면 그것은 사람들의 관심을 끌 수 없으며 사람들에게 의미를 전해 줄 수 없다. 곧 생명력 있는 이야기로서 존재할 수 없다. 이야기를 성립시키는 그 특별한 이야기내용을 일컬어 ‘화제(話題)’라 할 수 있다.

이야기의 중심 내용을 이루는 것은 화제이지만, 화제만으로 내용이 구성되는 것은 아니다. 이야기에는 그러한 화제를 유도하고 뒷받침하는, 그 자체로서는 특별하다고 하기 힘든 내용이 들어 있게 마련이다. 예컨대, 어떤 특별한 사건이 벌어지기에 앞서 이야기의 출발상황으로 제시되는 인물의 처지 같은 것이 그것이다. 그와 같은 이야기 내용을 일컬어 ‘전제(前提)’라 할 수 있다.

하나의 이야기 속에서 전제와 화제를 가르는 객관적인 기준을 설정하기는 어렵다. ‘특별함’의 정도에 대한 판단은 주관성을 내포하기 마련인 것이다. 그럼에도 불구하고 다음과 같은 기준에 의해 화제와 전제를 구분할 수 있다. ─첫째, 이야기의 출발 상황으로 제시되는 내용은 대체로 이야기 전제에 해당하며, 전환이나 절정에 해당하는 내용은 화제에 해당한다. 둘째, 서술자가 특별한 배려 없이 단적으로 제시하는 내용은 대개 전제에 해당하며, 관심 속에 상세히 서술하는 내용은 화제에 해당한다. 셋째, 작중인물이나 서술자가 당연한 일로 받아들이는 내용은 전제에 해당하며, 그들이 특별한 일로 받아들이는 내용은 화제에 해당한다. 넷째, 이상의 기준과 더불어 연구자가 당대 독자의 입장에서 내용의 특별함 여부를 헤아린 결과 또한 판단의 근거가 될 수 있다.

이 두 이야기 구성요소 가운데 전제는 대개 단편적이고 거친 모습을 하고 있는 것이 보통이다. 그리하여 현실의 구체적인 모습을 생동감 있게 보여주지는 못한다. 그렇지만 전제의 현실 반영적 의미는 만만치 않다. 전제에 제시되는 현실상황은 허구적 변형을 거치지 않은 것으로서 현실의 모습을 단면적으로 보여주는 것이다. 특히 우리는 이야기의 전제들을 통해 이야기 담당자들에게 있어 현실의 어떠한 국면이 '당연지사(當然之事)'로 받아들여졌는가를 추정해 볼 수 있으며, 그것은 현실 상황의 이해에 긴요한 실마리가 될 수 있다.11)

'화제'에 있어 현실이 수용되는 양상은 전제에서와는 다르다. 화제의 상황은 관심 속에 구체적으로 제시되는 만큼 현실과 관련하여 풍성한 논의거리를 제공해 준다. 그렇지만 화제의 내용이 실제 현실과 바로 통하는 것은 아니다. 화제 속에 형상화된 현실은 무언가 '특별한 의미를 지니는 현실'로서, 일상적 현실의 평범한 한 단면이라 보기 힘들다. 거기에는 사실과 함께 허구가, 경험과 함께 '꿈'이 착종돼 있다. 그 변수를

---

11) 전제는 어느 이야기 양식에서든 찾아볼 수 있는 것이지만, 야담에 있어서 전제의 의미는 좀 특별하다. 야담이 당대적 현실을 현실 차원에서 문제삼는 방향성을 취하고 있는 만큼, 전제 속에 현실의 단면이 잘 포착되고 있는 것이다. 특별히 야담을 대상으로 한 논의에서 전제와 화제를 구별해 따지는 것은 이 때문이다.

제대로 짚어내야만 현실의 실상을 읽어낼 수 있다.

화제의 현실 수용 양상을 짚어보는 데 있어 관건이 되는 요소는 '현실성'과 '필연성' 여부라 할 수 있다. 화제가 현실성과 필연성을 갖추고 있는가 그렇지 않은가에 따라 작중 현실이 지니는 의미는 크게 달라진다.[12] 먼저 화제가 현실성과 필연성을 함께 갖추고 있을 때, 곧 필연적 현실성을 갖추고 있을 때 그것은 현실의 한 단면을 '전형적으로' 부각시키는 것으로서의 의의를 지니게 된다. 즉 그 상황은 특별한 것이면서 동시에 '충분히 있을 수 있는 일'로서 보편적 공감을 불러일으키게 된다. 그리하여 우리는 그 이야기내용으로부터 현실의 심상하지 않은 숨겨진 모습, 새로운 모습을 찾아낼 수 있다. 곧 현실의 본질적 국면에 접근해 들어갈 수 있다. 한편, 이와 달리 화제가 필연성이나 현실성을 갖추지 못했을 경우, 곧 필연적 현실성을 갖추지 못하고 비현실적 요소나 우연적 요소에 의존하여 부각될 때 그 화제는 현실을 제대로 반영해내지 못한다고 할 수 있다. 이 경우 작품 속의 현실은 한갓 꿈에 불과하거나(환상이 개입한 경우), 뒤틀리고 전도된 것이거나(과장이 개입한 경우), 보편성이 결여된 '특수한 것'에 불과하다(우연이 개입한 경우). 그것은 '현실에서 실제로 벌어지기를 거의 기대할 수 없는 것'으로서 허상(虛像)에 불과하다.[13] 이러한 화제는 작중상황을 통해 현실을 바로 보여주기보다는

---

12) '현실성'은 화소(話素)가 현실적 개연성의 범위 안에 있는가에 따라 가름된다. 현실적 가능성의 범위를 벗어나는 과장이나 환상적 요소가 개입할 경우 그 내용은 현실성을 갖추지 못한 것이라 할 수 있다. 한편, '필연성'은 사건의 전개가 현실적 인과관계에 입각하고 있는가에 따라 가름된다. 우연적 요소가 개입하여 상황이 진전될 때 그 내용은 필연성을 갖추지 못한 것이라 할 수 있다.

여기서, 현실성의 개념을 좀더 폭넓게 설정할 경우 그 속에 필연성까지도 포괄된다고 할 수도 있을 것이다. 그렇지만 여기서는 현실성을 위와 같은 좁은 개념으로 정의해 두기로 하며, 현실성과 필연성을 포괄하는 개념은 '필연적 현실성'이라고 칭하고자 한다.

13) 그 허상을 만들어낸 주된 주체는 담당자들의 의식이라 할 수 있다. 현실에 대한 비합리적 인식이나 현실적으로 기대하기 힘든 것에 대한 꿈 등이 그러한 허상을 낳는 것이다.

거꾸로 보여준다. 우리는 그것을 통해 현실의 '불가능태(不可能態)' 쪽을 읽어낼 수 있는 것이다.14)

이제 실제 자료에 있어 전제와 화제가 어떻게 구별되며, 그를 통해 어떻게 현실이 형상화되는가를 구체적인 예를 통해 살펴보기로 한다.

① 유진사는 집이 몹시 가난하였는데, 흉년을 만나 굶어죽을 지경에 이르렀다.

② 유진사가 내당에 가보니 부인이 무엇을 씹고 있었는데, 알고본즉 허기를 못 이겨 수박씨를 씹은 것이었다. 부부는 함께 눈물을 흘렸다.

③ 그때 어떤 관노가 찾아와 유진사가 능참봉에 낙점되었음을 알려주었다. 자신을 위해 벼슬을 주선할 사람이 없다고 생각한 유진사는 잘못 안 것이라면서 하인을 돌려보냈다.

④ 그 관노가 다시 찾아와 유진사가 분명하다고 하였다.

⑤ 유진사가 숙배(肅拜)할 기운도 의복도 없다고 하자 그 하인이 음식과 의복을 주선해 주었다. 이후 하객과 축하인사가 줄을 이었다.

⑥ 유진사가 출직한 다음 알아보니, 이조판서와 절친한 사이에 있는 자신의 동창이 자신의 사정을 알고 이조판서를 통해 벼슬을 주선한 것이었다.

⑦ 유진사가 출세하여 이조의 요직에 올라 간성 원을 추천하게 되었다. 유진사는 전임 이조판서의 아들이 간구한 처지에 있음을 알고 다른 청탁을 다 물리치고 그를 추천하여 은혜를 갚았다.

— 청구 74, '擬腹邑宰相償舊恩'15)

---

14) 이야기 속의 비현실적, 우연적 요소가 언제나 이러한 역할을 하는 것은 아니다. 전설이나 민담, 소설(특히 풍자소설) 등에서 이들은 현실의 숨겨진 본질을 드러내 보여주는 효과적인 수단이 되곤 한다. 문제는 야담에 있어서 허구를 전제로 하지 않고 현실을 현실 차원에서 문제삼고자 함에도 불구하고 이러한 요소가 나타나고 있다는 점이다. 이러한 불일치에 의해 현실이 변질 또는 왜곡되는 것이다.

15) 제목 앞의 '청구 74'는 『청구야담』의 74번째 자료'를 뜻한다. 그 번호는 서대석 편저, 앞의 책의 자료 고유번호에 해당한다. 앞으로 제시될 자료번호 또한 그 의미가 이 경우와 같다. 자료 제목은 한문본에서 취한 것이다.

위 예화의 내용 가운데 1단락의 '가난한 진사가 있었다'는 내용은 '전제'에 해당한다. 이야기의 출발 상황으로서, 원인 제시 같은 것 없이 상황이 단적으로 제시된다.

> 옛적의 뉴진신라 ᄒᆞᆫ 사름이 이시니 집이 간난ᄒᆞ야 됴블녀셕ᄒᆞ고 ᄯᅩ 겸셰를 당ᄒᆞ야 ᄌᆞ싱ᄒᆞᆯ 길이 업더니,
>
> —『한국야담자료집성』 2권, 380면[16]

이에 이어지는 2단락의 내용은 배경을 제시한 것이면서도 '화제'로 인정될 수 있다. 그 내용이 평범치 않고 절박하며, 상황이 관심 속에 구체적으로 서술되고 있다. 여기서 여인이 수박씨를 씹었다는 것은 가난의 결과로서 어쩔 수 없이 봉착한 결과로서 필연적 현실성을 갖추고 있다.

3~6단락에 제시되는, 유진사가 능참봉에 제수된다는 내용은 이 이야기의 주요 화제로 자리잡고 있다. 그것은 주인공 자신이 믿지 못할 정도로 의외의 일로서, 큰 관심 속에 구체적으로 서술된다.

> "진ᄉᆞ님계오셔 아모 릉참봉 슈망을 들어 몽졈ᄒᆞ신 고로 망통을 가지고 간신히 차자 왓나이다." ᄒᆞ고 즉시 ᄉᆞ미 속으로셔 망통을 ᄂᆡ여 뵈니 과연 즈가 셩명이라. 그러나 니판이 누군 줄을 알지 못ᄒᆞ거늘 이졔 이예 의망ᄒᆞ니 실노 의외라. 여ᄎᆔ여광ᄒᆞ여 의괴ᄒᆞ기를 냥구히 ᄒᆞ다가 갈오ᄃᆡ "이 반ᄃᆞ시 날노 더브러 동셩동명이로다. 네 그릇 차자왓스니 다른 곳의 가 ᄌᆞ셰히 방문ᄒᆞ라. 내 집이 지빈ᄒᆞ여 셰샹의 내 셩명 알 니 업스니 엇지 의망ᄒᆞᆯ 니 잇스리오" ᄒᆞ고 인ᄒᆞ야 도로 드러간ᄃᆡ
>
> —『한국야담자료집성』 2권, 381면.

---

16) 인용문은 정명기 편, 『한국야담자료집성』, 계명문화사, 1987, 2~3권에 영인된 자료를 따랐다. 인용자가 떼어쓰기를 하고 구두점을 달았다.

이 화제는 대체로 현실성을 지니고 있다고 할 수 있다. 현실적 개연성의 범위를 벗어난 내용이 제시되지는 않는다. 그렇지만, 그것은 '우연성'을 특징으로 하고 있다. 유진사에게 닥쳐온 능참봉 제수는 본인의 행위와 상관없이 이루어진, 본인이 전혀 기대조차 하지 않았던 상황에서 우연히 닥쳐온 행운으로 돼 있는 것이다.

다음 7단락의 내용에는 전제와 화제가 얽혀 있다. 이조판서 댁이 몰락했다는 것은 전후 맥락 없이 단적으로 제시된 것으로서 전제에 해당한다. 이와 달리 주인공이 온갖 청탁을 물리치고 자신을 추천한 이조판서 댁에 보은하는 길을 택한다는 것은 관심 속에 구체적으로 서술된 내용으로서 화제에 해당한다. 그 선택은 당시의 일반적 세태와는 다른 것으로서, 주인공 입장에서 보면 고민 끝에 도달한 필연적 결과라고 볼 수 있지만, 이조판서 아들로 보면 기대치 않았던 우연한 행운이라고 할 수 있다.

이상에서 우리는 위의 이야기가 양반의 어려운 생활처지, 양반가문의 영락 등을 전제로 삼는 가운데, 형언 못할 가난의 고통을 겪던 양반이 뜻밖에 벼슬을 얻어 출세하고 후에 그 은혜에 보답했다는 것을 화제로 삼은 이야기임을 알 수 있다. 그 전제를 통해 우리는 초시에 급제한 양반이 가난에 시달리고 있던 상황을 읽을 수 있으며, 양반 가문이 한두 세대 사이에 심하게 몰락하고 있는 상황을 발견할 수 있다. 그리고 그 화제 가운데 필연적 현실성을 갖추고 있는 유진사의 극심한 가난으로부터 연줄과 경제력이 없는 양반이 얼마나 비참한 상황에 있었는가를 '전형적으로' 볼 수 있다. 그런가 하면, 우연적 요소가 개입한 유진사의 출사(出仕)—또한 이조판서 아들의 출사—라는 화제는 양반의 출세 가능성보다는 오히려 가난한 양반이 그 상황을 탈피하여 처지를 회복하는 것이 어려웠던 상황을 역설적으로 발견할 수 있다. 앞서 인용한 내용에서 볼 수 있듯이 그것은 당사자조차 꿈에도 기대하지 못했던 결과였던 것이다.

관심을 끄는 것은 '화제'에는 '전제'에서와 달리 이야기 담당자들이 현실을 대하는 관점이 투영된다는 점이다. 유진사가 극심한 가난에 짓눌려 비통해하는 내용에는 몰락양반의 암담한 상황에 대한 비탄이 함축돼 있고, 그의 뜻밖의 출세라는 화제에는 양반들의 처지 회복에 대한 꿈이 담겨 있으며, 유진사의 보은이라는 화제에는 의리가 지켜지는 세상에 대한 바람이 내포돼 있다. 이중 필연적 현실성에 입각하고 있는 몰락양반의 처지에 대한 비탄이 강한 울림을 지니는 데 비해, 우연에 의지해 제시되는 양반의 처지 회복(나아가 출세)에 대한 희망이 무기력한 공상에 그치고 있음은 물론이다.

3. 재산―신분 관계의 형상화 양상

『청구야담』에 수록된 이야기 자료 가운데 신분과 재산의 관계를 문제삼는 이야기는 매우 많다. 주인공이 등장할 때 흔히 그 경제적 처지를 문제삼곤 하며, 부(富)의 변동이 주요한 화제로 자리잡고 있다. 그리고 그 대개의 이야기에 있어 주인공의 신분이 문제시된다. 그중 신분과 재산의 문제가 내용 전개상 별 의미를 지니지 않는 것들을 제외해도 논의 대상 자료가 80편 이상에 이른다.17) 이제 이들을 놓고 재산과 신분의 관계가 이야기 속에 전제 또는 화제로서 어떻게 부각되고 있는가를 살펴보고자 한다.

---

17) 그 자료의 번호를 구체적으로 열거하면 다음과 같다.―청구 8, 9, 10, 12, 14, 15, 32, 36, 43, 44, 45, 51, 52, 53, 54, 55, 56, 61, 62, 63, 65, 66, 67, 68, 69, 70, 72, 73, 74, 75, 78, 80, 81, 83, 84, 85, 88, 91, 93, 97, 98, 112, 113, 114, 115, 116, 119, 129, 140, 142, 143, 149, 151, 153, 162, 169, 174, 175, 176, 185, 186, 191, 203, 207, 211, 215, 216, 217, 219, 221, 226, 229, 232, 239, 241, 249, 266, 267, 280, 281, 283, 284, 289(총83편).

신분과 재산을 문제삼는 이야기에 있어 등장하는 주인공들은 신분
별로 볼 때 양반이 가장 많다.[18] 그중 전제에 있어 양반의 경제적 처지
가 제시되고 있는 양상을 크게 부유한 경우와 가난한 경우로 나누어 정
리해 보면 다음과 같다.[19]

전제 ① 부유한 양반: 청구 12, 119, 142, 143, 151, 211, 219, 249
전제 ② 가난한 양반: 청구 8, 9, 14, 15, 43, 44, 45, 53, 56, 63, 66, 67, 70, 72,
  73, 74, 75, 78, 80, 81, 84, 88, 91, 97, 115, 116, 140, 143, 169, 174, 175,
  176, 186, 191, 207, 221, 226, 232, 239, 249, 266, 267, 281, 289

이러한 정리 결과가 우리에게 말해주는 바는 명백하다. 양반에 있어
빈부의 분화가 뚜렷이 이루어진 양상이 거기 반영돼 있다. 특히 그 가
운데도 '가난한 양반'의 존재가 전제로서 무척이나 많이 부각된다는 점
이 관심을 끈다. 이는 몰락양반의 존재가 화제가 될 수 없을 정도로 너
무나 흔하고 당연한 일로 여겨졌던 상황을 보여준다. 양반 신분과 경제
력의 불일치는 이 이야기들이 떠돌던 당시에 이미 부분적 현상이 아니
라 광범위하고 보편적인 현상이었던 것이다.

한편 야담 가운데는 '양반의 경제적 몰락'을 전제로 수용한 이야기들
이 있어 주목된다. 곧 본래 부유했던 양반이 다른 사건이 진행되는 동
안, 곧 얼마간의 기간이 경과하는 동안 어느새 재산을 잃고 가난뱅이로
전락한 상황이 '전제'로서 제시되곤 하는 것이다. 다음 자료에 그러한
내용이 포함돼 있다.

---

18) 이러한 사실은 야담집 편찬자가 주로 양반층에 속하는 사람들이었다는 사실과 연관
  이 있을 것이다. 야담집을 엮는 과정에서 자신과 처지가 통하는 인물의 이야기에 더
  많은 관심을 기울인다는 것은 자연스러운 현상으로 이해된다.
19) 인물의 경제적 처지는 이야기 서술의 기본적인 대상으로서 인물이 소개될 때면 그
  처지가 함께 언급되는 것이 보통이다. 그리하여 어렵지 않게 처지를 구별할 수 있었다.

전제 ③ 양반의 몰락 : 청구 45, 61, 68, 69, 74, 85, 98, 203, 217, 280

양반의 몰락이 전제로, 별 특별할 것이 없는 일로 제시되고 있는 것은 시대 변화의 양상을 잘 보여준다. 양반의 몰락이 당대 사회에 있어 활발히 진행되는 과정에 있었고, 그러한 변화가 사람들에게 당연한 것으로 받아들여지고 있었던 상황이 거기 반영돼 있는 것이다.

다음으로 중인이나 평·천민의 처지가 전제로 제시된 양상을 보기로 한다.[20]

전제 ④ 부유한 중인(역관, 아전 등) : 청구 32, 114, 140, 207, 229
전제 ⑤ 가난한 중인 : 청구 249, 284
전제 ⑥ 부유한 평민 : 청구 81, 266, 281
전제 ⑦ 가난한 평민 : 청구 93, 112
전제 ⑧ 부유한 천민(노비, 기생) : 청구 10, 15, 66, 67, 83, 176, 239

위의 내용을 통해 우리는 양반의 경우와 달리 중인이나 평·천민이 등장하는 경우에 부유한 처지가 전제되는 경우가 많다는 점을 두드러진 특징으로 발견할 수 있다. 부유한 중인이나 평·천민의 존재가 화제 아닌 전제로서 여러 이야기에 걸쳐 나타난다는 것은 이 이야기들이 회자되던 당대에 있어 '신분 낮은 부자'의 존재가 특별한 것이 아니었음을 잘 보여주고 있다. 여기서 신분과 경제력의 어긋남에 의한 신분계층 질서의 재편이 당대의 일반적·보편적 현상이었음을 다시금 확인할 수 있음은 물론이다. 특히, 부유한 천민의 존재가 뚜렷이 부각되고 있어 관심을 끄는바, 이는 그 재편이 전폭적인 것이었음을 시사해 준다.[21]

---

20) 중인이나 평·천민에 관한 이야기는 양반에 관한 것에 비해 그 수효가 적다. 그것은 물론 야담집의 편찬자의 신분이 양반이라는 것과 관계가 있다. 중요한 것은 양반이 편찬한 야담집에서 이들이 분명 중요한 한 자리를 차지하고 있다는 점이다. 이는 이 계층의 동향이 외면할 수 없는 시대적 문제였음을 시사한다.
21) 조선 후기에 경제력의 재편에 따른 신분계층의 재편성이 이루어졌다는 것은 역사학

이제 이야기의 중심 내용을 이루는 '화제'에 있어 재산과 신분의 관계가 어떻게 설정돼 있는가를 살펴보기로 한다. 먼저 양반의 경우에 있어 그 관계가 화제로 부각되는 양상을 정리해 본다.

화제 ① 양반의 극심한 가난: 청구 8, 63, 74, 88[22]
화제 ② 부(富)를 잃는 양반: 청구 54, 215
화제 ③ 부를 얻는 양반: 청구 44, 45, 56, 62, 69, 70, 73, 80, 84, 91, 98, 115, 116, 140, 143, 149, 153, 175, 186, 207, 211, 216, 221, 289
화제 ④ 벼슬과 부를 얻는 양반: 청구 9, 15, 43, 53, 54, 66, 74, 85, 169, 174, 176, 215, 226, 239, 267

앞서 우리는 이야기 전제에 있어 양반의 가난한 처지가 부각돼 있음을 보았는데, 화제에 있어서는 양반이 부를(또는 벼슬과 부를) 얻는 내용이 두드러지게 부각돼 있음이 특징적이다. 그 주인공들은 대다수가 가난한 처지가 전제돼 있던 그 양반들이다. 전제와 화제의 이러한 관계 설정은 야담의 담당자(좁게는 서술자)에 있어 몰락한 양반의 처지 회복이 중대한 관심사였음을 단적으로 보여준다.

그렇지만, 양반의 처지 회복이라는 화제가 부각된다고 해서 그것이 곧 시대의 흐름을 보여주는 것이라 할 수는 없다. 곧, 이 이야기들에 기초하여 이 시대에 양반의 처지 회복을 향한 움직임이 폭넓게 나타나면서 일정한 성과를 거두고 있었다는 식으로 보는 것은 성급한 해석이다. 이 문제에 대한 올바른 판단을 위해서는 그 화제가 필연적 현실성을 갖추고 있는가를 먼저 따져 봐야 한다.

위에 제시한 자료 가운데 밑줄을 친 것은 분석 결과 화제가 필연적

의 연구를 통해서 이미 드러난 바 있고, 기존 야담 연구에서도 지적된 바 있다. 이 논문은 이를 재확인한 셈이다. 그렇지만, '전제'에 대한 전반적 검토를 통해 그 변화가 전폭적이고 보편적인 것이었고 사람들에 의해 당연시됐음을 발견한 데 의의가 있다고 하겠다.

22) 강조된 자료는 화제가 현실성과 필연성을 갖추었다고 판단되는 경우를 나타낸 것이다.

현실성을 갖춘 것으로 나타난 것을 표시한 것인데, 그 결과가 흥미롭다. 양반의 극심한 가난이나 몰락을 내용으로 하는 화제가 필연적 현실성을 갖추고 있는 데 비하여, 양반이 부를 얻는다는 화제 가운데, 특히 벼슬과 부를 함께 얻는다는 화제 가운데 필연적 현실성을 갖춘 것은 드물게 보이는 것이다. 앞서 2절에서 이러한 특징을 나타내 보이는 자료를 하나 살펴보았거니와(청구 74), 다음 이야기도 이와 유사한 양상을 보이고 있다.

> 영남에 한 무변이 있었는데, 소년등과하여 가산이 부요하였다. 그는 서울에 올라와 여러 차례 벼슬을 구하였지만 허랑한 사람에게 거듭 속아 가산을 탕진하였다. 그리하여 다시 고향에 돌아와 농사를 지으려니 이웃사람들이 재산만 잃고 벼슬도 못했다고 조롱하는 것이었다. 그는 다시 전답을 팔아 서울로 향하였다. 그는 서울에 오는 길에 충청도에서 가족의 장례를 못 치르는 불쌍한 처녀를 도와 장례를 지내 주는 선행을 하고서는 서울에 당도하였다. 서울에 도착한 무변은 다시 벼슬을 구하였으나 뜻을 이루지 못하고 돈을 다 탕진하여 진퇴유곡의 곤궁한 처지에 빠졌다. 그러던 중 우연히 병조판서의 노친과 만나게 되어 말동무가 되었는데, 지난 일을 이야기하다 보니 전에 자기가 도와주었던 처녀가 병조판서의 후실이 되어 있는 것이었다. 결국 무변은 병조판서의 추천으로 벼슬길에 나아가게 되었다.
>
> —청구 215, ‘葬三屍湖武陰德’

이 이야기에는 등과한 무변이 벼슬을 얻기 위해 애쓰다가 돈을 탕진해 곤궁한 처지에 빠지게 되었다는 것과, 한 불쌍한 처녀를 도와준 것을 인연하여 벼슬을 얻게 되었다는 두 가지의 화제가 결합돼 있다(좀더 핵심적인 화제는 후자라 할 수 있다). 그런데 이 화제 가운데 무변이 벼슬을 구하다 돈을 잃는 과정은 필연적 현실성을 갖추고 있다. 전개 과정에 별다른 우연이나 비현실적 요소가 개입하지 않은 채 현실적 논리에 입각해 내용이 전개된다. 그리하여 이 화제는 연줄이 없는 양반이 벼슬길에 나가는 길이 막혀 몰락하는 상황을 전형적으로 보여주고 있다. 그렇지만 결국 이 무변은 벼슬길에 나가게 되는데(두 번째 화제), 그것은 필연적인 과정을 통해서가 아니라 우연에 의한 것이었다. 병조판서 노친과 말동무가 된 것이 우연이며, 자기가 도와주었던 처녀가 마침 그 병조판서의 후실이 돼 있었다는 것은 그보다 더한 우연이다. 그 우연의 결과로 무변은 절망적 상황에서 벗어나 갑자기 빛나는 인생행로를 맞이하게 되는 것이다.

우리는 이 이야기에서 당대 현실의 실상과 허상을 새삼 확인할 수 있다. 양반이 자신의 처지를 타개할 방법을 찾지 못하고 방황하는 것이 실상이라면, 그 양반이 처지 회복을 통해 부귀를 성취하는 것은 허상에 불과하다. 요행에 의해서 겨우 자기 길을 찾을 수 있다는 것은 요행 없이는 길을 찾을 수 없다는 것과 통한다. 결국 이 이야기는 처지 회복의 희망을 드러낼 뿐 그것을 이룰 현실적인 방법은 보여주지 못하고 있다. 몰락한 처지에 있던 양반이 이런 이야기를 보고 들으면서 되새기는 것은 허망한 꿈 아니면 탄식과 좌절감일 것이다.23)

양반의 처지 회복을 화제로 한 대다수 이야기는 이처럼 우연성 내지는 비현실성을 특징으로 하고 있다. 그렇지만 우리는 그 한편에 필연적 현실성을 갖춘 가운데 '부를 얻는 양반'을 그리고 있는 이야기들이 있음을 도외시할 수 없다. 위의 목록 가운데 밑줄 친 것들로서, 그 수는 적지만 주목할 가치를 지닌다.

이 이야기들의 주인공은 현실적인 과정을 통해 부를 성취한다. 여기서 관심을 끄는 것은 이들이 부를 성취하는 구체적인 방법이다. 이 이야기의 주인공들은 전통적인 방식에 의하여, 곧 과거에 급제하고 벼슬을 얻어 재물을 모으는 방식으로 부를 성취하지 않는다. 이들은 향리 행세를 한다든지, 장사나 무역에 나선다든지, 열심히 노동하고 절약하

---

23) 이와 비슷한 특징을 드러내는 자료의 예는 앞의 화제 목록에 나와 있듯이 얼마든지 더 들 수 있다. 그러나 논의의 번다함을 피하기 위해 더 이상의 예시는 생략한다.

는 생활을 한다든지 하는 등의 방법에 의하여 부를 성취한다(그 과정은 계획에 입각한 노력을 통해 순리적으로 이루어지는 것으로 필연적 현실성을 갖추고 있다). 전반적으로 볼 때, 자료에 따라 차이가 있긴 하지만, 이들이 추구하는 것은 '처지의 회복'보다는 '새로운 삶의 개척'인 것으로 판단된다. 그들의 삶은 양반의 전통적인 삶의 방식에서 벗어나 있는 것이다.

새로운 삶을 추구하는 양반의 모습이 막연히 처지 회복을 꿈꾸는 양반의 모습과 달리 현실성을 갖춘 가운데 전형적으로 부각된다는 것은 큰 의미를 지닌다. 그것은 변하는 시대상황 속에서 양반이 나아갈 길이 어디였는가를 보여주고 있는 것이다.24)

이제 양반에 이어 중인과 평·천민의 경우를 보기로 한다. 다음은 중인이나 평·천민에 있어 경제력의 문제가 화제로 부각된 양상을 정리한 것이다.

화제 ⑤ 부를 얻는 중인 : 청구 36, 55, 239, 284
화제 ⑥ 부를 얻는 평민 : 청구 51, 65, 93, 129, 162, 241, 283
화제 ⑦ 부를 얻는 천민 : 청구 113, 129, 203
화제 ⑧ 부와 귀를 얻는 천민 : 청구 15, 52, 66, 67, 69, 149, 176, 185, 217

이 정리 결과는 두 가지 두드러진 특징을 보여준다. 하나는 화제가 부(富)를 얻는 방향에 집중된다는 점이며, 또 하나는 부를 성취하는 내용이 필연적 현실성에 의해 뒷받침되는 경우가 많다는 점이다.25) 경제력을 확보하고 계층의 상승을 꾀하는 중인 내지 평·천민의 모습이 전형성을 부여받고 있는바, 이는 중·서민층의 상승이 현실적인 역사적

---

24) 양반들이 추구하고 있는 새로운 삶의 방식에 대해서는 4절에서 좀더 구체적으로 논의할 예정이다.
25) 자료 가운데는 우연이나 비현실적 요소에 의해 부를 성취하는 것들도 없지 않다. 이는 현실적 방법을 통한 부의 획득이 계층을 막론하고 쉬운 것이 아니었음을 보여준다. 그렇지만 그로 인해 계층에 따른 차이가 부정되는 것이 아님은 물론이다.

추세였음을 암시한다. 자료 가운데는 특히 천민(주로 노비)이 부와 귀를 함께 획득하는 내용이 현실성 있게 형상화된 것이 많아 주목된다. 이는 '부유한 천민'이 흔히 전제로 제시되는 것과 통하는 것으로서, 이 시기 사회변화의 진폭이 매우 큰 것이었음을 잘 보여주고 있다. 그 가운데 하나를 보기로 한다.

송씨 양반 하나가 오랫동안 벼슬을 못하여 몰락한 채 고단히 살고 있었다. 이때 그 집에 막동이라는 노비가 있어 집안일을 도맡아 하다가 도망해 버리고 말았다. 그후 30~40년의 세월이 흘러 송씨의 아들이 장성하였는데, 집안이 더욱 빈궁하기 견디기 어려웠다. 송생은 한 친한 벼슬아치의 도움을 청하러 강원도로 길을 떠나게 되었다. 송생(宋生)은 산마루를 넘던 중 날이 저물어 동네 유지인 승선 최씨의 집에 유숙하게 되었다. 그날 밤 최승지와 이런 저런 이야기를 나누게 되었는데, 최승선이 갑자기 주위를 물리치고는 자신이 구복(舊僕) 막동이임을 밝혔다. 그는 서울에서 돈을 번 다음 낙향하여 글을 읽어 양반의 행세를 하게 된 과정과 과거에 급제하여 벼슬을 하게 되기까지의 과정을 낱낱이 이야기하였다. 그는 송생을 낮에는 인척으로 대하고 밤에는 주인으로 대하여 극진이 예우하였으며, 돈 만 냥을 주어 보냈다. (……)
—청구 69, '宋班窮道遇舊僕'

이 이야기에서 우리의 관심을 끄는 것은 종 출신의 인물 막동이 부와 벼슬을 얻기까지의 과정이다. 최승선이 송생에게 이야기한 긴긴 사연을 보면, 그가 양반행세를 하며 벼슬을 얻기까지의 과정이 주도면밀한 계획에 의하여 성취되었음을 잘 알 수 있다. 이사와 양반 모칭, 재물의 활용 등 여러 현실적인 방법이 두루 동원되어 결국 신분 상승을 성취하는 것이다. 그 첫 대목을 인용하면 다음과 같다.

"쇼인이 아희 적의 덕에셔 스역홀 제 ㄱ만이 덕을 보오니 명운이 비심ㅎ고

홍복이 긔약이 업논지라. 스스로 일성이 긔한을 면치 못홀 줄 알고 창졸의 나
온 뜻은 ᄆᆞ음이 크고 담이 웅장ᄒᆞ여 하인의 쳔혼 구실을 마다ᄒᆞ고 최시 등 가
문이 훤혁ᄒᆞ고 무후혼 자를 갈히여 셩을 어더 최시로 힝셰ᄒᆞ고 쳐음의는 경
셩의셔 사라 ᄀᆞ만이 지물을 버러 수년지간의 수쳔빅금을 어더가지고 이예 믈
너가 영평으로 이샤ᄒᆞ야 문 닷고 글 닑어 힝신을 근신이 ᄒᆞ니 향듕이 다 ᄉᆞ대
부로 일ᄏᆞᆺ는지라. 인ᄒᆞ야 지물을 훗터 간난혼 빅셩의 ᄆᆞ음을 사고 뇌믈을 후
히 ᄒᆞ야 부자의 입을 막고 ᄯᅩ 경셩 유협긱을 안마롤 화려히 ᄒᆞ고 거즛 훤혁혼
쟈의 셩명을 비러 년낙ᄒᆞ야 ᄒᆞ여금 와 찻게 ᄒᆞ니 향읍이 더옥 미더ᄒᆞ더니 ᄯᅩ
ᄉᆞ오년 후의 쳘원으로 이샤ᄒᆞ야 힝신ᄒᆞ기롤 녜와 갓치 ᄋᆞ니 쳘원사롬이 ᄯᅩ
일향의 ᄉᆞ죡으로 디졉ᄒᆞ거늘 이예 무변의 ᄯᅩᆯ을 빙녜ᄒᆞ야 지취혼다 칭ᄒᆞ고
(……)"

— 한국야담자료집성 2권, 348~349면.

이와 같은 현실성에 기초하여 이 이야기는 신분과 경제력의 불일치
는 물론 나아가 신분 자체의 변동(그것도 천민에서 양반으로의 변화)까지도
가능한 현실을 보여준다.[26) 여기서 과연 실제로 그러한 일이 있었는가
는 그리 중요한 일이 아니다. 상황이 현실적으로 형상화되고 있다는 것,
그리하여 사람들에게 그것이 현실적으로 벌어지고 있고 또 벌어질 수
있는 일로 부각된다는 것이 중요하다. 그 필연적 현실성으로 해서 이
이야기는 현실의 한 첨단을 전형화하는 데 성공하고 있는 것이다.[27)

이상에서 양반과 중·서민층을 분리하여 신분과 재산의 관계 양상을

---

26) 위 내용을 보면 막동이 돈을 버는 과정은 아주 간단히 처리되고 있음을 볼 수 있다.
거의 전제로 보아 무방할 정도다. 이는 서민층 인물이, 양반이 돼 벼슬을 얻는 일이라
면 혹 몰라도, 돈을 벌어 금세 부자가 되는 것이 그리 특별할 것이 없는 일로 여겨졌
음을 암시한다.

27) 한편 송생의 입장에서 보면 양상이 달라진다. 그는 부를 획득하지만 그것은 현실적
필연에 의한 것이 아니라 자기 집 종이었던 막동이 성공한 데 따른, 그리고 그 막동이
를 마침 만난 데 따른 우연적이고 수동적인 것으로 되는 것이다. 그것은 막동이의 상
승 과정과는 본질적으로 다른 것이라 할 수 있다.

살펴보았는데, 자료 가운데는 서로 신분이 다른 인물을, 특히 양반과 중·서민층 인물을 동시에 등장시켜 그 처지와 능력을 대비적으로 보여주는 것들이 있어 주목된다. 이 자료들로부터 우리는 신분-재산의 어긋남에 따른 계층적 역학의 변화 양상을 잘 살펴볼 수 있다. 이제 그 관계를 ①맞서 대결하는 경우, ②원조자와 피원조자의 관계를 맺는 경우, ③부부관계를 맺는 경우 등 세 가지로 대별하여 그 의미를 추출하기로 한다.

　양반층과 중·서민층이 '대결'의 형태로 병존하는 것들 중 대표적인 것은 노-주의 대립을 문제삼는 '추노담(推奴譚)' 계열의 자료이다. 그밖에 양반과 중·평민층 부자의 대립을 화제로 삼는 것도 있다. 이를 정리하면 다음과 같다.

　　화제 ⑨ 몰락양반과 중·평민층 부자의 대결 : 청구 **140**, 207
　　화제 ⑩ (몰락)양반과 노비의 대결 : 청구 10, **69**, 84, 203

　위 자료들에 설정된 대결상황은 기본적으로 필연적 현실성을 갖추고 있다. 인물들의 현실적 이해관계나 명분이 부딪친 결과로서 대결이 성립되는 것이다. 예컨대 양반과 노비의 대결에 있어 양반이 신분 관계를 명분으로 하여 상납을 요구하는 데 대해 노비들은 자신의 재산을 지키기 위해 그에 맞서는 양상을 보여주는데, 이는 매우 현실적인 상황 설정이라 할 수 있다.

　그러나 그 대결의 과정과 결과에는, 밑줄 친 두 이야기를 제외하고는 우연이나 비현실적 요소가 개입하고 있다. 흥미로운 것은 그 두 이야기가 대결에서 중인이나 노비가 승리하는 내용으로 돼 있고, 그 나머지 네 편의 우연적인 이야기들은 양반이 승리하는 것을 내용으로 삼고 있다는 점이다.

　중·서민층이 승리하는 이야기의 예로서 '청구 140'에서는 중인 부자

가 자기 집과의 결연을 끝내 반대하는 양반을 회유하는 과정이 실감 있
게 그려져 있다. 양반은 자존심을 지키고자 애쓰지만 결국은 무력하게
무너져 부자의 뜻을 따르고 만다. 한편 양반이 승리하는 이야기의 예로
서 '청구 10'을 보면, 한 선비가 추노를 나갔다가 거의 죽게 된 지경에
충비(忠婢)의 도움으로 목숨을 건져 종들을 징치한다는 내용으로 돼 있
는데, 여종의 뜻밖의 도움이라는 우연적 요소가 개입돼 있으며 여종의
행동 동기가 현실적이지 못하다. 그 결과 이 이야기를 통해 부각되는
것은 양반의 힘보다는 오히려 종들의 위세라 할 수 있다.
　이와 같은 예들을 통해서 우리는 세력 없는 양반의 현실적 힘이 부유
한 중·서민층이나 노비 세력에 쉽게 맞설 만한 것이 아니었음을 알 수
있다. 양반의 승리란 현실이라기보다는 꿈에 가까운 것으로 나타나고
있다.
　다음은 두 계층이 '원조'의 형태로 병존하는 자료들이다.

　　화제 ⑪ 양반에 의한 중·서민층 원조 : 청구 70, 116, 239
　　화제 ⑫ 노비에 의한 양반 원조 : 청구 15, 62, 69, 140, 217

　이 정리를 통해 우리가 주목할 것은 노비(또는 노비 출신 인물)에 의한
양반 원조가 부각된다는 점이다. 노비를 부양해야 할 양반 상전이 거꾸
로 노비에게 경제적으로 의존한다는 상황 설정(그것은 대체로 현실적으로
형상화되고 있다)은 현실적 신분과 경제력의 어긋남에 의한 계층질서의
와해를 극적으로 보여주는 것이라 하겠다. 그나마, 노비의 원조를 받게
되는 것은 노비의 뜻밖의 원조라는 요행에 의한 것으로서 양반의 입장
에서 볼 때—노비의 입장에서는 자의에 의한 것으로서 그 양상이 다르
다—우연성을 특징으로 하고 있다. 앞서 '청구 69'에서 송생(宋生)이 막
동으로부터 뜻밖의 원조를 받는 내용을 살펴본 바 있거니와, 다음 이야
기 또한 그 상황이 이와 유사하다.

첨지 박언립은 연양 이상공 처갓집 노비로, 평소에는 게으르지만 밥을 양껏 먹으면 천하장사였다. 그 주인댁이 가난하여 그가 먹는 것을 감당하지 못하여 내보내려 하였으나, 언립이 집에 남기를 자청하였다. 그러던 중 바깥 주인이 죽으니, 언립이 치상을 한 다음 세간을 정리하여 안주인과 외동딸을 이끌고 시골에 내려갔다. 그곳에서 언립은 부지런히 농사를 지어 가산을 이루었다. 그리고는 장사를 다니면서 주인 딸의 신랑감을 물색하여 양반집 아들과의 결혼을 주선하였다. 경성에 살 집을 마련하여 주인댁을 안돈시킨 지 수년 후에 언립은 비로소 그 집을 나갔다.

—청구 62, '成家業朴奴盡忠'

이 이야기에 있어 박언립이 농사를 통해 가산을 일으키고 주인 딸의 배필을 찾는 과정 등은 계획에 의거하여 차근차근 진행돼 나가는 내용으로서 필연적 현실성을 갖추고 있다. 그리고 그 결과로 주인댁의 처지가 회복된다는 면에서 그 화제는 현실성을 갖추고 있다. 그렇지만, 주인댁 입장에서 볼 때 그 양상이 달라진다. 그 주인이 가업(家業)을 이룬 것은 필연적인 결과라기보다는 내보내려고 했던 종이 나가지 않고 스스로 주인집을 위해 충심을 다하여 일한 데 따른 요행스런 결과였던 것이다. 만약 언립의 존재를 배제할 경우 주인댁은 극심한 몰락을 벗어나지 못하였을 것이다(그리고 그것이 이와 같은 양반 집안의 일반적 운명이라 할 수 있다).

양반이 노비의 원조를 통해 부를 얻는다는 화제에는 양반의 처지 회복에 대한 야담 서술자의 희망이 담겨 있다. 그렇지만 그것은 기실 양반의 무력한 처지를 확인시켜 주는 것에 불과하다. 노비의 원조에 의존해서라도 잘 살았으면 좋겠다는 의식은 양반의 권위에 대한 포기와 통하는 것이다. 우리는 여기서 생활은 물론 의식에서도 무너지고 있는 양반사회의 모습을 보고 있다.

이제 끝으로 신분이나 처지가 서로 다른 인물이 부부관계를 맺는 것이 화제가 되고 있는 이야기들을 본다.

화제 ⑬ 몰락양반과 중인녀의 결합 : 청구 140

화제 ⑭ 몰락양반과 평민녀의 결합 : 청구 80, 85, 115

화제 ⑮ 몰락양반과 천민녀의 결합 : 청구 15, 52, 66, 67, 129, 149, 176

위 이야기들은 한결같이 가난한 양반과 중·서민층 여인의 결합을 화제로 삼고 있음이 특징적이다. 특히 몰락양반과 천민녀(여종이나 기생)의 결합을 화제로 한 것이 많은 것이 관심을 끈다.

흥미로운 것은 그 결합의 과정이다. 위에 제시한 거의 모든 이야기들에 있어 남녀간의 결합은 신분이 낮은 여자 쪽의 주도로 이루어진다는 점이다.28) 여자는 주밀한 계획에 의해 결합을 성사시키고 그를 통해 자신의 뜻을 이루어나간다. 이와는 달리 남자는 여자에 의해 뜻밖에 선택이 되어 수동적으로 이끌리는 양상을 보인다. 한 예를 보면 다음과 같다.

> 오생(吳生) 모(某)는 양산 사람으로 짚신을 삼아 팔았는데 신 모양이 볼품 없었다. 하루는 지나가던 소년이 희롱해 말하기를 서울에 가 팔면 백냥은 받을 거라고 하였다. 오모가 이 말을 사실로 믿고 서울로 가 짚신을 비싸게 팔고자 하니 모두들 미친 사람이라고 조롱하였다. 이때 한 재상가의 계집종이 그 인물이 비범함을 알아보고 집으로 데려가 남편으로 삼았다. 그리고는 남편에게 돈을 대주어 한량들과 어울려 무예를 익히게 하였다. 그리하여 오모는 무과에 급제할 수 있었다. 그 후 여자가 다시 남편에게 큰 돈을 대주고 장사를 시키니, 오모가 사람들에게 인심을 베풀고 다니던 중 한 산중에서 다량의 산삼을 얻게 되었다. 오모는 그 산삼으로 재상들에게 인심을 얻어 벼슬길에 나갈 수 있었다. 그 아내 역시 속량하여 잘 살았다.
>
> —청구 66, '獲重寶慧婦擇夫'

---

28) '청구 140' 정도가 예외이다. 이 이야기에서 남녀의 결합을 주도하는 것은 여자의 부친인 역관이다.

이 이야기에서 남녀관계를 주도하는 것은 단연 여종이다. 여종이 신분은 낮지만 능력과 재산면에서 남자를 압도한다. 이에 비하면 남자는 여종의 의도에 따라 움직일 뿐이다. 우연히 여자를 만나 결혼하며, 그 뜻을 따라 무예를 익히고 장사를 다닌다. 그리하여 이들이 성취하는 부귀는 여종의 입장에서 보면 현실적인 계획을 통해 이른 필연적인 결과인 데 비해,[29] 남자의 입장에서 보면 우연히 여종을 만난 데 따른 뜻밖의 결과이다(자료에 밑줄 표시를 안 한 것은 이 때문이다). 하강하는 양반과 상승하는 서민층의 대조가 무척이나 인상적이다.[30]

이와 같은 이야기는 양반의 처지 회복에 대한 서술자의 관심이나 기대와는 상관없이, 그와는 방향이 다른 역사의 도도하고 엄연한 흐름을 보여준다. 무능한 양반과 달리 현실의 문제를 타개하고 자신의 삶을 개척해 나갈 능력이 있었던 중·서민층이 변하는 시대의 새로운 주인공으로 부상하고 있었음을 이 이야기들은 역설적으로 보여주고 있는 것이다.

4. 사회 변화에 대한 대응의 양상

지금까지 이 논문에서는 야담 자료에 나타난 신분과 재산의 관계를 축으로 하여 조선 후기 사회 변화의 양상을 짚어 보는 방식으로 논의를

---

29) 그 전개 과정 중에 산삼 무더기를 만난다는 것은 우연적 요소라 할 수 있다. 그렇지만, 이 이야기의 문맥은 여종이 어떤 식으로든 그 남자의 견문을 넓히고 인심을 얻게 하여 출세시키게 될 것임을 예고하고 있다. 곧, 우연적인 삽화가 이야기 전체의 필연적인 전개에 결정적인 걸림돌이 되지 않는다.

30) 이 자료에 대해서는 박희병이 이미 비슷한 요지의 논의를 전개한 바 있다. 박희병, 앞의 논문, 135면.

전개해 왔다. 이제 이 절에서는 사유와 행동의 주체로서의 '인간'에 초점을 맞추어서 이 시대를 살았던 여러 유형의 사람들이 세상의 변화에 어떤 식으로 대응하였는가를 개략적·시론적으로 살펴보고자 한다.

앞 절에서 살펴본 바와 같이 신분과 재산의 관계를 문제삼는 야담 자료들에는 몰락한 양반들이 매우 많이 등장한다. 이들은 양반이란 상위 신분에도 불구하고 생활에 필요한 경제력을 갖추지 못하고 있음으로 해서 곤란한 처지에 빠져 있다(그것은 앞서 살핀 대로 시대 변화의 산물이다). 이러한 상황에 대하여 이 양반들이 대처하는 방식은 단일하지 않다.

몰락 양반들이 변화하는 세상을 살아가는 한 가지 방식은 과거로부터 이어져 온 삶을 습관적으로 이어나가는 것이다. 아내의 바느질이나 친척들의 도움 등에 의지해 근근이 생계를 유지하면서 과거—그리고 정치적 연줄—를 통한 출세에 한 가닥 기대를 걸고 살아가는 양반들의 모습을 여러 이야기에서 만나볼 수 있다. 이미 살펴본 바 있는 '청구 74'의 유진사나 '청구 69'의 송씨 양반, '청구 215'의 한 무변 등이 모두 그러한 모습을 보이고 있다. 주로 이야기 전제나 현실성 있는 화제를 통해 제시되는 이러한 삶의 방식은 실제 현실에 있어 많은 양반들이 취했던 삶의 방식의 반영이라 할 수 있다.

이 가난한 양반들은 이야기 속에서 뜻밖의 행운에 의하여 부귀를 얻곤 한다. 그렇지만 앞서 이미 밝힌 바 있듯이 그것은 꿈이 만들어낸 허상에 불과하다. 이 양반들은 자신의 처지를 극복할 만한 현실적인 어떤 방법도, 능력도 보여주지 못하고 있는 것이다. 한 마디로 그 삶은 무기력하고 타성적이다. 새롭게 변화하는 세상에 있어 그러한 삶의 방식이 가져올 현실적인 결과—이야기 속의 결과는 혹시 부귀일지 몰라도—는 더욱 더 심한 몰락과 좌절감일 것이다.

그런데 야담에 등장하는 양반 가운데 무척이나 간고한 처지에 있으면서도 자신의 삶에 대한 신념을 허물어뜨리지 않고 양반으로서의 도리와 명분을 꿋꿋이 지키고자 하는 이들이 있어 주목된다. 양반으로서의 법도를 무너뜨리지 않기 위해 부귀의 유혹을 거부하려 하는 노학구(청구 140)나 굶주림에 지친 상태에서도 불의한 음식을 들기를 거부하는 선비(청구 81) 등에서 그러한 모습을 찾아볼 수 있다. 그중 선비의 모습을 옮겨 본다.

스인이 괴로이 무러 골오디 "뿔 츠르쳐롤 알지 못ᄒ면 반ᄃ시 먹지 아니리라." 그 안히 본디 그 가쟝의 고집펀 셩졍을 아ᄂ지라. 부득이 딕고ᄒ여 골오디 "우리 문 압 아모 사롬의 논에 됴도가 반이나 익엇기로 앗가 인졍 후의 나가 손으로 그 이삭 두어 줌을 쓰더다가 불의 복가 뿔 오홉을 쟝만ᄒ여 이미 죽을 뿌어 드리오나 스스로 싱각건딘 참괴ᄒ온 말숨 엇지 다ᄒ오리잇가. 이후 그 사롬의 의복이나 지어 주고 갑슬 밧지 아니ᄒ면 오날놀 블미ᄒᆫ 죄롤 져기 속ᄒ올 듯ᄒ와이다. 다힝히 햐져ᄒ쇼셔." 스인이 쟉식ᄒ여 크게 ᄭᅮ지져 골오디 "하눌이 만민을 니시미 반ᄃ시 그 힘을 먹어 스롱공상이 각각 졔 직업이 잇거늘 뎌 사롬의 근고ᄒᆫ 곡식이 엇지 글 닑ᄂᆫ 선비의 쥬리고 아니 쥬리ᄂᆫ 디 관겨ᄒ리오. 부인의 힝실이 조풀치 못ᄒ여 이 지경의 니르니 엇지 한심티 아니리오. 가히 ᄒᆫ번 달쵸ᄒ여 경계ᄒᆷ믈 면치 못ᄒ리니 샐니 미를 ᄒ여 오라."
　　　　　　—청구 81, '責荊妻淸士化隣氓', 한국야담자료집성 2권, 433∼434면.

이처럼 처지에 아랑곳하지 않고 자신이 옳다고 생각하는 도리를 지키려는 인물들의 삶은 우리에게 큰 감동을 준다(실제로 이야기 속에서 도둑이 선비의 강직함에 감동하여 그를 도와주게 된다). 그렇지만 올바른 현실 인식에 바탕을 두지 못하고 있는 신념이란 실상 현실적 삶에 있어 무용하고 무력한 것이다. 그 무용성은 위에 인용한 이야기에서 잘 드러난다. 선비의 신념에 찬 삶의 방식이 가져온 것은 끼니를 잇지 못할 정도의 극심한 가난인 것이다.[31] 그런가 하면 또 다른 강직한 인물인 노학구(청구

---

31) 비록 도둑의 도움에 의해 처지가 개선되는 내용이 화제로서 제시되지만 그것은 필연적 현실성을 갖추지 못하고 있다. 전제로 제시되는 선비의 극심한 가난이 현실을 단적으로 반영하고 있는 것과 대조가 된다.

140) 이야기는 그것의 무력함을 잘 보여준다. 명분을 내세우며 부자의 회유를 마다하던 노학구는 결국에 가서는 슬그머니 부자가 제공한 편한 삶을 취하고 마는 것이다.32)

이상에서 살펴본 양반들은 가난한 가운데도 그나마 어떤 식으로든 양반 행세를 하고 있는 경우였다. 그런데 야담에는 이미 양반 출신이라는 것이 무의미한 형태로 세상을 살아가는 양반들이 또한 많이 등장한다. 양반으로서의 체면이나 꿈 같은 것은 생각할 여유도 없이 그저 생계유지에 급급한 양반들이다. 이미 언급한 바 있는, 볼품없는 솜씨로 짚신을 팔아 연명하는 양반 오씨(청구 66)나, 사대부가 자손으로서 생계를 위해 몰래 나무를 하다가 곤경에 처하는 총각(청구 43) 등을 그 예로 들 수 있다. 그밖에도 이야기 속에서 거지나 다름없는 신세가 돼버린 양반들을 종종 만날 수 있다. 야담의 담당자들은 이 인물들에게조차 부를, 때로는 벼슬까지를 안겨주지만, 그것은 물론 우연이고 공상일 뿐이다. 삶의 방향감각을 상실한 채 능력도 의욕도 없이 세상에 짓눌려 살아가고 있는 양반들이 현실 속에서 실제로 도달할 지점은 극단적인 몰락과 절망일 뿐인 것이다.

그렇지만 야담에 등장하는 양반들이 모두 구태의연한 삶의 방식에 매달리거나 시대에 이끌려 가고 있는 것은 아니다. 개중에는 새로운 가치관에 입각하여 적극적으로 새로운 삶의 방식을 개척하고 있는 이들이 있다. 이들은 양반으로서의 체면을 벗어던지고 '생활인'으로 나서서 경제적 기반을 닦아 나간다. 그 방법은 물품 매점(청구 44, 289), 거간일(70), 산촌 개간(116), 아전일(153), 농업 경영(186) 등 다양한 형태로 나타난다.

삼亽년간의 지산이 초요ᄒ니 마춤 문젼답 십두락과 밧 수일경 파는 쟤 잇거늘 드디여 쥰가로 사 춘경홀 찌예 굴오디 "만치 아닌 면답의 엇지 사롬을 픔

---

32) 그 변화의 과정은 이야기 속에서 필연적, 현실적으로 형상화되고 있어 전형성을 획득하고 있다.

샤 경파ᄒ리오 니 스스로 근력ᄒ여 경죵ᄒ려 ᄒ나 농ᄉ의 익지 못ᄒ니 쟝ᄎᆺ
엇지ᄒᆯ고” 드듸여 비린의 거ᄒᄂ 노롱을 쳥ᄒ여 쥬식을 디졉ᄒ여 농쟝의 안
치고 몸소 쟝기ᄅᆯ 잡아 그 지교ᄒᆯ ᄠᆯ아 갈고 시므니 여러 날이 못ᄀᆏ 농니예
통ᄒᆫ지라. 그 갈기와 기음 미기ᄅᆯ 타인의셔 삼비나 ᄒ고 츄슈ᄒᄂ 곡쉬 ᄯᅩ 타
인의 셔 비나 ᄒ고 밧희ᄂ 담비ᄅᆯ 심어 ᄶᅥ 크게 가믄지라. 됴셕으로 믈을 기
러 부으니 일경의 담비 다 말으듸 홀노 허싱의 담비ᄂ 마르지 아니ᄒ여 입히
무셩ᄒ니 셔울 샹긔 미리 수빅금으로ᄡᅥ 흥졍ᄒ고 그두믈 담비ᄅᆯ ᄯᅩ 후가의
파니 돈이 거의 ᄉ오빅금의 갓가온지라.
—청구 186, '治産業許仲子成富', 한국야담자료집성 3권, 310~311면.

이들이 생활기반을 닦는 행위는, 다소간의 차이는 있지만, 대체로 위에
예시한 것과 같이 필연적·현실적으로 형상화되고 있다. 그리하여 그것
은 현실의 한 첨단적 단면을 전형적으로 드러내는 데 성공하고 있다. 이
이야기들에 형상화된 양반들의 성취는 허상이 아니라 실상으로서의 의미
를 지니고 있는 것이다. 우리는 이 이야기들을 통해 조선 후기 양반 사회
자체 내에서 —비록 일각에 불과하지만— 시대 변화에 부응하여 실리 추
구적 삶을 지향하는 움직임이 일어나고 있었음을 확인할 수 있다.

주목할 것은 이와 같이 새로운 삶의 방식을 택한 양반들이 단순히 실
리에만 집착하지 않고 윤리의식을 나타내고 있다는 점이다. 그 예로, 위
에 일부를 인용한 '청구 186'의 주인공 허홍은 근면한 노동과 절약이라
는 가치관을 현시하며, 관직에 오르는 일보다 아내에 대한 애정을 더 중
시하는 인간미를 보여주고 있다. 그런가 하면 '청구 70'의 주인공 김세항
은 자신이 번 돈으로 빈민을 도와주며, '청구 116'의 주인공 이생과 '청구
289'의 주인공 허생은 더 나아가 빈민에게 생활의 터전을 제공하기까지
한다. 곧 이들은 공생 공영의 윤리의식을 실천해 보이고 있는 것이다.[33]

---

33) 이와 관련하여 임철호는 청구 186의 주인공 허홍 등 부를 추구하는 유형의 양반들
이 도덕관의 타락을 보이다가 다시 그것을 회복하는 양상을 보인다고 지적한 바 있다

윤리적 방향성을 상실한 실리 추구는 이기주의로 귀결되는 것이 보통이다. 그것은 현실과 괴리된 윤리명분에 대한 집착 이상으로 큰 문제를 낳을 수 있다. 그런 면에서 변하는 시대현실에 맞춰 적극적으로 실리 추구적 삶에 나서면서도 건전한 윤리의식을 잃지 않는, 아니 그것을 새로이 얻어내고 있는 위 인물들—비록 그 수는 적지만—이 갖는 의미는 크다. 이들을 통해 우리는 조선 후기 양반이 자기갱신을 통해 역사 발전에 주체적으로 참여할 길이 열려 있었음을 발견하게 되는 것이다.

이상 양반들의 삶의 방식을 두루 살펴보았거니와, 양반과 달리 본래 명분에 구속받을 필요가 없는 중인층이나 평·천민층 인물들이 이야기 속에서 나타내 보이는 삶의 방식은 당연히 양반의 경우와는 차이가 있다. 양반 중심의 사회가 만들어낸 기존의 이데올로기를 묵수하며 좌절해 가는 인물들이 없지 않지만, 그러한 삶의 방식이 주류가 되지는 못한다. 그리고 그것은 현실성을 갖추지 못한 것이 보통이다.[34]

신분—재산을 문제삼는 야담 자료에 등장하는 중·서민층 인물들은 보통의 양반들과는 달리 '생활능력'을 갖추고 있다. 자신의 생활을 영위해 나갈 방법을 알고 있으며, 그것을 실현할 능력을 지니고 있다. 그리하여 그들은 혹은 부지런한 노동과 근검절약하는 생활을 통하여(청구 15, 55, 69, 93, 149, 217), 혹은 황무지 개간(청구 36)이나 해외무역(청구 162)과 같은 개척적인 방법을 통하여 부(또는 부와 귀)를 성취하곤 한다. 그리고 그 성취의 과정은, 앞서도 이미 살펴본 바 있듯이(청구 69), 현실성을 갖추고 있다. 다른 간단한 예를 하나 더 보기로 한다.

(임철호, 앞의 논문, 162~163면). 그렇지만, 이들이 보여주는 윤리의식에는 기존 도덕관의 회복이라고 보기 힘든 새로운 의미내용이 들어있다.

34) 그 한 예로 추노를 나갔다가 종들의 공격으로 곤경에 처하게 된 양반 주인을 살리고 자기 목숨을 바친 향단의 경우를 들 수 있다(청구 10). 낯 모르는 주인을 위해 자청하여 끔찍한 죽음을 당하는, 나아가 자기 친척과 이웃을 모두 죽음으로 몰아넣는 향단의 행위는 그 동기나 행동 양상에 있어 현실성을 갖추지 못하고 있다.

> 그 들은 어영청 둔전을 여러 히 진페ᄒ엿더니 개츈을 당ᄒ야 모든 ᄌ식을
> 거ᄂ리고 부ᄌ런이 밧츨 일워 보리를 시머 듕하의 뉵칠빅셕을 거두고 이듬히
> 예 모믹과 두태롤 시머 쳔여셕을 거두고 이듬히예 작답ᄒ야 벼롤 시머 수쳔
> 셕을 츄슈ᄒ니, 이ᄭ치 혼 지 삼년의 가산이 부요ᄒ더라.
>
> — 청구 36, '金貢生聚子授工業'[35]

이 이야기들에 나타난 인물들이 보여주는 삶의 양상이 당대 중인이
나 평·천민의 일반적·보편적 모습이라고 하기는 어려울 것이다. 그것
은 무언가 '특별한 것'임으로 해서 이야깃거리가 되었을 터이다. 그렇지
만 그 모습은 허상이 아니라 전형적 실상이다. 이야기내용의 필연적 현
실성이 이를 뒷받침한다. 요컨대, 우리는 이 이야기들을 통해서, 그 주
인공들을 통해서 중·서민층에 속하는 사람들이 사회 변화에 능동적으
로 대응하면서 상승하고 있는 '현실'을 보게 된다.

중인층이나 평·천민층 인물들이 나타내 보이는 삶의 방식의 밑바탕
에는 물론 '실리'를 중시하는 새로운 가치관이 자리하고 있다. 주목할
것은 그것이 윤리의식과 절연된 것이 아니라는 점이다. 작중의 중·서
민층 인물 가운데는 추노하러 온 양반을 죽이려 한 노비들(청구 10, 84)이
나 신의를 버린 서민부자(청구 207)처럼 윤리를 저버리는 인물이 등장하
지만, 그리고 그 행위가 현실성을 갖추고 있지만, 그들이 주류를 이루고
있지는 않다. 그러한 인물보다는 윤리의식을 갖추고 살아가는 인물들이
더욱 폭넓게 부각되고 있는 것이다.

중·서민층 인물들이 나타내는 윤리의식 가운데는 앞서 지적한 향단
의 예(주 34 참조)처럼 봉건적 관념을 추수하는 형태를 띤 것도 있다. 그
렇지만 작품 속에서 더욱 두드러지게, 또한 현실성 있게 부각되는 것은

---

35) 이 이야기에는 인용 부분에 앞서 주인공이 각지를 다니며 아들을 낳아 그 모은 자
식이 칠십명이나 된다고 하는 잘 믿기지 않는 내용이 제시돼 있다. 그렇지만 황무지
개간을 통해 부를 성취하는 과정은 어디까지나 일상적이고 현실적이다.

새로운 삶의 방식과 궤를 같이하는 새롭고도 건전한 가치관·윤리관이다. 스스로 일하고 근검절약함으로써 자신의 삶을 개척해 나가야 한다는 가치관이 현시되며(청구 55, 69, 93 등), 인간관계를 맺음에 있어 진심에서 우러난 신의를 중시하는 윤리관이 구현된다(청구 67, 149, 176, 239). 자기 뜻에 맞는 사람을 골라 배필로 삼는다든가(청구 15, 52, 66, 129) 과부가된 딸을 개가시켜 새로운 삶을 살게 하는 것(청구 140) 또한 추상적 명분보다는 인간적 삶을 추구하는 새로운 가치관·윤리관에 따른 행위라할 수 있을 것이다.

쥬옹이 갈오디 "니 집이 디디 역관으로 가업을 즈뢰ᄒ야 작위금옥의 모첨ᄒ고 가산이 요죡ᄒ니 무어시 부죡ᄒ리오만은 다만 슬하의 ᄒᆫ 녀식뿐이라. 사롬의 폐물을 바다 합근을 밋쳐 못ᄒ여 부셰 문득 요소ᄒ여 쳥츈 공뉴의 졍시 가련ᄒ지라. 녜로 직히미 한이 잇고 쳥문의 거리끼미 잇셔 믄득 기가치 못ᄒ고거연 삼년이 된지라. 녀식이 홀연 젼쇼의 이호ᄒᆷ를 마지 아니ᄒ니 소리마다한이 밋치고 ᄆᆞ디마다 챵재 ᄯᆜ허지니, 비록 힝노지인이라도 ᄯᅩ 흔위하야 감챵ᄒ려든 허믈며 일졈 혈육 잇ᄯᅡ녀 일일을 디ᄒ미 믄득 일일 근심이 잇고 빅년을 춤아지너미 믄득 빅년 즐거오미 업슬지라. 됴로 인싱이 빅구 광음이라. 비록 스둙으로 귀를 짓거리고 금슈로 눈을 현란ᄒ고 고량으로 입을 즐길지라도오히려 여일이 부다ᄒ거든 니 ᄯᅩ 무슨 연고로 눈믈노 일용을 삼고 이원으로가계롤 삼으리오. 일이 궁박ᄒ고 계뫼 막힌지라. 이예 노복으로 ᄒ여금 새볘가로의 나가 기드려 무론 현우귀쳔ᄒ고 반드시 쳐음 만나는 쇼년 장부롤 마쟈 극녁ᄒ여 드려오라 ᄒ여 뻐 가연을 졈ᄒ려 ᄒ더니 뜻 아닌 낭군이 식녀로더부러 월노스의 삼싱연을 미즈 우합이 심히 공조ᄒ니, 쳔만 바라건디 그 졍상을 가긍히 너겨 ᄒ여곰 건즐을 밧들게 ᄒ라."
—청구 140, '結芳緣二八娘子'

조선 후기에 있어 중·서민층에 속하는 사람들의 역량이 과연 새로운 역사를 주체적으로 열어나갈 수 있을 만큼 내실있는 것이었던가에 대하여 이 자리에서 단언하기는 어렵다. 그것은 자료를 넓혀 더욱 다각적으로 따져보아야 할 문젯거리일 것이다. 그렇지만 『청구야담』이 그려내고 있는 여러 중·서민층 인물들의 형상은 최소한 그 '가능성'을 보여주기에 모자람이 없지 않은가 한다. 특히 그들이 현실을 타개해 나가는 능력과 함께 건전한 가치관·윤리관을 나타내곤 한다는 점이 이러한 판단을 뒷받침해 주고 있다.

5. 맺음말

이 글에서는 『청구야담』을 대상으로 하여 야담 자료 속에 나타난 조선 후기 사회적 삶의 양상을 살펴보는 작업을 수행하였다. 이야기 속에서 사실과 허구가 얽히는 양상에 대한 관심을 바탕으로 하여 현실의 수용 양상을 더욱 체계적으로 드러내 밝히는 한편으로 당대 사람들의 삶의 방식을 가치관과 관련지어 점검해 보는 데 논의의 주안점을 두었다.

그 논의를 통해 추출한 결론은, 세부에 있어서는 차이가 있지만, 그 기본 내용에 있어 기존 연구의 결과와 특별한 차이가 없다. 조선 후기에 들어와 신분과 경제력의 어긋남이 폭넓게 나타나면서 새로운 시대를 향한 역사의 추동이 이루어지고 있었음을 확인할 수 있었으며, 그 변화에 있어 양반층보다 중·서민층이 더 중요한 역할을 하고 있었음을 새삼 발견할 수 있었다.

그렇지만, 결론의 유사성으로 인해서 우리의 논의가 무의미해지는 것은 아닐 터이다. 필자는 이 글을 통해 기존 논의와는 다른 새로운 접근방법을 통해 논의의 보강이 이루어졌다고 보고 있다. 이야기에서 전제와 화제를 가름으로써 현실의 '단순한 반영'과 '특별한 반영'의 양상을 가려 따질 수 있었고, 이야기 화제 가운데 필연적 현실성을 갖춘 것과 그렇지 않은 것을 갈라서 작품을 분석함으로써 꿈이 만들어낸 허상과 현실의 전형적 실상을 구별해 드러낼 수 있었다. 특히, 이러한 방법을 문제와 관련되는 자료들에 두루 적용하여 논의를 전개함으로써 논의의 객관성을 보강할 수 있었다고 본다. 그밖에 당대인의 삶의 방식을 그 가치관과 연관하여 해명한 것도, 아직 시론에 불과한 것이지만, 논의 진전에 조금이나마 기여한 바가 있으리라고 생각한다.

이 글의 논의는 아직 성글고 거친 것으로서 여러 가지 문젯거리를 남겨두고 있다. 전제와 화제를 가르고 필연성과 현실성 여부를 판단하는 기준을 더 객관화해야 하며, 이야기 속에서 허상과 실상을 분석해내는 방법을 더 가다듬어야 한다. 이중 후자는 서술자 의식의 개입 양상에 대한 더욱 신중한 고려의 필요성과 맞물려 있다. 그리고 이 논문에서는 포괄적 논의를 위해 신분 계층을 단순화하였는데, 앞으로 각 계층 별로 연구분석이 훨씬 더 구체화돼야 하며 그에 입각해 계층간 관계에 대한 논의가 보강될 필요가 있다. 이 밖에, 『청구야담』 이외의 여타 야담집으로 고찰대상을 넓혀서 문제를 폭넓게 검증하는 것 또한 앞으로의 연구 과제로 남아있다.

제3부 소설문학 · 현실 · 이상

〈운영전〉에 대한 문학적 반론으로서의 〈영영전〉

1. 들어가는 말

우리 소설사의 새 장이 열리던 17세기, 그 속에 〈영영전〉(상사동기)이 있다. 하지만 〈영영전〉의 옆에는, 아니 앞에는 〈운영전〉이 우뚝 서있다. 이루어질 수 없는 비극적 애정을 섬세하고도 장중하게, 감동적으로 그려낸 걸작 〈운영전〉의 그늘은 〈영영전〉을 무색하게 하고도 남음이 있다.

실제로 그동안의 연구에 있어 〈운영전〉이 전폭적인 관심과 찬사의 대상이 되었던 것과 달리 〈영영전〉은 특별한 대접을 받지 못하였었다. 수많은 논의들이 제출된 〈운영전〉과 달리 〈영영전〉에 대해서는 독립적 작품론을 쉽게 찾아보기 어려울 정도다. 명시적으로 표현된 적은 드물었다고 하더라도, 〈영영전〉은 〈운영전〉의 모방작 내지 아류작이라고 하는 시선에서 자유로울 수 없었던 것으로 생각된다. 〈운영전〉과 한 묶음

으로 다루어지는 가운데 그것을 거들어주는 것 정도가 〈영영전〉에 부여
된 일반적인 역할이었다.[1] 개중에는 〈영영전〉의 독자적 가치를 드러내
려 한 연구작업이 없지 않았지만, 그 또한 〈영영전〉이 〈운영전〉의 단순
한 아류가 아님을 변호하는 차원의 논의에 가까운 것이었다.[2]

이 글에서는 〈운영전〉과 〈영영전〉의 관계를 이전과는 다른 새로운 각
도에서 살펴보고자 한다. 〈영영전〉이 〈운영전〉에 대한 의식적이고도 전
면적인 패러디라고 하는 시각이 그것이다. 〈영영전〉의 작가는 짐짓 〈운
영전〉과 유사하게 인물 및 사건을 설정해 놓고서 구체적인 인물 및 상
황을 형상화함에 있어 의도적으로 〈운영전〉과 구별되는 방향을 취하고
있다는 것, 그러한 뒤틀기 내지 뒤집기를 통하여 기존의 문학적 관습에
대한 하나의 반론을 제기하고 있다는 것이 이 글의 관점이다.[3]

---

1) 〈영영전〉에 관한 주요 논의에는 소재영, 「운영전 연구」, 『아세아연구』 41호, 1971; 배
   원룡, 「운영전과 영영전의 비교 고찰」, 『국제어문』 2, 1981; 박일용, 「운영전과 상사동
   기의 비극적 성격과 그 사회적 의미」, 『국어국문학』 98, 1987; 김낙효, 「영영전 연구」,
   『고전소설과 문학교육』, 박이정, 1996(영영전에 대한 세 편의 논문을 모은 글임); 김현
   식, 「수성궁몽유록과 상사동기의 비교연구」, 『홍익어문』 14, 1995 등이 있거니와, 이들
   논의는 거의 예외 없이 〈운영전〉과의 연관 속에서 〈영영전〉의 특성을 살피고 있다. 그
   중 소재영은 두 작품의 유사성에 비추어 〈영영전〉이 〈운영전〉의 모작일 가능성을 지적
   하였으며, 배원룡 또한 두 작품의 유사성을 드러내는 데 논의의 주안점을 두었다. 박일
   용은 두 작품을 한데 묶어 다루면서 그 소설사적 의의를 가늠하는 논의를 전개하였는
   데, 그 무게중심은 단연 〈운영전〉 쪽에 놓여있다.
2) 〈영영전〉의 독자적 특성에 주목한 연구자로는 김낙효와 김현식을 들 수 있다(김낙
   효, 앞의 글 및 김현식, 앞의 글). 김현식은 행복한 결말을 통해 〈운영전〉(수성궁몽유
   록)이 불러일으키는 비극적 사랑에 대한 연민을 보상받으려 한 작품으로 〈영영전〉(상
   사동기)을 이해하였는바, 〈운영전〉의 보완적 개작이라는 면에서 〈영영전〉의 의의를 인
   정한 시각이라 할 수 있다. 김낙효는 〈영영전〉을 중심에 둔 일련의 논의를 통해 그 독
   자적인 문학적 가치를 드러내고자 하였는데, 〈운영전〉과 달리 이원적 세계관을 탈피
   했다는 점과 인물들이 애정 결합을 적극적으로 성취하고 있다는 점을 중시하였다. 그
   러나 그 논의는 주로 서사적 구도의 차이에 주목한 것으로서 그것이 어떻게 문학적으
   로 형상화되면서 소설적 가치를 구현하는가 하는 데 대해서는 구체적인 고찰이 이루
   어지지 못하였다. 두 작품의 소설적 지향에 대한 더욱 깊이 있는 비교 고찰이 여전히
   과제로 남아 있는 상황이다.
3) 〈영영전〉과 〈운영전〉은 17세기 전반부의 작품이라는 것 외에 어느 것이 먼저 나왔
   는가를 규명할 만한 뚜렷한 증거가 없는 상태다. 그리하여 그 선후 영향관계를 추단하

만약 이러한 논지가 사실로 확인된다면, 고전소설에 있어서의 작품의 영향관계 및 문학적 논쟁과 관련하여 새로운 측면의 이해가 가능하게 될 것이다. 문제는 과연 그러한 가설이 논증될 수 있는가 하는 데 있다. 이제 두 작품을 찬찬히 읽어나가면서 가설의 타당성 여부를 검증해 보기로 한다.[4]

2. 〈운영전〉을 겨냥한 작품 배치

〈영영전〉의 전체적인 소설적 배치가 〈운영전〉과 유사하다는 사실은 두 작품을 통독해 보는 것만으로 바로 확인할 수 있다. 작품의 주요 인물 및 사건의 설정이 서로 밀접하게 대응되고 있다.

먼저, 두 작품에 등장하는 인물들이 거의 예외 없이 서로 짝을 지을 수 있도록 배치되어 있음을 본다.[5]

기 어려운 면이 있다. 하지만 작품의 내용상으로 볼 때 〈운영전〉보다 〈영영전〉이 먼저 나왔을 가능성은 크지 않다고 본다. 몽유구조의 환상적 수법과 비극적 낭만성 등 전대 전기소설의 분위기를 잇고 있는 〈운영전〉이 〈영영전〉에 앞선다고 보는 것이 순리일 것이다. 작품 내용상으로 보아도 〈영영전〉이 선행한 〈운영전〉을 변개한 것으로 볼 수 있는 요소가 많이 나타나고 있거니와, 이제 인물의 형상 및 작중상황에 대한 비교가 이루어지고 나면 그 선후관계의 윤곽이 좀 더 분명해지리라고 본다.

한편, 〈운영전〉과 〈영영전〉을 동일인의 작품으로 추정하는 논의도 있었는데(김기동, 소재영 등), 그 가능성은 작아 보인다. 서로 유사한 설정의 작품을 동일인이 반복해서 썼다고 생각하기 어려우며, 동일인의 작품이라고 하기에는 소설의 형상화 기법 및 문학적 지향성에 있어서의 차이가 두드러진다. 이와 관련하여 김현식은 내용과 문체상의 특성에 입각하여 〈영영전〉의 작가를 양반가 여성으로 추정한 바 있는데(김현식, 앞의 글, 251~253면), 뚜렷한 증거가 없는 상태에서 속단할 일이 아니라고 생각한다. 한문 전기소설의 일반적인 관례에 비추어 보아도 그렇고 내용상으로도 〈영영전〉이 여성의 창작일 가능성은 커 보이지 않는다.

4) 이 논문에서의 〈영영전〉과 〈운영전〉 작품 인용은 이상구 역주, 『17세기 애정전기소설』, 월인, 1999에 의거한다. 이 책 속의 〈영영전〉은 국립도서관본을 대본으로 삼은 것으로 표제가 '상사동기'로 돼있는데, 일반적 관례를 따라 '영영전'으로 일컫기로 한다. 이 책에 실린 〈운영전〉의 저본 또한 〈영영전〉과 마찬가지로 국립도서관 소장 한문필사본이다.

		〈운영전〉	〈영영전〉
남주인공		김진사(유생)	김생(유생)
여주인공		운영(궁녀)	영영(궁녀)
반동인물		안평대군(대군)	회산군(대군)
결연 매개자	책략가	특(동복)	막동(동복)
	중개자	무녀	노파
	방조자	자란 등의 궁녀	이정자, 회산군 부인

　남녀 주인공의 설정부터가 우연이라고 하기에는 너무 흡사하다. 소년 재사(才士)와 궁녀(둘 다 대군에게 소속된)를 서로 짝지은 것 외에 그 이름까지도 서로 혼동될 정도로 유사하다. 이 외에 결연을 위한 계책을 제공해 주는 인물로서 각기 특과 막동이라는 노복을 설정한 것 또한 우연의 일치라고 보기 어려운 요소다. 그 밖에 무녀와 노파의 구실에 서로 통하는 점이 있으며, 다른 주변인물들에 있어서도 일정한 관련성이 감지된다.

　〈운영전〉과 〈영영전〉은 인물의 관계 외에 서사적 전개에 있어서도 깊은 친연성을 보인다. 앞길이 창창한 소년 유생과 궁녀 사이의 열렬한 연정이라는 기본 설정 외에, 목숨을 걸고 담을 타 들어가 이루는 모험적 결연, 짧은 사랑의 환희와 긴 이별의 고통 등 일련의 서사적 전개가 서로 겹친다. 그 서사적 일치는 꽤나 밀도가 높아서 우연히 그렇게 된 것이라고 보기 어렵다.

　만약 이러한 일치가 우연한 것이 아니라면, 그러한 되풀이가 의미하는 바는 무엇일까?

　이에 대해서 쉽게 생각할 수 있는 하나의 답은 한 작품이 다른 작품을 모방하였다고 보는 것이다. 이때 모방작의 자리에 놓이는 것은 아무래도 〈영영전〉 쪽일 것이다. 〈영영전〉은 작품의 기본적 설정에 있어 기존의 〈운영전〉을 답습하면서 사건 전개에 일정한 변화를 줌으로써 독자

---

5) 두 작품의 인물 대응 양상에 대해서는, 김현식, 앞의 글, 18면 및 김낙효, 앞의 글, 320~331면에서 이와 비슷한 형태의 분석이 이루어진 바 있다.

성을 확보하려 한 작품이라고 하는 식의 설명이 가능하다. 이때 '일정한 변화'란 물론 작품 결말부에 보이는 차이를 일컫는다. 잘 알듯이 〈영영전〉은 〈운영전〉과 유사하게 사건이 전개되다가 끝에 가서 애정의 장애요소가 제거되면서 행복한 결말을 성취하는 것으로 돼있는 것이다.

이러한 변개와 관련하여 애정 성취적 결말을 그 자체로서 높이 평가한 논의도 있었지만,[6] 이는 간단한 문제가 아니다. 그 소설적 형상화의 양상이 다분히 어설프고 어색한 것으로 다가오고 있기 때문이다.

> 오랜 갈망과 모험적 시도 끝에 김생은 마침내 회산군의 궁녀 영영과 꿈같은 사랑의 밤을 함께한다. 그러나 그것은 곧 이별의 밤이기도 하였다. 간절한 사랑의 마음에도 불구하고 둘은 더이상 만날 기회를 가지 못한다. 그렇게 몇 년의 세월은 흘러 영영에 대한 김생의 그리움은 잦아들고, 그는 다시 공부에 힘써 과거에 장원 급제한다. 장원으로서 삼일 유가를 돌던 그는 회산군 집 앞에서 문득 옛날의 일을 떠올리고서 거짓 낙마하여 집안으로 실려 들어간다. 거기서 영영을 만나 애절한 사연의 편지를 받은 김생은 예전의 열정이 되살아나서 상사병에 들고 만다. 이때 친구 이정자가 문병을 왔다가 그 사연을 듣고는 자신의 고모인 회산군 부인에게 주선하여 영영을 김생에게 보내주도록 한다. 회산군이 이미 죽은 뒤였던 것이다. 김생은 공명을 버리고 영영과 더불어 생애를 마친다.

한때의 뜨거운 사랑의 열정이 세월의 흐름과 함께 잦아들었다가 어느 날 우연한 기회에 문득 되살아난다는 것도 그렇지만, 그 상황에서 마치 맞춘 것처럼 구원자가 쑥 나타나서 꼭 막힌 실타래를 훌훌 풀어준다는 것은 꽤나 급작스러운 반전이라 하겠다. 때마침 영영이 모시던 회산군이 세상을 떠난 지 3년이 되어 상복을 벗은 상태였다거나, 본래 성격이 사나웠던 회산군 부인이 마침 불교에 귀의한 터라서 선뜻 영영을 내준다고 하는 설정에서도 다분히 작위적이라는 느낌을 받게 된다. 뻔히 비극적인

---

6) 김낙효, 앞의 글, 336~340면.

결말이 내다보이던 상황에서 급작스레 행복한 결말로 반전하는 식의 서사적 구도는 아무래도 독자를 설득하기에 부족함이 있어 보인다.

다음과 같은 마무리 서술은 또 어떠한가.

> 부인은 즉시 영영에게 김생의 집으로 가라고 명하였다. 마침내 두 사람이 다시 만나게 되니, 김생과 영영은 움켜쥘 듯이 기뻤다. 시름시름 앓던 김생도 갑자기 기운이 솟아나 며칠 뒤에 병상에서 일어났다. 이후로 김생은 영원히 공명(功名)을 버리고, 끝까지 장가들지 않은 채 영영과 더불어 생애를 마쳤다고 한다.[7]

〈운영전〉에서의 가슴을 적시는 저 장중한 비극적 결말과 비교할 때, 단연 무게감이 떨어지는 느낌이다. 무언가 짙은 감응을 받기에는 너무 단순하고 소략해 보이는 결말이다. 행복한 결말을 짓기 위해 좀 억지를 부리고 있다는 느낌마저도 없지 않다. 그것은 혹시 애정의 성취를 원하는 독자에게 심리적 위안은 줄 수 있을지 모르지만, 주제의식을 약화시키고 있다는 지적을 면하기 어렵다. 〈운영전〉에서 시종일관 양보 없이 힘 있게 관철되었던 억압에 대한 항변으로서의 애정의 파토스가 현저히 감퇴된 양상이다. '아류작'의 어쩔 수 없는 한계다.

아마도 이것이 〈영영전〉에 대한 정석적인 평가일 것이다. 실제로 〈영영전〉은 이런 식으로 이해되어 왔다.[8] 하지만, 과연 이러한 판단은 의

---

7) 이상구 역주, 앞의 책, 188면. (夫人)卽命英英, 同歸金生家. 二人相見, 其喜可掬. 生懨氣頓蘇, 數日乃起. 自此永謝功名, 竟不娶妻, 與英英相終, 云云(위의 책, 306면. 이하 원문은 면수만 표시).

8) 한 예로 이상구는 〈영영전(상사동기)〉을 해설하면서 다음과 같이 언급한 바 있다. "〈상사동기〉는 〈운영전〉과 마찬가지로 궁녀와 젊은 유생의 사랑을 통해 자연스런 감정의 발현인 남녀의 애정을 억압하는 중세적 이념과 틀을 문제삼고 있다. 그러나 〈상사동기〉는 〈운영전〉만큼 이 문제를 심각하게 제기했다고 보기 어렵다. 앞서 언급했듯이, 〈운영전〉은 비록 몽유록이라는 형식적 장치를 빌기는 했지만 운영과 김진사의 비극적인 죽음을 통해 중세적 이념과 틀의 반인륜적 측면을 여실하게 드러내고 있다. 그런데 〈상사동기〉는 궁녀인 영영과 김생의 사랑을 낭만적인 결연담의 형식으로 호도함으로써 중세적 이념과 틀의 반인륜적 측면을 약화시키고 있는 것이다."(위의 책, 24면)

심의 여지없이 정당한 것일까? 〈영영전〉의 작가는 정말로 삶에 대한 문제의식이나 소설적 역량이 미흡하여 전작과는 견줄 수 없는 어설픈 모방작을 만들어내고 만 것일까?

이루어질 수 없는 사랑의 관계, 그에 따른 필연적 결과로서 이어지는 비극적 결말.—이러한 서사적 구도에 익숙한 상태에서 〈영영전〉을 훑어볼 때, 위의 판단에는 재고의 여지가 없어 보인다. 그렇지만 혹시 그 익숙한 구도 자체에 문제가 있는 것은 아닐는지. 한번 사랑의 열정에 휩싸이면 끝내 헤어나지 못하고 신음하다가 비극적 결말을 맞이하고 마는 것이 필연적인 현실인 것인지. 한번 헤아려 보자. 어찌 꼭 그러하겠는가. 그건 하나의 서사적 상투일 수 있다. 뜨겁던 애정이 세월과 함께 식었다가 우연히 되살아나기도 하는 것이, 꽉 막혀 있던 상황이 우연한 기회에 술술 풀리기도 하는 것이 우리 삶의 실제적 모습일 수 있다. 그렇다면…… 혹시 〈영영전〉은 이와 같은 현실감각에 입각하여 〈운영전〉의 소설적 구도를 의도적으로 뒤집고 있는 것은 아닐까?

아마도 무척 억지스러운 가정으로 보일 것이다. 하지만 〈운영전〉과 견주어가면서 〈영영전〉을 다시금 찬찬히 정독하면 생각이 달라지리라고 믿는다. 〈영영전〉에는 〈운영전〉의 소설적 구도를 뒤집는 서사적 설정이 작품 전편에 걸쳐 폭넓게 배치되어 있는 것이다. 이제 그 본격적인 확인 작업에 들어가기 앞서 하나의 단면을 잠깐 살펴본다.

〈운영전〉과 뚜렷한 차이를 보이는 결말 부분과 달리 작품 전반부에 있어 〈영영전〉은 〈운영전〉을 그대로 따라서 진행되는 것처럼 보인다. 하지만 그것은 그렇게 보이는 것일 뿐이다. 앞서 꼭 맞아떨어진다고 한 두 작품의 인물과 사건은, 그 구체적인 형상에 있어서는 아주 이질적인 양태를 하고 있다.

김생이 읊기를 마치고 취한 눈을 반쯤 들어 올리는 순간 한 미인이 눈에 띄었다. 나이는 겨우 열 여섯 살 정도 되었는데, 사뿐사뿐 걷는 고운 발걸음에 길가의 먼지마저 일지 않았다. 허리와 팔다리는 가냘프고 어여뻤으며, 몸매가 매우 아름다웠다. 그 미인은 가다가 멈추는가 하면, 동쪽으로 향하다가 서쪽으로 걷기도 하고, 기와조각을 주워 꾀꼬리를 희롱하는가 했더니, 버드나무 가지를 붙잡고 우두커니 서서 석양을 바라보았다. 그러다가 옥비녀를 풀어 윤이 나는 검은 머릿결을 가볍게 흔들자, 푸른 소매는 봄바람에 나부끼고 붉은 치마는 맑은 냇가에 어리어 반짝였다.

　김생은 그녀를 바라보고 있다가 마음이 크게 흔들리어 스스로를 억제할 수가 없었다. 말채찍을 재촉해 달려가 곁눈으로 흘끗흘끗 바라보니, 고운 치아와 아름다운 얼굴이 참으로 국색(國色)이었다. 김생은 말을 빙빙 돌려 그 주위를 맴돌면서 때로는 앞서기도 하고 때로는 뒤를 좇으면서 정신을 가다듬고 그녀를 주시하였다. 그는 끝까지 그녀를 놓쳐서는 안 된다고 생각했다. 여자도 김생이 감정을 억제치 못함을 알아채고, 부끄러운 나머지 눈썹을 내리깐 채 감히 바라보지를 못했다. 여자가 점점 멀리 나아가자, 김생도 계속 그 뒤를 좇아갔다. 그녀가 마지막으로 도착한 곳까지 따라가 보니, 그녀는 마침내 상사동 길가에 있는 몇 칸 짜리 작은 집 안으로 들어갔다.

　김생은 어쩔 줄 몰라 그 주변을 서성거리다가 우두커니 섰는데, 마음이 쓸쓸하고 처량해 견딜 수가 없었다. 그러나 날은 이미 저물어 있었다. 그는 어떻게 해볼 도리가 없다는 것을 깨닫고 원통한 마음으로 되돌아 왔으나, 멍하니 정신을 잃고 술에 취하거나 바보가 된 듯하였다.[9]

　김생이 처음 영영을 만나는 대목이다. 어떤가 하면 그 만남의 상황은, 그리고 인물의 모습은 〈운영전〉에서와는 무척 다르다. 〈운영전〉에서의

---

9) 위의 책, 161~162면. 吟竟, 半攪醉眼, 則有一美人, 年纔二八, 蓮步輕移, 陌塵不起, 腰肢嫋嫋, 態度婷婷. 或行或止, 或東或西. 或拾瓦礫, 打起鶯兒, 或攀柳條, 佇立斜陽. 或抽玉釵(簪), 輕搔綠鬢, 翠袂飄拂乎春風, 紅裳照耀乎晴天. 生望而視之, 神魂飄蕩, 不能自抑. 促鞭馳詣, 睨而視之, 雅齒韶顔, 眞國色也. 生盤馬踟躕, 或先或後, 留神注目, 終莫能捨去也. 女知生不能無意, 含羞低眉, 不敢仰視. 女行漸遠, 生亦相隨. 趁其所終到, 則相思洞路傍蝸室數間. 乃其所止也. 生盤桓佇立, 不堪惆悵. 然日已夕矣. 知其無可奈何, 怏怏然而去, 茫茫然而自失, 如醉如癡(292~293면).

운영과 김진사의 만남은 시문(詩文)을 매개로 한 그윽하고 격조 있는 만
남이었다. 안평대군과 시문을 화답하는 당대 제일의 소년재사와 여러
궁녀 가운데도 용모나 재질이 특히 비상한 절대가인의 번개처럼 스치
는 만남이다. 어디에선가 하면 세상과 절연된 심궁(深宮)에서의, 사랑의
방해자가 앞을 딱 가로막고 있는 상태에서의. ─만남 자체에 비극을 잉
태하고 있는, 숨이 막힐 정도의 운명적인 상봉이다.

그에 비하면 영영과 김생의 만남은 어떠한가? 그들이 서로 만난 것은
사람들이 왕래하는 길 한복판에서다. 상대방의 재주에 취했는가 하면
그것도 아니어서, 김생은 술기운이 거나한 상태에서 영영의 고혹적인
미모에 홀려 넋을 잃었던 것뿐이다. 그 상대방인 영영은 어떤가 하면
부끄러워서 김생을 제대로 바라보지 못하고 있는 상황이다. 〈운영전〉에
서의 극적인 운명적 만남과는 질적으로 다른 다분히 순간적·일방적인
풍정(風情)으로서의 만남이다. 술에 취한 상태에서 낯선 여인의 미모에
넋이 나가서는 앞서거니 뒤서거니 말을 몰아 여인 주위를 빙빙 돌면서
흘끔흘끔 미모를 곁눈질하는 김생의 상상해 보라. 당대제일의 문사 안
평대군 앞에서 당당히 시문을 논하는 김진사와 비교하면 어김없는 범
부(凡夫)의 모습이다.

그러나 이러한 범부로서의 김생의 모습이란 또 얼마나 자연스럽고
생기 있는 것인지. 좀 우스꽝스럽기까지 한 김생의 모습은 한편으로 저
고결한 김진사에 비하여 훨씬 친근하게 다가오는 면이 있는 것이다.
'나'의 모습과 다를 바 없는, 있는 그대로의 진솔한 인간의 모습이기에
그러하다.

과연 이와 같은 서사적 설정이 작가의 의식적인 변용인지, 전작을 모
방하는 과정에서 우연히 그렇게 된 것인지는 이어지는 논의를 통해서
판가름될 수 있을 것이다.

3. 문학적 반론의 양상

1) 실제인물과 작중인물

사람들의 삶을 소설적으로 형상화할 때 인물형상의 창조는 중추적인 요소가 된다. 작품의 전반적 분위기와 의미가 인물에 의해 좌우된다. 소설작품 속의 인물은 현실 속의 인간의 모습을 투영하는가 하면 상상력에 의한 변용을 겪기도 하는데, 그 양상은 작가나 작품에 따라 차이가 있다. 인물 형상이 이상화되는 흐름이 있는가 하면, 일상적인 모습에 의거한 재현이 이루어지기도 한다. 그러한 차이가 문학적 지향성에 편차를 가져옴은 물론이다.

앞서 본론의 첫머리에서 〈운영전〉과 〈영영전〉의 인물 배치가 흡사하다는 점을 지적한 바 있다. 그런데 그 유사성이란 인물 배치의 구도에 한정될 뿐, 구체적 캐릭터까지 일치하는 것은 아니다. 이미 위에서 김진사와는 완연히 다른 김생의 모습을 엿보았거니와, 그러한 차이는 작품 전반에 걸쳐서, 또한 여러 인물에 걸쳐서 일관되게 나타나고 있다.

먼저 김생과 김진사의 형상을 좀 더 살펴보도록 하자.

진사가 털가죽 버선을 신고 걸어가니, 나는 새처럼 가벼워 땅을 밟아도 발자국 소리가 나지 않았습니다. 진사는 이러한 꾀로 궁궐 안팎의 담을 넘어 들어와 대나무 숲 속에 엎드려 있는데, 달빛은 낮처럼 밝고 궁궐 안은 조용하기만 했습니다. 조금 후에 어떤 사람이 안에서 나와 산보를 하면서 낮게 시를 읊조렸습니다. 진사는 대나무를 헤치고 머리를 내밀며 말했습니다.

"오시는 분은 누구신지요?"

그 사람이 웃으면서 대답했습니다.

"낭군께서는 나오십시오! 나오십시오!"

진사는 성큼성큼 걸어 나와 절하며 말했습니다.

"나이 어린 사람이 풍류의 흥취를 이기지 못하여 만 번 죽을 죄를 무릅쓰고 감히 이곳에 왔습니다. 원컨대 낭자는 저를 불쌍하게 여겨주십시오."

(…중략…)

진사가 들어오는 것을 보고 제가 자리에서 일어나 맞이하며 절하자, 낭군도 답배(答拜)를 하고 손님과 주인의 예절에 따라 동서(東西)로 나누어 앉았습니다. 저는 자란에게 진수성찬(珍羞盛饌)을 마련케 하여 함께 자하주(紫霞酒)를 따라 마셨습니다. 술이 세 잔 정도 돌자, 진사가 짐짓 취한 척하면서 말했습니다.

"밤이 얼마나 깊었습니까?"

자란은 진사가 말한 뜻을 알아채고 휘장을 드리우며 문을 닫고 나갔습니다. 저는 등불을 끄고 진사와 함께 잠자리에 들었는데, 그 기쁨은 이루 말할 수가 없었습니다.

—〈운영전〉[10]

갑자기 문 여는 소리가 들리더니 안쪽에서 어떤 사람이 나왔다. 김생은 영영인지 아닌지 궁금해서 숨을 죽이고 가만히 귀를 기울여 듣고 있는데, 발자국 소리가 점점 가까워지면서 옷 향기가 엄습해 왔다. 김생이 눈을 뜨고 바라보니 곧 난향이었다. 김생은 어둠 속에서 나와 영영의 등을 어루만지며 말했다.

"그대의 사랑 김모(金某)가 이미 여기에 와 있소."

영영이 말했다.

"낭군은 참으로 믿음직스러운 선비입니다."

영영이 즉시 김생의 손을 이끌어 가까이 앉히고 안부를 묻자, 김생이 대답했다.

---

10) 위의 책, 140~141면. 進士着而行, 輕如飛鳥, 地上無足聲. 進士用其計, 踰內外墻, 伏竹林, 月色如晝, 宮中寂寥. 少焉, 有人自內而出, 散步微吟. 進士披竹出頭曰 : "有人來此?" 其人笑而答曰 : "郎出! 郎出!" 進士趨而揖曰 : "年少之人, 不勝風流之興, 冒犯萬死, 敢至于此, 願娘怜我." (…中略…) 進士由層階循曲欄, 竦肩而入. 妾開紗窓, 明玉燈而坐, 以獸形金爐, 燒鬱金香, 琉璃書案, 展太平廣記一卷, 見進士至, 起而迎拜, 郎亦答拜, 以賓主之禮, 分東西坐. 使紫鸞設珍羞奇饌, 而酌紫霞酒飮之. 酒三行, 進士佯醉曰 : "夜如何幾?" 紫鸞會知其意, 垂帳閉門而出. 妾滅燈同枕, 喜可知矣(281~282면).

"만 번 죽을 고생을 견디고 넘어가는 숨을 겨우 보존하고 있을 뿐이오"

(…중략…)

김생이 즉시 영영의 옷깃을 붙들고 벗기려 하자, 영영이 말리면서 말했다.

"낭군은 어찌 저를 뽕나무밭에서 노는 여자처럼 대하십니까? 별도로 침실이 한 곳 있으니 그 곳에서 좋은 밤을 편안히 보내는 것이 좋겠습니다."

(…중략…)

그리고 나서 김생의 손을 이끌어 감싸 안고 들어가자, 김생도 어쩔 수 없이 따라 들어갔다. 김생은 두려움에 떨면서 몸을 구부리고 살금살금 걸어가는데, 문안으로 들어갈 때는 깊은 연못을 굽어보는 듯 두려웠으며, 땅을 밟을 때는 얇은 빙판 위를 걷듯이 조심조심 걸었다. 매번 한 발을 옮길 때마다 아홉 번이나 넘어지고, 땀이 발뒤꿈치까지 흘러내려도 오히려 깨닫지 못했다.

(…중략…)

잠시 후 사람 소리가 점차 잦아들고 불빛도 꺼졌다. 이윽고 영영이 오른손으로는 옥등(玉燈)을 잡고, 왼손으로는 은병(銀瓶)을 붙들고 나와 김생이 숨어 있는 방문을 열었다. 김생은 벽에 붙어서 두 발을 포개고 서 있으면서, 속으로 '이제는 죽었구나'라고 생각하고 있었다. 이 모습을 본 영영이 웃으면서 김생에게 말했다.

"낭군께서는 얼마나 놀라셨습니까? 제가 위로하고자 따뜻한 술을 가지고 왔습니다."

마침내 영영이 금으로 된 연꽃 모양의 술잔에다 술을 따라 김생에게 권하니, 김생이 받아 마셨다. 영영이 또 한 잔을 권하자, 김생이 사양하며 말했다.

"마음이 정(情)에 있지, 술에 있지 않소"

—〈영영전〉11)

---

11) 위의 책, 176~179면. 忽聞開戶之聲, 自內而出. 生將信將疑, 屏息潛聽, 跫音漸近, 衣香來襲. 開眼視之, 乃蘭香也. 生出而撫背曰 : "情人金某, 在斯矣." 英曰 : "郎君大是信士." 卽携手狎坐, 問(生之)安否. 生答曰 : "忍得萬死, 僅保殘喘耳." (…中略…) 卽把英之衣襟, 而解之. 英止之曰 : "郎君何以(待)妾, 如桑間遊女乎? 別有寢房一所, 可於其間穩度良夜." (…中略…) 乃携手擁入, 生不得已隨之. 蹋蹐惶恐, 入門如臨深淵,

얼핏 보면 아주 비슷한 것처럼 다가오는 대목이다. 두 대목 모두 남주인공이 연정의 대상을 만나려고 궁궐에 침투해 들어간 순간의 긴장된 정경을 잘 그려내고 있다. 대나무 숲에 엎드려 동정을 살피는 김진사의 모습이나 숨을 죽인 채 영영을 기다리는 김생의 모습이 무척이나 리얼하다. 짐짓 취한 척 자란에게 눈치를 주는 김진사의 행위나 얼른 영영을 품에 안으려 서두는 김생의 모습 또한 손에 잡힐 듯 생생하다.

그러나 그 정경을 좀더 섬세하게 살펴보면 김진사와 김생의 형상에서 상당한 차이를 발견하게 된다. 김진사는 그 긴박한 상황 속에서도 기본적으로 '품위'를 잃지 않고 있다. 성큼 걸어 나가 예의바른 어조로 자신의 뜻을 밝히는 모습이나, 운영과 서로 맞절을 한 다음 동서로 갈라앉아 주찬을 나누는 모습 등이 그러하다. 자란에게 자리를 피해 달라고 청하는 말도 격조에서 벗어나지 않는다. 당대 제일의 소년명사라는 명색에 어울리는 형상이다. 이에 비하면 〈영영전〉의 김생은 어떠한가. 그는 영영을 보자마자 등을 어루만지며 어리광에 가까운 정담을 늘어놓는다. 영영의 옷을 급히 벗기려 하는 모습이나 혹시라도 들킬까봐 땀을 뻘뻘 흘리며 전전긍긍하는 모습은 더더욱 품위와 거리가 멀어 보인다. 방안에 홀로 남겨져 있다가 인기척을 듣고는 발을 포개고서 벽에 붙어서는 모습은 웃음을 자아낼 정도다. 영영을 처음 발견했을 때 그 주변을 빙빙 돌면서 흘깃거리던 바로 그 사람의 모습이다.

간추리면, 〈운영전〉의 김진사가 소년명사에 걸맞는 이상적인 인물형으로 부각되고 있는 데 대하여 〈영영전〉의 김생은 일관되게 소년명사라는 명색에 잘 어울리지 않는 가볍고 범상한 모습으로 그려지고 있다. 이러한 차이가 일관되게 나타난다는 것은 작가의 의도를 반영한 결과

踏地如履薄氷. 每移一足動, 輒九蹶, 汗出至踵, 猶未能自覺也. (…中略…) 人聲漸息, 火光亦滅. 英右手持玉燈, 左手携銀瓶, 出而開戶, 則生塗壁累足而立, 自以爲將死而已. 英笑謂生曰 : "郎君無乃有驚懼之心乎? 妾欲慰之, 故持溫酒而來." 遂以金荷葉盞, 酌而勸生, (生飮之. 英又勸一杯), 生辭曰 : "在情, 不在酒也."(300~301면)

라고 보아야 할 것이다. 어떤 의도인가 하면, '이것이 인간의 참모습이 아니겠는가' 하는 것이다. 김진사의 모습보다 김생의 모습이 더 인간적 진실을 담아내고 있지 않은가 하는 태도다. 이와 관련하여 두 작품의 형상 가운데 어느 쪽이 더 그럴듯한지를 가려 따지는 논의는 생략한다. 다만 〈영영전〉에 그려진 정경이 〈운영전〉과는 또 다른 차원에서 문학적 긴장감과 리얼리티를 갖추고 있다는 사실만을 지적해 둔다.

김생이 김진사에 대하여 나타내 보이는 바의 인물형상의 차이는 소설 속의 다른 인물들에도 적용이 된다. 그중 여주인공의 형상을 눈여겨 보기로 한다.

운영과 영영은 둘 다 대군의 집에 속한 궁녀로 설정되어 있다. 그러나 두 인물의 처지와 행동양상에는 상당한 차이가 있다. 먼저 운영을 보면, 그녀는 궁녀 신분이라는 것 이상의 특수한 조건 속에서 존재하고 있다. 안평대군이라는 매우 독특한 성격의 인물에 의하여 깊은 궁중에 밀폐된 채 온실 속의 화초처럼 길러져온 인물이 운영이다. 세상의 티끌과는 거리가 먼 지상선녀 같은 존재인 것이다. 가려 뽑은 열 명의 궁녀 가운데도 특히 재색이 탁월했다고 하니, 운영의 용모 재질은 쉽게 상상이 가지 않을 정도다. 한마디로 운영은 다분히 이상화된 인물형으로서의 성격을 지닌다고 할 수 있다. 이에 비하면 영영은 같은 궁녀이면서도 그 존재가 훨씬 친근하고 자연스럽게 다가온다. 자색이 아름답고 재주도 뛰어나다는 것 외에 영영의 형상은 일반적인 궁녀의 모습에서 크게 벗어나지 않는다. 부모 제사를 지내기 위하여 이모 댁을 찾아오다가 길거리에서 사람들의 눈에 뜨이기도 하는, 소년재사 김생의 돌진에 부끄러움을 느끼는 한편으로 마음이 이끌리기도 하는, 현실 속에 얼마든지 있을 법한 그러한 인물이 영영이다. 한마디로 영영은 운영에 비하여 훨씬 현실적인 인물형이라 할 수 있다.

이러한 인물형의 차이는 구체적인 행동 양태에 그대로 투영되고 있다. 앞서 남녀 주인공이 만나는 장면을 인용했었거니와, 운영이 단아한 모습으로 예의를 차리고 있는 데 대하여, 영영은 짐짓 김생을 책망하기도 하고 그를 빈방에 남겨놓은 채 일을 보기도 하는 모습과 만날 수 있었다. 한편으로는 범상하고 한편으로는 자연스러운 형상이다. 그것이 작가의 의도적인 설정임은 다시 말할 것이 없겠다.

다음 대목은 또 어떠한가.

밤이 다 끝나갈 즈음에 새벽닭이 꼬끼오 울며 날 밝기를 재촉하고, 멀리서 파루(罷漏)를 알리는 종소리가 은은하게 울려 왔다. 김생이 자리에서 일어나 옷가지를 챙겨 입고 탄식하며 다급히 말했다.

"좋은 밤은 괴로울 정도로 짧고 사랑하는 두 마음은 끝이 없는데, 장차 어떻게 이별을 하리오? 궁궐 문을 한 번 나가면 다시 만나기 어려울 터이니, 이 마음을 어떻게 하리오?"

영영은 이 말을 듣고 울음을 삼키며 흐느끼더니, 고운 손으로 눈물을 흩뿌리면서 말했다.

"홍안박명(紅顔薄命)은 옛날부터 있었으니, 비단 미천한 저에게만 그러한 것은 아닙니다. 살아서 이렇듯 이별하니, 죽어서도 이렇듯이 원통할 것입니다. 죽고 사는 것은 꽃이 시들고 나뭇잎이 떨어지는 것과 같으니, 굳이 날씨가 추워지기를 기다릴 필요도 없습니다. 낭군은 철석같은 마음을 가진 남아인데, 어찌 소소하게 아녀자를 염려하다가 성정(性情)을 해쳐서야 되겠습니까? 엎드려 바라건대, 낭군께서는 이별한 뒤에는 제 얼굴을 가슴속에 두어 심려치 마시고, 천금같이 귀중한 몸을 잘 보존하십시오. 또 학업을 계속하여 과거에 급제하고 운로(雲路)에 올라 평생의 소원을 이루시길 간절히 바라고 또 바라옵니다!"

이어서 영영은 토끼털로 만든 붓을 뽑고 용꼬리를 새긴 벼루를 연 다음, 난봉전(鸞鳳牋)을 펼쳐 놓고 칠언율시(七言律詩)를 한 수 지어 이별에 부치었다.

幾日相思此日逢 얼마나 오랫동안 그리워하다가 오늘 만났던고?
綺窓綉幕接手容 깁 바른 창 수놓은 휘장 안에서 손잡고 마주하였네.

燈前不盡論心事 등불 앞에선 마음을 다 털어놓지 못하고,

枕上旋驚動曉鐘 베갯머리에선 새벽 종소리에 놀라 일어났네.

天漢不禁烏鵲散 은하수는 오작이 흩어지는 것을 막지 못하니,

巫山那復雲雨濃 언제 다시 무산의 비구름 짙어질 것인가?

遙知一別無消息 한 번 이별한 뒤 아득히 소식은 알 길 없고,

回首宮門鎖幾重 겹겹이 잠긴 궁궐 문을 되돌아보기만 하네.[12]

잘 알듯이, 〈운영전〉의 운영은 김진사와의 거듭된 밀회 끝에 그와의 삶을 위하여 심궁으로부터의 탈주를 시도한다. 그것은 주변인물들이 말하고 있는 것처럼 극단에 가까운 위험한 발상이라 할 수 있다. 그럼에도 그러한 시도를 하는 것은 김진사와 운영 사이의 애정이 그만큼 뜨겁고 깊었기 때문이겠다. 탈주의 시도가 끝내 좌절됐을 때 운영이 미련없이 목숨을 끊은 것 또한 같은 맥락에서 이해가 된다. 그러한 운영에게서 우리는 애정이라는 하나의 가치에 강렬하게 집착하는 애정지상주의자의 모습을 본다. 오랫동안 성정이 억눌린 채로 유폐의 삶을 살아온 것을 감안할 때, 그와 같은 운영의 형상은 하나의 전형(典型)으로서의 설득력을 갖추고 있다.

그런데 위 인용에 나타난 영영의 행동 양태는 운영과는 아주 다르다. 영영은 애초에 김생을 받아들일 때부터 그것이 계속 이어질 수 없는 한 순간의 인연임을 인지하고 있었다. 사람들의 눈을 속이면서 되풀이하기

---

12) 위의 책, 179~180면. 夜已將闌, 晨鷄喔喔然催曉, 遠鐘隱隱乎罷漏. 生起而攝衣, 欷歔數聲曰: "良宵苦短, 兩情無窮, 其如將別何? 一出宮門, 後會難期, 其如此心何?" 英聞之, 呑聲飮泣, 玉手揮淚曰: "紅顏薄命, 自古有之, 非獨微妾. 生如此而別, 死如此而怨. 其生其死, 如花殘葉落, 將不待歲月寒矣. 郎君以男兒鐵石之心, 何可屑屑然, 爲兒女之念, 以傷性情乎? 伏願郎君, 此別之後, 無置妾面目於懷抱間, 以傷思慮, 善保千金之軀, 不廢學業, 擢高第, 登雲路, 以盡平生之願, 幸甚幸甚!" 仍抽免毫管, 開龍尾硯, 展鸞鳳牋, 遂寫七言律詩, 吟付爲別曰: 幾日相思此日逢, 綺窓綉幕接手容. 燈前不盡論心事, 枕上旋驚動曉鐘. 天漢不禁烏鵲散, 巫山那復雲雨濃? 遙知一別無消息, 回首宮門鎖幾重(302면).

에는 너무나 어렵고도 위험한 사랑이다. 운영처럼 정인(情人)과 함께 도망치면 되지 않겠느냐고 할 수 있을지 모르지만 말이 그렇지 그것이 어찌 쉬운 일이겠는가. 결국 솟구치는 열정에도 불구하고, 자신의 몸과 마음을 바친 정인을 눈물로 보낼 수밖에 없는 것이 일개 연약한 궁녀로서의 영영이 처한 현실이다. 그리하여 영영은 위에 보이는 바와 같이 기약이 있을 리 없는 이별을 고하고 있는 것이다. 번민과 좌절 끝에 목숨을 끊는 운영의 모습과는 또 다른 차원의 무척이나 애절한 모습이다.

이렇게 서로 대조를 이루는 운영과 영영의 형상 가운데 어느 쪽이 더 문학적인지 말하기는 어려운 일일 터이다. 하지만 어느 쪽이 더 현실적인가에 대해서는 이야기해 볼 수도 있을 듯하다. 애정이 참으로 소중한 것이라지만, 그것을 인생에 있어 절대유일의 가치인 것처럼 받아들이는 것은 평상의 감각을 넘어서는 면이 있다. 사랑하면서도 헤어지고, 그리고는 그 아픔을 간직하면서 살아나가는 것, 그것이 일반적인 사람살이의 현실일 것이다. 극단의 상황을 설정한 〈운영전〉과 달리 〈영영전〉은 이처럼 우리의 일반적 삶에 보다 밀착된 방식으로 작중현실을 형상화하고 있다. '현실성의 미학'이라 할 만한 특징이다.

남녀 주인공 이외의 인물들에 대해서는 번다한 논의를 생략한다. 다만 여타의 인물에 대해서도 지금껏 살핀 바와 같은 차이가 확인된다는 사실만을 적시해 둔다. 예컨대 상상을 뛰어넘는 교묘한 책략을 쓰던 끝에 일대 파란을 일으켜 주인을 구렁텅이로 몰아넣는 김진사의 종 특과, 주인에게 하나의 근사한 계책을 제시해 주는 것으로 제 역할을 다하는 김생의 종 막동의 모습을 비교해 보면 그 차이를 쉽게 간취할 수 있을 것이다. 소설적 상투에 의하자면 특이 더 익숙해 보일지 모르지만, 실제 현실 속에서 자연스레 접할 수 있는 인물은 '특'보다는 '막동'일 터이다.

이제 〈운영전〉과 구별되는 〈영영전〉의 소설적 정체성이 웬만큼 확인된 것이 아닐까 한다. 〈운영전〉이 다분히 이상화된 인물형을 통해 경이로운 '가공의 삶'을 부각하는 데 비하여 〈영영전〉은 보다 현실적인 인물형을 통해 자연스러운 '실제의 삶'을 부각하고 있다. 그 서로 다른 문학적 지향을 한데 짝지어놓음으로써 〈영영전〉의 작가는 〈운영전〉의 작가에 대하여 인간과 문학에 대한 반론을 성립시키고 있다. 논리적 주장의 차원이 아닌 소설적 형상 차원의 문학적 반론을.

2) 현실과 소설적 서사

〈운영전〉에 대한 〈영영전〉의 문학적 반론이 단지 인물의 형상 차원에만 머무르지 않을 것임은, 이미 눈치 챘으리라 믿는다. 이제 서사적 전개 쪽으로 초점을 돌려서 그 양상을 더 살펴본다.

〈영영전〉의 서사적 전개 가운데 김생과 영영의 만남으로부터 이별에 이르는 과정에 대해서는 별도의 논의를 생략한다. 이미 앞 절의 논의 과정에서 그 대체적인 모습이 드러난 상태다. 어떠한 모습인가 하면, 인물의 형상에 걸맞는 자연스럽고 일상적인, 현실적인 모습이다. 이를테면 현실적 처지 때문에 남녀주인공이 기약 없는 이별을 하고 만다는 설정 같은 곳에 그러한 특징이 잘 함축돼 있다.

그렇게 헤어진 다음의 상황은 어떻게 전개되는 것일까.

이윽고 김생은 집으로 돌아왔으나, 넋을 잃어 물건을 보아도 보이지 않고 소리를 들어도 들리지 않았다. 세상의 어떤 일도 염두에 두지 않고 오로지 한 통의 편지를 써서 간절한 마음을 전달하고 싶을 뿐이었다. 그러나 상사동의 노파도 이미 세상을 떠나서 다시 편지를 부칠 길마저 없는지라, 김생은 희망을 잃고 헛되이 몽상(夢想)에 젖어 있기만 했다.

그러나 세월은 천연히 흘러가고 광음은 돌연히 바뀌어 온갖 근심 속에서도 3년이 훌쩍 지나가 버렸다. 마음이 일에 따라 변하듯 영영에 대한 그리움도 점차 줄어들었다. 김생은 다시 학업을 일삼아 경전(經典)과 서적(書籍)에 침잠하고 힘써 문장을 닦았다. 홰나무 꽃이 누렇게 물드는 시기가 되어 김생은 과거 시험장에서 나라 안의 모든 선비들과 함께 자거(觜距)를 다투었다. 그는 시험을 치를 때마다 거듭 합격하여 마침내 뭇 사람들 가운데서 장원으로 뽑히었다.[13]

아름다운 정인(情人)을 같은 하늘 아래 두고서 만나볼 수 없는 그 심정이 오죽했으랴. 하지만, 그 사랑의 열정과 그리움이란 세월의 흐름 앞에서 퇴색될 성질의 것이었다. 작가의 표현에 따르면 "마음이 일에 따라 변하듯" 몇 년이라는 세월 속에 그리움은 어느새 속으로 잦아들고 만다. 그리고 김생은 과거를 통한 출세라고 하는 자신의 예정된 인생행로를 걷는다.

무척이나 싱거운 전개라고 볼 수 있겠다. 어찌 그리 무미하고 무책임한가 하고 혀를 찰 수도 있겠다. 그러나 이러한 설정 속에는 상투적인 문학적 통념에 맞서는 작가의 인간관과 현실관이 도전적으로 응축돼 있다는 것이 필자의 판단이다. 한순간의 열정에 모든 것을 거는 것이 인생일 수 없다는, 그 열정을 아프게 가슴속에 묻어둔 채 주어진 현실을 짐져 나가는 그것이 인간과 삶의 참모습이라는 관점이다. 열에 띠어 과장하고 미화하기보다 이렇듯 있는 그대로의 삶을 담아내는 것이 문학의 길이라는 믿음일 수도 있겠다. 간명하고 담담하게 표현돼 있지만, 기실 깊은 공력이 담겨있는 만만치 않은 반론이다.

그렇기는 하지만, 만약 이 지점에서 소설이 끝나고 말았다면 〈영영전〉은 아무래도 싱거운 작품이 되고 말았을 것이다. 작가는 이 장면에서 상투적 예상의 허를 찌르는 또 하나의 의도적인 반전을 설정한다. 김생과 영영의 우연하고도 갑작스러운 재상봉이 그것이다.

---

13) 위의 책, 181~182면. 生旣還家, 喪神失心, 視不見物, 聽不聞聲. 荃蹄世故, 無事掛念(欲)爲一書, 以致懇懇之意. 而相思洞老嫗, 旣已殞世, 無便可寄, 徒費悵望, 虛勞夢想而耳. 歲月荏苒, 光陰倏忽, 百憂叢裡, 三秋已過. 情隨事變, 念懷稍弛. 復事舊業, 沈潛乎經籍, 發奮乎文章, 以槐黃之期, 與國士鬪觜距於試場. 再進再捷, 擢千人爲壯元(303면).

김생은 얼큰하게 술에 취한지라, 의기(意氣)가 호탕해져 채찍을 잡고 말 위에 걸터앉아 수많은 집들을 한 번 둘러보았다. 갑자기 길가의 한 집이 눈에 띄었는데 높고 긴 담장이 백 걸음 정도 빙빙 둘러 있었으며, 푸른 기와와 붉은 난간이 사면에서 빛났다. 섬돌과 뜰은 온갖 꽃과 초목들로 향기로운 숲을 이루고, 희롱하는 나비와 미친 벌들이 그 사이를 어지러이 날아 다녔다. 김생이 누구의 집이냐고 물으니, 곧 회산군(檜山君) 댁이라고 하였다. 김생은 문득 옛날 일이 생각나 마음속으로 은근히 기뻐하며, 짐짓 취한 듯 말에서 떨어져 땅에 눕고는 일어나지 않았다. 궁인(宮人)들이 무슨 일인가 하고 몰려나오자, 구경꾼들이 저자처럼 모여들었다.

이때 회산군은 죽은 지 이미 3년이나 되었으며, 궁인들은 이제 막 상복(喪服)을 벗은 상태였다. 그동안 부인은 마음 붙일 곳 없이 홀로 적적하게 살아온 터라, 광대들의 재주가 보고 싶었다. 그래서 시녀들에게 김생을 부축해서 서쪽 가옥으로 모시고, 죽부인을 베개삼아 비단 무늬 자리에 누이게 하였다. 김생은 여전히 눈이 어질어질 하여 깨닫지 못한 듯이 누워 있었다.

이윽고 광대와 악공들이 뜰 가운데 나열하여 일제히 음악을 연주하면서 온갖 놀이를 다 펼쳐 보였다. 궁중 시녀들은 고운 얼굴에 분을 바르고 구름처럼 아름다운 머릿결을 드리우고 있었는데, 주렴을 걷고 보는 자가 수십 명이나 되었다. 그러나 영영이라고 하는 시녀는 그 가운데 없었다. 김생은 속으로 이상하게 생각하였으나 그녀의 생사를 알 수가 없었다. 자세히 살펴보니, 한 낭자가 나오다가 김생을 보고는 다시 들어가서 눈물을 훔치고, 안팎을 들락거리며 어찌할 줄 모르고 있었다. 이는 바로 영영이 김생을 보고서 흐르는 눈물을 참지 못하고, 차마 남이 알아 챌까봐 두려워한 것이었다.

이러한 영영을 바라보고 있는 김생의 마음은 처량하기 그지없었다.

(…중략…)

이때 부인이 술로 인한 김생의 갈증을 염려하여 영영에게 차를 가져오라고 명령하였다. 이로 인해 두 사람은 서로 가까이 하게 되었으나, 말 한 마디도 못하고 단지 눈길만 주고받을 뿐이었다.14)

불현듯 옛일이 떠오르자 순간적으로 기지를 발휘하여 옛 정인과의 만남의 기회를 만드는 솜씨는 과연 김생답다. 그것이 기실 그 김생을 창조해낸 〈영영전〉 작가의 솜씨임은 물론이다. 얼핏 황당하고 우스꽝스러운 장면으로 보일지 모르나, 거듭 음미해 볼수록 이 대목의 상황적 진실성을 실감하게 된다. 깊이 가라앉아 있던 열정이 우연한 계기에 의하여 문득 되살아나기도 하는 것, 그리하여 다시금 열정에 휩싸이기도 하는 것. 그것은 우리 삶의 실제적 단면의 하나다. 작가는 바로 그 장면을 영민하게 포착하여 형상화하고 있는 것이다.

영영과 김생은 그렇게 다시 만난다. 예기치 않았던 갑작스러운 만남이다. 그러므로 그것은 절실하지 않은가 하면 전혀 그렇지 않다. 다소 객기의 요소가 없지 않았던 김생은 혹시 몰라도, 그때의 영영의 심정은 과연 어떠했겠는가. 하룻밤의 사랑을 끝으로 가슴에 눈물과 한숨으로 묻어버렸던 그 사람이 자신을 보려고 저렇게 누워있음을 발견한 순간, 그야말로 폭풍처럼 만감(萬感)이 솟구쳐 올랐을 것이다. "다시 들어가서 눈물을 훔치고, 안팎을 들락거리며 어찌할 줄 모르"는 그 정경이 너무나 생생하다. 조금의 과장이나 미화도 없이 이렇게 천연하게 절실한 상황을 그려내는 작가의 솜씨에 경탄할 뿐이다.

그 짧은 순간에 영영은 편지를 쓴다. 그동안의 한(恨)이 그대로 솟구쳐서 터져 나온 격정의 편지다.

---

14) 위의 책, 183~184면. 生半醉半醒, 意氣浩蕩, 著鞭跨馬, 一日(目)千家. 忽見道傍, 高埠遠牆, 逶迤乎百步, 碧瓦朱欄, 照曜乎四面. 千花百卉, 芬萴乎階庭, 戲蝶狂蜂, 喧咽乎林園. 生問之, 則乃檜山君宅也. 生忽念舊事, 中心暗喜, 佯醉墮馬, 臥而不起. 宮人出間(門)聚立, 觀者如市. 時檜山君殞世, 已閱三期, 素服初闋. 夫人索寞單居, 無以爲懷, 欲觀俳優伎倆, 令侍女扶入西軒, 臥以錦文席, 枕以竹夫人. 生昏昏瞑目, 若不覺悟. 於是, 唱夫工人, 羅列庭中, 衆樂齊作, 百戲俱張. 宮中侍女, 紅顔粉面, 綠鬢雲鬟, 捲簾而觀者, 可數十許人, 而所謂英英者, 不在其中. 生心自怪之, 莫知可生死. 諦而觀之, 有一少娘, 出而望生, 入而拭淚, 乍出乍入, 不能自止. 盖是英英, 不忍見生, 不禁淚流, 畏爲人所覺也. 生望之心, 甚悽然. (…中略…) 夫人念生酒渴, 命英英奉茶而進. 兩人相近, 不得出一言, 徒爲目成而已(303~304면).

박명한 첩 영영은 재배하고 낭군께 사룁니다. 저는 살아서 낭군을 따를 수
없고, 또 그렇다고 죽을 수도 없었습니다. 그래서 잔해(殘骸)만이 남은 숨을
헐떡이며 아직까지 살아 있습니다. 어찌 제가 성의가 업어서 낭군을 그리워하
지 않았겠습니까? 하늘은 얼마나 아득하고, 땅은 얼마나 막막하던지! 복숭아
와 자두나무에 부는 봄바람은 첩을 깊은 궁중에 가두고, 오동에 내리는 밤비
는 저를 빈방에 묶어 놓았습니다. 오래도록 거문고를 타지 않으니 거문고 갑
(匣)에는 거미줄이 생기고, 화장 거울을 공연히 간직하고 있으니 경대(鏡臺)에
는 먼지만 가득합니다. 지는 해와 저녁 하늘은 저의 한을 돋우는데, 새벽 별과
이지러진 달인들 제 마음을 염려하겠습니까? 누각에 올라 먼 곳을 바라보면
구름이 제 눈을 가리고, 창가에 기대어 생각에 잠기면 수심이 제 꿈을 깨웠습
니다. 아아, 낭군이여! 어찌 슬프지 않았겠습니까? 저는 또 불행하게 그 사이
에 할머니께서 돌아가시어 편지를 부치고자 하여도 전달할 길이 없었습니다.
헛되이 낭군의 얼굴 그릴 때마다 가슴과 창자는 끊어지는 듯 했습니다. 설령
이 몸이 다시 한 번 더 낭군을 뵙는다 해도 꽃다운 얼굴은 이미 시들어 버렸
는데, 낭군께서 어찌 저에게 깊은 사랑을 베풀겠습니까? 모르겠습니다. 낭군
역시 저를 생각하고 있었는지요? 하늘과 땅이 다 없어진다 해도 저의 한은 끝
이 없을 것입니다. 아아, 어찌하리오! 그저 죽는 길밖에 없는 듯 합니다. 종이
를 마주하니 처연한 마음에 이를 바를 알지 못하겠습니다.15)

그리고 가슴을 절절히 울리는 다섯 편의 시(詩).16) 그 시와 글을 받아

---

15) 위의 책, 184~185면. 薄命妾英英, 再拜白金郎足下. 妾生不相從, 又不能死, 殘骸餘
喘, 至今尚存. 豈妾微誠, 念君不至? 天何茫茫! 地何漠漠! 桃李春風, 閉妾深宮, 梧桐
夜雨, 鎖妾空房. 久廢絲桐, 蛛網生匣, 空藏粧鏡, 塵土滿奩. 斜陽暮天, 能添妾恨, 曉
星殘月, 誰念妾心? 登樓望遠, 雲蔽妾眼, 倚窓思睡, 愁斷妾魂. 吁嗟郎君! 寧不悲哉?
妾又不幸, 老嫗殞世, 欲寄音書, 無由可達, 徒想面目, 每斷心腸. 假令此身, 更獲一
見, 芳容頓改, 厚意何施? 不識郎君, 亦念妾否? 天荒地老, 妾恨無窮. 嗟哉奈何! 死而
已矣. 臨楮悽然, 不知所云(304면). 마치 운문과도 같이 네 글자씩 이어져나가는 글의
호흡을 통하여 영영의 격정을 실감할 수 있다.
16) 참고로 그 시편들의 내용을 소개하면 아래와 같다(위의 책, 185~186면).

든 김생이 "오랫동안 편지를 만지작거리며 차마 손에서 놓지 못하였으며, 영영을 그리는 마음은 예전보다 두 배나 간절하였다"[17]는 것이 전혀 어색하지 않다. 자신이 마음속에 지워가고 있던 정인(情人)이 나타내는, 저 도저한 열정과 아픔에 어찌 마음이 움직이지 않을 수 있겠는가. 바로 자신이 저질러놓은 열정이고 아픔인 것을. 모르긴 해도 몇 년치의 열정이 한꺼번에 되살아나서 그 연정의 간절함이 단지 '두 배'에 그치지 않았을 것이다.[18]

好因緣反是惡緣	좋은 인연이 도리어 나쁜 인연이 되었으나,
不怨郎君只怨天	낭군은 원망스럽지 않고 하늘만 원망스럽네.
若使舊情猶未絶	만약 옛 정이 아직 끊이지 아니하였다면,
他年尋我向黃泉	먼 훗날 황천(黃泉)으로 날 찾아오소서.
一日平分十二時	하루는 균등(均等)하게 열두 때로 나뉘었으니,
無時無日不相思	어느 날 어느 때인들 님 그리지 않았으리.
相思何日期相見	언제나 그대를 만날 수 있을까 시름타가,
深恨人間有別離	깊은 한 맺힌 채 이 세상을 이별하네.
柳憔花悴若爲情	사랑하는 마음은 버드나무와 꽃처럼 시들어,
鏡裡猶憂白髮生	거울 보면 근심으로 백발만 자란다네.
自是佳人無好事	이제 고운 님에게 좋은 일 없으리니,
墻頭晨鵲爲誰鳴	담장머리의 새벽닭은 누굴 위해 울거나?
別來忍掃席中塵	이별한 뒤 마지못해 방석의 먼지 털려는데,
愛有郎君坐臥痕	낭군이 앉은 자취 애틋하기도 하구나.
寂寞深宮消息斷	깊고 적막한 궁궐에 소식은 끊어지고,
落花春雨掩重門	봄비에 지는 꽃은 겹겹으로 닫힌 궁문(宮門)을 가리네.
欲寄音書寄得難	편지를 보내려 해도 부치기 어려워,
幾回呵筆綠窓間	푸른 창가에서 몇 번이나 언 붓을 녹였던고
空敎別後相思淚	쓸쓸히 이별한 뒤 님 그리워 흘린 눈물,
點滴花牋一班班	꽃무늬 종이에 방울방울 떨어져 아롱지네.

　이 시의 창작시기와 관련하여, 영영의 마음에 격정이 솟구치고 있는 상황을 감안해서 즉석에서 써낸 것이라고 볼 수도 있겠다. 하지만 당시의 상황이나 시의 내용상으로 볼 때 전에 써놓았던 것이라고 보는 것이 더 자연스럽지 않을까 생각된다.

17) 이상구 역주, 앞의 책, 186면. 生覽之, 沈吟愛玩, 不忍置釋于手, 致念英英, 倍於曩時(305면).

18) 한 가지 덧붙인다면, 김생은 영영이 뜨거운 열정과 깊은 시심(詩心)을 갖춘 여인임을 새삼 깨달으면서 놀라고 감동했을 것이다.

세월의 빛에 가려 허무하게 스러져 버리는 듯하던 사랑이 순간적으로 되살아나서 약동하는 모습을 이렇듯 리얼한 형태로 만나는 것은 놀라운 일이다. 이 대목이 전하는 사랑의 진실은, 그리고 문학적 감동은 어느 걸작 못지않다. 〈운영전〉과 비교하여 전혀 손색이 없다는 것이 필자의 판단이다. 어떤가 하면 〈운영전〉에서 종종 보이기도 하는 직설적인 목소리 등을 전적으로 배제한 간결하고도 담담한 표현으로 이러한 상황을 연출하고 있는 것이다. 놀라운 문학적 감각이다.

〈영영전〉의 최종 마무리 대목은 저 앞에서 인용한 바 있다. 상사병에 들었던 김생이 친구의 주선으로 영영과 다시 상봉한 후 둘이 더불어 평생을 함께했다는 내용이다. 앞서 그 결말이 단순하고 소략하며 억지스러워 보이기도 한다고 한 적이 있으나, 이제 다시 살펴보면 그렇지가 않다. 일련의 서사적 흐름의 속에서 그 결말은 자연스러움과 함께 문학적 진실성을 확보하고 있다. 운명처럼 되찾은 소중한 사랑 앞에서 공명을 훌훌 떨쳐내는 것, 쉬운 일이 아니겠지만 가능한 일이다. 특히 다른 사람이 아니고 김생이라면. 가볍고 즉흥적인 면은 있지만, 감정에 솔직한 행동파의 인물이 김생이니 말이다.

현실성도 현실성이지만, 〈영영전〉의 결말은 무엇보다도 '아름답다.' 비록 한때는 현실의 벽에 막혀 속절없이 저버리고 말았던 정인이었지만, 이제 감싸 안을 수 있는 상황이 되자 그를 진심으로 끌어안아 그동안의 아픔을 영원한 사랑으로 승화시키는 그 모습은 얼마나 장한가. 김생이 때로 약하거나 우스꽝스러운 모습을 보이기도 했던 인간적인 인물이기에 그러한 모습은 더욱 가슴 뿌듯하게 다가온다. 음미할수록 새로운 감응을 전해 주는, 글자마다 낭만이 흘러넘치는 이 한 문장.

이후로 김생은 영원히 공명을 버리고, 끝까지 장가들지 않은 채 영영과 더불어 생애를 마쳤다고 한다[自此永謝功名, 竟不娶妻, 與英英相終, 云云].

무척이나 말을 아끼고 있는 〈영영전〉의 작가.[19] 그러나 그는 행간에 무척이나 많은 뜻을 담아내고 있다. 사족(蛇足)이 될지 모르지만, 그가 〈운영전〉의 작가에게 건네고자 했던 뜻을 직설적 언어로 풀어내 본다.

— 보라. 그대는 운영과 김진사를 통하여 가장 운명적이고도 낭만적인, 슬프고도 아름다운 사랑을 그려내고자 하였다. 둘을 눈부신 선남선녀로 설정해 놓고는 극적인 만남을 연출해냈다. 다른 모든 것을 무색하게 하는 열정적인 애정이 피어오르게 하였다. 그것은 처음부터 비극으로 의도된 것이었다. 안평이나 특과 같은 소설적 장치를 통하여 그대는 마침내 두 주인공을 죽음의 함정 속으로 몰아넣었다. 그리고 그대는 외치고 있다. "아, 이 세상이 저 고귀한 사랑을 이렇게 저버리는구나!"
— 여기, 그대의 운영과 김진사와 비슷하면서도 또 다른 두 인물이 있다. 나는 이들을 통해 이 세상 속에서 누구나 경험하기 마련인 욕망과 좌절을 그렸다. 그리고 그 굴레 속에서 끝내 진실을 배반하지 않은 영혼들에게 주어지는 축복을 그렸다. 그대 보기에는 과연 어떠한가?

〈영영전〉의 작가가 제기하고 있는 이러한 문학적 반론이 과연 얼마나 타당한 것인지에 대해서는 별도의 췌언을 달지 않는다. 아마 〈운영전〉의 작가 또한 〈영영전〉의 작가 이상으로 할 말이 많을 것이다(〈운영전〉은 여전히 놀랍고 감동적인 작품이다). 중요한 것은 지금으로부터 수백년 전에 소설을 통하여 이와 같은 흥미진진한 논쟁이 이루어졌다는 사실이다. 그리고 그러한 논쟁의 과정에서 문학의 새로운 지경이 열리고 있었다는 사실이다.

---

19) 〈영영전〉은 작품 분량에 있어 〈운영전〉의 절반밖에 되지 않는다. 이 또한 〈운영전〉에 비해 〈영영전〉의 무게가 떨어져 보이게 하는 요소로 작용하고 있으나, 속단할 일이 아니다. 때로 과장 내지는 장광설의 요소가 없지 않은 〈운영전〉과 달리 〈영영전〉은 전체적으로 '절제의 미학'을 따르고 있기 때문이다.

4. 맺음–새로운 소설적 현실성

〈영영전〉은 의식적으로 〈운영전〉과 구별되는 새로운 소설미학을 추구한 작품이다. 그 핵심은 '현실성의 미학' 내지 '일상성의 미학'이라고 이름할 수 있겠다. 인물의 설정 및 사건 전개에 있어 관념적 이상화나 정해진 결말로의 일방적 진행과 같은 상투적인 서사적 관습을 걷어내고, 있는 그대로의 삶을 담담하고도 치밀하게 반영하고자 한 시도였다. 그러한 문학적 반론은 의미 있게 구현되었고, 이전과는 다른 정체성을 갖춘 새로운 작품이 탄생하였다. 소설적 현실성이 그 영역을 새롭게 넓힌 순간이다.

어쩌면 전기소설(傳奇小說)의 계보에 있어 〈영영전〉은 〈운영전〉을 보조하는 작품이라기보다 〈주생전〉의 소설 미학을 전향적으로 계승하여 현실성의 폭을 확장하고 있는, 그러므로 〈최척전〉 등과 나란히 놓여야 하는 작품이 아닐까 생각해 본다. 그리고 애정소설의 계보 쪽에서 볼 때 이 작품이 〈춘향전〉과 맥이 닿는 것이 아닐까 하는 억측도 해본다. 영영과 김생의 캐릭터는 운영과 김진사보다는 오히려 춘향 및 이도령과 닮은 면이 있기 때문이다. 특히나 김생과 이도령은 한 형제 같다는 느낌까지도 떠오르는 것이다.

이 글의 논의와 관련하여 소설적 현실성에 대한, 또는 소설 작품의 문학적 가치에 대한 논쟁적 문제 제기가 나오기를 기대한다.

〈현씨양웅쌍린기〉에 그려진 귀족사회의 허와 실

1. 서론

낙선재 소장 자료가 발굴된 이후 활발해지기 시작한 장편가문소설에 대한 연구는 최근에 이르기까지 꾸준한 진전을 거듭해 왔다. 분석 대상 작품이 늘어나는 것과 함께 작품의 의미를 해석하는 시각에 있어서도 주목할 만한 성과들이 나타나고 있다. 우리 소설사에 있어 이 계열의 소설이중요한 한 자리를 차지하고 있음은 이제 의심할 여지가 없게 되었다.

〈현씨양웅쌍린기〉는 낙선재본 장편소설 가운데서도 매우 문제적인 작품이다. 이 작품의 문제성은 이 작품이 상층 귀족사회의 삶의 양상을 리얼하게 그려내면서 그 이면에 내재한 문제점을 부각시키고 있다는 데서 찾을 수 있다. 대개의 장편 가문소설이 상투적으로 유형화된 인물

및 갈등에 입각해 상층귀족의 관념—예컨대 충효·정절 등의 명분이
나 가문 창달에 대한 지향—을 내세우고 있음은 익히 알려진 사실이
다. 그런데 〈현씨양웅쌍린기〉에 있어서는 이와 같은 특징이 단지 부분
적으로만 적용된다. 이 작품의 등장인물은 유형성을 상당부분 탈각하여
개성과 현실성을 갖추고 있으며, 그들이 형성하는 갈등은 매우 현실적
인 것으로서 상층귀족의 통념에 어긋나는 의미를 내포하고 있다. 이 작
품은 조선 후기 당대의 독자들에게 큰 호응을 얻었던 작품으로 생각되
고 있는바,1) 그러한 호응은 이유 있는 것이었다 하겠다.

　〈현씨양웅쌍린기〉는 당대의 독자들뿐만 아니라 현대의 연구자들에
의해서도 주목을 받아온 작품이다. 김진세 교수가 그 줄거리를 소개하
고 기본 특징을 밝힌 이래2) 여러 연구자들이 이 작품을 관심깊게 고찰
한 바 있다.3) 그 연구들을 통해 논의된 사항은 작품의 국적 문제,4) 연
작 문제,5) 인물 및 갈등구조 문제 등 다양한데, 그중에서도 특히 인물
및 갈등에 대한 관심이 두드러진 것이었다. 김진세 교수는 이 작품에
남편의 부당한 대우에 정면으로 맞서는 새로운 여인상이 잘 부각돼 있

---

1) 이 작품이 큰 관심 속에 읽혔음은 여타 장편소설과 달리 많은 이본을 남기고 있다는
　데서 확인된다. 이 작품의 이본은 낙선재본을 포함해 총17종에 이른다. 최길용, 「현씨
　양웅쌍린기 연작의 작품적 연계성」,『한국가문소설연구논총』(이수봉 편), 1992, 357면
　참조.
2) 김진세, 「현씨양웅쌍린기 연구」,『서울대 교양학부 논문집』제4집, 1972 및 「현씨양
　웅쌍린기의 서지적 연구」,『관악어문연구』제6집, 1981.
3) 양승문, 「현씨양웅쌍린기 연구」, 고려대 교육대 석사논문, 1984; 최길용, 「연작형 고
　소설 연구」, 전남대 박사논문, 1989 및 앞의 논문(1992); 박명희, 「고소설의 여성중심적
　시각연구」, 이화여대 박사논문, 1990; 민찬, 「현씨양웅쌍린기」, 완암김진세선생회갑기
　념논문집『한국고전소설작품론』, 집문당, 1990; 이지하, 「현씨양웅쌍린기 연작 연구」,
　서울대 석사논문, 1992.
4) 김진세, 앞의 논문(1972)에서 이 작품의 국적 문제에 대한 논의가 있었고, 최길용, 앞
　의 논문(1992)에서 이에 대한 보충적 논의가 있었다. 논의 결과는 작품에 나오는 풍속
　이나 속담 등을 통해 볼 때 이 작품을 우리나라의 창작물로 볼 수 있다는 것이었다.
5) 최길용, 앞의 논문(1989, 1992) 및 이지하, 앞의 논문에서 연작 문제에 대한 논의가
　있었다. 이지하의 논의결과에 따르면 이 작품의 속편에 해당하는 〈명주기봉〉이나 〈명
　주옥연기합록〉의 문제의식은 전편에 미치지 못하는 것으로 이해된다.

음을 지적하였으며,6) 박명희는 이 작품에 부분적으로 '여성중심적 시각'이 수용되어 있음을 밝히고 그 의의를 고찰하였다.7) 이 작품 등장인물의 성격과 갈등의 전개양상을 포괄적으로 검토한 민찬은 남성의 횡포에 대한 여성의 저항이 지니는 의의와 그 숙명론적 해결이 지니는 한계를 지적하였으며,8) 이 문제를 재검토한 이지하는 이 작품이 비판적 문제제기를 소설적으로 형상화하는 데 성공하고 있다는 점에서 큰 의의를 부여하는 입장을 나타냈다.9)

이 글에서의 필자의 주된 관심사는 기존 연구에서 거듭 논의되었던 인물과 갈등의 문제다. 필자는, 기존 연구를 통해 이 문제가 충실하게 고찰되었음을 인정하면서도, 아직도 문제의 중요한 부분이 제대로 해명되지 못한 채로 남아있다고 보고 있다. 인물의 성격이나 갈등양상에 대한 분석이 대체로 평면적으로 이루어졌으며 그 결과 이 작품의 궁극적 의미가 아직도 충분히 드러나지는 않았다고 생각하는 것이다. 작가의식에 대한 본격적인 논의가 부족했던 것도 다소 불만족스러운 점 가운데 하나다.

필자는 이 작품에 대한 논의가 진전되기 위해서는 인물 및 갈등의 '사회적 성격'에 대한 분석이 더욱 본격화돼야 한다고 본다. 〈현씨양웅쌍린기〉의 인물과 갈등은 작품 표면에 나타난 바10)와는 달리 사회적 성격을 강하게 지닌다는 것이 필자의 판단이다. 이 작품을 산출한 당시의 양반 귀족사회의 허(虛)와 실(實), 또는 이상과 현실이 거기 잘 집약돼 있다는 것이다. 이제 이 글에서는 이 작품 속에 당대 상층귀족의 삶의 실상이 어떻게 형상화돼 있으며 그를 통해 어떤 의미가 구현되고 있는가

---

6) 김진세, 앞의 논문(1972), 106~112면.
7) 박명희, 앞의 논문, 83~90면.
8) 민찬, 앞의 논문.
9) 이지하, 앞의 논문.
10) 작품 표면상 개성을 갖춘 인물들간의 개인적 갈등이라는 요소가 부각되고 있으며, 여러 연구자들이 이 점에 큰 관심을 나타냈다.

를 집중적·구체적으로 분석해내고자 한다.[11)

　사회현실의 표면과 이면, 이상과 현실이 작품 속에서 어떤 의미연관을 맺는가 하는 것은 고전소설, 나아가 소설 일반에 걸치는 중요한 문젯거리다. 이 글이 이 문제에 대한 이해를 넓히는 데 조금이나마 보탬이 되기를 기대한다.

2. 인물의 개성과 현실성

　〈현씨양웅쌍린기〉는 실감이 넘치는 흥미로운 작품인데, 그것은 기본적으로 등장인물들이 '살아 있다'는 데 힘입고 있다. 이 작품의 여러 등장인물은 상투성·유형성을 벗어나 제 나름의 개성을 지닌 존재로 형상화돼 있는 것이다. 작품의 주인공들인 현수문과 현경문·윤소저와 주소저가 그러한 특징을 지님은 이미 거듭 지적된 바 있거니와, 그밖에 그들을 둘러싸고 있는 주변인물들 또한 대체로 강한 개성을 갖추어 지니고 있다. 현택지, 주명기와 후부인·육소저·장시랑과 장생 형제 등이 그러한 인물들이다.[12)

　주목할 것은 이 인물들의 관념과 행동방식이 사회적으로 규정된 것

---

11) 〈현씨양웅쌍린기〉에는 여러 이본이 있지만, 그중에서 10권 10책의 낙선재본이 최선본으로 알려져 있다. 이 글에서는 이 이본을 대상으로 하여 논의를 전개할 예정이다. 1979년에 장서각에서 두 권으로 묶어 출간한 영인본을 대본으로 삼았다. 한편, 이 작품은 18세기에 이루어진 것으로 추정되고 있는바, 이 글에서 문제삼는 시대배경은 이 시기를 염두에 둔 것임을 밝힌다.
12) 물론, 상투적인 인물이 없는 것은 아니다. 양반사회 윤리에 순응하는 상투적 '선인'인 하소저와 철소저, 악인의 상투적 전형인 형아나 월청 등이 그 예다. 그런데 작품에 있어 하소저와 철소저는 거의 관심대상이 되지 않으며, 형아나 월청의 역할 또한 주인공들의 갈등의 계기를 만드는 데 그치고 있어 작품에서 그리 큰 비중을 차지하지 못한다.

으로서의 성격을 짙게 지닌다는 점이다. 이 인물들이 나타내는 행동방식의 저변에는 사회제도·관념이 자리하고 있는바, 등장인물들은 의식·무의식중에 그것을 수용 또는 거부하는 입장을 취하고 있다. 그리고 이와 관련한 다양한 태도는 각 인물들이 지니는 성격의 핵심부를 이루고 있다. 그 양상을 바로 짚어내는 것은 작품 이해의 관건이다.

〈현씨양웅쌍린기〉의 남주인공 현수문·현경문 형제는 일견 상투적으로 이상화된 인물의 풍모를 갖추고 있다. 그들은 비범한 용모와 자질을 타고난 데다 충효를 겸비한 인물로서, 어린 나이에 과거에 급제해서 국가의 어려움을 앞장서 해결하여 가문을 빛내고 명성을 떨친다. 요컨대, 그들은 상층귀족으의 이상적 삶을 최대한으로 실현해 보이는 인물이다.

그렇지만 이와 같은 두 인물의 모습은 외적인 것에 불과하다. 그들은 그 나름의 개성을 지니고 있는, 일정한 결함까지도 지니고 있는 인물들인 것이다. 먼저 현수문은 적극적이고 활달한 성격을 지닌 호걸형 인물로 설정돼 있다. 그는 예(禮)에 구애받음이 없이 자신의 성정(性情)이 요구하는 바를 거침없이 실행에 옮긴다. 그런데 그와 같은 직선적이고 거침없는 성격은 경솔하고 무례한 행동으로 구체화되기도 한다. 그리고 바로 그 지점에서 문제가 발생한다. 여색을 탐하여 외간 여인을 완력으로 겁간하여 갈등을 유발하는 것이다. 한편, 현경문은 형 현수문과는 달리 침착하고 사려 깊은 인물로 설정돼 있다. 그는 사리분별이 분명하고 자신의 성정(性情)을 엄격히 다스리는 인물로서, 행동을 함에 있어 예(禮)와 명분을 기본 바탕으로 삼는다. 그런데 사리분별과 예에 대한 지나친 집착은 그를 냉정하고 편협한 인물로 만들기도 한다. 그리고 그로 인해 문제가 발생한다. 아내를 심히 냉대함으로써 갈등을 유발하는 것이다.

현수문 형제는 이처럼 서로 성격과 행동방식이 다른 인물이다. 그러한 성격은 작품 전편에 일관성 있게 부각되고 있다. 그런데 여기서 주목할 것은 그들이 사회적 관념을 받아들임에 있어 중요한 공통점을 나타내고 있다는 점이다. 그들은 둘 다 남성으로서의 권위를 강하게 내세우는, '여필종부' 식의 관념에 충실한 인물들이다. 그들은 상대 여성의 인격보다 자신의 욕망이나 체면을 더 중시한다. 그리하여 상대 여성을 자신에게 일방적으로 복종하는 인물로 순치하려 한다. 요컨대, 이들은 봉건 가부장사회가 만들어낸 차별의 관념을 뿌리깊이 내면화하고 있는 인물들로서의 성격을 지닌다.

작품의 여주인공인 윤소저와 주소저 또한 개성적 인물들이다. 외적으로 부각되는 두 인물의 특징은 매우 아름답고 정숙하다는 것이며 그런 점에서 이상적으로 유형화된 인물로서의 성격을 지니지만, 실제 두 인물의 성격과 행동양상은 유형적 틀에서 벗어나 독자성을 갖추고 있다. 먼저, 윤소저는 어려서 부모를 잃고 천인의 손에서 자라났음에도 불구하고 강한 자의식 내지 자존심을 지니고 있는 인물이다. 그리하여 자신에게 주어지는 부당한 횡포를 용납하지 않고 권도(權道)를 포함한 여러 수단 방법을 동원하여 거기 맞선다. 한편, 주소저는 부모의 극진한 사랑을 받으며 자란 외동딸로서 윤소저와는 처지가 다르며, 예(禮)와 도리명분을 중시하는 침착하고 열숙(烈淑)한 인물로서 그 성격과 행동양상이 다르다. 그렇지만 부당한 처사에 순응하기를 거부하는 강한 자존심을 지니고 있다는 점에서는 윤소저와 성격이 통한다.

윤소저와 주소저가 부당한 처사에 순응하지 않고 거기 저항하는 행동양상을 보인다는 것은 단순히 개인의 자존심을 지킨다는 것 이상의 사회적 의미를 지닌다. 이들에게 주어지는 부당한 처사의 핵심에는 바로 가부장사회의 차별적 관념이 놓여있는 것이기 때문이다. 이들은 갖은 시련을 무릅쓰고 거기 저항하는바, 결국 이들은 부조리한 사회에 주체적으로 대항하는 저항적 인물로서의 의미를 부여받고 있다. 이 작품의 서술자는 이들의 생각과 사고방식을 섬세하게 그려냄으로써 이들을 강한 인상을 주는 살아 있는 인물로 부각시키고 있다. 이 두 여인이야말로 작품의 실질적 주인공이라 할 수 있다.

현수문 형제의 부친인 현택지는 그간의 논의에서 그 성격과 역할이 주목되지 않았던 인물이다. 일견 그는 별다른 개성을 지니지 못하는 유형적 인물처럼 보인다. 국가에 있어 충의로운 재상이요 집안에 있어 훌륭한 가장으로서 이상적 인물의 면모를 지니고 있는 것이다. 그렇지만 그는 실상 남다른 개성을 갖춘 인물로서 작품 속에서 중요한 역할을 하고 있다.

현택지는 아주 엄격하면서도 또한 자애롭기도 한 인물로 부각돼 있다. 도리명분을 중시하지만, 그와 함께 따뜻한 인간미를 갖추고 있다. 그는 옳고 그름을 제대로 가려내 잘못된 일을 바로잡을 줄 알며, 부당하게 고통을 겪고 있는 사람들을, 특히 여성들을 인간적으로 포용할 줄 안다. 이는 다른 어떤 인물에게서도 발견하기 힘든 특별한 성품이거니와, 그는 이러한 성품을 지니고 있음으로 해서 인물들간의 갈등을 중재할 힘을 부여받고 있다. 그 현택지 곁에는 자애로운 아내 장부인이 있어 가장을 뒷받침한다. 두 인물은 현부(玄府)에 있어 엄부자모(嚴父慈母)의 역할을 훌륭히 수행하고 있다.

주소저의 부모인 주명기와 후부인은 현택지 부부와 선명한 대조를 이루는 인물들이다. 이들은 당당한 대갓집의 가장과 안주인의 위치에 있으면서도 그 역할을 제대로 감당하지 못한다. 성격이 편협하고 경솔하여 사리를 제대로 분별하지 못하고 감정적으로 행동하며, 그 결과 거듭 실행(失行)을 저지르곤 한다. 특히 후부인은 사대부집 부인에 어울리지 않는 경거망동으로 비웃음의 대상이 되곤 한다. 그러한 실행은 특별히 나쁜 의도에서 나온 것은 아니고 외동딸에 대한 지극한 사랑에서 연유한 것으로 돼있다. 그렇지만 그것은 결과적으로 딸에게 심한 고통을 가져다준다. 요컨대, 상층 귀족사회의 도리명분에 제대로 적응하지 못함으로 해서 인격이 어그러진 인물이 후부인이라 할 수 있다. 이 인물을 통해 우리는 명분을 중시하는 상층 귀족사회 이면의 흐트러진 모습을 접할 수 있다.

귀족사회의 흐트러진 일면을 드러내는 또 하나의 인물이 육소저(육취

옥)다. 그녀는 성격이 가볍고 천박한 여인으로서 자신의 정욕을 다스리지 못한다. 혼기가 지나도록 배필을 구하지 못하여 안달하던 중 마음에 드는 남자(현경문)를 만나자 스스로 그 방에 들어가 결연을 청하며, 임금에게까지 탄원을 하여 결국 그 남자의 재실이 된다. 그리고는 남편과 주변사람의 극심한 멸시와 조롱에도 불구하고 남편과의 결합을 성취하기 위해 천박하고 우스꽝스러운, 한편으로는 눈물겨운 노력을 거듭한다. 그녀의 모습을 통해 우리는 봉건 귀족사회에서의 성정의 억압이 인간성을 어떻게 망가뜨리는가를 잘 볼 수가 있다.

현수문 형제의 외숙인 장시랑(장찬규)과 그 소생인 장생 형제(장성기, 장성원)는 〈현씨양웅쌍린기〉가 만들어낸 또 다른 개성적인 인물들이다. 이들은 작품의 갈등에 직접 가담하지는 않지만, 작품 요소요소에 등장하여 감초와도 같은 역할을 한다. 현수문 형제에게 무슨 일이 생길 때마다 발랄하고 우스꽝스러운 재담으로 형제를 놀려 좌중의 웃음을 불러일으키곤 하는 것이다. 이들의 존재로 해서 〈현씨양웅쌍린기〉는 더욱 실감 있고 재미있는 작품이 되고 있다. 그런데 주의할 것은 이 인물들이 사회의 통념을 깨뜨리는 편에 서지는 않는다는 점이다. 이들은 현수문 형제의 곁에서 형제가 남성으로서의 권위를 행사하는 것을 방조하고 부추기는 역할을 하곤 한다. 형제가 윤소저와 주소저에 의해 곤란을 겪을 때마다 그 처지를 조롱하여 형제를 압박하는 것이다. 결국 이들은 당대 귀족사회에 퍼져있던 통념을 확인해 주는 방식으로 갈등에 관여하고 있다고 할 수 있다.

이상 〈현씨양웅쌍린기〉에 등장하는 인물들의 성격을 일별함으로써 우리는 이 작품에 있어 인물을 형상화하는 방식이 주목할 만한 것임을 확인할 수 있다. 그것을 몇 가지로 정리해 보면 다음과 같다.

첫째, 의식적인 노력에 의해 인물의 개성이 부각되고 있다. 여러 인물이 각기 서로 다른 독자적 성격을 부여받고 있고 그 성격이 작품 전편에 걸쳐 일관성 있게 이어져나가는바, 이는 우연히 그렇게 된 것이 아니다. 인물 하나하나를 독자적 존재로 보려는 노력, 그리고 그 독자적 삶의 방식을 포착해내려는 노력의 결과로 구현된 특징이라 할 수 있다.

둘째, 인물이 추상적 규범에 의해 재단되지 않는다. 선악의 규범이 인물 설정의 기본 기준이 되지 않으며, 그 결과 이 작품의 주요 인물들 가운데는 절대적 선인도 절대적 악인도 없다. 서로 갈등하는 존재인 현수문 형제와 두 소저는 어느 쪽도 선인이나 악인이 아니며, 육소저나 후부인같이 거듭 실행을 저지르는 인물까지도 절대적 악인으로 재단되지 않는다. 그렇다면 선악의 규범 대신 관심대상이 되는 것은 무엇인가? 그것은 개성적 존재로서의 여러 인물이 나타내는 그 나름의 사고방식과 행동양상이다.

셋째, 인물의 외적이고 공식적인 면모보다 사적인 면모가 관심대상이 된다. 인물이 국가나 가문에서 차지하는 위치보다 한 개인으로서의 위치와 행동양상이 중점적으로 형상화된다. 흥미로운 것은 양자가 서로 어울리지 않는 경우가 많다는 점이다. 국가적 인재이고 영웅인 현수문 형제가 개인으로서의 삶을 영위함에 있어 중요한 결함을 나타낸다는 것이나 강직한 충신인 주명기가 집안일로 철없는 행동을 거듭한다는 것이 그 예다. 우리는 그 편차를 통해 귀족사회의 허와 실을 단면적으로 엿볼 수 있다.

넷째, 앞에서 언급한 것처럼, 인물이 사회적 맥락 속에서 형상화되고 있다. 각 인물의 성격이나 행동양상은 남녀차별 등의 사회제도·관념에 대한 대응방식에 의해 변주되고 있다. 그것은, 뒤에서 자세히 살피게 되겠지만, 작품의 기본 갈등과 긴밀히 맞닿아 있으며, 그런 점에서 중요한 의미를 지닌다.

〈현씨양웅쌍린기〉에 등장하는 여러 인물들은, 비록 충분한 것은 아니라 하더라도, 현실성을 강하게 지니고 있다. 위에 정리한 여러 요소들이 이들에게 현실 속에서 살아 움직이는 인물로서의 생명력을 부여하고 있다. 그것은 이 작품의 소설적 성취의 기반이 되고 있다.

3. 갈등의 사회적 성격

1) 갈등의 양상과 의미

〈현씨양웅쌍린기〉는 장편소설 작품이지만, 그 기본 갈등구조는 그리 복잡하지 않다. 이 작품에 있어 가장 근간이 되는 갈등은 남녀갈등—부부갈등으로서,[13] 현수문과 윤소저가 하나의 대립쌍을 이루고, 현경문과 주소저가 또 다른 대립쌍을 이룬다. 그 네 인물이 갈등의 기본 당사자로서 주된 역할을 하는 가운데 여러 주변인물들 —후부인·육소저·형아·일부 시비·현택지 등—이 부수적으로 갈등에 가담한다. 서로 교체되면서 서술되고 있는 두 쌍의 갈등은 섬세한 심리분석과 개연성 있는 상황설정을 바탕으로 전개되어 실감과 흥미를 불러일으키고 있다.[14]

이 작품의 갈등구조상 주목되는 것은 '가문간의 갈등'이라는 요소가 거의 부각되지 않는다는 점이다. '남녀갈등', '혼사갈등'을 문제삼는 대다수 장편소설에 있어 남녀의 결합이 가문간의 결합으로서의 의미를 지니고 있고 그 결합을 둘러싼 갈등을 통해 가문의 선양이라는 의미지향이 표출되고 있음은 주지의 사실이다. 그런데 이 작품에 있어 이러한 문제는, 전적으로 배제되는 것은 아니지만, 갈등의 중심부에 놓이지 않는다. 현수문 형제나 주소저·윤소저는 가문의 대표자나 가문 결합의 매개자로서 작품에 부각되는 것이 아니라, 자의식을 갖춘 개인으로 부

---

13) 작품 중간에 반군이나 외적과의 싸움이라는 요소가 나타나고 있지만, 그것은 그 자체로 별다른 의의를 지니지 못한 채 주인공 남녀의 갈등에 종속되고 있다.

14) 이러한 특징이 작품 전체에 두루 적용되는 것은 아니다. 작품의 전개과정 군데군데 상투적이고 비현실적인 요소들이 삽입돼 있다. 월청법사나 일광대사의 신이한 술법, 신약에 의한 모습 감추기 같은 것이 그 극단적인 예이며, 현수문 형제가 갑자기 용장으로 변모하는 등의 무리한 상황설정도 간간히 눈에 띈다. 그렇지만, 작품의 핵심 갈등에 해당하는 현수문 형제와 두 소저의 갈등에는 이와 같은 비현실적 요소가 거의 배제되고 있어 현실적 긴장감이 유지되고 있다.

각된다. 그들은 가문의 명예라는 가치관에 의해 '움직여지는' 것이 아니라 각자의 욕망과 가치관에 입각해 스스로 '움직인다.'15) 그리고 그것이 서로 부딪치는 지점에서 갈등이 발생한다.

작품 속의 인물이 자기 의지에 따라 행동하는 가운데 갈등이 발생, 전개된다는 것은 중요한 의의를 지닌다. 그것은 이 작품이 추상적인 관념의 차원이 아닌 구체적 현실의 차원에서 문제를 제기하고 있음을 의미한다. 개아(個我)로서의 인간이 현실 속에서 피부로 부딪는 문제가 관심사로 부각된다는 것이다.

그런데 우리가 유의할 것은 이 작품의 갈등이 그 본질에 있어 사회적 성격을 강하게 지니고 있다는 점이다. 외견상 인물들의 서로 다른 성격에 따른 개인적 갈등이라는 면모가 부각되지만, 그 싸움의 중심부에는 실상 사회제도·관념이라는 요소가 가로놓여 있다. 앞 절에서 살핀 것처럼, 각 인물은 사회제도나 관념에 의해 규정되고 있으면서 거기 대해 서로 다른 대응방식을 나타낸다. 그리고 그 서로 다른 대응방식이 맞부딪침으로써 갈등이 성립된다. 이제 그 갈등의 양상과 의미를 구체적으로 살펴보고자 한다.16)

현수문과 윤소저의 갈등의 성격은 다음과 같은 첫 만남의 상황에서 뚜렷이 드러난다. ―부모가 맺어준 부인 하소저와 금슬을 이루고 동락하던 현수문은 비범한 인물이지만 여색을 탐하는 기질이 있었다. 그는 외가인 장시랑 댁에 갔다가 우연히 베를 짜는 여인을 발견하고서는 그 방에 들어가 말을 붙이려 한다. 그러나 놀란 여인은 말대답을 하지 않는다. 여인의 미모에 끌려 그녀를 취할 마음을 먹은 현수문은 유모로부

---

15) 이러한 특징은 이지하에 의해 지적된 바 있다. 이지하, 앞의 논문, 14~15면 참조.
16) 이 작품의 기본 갈등에 사회적 의미가 담겨있다는 지적은 그리 새삼스런 것이 아니다. 김진세·박명희·민찬·이지하 등 이 작품을 연구한 여러 연구자들이 이미 이에 대해 논한 바 있다. 그렇지만 이들이 작품의 사회적 의미를 중점적으로 다루었던 것은 아니며, 그 결과 이 문제는 아직도 새로운 논의의 여지를 남겨두고 있다. 이제 이를 집중적으로 분석 검토함으로써 작품 이해를 증진시키려는 것이 이 논문의 의도이다.

터 그녀가 어려서 길에서 주워 기른 근본을 모르는 여인이라는 것을 알
아내고서는 "연즉 더옥 쉬오리니 제 싱각ᄒ여도 용부슉ᄌ의 정실 되니
의셔 낫지 아니랴"(제1권, 173면)17) 하고 즐거워한다. 그는 집에 돌아와 부
인 하소저에게 자신의 뜻을 밝혀 동의를 얻으며, 밤에 다시 외가로 와
서 장생 형제에게 그녀를 취할 계획을 밝히고서 농담을 주고받으며 즐
긴다. 그리고는 그 여인이 홀로 있는 방으로 당당히 찾아 들어가 그녀
를 핍박하여 관계를 맺으려 한다. 그 여인은 놀라고 두려워하며 온 힘
을 다해 저항하지만 결국은 현수문의 완력에 굴복당하고 만다. 그 정황
은 다음과 같이 묘사된다.

일위 남지 은연이 드러오니 윤혜 대경실식ᄒ여 급히 몸을 두로혀 나고져 ᄒ
디 남지 문을 당ᄒ여 안즈니 어디로 ᄂ가리오 아모리홀 줄 모르더니 싱이 소
리를 엄히 ᄒ여 왈 "네 근본을 드르니 블과 노변 질ᄋ로 셜구의 양휵ᄒᆫ 배라
ᄒ거늘 감히 노야의 말을 답지 아니니 즁히 다스릴 거시로디 나히 어리다 ᄒ미
용셔ᄒᄂ니 ᄂ아와 의건을 벗기라." (…중략…) 혜 쳔만 의외예 이 경상을 당ᄒ
니 옥면이 찬지 ᄀᆺᄐ여 일언을 못ᄒ고 싱의 원비의 후리인 비 되여 옥뉘 방방
ᄒ니 싱이 그 거동을 더옥 년이ᄒ여 은근이 달니여 촉을 믈니치고 침셕의 ᄂ아
가니 윤혜 망극ᄒ여 크게 울고 왈 "ᄎ마 날을 이런 곳의 밀칠 줄 알리오. 내 비
록 미쳔ᄒ나 댱가 시이 아니니 임의로 무례치 못ᄒ리라." 인ᄒ여 운환을 벽의
부드이져 죽으려 셔두니 놀나며 두리ᄂ 거동이 싱의 심간을 농쥰ᄒ니 혹시 광
슈로써 그 몸을 후리쳐 안고 왈 "네 근본이 비록 스문 규쉬라도 잇씨를 당ᄒ여
ᄂ 쇽졀업ᄂ니 부졀업시 구지 말고 텬션낭군의 금ᄎ 뎨일이 되여 부귀를 누리
라." 언파의 핍박ᄒ여 나위의 나아가니 윤혜 비록 지스위혼ᄒ여 믈니치나 싱은
셩장지년이오 미인 길드리미 익엇ᄂ지라 엇지 년쇼 녀ᄌ를 이긔지 못ᄒ리오
환연ᄒᆫ 은이 교칠 ᄀᆺ트니 혜 낙담상혼ᄒ여 일신을 안졉지 못ᄒ게 쩔고 신식이

---

17) '제1권'은 두 권으로 된 장서각 영인본 중 첫째 권을 지칭하는 말이다. '제2권'은 물
론 둘째 권을 의미한다. 이하 이와 같은 방식으로 원문의 출처를 밝히고자 한다.

여토ㅎ니 셩은 졀ㄷ미인의 옥보방신을 겻지우미 만죵 풍뉘 불가형언이라.

—제1권, 179~182면.

이상과 같은 만남의 상황이 제기하는 문제는 가볍지 않다. 현수문에 의한 윤소저 겁간은 매우 일방적이고 비인간적인 것으로서 예사롭게 보아 넘길 수 없는 것이다. 그는 상대 여성의 입장을 전혀 고려하지 않은 채 일방적으로 자신의 성적 욕망을 채우며, 그러한 자신의 행위를 위세당당하게 합리화한다. 외간여자를 무례하게 대한 자신의 허물은 생각지도 않고 오히려 여인이 말대답을 안 한 것을 꾸짖으며, 자기 같은 훌륭한 남자와 결연하는 것이 행운이라는 식의 오만한 태도를 나타낸다. 그리고 마침내 눈물을 흘리며 죽음을 무릅쓰고 저항하는 어린 여인을 완력으로 겁간하여 자신의 욕망을 채운다. 그리고는 얼굴이 흙빛이 되어 떨고 있는 여인을 앞에 두고 즐거워한다. 이는 한 개인의 성격에 따른 실행으로 보기에는, '있을 수 있는 실수'로 보기에는 너무나 야만적인 행위이다.

그런데 이러한 현수문의 행위만큼이나 놀라운 것은 그 주변인물들의 태도다. 현수문은 주변사람에게 미리 자기의 계획을 알리고 당당하게 일을 저지르거니와, 그 계획을 전해들은 하소저나 장생 형제는 그것을 자연스럽게 용인하고 있다. 그리고 여인을 완력으로 겁간한 사실을 안 다음에도 이들의 태도는 별반 달라지지 않는다. 이러한 태도는 이들에게만 한정되는 것이 아니어서, 차후에 그 일을 알게 된 많은 사람들—현경문·장시랑·장부인·현택지[18] 등—이 현수문의 행동을 별다르게 문제삼지 않고 '있을 만한 일'로 받아들인다. 나아가 그 일을 화제로 하여 서로 웃고 즐기기까지 한다. 겁간당한 여인이 자결을 시도하여 죽

---

18) 현택지는 현수문을 크게 질책하고 있어 그 태도가 좀 다르다 할 수 있다. 그러나 그 역시 현수문의 행위를 '있을 수 있는 장난'으로 보고 있어 본질 면에서 크게 다르지는 않다(제1권, 193면 참조).

〈현씨양웅쌍린기〉에 그려진 귀족사회의 허와 실　447

다 살아난 뒤인데도 말이다.

그렇다면 현수문의 악행을 그 자신이나 주변인물들이 대수롭지 않게 받아들이는 것은 무엇 때문인가? 그들이 악당이기 때문인가 하면 그렇지는 않다. 현수문·현경문·현택지와 장시랑·장생형제 등은 당대의 영웅 재사들이고, 장부인이나 하소저는 매우 현숙한 여인들인 터다. 그렇다면 그것은 무엇 때문인가? 바로 사회제도와 통념이 그 바탕에 놓여 있다고 할 수 있다. 현수문은 귀한 인물이고 남자이며, 그의 상대는 근본을 모르는 인물이고 여자이다. 이와 같은 사회적 위치의 차이가 윤소저에 대한 현수문의 부당한 행위를 정당화하고 있다. 다시 말해, 귀한 집 자제가 여자 하나쯤 범하는 것은 예삿일이라는 식의 생각이 상층 귀족사회에 있어 하나의 통념으로 자리잡고 있었던 것이고(그 밑바탕에는 물론 신분차별, 남녀차별의 제도가 놓여있다), 현수문을 비롯한 여러 인물은 이러한 사회적 통념을 수용한 데 불과한 것이다.

현수문과 여인의 차이 가운데 작품이 초점을 맞추고 있는 것은 남성과 여성으로서의 차이이다. 현수문에게 겁탈당한 지 얼마 안 돼 그 여인이 윤추밀이 잃어버린 딸이었음이 밝혀지며, 그럼으로써 그 여인은, 곧 윤소저는 신분상 현수문과 같은 위치에 오른다. 만약 현수문의 행위가 신분차별만을 전제로 한 것이라면 이제 그가 더이상 윤소저를 핍박할 근거나 명분이 없다고 할 수 있다. 그럼에도 윤소저에 대한 현수문의 핍박은 그치지 않는바, 그것은 둘 사이에 남성과 여성이라는 관계, 특히 경위야 어쨌든 성관계를 맺은 남성과 여성이라는 관계가 유지되고 있기 때문이다. 현수문은 윤소저가 이미 자기 여자가 됐다는 태도를 나타내며, 결국은 또다시 윤소저를 겁간하는 행위를 저지르고 만다. 분노하여 저항하는 소저를 완력으로 범하면서 현수문이 던진 말은 "쳡밧긔는 되기를 면치 못홀 거시어놀 거일의 방주무례혼 언스로 쥬군을 능멸ᄒ니 그 죄 어더 밋첫ᄂᆞ뇨"(제1권, 240면)라는 것이었다. 놀라운 적반하장(賊反荷杖)이다.

그런데 이와 같은 현수문의 부당한 행위는 또다시 주변사람들의 추인을 받게 된다. 윤소저는 현수문이 의도한 바대로 어쩔 수 없이 그의 아내가 돼야 하는 상황으로 몰리고 마는 것이다. 현수문은 이미 일이 다 끝났다는 식의 불손한 태도로 윤추밀을 궁지에 몰아넣어 딸을 자기에게 주겠다는 억지 허락을 얻어내며, 현택지를 비롯한 여러 주변사람들 또한 그것이 유일하고 합리적인 방법이라는 입장을 나타낸다. 그리하여 결국 윤소저의 뜻이 무시된 채 택일이 되어 혼사가 베풀어지게 된다. 괴로워하는 윤소저와 상관없이 현수문은 다른 사람과 더불어 희희낙락한다. 거기에는 윤소저의 부친과 오라비들까지도 포함된다.[19]

> 츄밀이 쏘 안흐로 드러가니 모든 쇼년들이 희쇼 달난ᄒ여 쥬비롤 나와 죵일 진환ᄒ미 댱쥬ᄉ등과 윤싱이 다 취ᄒ엿더니 (현수문이) 댱싱을 보치여 닐오디 "니 형의 창방식의는 진취치 못ᄒ여시니 션싱례 겸ᄒ여 술 니라" 보치여 쏘 십여비롤 먹으니 어득히 취ᄒ여 봉안을 써 윤싱을 보며 왈 "녕미 슉쇠 어디뇨 나을 인도ᄒ여 드러가 뉘이라." 삼윤아 쇼왈 "그디 슙진 도야지 ᄀ튼 몸을 뉘 잇쓰러 드러가리오 아모디나 업질너 ᄌ거라." 어시 ᄭ지ᄌ며 윤싱을 븟들고 니러셔니 졔인이 웃고 싱을 인도ᄒ여 쇼져 침쇼 향셜각의 드러가 븟드러 뉘이고 ᄂ오다.

—제1권, 261~262면.

일이 이와 같이 진행돼 나가는 것은 일차적으로는 물불을 안 가리고 자기 뜻을 이루는 현수문의 성격에 힘입은 것이라고 할 수가 있다. 그렇지만 이는 표면적인 것에 불과하며 그 저변에는 역시 사회적 통념이 가로놓여 있다. 여성은 남성에 종속되는 존재라는 관념, 정조를 잃은 여

---

19) 주변인물들이 전적으로 현수문의 행위에 동의하는 것은 아니다. 현수문을 강하게 질책하는 현공 이외에 현경문이나 장생 형제 등도 현수문의 행위를 책망하는 모습을 보인다. 그렇지만 그들의 책망은 심각하지 않으며, 웃음 속에 해소될 수 있는 가벼운 것에 불과하다. 결국 그들은 현수문의 행위를 방조하고 있는 것이다.

성은 그 경위가 어떠했는가에 상관없이 그 상대방을 따르는 것 외에는 다른 선택의 여지가 없다는 식의 관념이 윤소저의 삶을 결정해 나가고 있는 것이다.

이제 문제가 되는 것은 윤소저 본인의 선택이다. 그녀가 자신에게 주어지는 부당한 횡포를 어쩔 수 없는 운명으로 받아들이고 거기 순응할 경우 문제는 간단히 해결된다(엄밀히 말하면 해결이 아니고 무화이지만). 그렇게 할 경우 현수문과 윤소저 사이의 일은 사회적 통념을 확인시켜 주는 하나의 가벼운 에피소드—웃음을 불러일으킬 수도 있을—정도가 되고 말 것이다. 그렇지만 윤소저는 그러한 통념에 순응하기를 결연히 거부한다. 그리고 가능한 수단 방법을 다하여 그러한 횡포에 계속적으로 저항한다. 현수문에 의해 정조를 유린당하자 물에 몸을 던져 자신의 목숨을 끊고자 하며, 그에게 재차 겁간을 당할 때도 다시 치마끈에 목을 졸라 죽으려 한다. 그리고 자신의 결연한 의사와 상관없이 현수문과 혼사를 맺어야 하는 상황에 다다르게 되어서는 천하 추물인 귀형녀를 신부로 꾸며 자기 대신 신방에 넣고서 몸을 빼어 이모부 박자사댁으로 피한다. 그리고 현수문의 추적을 따돌리고 박자사를 따라 머나먼 타향으로 떠나가 버린다. 그러던 중 뒤에 현수문의 추적의 손길이 그곳에까지 미치자 가마 속에 초인(草人)을 넣어 현부(玄府)로 보낸 다음 자신은 일가친척을 다 버린 채 남장을 하고 성운사라는 절에 들어가 승려 행세를 한다.

오랜 시간을 두고 계속 이어지는 윤소저의 저항은, 그녀 자신이 의식했든 의식하지 않았든 간에, 반봉건적 행위로서의 의의를 지니는 것이라 할 수 있다. 한 인간으로서의 존엄성을 무시하고 그녀를 일방적으로 남성에 종속시키려는 현수문이나 주변사람들의 행위는 바로 봉건적 횡포에 해당하는 것이었고, 윤소저는 거기 정면으로 맞서 자신의 인간적 존엄성을 지키려 했던 것이기 때문이다.

사회적 통념에 기반한 횡포에 맞서 싸우는 윤소저의 저항은 외롭고도 힘겨운 것이었다. 그에게 굴종을 강요하는 사회적 통념의 벽은 높고도 험한 것으로서, 한 여인의 힘으로써 깨뜨리기에는 벅찬 것이었다. 그런 의미에서 볼 때 윤소저가 그 구조 자체를 일탈하여 시련을 감수한 것은 그녀가 현실적으로 택할 수 있는 가장 적극적인 저항방법 가운데 하나였다고 할 수 있을 것이다.[20]

그렇다면 윤소저의 갈등이 해결될 길은 완전히 막혀 있는가? 작품은 한 인물을 통해 그 해결의 실마리를 제시한다. 그는 바로 현택지이다. 앞 절에서 언급했듯이 현택지는 엄격하고도 자애로운 인물로서 갈등의 중재자 역할을 한다. 현수문에 의해 윤소저에게 일방적인 횡포가 행사될 때, 그리고 그것이 주변사람들에 의해 용인될 때, 그만은 그 잘못을 그대로 묵인하지 않는다. 악행을 저지른 아들을 엄하게 꾸짖으면서 수십 대의 태장을 가하는 것이다. 그는 그러한 형벌을 통해 행위의 옳고 그름을 바로 가려내며, 또 한편으로 부당한 피해자—곧 윤소저—가 겪는 억울한 고통을 달래준다. 이와 같은 역할을 하고 있음으로 해서 현택지는 다른 인물과 달리 윤소저를 설득할 수 있는 힘을 부여받는다. 그는 절에 있는 윤소저에게 여교십편을 보내 집으로 들어와 살기를 설득하며, 그 엄하고도 자애로운 권유에 결국 윤소저는 현부로 들어올 결심을 하게 된다. 도덕성에 입각한 인간적인 대우가 윤소저의 마음을 돌이킨 것이다.[21]

그렇지만 이와 같은 해결의 실마리는 실상 매우 미약한 것이었다. 그 자체로도 불완전한 것이었던 현택지의 중재[22]는 갈등의 원인 제공자인

---

20) 민찬은 윤소저의 도피를 두고 횡포에 적극적으로 대항하지 못한 소극적 대응이라고 비판하였다(민찬, 앞의 논문, 1,065면 참조). 그러나 현실모순의 강고함을 염두에 둘 때 부당한 횡포에 맞서 스스로 사대부 부녀의 삶을 포기한 윤소저의 행위는 적극적 저항으로서의 의미를 지니는 것으로 볼 수 있다.

21) 기존 연구자들은 윤소저가 현공의 설득에 따르는 것을 유교적 명분에 순응한 것으로 해석해 왔는데, 그렇게 볼 경우 윤소저의 결정은 행위의 일관성을 무너뜨리는 것이 되고 만다.

22) 현택지는 윤소저의 처지를 이해해주려 하지만, 그렇다고 해서 그가 전적으로 윤소저의 입장에 동의하여 문제에 대처하고 있는 것은 아니다. 그는 아들을 꾸짖으면서도 그것이 결정적으로 잘못됐다는 식의 입장을 나타내지는 않는다. 그리고 윤소저에 대

현수문에 의해 차단당하고 만다. 그는 부친의 거듭되는 질책을 무시하고(자기 하는 일이 그르지 않으니 혼나도 그만이라는 식이다) 자신의 태도를 바꾸지 않는다. 그의 생각에 자신의 실행은 별것이 아닌 데 비해 자신을 속인 윤소저의 행위는 엄청나게 잘못된 것이었다. 그리하여 그는 윤소저를 부당하게 억누르기를 그치지 않는다. 박자사 댁에 아랫사람을 보내 윤소저를 잡아오다가 놓친 이후 그 종적을 몰라 애태우던 중 소저의 소재를 확인하게 되자 한 시비를 남자로 꾸며 소저를 핍박하게 하며, 소저가 현부로 들어오는 도중 만인이 보는 앞에서 가마를 깨뜨리게 하여 그녀를 망신시킨다. 이와 같이 그칠 줄 모르고 이어지는 현수문의 횡포는 사회적 통념에 기반한 여성에 대한 억압이 인간적 호의의 차원에서 간단히 해결될 수 없는 문제임을 시사해준다.

현부에 들어온 윤소저는 자신을 무시하고 억압하는 현수문의 행위에 분노하여 저항을 계속한다. 그리하여 "놀마다 뉴셩각의 젼쟝이 니러는 즉 윤시 유모와 복부롤 결쟝ᄒ여 졈졈 노긔 니러는즉 호박침과 산호 셔안을 어즈러이 더져 윤시롤 쏘훈 마치더 쇼졔 져의게 마즈 죽을지언졍 구속홀 뜻이 업"(제2권, 494면)는 식의 상황이 벌어진다. 그렇지만, 결국 그 싸움은 윤소저의 일방적인 굴종으로 결판나고 만다. 시아버지마저도 현수문의 입장을 옹호하면서 소저의 순종을 명하는 상황에서 윤소저는 자신의 의지를 허무하게 포기한 채 현수문의 호령에 순종하게 되는 것이다.[23] 윤소저의 끈질긴 노력에도 불구하고 결국 갈등이 이와 같이 귀결되고 마는 것은 봉건 가부장사회에서의 남녀 차별의 통념이 얼마나

한 그의 설득은 인간애에 입각한 것이기도 하지만, 유교적 도의명분을 내세우는 것이기도 하다. 그런 점에서 그 자신 사회적 통념을 깨뜨리는 인물이라고 하기에는 한계가 있다.

23) 현택지는 여인의 처지를 이해하는 긍정적 면모를 가지고 있지만, 어찌 보면 그야말로 가부장적 권위를 가장 잘 지켜내는 인물로 볼 만한 면모를 지니고 있다. '인간미'와 '포용성'을 힘으로 삼아 결국은 여인들을 제도적 틀 안에 굴복시키는 힘을 발휘하고 있는 인물이 현택지인 것이다. 그와 같은 인물이 정점에 자리 잡고 있는 가부장질서는 한 개인의 힘으로 부딪쳐 깨기에는 너무나 강력한 것이었다고 하겠다.

강고하고 비합리적인 것이었는가를 잘 보여주고 있다.24)

이상, 현수문과 윤소저를 둘러싼 갈등의 양상을 통해서 우리는 봉건 귀족사회 이면의 뒤틀린 현실에 대면할 수 있었다. 차별의 논리에 입각해 부당하게, 그러면서도 위세당당하게 자신의 욕망을 충족시키는 남성과 그것을 뒷받침하는 사람들, 그 속에서 인간으로서의 권리를 찾지 못하는 한 여성의 모습이 거기 드러나 있었다. 요컨대, 그 갈등의 양상은 불합리한 사회적 관념이 어떻게 인간성을 훼손하는가 하는 것을 보여준다. 인간성을 지키려다가 결국 좌절하고 마는 윤소저가 그 관념의 직접적 피해자이지만, 자신의 인간성이 뒤틀려있음을 깨닫지 못하고 횡포를 자행하는 현수문 또한 넓은 의미에서 보면 사회제도와 관념의 희생자라 할 수 있겠다.

〈현씨양웅쌍린기〉는 현수문과 주소저 외에 현경문과 주소저라는 대립쌍을 통해 남녀갈등의 문제를 또다른 측면에서 심각하게 부각시키고 있다. 이 두 인물의 갈등은 현수문과 윤소저의 갈등보다도 더욱 복잡하고 섬세하게 그려진다.

현경문과 주소저는 부모들의 혼약에 의해 정상적으로 맺어진 선남선녀이다. 두 인물은 집안의 지위나 인물됨 등에서 잘 어울리는 한 쌍이지만, 실상 그 부부관계가 순조롭게 맺어지지 않아 갈등이 발생한다. 그 갈등의 시초는 부부가 처음으로 합방을 하는 날에 마련된다. 현경문은 주소저의 자색이 인세 사람 같지 않게 뛰어남을 보고서 '국색(國色)은 불관(不寬)'하다는 생각에 실망하여 소저를 세워둔 채 말없이 책을 읽는다. 한참이 지나서야 소저를 자리에 앉힌 현경문은 밤이 되자 소저를 본 체도 하지 않고 혼자서 잠을 잔다. 결국 주소저는 그린 듯이 앉아서 밤을 새우게 된다(제1권, 11~13면). 이 일을 시초로 하여 두 인물 사이에 불화가 생겨 갈등이 이어지게 된다.

---

24) 여기서 그 통념이 '비합리적'이라고 한 것은 이와 같은 귀결이 합리적인 문제 해결과는 거리가 멀다고 보기 때문이다.

작품 첫머리에 그려진 현경문과 주소저의 갈등은 인물의 성격에 따른 갈등으로서의 성격을 지니고 있다. 현경문이 너무 침착 냉정한 인물이라서 아내에게 부드럽고 포용력 있게 대하지 못한 데서 갈등이 유발되었다고 할 수 있다. 그런데 이들의 첫 만남에는 또 다른 주목할 사실들이 있다. 첫째, 인물간의 관계가 일방적이라는 점이다. 현경문이 불화의 상황을 유발하며 주소저는 하릴없이 고통을 겪는다. 이러한 일방성은 물론 남성과 여성이라는 차이와 관련된다. 둘째, 추상적 명분이 불화에 원인을 제공한다는 점이다. 현경문은 미인 중에 현부가 없다는 식의 추상적 논리—그것은 일종의 사회적 관념에 해당한다—에 입각하여 주소저를 냉대함으로써 인간적 교감의 길을 포기한다. 셋째, 갈등의 밑바닥에 불합리한 혼인제도가 놓여있다는 점이다. 서로 성격과 뜻이 다른 인물을 타의에 의해 부부로 맺어놓은 결과로 불화가 유발되는 것이다. 이와 같은 사실들은 두 인물의 갈등이 사회적 성격을 내포하고 있음을 암시한다.

첫날밤에 마련된 두 인물의 갈등의 단초는 두 인물이 화합을 이루지 못하고 있음이 주변에 알려지면서 더욱 확대 심화된다. 주명기와 후부인이 딸을 박대하는 현경문을 책망하게 되며, 현경문은 이를 매우 부당하게 생각하여 못마땅해 한다. 그런 와중에 주명기의 생질인 육소저가 현경문의 방에 들어가 결연을 청하다 거부당하고서는 경문을 모함하는 사건이 벌어진다. 주명기와 후부인은 경문을 크게 질책하며, 노한 경문은 사실을 밝혀낸 다음 장인 장모를 비웃어 모욕한다. 이에 분노한 주명기가 현택지에게 이를 고하니, 현택지는 아들 경문을 크게 질책하며 태장을 가한다. 이처럼 일이 진행되는 가운데 현경문과 주소저 사이에는 커다란 감정의 골이 패이고 만다. 주소저는 현경문이 친정 부모를 모욕한 것을 통한하며, 현경문은 경박한 처가식구들 때문에 부친에게 불효하게 되었음을 통한하여 그 분한 마음을 주소저에게 덮어씌운다. 처소에 돌아와서는 주소저의 유모에게 가혹한 태장을 가한 다음 주소저에게 하당(下堂)을 명하여 엄동설한 속에 밤을 새우게 하는 것이다. 그 정경은 아주 참혹하다.

　　"녕존(주명기)이 혼갓 ㅅ졍을 견규호여 나를 삼셰 유ㅇ굿치 협졔호미 내 그 용렬호고 불명호믈 잠간 공치호미 무슨 대시라 분분히 니르러 부젼의 슈칙게 호니 만일 다른 일노 빅장을 마즌들 감슈호려니와 시인이 쳐즈 연고로 빙부 읇히셔 미 마즛다 긔쇼호리니 나는 그 엇던 사람이 되엿느뇨 홀노 그디의 죄 아닌 쥴 알디 기 부의 죄롤 밧지 아니면 지나가는 계견금슈의게 더으랴." 쇼 졔 텽파의 슉연이 칭사왈 "군언이 즈당감쉬라 유구무언이어니와 다만 협긔의 왕앙호미 만코 군즈의 덕이 젹으니 기리 불복호느이다." (…즁략…) 이러구러 밤이 깁흐더 쇼져를 쳥호여 오르라 호미 업더니 믄득 풍위 대쟉호고 우뢰쇼 리 진동호며 쳠하의 어즈러이 드르치니 쇼져의 신샹의 난만히 쏘이디 좌츠롤 기웃도 아냐 팔졍 곳고 단졍히 셧시니 찬 긔운이 계변의 미화롤 니긔는지라 셩이 일단 경녀호미 이시더 그 거동을 보려 쳥이불문호고 즈개 쏘혼 금침을 찻지 아녀 거챵단좌호여 밤을 시올 거동을 홀시 잇쩌 초동 십월이라 텬긔 대 한호여 겹겹 모의를 닙고 더운 방의 잇셔도 치울지라 쇼져는 계졍의 셧시더 나삼과 션삼의 비 써러져 경긱의 어름이 되고 셩은 거챵호여 안져시디 치운 긔운이 골졀을 부우는 듯호디

—제1권, 84~87면.

　　상황이 이와 같이 비상식적으로 전개되는 데는 여러 가지 이유가 있다. 주명기 부부의 경솔한 행동, 육소저의 실행, 현택지의 엄격한 성격, 주소저의 강한 자존심 등이 다 원인이 되고 있다. 그렇지만 그 갈등의 기본적인 책임은 다른 누구보다도 현경문에게 있다고 할 수 있다. 애초에 그가 주소저를 일방적으로 냉대한 데서 갈등이 유발된 것이며, 또한 그가 처가 식구의 행위를 포용하지 못하고 '예'의 명분을 내세워 아내에게 냉혹한 앙갚음을 하는 데서 갈등의 골이 깊어지고 있다.25) 현경문

---

25) 장인 장모 등의 행위는 법도에서는 벗어날지 모르나 딸을 둔 부모의 입장을 고려할 때 충분히 이해할 만한 것이라 할 수 있다. 그리고 육소저의 행위 또한 나이가 차도록 배필을 구하지 못한 사정을 감안할 때 동정의 여지가 없는 것이 아니다. 그러나 법도 와 예를 앞세우는 현경문의 의식에는 이들의 입장이 끼어들 틈이 없다.

은 부모에 대해 자식의 도리를 절대적으로 내세우면서 그 자신이 아내를 냉대하고 장인 장모를 비웃는 것이 남편의 도리, 사위의 도리를 벗어나는 일이라는 생각은 전혀 하지 않고 있다. 이러한 자기중심적인 행위가 갈등을 불러일으키는 것이다.

그런데 이와 같은 현경문의 행위의 이면에는 작품의 배경을 이루는 전근대 시대의 사회제도·통념이 자리 잡고 있다. 남녀차별의 제도, 남성 중심의 사고방식이 그것이다. 현경문이 아내를 일방적으로 냉대하면서도 그녀가 거기 반발하는 것을 도리를 벗어나는 일로 몰아붙이며 가혹한 행위를 하는 것은 다름 아닌 '여필종부' 식의 관념에 의한 것이며, 그가 장인 장모의 개입에 반발하며 그것을 비웃는 것은 '출가외인' 식의 관념에 뿌리를 둔 것이다. 결국 현경문과 주소저 사이의 갈등은 현경문이 사회적 통념에 입각하여 남성의 권위를 행사하려는 데서 성립되는 것으로서, 사회적 갈등으로서의 성격을 짙게 지닌다고 하겠다.

이 사건 이후의 상황은 현경문의 계속되는 냉대와 그에 대한 주소저의 끈질긴 저항으로 점철된다. 현경문은 주소저를 냉대하는 한편 그 기를 꺾어 자신을 순응케 하고자 애를 쓰지만, 주소저는 현수문이 그녀의 입장을 존중하지 않고 경홀하게 자기 뜻을 강요하는 데 분노하여 그것이 예에 어긋난 소인의 행실이라면서 순응하기를 거부한다. 특히, 현경문이 주위사람의 시선26)을 의식하여 마음에도 없는 동침을 강요하자 강하게 저항하여 이를 거부함으로써 남편을 무색하게 한다. 그리고는 현경문더러 다른 여자를 취하여 살고 자기는 친정으로 돌려보내 달라고 요구하기까지 한다. 그러던 중 부친 주명기가 유배를 가게 되자 시아버지의 허락을 얻어 부친을 따라 만리타향으로 떠나가고 만다.

주소저의 저항은 사회적 통념에 기반을 둔 남성의 봉건적 횡포에 순

---

26) 부모가 현경문으로 하여금 아내와 화락할 것을 종용하며, 장생 형제와 현수문 등이 아내에게 쩔쩔맨다고 하면서 경문을 놀려댄다. 이들의 놀림은 사회적 통념에 입각하여 현경문을 압박하는 것으로서의 의미를 지닌다고 할 수 있다.

응하기를 거부하고 자기 식으로 삶을 살아 나가려는 지향성을 갖는 것이라 할 수 있다. 그녀가 전면에 내세운 것은 '예'라는 명분이지만, 그것은 현경문이 내세우는 불합리한 차별의 이데올로기로서의 예와는 달리 '인간적 대접'이라는 의미내용을 함축하고 있다. 요컨대, 주소저의 저항은 그 일각에 반봉건적 지향성을 내포한다고 할 수 있다.

윤소저가 외롭게 저항을 계속했던 것에 비하면 주소저는 좀 사정이 나았다고 볼 수 있겠다. 주소저 곁에는 항상 그녀를 감싸주는 친정부모와 넓은 이해심을 지닌 자애로운 시부모가 있었기 때문이다. 그렇지만 그들은 갈등의 해결에 별다른 기여를 하지 못한다. 친정 부모의 개입은 오히려 갈등을 증폭시키는 결과를 가져오며, 시부모의 개입과 중재 또한, 겉으로는 일단 효과를 나타내지만, 실상 큰 힘을 발휘하지 못한다. 현경문은 여전히 아내를 억눌러 자기에게 복종하게 하려 하는 것이다. 현경문에게 작용하고 있는 사회적 관념, 곧 남성의 권위와 체면을 앞세우는 관념이 너무 강고하여 인간적 선택을 가로막고 있는 것이라 하겠다. 주소저가 시집에서 벗어나는 것은 이처럼 문제 해결의 가능성이 보이지 않는 숨막히는 상황에서 이루어진 선택으로, 적극적인 저항으로서의 의미를 지닌다 할 수 있다.

주소저가 현부를 떠난 이후 현경문은 심리적 변화를 겪는다. 주소저가 없는 빈자리를 크게 느끼면서 그녀에 대한 그리움을 느끼는 것이다. 그러던 중 요승의 장난으로 주소저가 행방불명되고 그 시체가 발견되며, 경문은 내심 크게 슬퍼한다. 그런데 실상 주소저는 도승의 구원을 입어 살아있었던바, 현수문과 경문이 적도와 맞서 싸울 때 남장을 하고 나아가 아군의 승리에 결정적인 도움을 준다. 그런 다음 그녀는 홀로 길을 떠나 갖은 시련 끝에 친정으로 돌아와 숨어 지내게 된다. 그러나 이 사실은 현경문에 의해 탐지되며, 결국 주소저는 자신의 뜻과 상관없이 현부로 들어오게 된다(임금의 명까지 있어 끝까지 거부할 만한 처지가 못 되었다). 그리고서는 경문이 병에 들어 죽었다가 주소저의 정성으로 살아나는 일이 이어진다. 그렇지만, 현경문이 죽었다 살아나는 상황을 겪은 다음에도 갈등은 좀체 해결되지 않는다. 현경문은, 주소저를 아끼는 마음이 없지 않으면서도 여전히 일방적 순종을 요구하며 주소저는 다시 그것을 거부하는 것이다. 그러던 중 현경문이 나랏일로 먼 길을 떠나게 되는 상황에서 두 인물은 마침내 부부관계를 맺게 되는데, 그 상황은 다음과 같이 그려진다.

이의 (주소저가) 의샹을 탈ᄒ고 ᄌ긔 침즁의 느아가니 싱(현경문)이 심하의 그윽이 우으며 못보는 톄ᄒ고 누엇더니 쇼졔 곤븨ᄒ여 즉시 좀드니 비로쇼 ᄌ금을 믈니치고 쇼져로 동쥬ᄒ미 쥬시 좀결의 크게 놀나 방츠ᄒ나 춍지 임의 뜻을 뎡ᄒᆫ 바의 엇지 요동ᄒ리오 (…중략…) 쇼졔 져의 ᄌ가 모친 알믈 의연히 투부로 지졈ᄒ던 일과 그 은은이 비우ᄒ던 일이 미치고 얽혓ᄂᆞ지라 이제 핍박ᄒ여 의법ᄒᆫ 부부로 ᄒ믈 보미 분긔 돌돌ᄒ고 져의게 쇽은 쥴 한ᄒ여 죽기로뻐 믈니치나 싱의 냥슈 강쟝지력이 구명을 슈히·너기니 쥬쇼졔 태산을 끼고 북ᄒᆡ롤 넘으믄 쉬오려니와 일침지하의 현춍ᄌ롤 엇지 믈니치리오 쇽졀 업시 미개홰 광풍의 붓치이믈 면치 못ᄒ니 붓그리며 분ᄒ여 노홉고 이돌오믈 이긔지 못ᄒ여 긔운이 츤셔리 ᄀᆞ타야 그 분분이 셔도ᄂᆞᆫ 거동이 쟝부의 심졍을 녹일 둣ᄒ니 싱이 은은이 함쇼ᄒ며

—제2권, 316~318면.

여기서 우리가 주목할 점은 오랜 갈등 속에 이루어진 부부의 동침이 끝내 일방적으로 이루어지고 말았다는 사실이다. 현경문은 주소저의 동의를 얻지 못한 상태에서 강제로 뜻을 이루며, 소저는 분노한다(현경문은 현수문이 윤소저를 겁간하고 나서 그랬던 것처럼 자신의 행위를 만족스러워한다). 오랜 갈등의 도달점은 결국 상대방의 인격을 무시한 강압과 폭력이었다.[27]

---

27) 기존 연구에서는 이 부분에서 부부의 화락이 이루어졌다고 지적해왔으나 동의하기 어렵다. 위 인용문에서 볼 수 있듯이 화합의 길은 아직도 멀다.

현경문과 주소저는 결국 끝까지 인간적 화합을 이루지 못한다. 현경문이 먼 길을 떠났다 돌아온 이후에도, 그리고 주소저가 아이를 잉태하여 출산한 뒤에도 그들의 갈등은 끝내 제대로 해결되지 않는 것이다. 작품에는 현경문이 아들을 얻고서 매우 기뻐하는 모습이 그려져 있지만, 그가 주소저를 인격적으로 대우하여 서로 화해를 이루었다는 내용은 나오지 않는다. 현경문이 '여필종부' 식의 통념을 벗어던지지 않는 한, 그리고 주소저가 그 통념에 순응하지 않는 한 그것은 불가능한 일일 터인데, 어느 한쪽의 가능성도 찾을 수 없다. 결국 두 인물의 갈등은 끝내 해결되지 않는바, 이러한 비화해적 결말은 불합리한 사회적 통념이 얼마나 강고한 것인가를 잘 보여주고 있다.

이상과 같은 주소저와 현경문의 갈등양상이 시사하는 바는 적지 않다. 그것은 부조리한 세계 속에서 인간적 삶의 지향이 어떻게 무너지는가를 잘 보여준다. 인간적 존중을 받고자 갖은 애를 쓰다가 끝내 뜻을 제대로 이루지 못하는 주소저는 물론이고 아내를 인간적으로 포용하지 못한 채 자신의 뜻에 순응하는 존재로 억누르려 하는, 그러면서도 그것이 도리에 합당한 정당한 일임을 믿어 의심치 않는 현경문 또한 사회적 제도·관념의 희생자라 할 수 있다. 현경문과 주소저는 표면상 남부러울 것이 하나 없는 훌륭한 한 쌍이다. 그러나 그들의 실제 생활은 이처럼 뒤틀려 있다. 이것이 봉건 귀족사회의 실상이다.

이제 논의를 정리해 보자. 현수문·윤소저의 갈등과 현경문·주소저의 갈등은 여러 가지 차이가 있다. 그렇지만 그 갈등을 통해 궁극적으로 드러나고 있는 현실의 본질은 서로 통한다. 봉건적 사회제도·관념이 낳은 부조리한 인간 차별과 그에 따른 인간적 삶의 훼손이 바로 그것이다. 〈현씨양웅쌍린기〉는 서로 다른 개성을 지니는 두 대립쌍을 통해 그 뒤틀린 삶의 다면적 양상을 리얼하게 보여주고 있다.

2) 작가의식과 그 한계

지금까지 우리의 논의는 〈현씨양웅쌍린기〉의 갈등을 이 작품을 산출한 사회의 제도·관념과 연결해 해석함으로써 당대 귀족사회의 실상에 접근하는 방식으로 이루어졌다. 그 결과는 이 작품에 상층 귀족사회의 이면의 모습이 잘 형상화돼 있다는 것이었다. 그런데 이와 같은 논의는 아직 불완전한 것이라 할 수 있다. '작가의식'의 문제, 곧 이 작품의 작가가 어떤 의식에 입각하여 어떠한 방식으로 작중상황을 엮어나고 있는가 하는 문제에 대한 해명이 제대로 이루어지지 않았기 때문이다. 이제 개괄적으로나마 이 문제를 살펴봄으로써 이 작품의 성과와 한계를 좀 더 입체적으로 조명해 보고자 한다.

〈현씨양웅쌍린기〉의 문학적 성과는 기본적으로 작가의 남다른 문제의식에 힘입은 바 크다. 이 작품이 여타 가문소설과 달리 상층 귀족사회의 이면의 모습을 실감 있게 드러낸 것은 우연이 아니라는 말이다. 앞의 논의내용을 바탕으로 하여 좀더 구체적으로 살펴보면 다음과 같다.

이 작품에 나타난 작가의식 중 우선적으로 주목되는 것은 추상적인 사회적 규범을 일방적으로 받아들이기를 거부하고 있다는 점이다. 작가는 인물 설정이나 갈등 전개에 있어 '선악'의 가치판단을 앞세워 문제를 단순화·극단화시키지 않는다. 그가 문제삼는 것은 장단점을 갖춘 현실적인 인간이며, 그들이 현실에서 엮어나가는 구체적인 삶의 모습이다. 그에게 있어 '규범'은 현실적 삶의 한 조건 내지 방편으로 이해되고 있을 뿐, 절대적·선험적인 가치기준으로 받아들여지지 않는다. 현경문이 내세우는 규범과 명분이 갈등 유발의 원인으로 그려지고 있음은 이를 단적으로 보여주는 예라 할 수 있다.

이와 같이 절대적 규범을 내세우지 않는 입장은 이 작품의 작가가 작중상황을 중립적·객관적으로 그려나가는 것을 가능케 하고 있다. 작가는 서로 첨예하게 대립하는 남녀 주인공의 모습을 그림에 있어 작품에 개입하는 것을 가급적 삼가고 있으며, 어느 한쪽을 일방적으로 미화하거나 매도하지 않고 대체로 객관적인 태도를 유지하려 애쓰고 있다. 그 결과 현실사회의 실상이 부당하게 왜곡되지 않고 온전히 드러난다.

그렇다면, 이처럼 규범에 얽매이지 않고 객관적으로 현실사회를 바라본 결과로 포착된 현실사회의 모습은 무엇인가? 그것은 앞서 살핀 언급한 것처럼 남성의 일방적인 권위 행사에 의해 여성의 인간적 존엄성이 파괴되고 있는 부조리한 현실이었다. 작가는 그러한 현실의 모습을 있는 그대로 드러내기 위해 노력하고 있는바, 그 결과로 통념을 넘어서는, 반규범적인 문제 제기에 성공하고 있다. 독자의 입장에서 볼 때 현실의 부조리함이 별다른 과장 없이 개연성 있게 다가오고 있는 것이다.

〈현씨양웅쌍린기〉의 작가의식에 있어 또 하나 주목되는 점은 문제를 매우 치밀하고 끈기 있게, 신중하게 따져나가고 있다는 점이다. 문제에 대한 태도가 치밀하다는 것은 인물의 심리나 행동에 대한 묘사가 섬세하고 꼼꼼하다는 데서 뚜렷이 확인된다. 그리고 끈기가 있다는 것은 문제를 쉽사리 결판내지 않고 길고 파란만장하게 엮어나가고 있다는 데서 확인된다. 작가는 '웬만하면 마무리해도 되겠다' 싶은 독자의 기대를 뛰어넘어서 갈등 상황을 집요하게 이어나가고 있다. 그리하여 마침내는 작가가 섣부르게 문제를 해결하는 입장을 취하지 않고 문제 상황을 그대로 남겨둔 채로 작품을 마무리하고 있다. 현경문과 주소저의 갈등이 끝내 해소되지 않음은 앞서 분석한 바 있거니와, 윤소저와 현수문의 갈등 또한 표면적으로는 '해소'되었지만 본질적으로는 '해결'되지 않은 것이었다. 문제 상황이 그대로 지속되고 있기 때문이다. 작가는 이 부분을 다음과 같이 서술함으로써 '갈등의 지속'을 확인시켜 주고 있다.

> 승상이 평신ᄒ믈 명ᄒ고 지삼 히유ᄒ니 이후로ᄂ 윤시 그런 고집을 두로혀 졔후의 호령을 순종ᄒ미 되니 가히 셰샹 녀ᄌ 되오미 이ᄀᆺ치 잔잉ᄒ더라.
>
> —제2권, 496면.

문제를 쉽게 무화시키지 않고자 하는 이와 같은 신중한 태도는, 치밀하고 끈기 있는 태도와 더불어 이 작가의 문제의식이 매우 진지한 것이었음을 잘 보여주고 있다.28)

작가가 이처럼 진지하게 문제를 따지고 있다는 점과 더불어서 주목할 것은 작가가 문제에 대해 나름의 대안을 제시하고 있다는 사실이다. 그 대안의 요점은 한마디로 '여성에 대한 인격적 대우'라는 것으로 집약된다. 작가는 문제를 '인간'의 차원에서 보고 있는바, 남성이 여성을 인격적으로 대우하지 않고 자신의 생각이나 욕망을 강요하는 데서 갈등이 발생하는 것으로 보며, 여성을 인격적으로 대우할 때 그 갈등이 해결될 수 있다는 입장을 나타내고 있다. 윤소저나 주소저가 남편과 달리 자신을 인격적으로 대하는 시아버지에게 쉽게 감복한다는 데서 이러한 의식을 읽어낼 수 있다. 과연 그러한 대안이 얼마나 타당한가 하는 문제29)와는 별개로, 작가가 통념화된 규범을 앞세우지 않고 인간 존엄성을 중시하는 시각에서 불합리한 현실에 대한 대안을 제시하고 있다는 것은 커다란 의의를 지닌다고 할 수 있다. 그것은 이 작품이 지니는 의미의 중요한 축을 이루고 있다.

이상에서 우리가 살펴본 것은 〈현씨양웅쌍린기〉 작가의식의 '나아간 점'이라 할 수 있다. 그렇다면 그 의식이 '머무른 점'은 어디인가? 이제 작가의식상의 문제점을 살펴보고, 그와 관련하여 작품의 한계에 대해 정리해 보고자 한다.

---

28) 이 작품의 작가가 이처럼 '여성'이 부딪히는 문제를 치밀하고 끈기 있게, 신중하게 그려내고 있다는 것은 이 작품의 작가가 '여성'이었을 가능성을 암시하고 있다. "세상 여자 됨이 이같이 잔잉하더라"는 말은 다분히 여성의 것으로 다가오는 언술이다. 하지만 이 이상의 뚜렷한 실증적 근거가 있는 것은 아니라서 이 작품의 작가가 여성이라고 단언하기에는 아직 부족함이 있다.

29) 이는 그러한 인간적 관계 형성을 통한 화합이 문제의 근본적 해결이 아닌 '봉합'에 불과한 것일 수 있음을 염두에 둔 것이다. 앞서 주 23에서도 언급했지만, 현택지 부부가 나타내는 '인간적 포용의 몸짓'은 오히려 차별적 가부장사회의 모순성을 은폐하는 구실을 하는 것으로 볼 소지가 있다.

이 작품 작가의식의 문제점으로서 먼저 지적할 수 있는 것은 대안의 한계성이다. 작가는 '인간 개개인의 인격적 만남'이라는 차원에서 문제에 대한 해결책을 시사하고 있는데, 이는 실상 문제 해결의 필요조건은 될지 몰라도 충분조건은 되지 못한다. 앞 절의 작품분석을 통해 이미 드러난 바와 같이 여성이 받는 억압의 근본 원인은 불합리한 혼인제도, 여필종부의 관념 등 가부장적 사회제도·통념에 있는 것이며, 그것을 바로잡음으로써만 문제가 제대로 해결될 수 있는 것이다. 작가는 이러한 사실을 충분히 깨닫지 못하였던 결과, 제도나 규범의 모순 자체에 대해 문제를 제기하지 못하고 그것을 인정하는 테두리 위에서 현실적으로 효용성이 미약한 개인 차원의 대안을 제시하는 데 그치고 있다. 그 결과 작품에 있어 문제의 본질이 뚜렷이 부각되지 못하고 잠재하고 만다.[30]

다음으로 들 수 있는 문제점은 '문제상황'에 대한 의식이 그리 확고하지 못하며 일관성을 충분히 갖추지 못하고 있다는 점이다. 작가가 '남성에 의한 부당한 여성억압'이란 상황을 기본 문제로 제기하고 있고 갈등의 첫머리에서 그것이 어떻게 불합리한가를 잘 보여주었으면서도, 작품 전개과정에서 그 문제의식을 제대로 감당하지 못하는 현상이 일부 나타나고 있다. 작중의 남녀 주인공의 대결이 현실세계의 불합리성을 드러내는 방향으로 힘 있게 전개되기보다 개인 중심, 흥미 본위로 변질되는 모습이 나타나는 것이다. 윤소저와 현경문의 싸움은 사건 진행과 함께 점차 서로 속고 속이는 지혜대결로서의 면모를 갖게 되며, 주소저와 현경문의 싸움은 성격이 강한 두 남녀의 집요한 심리전으로

---

30) 그렇지만, 흥미로운 것은 작가의 의도와 상관없이 현실의 엄중성이 부각된다는 점이다. 작가가 지향점으로 삼은 '인격적 대우'라는 대안이 작품 속에서 갈등을 해결하는 데 힘을 발휘하지 못한다는 데서 이를 확인할 수 있다. 그것은 사회적 통념이 강고한 상황에 있어 개인 차원의 해결책이 무기력한 것임을, 현실은 그보다 더욱 엄중한 것임을 보여주고 있는 것이다. 작가가 자신의 의도와 상관없이 이와 같은 의미를 드러내게 된 것은 그가 기본적으로 현실적 삶의 양상을 진지하게 그리고자 애썼고 나름대로 거기 성공한 데 따른 결과라고 할 수 있다.

성격이 변모돼 나가는 모습을 보인다. 이처럼 다툼의 양상이 다소간 흥미 중심으로 통속화되는 데는 장시랑과 장생 형제도 한몫을 한다. 이들은 작품에 있어 문제를 심각하게 부각시키기보다는 웃음 속에 해소시키는 역할을 하고 있어 작품이 내건 문제의식을 약화시키고 있는 것이다. 이와 같은 상황 속에서 작가는 종종 그 스스로 문제의 핵심을 놓치고 통념에 젖어드는 양상을 나타내고 있다. 윤소저를 겁간하는 현수문을 끌어내리려고 윤추밀과 그 아들들이 애쓰는 모습을 우스운 것으로 서술한 다음 대목은 그 가운데에도 심한 예에 해당한다.

> 츄밀이 힘으로 져룰 물니칠 계교 업셔 녀으를 닛그러너려 흐니 셩이 넝쇼흐고 문을 막아셔니 삼윤이 분녁흐여 밀치나 어시 굿투여 방차흐미 업스디 잔즈리 티산을 지음 곳투여 그런 굿시 업더라.
>
> —제1권, 247면.

이와 같이 작가가 스스로 문제의 심각성을 약화시키고 있음은 앞서 지적한 바 있는 진지한 문제의식에 배치되는 특징으로서, 작품의 중요한 결점에 해당한다고 할 수 있다.

그런데 현수문 형제와 두 소저 사이의 갈등을 형상화함에 있어서는 단지 부분적으로만 보이는 이와 같은 통념에의 함몰이라는 특징이 그 밖의 다른 인물, 다른 갈등을 서술함에 있어서는 더욱 광범위하게 드러나고 있어 주목된다. 그 양상은 몇 가지로 나누어 볼 수 있다.

우선 문제가 되는 것이 후부인과 육소저에 대한 시각이다. 앞서 2절에서 살핀 것처럼 두 인물은 부정적 인물로서의 형상을 하고 있다. 후부인은 법도를 모르는 경박한 여인의 표상이며, 육소저는 기본적인 체면도 못 차리는 음란한 여인의 표상이다. 두 인물은 계속되는 경거망동으로 비웃음의 대상이 되고 있는바, 작가 자신이 그 비웃음의 대열에서 한몫을 하고 있다. 그렇지만, 선입견을 버리고 객관적으로 볼 때 두 인물은 그렇게 일방적으로 조롱을 당할 인물만은 아니다. 후부인의 실행은 외동딸에 대한 극진한 사랑에서 연유한 것이고, 육소저의 범람한 행위 또한 자연스런 인간적 욕구에서 나온 것으로서 이해할 만한 여지가 충분히 있는 것이다. 그들의 행위는 최소한 윤소저를 강제로 겁간한 현수문의 행위나 아내를 엄동설한에 떨게 한 현경문의 행위보다 더 잘못된 것이라 하기 힘들다. 그럼에도 이 두 인물을 현수문 형제보다 더욱 부정적으로 그린다는 것은 작가의 서술시각이 균형을 잃고 있음을 의미한다. 작가는 여성 억압의 부당성에 대한 문제를 제기하고 있으면서도, 다른 한편 여성을 규범에 얽어매는 식의 통념에 젖어있음을 자기도 모르는 사이에 노출하고 있는 것이다.

다음으로 문제가 되는 것은 요녀 형아와 요승 월청, 도승 일광대사, 요적 신비호 등의 경우이다. 이 인물들에 대해 서술한 부분은 〈현씨양웅쌍린기〉 중에서도 가장 조악한 부분에 해당한다. 작가는 후부인과 육소저를 그리는 데 있어서는 최소한 두 인물을 선악의 절대적 기준으로 재단하지는 않고 있는데, 형아 등에 대해서는 그러한 배려가 전혀 없다. 이 인물들은 선명하게 선인과 악인으로 나뉘는데다가, 기이한 술법을 부리는 등 비현실적 행위를 남발하고 있다. 이는 이 작품이 제기한 기본 문제의식과는 어울리지 않는 것으로서, 작품의 현실적 긴장감을 약화시키고 있다. 작품 속에서 이들이 차지하는 비중이 작다고 해서 문제가 안 될 수는 없다. 작품이 제기한 기본 문제의식에 맞는 방식으로 서술이 이루어졌어야 할 것이다.

끝으로 짚고 넘어갈 문제는 하층민에 대한 작가의 시각이다. 이 작품에는 여러 명의 하층민이 등장하거니와, 작가는 그들에 대해 서술함에 있어 시각의 균형을 나타내지 못하고 있다. 상층귀족과 하층민 사이에 근본적인 경계를 설정하며, 하층민을 상층귀족의 부속물 정도로 취급하는 경향을 보이고 있는 것이다. 먼저 문제가 되는 것이 근본이 밝혀지기 전의 윤소저다. 현수문이 가벼운 마음으로 자신을 겁탈하는 데 대해 윤소저는 자신이 필시 하층민이 아니라는 확신을 가지고 죽을힘을 다해 저항하는 것으로 돼있으며, 그녀가 사대부집 딸임이 밝혀지면서 비로소 두 인물간의 갈등관계가 제대로 성립하는 것으로 돼있다. 이런 상황설정에는 귀족 여성만이 귀족 남성의 상대가 될 수 있다는 식의 생각이 깔려있다. 다음으로 귀형녀가 문제가 된다. 작가는 귀형녀가 현수문의 아이를 낳고 죽자 그녀의 근본이 본래 사족이었음이 드러나게 하고 있다. 천민이 귀족과 결합해 자녀를 낳는 것은 합당치 않다는 생각의 반영이라 할 수 있다. 이밖에 이 작품에는 여러 명의 하인들이 등장하여 나름의 역할을 하는데, 작가는 어느 누구에게도 별다른 개성을 부여해 주지 않고 있다. 상전을 무조건적으로 따르는 인물이나 극단적 악인 등으로 양분하여 그 성격을 단순화하고 있는 것이다. 주목되는 것은 이들이 흔히 상전에 의해 억울한 처분을 받곤 한다는 점이다. 그들은 별다른 잘못도 없이 상전의 분풀이 대상이 되어 상전을 대신하여 심한 매를 맞곤 한다. 그렇지만 작가는 하인들이 겪는 이러한 부당한 대우에 대해 거의 아무런 관심을 나타내 보이지 않는다. 그것은 그냥 스쳐 지나가는 삽화로서, 자연스러운 일로서 처리되고 있다.

여기서 하층민의 문제를 지적하는 것은 이 작품의 작가가 제기한 문제가 '인간에 대한 인격적 대우'의 문제였기 때문이다. 작가가 그중 초점을 맞추고 있는 것은 여성의 인격이다. 그렇지만, 하층민 또한 비인격적 대우를 받는 처지에 있는 사람들로서, 작가가 진정으로 인격이나 인간애를 중시하는 입장에 서서 세상의 불합리성을 문제삼고자 한다면 이들에 대한 관심이 또한 요구되는 것이었다 할 수 있다. 그렇지만 이 작품의 작가는 미처 그쪽에는 생각이 미치지 못한 가운데 귀족층의 선남선녀만을 관심대상으로 삼고 있다. 작가는 전근대의 상층 귀족사회가 만들어낸 또 하나의 인간차별의 통념을 벗어나지 못하고 있는 것이다. 귀족 여성을 주 독자로 삼은 장편가문소설의 작가에게 하층민에 대한 인간적 배려까지를 기대하는 것은 아무래도 지나친 일인 것일까.

4. 맺음—귀족사회의 허와 실

〈현씨양웅쌍린기〉의 마무리 부분에는 현택지의 생일잔치의 모습이 놓여 있다. 그 생일잔치는 너무나도 성대하게 베풀어진다. 집안의 가장인 현택지와 그 두 아들은 당대의 영웅으로서 한 나라의 신하로서 얻을 수 있는 최고의 명예와 복록을 누리고 있다. 그리고 그 현숙하고 아름다운 여러 부인들의 명예와 복록 또한 그에 뒤지지 않는다. 당대의 영웅과 현부(賢婦)들이 한데 모여 크나큰 부귀영화를 누리고 있는 현부(玄府) 사람들의 삶은 당대 귀족들이 꿈꾸어 마지않았던 지극히 이상적인 삶으로서 부각돼 있다.

그렇지만 그것은 외면상의 모습에 불과한 것이라는 데 문제가 있다. 큰아들 현수문은 남성의 권위를 내세워 윤소저를 억지로 복종시켜 거느리고 있는바, 현수문과 윤소저는 누구도 진정으로 인간적인 삶을 살고 있다고 할 수 없다. 규범과 권위를 둘러싼 불화 때문에 결혼 초야부터 한 번도 진정한 화락을 이루지 못하고 있는 현경문과 주소저의 삶 또한 크게 왜곡돼 있기는 마찬가지다. 현택지는 엄격한 질책과 따뜻한 가르침으로 자식들을 이끌어 화합을 도모하려 하지만, 그것은 통념에 물들어 있는 자식들에게 잘 통하지 않는다. 한편, 그 주변에 있는 다른 인물들의 삶이 왜곡된 양상은 그 이상이다. 외동딸을 냉정한 사위에게 시집보내 놓고서 노심초사하는, 그러면서 조롱만을 당하는 후부인, 끓어오르는 욕망에도 불구하고 남편으로부터 너무나 가혹한 냉대를 받으며 사람들의 조롱거리가 되고 있는 육소저가 그러하며, 현수문의 실수로 세상에 태어나 어려서 친어머니를 잃은, 아버지의 박대를 받고 있는 귀형녀의 딸이 또한 그러하다. 그리고 그들 밑에는 상전의 갈등 속에서 억울하게 문책을 당하곤 하는 하인들이 존재하고 있다. 영광이 충만한 겉모습 속의 삶의 실상은 바로 이러하다.

　우리는 이와 같은 현부의 모습에서 전근대 시기 귀족사회의 허와 실을 꿰뚫어볼 수 있다. 겉으로 내세워지고 있는 삶의 모습은 이상적이고 영광스럽지만 실상 그 이면의 삶은 불합리한 제도와 관념에 의해 뒤틀려 있으며, 그것이 해결될 기미는 좀체 찾기 어렵다. 당대의 이상적인 가문으로 부각되고 있는 현부의 실상이 이러할 정도라면 그 밖의 다른 가문에서의 삶의 실상은 어떠할 것인가?

　어느 시대 어느 사회든 이상과 현실 간에는 괴리가 있게 마련이다. 그것은 오늘날의 우리 사회도 예외가 아니다. 문제는 그 이상이 현실을 더욱 나은 것으로 이끄는 역할을 할 수 있는가의 여부에 있다. 〈현씨양웅쌍린기〉에 그려진 가부장적 귀족사회에 있어 이상과 현실은 그와 같은 상승적 관계를 형성하지 못하고 있다는 것이 우리의 결론이다. 이제 우리에게 주어진 과제는 오늘날 우리의 삶을 같은 각도에서 진지하게 성찰해 보는 일이 될 것이다.

평민 독자의 입장에서 본 〈춘향전〉의 주제

'신학균본 별춘향가'를 중심으로

1. 서론

〈춘향전〉의 주제가 무엇이며 그것이 어떤 방식으로 구현되고 있는가 하는 것은 그간 여러 학자들에 의해 거듭 연구돼 온 문젯거리다. 그 연구의 결과로 축적된 인식은 질적·양적으로 알차고 풍부하여[1] 이제 그

---

1) 그중 중요한 것으로만도 다음 여러 논저를 들 수 있다. 김태준, 「걸작 춘향전의 출현」, 『조선소설사』, 학예사, 1939; 김우종, 「항거 없는 성춘향」, 『현대문학』 30, 1957; 이상택, 「춘향전 연구」, 『국문학연구』 제3집, 1966; 조동일, 「갈등에서 본 춘향전의 주제」, 『계명논총』 7, 1970; 오세영, 「춘향의 성격 변화」, 『국어국문학』 70, 1976; 황패강, 「춘향전 연구」, 『동양학』 8, 1978; 정하영, 「춘향의 항거와 그 의미」, 『국어국문학』 93, 1985; 박희병, 「춘향전의 역사적 성격분석」, 『전환기의 동아시아문학』, 창작과비평사, 1985; 성현경, 「이고본 춘향전 연구」, 『판소리연구』 3, 1992; 박일용, 「판소리계 소설 춘향전의 사실적 성격」, 『조선시대의 애정소설』, 집문당, 1993; 정출헌, 「춘향전의 인물형상과 작중역할의 현실주의적 성격, 『판소리연구』 4, 1993.

연구의 역정을 정리하는 것 자체가 하나의 연구과제가 되고 있는 정도다.[2] 이제 이 문제에 대해서는 특별히 새로운 논의를 펼칠 여지가 없을 것처럼 보이기도 한다.

그렇지만 〈춘향전〉 자료들과 기존 연구를 여러 각도에서 재검토해 볼 때, 문제의 아주 본질적인 국면이 충분히 해명되지 못한 채로 남아 있음을 발견하게 된다. 작품 텍스트와 그것을 수용하는 독자 간의 역학관계가 제대로 밝혀지지 못하였다는 사실이 바로 우리가 주목하는 부분이다. 〈춘향전〉에 관한—다른 작품의 경우에도 사정은 비슷하다— 그동안의 연구는 대개 작중인물의 성격과 갈등구조로부터 작품의 의미를 이끌어내는 방식을 취하였던바, 이러한 연구방법은 소설작품의 의미를 온전하게 드러내는 데는 한계가 있다고 본다. 작품의 의미란 그 텍스트를 받아들이는 '주체(곧 독자)'의 의식 속에서 실현되는 것인바, 독자가 텍스트에서 무엇을 어떻게 읽어내는가를 밝히는 것이 긴요한 과제가 되는 것이다. 물론 독자는 어디까지나 텍스트로부터 의미를 도출하는 것이니, 텍스트의 중요성은 격하될 수 없다. 관건은 텍스트에 종속되지 말고 텍스트와 독자 사이에 형성되는 의미의 역학관계를 충실히 따질 필요가 있다는 점이다.[3]

이제 이 글에서 필자는 바로 그 역학관계에 주목하여 우리의 고전 〈춘향전〉의 주제를 새롭게 드러내는 작업을 수행하려 한다. 이때 그 구체적인 방법론이 문제가 될 터인데 이에 대한 논의는 다음 절로 미루고

---

2) 춘향전에 관한 연구사를 정리하는 논문이 이미 여러 편 발표되었다. 그중 '주제'의 문제를 집중적으로 다룬 것으로 정하영, 「춘향전의 주제」, 『한국문학사의 쟁점』, 집문당, 1987 및 「춘향전 주제론 재고」, 『춘향전의 종합적 고찰』, 아세아문화사, 1991이 있다.

3) 그동안의 〈춘향전〉 연구가 텍스트 자체에만 관심을 기울인 것이었다고 할 수는 없다. 많은 연구가 현실과의 연관 속에서 작품을 다루었고, 담당층 문제에 관한 논의도 광범위하게 이루어졌다. 문제는 그러한 논의가 독자와 텍스트 사이에 형성되는 역학관계에 대한 섬세한 고찰이 결여된, 너무 '대범한' 것이었다는 점이다. 이제 그러한 논의의 미비한 점을 더욱 '세심한' 논의를 통해 보완할 때가 되었다고 본다. 이 논문은 그러한 작업의 일환으로서 제출된다.

여기서는 여러 계층에 걸쳐 있는 〈춘향전〉의 독자 가운데 누구에 논의의 주안점을 둘 것인지를 먼저 밝혀두고자 한다. 그 대답은 무엇인가 하면, '평민 독자'에 초점을 맞추려 한다는 것이다.[4] 물론 작품이 활발히 창조 향유되던 '당대'의 평민들이다. 현전 이본들로 볼 때 그 시기는 대체로 19세기 중후반에서 20세기 초까지가 될 것이다.[5] '평민'의 실체가 문제가 되겠는데, 여기서의 '평민'은 양반이나 천민 등과 구별되는 특정 신분의 사람들을 일컫는 대신 사회의 저층을 이루었던 하층민을 포괄하는 개념으로 쓰기로 한다. '신분상 상민(평·천민)에 속하며 권력이나 자본에서 소외된 채 직접 생업에 종사하면서 수고롭게 나날을 삶을 엮어 나갔던 대다수 백성들'이 곧 그들이다. 그 중심에는 농민 — 소농, 소작농, 임노동자 — 이 놓이며, 영세상인·수공업자, 노비 등도 그 권역에 포함된다.[6]

〈춘향전〉의 여러 독자층 가운데 특별히 '평민'에 초점을 맞추는 데는 두어 가지 이유가 있다. 첫째, 일반 평민들이야말로 〈춘향전〉의 진지하고도 성실한, 중추적인 수용자였다는 사실이다. 사랑방에서 소설 〈춘향전〉을 읽고 들으면서, 또한 장터거리에서 판소리 춘향가를 들으면서 웃

---

4) 주요 논의 대상을 한 계층으로 좁히는 것은 그것이 문제를 좀더 세심하고 내실있게 다루는 길이라고 보기 때문이다. 독자와 텍스트의 역학관계란 매우 미묘한 문제로서, 그 구체적인 분석을 전개함에 있어 이질적인 독자층을 한꺼번에 포괄할 경우 논의가 너무 번다해지고 초점이 흐려지고 말 것이다(이는 사실 독자층을 한정하더라도 매우 다루기 어려운 문제이다). 그렇지만, 어느 한 독자층에만 착안하는 것이 바람직한 태도가 아니라는 것 또한 분명하다. 다양한 독자층의 시각이 한데 어울리고 다투는 양상을 드러냄으로써 작품의 의미가 온전하게 파악될 수 있을 터이기 때문이다. 이는 차후의 연구 과제로 남겨 두고자 한다.
5) 〈춘향전〉의 성립연대는 18세기나 그 이전까지 거슬러 올라가겠지만 대다수 현전 이본은 19세기 중후 반기나 20세기 초에 이루어진 것들이다. 본고에서도 물론 이 무렵에 성립된 것으로 보이는 이본을 분석 대상으로 삼을 예정이다.
6) '평민'보다 더 널리 쓰이고 있는 용어로 '민중'이 있다. 그런데 '민중'은 일반 백성을 포괄적으로 지칭하기에는 부적합한 용어라고 보아 '평민'을 택하게 되었다. 평민들이 일정한 의식을 매개로 하여 하나로 결집되었을 때 비로소 '민중'이라고 일컬을 수 있을 터인바, 이 논문에서는 이런 경우에 한하여 '민중'이란 말을 쓰려고 한다.

고 울었던 그 사람들은, 적어도 열 가운데 일고여덟은 일반 평민들이었던 터다. 그들이 〈춘향전〉에 나타내 보인 애착은 각별한 것이었다. 둘째, 기존 연구에서 이 방면에 얽힌 문제가 제대로 해명되지 못했다는 점이다. 멀리 김태준으로부터 근래의 박희병에 이르기까지 〈춘향전〉의 민중적 의미와 가치를 밝힌 소중한 성과들이 거듭 제출되었지만 아직 미진한 점이 있다는 것이 필자의 판단이다.[7] 이 방면 논의의 진전을 위해서 평민 독자와 작품 텍스트의 역학관계를 세심히 분석하는 작업이 긴요한 상황이다. 평민 독자와 작중인물 사이에 형성되는 정서적·세계관적 상관관계를 세심히 따짐으로써, 그리고 그에 기초하여 역사적 현실과 작중현실의 역학관계를 밝힘으로써, 〈춘향전〉 분석의 중요한 화두라 할 수 있는 '관민갈등'이나 '민중적 항거'의 문제는 그 본령을 드러내게 될 것이다.

이 글의 중요한 화두가 '관민갈등'의 문제이지만, 이 글은 단지 그것만을 드러내기 위한 것이 아니다. 〈춘향전〉이 제기하고 있는 또 다른 중요한 문제, 곧 '사랑'이나 '신분갈등'과 같은 문제들 또한 평민 독자라는 전승 주체와 무관한 것이 아니다. 평민 독자와 작품 텍스트의 역학관계에 대한 분석은 이 문제들에 대해서도 새로운 인식의 지평을 열어 줄 수 있을 것이다. 요컨대 이 글의 궁극적인 목적은 새로운 관점의 분석을 통해 〈춘향전〉의 살아있는 의미를 총체적으로 드러내려는 데 있다.

주지하듯이 〈춘향전〉에는 수많은 이본이 있으며 그들은 기본적인 공통성과 함께 이질적 요소를 함유하고 있다. 이 이본들을 어떻게 다룰

---

7) 이 논의들은 기본적으로 작중의 인물형상과 갈등구조로부터 직접 '민중적 의미'를 읽어내는 방식을 취한 것이었다. 그리하여 '춘향'을 곧 민중의 표상으로 보는 시각을 나타냈는데, 이는 일정한 난점을 내포한 것이었다고 본다. 엄밀히 말하여 춘향은 본래 그 처지나 성격 면에서 민중적 전형성을 지닌 인물로 보기 어려우며, 정하영이 지적한 대로 춘향의 저항은 주로 '사랑의 성취'나 '신분상승'과 같은 '사적 동기'에 의한 것으로서 그것을 그 자체 '민중적 항거'로 보기에는 무리가 있는 것이다(정하영, 앞의 논문 (1985), 193~197면 참조). 김태준과 박희병의 논의에 대해서는 김태준, 앞의 글 및 박희병, 앞의 논문 참조.

것인지가 중요한 문제가 되는데, 여기서는 하나의 대표 이본을 기본 고찰 대상으로 삼아 작품론 차원의 분석을 수행하는 방식을 취하고자 한다. 그것이 논의의 내실을 기할 수 있는 길이라고 보기 때문이다.

이 글에서 분석할 구체적인 이본은 '신학균본 별춘향가'(이하 '신학균본'으로 지칭)이다. 이는 그동안 거의 주목을 받지 못했던 이본이다.[8] 그동안의 〈춘향전〉 논의는 주로 '완판84장본'과 '완판33장본', '남원고사', '이고본', '신재효본(남창, 동창)' 등을 주요 텍스트로 다루어 왔다. 이 논문에서 이러한 전례를 따르지 않고 굳이 신학균본이라는 다소 낯선 이본을 택한 데는 몇 가지 이유가 있다. 첫째, '신학균본'은 '신재효본'이나 '완판84장본' 등으로 이어지는 일련의 의식적 변개 과정[9]에 별다른 영향을 입지 않은 이본으로, 〈춘향전〉 원래의 모습을 충실히 반영하고 있다.[10] 둘째, '신학균본'은 판소리적인 요소를 짙게 내포하고 있는 이본으로[11] 문체나 내용 등에서 평민 문학적 면모를 짙게 지니고 있다.

---

8) 이 이본은 김동욱 선생이 『문학사상』, 1974년 2월호에 소개함으로써 세간에 알려진 자료이다. 책장에 '己酉陰二月旬七夕納' 등의 증표가 있어 적어도 기유년인 1909년 이전에 필사된 것임을 확인할 수 있다. 내용상 완판 계열에 속하면서도(이 이본은 내용이나 행문에 있어 완판30장본 및 33장본과 통하는 면이 많다) 신재효본이나 완판84장본의 영향을 발견하기 어렵다는 점에서, 그 성립 연대를 소급시킬 가능성이 충분히 있다고 본다(만약 1909년이 필사년도라고 한다면, 이전의 이본을 이때 필사한 것으로 볼 수도 있을 것이다). 이 이본의 특성에 대해서는 김동욱, 「신학균씨 장본 별춘향가 해제―이본 공개와 그 의의」, 『문학사상』 1974년 2월호, 396~399면 참조.

9) 그 변개의 핵심은 춘향의 신분을 양반의 서녀로 격상하고 정절의 이념을 부각시켰다는 점이다. 이와 관련하여 변개 이전의 이본을 '기생계'로, 변개 이후의 이본을 '비기생계'로 구별하기도 하는바, 신학균본은 이중 '기생계'에 속한다.

10) 김동욱 선생이 누차 지적했듯이, '완판84장본'으로 대표되는 후대 이본을 〈춘향전〉 논의의 기본 텍스트로 삼는 데는 무리가 있다. 여러 특징적인 변개를 거친 '특별한 이본'을 기준으로 삼기는 어려운 것이다. 특히 독자의 입장을 문제삼고자 함에 있어 작가의식이 의도적으로 개입돼 있는 이본을 기본 텍스트로 삼는 것은 부적절한 면이 있다. 그리하여 본고에서는 이와 같은 특수한 이본에 대한 논의는 차후로 미루고 보다 본래적이고 순수한(?) 이본을 분석의 텍스트로 삼게 되었다.

11) 이 이본이 판소리적이라는 것은 '별춘향가'라는 제목에서부터 감지되며, 사설구성의 율동성 등에서 쉽게 확인할 수 있다. 이미 김동욱 선생이 이 이본을 두고 "판소리적인 뉘앙스를 그대로 지니고 있는 것이 특색"이라고 지적한 바 있다. 김동욱, 앞의 글, 399면 참조

셋째, 무엇보다도 '신학균본'은 높은 작품성을 갖추고 있다. 인물의 성격이나 갈등의 전개양상 등이 아주 현실감 있게, 핍진하게 형상화되어 있다. 당당히 〈춘향전〉의 최선본 중 하나로 손꼽힐 만하다는 것이 필자의 판단이다.12)

2. 독자와 텍스트, 그리고 작품의 의미

앞서 필자는 독자와 텍스트의 역학관계를 통하여 〈춘향전〉의 의미 구현 양상을 밝히겠다는 뜻을 밝힌 바 있다. 문제는 어떤 시각, 어떤 방법으로 그 작업을 수행할 것인가 하는 점이다. 이제 그동안 필자가 여러 서사문학 작품들을 보면서 얻은 착상들을 종합하는 차원에서 이에 대한 의견을 제시해 본다.13)

하나의 소설 작품이 독자에 의하여 수용되는 기제는 간단치 않다. 거기에는 여러 요소들이 서로 미묘한 관계 속에 한데 얽혀 있다. 그 요소들을 간단히 도시하면 다음과 같다.

---

12) 필자는 완판33장본과 신학균본을 놓고 기준본의 선택에 고심한 끝에 후자를 택하였는바, 그것은 무엇보다 그 문학성을 높이 산 때문이다. 신학균본은 양적인 면에서 완판33장본은 물론 완판84장본을 능가하며, 구성진 사설과 리얼한 심리묘사 등 여러 면에서 탁월한 면모를 갖추고 있다.

13) 이 논문의 방법론은 독자의 작품 수용 방식을 중시한다는 점에서 문예이론 가운데 '수용미학'의 관점과 통하는 점이 있다. 그러나 이 절의 논의가 곧 수용미학에 근거를 둔 것은 아님을 밝혀 둔다. 필자는 수용미학에서 '독자층'의 차원에서 '소설 작품'의 '의미'를 유효하게 해명할 구체적인 방법을 찾기가 어려웠는바, 나름대로 그 방법을 모색해 본 것이다. 필자는 그동안 구비설화를 대상으로 하여 전승자와 텍스트를 연관지어 작품의 의미를 해석하는 작업을 진행해 왔거니와, 이 논문의 방법론은 그러한 경험을 소설작품에 새롭게 적용하는 차원에서 구상되었다. 앞으로 이에 대하여 많은 독자들의 질정이 있기를 바란다. 수용미학의 이론에 대해서는 차봉희 편저, 『수용미학』, 문학과지성사, 1985 참조.

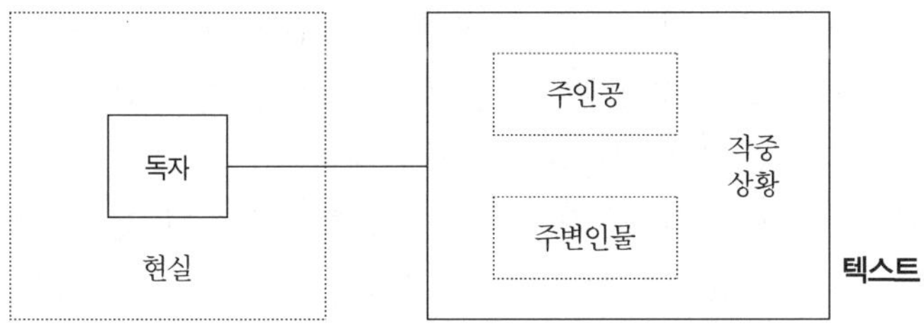

위에 보인 것처럼, 작품 수용 과정의 기본적인 두 요소는 '독자'와 '텍스트'이다. 그것은 각기 하나의 완결적 실체로서 존재하면서, 서로 주체와 객체로서의 관계를 맺는다. 이 논문에서 '독자와 작중인물', 또는 '현실과 작중상황'의 관계가 아닌 '독자와 텍스트'의 관계를 일차적으로 문제삼는 것은 이 때문이다.

'텍스트'는 위 그림에 나타난 것처럼 몇 가지 요소들의 복합으로 이루어져 있다. 주인공과 주변인물 등 행위 주체로서의 작중인물들이 있으며, 그들이 엮어내는 작중상황이 있다(그것은 다시 사건과 배경으로 나눌 수도 있다). 그러한 요소들이 하나의 구체적이고 유기적인 총체를 이루고 있는 것이 소설 텍스트인바, 독자는 그를 통해 인간과 세계에 대한, 삶에 대한 미적 체험을 얻게 된다.

여기에서 독자와 작중인물의 위상에 유의할 필요가 있다. 독자가 인식 범위에 있어 작중인물들보다 우위에 선다는 사실이 먼저 주목할 점이다. 주인공을 포함한 모든 작중인물은 텍스트의 '구성 요소'로서 독자의 인식행위의 부분적 대상에 불과하다. 독자는 여러 인물과 상황에 대한 정보를 종합적으로 확보하고 있는바, 이는 독자가 특정 작중인물의 지평에 일방적으로 종속되지 않음을 의미한다. 〈춘향전〉에서 주인공 춘향이 신분의 상승을 위해 변학도에게 저항했다고 할 때 독자들이 또한 '신분상승의 지향'을 그 행위의 의미로 답습하는 것은 아니다. 독자들이 수용하는 의미란 춘향과 변학도, 기타 주변인물의 성격과 행위를 종합하고 그것을 여러 상황적 조건—시간적·공간적 배경 및 사건 전개의 상황—과 아우르는 지점에서 결정된다. 그 의미는 '신분상승의 지향'이 될 수도 있고, 그 밖의 다른 것이 될 수도 있다.14)

텍스트를 구성하는 여러 요소의 종합을 통해 독자의 작품 수용 방식이 결정되는가 하면 그렇지 않다. 텍스트의 조건 이외에 독자 자체의 조건이 함께 작용한다. 독자의 성격이나 기질, 지적 능력과 세계관, 신분적·경제적 처지, 기타 여러 현실적 조건이 작품 수용에 있어 변수로 작용한다. 요컨대 독자의 작품 수용은 텍스트의 제 조건과 독자의 제 조건이 만나는 지점에서 이루어지는 것이라 할 수 있다.

독자의 조건을 헤아리는 것은 텍스트의 조건을 따지는 것보다 훨씬 어려운 일이다. 변수가 많고 미묘한데다가 유동적이기까지 하다. 특히 그 독자가 특정인이 아니고 다수라고 할 때, 그 조건을 충분히 감안하여 논의를 펼친다는 것은 매우 어려운 일이다. 하지만 독자의 조건을 반영하는 것이 불가능하다고 할 일은 아니다. 수많은 독자들이 나타내는 개별적 차이를 일일이 반영하는 것은 어렵겠지만, 독자들의 조건이나 반응에서 유의미한 유형적 경향을 찾는 것은 가능한 일이다. 특정의 작중인물이나 작중상황에 대한 독자들의 정서적·인식적 대응에는 통하는 점이 있게 마련인 터다. 그 유형성은 두 가지 측면에서 설명이 가능하다. 하나는 독자들이 모두 '인간'임으로 해서 지니는 본래적이고 보편적인 동질성이며, 또 하나는 그들이 특정 집단—민족, 계층, 가족 등—에 함께 속함으로 해서 갖게 된 사회적인 차원의 특수한 동질성이다. 이 두 측면을 아울러서 고려할 때 독자들의 반응으로부터 유형적 경향성을 읽어내는 일이 가능하게 된다.

---

14) 이상과 같은 설명은 소설 일반에 대하여 두루 가능한 것이지만, 특히 대다수 고전소설을 비롯한 '전지적 작가 시점'을 취한 작품에 있어 특히 잘 적용될 수 있다. 단, 작가의 목소리가 일방적으로 부각되는 작품에 있어서는 독자의 수용 '주체'로서의 역할이 크게 방해받게 되므로 주의할 필요가 있다(우리의 논의 대상인 〈춘향전〉은 물론 그런 작품이 아니다).

이때 독자들의 반응유형은 둘 이상의 흐름으로 갈라질 수도 있고 크게 한 줄기로 합치될 수도 있다. 그 차이가 함축하는 의미는 작지 않다. 〈춘향전〉 앞부분의 춘향과 이도령 동침 대목을 보자면, 이에 대한 독자의 시선은 독자의 성향에 따라 그것을 '과감하고 진솔한 애정의 행위'로 보는 쪽과 '철없고 한가한 사랑 놀음'으로 보는 쪽으로 나뉠 수 있다. 이와 달리 '춘향이 변학도한테 가혹한 형벌을 당하는 대목 같은 데서는 독자 성향과 상관없이 일치된 반응이 나타나게 된다. 인간적 양식을 가진 독자라면, 특히 그들이 특히 권력의 압제를 받고 있는 평민이라면, 누구라도 변학도의 횡포에 분노하며 춘향을 동정하게 될 것이다.15) 이렇게 독자의 반응에 차이가 난다고 할 때, 두 대목의 의미를 동일 차원에서 다룰 일이 아니다.

독자와 텍스트 사이에 형성되는 역학관계를 살핌에 있어 역시 독자와 작중인물의 관계에 우선적으로 주목하지 않을 수 없다. 사람들의 텍스트 수용은 작중의 사람들을 축으로 하여 이루어지는 것이 상례다. 독자는 작품을 읽어나가는 과정에서 의식 무의식중에 작중의 인물과 일종의 '인간관계'를 맺게 되거니와, 작품의 의미는 그 관계를 기본 통로로 하여 실현이 된다고 할 수 있다. 요컨대 그 관계의 양상을 분석하는 것이 주요한 과제가 된다.

그 관계의 양상은 대상, 방식, 내용 등 다양한 측면에서 문제가 된다. '대상'은 독자가 누구와 관계를 맺는가의 문제인데, 앞의 그림에 제시한 것처럼 그 종류를 크게 주인공 그룹과 주변인물 그룹으로 대별할 수 있다. 이중 우선적인 중요성을 지니는 것은 물론 주동인물과 반동인물을 포함한 주인공 그룹이다. 그들은 작가에 의해 의식적으로 성격과 의미가 부여된 인물로, 독자는 그 성격이나 처지, 심리 등에 대하여 다양하고 구체적인 정보를 제공받는 가운데 밀접한 관계를 맺게 된다. 서술의 초점

---

15) 이에 대한 더 자세한 분석은 뒷 절에 예정돼 있다.

에서 비껴나 있고 정보가 부족한 주변인물의 경우와 구별되는 특성이다.

관계의 '방식'에 있어서는 다음 세 측면이 문제시된다. 첫째, 동질성과 이질성의 문제이다. 독자는 작중인물로부터 동질성을 느낄 수도 있고 이질성을 느낄 수도 있다. 단순화해서 말하자면, 작중인물이 성격이나 처지·관점·운명 등에서 보이는 '특수한' 요소가 이질감을 유발하고 '보편적인' 요소가 동질감을 유발한다고 할 수 있다. 둘째, 긍정성과 부정성의 문제이다. 독자는 작중인물을 긍정적으로 받아들일 수 있고 부정적으로 받아들일 수도 있다. 작중인물의 처지에 공감하고 그 지향에 동의할 때 긍정적인 관계를 맺게 되며, 그 반대일 때 부정적인 관계를 맺게 된다. 셋째, 관계의 밀도 문제이다. 곧 독자와 작중인물의 관계가 얼마나 친밀하고 깊이 있게 형성되는가 하는 점이다. 그 밀도는 인물에 따라 다르게 나타나면서, 의미 실현에 큰 영향을 미친다.

다음 관계의 '내용'은 말 그대로 구체적으로 어떤 관계를 맺는가의 문제다. 그것은 거의 무한할 정도로 다양한 것으로 유형화가 쉽지 않다. 작중인물의 성격과 처지, 생각과 행동은 작품과 상황에 따라 매우 다양하며, 당연한 결과로 그에 대하여 독자가 관계를 맺는 양상 또한 아주 다양하다. 결국 이는 방법론적 차원에서보다는 구체적인 작품 분석의 차원에서 따져야 할 문제라 할 수 있다.

독자가 작중 인물에 대해 '이질성'과 '동질성'을 느끼게 된다고 했다. 그 이질성과 동질성은 작품의 수용과 의미 발현에 있어 중요한 의의를 지닌다. '이질성'은 독자로 하여금 일상과 다른 낯설고 새로운 경험을 할 수 있도록 한다. 그리고 '동질성'은 독자로 하여금 작품이 제기하는 문제상황과 의미를 '자기 것'으로 받아들일 수 있도록 한다. 독자에 대하여 주인공이 현시하는 이질성과 동질성은 이처럼 서로 다른 방식으로 작품의 의미 구현에 기여한다.

소설에 있어 독자가 작중인물에 대해 느끼는 동질성과 이질성의 정도는 항상 같은 것이 아니다. 그 양상은 작품에 따라서, 그리고 인물에 따라서 다양하게 나타난다. 이질성이 두드러진 경우가 있고, 동질성이 두드러진 경우가 있으며, 양자가 동등하게 어우러지는 경우도 있다. 더 중요한 사실은 그 위상이 작품의 전개 과정에 발맞추어 역동적으로 변화하곤 한다는 사실이다. 동질성이 이질성으로 변환되기도 하며, 이질성이 동질성으로 전환되기도 한다. 때로는 이질성이 동질성에 의해 통합되기도 한다. 작중의 인물들을 대상으로 하여 그 변환의 양상들을 분석함으로써 우리는 작품의 진면목에 좀더 가까이 다가설 수 있다.

동질성과 이질성의 문제 외에 긍정성과 부정성의 문제와 관계의 밀도 문제에 대해서도 같은 관점이 가능하다. 긍정적 시각이 우세한지 부정적 시각이 우세한지 따져볼 수 있으며, 서사의 전개에 따라 그 시각이 어떻게 변환되어 나가는지를 따질 수 있다. 관계의 밀도가 어느 정도나 깊은지를 따져볼 수 있고, 서사 전개에 따라 그 밀도가 어떻게 변주되어 가는 지를 따져볼 수 있다. 그와 같은 분석을 통해 작품의 살아 움직이는 모습을, 작품의 의미가 역동하는 양상을 짚어낼 수 있다.

이러한 분석은 특히 독자와 작중인물의 관계에 있어 더 밀도 있고 의미 있는 접근이 가능한 것이지만, 독자와 주변인물 그룹의 관계 또한 나름의 중요성을 지니고 있다. 비록 그것은 관계의 밀도나 지속성 면에서 미약한 것일지 모르나, 무시못할 또 다른 중요한 측면이 있다. 그것은 그 관계에 전제되는 '자연적인 동질성'이다. 작품 속의 주변인물은 흔히 주인공과 달리 대개 평범하고 일상적인 사람들로 되어 있는바, 그런 이유로 하여 자연스럽게 일반 독자들과 처지나 태도가 겹쳐질 수 있다. '특별함'이 상대적으로 약함으로 해서 동질성이 두드러지는 형국이다. 이러한 '자연스러운 동질성'은 독자로 하여금 자연스럽게 작중상황 속으로 들어갈 수 있도록 하는 통로가 된다는 점에서 중요한 의의를 지닌다. 독자는 자신과 크게 다를 바 없는 작중의 주변인물들과 만나 그 자리에 자신을 환치시키는 가운데 작중의 문제 상황에 대한 반응을 나타내게 되는 것이다. 예컨대 〈춘향전〉의 일반 독자들은 작품에 등장하는 사령들이나 농민들과 같은 주변인물을 매개로 하여 작중의 갈등 상황에 대한 정서적, 세계관적 태도를 구체화하는 것이라 할 수 있다. 요컨대 작품 속에서 주변 인물들이 어떤 자리에 서서 문제에 어떻게 대응하는가 하는 문제는 작중상황에 대한 독자들의 시선과 태도를 읽어낼 수 있는 중요한 단서가 되는 것이라 할 수 있다. 작품 분석에 있어 놓치지 말아야 할 지점이다.[16]

독자의 작품 텍스트 수용 양상을 살핌에 있어 독자와 작중인물의 관계만이 중요한 것은 물론 아니다. 상황의 상관관계 역시 중요한 문제가 된다. 독자가 놓인 현실과 작중에 설정된 현실과의 관계를 두고 하는 말이다. 저 앞의 도식에서 나타냈듯이, 독자와 작중인물은 모두 '현실' 속에서 존재한다. 독자는 '실제 현실' 속에 서 있으며 작중인물은 '가상의 현실' 속에서 움직인다. 그 두 개의 현실은 때로 서로 통하기도 하고 때로는 서로 구별되기도 한다. 독자와 작중인물의 관계가 그러한 것처럼, 양자 사이에는 동질적 요소와 이질적 요소가 개재한다. 독자는 작중의 현실로부터 동질감을 발견할 수도 있고, 이질감을 발견할 수도 있다. 그것을 긍정적으로 받아들일 수도 있고, 부정적으로 받아들일 수도 있다. 그것에 진지하고 무겁게 반응할 수도 있으며, 별 의미를 두지 않고 가볍게 반응할 수도 있다. 그리고 그러한 태도는, 작중인물에 대한 태도가 그러한 것처럼, 작품의 서사적 전개에 발맞추어 역동적으로 변화해

---

16) 이러한 분석에는 주의해야 될 점들이 있다. 먼저 독자와 주변인물 사이에 항시 동질성이 전제되는 것은 아니라는 점이다. 양자간에는 이질적 요소가 개재할 가능성이 있다. 이런 점을 고려하여 양자의 연결에 신중을 기할 필요가 있다. 특히, 보조인물이 하나의 개성적인 인물로 등장할 때 각별히 신중한 태도가 필요하다. 〈춘향전〉의 방자나 향단 같은 인물이 그들로, 이들은 독자와 겹쳐질 가능성이 농후하면서도 또한 이질적인 면을 함께 지니는 것이다. 다음으로, 독자는 주인공에 대한 인식에 있어 주변인물보다 우위에 있음에 유의해야 한다. 독자는 주인공의 성격과 심리, 상황에 대하여 소상한 정보를 갖고 있으며, 그런 면에서 주인공에 대한 친밀성 및 이해의 정도에 있어 어떤 주변인물보다도 유리한 위치에 있다. 그렇기 때문에 주변인물의 시선이 곧바로 독자의 시선으로 환치될 수는 없는 것이다. 이러한 사실을 고려할 때, 주변인물을 통한 독자로의 접근에는 또 한번의 신중한 태도가 필요함을 알 수 있다.

나갈 수 있다. 그 관계의 양상을, 그리고 그 역동적 변화의 양상을 세심하게 짚어 나갈 때, 작품에 내재한 현실인식적 의미가 살아 있는 형태로 드러날 수 있다는 것이 곧 우리의 관점이 된다.

이제 본격적인 작품 분석으로 들어가기에 앞서, 우리의 분석 대상인 〈춘향전〉이 판소리 계통의 소설 작품임으로 하여 가지고 있는, 이 글의 논제와도 관계가 되는 특징적 국면들을 두어 가지 짚어보기로 한다.

소설 작품에 있어 독자는 일반적으로 텍스트에 형상화된 사항을 그대로 받아들이는 '수용자'의 입장에 선다. 자기 나름대로 작품을 해석하고 수용한다는 점에서 주체적 존재이지만, 텍스트를 현재 존재하는 바와 같이 만든 '창조적인' 주체일 수는 없다. 그는 어디까지나 그것을 받아들이는 '수동적인' 주체일 따름이다. 그러나 판소리계 소설에서는 그 양상이 다르다. 판소리로서 적층적인 전승 과정을 거친 이본 텍스트들은 어느 한 작가의 창작물이 아니라 독자(청자)의 반응이 거듭 축적되어 이루어진 결과물이다. 요컨대 판소리계 소설의 독자들은 단순한 수용자일 뿐 아니라, '텍스트를 그렇게 만든' 창조자이기도 하다. 그러므로 우리가 독자 입장에서 판소리 작품의 의미를 읽어낸다고 할 때, 그것은 단순히 독자 입장에서의 '가정(假定)'에 그치는 것이 아니라 작품에 내재한 '실체'를 드러내는 작업으로서의 성격을 지닌다. 독자를 고려하는 논의는 판소리계 소설에 있어 이처럼 특별한 의의를 지닌다.

다음은 판소리계 소설의 구비적 수용에 관한 문제이다. 판소리계 소설 작품의 수용은, 광대가 창을 하고 듣는 판소리 구연을 차치하고라도, 여러 사람이 모인 곳에서 한 사람이 작품을 읽고 다른 사람은 그것을 함께 듣는 방식으로 이루어지곤 했다. 특히 일반 민중에 있어서는 이러한 작품 수용 방식이 더 보편적인 것이었다. 이와 같은 구비적·집단적 수용이 작품의 의미구현 방식과 무관하지 않다는 것이 우리의 시각이다. 일단 현장에서 작품에 대한 태도 내지 반응이 구체적이고 역동적인 형태로 표출된다는 사실을 주목할 수 있으며, 또한 그 반응이 현장의 분위기나 '논쟁 과정' 등을 통해 일정한 방향으로 모아지는 경향을 나타내게 된다는 사실을 주목할 만하다. '작품 의미의 현장적·집단적 구현'이라 할 만한 특징이다. 이와 같은 의미구현 방식은 판소리계 소설 작품을 대상으로 독자의 반응을 매개로 한 해석 작업을 수행하는 일을 더욱 유효한 것으로 만들어 준다고 할 것이다.

다음, 판소리계 소설에 있어 작품의 수용이 일회에 그치지 않고 반복적으로 이루어진다는 사실에 유의할 필요가 있다. 판소리계 소설의 대다수 독자는 이미 기존의 독서(또는, 청취) 경험에 의하여 그 서사내용에 대한 사전 지식을 간직한 채로 텍스트를 접하게 된다. 다시 말해 그 독서 행위는 '재음미'로서의 성격을 짙게 지닌다. 이러한 특징은 작품의 의미에 적지 않은 영향을 미친다. 작품을 거듭 음미하는 독자들에게 있어 그 의미의 수용은 단순한 인상이나 직관의 차원을 넘어서 매우 섬세하고 밀도 있게 이루어진다는 점을 우선 주목할 만하다. 독자들이 작품의 세밀한 부분을 대충 스쳐 넘어갔으리라고 하는 식의 가정은 타당하지 않다. 연구자 또한 반복적 재음미를 통해 작품의 한 구절 한 구절까지도 세심하게 살피는 것이 당대 독자의 입장에 서는 바른 방법이 된다.17) 한편, 반복적 수용은 독자로 하여금 '전체적 구도'를 염두에 두고 작품을 읽도록 한다는 사실에도 관심을 기울일 필요가 있다. 독자는 작품의 앞부분을 읽으면서도 이미 뒷부분을 염두에 두고 있다.18) 판소리계 소설을 분석함에 있어서는 이러한 면까지도 놓치지 않는 세심한 고려가 필요하다. 이 역시 이어질 작품 분석에서 유의하게 될 사항이다.

---

17) 기존의 판소리계 소설 연구 가운데는 치레사설 등을 '장식적인 부분'으로 보아 소홀히 취급한 예가 많았다. 그러나 필자는 이러한 부분들이 단순한 예술적 의장에 그치지 않고 의미와도 깊은 연관을 맺고 있다고 보고 있다. 그리하여 본고의 작품분석에서는 이러한 부분들이 두루 인용 분석될 것임을 밝혀 둔다.

18) 이런 점에서 필자는 판소리나 판소리계 소설 작품의 특징으로서 '부분의 독자성'을 지나치게 강조하는 것은 옳지 못하다고 본다. 예컨대 판소리의 창자나 청자는 작품의 한 부분만을 연행하고 들으면서도 이미 작품 전체를 꿰뚫고 있는 것이다.

3. 평민의 입장에서 새로 읽는 춘향전

1) 만남과 사랑의 성격

〈춘향전〉의 주인공들 가운데 작품에서 제일 먼저 모습을 드러내는 인물은 이도령이다.[19] 그는 서울 삼청동의 명문가 자제로, "위인풍도 조달하여 두목지 풍채는 이백을 압두하고 문장필법은 왕희지 조맹부를 겸"한 "활달한 기남자"(358면)[20]로 소개된다. 한마디로 가문과 인물을 겸비한, 남원 같은 시골에서 찾아보기 힘들 정도의 귀인이다.

그가 독자 앞에서 펼쳐 보이는 최초의 행위는 '광한루 구경'이다. "면산의 불탄 잔디 밤비에 속잎 나고 두꺼비 순산하고 너구리 손자보고 소년과부 새벽달에 단봇짐을"(358면) 싸는 삼춘(三春)을 맞이하여 책실에서 벗어나 경처를 찾아 나들이 길을 나서는 것이다. 그러한 나들이는 그 자체로 그리 특별한 것이라 하기 어렵다. 그러나 그의 행차에는 족히 독자의 관심을 끌 만한 요소가 있으니, 그것은 바로 행차의 호화로운 차림새다.

> 도련님 치레 볼작시면 신수좋은 고운 얼굴 분세수 정히 하고 흑운 같은 채 머리를 해남을 맞게 발라 반달 같은 화룡소로 솰솰 빗겨 보기좋게 땋아내려 궁초 당기 석웅황 맵시있게 잡아매고, 백방수주 누비바지 보라난능 겹저고리 전모초단 전배자 왜물단추 달아 입고, 일자면발 통행전 육분 디딤 더욱 좋다. 남모초 전허리띠 별문단 주머니 홍당사 갖은 매듭 맵시있게 늘여차고, 임한산

---

19) 물론 신재효본이나 완판84장본에서는 이도령에 앞서 춘향이 등장한다. 본문의 논의는 어디까지나 기본 텍스트로 삼은 '신학균본'을 대상으로 한 것이다. 이러한 전제는 이후에도 두루 적용된다.

20) 텍스트의 인용은 김동욱 선생이 정리한 바를 따른다. 그것은 『문학사상』 1974년 2월호에 실려 있다. 인용 면수는 이 책의 면수를 뜻한다.

극세저포 매무새 곱게 하여 몸에 맞게 느집 입고, 평양흑대 홍당 질러 맵시
있게 잡아매고……

—359면

일반 평민들로서는 듣도 보도 못했을 고급스런 옷가지로 '맵시 있게'
치장한 이도령의 차림새는 참으로 호사롭다. 그런 차림으로 산호편과
황금륵, 은엽 등자 따위로 치장한 나귀를 타고서 하인을 거느리고 호기
있게 나서는 그의 모습은 그야말로 눈이 부실 정도다. 시골 사람들로서
는 눈이 동그래질 만한, 이보다 더 멋을 차리기가 쉽지 않을 모습이다.
　이러한 이도령의 모습에서 당대의 '평민 독자'들이 받는 느낌은 어떠
한 것일까? 한편에서는 그 찬란한 모습을 찬탄하거나 부러움을 느끼기
도 할 것이고, 한편에서는 무언가 불쾌감 내지는 거부감을 가질 수도
있을 것이다. 자신의 처지를 새삼 쓸쓸하게 돌아보는 식의 반응도 예상
해 볼 수 있다. 그 어느 것이든, 그 근저에 가로놓이는 것은 계층적 이
질감이라 할 수 있다. 제대로 입성조차 차리지 못하고 사는 대다수 평
민들에게 있어 이도령이 누리는 '특별한' 호사는 낯선 것일 수밖에 없
는 것이다.
　광한루에 당도한 이도령이 보이는 언행은 '나이 열여섯의 사또 자제'
에게서 예상할 수 있는 범위를 그리 벗어나지 않는다. 그는 특별히 조숙
하거나 무게 있는 언행을 보이지 않으며, 남다른 감수성이나 인생철학
같은 것을 나타내 보이지도 않는다. 그저 범상한 사춘기 청년으로서 말
하고 행동한다. 그리고 틈틈이 양반으로서의 거드름을 피우기도 한다.

　　"방자야 저 건너 양유간에 오락가락 하는 것이 무엇이냐?" 방자 대답하되 "불
　탄 강변에 덴 소 날뛰는 거 말씀이오?" 이도령 화를 내어 하는 말이 "상놈의 눈
　은 양반 발의 튀눈만도 못하구나. 그것이 아마도 생금이 화하여 보는가 보다."

—360면

이도령이 계속되는 언행을 통해 나타내 보이는 개성이 있다면, 그것은 아마도 '진솔성'일 터이다. 어찌 보면 다소 경박해 보이기도 하는 그의 행동은, 속생각을 있는 그대로 발현한 것으로서의 성격을 지닌다. 그는 최소한 체면이나 위엄으로 자신을 가식하지 않으며 자신의 생각과 감정을 진솔하게 겉으로 나타낸다. 춘향을 발견하고서 당장 방자를 시켜 불러오게 한 것이 그렇고, 춘향을 보고서 선뜻 구애에 나서는 것도 그러하며, 집에 돌아와 날이 저물기를 기다리며 조급증을 내는 것이 또한 그러하다.21) 그러한 언행은 매우 희화적으로 그려지기도 한다.

> 고문으로 건너간다. "남창은 고군이요, 홍도는 신부로다. 홍도가 신부되랴 춘향이가 신부 되지." "원은 형코 정코 춘향이코 내코 한데 대고 슬근슬근 문지르니 좋고" 방자놈 이른 말이 "그 책은 어떤 코뿐이오?"
>
> ─363면

이와 같은 이도령의 언행을 보면서 독자22)들이 보이는 반응은 무엇일까? 어쩌면 양반의 비속한 모습에 조소를 보낼 수도 있겠으나, 이도령의 행위는 그보다는 '유쾌한 동질감'을 유발하는 쪽이라고 본다. 이성과 만날 시간을 기다릴 때의 조급증 같은 것은 누구나 공감할 만한 보편적인 심리인바, 독자들도 예외는 아니다. 그와 같은 심리적 특성을 이도령에게서 발견하면서, 독자들은 그에게서 차츰 친근감 내지 동질감을 얻게 된다고 할 수 있다.23)

---

21) 이와 관련하여 박희병은 이도령을 "서민적인 생기발랄함, 자잘한 예의범절이나 형식적인 체면치레에 얽매이지 않는 솔직하고 꾸밈없는 인간성"을 갖춘 인물로 평가한 바 있다(박희병, 앞의 논문, 97면). 그 판단은 정곡을 얻은 것이지만, 너무 긍정에 치우친 감이 있다.

22) 이제 이 절에서는 특별한 설명이 없는 한 '독자'는 곧 '평민 독자'를 지칭하는 말로 쓰기로 한다.

23) 이도령의 이러한 모습은 영웅소설의 주인공과는 크게 다른 것이다. 영웅소설의 주인공은 대개 너무 조숙하고 진지하고 고결한 인물로 돼있는 것이다. 이러한 주인공에

　　요컨대 작품 첫머리에서 독자와 이도령 사이에는 두 방향의 관계가 형성된다고 할 수 있다. 하나는 계층적 이질성이며 또 하나는 심리적 동질성이다. 이 둘은 이후의 서사에서 서로 우세를 다투면서 한데 얽혀 나가게 된다.

　　다음은 춘향의 등장이다. 광한루에 나타나는 춘향의 첫 모습이 어떤가 하면, 한마디로 한 떨기 꽃과 같은 어여쁘고 교태 넘치는 모습이다.

> 이때에 춘향이가 의복단장 치레하고 추천차로 올라올 제 팔자 청산 고운 아미 반분대 다스려서 백옥같은 뒷귀밑은 초당전 일괄도화 찬이슬 머금은 듯, 백방수주 누비바지 물면주 단속곳 광월사 곁막이에 남봉라 대단치마 잔살잡아 떨쳐입고, 남수화주 겹저고리 송금단 덧저고리 잠물단추 달아입고, 백능버선 자주분토 날출자로 지어 신고, 노리개 더욱 좋다.
>
> ─360면

　　춘향의 차림은 호사롭기가 거의 이도령에 못지않다. 게다가 온몸에서 아름다운 태가 넘쳐나니, 저고리를 벗어 꽃가지에 걸어두고서 "유옥색 깨끼적삼 몸에 끼게 끼어 입고" "홍상자락을 펄렁펄렁 날리며 백옥같은 젖가슴을 백운간에 힛득"(360면)하면서 그네를 타는 모습은 말 그대로 "어여쁘고 맵시있고 아름답고 절묘하고 귀이하고 이상맹랑하고 패려하고 얄샹궂고 남을 호려먹게 생긴 기집아이"(360면) 그것이다. 처음 대하는 독자들에게 있어 과연 어떠한 여인일까 하고 궁금증을 가질 만한 모습이다.

　　춘향의 정체는 방자의 말을 통해 곧 드러난다. 그녀는 "사또 생신잔치에 거문고 빗겨 안고 배따래기 영산가에 검무 추던 월매 딸"(361면)이니, "본심이 도도하와 여공재질과 문장존비와 삼강행실을 본받고자 하와 백화출입의 글귀도 생각"(361면)한다고 하지만 기실 오갈 데 없는 창

익숙해 있는 독자들에게 '이도령'의 형상은 무척 참신하게 느껴졌을 것이다.

기(娼妓)인 터다. 이어지는 그녀의 언행은, 그네 타는 모습에서부터 보이는 바대로, 영락없는 기생의 그것이다.

> 춘향이 깜짝 놀래어 추천에서 내려서며 "애고 그녀석 목소리도 숭한지고, 무슨 소리를 그다지 생침을 맛너냐. 하마트면 낙성할 뻔하였다." 방자 하는 말이 "내 사서삼경 다 읽어도 쭐쭐이란 문자 못 보았고, 계집애가 낙태한단 말은 네게 처음 듣것다." "애고 그녀석 대갱이는 북통 같고 눈구녕은 지팽이 구녕 같은 녀석이 그게 무슨 소리냐. 내 낙성한댔지 낙태한댔느냐."
>
> ―361면

이러한 춘향의 모습에 대한 독자들의 느낌은 어떠한 것일까? 춘향의 화사한 첫 모습은 아마도 아리따운 여인에 대한 호기심 같은 것을 유발할 것이다. 여성 독자들로서는 그녀의 호사가 부러운 것일 수도 있겠다. 그러나 역시 그 모습은 독자들에게 이질감을 일으키는 것이라 할 수 있다. 춘향의 호사는 경제적 여유 없이는 불가능한 것인바,24) 독자들에게 그것은 현실적으로 '남의 일'일 수밖에 없는 것이다.

춘향에 대한 독자의 반응은 그가 기생임이 드러나면서 엇갈리게 된다. '그러면 그렇지' 하는 식의 냉소적 반응이나 그런 여자와 한번 지내봤으면 하는 식의 공상적 반응 등을 예상할 수 있다. '천민'이라는 신분이 유발하는 동질감을 생각해 볼 수 있겠으나, 독자의 느낌은 그보다는 이질적이고 부정적인 쪽일 가능성이 크다. '있는 사람'을 위해 봉사하는 기생이란 일반 평민에게 본래 이질적인 존재인데다가, 그가 지금 '신선놀음' 식의 호사를 누리고 있으니 말이다. 그 구체적인 이질감에 비하면 '나하고 같은 상민'이라는 식의 생각은 추상적 관념에 지나지 않는다.

춘향이 작품 첫머리에서 독자들에게 선명한 인상을 주는 것이 있다

---

24) 뒤에 가면 더욱 분명해지지만, 춘향은 향단이라는 몸종을 두고 있을 정도로 경제적 능력을 갖추고 있는 인물이다.

면 그 성격이 '맹랑하다'는 점이다. 그네 타는 모습이나 방자에 대한 말대답에서 그런 면모를 발견할 수 있거니와, 이는 춘향의 언행이 이어지면서 더욱 구체화된다. "추천하던 그 태도로 아장아장"(362면) 이도령 앞으로 건너가서 교태 있게 말대답을 하는 것이나, 이도령이 마음에 들자 "손길을 번듯 들어"(363면) 자기 집을 일러주는 것, 이도령이 찾아오자 "태도 있게 내려와서 섬섬옥수 들어다가 도련님을 부여잡고 제 방으로 들어"(366)가는 것 등이 모두 그러하다.25) 그러한 맹랑한 교태는 이도령과의 첫날밤에서 극치를 이룬다. 다음에서 보이는 춘향의 언행은 일류기생의 솜씨라 할 만하다.26)

> 도련님 손으로 옷끈을 끄를 적에 춘향이 하는 말이 "첫날밤에 신부신랑 옷 벗기다 옷끈이 떨어지면 임의 정이 그친다니, 옷을 벗긴대도 장단이 있삽나니 그 이치를 들으시오. 왼편쪽 속곳 끈을 바른편 엄지 발구락에 홰홰친친 둘러 감고 왼편쪽 옆구리를 꼭 질러 옆으로 눕거들랑 바른편 끈은 왼편 엄지발구락으로 홰홰친친 둘러 감고 바른편 옆구리를 폭 질러 반듯이 눕거들랑 두 다리를 쪽 뻗어 발등에 그치거든 살며시 벗어놓면 옷끈이 상하리까."
>
> ―368면

이와 같은 춘향의 모습을 독자들은 어떻게 수용하는 것일까? 남성 독자들로서는, '귀엽고 사랑스럽다'는 느낌을 받을 수도 있을 것이다. 내숭을 떨지 않고 자기 마음을 진솔하게 행동으로 옮기는 '맹랑한' 모습에서 일정한 충격과 함께 모종의 긍정적 속성을 발견하는 독자들도 있을 것이다. 그렇지만 그러한 발견은 아직 이질성을 넘어서기에 불충분

---

25) 춘향의 '자의식이 강하고 도도한 성격'은 이상택 교수가 지적(이상택, 앞의 논문 참조)한 이래 여러 연구자들이 거듭 확인된 바다. 본고의 논의 또한 그 맥락 위에 서 있음을 밝혀 둔다.
26) 작품 전반부에서의 춘향이 기생의 형상을 하고 있음은 이고본을 대상으로 한 정출헌의 논의에서도 지적된 바 있다. 정출헌, 앞의 논문, 105~107면.

한 것이라 여겨진다. 솜씨 있는 기생으로서의 춘향의 형상이 유발하는 이질감이 그보다 더 구체적으로 부각되고 있다.

작품 첫머리에서 춘향이 나타내는 정체성을 확인하는 데는 '신분의식' 문제를 빼놓을 수 없다. 춘향에 대한 이도령의 접근은 신분적 격차를 전제로 한 것이다. 그는 사또 자제로서 관기의 딸을 부르고 있다. 춘향은 처음에 선뜻 부름에 응하려 하지 않다가 방자가 이해득실로써 어르고 사또의 권세로써 위협하자 방자를 따라 나서게 된다. 양반의 위세를 내세워 춘향을 위협하는 방자의 말은 무시무시한 데가 있다.

> "당시 사또 자제도 당당한 권세는 강약이 부동이라. 만약 분부 거역하고 아니 가면 표범같이 성을 내어 연연 약질 너 하나를 성화같이 잡아다가 천둥같이 호령하면 혼비백산 하여지고, 벼락감투 형문 행전은 장바지 주리침 오삼모장 수리장 퇴장 곤장으로 사정없이 꽝꽝 치면 굵은 뼈 질끈 부러지고 잔뼈는 오드득 부러져서, 네 두귀 추켜잡고 쇌쇌 추리면 얼게미 밑에 떡가루 나오듯 베주머니 될 것이니 오거나 말거나 모르겠다. 떨쳐 버리고 나는 간다."
>
> —362면

신분 차이에 따른 불평등성은 춘향과 이도령의 대면 장면에서 재차 뚜렷이 확인된다. 이도령의 서슴없고 거침없는 반말과 춘향의 공손한 언사가 다음과 같이 선명한 대비를 이루고 있다.

> "네 나이 몇이며 이름은 무엇이냐?" 춘향이 여쭈오되, "소녀 나이 이팔이 십육이요, 이름은 춘향이로소이다." "나는 사사 십육이니 동갑이로다. 네 이름이 춘향이라 하니 나는 춘향을 얻었다는 춘득(春得)이다. 생일은 언제냐?" "하사월 초팔일 자시로소이다."
>
> —362면

그러나 그 불평등성이 유발하는 긴장은 대체로 원만하게 해소된다. 춘향이 일부종사의 뜻을 밝힌 것을 이도령이 수용하고, 춘향 또한 이도령을 흡족히 여겨 결연의 약속이 성립되개 때문이다. 그러한 상황은 춘향의 집에서 다시 되풀이되어 백년가약의 언약이 이루어진다. 그 상황은 춘향이 "소녀 비록 천기오나 불경이부지절을 흉중에 먹삽는데 도련님은 경성사대부라 한번 보고 버리시면 독수공방 상사할 제 부정세월 약유패라. …… 초군목동일지라도 백년해로 동락할 낭군을 얻으랴 하오"(367면) 하고 자기 뜻을 밝히자[27] 이도령이 즉시 불망기(不忘記)를 써주는 방식으로 전개된다. 그 불망기는 '후에 소박하는 폐단이 있으면 이 글을 가지고 가 관가에 고하라'는 웃지 못할 내용까지 담고 있다.

이 불망기를 받음과 동시에, 곧바로 술상이 대령된다. 보통 사람은 꿈도 꿔보지 못할 만한 호화로운 술상이다.

> 도련님께 술 권할 제, 북창청풍 포도주며 산중처사 송엽주며 춘풍이월 두견주며 세우강남 연엽주, 천일주 환소주를 모좋게 세져 내어, 무슨 병에 넣었더라. (…중략…) 무슨 안주 놓았더냐. 음방탐방 오리탕 껄껄푸두둥 생치다리 송강세우 농어회며 보기좋은 섭산적과 먹기 좋은 꿀설기를 틈틈이 벌였는데 갖은 실과 놓았구나. 줄병사탕 편강이며 오화당을 곁들이고 생률숙률 임실건시 보원대추 생청숙청 곁들이고 능금 포도 유자 석류 인삼 잔과 모과화채 곁들이고 풋고추 절이김치 문전복 곁들였다.
>
> ― 367면[28]

---

27) '초군목동'이라도 취하겠다는 춘향의 말은 상민으로서의 자의식을 보인 것으로 평가될 수 있다. 그러나 이러한 춘향의 언사는 기실 '내숭'에 가까운 면이 있다. 이미 이도령을 수용하기로 마음먹고 그를 집으로 끌어들이고서는 다짐을 얻기 위해 꾸며서 하는 말로서의 성격을 지니는 것이다. 어찌 보면 춘향은 이도령의 촉급한 심정을 이용하여 자신의 목적을 달성하고 있는 것이라고도 볼 수 있다.

28) 이러한 술상치레는 단지 장식적인 부분일 뿐이라고 보는 시각이 있다. 그러나 신동흔은 이러한 술상이, 춘향 집이 기생집이라는 것을 고려할 때 신경을 써 준비하면 실제로 차릴 수도 있는 것이라고 본다(계절에 맞지 않는 과일이 조금 끼어있긴 하지만

그 술자리에 이어 드디어 첫날밤의 사랑의 행위가 이어진다. 이도령과 춘향의 첫날밤은 익히 알려져 있듯 매우 질탕한 것이다. 사랑가와 음양가 따위의 갖은 노래가 흥취 있게 어우러진다. 그들의 애정의 행위는 만남이 거듭되면서 그 농도를 더하여 서로 업고서 노는 지경에까지 나아간다.[29]

이상 춘향과 이도령의 결연이 환기하는 의미와 관련하여 우리는 먼저 '신분'의 문제에 주목할 만하다. 앞에서 본 대로 춘향과 이도령의 만남은 본질적으로 불평등한 것인바, 독자들은 이를 보면서 신분 차별의 현실을 떠올리게 된다. 독자들은 춘향이 권세를 내세운 방자의 위협에 이끌려 가는 것을 보면서 춘향에게 계층적 동질감을 느끼는 가운데, 양반의 전횡에 대한 분노나 상민의 처지에 대한 슬픔 같은 것을 되새길 수 있을 것이다. 그런가 하면 춘향이 이도령과의 불평등한 관계를 특유의 맹랑함으로 솜씨 있게 헤쳐 나가는 것을 보고 미소를 짓거나 쾌재를 부를 수도 있을 것이다. 춘향이 초군목동이라도 백년해로할 짝을 얻겠다고 하는 대목에서는 그 마음을 기특하게 받아들일 수도 있겠다. 요컨대 독자들은 춘향과의 신분적 동류의식을 느끼면서 '신분적 질곡을 헤쳐 나가야 할 당위성'이라는 의미를 찾을 가능성이 있다.

그러나 작품 첫머리에 있어 이와 같은 의미 맥락은 아직 막연하고도 미약한 것이라고 볼 수 있다. 독자들이 춘향에게서 동질성을 확인할 계기는 아직 제대로 주어지지 않은 상태다. 독자들이 볼 때 양반과 인연을 이루려는 춘향의 지향은 '나의 것'으로 받아들이기 어려운 요소다. 그것은 어느 어여쁜 기생의 사적이고 특수한 꿈에 가깝다. 앞서 보았듯 춘향의 형상은 미천하고 불쌍한 상민이 아닌 '처지가 한가하고 솜씨가

말이다).

29) 전체적으로 볼 때 신학균본에서의 사랑대목은 완판84장본에 비하면 훨씬 소략한 편이다. 그런데 이러한 차이는 신학균본보다는 84장본이 유발한 것이라 할 수 있다. 이 본들을 대비해 볼 때, 완판84장본의 사랑대목은 다소 불균형적으로 확장된 것임을 발견하게 된다.

좋은 기생'으로서 부각되고 있는바, 그러한 춘향이 양반의 첩실이 되려 한다고 할 때, 평민들이 그 지향에서 깊은 계층적 동질감을 체득하기는 어렵다고 보는 것이 순리다.30)

춘향과 이도령의 결연은 '신분'과 함께 '사랑'의 문제를 제기하는 것이기도 하다. 이와 관련하여 우리는 텍스트에 있어 둘의 결연이 얼마나 진실하고 절실하게 그려져 있는가를 따져볼 필요가 있다. 이에 대해서는 긍정과 부정의 두 가지 시각이 가능한데, 한쪽으로 판단을 내리기가 쉽지 않다. 그러나 두 인물의 행동양상을 세심히 살펴볼 때, 그 결연은 '순수하고 진실한 것'으로 규정하기에는 모자란 측면이 있다. 그 결연의 자발성과 진솔성은 높이 평가할 수 있지만, 그 이면에 이해타산적 요소가 개입하고 있는 상황이다. 춘향에 대한 이도령은 접근은 미색에 대한 젊은 혈기를 충족하려는 측면이 강하며, 춘향이 이도령을 받아들이는 데는 장밋빛 미래에 대한 환상이 개재해 있다. 두 사람의 결연이 '불망기'를 매개로 하여 이루어진다는 데서 그 타산적이고 자기중심적인 면모를 단적으로 발견할 수 있다. 요컨대, 그들의 결연은 상호존중의 인간적 교감에 입각한 진실하고도 깊은 사랑으로 보기에는 난점이 있다고 할 수 있다.

그런데 이와 같은 판단은 독자들의 입장과도 통하는 것이라 할 수 있다. 우리는 춘향과 이도령의 '사랑'에 대한 독자의 반응을 여러 가지로 생각해 볼 수 있다. 아마도 독자들로서는 그 자발적이고 진솔한, 질탕한 사랑의 행위로부터 모종의 반역적인 의미를 발견하고 카타르시스를 느낄 수가 있을 것이다. 그러나 다른 한편으로 그들의 결연을 불온한 쪽으로 보는 태도 또한 충분히 예상할 수 있다. 이도령의 행위는 부귀로

---

30) 그간 많은 연구자들이 작품 초반의 춘향의 언행에서 선진적 의식을 읽어내고 그것을 높이 평가하는 입장을 나타낸 바 있다. 한 예로 박희병은 춘향이 "기생의 신분을 부정하고서 보다 인간다운 삶을 희구하며 인간으로서의 정당한 요구와 권리를 실현하려는 문제적 개인"의 면모를 보이고 있다고 하였다(박희병, 앞의 논문, 90면). 그러나 이러한 의미부여를 하기에는 아직 이르다고 본다.

미색을 호리는 것으로, 춘향의 행위는 교태로 양반을 호리는 것으로 받아들일 수 있다는 것이다.[31] 설사 그 정도까지는 아니라고 하더라도 독자들이 이들의 사랑을 피부로 느끼며 공감하기는 어려울 것이다. 하나의 흥미로운 볼거리 이상으로 받아들일 만한 상황이 아니다. 이는 달 앞에서 살핀 바대로 두 인물과 독자 사이에 '동질성'의 계기가 제대로 마련되지 않았다는 사실에서 도출되는 판단이다.

그렇다면 작중인물과 독자 간의 동질성의 계기는 언제 어떻게 마련되는 것일까? 우리는 그중요한 계기를 춘향과 이도령의 '이별' 대목에서 찾을 수 있다. 남원부사의 승체로 이도령이 남원을 떠나야 하는 상황에 이르러 서사적 상황이 그 전과는 사뭇 다르게 전개되면서 새로운 의미가 발현되기 시작한다.

춘향과 이도령의 이별은 갑자기 찾아오지만, 기실 진작부터 예정돼 있던 것이었다. 이도령은 언젠가 남원을 떠날 사람이었기 때문이다. 그러나 춘향에게 있어 그 이별은 참으로 뜻밖의 일이었다. 그녀는 물정도 모른 채 이도령의 말만 듣고서 이도령이 서울로 가면 자기도 따라가게 되리라고 생각하고 있었으며, 그리하여 오히려 그날을 기다리고 있었던 것이다. 춘향은 이도령이 자신을 찾아와 애써 슬픈 표정을 지으면서[32] 서울로 떠나게 되었음을 알리자 천연히 다음과 같이 말한다.

> 춘향이 찔찔 웃어 화기로 하는 말이 "도련님 올라가면 내가 집안 살림 하나나 두고 갈까. 모두 방매하면 후에 우리 모녀 신교 타고 가거더면 한 달 안에

---

31) 이러한 상이한 태도의 발현은 독서의 현장에서 일종의 논쟁을 낳게 된다고 본다. 사랑방에서 함께 작품을 읽고 들으면서(또는 판소리를 들으면서) 사람들은 이러한 서로 다른 반응들을 나타내면서, 옳다커니 그르다커니 떠들게 된다는 것이다. 이러한 현장을 염두에 둘 때, 본문의 분석은 더욱 실감있게 다가올 것이다. 이는 뒤의 논의에 있어서도 마찬가지이다.

32) 이도령이 춘향과의 이별을 고하기 위하여 슬픈 감정을 과정적으로 꾸미는 양상은 작품에 있어 매우 리얼하게 그려진다. 서술자는 그것을 "그렁저렁 얼버무려 운다"(371면)고 표현하고 있거니와, 그 심리와 언행의 묘사가 매우 정묘하다.

만나볼걸 그다지 서러워하며, 또 한스럼으로 의논하면 남녀가 분명한데 사대
부 체면으로 그다지 상서합쇼."

—371면

이에 대한 이도령의 다음과 같은 반응은 춘향으로서는 그야말로 청
천벽력과 같은 것이었다.

"네가 누구 청으로 말을 한다마는 끓는 국에 멋물 났다. 내가 층층시하일
뿐더러 미성년 아이가 애비 골에 따라와 작첩하여 간다 하면 집안은 망가되
고 동년동갑 보실는지 노형 소제간이라도 버린 인사로 알 것이니 이 일을 어
쩌잔 말이냐? 영영사정 너 데려갈 길 내 없으니 이 아니 답답하냐."

—371면

이 말을 듣고서야 비로소 춘향은 상황을 파악하게 된다. 이도령은 자
신을 놔두고 가려는 것이고, 그것은 이미 진작부터 예정돼 있던 행동이
었던 것이다. "종시가 틀리고 표리가 부동"(371면)한 애인을 앞에 두고
춘향은 망연자실하여 어찌할 바를 모르다가33) 드디어 울분을 터뜨리게
된다.

"여보 도련님 상봉한 지가 한달이요, 두달이요, 데려간단 말이 몇번이요? 어
제 저녁 서울자랑 온갖 골목 다 섬기며 세간까지 걱정터니 윈 이때 금석언약
시각을 못 지내어 일조에 잊잔 말이요. 야속하고 인정없는 그 소리를 살아있
는 나를 두고 차마 입을 붙이는가. (…중략…) 말게 말게 그런 법이 없읍네다.

---

33) 이 대목에서의 춘향의 태도는 완판84장본에 비하여 훨씬 점잖은 편이다. "바느질그
룻 집어 놓고 실패 골무 가위 누비띠 등물 좌르륵 흩어 되는대로 집어 엎"다가 "면경
체경 각장장판에 땅땅 부딪치"(371면)며 한탄하는 것으로 돼있다. 그 심리묘사는 상황
에 아주 적합하게, 리얼하게 이루어진다. 이와 관련하여 한 가지 주목되는 것은 텍스
트(신학균본) 전반부에 나타난 춘향의 언행이 그리 '천박한' 것이 아니라는 사실이다.
춘향은 '맹랑하고 솜씨 있는' 기생이지만, 정이 떨어질 만한 경망하거나 천박한 기생
은 아니다. 이와 같은 설정은 작품의 전후맥락에 잘 어울리는 것이라고 생각된다.

매우 점잖소. (…중략…) 어서어서 올라가오."

―372면

이때 이별을 감지한 춘향모가 뛰어 들어오면서 그 정경은 더욱 처절
해진다. 그는 억울한 마음에 딸을 겨누어 "에 요년 썩 죽어라"(372면)고
울부짖으면서 이도령에게 다음과 같이 항변한다.

"백옥같은 내 딸 춘향 앉고 놀고 서고 놀고 주야장천 노닐다가 갈 임시 당
두하여 아주 뚝 떼 버린다니 양반의 경계는 그러하오? 요조숙녀 버리는 법 칠
거지악 범찮거든. 도련님은 올라가서 대신가에 사랑 사위 되어 요조숙녀 짝을
만나 금슬지락 지내올 제 하방천첩 내 딸 춘향 일분 생각 하오리까. 도련님
가신 후에 철모르는 내 딸 춘향 임 그리워 상사하며 독수공방 홀로 누워 시름
상사 지낼 적에, (…중략…) 주야로 끌끌 소리 병 아니고 무엇이오"

―372면

그렇지만, 이미 상황은 돌이킬 수 없는 것이었다. 춘향은 "생초목에
불이 붙는"(372면) 생이별을 현실로 받아들이고 "추월춘풍 벗을 삼아 사
오년만 고생하면 하늘이 내신 연분 뉜들 아니 잊을소냐"(372면) 하는 비
장한 심정으로 기다림의 삶을 결심하게 된다. 그는 오리정으로 나가서
이도령에게 앞날의 영광을 축원하면서 언제가 되든 자신을 잊지 말고
꼭 데려가라고 신신당부한다. 이도령은 기약 없는 다짐을 두고 길을 떠
나고, 춘향은 이제 하염없는 기다림의 운명과 대면하여 다만 시름할 뿐
이다. 그 심정은 매우 절실하다.

"들어가던 님의 방에 다시 한번 눕고지고. 날아가는 저 기럭아 너를 보니
신이 없다. 노류 장화 꺾어 들고 누를 바라 해로하기로 신신 뜷은 머리라, 노
방에 걸렸구나. (…중략…) 바람치고 눈 뿌린 날 벗 없어 더욱 섧다. 보경을 열

고 보니 부용 안색 초피하다. 비빔밥 즐긴 식성 밤에 둘이 먹었듯이 사시가절
허송하니 서산락일 단장시라."

—375면

리얼하게 형상화되는 이와 같은 이별의 정경을 보면서 독자들은 어
떤 느낌을 받고 무슨 생각을 하게 되는 것일까?

춘향과 이도령의 이별은 무엇보다 '신분차별'의 현실을 환기하는 의
미를 지닌다. 위에 인용한 바를 통해 드러나듯이, 두 사람의 이별은 본
질적으로 양반과 천민이라는 신분의 차이에 의해 야기된 것으로, 당사
자 자신이 그것을 선명하게 의식하면서 행동하고 있다. 그러한 본질은
물론 독자들로서 충분히 파악할 만한 것이다. 그리하여 독자들은 그 상
황을 지켜보면서 한편으로는 양반의 표리부동함을 욕하고, 한편으로는
상민의 억울한 처지를 되새기게 된다. 나아가 두 사람을 갈라놓은 신분
차별의 현실 자체에서 모순성을 발견하기도 할 것이다.34)

주목할 점은 이 지점에서 독자와 춘향의 관계가 새롭게 형성된다는
점이다. 춘향이 신분에 따른 고통을 겪는 상황을 보면서 양자간의 계층
적 동질성은 비로소 구체화될 계기를 맞는다. 독자들은 이제 춘향의 편
에서 그 가련한 처지를 동정하는 입장에 서게 된다. 춘향의 고통이 절
실한 만큼 동질성의 밀도 또한 만만치가 않다. 그리고 그 밀도와 비례
하여, 신분차별의 모순적 현실에 대한 비판적 인식이라는 의미는 그만
큼 무게 있게 실현된다.

그러나 과연 이 시점에서 독자들이 한결같이 춘향에 대하여 깊은 동
질감을 느끼며 긍정의 시각을 나타내게 될지는 의문이다. 춘향의 처지
가 안된 것은 분명하지만, 독자의 입장에서 그것이 곧바로 '나의 일'로

---

34) 이와 관련하여 주목할 것은 춘향에 대하여 가해자인 이도령이 그 자신 하나의 피해
자이기도 하다는 점이다. 춘향만큼은 아니겠지만 그도 눈물을 흘리며 이별을 슬퍼하
고 있는 것이다. 이런 점에서 독자의 시선은 '모순의 현실'로 귀착될 가능성이 크다고
하겠다.

전이되기에는 아직 걸림돌이 있다고 본다. 지금 문제가 되고 있는 상황은 기본적으로 '한가롭게 지내던 한 기생이 양반과 좋아지내다가 버림받은 상황'으로서, 사람들의 전폭적인 공감을 얻기에는 여전히 '특수한' 면이 남아 있다고 생각되는 것이다.

요컨대 독자와 주인공 사이의 동질성은, 그 중요한 계기가 마련된 것은 사실이지만, 아직 폭이나 깊이 면에서 미진한 것이라 할 수 있다. 그리하여 독자들의 반응이 하나로 합치될 것을 기대하기는 이르다. 온정적인 독자들로서는 춘향의 일을 자기 일처럼 생각하고 깊은 동정을 표할 수 있겠지만, 또 다른 편에서는 '자업자득'이라는 식의 반응이 나올 수 있다. 춘향과 이도령의 결연을 다분히 아니꼬운 일로 받아들였던 독자들로서는 어쩌면 '꼴좋게 됐다', '고소하다'는 식의 반응을 보일 가능성까지도 배제할 수 없다.

이와 관련하여 한 가지 흥미로운 점은, 작중의 주변인물에게서 춘향에 대한 부정적인 시선을 발견할 수 있다는 사실이다. 오리정에서 춘향과 이별의 정을 나누는 이도령에게 마부는 '요망한 기집아이'와의 이별을 어서 끝내라고 재촉한다(374면). 그런가 하면, 더 지난 뒤의 일이지만, 변학도의 명으로 춘향을 잡으러 갈 때의 사령들의 태도는 이보다 더 과격하다.

"김번수야." "왜야 왜야?" "이번수 너 듣느냐. 걸리었다 걸리었다." "게 뉘가 걸리었나? 옥형방이 걸리었나?" "아니 그도 아니다. 그 제밀붙고 발겨갈 년, 춘향이란 계집애가 양반서방 치렀다고 마음이 도도하여 우리 보면 태를 빼고 오만하며 혹시 말을 부친대도 청이불문하고 옷자락만 제 치마에 시칫하면 대야에 물 떠놓고 치맛귈 부여잡고 초물초물 빤다더니 걸리었다 걸리었다. 춘향이가 걸리었다." "그물이 천코면 걸리는 코가 있네. 이번 가서 너나 내나 그년 사정 두는 놈은 제미 오금지에 들기름칠을 하느니라."

―377면

춘향에 대한 사령들의 이러한 태도를 곧 독자들의 태도로 직결시킬 수는 없다. 이들은 독자들과 달리 춘향의 쓰라린 심정과 교통할 기회를 가지지 못한 채 방관자 입장에서 다분히 감정적으로 행동하고 있는 것이다. 그렇지만, 그것은 우리에게 이도령과 춘향의 사랑이 일반 평민들에게 있어 아주 부정적으로 받아들여질 수 있음을 단적으로 보여주는 예임에는 틀림이 없다. 사령들의 이러한 행위를 보면서 독자들은, 물론 눈살을 찌푸리는 이들이 많겠지만, '나라도 그럴 만한 일'로 수긍할 수도 있다고 본다. 특히 춘향을 여전히 '남'으로 여기는 독자들로서는……

2) 신관부임식과 '춘향 사건'

춘향과 이도령의 사연이 일단락된 뒤 작품에는 변학도가 등장한다. 그는 "호색하고 술 잘 먹고 고집있고 맷결이 된" 인물로서, "흉신의 후예로 벼슬 못하고 끓더니 전하께서 불쌍히 여기사 남원부사를 제수"(375면)받는 것으로 소개된다. 한마디로 그는 관장(官長)의 재목이 못 되는 인물이다.

변학도가 남원부사로 임명되고서 첫 번에 떠올리는 생각은 "이번에 가서 주색을 원없이 풀리라"(375면)는 것이다. 그리하여 신연 하인이 찾아오자, 소문을 어떻게 들었는지, 다른 일 다 제쳐두고 춘향 안부부터 묻고서 마음을 서두른다. 이 모양을 보고서 하인들은 "우리 골에 단지가 내려간다"(376면)고 비소한다. 이 단편적인 장면에서 이미 미래의 변고는 예고된다.

전통사회에 있어 한 고을의 사또란 과연 어떤 인물이던가? 그는 고을의 행정권과 사법권을 거머쥐고 있는 그야말로 막강한 권력자다. 그가 어떻게 고을을 다스리는가는 백성의 생활에 직결되는 절박한 문젯거리이다. 그러니 남원부민들의 관심이 당연히 신관사또에 집중될 것이다.

우리는 그러한 관심을 또한 독자들에게서도 기대할 수 있는바, 그들 또한 관(官)의 다스림을 받는 처지에 있기는 마찬가지인 것이다. 그리하여 그들에게 있어 작품에 길게 묘사되는 신관사또의 위세 당당한 행차는 단순한 볼거리 이상의 의미를 지닌다. 그 모습을 보면서 관(官)에 얽힌, 정치에 얽힌 만감이 교차되는 것이다.

변학도가 남원에 당도하여 모든 관속이 도열하고 구경꾼이 운집한 가운데 가장 먼저 벌인 일은 기생 점고였다. 춘향을 수청 들일 욕심으로 "다른 공사 제쳐놓고"(376면) 기생을 몽땅 불러들이는 것이다. 그는 춘향이 대비정속하고 수절중이라 안 나왔다는 말을 듣고는 가소롭다는 듯이 춘향 불러 오기를 명한다.

> "제가 수절을 하면 우리 대부인은 기절을 하며 실내부인은 딱 요절을 할까. 바삐 춘향을 불러 오라."
>
> —377면

이상과 같은 변학도의 모습을 보면서 작중의 남원부민들, 그리고 작품 밖의 독자들이 받는 느낌은 불길한 조짐, 그리고 불쾌한 기분일 것이다. 변학도의 행동에서 탐관오리의 징후를 발견할 수 있기 때문이다. 그 징후는 긴장감을 유발한다.

이제 변학도의 명을 받은 사령들은 앞에서 본 대로 위세있게 춘향에게 들이닥친다. 그러나 춘향의 섬섬옥수에 이끌려 들어간 사령들의 눈에 들어온 춘향의 모습은 뜻밖에도 자신들이 생각하고 있었던 이전의 오만한 모습이 아니었다. 춘향은 "상사로 병이 들어 연지볼에 구슬땀이 송글송글, 허튼 머리에 유한이 가닥가닥" 흘러 "불쌍하고 창목하야 사람의 면목으로는 못" 볼 지경이었다(378면). 마음이 '확 풀린' 사령들은 술값을 몇 푼 얻어 쥐고서 그냥 돌아 나오게 된다.

독자들은 이 장면에서 오랜 만에 —신관사또가 남원에 당도하기까지 상당한 시일이 걸린다—춘향을 만나는 것인데, 하나의 의미 있는 발견을 하게 된다. 앞서 예고되었던 기다림이 힘들게 '실천'되고 있음을 보면서 춘향이 상당한 도덕적 품성을 지닌 경시 못할 인물임을 알아보는 것이다.35) 그러한 발견을 통해 독자들은 춘향에 대하여 '솜씨 있는 기생'으로서의 이미지를 완화하고 긍정적 시각을 좀더 확장하게 된다.

그러나 작중상황은 독자들이 이런 점을 깊게 음미할 틈이 없을 정도로 급박하게 돌아간다. 사령이 "권장 십여도"(378면)를 맞고 쫓겨나고 행수기생이 엄명을 받고 나와 황급히 춘향을 이끌고 들어간다. 변학도는 그 용모를 흡족해하면서 수청을 명한다. 춘향이 수절중임을 내세우며 거절하자 그는 "네가 날 친하면 남원것이 다 네것이요, 네 원대로 할 것이니 잔말 말고 거행하라"(379면)고 재차 수청을 명한다. 춘향이 다시 거절하자 "잘못하면 맞으렸다"(379면)고 하고 "자고로 오작이 봉되는 것 못보았다"(379)고 하며 또다시 수청을 명한다.

춘향에 대한 변학도의 태도는 한마디로 상대의 인격을 무시하는 것이라 할 수 있다. 천한 창기에게 무슨 인격이 있느냐는 식의 태도이다. 그러한 태도는 물론 신분차별의 봉건적 관념에 바탕을 두고 있다. 한편, 마찬가지 이야기가 될지 모르지만, 그가 춘향에게 수청을 요구하는 방식은 매우 저급하다. 관장의 위세로 어르는 것이 그렇고, 이해관계로 회유하는 것이 더욱 그러하다.

춘향은 그러한 변학도에게 다시 수청을 거부하다가 결국은 분노를 사서 형틀에 묶이고 만다. 변학도는 대뜸 "노망한 말로 채머리를 흔들면서"(380면) "그년 삼모장[三稜杖!]으로 대매에 학치를 분지르라"(380면)는

---

35) 이러한 변화는 일차적으로 춘향 자신의 변화에 기인하는 것이다. 문제는 그 변화가 어떻게 일어났는가 하는 점일 터인데, 이에 대한 설명은 그리 어렵지 않다고 본다. 그는 이도령과의 이별을 통해 자기를 발견하는 것이고, 그 바탕 위에서 이루어지는 기약 없는 기다림의 세월 속에서 정신적 성숙이 이루어지게 되는 것이라고 할 수가 있겠다. 비록 그 심리 변화의 과정이 텍스트에 구체적으로 서술돼 있지는 않지만, 그것은 독자로서도 충분히 이해할 만한 것이라고 본다.

명을 내린다. 그러나 춘향은 그 지경에서도 끝내 뜻을 굽히지 않고 "평생에 일편단심이요 죽으면 죽사와도 분부 시행 못하겠소. 살리거든 살리시고 죽이거든 죽이거나 처분대로 하시오"(380면) 하고 항변한다.

이와 같은 춘향의 강인한 저항과 관련하여, 과연 그 동기가 무엇인가 하는 점이 학계의 큰 관심사였다. 이에 대해서는 정절, 신의, 사랑, 신분 상승 의지, 탐관에 대한 저항의식 등이 두루 지적돼 왔는바, 필자는 이 여러 요소들 가운데 아무래도 신분의 문제가 관건이 아닐까 한다.36) 수청을 드는 것은 자신이 기생임을 인정하는 것이거니와, 기생이란 어떤 존재인가? 그야말로 뭇 남자들의 성적 노리개에 불과한 천한 존재인 것이다. 춘향이 일찍부터 공부와 여공을 익히며 고이 자란 인물임을 감안할 때, 그런 천한 삶을 거부하는 것은 충분히 수긍할 만한 일이다.37) 자기 의사와 아무 상관없이 남성들의 노리개가 되다니 …….

그 개인적 동기야 어떻든 사또의 막강한 권세 앞에서 굴하지 않고 제 뜻을 지키는 춘향을 보면서 남원부민들은, 그리고 독자들은 놀라움과 함께 춘향으로부터 고결한 품성을 발견하게 된다. 춘향은 천한 기생으로 무시해 버릴 하찮은 존재가 아니라, 순수한 뜻과 강인한 의지, 그리고 행동력을 지닌 인물로서 점점 더 커다랗게 다가오게 되는 것이다.

사랑하는 이에 대한 일편단심을 지키겠다는 춘향의 태도는 온당하고 '가상한' 것이다. 그것은 칭찬을 하고 상을 주어 마땅한 일이었다. 그러나 변학도로부터 떨어진 것은 상이 아니라 참혹한 형벌이었다. 드디어 춘향의 여리고 병든 몸에 그 모진 매가 떨어진다. 하나, 둘, 셋 …… "부러진 형장가지 대뜰 위에 굴른"다(380면). 넷 …… "내려치는 포장 소리

---

36) '신분'의 문제를 저항의 동기로 보는 시각은 이상택 교수가 춘향의 성격에 대한 분석에 입각해 도출해낸 이후 많은 연구자들이 이를 받아들인 바 있다. 본고의 논의 또한 그 연장선상에 있음을 밝히는 바이다. 이상택의 논의에 대해서는 이상택, 앞의 논문 참조
37) 조동일은 춘향의 항거와 관련해 "이몽룡과의 관계를 통해 기생 아닌 춘향의 승리가 이미 확보되어 있었기에 새삼스레 기생 춘향으로 되돌아가라는 건 더욱 견딜 수 없는 모욕"이라고 보았는바(조동일, 앞의 논문, 25면), 탁견이라고 본다.

기왓골이 들썩들썩 천둥 벼락 내리는 듯”(380면). 여덟 …… “팔도 방백
많은 중에 남원골을 내려와서 치민선정 아니하고 날 죽이러 내려왔
소?”(380면) 그러기를 무려, 삼십 도!

   춘향이 거동 보소 정신이 캄캄 살아날 길 전혀 없다. 도화 같은 두 귀 밑에
흐르느니 눈물이요, 백옥 같은 두 다리에 솟느니 유혈이라. 하나 치고 그만둘
까 둘 치고 그만둘까, 별전 삼십도에 남원 읍내 남녀노소 이른 말이 “불쌍하
다 열녀춘향 저 매 맞고 어찌 살리.” 여기저기 손가락질 구석구석 닦는 눈물,
우는 기생 몇명이며, 집장사령 잡은 형장 내던지고 군복자락 들어다가 얼굴을
체면 불구하고 눈물을 씻으면서 하는 말이 “못하겠네 못하겠네 사령구실 못
하겠네. 다시 이런 매 잡는 놈은 제밀 붙고 밟고 갈 놈일세.”

—380~381면

향단이 달려들어 울며 사정하고, 사또가 더욱 분을 내어 “커다란 삼
목칼을 춘향의 가는 목에 함빡 씌워”(381면) 끌어낸다. 기생들이 약을 대
령하며 ‘비죽비죽’ 울고, 월매가 달려들어 “얼굴을 한테 대고 목탁입을
비죽비죽 검버섯 돋은 귀밑에 눈물이 그저 좔좔”(381면). 옥에 갇힌 춘향
의 “맥 끊어진 두 다리가 유혈 속에 달막달막”(381면), “사정없는 큰 이
(虱)들은 목에 굼실굼실”(381면). 참으로 눈뜨고 못볼 처참하고 원통한 정
경이다. 도대체 그 죄가 무엇이란 말인가?

   “부모불효 하였는가. 동리불화 하였던가. 부부 불순하며 삼강행실 몰랐던가.
국곡투식 하였는가. 성문일지 원통커든 월삼동추 승한 매로 사정없이 형벌하
니 이내 팔자 기박턴가. ……”

—381면

필자는 ‘춘향 사건’이라 칭할 만한 이 일련의 상황이야말로 〈춘향전〉

의 의미 실현에 있어 핵심적인 의의를 지닌다고 보고 있다. 이 지점에서 작중인물의 관계가 재형성되고, 독자와 작중인물의 관계가 변혁되면서 의미의 기본 축이 형성된다. 그것은 관민갈등, 사랑, 신분갈등 등 여러 문제에 총체적으로 걸린다.

이 장면에서 일차적으로 부각되는 것은 권력의 부당한 횡포라 할 수 있다. 변학도의 가혹한 형벌, 그리고 그에 대한 사람들의 반응으로써 작중상황이 엮어지고 있다. 변학도가 내린 형벌은 자신의 욕심을 채우기 위하여 관권을 휘두른 것이거니와, 거기에는 앞으로 고을을 힘으로 다스리겠다고 시위하는 뜻이 담겨있다고 할 수 있다. 감히 자신의 명령에 도전할 경우 가혹한 보복을 당하게 되리라는 것이다.

이에 대한 남원부민들의 반응은 강한 불만과 저항감이다. 그들의 눈물은 춘향에 대한 동정의 눈물인 동시에 변학도에 대한 분노심을 새기게 하는 눈물이다. 사령들의 '제밀붙고 발고 갈 놈'이라는 욕은 곧 변학도를 향한 것이다. 요컨대 남원부민들은 신관 부임 첫날 벌어진 이 하나의 사건을 통해 변학도의 본질을 아프게 깨닫고 만다. 그는 자신들을 가혹하게 짓밟을 탐관인 것이다. 민심(民心)은 한순간에 변학도를 떠난다.

남원부민들이 나타내 보이는 이러한 분노는 곧 독자들의 그것과 겹친다고 할 수 있다. 독자들은 힘없는 피지배자라는 점에서 본질적으로 남원부민들과 다를 바가 없다. 그들이 변학도의 횡포를 지켜보면서, 비록 당사자인 남원백성만큼 절박한 것은 아니더라도, 분노하면서 저항의식을 느낄 것임은 너무나 당연한 일이다.38) 요컨대, 이 장면에서 독자들은 '관의 횡포에 대한 저항의식'을 강하게 체득하게 되는바, 그것은 〈춘향전〉의 하나의 살아있는 의미가 된다.39)

---

38) 비록 처지가 이와 다른 경우에도 그 심정은 아마 비슷할 것이다. 필자는 〈춘향전〉의 이 대목을 읽을 때면 슬픔과 분노로 목이 메어 오곤 한다. 당대 독자들의 심정이 과연 어떠했을지는 가히 헤아리고도 남음이 있다. 그들이 모여 앉은 자리는 눈물과 한숨, 분노의 소리로 뒤범벅이 되었을 것이다.

39) 우리가 주목할 것은 이러한 의미가 '춘향의 행동동기'와 다른 차원에서 구현된다는

주목할 것은 이와 관련하여 춘향에 대한 사람들의 태도가 크게 변한다는 점이다. 그 변화의 핵심은 강한 동질성의 발견을 통한 일체감의 구현이라고 할 수 있다. 특별한 죄도 없이 악형을 당하고 감옥에 갇힌 춘향은, 연약한 여자의 몸으로 그 모진 악형에 끝내 굴하지 않고 저항한 춘향은, 이제 사람들에게 있어 단순한 하나의 기생이 아니라, 관권의 횡포에 의한 억울한 피해자의 표상이 되며, 횡포에 대한 저항의 화신이 된다. 그는 사람들에게 있어 이제 '남'이 아니며, '나 이상의 나'이다. 사람들은 깊은 경애감 속에 춘향과 하나가 된다. 하나가 되어 변학도와 맞서게 된다. 남원부민이 그러하며, 또한 독자들이 그러하다.[40]

이제 이 시점에서 독자들이 춘향에 대하여 갖는 동질감은, 그 전과는 질적으로 다른 것임이 주목된다. 그것은 그야말로 '전폭적인' 것이다. 이제 나와 남이 따로 없다. 그들은 한편으로는 춘향에 대한 동정심에 '함께' 울고 한숨 쉬며, 관권의 부당한 횡포에 대하여 '함께' 분노한다. 그들은 이제 '민중'으로서 하나가 된다.[41]

사실이다. 앞서 지적했듯이 춘향의 저항은 그 개인의 입장에서 볼 때 '신분'의 문제에 기인한 것이라 할 수 있다. 물론 그에 대해서는 '사랑'이나 '신의'의 문제를 더 중시하는 시각도 가능하다. 그러나 그것을 그 자체 '탐관에 대한 분노심' 때문이었다고 하는 데는 무리가 있는 성질의 것이다. 그러나, 인물의 행동동기가 무엇이었던가에 관계없이, 독자들은 그 한 가녀린 여인을 짓밟는 변학도를 보면서 '부정한 관에 저항의식'을 강하게 체득하는 것이다. 한 작품의 의미란 작중인물의 행동동기와는 다른 지점에서 성립될 수 있음을 발견하게 된다.

40) 그런데 춘향과 남원부민 사이, 그리고 춘향과 독자들 사이에 형성되는 관계는 다소간의 차이가 있다. 먼저, 남원부민에게 있어 '춘향의 발견'은 보다 갑작스럽고 충격적인 것이라 할 수 있다. 일개 '천기'로서 대다수 사람들에게 거의 존재조차 희미했을 춘향이 이 시점에서 일약 놀라운 존재로 떠오르는 것이다(그런가 하면 이들은 사건 당사자로서 일종의 죄의식을 갖게 된다고 할 수 있다. 그 원통한 상황에서 아무것도 못하는 데 대하여 강한 자책감을 느끼리라는 것이다). 이에 비하면, 독자들 입장에서 볼 때 춘향에 대한 새로운 발견은 어느 정도 예비되었던 것이라 할 수 있다. 그들은 사건이 벌어지기에 앞서 미리 춘향의 의지적인 성품에 대한 이해를 넓혀 왔던 것이다. 이는 독자들이 그 저항의 의미맥락을 보다 깊이있게 이해하는 입장에 있음을 뜻하는 것이기도 하다.

41) 이 시점에서 춘향의 투쟁이 개인의 차원을 넘어서 광범위한 민중의 지지를 얻게 됨은 조동일 등이 이미 지적한 바 있다(조동일, 앞의 논문, 26면 참조). 그러나 그 논의는

독자들과 춘향의 하나 됨, 또는 춘향을 매개로 한 독자들의 하나 됨을 통하여 〈춘향전〉의 의미는 질적으로 비약되고 또한 확산된다고 할 수 있다. 그중 '관에 대한 항거의식'을 위에서 살폈거니와, '사랑'이나 '신분갈등'의 의미 또한 이 지점에서 아주 새로운 국면을 맞게 된다. 이제 이에 대해 좀더 자세히 살펴본다.

변학도의 등장으로 '춘향 사건'이 일어나기 전부터 춘향은 사랑을 추구하고 있었고 또한 기생신분으로부터의 탈피를 추구하고 있었다. 그것은 아마도 그 자신으로서는 진실하고 절박한 인간적 요구였을지 모른다. 그러나 독자들로서는, 앞에서 살핀 바와 같이, 선뜻 그러한 의미를 발견하기 어려운 것이었고 설사 발견한다 하더라도 아직은 거기 전폭적인 공감을 나타내기는 힘든 것이었다.

그러던 것이 '춘향 사건'을 거치면서 결정적인 변화가 이루어지게 된다. 독자들은 춘향이 목숨을 걸고 관의 횡포에 항거하는 모습을 보면서 춘향이 지향하는 뜻이 참으로 고귀한 것이었음을 비로소 발견하게 된다. 그의 사랑은, 또는 신분상승의 지향은 모진 형벌을 무릅쓸 정도로 진실하고 굳은 것이었다. 독자들은 그러한 진정성을 발견함과 동시에 춘향의 뜻에 다 같이 공감하게 된다. 그의 사랑과 신분상승의 의지는 이제 독자들에게도 신성하고, 존엄하고, 숭고한 무엇이다. 그 뜻의 실현은 이제 춘향뿐 아니라 모든 독자들의 지상과제가 된다. 곧 그것은 작품의 중요한 의미로서 '실현'되는 것이다.[42]

이 둘 가운데도 신분의 문제는 특히 중요한 의의를 지닌다. 이도령과의 결합을 통한 신분상승의 추구는 애초에 독자들에게 있어 특수하고 사적인 욕구로 받아들여질 만한 성격의 것이었다. 나쁘게 보면 그것은

작중인물, 특히 춘향에 초점을 맞춘 것이었다. 작중의 관과 민의 역학관계, 독자와 텍스트의 역학관계를 구체적으로 분석하는 작업은 아직 이루어지지 않았던 것이다,
42) 이런 면에서 필자는 춘향전의 전반부가 중반부의 내용을 통해 비로소 큰 의미를 부여받을 수 있는 것이라고 본다.

'양반의 힘을 빌어 편하게 살아보려는 것'으로까지 볼 만한 것이었다. 그러나 춘향이 '남원 것이 다 네것'이라는 식의 변학도의 회유를 뿌리친 채 죽음을 무릅쓰고서 자신의 뜻을 지키는 것을 보면서 독자들은 춘향의 뜻이 참으로 고귀한 것임을 충격적으로 발견하게 된다. 그것은 양반의 노리개로서의 비인간적 삶을 거부하고 하나의 당당한 인간으로서 살아가겠다는, 참으로 신분 해방, 인간 해방 차원의 절박한 요구였던 것이다. 독자들이 거기 깊이 공감하면서 그것을 하나의 중요한 의미로 받아들이게 됨은 물론이다.[43]

그러나 이러한 요구는, 위에서 보았듯이 처참하게 짓밟힌다. 그것을 짓밟은 것은 신분차별의 봉건적 관념이었고, 백성의 요구를 억누르는 부당한 관권이었다. 춘향의 너무나 원초적이고 정당한 요구가 이처럼 봉건적 관념과 권력에 의해 유린되는 것을 보면서, 독자들이 발견하는 것은 그 관념과 권력의 모순성이다. 그것은 바로 인간성을 억압하는 기제임을 깨닫게 되는 것이다. 이러한 발견이 그 억압에 대한 저항의지로 연결됨은 물론이다. 이렇게 하여 〈춘향전〉은, 단순한 '관(官)에 대한 저항감'의 차원을 넘어서, '봉건적 제도와 권력에 대한 저항'이라는 반봉건적 의미를 밀도 있게 실현하게 된다.[44]

봉건적 억압에 대한 민중적 저항의 화신이 된 춘향. 그러나 그는 감옥에 갇혀 말 못할 고초를 겪고 있다. 이를 보면서 남원부민들은 슬픔과 분노를 되새기고 있다. 이제 앞으로 어떻게 될 것인가? 아니, 어떻게 돼야 하는가?

---

43) 기생의 신분을 벗어나려는 춘향의 지향이 '인간적 해방'의 지향임은 조동일이 지적한 이래(조동일, 앞의 논문, 22면) 거듭 논의된 사항이다. 그러나 그것을 독자의 시각과 연결지어 구체적·역동적으로 드러내는 데까지는 이르지 못했었다고 본다.

44) 이러한 반봉건적 의미는 '사랑'의 문제와 관련해서도 실현된다. 자발적이고 주체적인 사랑에 대한 지향이란 그야말로 인간적인 요구일 터인데, 이 역시 봉건적 관념과 권력에 의하여 짓밟히고 있기 때문이다. 그러나, 봉건적 관념과 권력의 기본 타켓이 춘향의 신분의식 — '수청 거부'로 구체화되는 — 이라는 점에서 그 무게중심은 사랑보다는 신분의 문제 쪽에 있다고 본다.

3) '행복한 결말'에 담긴 의미

춘향이 변학도에게 악형을 당하고 고초를 겪는 모습을 보면서 사람들은, 특히 독자들은 당연히 이도령을 생각하게 된다. 매정하게 춘향을 떨쳐버리고 간, 그리하여 그를 고난에 빠뜨린 이도령은 도대체 무얼 하고 있단 말인가?

이도령은 그 사이 한양에서 과거에 장원급제하여 한림이 된다. 숙종은 이한림의 인물됨을 총애하여 하루는 그에게 "조정에 일품 벼슬 원대로 줄 것이니"(384면) 소원을 말하라 한다. 그러자 이도령은 다음과 같이 말한다.

> 한림이 사배 주왈, "궁중이 깊사와 막막하온데 가련한 게 백성이라. 초야 설음 뉘 아리까. 강호땅 진로우는 범중암이 일렀삽고, 추국의 맹부도자 유양유제 하였으니 소신 같은 촌백신도 어진 백성 건지려 하오니 어사지위 하여지이다."
>
> —384면

이 말을 들은 임금은 크게 반기고는 "왕화가 불참하여 민원이 허다한 중 삼남이 우심이라. 그곳 가서 염탐하라"(384면)면서 그를 호남 어사로 제수한다. 이도령은 춘향과 재회할 수 있게 되어 크게 기뻐한다.

독자들은 이 지점에서 이도령에 대한 또 다른 사실을 발견하게 된다. 그가 여전히 춘향을 생각하고 있는 데서 그렇게 무책임한 인물이 아니라는 것을 알게 되며, 백성의 어려운 처지를 헤아리고 있는 데서 단순한 탕아가 아니라 의식 있는 양반임을 발견하게 된다. 이러한 사실은, 이도령의 가식 없는 성품에서, 그리고 춘향의 요구를 들어주는 관대함에서, 오리정의 이별에서 나타내는 슬픔에서 어느 정도 예견되었던 바이지만, 이 지점에서 비로소 뚜렷하게 확인이 된다.[45] 어떻든 이러한 발

---

45) 기존 연구 가운데는 이를 '성격 변모'로 설명한 것이 있어 주목된다. 이도령은 춘향

견을 통해 독자들은 춘향의 사람 보는 안목이 높았음을 칭탄하면서 상황의 해결을 기대하게 된다.

이도령은 호남에 당도하여 어사로서의 공무를 엄격히 수행한다. 역졸들을 흩어 "부모불효 동기불화 우악장이 발금회인 남의모함 억매흥정 '양반유세 토색군'과 후주잡기 능욕패담 음양지죄 혹세무민 협잡군과 인물취인 잘하는 놈을 낱낱이 염문"(385면)하여 다스린다. 그 시퍼런 서슬에 "각읍 수령 일도방백들은 세미(稅米)에 탈이 날까 환자(還子)에 무사할까 새 공사 의심하고 지은 공사 염려"(385면)한다. 각 면마다 '삼천동 이씨'가 전라어사가 돼 내려온다는 소문이 퍼져 나간다.

드디어 남원 지경에 당도한 이도령은 농민들한테서 민정을 탐지하기 시작한다. 그 과정에서 그가 발견한 남원의 민심은 어떠하였던가?

> 저편에 밭 갈던 젊은 농부 양무진 철경탄 제적으로 갈던 장기 꽉 박고 나오면서 하는 말이 "목아지는 삐뚜러도 취타는 바루 불렀다고 내 바른 말 하지요. 우리 원님 정치가 용치요. 굽은 공사 바르게도 하고 바른 공사 굽게도 하지요." "그 공사 이름이 무엇인고?" "쇠꼬두리 공사지요."
>
> —385~386면

> "이 양반 들으시소 우리 고을 신사또 주야로 호색하여 풍류기생 거느리고 사흘만큼 놀음 놀제 면면(面面)에 전령하여 계란 두개씩 매호에 드리고 열흘 만에

과의 만남을 통해 진정한 사랑에 눈뜨고 그와의 이별을 통해 신분차별의 현실에 자각하여 정신적 성숙을 이루었다는 해석이다(박희병, 앞의 논문, 112~115면 및 정춘헌, 앞의 논문, 108면 참조). 비록 텍스트에 그 변화의 과정이 명시되지는 않지만, 이는 충분히 가능한 해석이라고 본다.

한편, 이와 관련하여 우리가 상기할 것은 '신학균본'에 있어 이도령이 춘향을 떠난 다음 편지를 한번 부친다는 점이다. 그 내용은 너무 상심 말고 기다리라는 것이다. 이러한 행위는 이도령의 성격변화를 암시하고 책임있는 행동을 예견케 하는 것으로, 앞뒤의 내용을 자연스레 연결짓는 역할을 한다. 이러한 설정에서 '신학균본'의 탁월한 면모를 새삼 확인할 수 있다.

큰 닭 한자웅씩 바치고, 읍촌간에 관속 놓아 유기 치명 화기 등을 낱낱이 거둬다
가 잔치 끝에 내아로 들여가고, 만약 가서 달라 하면 매로 대용할 제……"
―386면

몇몇 농민들의 이러한 말만으로도 남원의 정세는 확연히 드러난다.
관권의 횡포로 인해 민심이 한마디로 흉흉하게 돌아가고 있는 상황이
다. 부임 첫날을 피로 물들인 '춘향 사건'을 통해 남원부사의 학정은 이
미 예고되었던 것인바, 그것은 어김없이 실행에 옮겨지고 있다. 그 학정
의 피해는 이제 남원고을 백성에게 두루 미쳐 원성이 빗발치고 있다.
　그런데 우리는 이 장면에서 한 가지 중요한 사실을 발견하게 된다.
그 흉흉한 민심의 복판에 바로 '춘향 사건'이 자리잡고 있다는 점이다.
이와 관련하여, 이도령이 춘향의 훼절을 거론한 데 대한 농부들의 반응
이 관심을 끈다.

　저 농부 하는 말이 "어허 그 걸인 눈도 없고 귀도 없다. 우리 고을 춘향이는
제 몸이 천기일망정 도련님을 이별하고 신관사또 취절 만나 월삼동추 중장하
고 거의 죽게 되었으되 종시 훼절 아니하고 절개를 지키는데 춘향 같은 열녀
몸에 누설을 입혀 주니 그 말하는 입은 반벙어리 만들세." 하며 달려드니 뒤
로 주춤 나서면서, "누가 무엇이라고 하였길래 너무 과코" "종시 반말이여.
그 걸인 오백년이라도 못 면하겠고" 늙은 농부 만류하되 "아서라. 그만 두어
라. 세자락 창옷 세동 떨어진 말하니 맹물은 아니로다. 네 주먹에 한번만 맞았
더면 도야지라도 죽지 살겠느냐." (…중략…) "…… 구관자제인지 허풍선이 아
들인지 춘향같은 열녀첩을 아주 잊고 아니 오니 그런 쇠아들놈이 어디 있소?"
―386면

여기서 우리는 춘향 사건이 관아 주변은 물론 일반 농민들한테까지
널리 퍼져 남원부민들의 전체적 관심사로 자리잡고 있음을 알 수 있다.

이는 사건의 성격에 비추어 볼 때 아주 당연한 일이라 할 수 있다. 기생이란 본래 농민과는 상관조차 없는 존재일 터이지만, 한 어린 기생이 죽음을 무릅쓰고 탐관오리—자신들을 괴롭히고 있는—에 맞서 고초를 겪고 있다고 할 때, 그것은 농민들로서도 절대 남의 일일 수 없는 것이다. 위에 보이는 농부들의 태도에서 그 깊은 일체감을 극명하게 볼 수 있다.

요컨대 춘향 사건은 남원에 있어 변학도의 횡포를 대변하는 하나의 '상징적인' 사건으로서 자리하고 있다. 그런데 그 사건은 지금, 결정적인 순간을 앞에 두고 있다. 며칠 있으면 사또의 생일날인바, 그 날 변학도가 다시 춘향을 다스릴 것임이 예고돼 있는 것이다. 이미 옥중에서 폐인이 다 된 춘향이 다시 악형을 당한다면 그의 목숨은 필경 끊어지고 말 것이다. 그리하여 남원부민들은 변학도의 생일날을 곧 '춘향이 죽는 날'로 보고 있다.46) 그리하여 이 사건에 대한 그들의 관심은 매우 고조돼 있다. 진정 춘향은 변학도에 의하여 죽음을 당하고 말 것인가? 사람들은—남원부민들은 흉흉한 긴장감 속에서, 독자들은 다분히 기대 섞인 긴장감 속에서—그 상황의 전개를 주시하고 있다.

변학도의 생일잔치가 벌어지기 바로 그 전날, 이도령은 춘향모를 찾아가고 또 옥중의 춘향을 찾아간다. 이도령이 급제하여 어사로 다닌다는 소문에 행여나 하는 기대 속에 폐가가 된 집에서 마음을 졸이며 축원을 올리던 춘향모(389면)는 걸인으로 찾아온 이도령을 보고 그만 무너지고 만다. 어린 딸의 슬픈 운명에 그저 통곡할 뿐이다.47) 그리고, 춘향

---

46) 춘향 편지를 가지고 서울 가는 아이가 "불과 춘향 죽일 날은 수일이 격했는데 어찌하면 살려낼꼬"(387면) 하고 탄식하는 데서 이러한 사실을 알 수 있다 뒤에 춘향이 "내일 본관사또 생일이라. 근읍수령 다 모아 잔치 끝에 나를 올려 포악관정하였다고 죽일차로 별형장을 신축하려 한다"(391면)고 하는 데서도 그 소문이 널리 퍼져있었음을 확인할 수 있다.

47) 특이한 것은 '신학균본'에 있어 이 장면에서 춘향모가 이도령에게 그리 함부로 하지는 않는다는 사실이다. 남을 원망하기보다는 딸의 운명을 슬퍼하는 모습을 보이고 있다. 이는 〈춘향전〉의 본령에서 벗어나는 면이 있으나, 비장감을 더욱 강화하는 효과를 낳고 있다.

은 어떠한가? 꿈에도 그리던 낭군…… 그러나 춘향은 그를 제대로 바라볼 힘조차 없다.

　　겨우 빠듯이 일어나 옥담을 어루만져 나오는데 수족의 쇠슬고랑 제라서 옥패처럼 걸음 걷는 대로 저르렁 저르렁, 그 뒤에 목칼 끄는 소리 떨그렁 떨그렁, 옥문을 당도하여 바로 내다보려 하니 칼머리가 아찔하며 바로 볼 길 전혀 없어 칼판으로 도둠 놓고 옥문에 비껴 앉아 옥틈으로 내다보며, "애고 무정하기도 양반, 독하기도 양반, 한번 훌쩍 간 연후에 소식도 없고 편지도 없고 그다지 돈절턴가. 애고 이게 꿈결인가. 반가웁고 반가워라."

—390면

　　그런 춘향의 앞에 '면목 없이' 서있는 이도령은 상거지 차림이다. 그 모습을 본 춘향의 절망감은 어떠할까? 그러나 춘향은 그 상황에서도 "어진 마음 낭군만 위중하여 마음 편하게 하느라고 제 속에 있는 분을 기수없이 하느라고"(391면), 오히려 이도령을 위로한다.

　　"그것이 웬말인가. 부함을 취하던가. 일간두옥(一間斗屋)에 살지라도 아들 낳고 딸을 낳서 무릎 위에 올려 놓고 둥기둥기 어르면서 조반석죽 할지라도 그것이 더 정답지. 서방님 저 모양을 조금도 흠을 마오. 자고로 성현군자 한때 고생 다 있으니 염려하지 말으소서." (…중략…) "서방님." "왜야?" "인제 죽어도 한이 없네. 이왕에는 혼자 앉아 북망산만 바라보고 아무리 불러 보아도 서방님 음성은 없고 공중에 왕래하는 오작성만 드높더니 오늘 다시 보니 이 아니 좋을손가?" 춘향이 저의 모친 불러 하는 말이 "나 죽은 뒤에 서방님을 날 본듯이 보내지 말고 내 장속에 있는 옥지환 월귀단 금봉채 사랑하던 면경체경 되는대로 방매하여 우선 일습의복 하여 주오. 아이 보기 부끄럽소" "오냐 걱정 말아라."

—391면

그리고서 춘향은 마지막 유언을 한다. 그 유언은 애절하기 비할 데 없다.

> "아주 영이 죽거들랑 사자밥 초혼할 제 서방님 육담으로 원없이 불러주고, 나의 신체 거둘 적에 아무 잡놈의 손 대지 말고 서방님 손 망종 대어 수세 거두어 눕힌 후에 내 종 향단 머리 풀어 곡 시키고 비단 수의 다 버리고 서방님 입고 고생하던 헌 누더기로 이 내 일신 둘러 감고 육진장포 칭칭 감아 땜내라도 맡으면 죽은 혼이라도 원 없겠오 (…중략…) 나의 신체 행상하여 서방님댁 근처 묻히는 게 사리에 당연하고 혼이라도 즐거우나, 그리 근력 쓰지 말고 서방님 자주 왕래하시는 노변에 찾아가서 수화나 아니 나고 상향지지 극진한 데 나를 부디 묻어 주오 (…중략…) 부디 역노를 아끼지 말고 나의 무덤 찾아와서 일산으로 차일하고 남보지 않게 병풍 치고, 춘향아 청초는 우거지고 홍빈옥안 어디 가고 백골만 남았느냐. 나도 관장 되었노라. 긴 대답 청령시켜 벽제소리 섞어 하면 죽어가던 혼이라도 눈을 감고 환원녹죽 우거진 데 춤을 추며 따르리다. 애고애고 내 일이야. 애고애고 내 신세야. 어쩌잔 말인가."
>
> ―391~392면[48]

그야말로 사람을 울리는 어질기 그지없는 마음이다. 이 말을 들으면서 "춘향모는 입을 비죽비죽 향단은 코를 실룩실룩. 어사또는 아주 울며 두 손길 보비작 보비작"(392면)하는바, 그러고도 남을 일이다. 특히나 이도령으로서는 깊은 사랑에 대한 감격, 그동안 춘향을 돌보지 못한 데 대한 회한, 탐관의 횡포에 대한 분노 등 만감이 교차하는 순간이다. 실 컷 울고난 이도령은 "하늘이 무너져도 솟아날 궁기 있다고 죽을 때 죽고 맞을 때 맞더라도 부디 안심하고 있거라. 장부 세상에 나서 너 하나

---

48) 〈춘향전〉 이본에서는 춘향이 자기 시신을 이도령댁 선산에 묻어 달라고 하는 것이 보통인데, 여기서는 그냥 길가에 묻어 달라고 하고 있다. 이는 춘향을 좀더 서민적 인물로 돋보이도록 하는 효과를 낳고 있다.

야 못 살릴까"(392면) 하고 위로하고 나오면서, 동헌을 바라보고 이를 갈며 두 주먹을 불끈 쥔다(392면).

이 재회의 장면을 보면서 독자들은 춘향의 놀라운 덕성을 새삼 발견하고 탄복하게 마련이다. 그는 옥에 갇혀 참혹한 고통을 겪는 상태에서, 한 줄기 희망이 무너져 죽음이 눈앞에 닥쳐온 상황에서 오히려 남은 사람을 걱정하고 위로49)하고 있지 않은가? 이러한 춘향의 모습은 이별을 말하는 이도령을 원망하며 통곡할 때의 모습과는 질적인 차이가 있다. 이도령과 처음 만나던 날의 그 '솜씨 좋은 기생'의 모습과는 더더구나 비교할 수 없다. 지금 춘향이 보여주는 것은 독자들을 숙연케 하는 고귀한 사랑, 숭고한 정신이다. 그것은 가히 '민중의 화신'이 되기에 부족함이 없는 것이다.50) 그러한 춘향의 모습을 보면서 독자들은, 변학도에 대한 항거 장면에서 받은 충격과는 또 다른 차원에서 깊은 윤리적인 감동, 카타르시스를 느끼게 된다.

이제 밤은 가고 드디어 운명의 날은 밝는다. 변학도의 생일잔치를 위해 각 고을 수령들이 운집한다. 백성들의 원성에는 아랑곳없이 초호화판 술상이 차려져 방탕한 주연이 베풀어진다. 말 그대로 백성의 피로 이루어진 술이요 백성의 기름으로 이루어진 안주다. 어찌 천벌이 없을 것인가? 드디어, 암행어사 출도!

---

49) 춘향은 이도령에게 혼자 남을 자기 모친을 잘 돌보아 달라는 부탁을 하기도 하는데, 그 내용 또한 곱고도 애절하다.

50) 여기서 우리는 춘향이 '변화하는 인물'임을 다시 확인할 수 있다. 그렇다면 그 변모는 어떻게 하여 일어나는 것일까? 앞에서도 지적했지만, 필자는 그것이 기본적으로 시련을 통한 성숙이라고 본다. 이별이라는 시련을 감내하는 과정에서 일차적 변모가 이루어졌던바, 이제 변학도에 의한 시련을 통해 변모는 더욱 뚜렷해진다. 모진 악형을 당하면서 사랑의 의지는 더욱 강해지고 인간적인 삶에 대한 뜻은 더욱 치열해진다. 그리고 옥중에서 참혹한 시련을 겪으면서 그러한 성숙은 점점 도를 더해 가게 된다.
　그런데, 필자는 그와 같은 성격 변모가 순전히 혼자만의 힘으로 이루어지는 것은 아니라고 본다. 춘향이 시련을 감내하며 성숙해갈 수 있었던 데는 춘향의 일에 깊은 관심을 가지고 함께 슬퍼하고 함께 분노한 남원부민들의 유언무언의 응원과 격려가 큰 힘이 되었던 것이라 할 수 있다.

어사또 일어서며 서리 중방 눈치하니 예서 수군 제서 웃굿, 청패역졸 거동 보라. 달 같은 마패를 해같이 둘러매고 사문을 두드리며 소리를 높이 하여 "암행어사 출두야!" 하는 소리 정신 아득, 백일 꽝꽝 산벼락이 나는 듯, 일부 중이 우끈우끈 모든 수령 귀가 먹고 눈이 캄캄 실색대경 흩어질 제 천방지방 달아난다. 자빠지며 엎어지며 길넘은 데 뜰 아래 제 바람에 떨어진다. 본관의 거동 보소 상투 쥐고 오줌 누며 혀 빼물고 똥을 싸며 "필경 이게 가어사지. 문 들어온다 바람 닫아라. 물 마른다 목 드려라." 언어가 선후 없을 적에 정신 이나 있을소냐. 아낙은 똥을 싸고 책방은 도망하고 곡성의 거동 보소 개궁기 로 달아날 제 왼쪽 눈이 찢어져서 뒷꼭지로 이사한다.

—394면

암행어사의 출도와 그에 이은 변학도의 단죄는 그야말로 〈춘향전〉의 클라이맥스에 해당한다. 관권의 부당한 횡포에 억눌려온 온 백성의 소 망이 드디어 이루어지는 감격적인 순간이다. 이 장면을 통해 남원부민 들은, 그리고 독자들은 그동안의 슬픔과 원통함을 씻고 해방감, 승리감 에 젖게 된다. 참으로 꿈에도 그리던 일이다.

암행어사의 출도—. '춘향 사건'에 대한 사람들의 해법은 참으로 이 것이었다. 그를 통해 춘향 사건은 행복하게 해결된다. 그러나 우리는 행 복감에 젖기에 앞서 다음과 같은 물음을 던지지 않을 수 없다. 과연 그 해법은 적절한, 의미 있는, 현실적인 것이었는가?

우리가 먼저 심각하게 따져볼 문제는, 과연 그러한 해법이 주체적인 것인가 하는 점이다. 문제의 해결이 당사자인 남원부민이 아닌 '어사'에 의해 이루어졌다는 데서 그 몰주체성을 지적해 볼 수 있는 것이다. 실 제로 한 법학자는 이러한 해결에 대해 "백성의 힘만으로는 권력의 부정 을 바로잡을 수 없었던지라 변사또라는 권력자의 만행은 이어사라는 또 하나의 권력으로서만 응징이 가능했던 것"[51]이라고 하면서, 민중의

---

51) 한승헌, 「저항인가, 적응인가 : 법률가가 본 춘향전」, 『문학사상』 1974년 5월호, 313면.

용기와 지혜의 결핍을 비판한 바 있다.52) 그러나 필자는 이러한 시각이 관민(官民)의 현실적 역학관계를 제대로 보지 못한 데 따른 피상적인 것이라고 본다. 그 역학관계를 살필 때, 〈춘향전〉에서의 암행어사 출도는 단순히 '베풀어진 것'이 아니라 민중의 힘으로 '이끌어낸' 것임을 알 수 있게 된다.

이 문제를 제대로 이해하기 위해서 우리는 〈춘향전〉이 활발히 창조 향유되던 당시의, 독자들이 살았던 당시의 역사적 현실을 상기할 필요가 있다. 우리 역사에 있어 19세기는, 특히 그 가운데도 19세기 후반은,53) 봉건권력의 횡포에 대한 민중적 저항의 시기였다. 1811년에 홍경래란이 있었고, 1862년의 농민항쟁을 계기로 전국 각지에서 '민란'이 우후죽순 격으로 발생하였다. 그러한 민란은 1880년대 이후 더욱 확산되어 1894년의 동학농민전쟁으로까지 이어진다.54) 이러한 민중의 항거는 주로 '민생고'에 기인한 것이었거니와, 동학농민전쟁의 계기가 시초를 이룬 '고부민란'에서처럼 탐관오리의 횡포가 극에 달할 때 민중은 참지 못하고 궐기했던 것이다.

우리가 주목할 것은 어사 출도 전의 남원고을의 사정이 민란 발생시

사실을 말하자면, 필자는 〈춘향전〉에 대한 이러한 해석을 대학 2학년 강의시간에 정치학자 김학준 교수로부터 들었거니와, 이때부터 〈춘향전〉이 정말로 그러한 작품인가 하는 문제를 고민하기 시작하였다. 이것이야말로 이 논문을 쓰게 된 최초의 계기였다.

52) 한승헌은 이에 더하여 이도령의 변학도 징치가 공권력을 이용하여 사적인 보복을 한 그릇된 행위라는 시각을 나타내기도 하였다(한승헌, 위의 논문, 316면). 그러나 이는 지극히 피상적인 견해라 할 수 있다. 앞서 본 것처럼, 이도령의 어사 출도는 어디까지나 민의를 대변한 공적인 행위인 것이다. 비록 이도령이 아니었다 하더라도, 어사가 출도했어야 마땅한 상황이었다.

53) '신학균본'은 1900년대에 필사된 것일 가능성이 있어, 시대배경과 관련한 논의가 적실히 맞아떨어지기 어려운 면이 있다. 그러나 앞서도 밝혔듯이 그 성립시기가 소급될 가능성이 충분하다. 그리고, 설사 1900년대에 이루어졌다 해도, 19세기말의 문제의식이 당시까지 여전히 유효했다는 점에서, 19세기 후반을 중심으로 삼는 우리의 논의는 그 의의를 잃지 않는다고 본다.

54) 이 시기의 민중 항거에 대해서는 『전통시대의 민중운동』, 풀빛출판사, 1981 및 한국역사연구회, 『1894년 농민전쟁 연구』 1~5, 1991~1995 등을 참조할 수 있다.

의 상황과 유사하다는 점이다. 탐관오리의 횡포로 민심이 흉흉하게 돌아가고 있는바, 이도령에 대한 농부의 과격한 태도에서 나타나듯이, 전반적인 민중 심리가 매우 공격적이다. 하나의 계기만 주어지면 폭발할 수도 있는 상황이라 할 수 있다.[55] 만약 춘향이 변학도에 의해 죽음을 당했다면, 그것은 바로 그 계기가 되었을 가능성이 크다.[56] '춘향 사건'이 지니는 상징적 중요성으로부터 이러한 추론이 가능하다. 결국 암행어사의 출도는 이와 같은 매우 긴박한 상황 속에서 이루어진 것이며, 그러므로 민의에 의해 '이끌어낸' 것이라고 볼 수가 있다.[57]

어사가 출도하지 않은 상황을 가정해 보자. 믿고 싶지 않은 춘향의 죽음이 현실로 닥쳐왔다고 할 때, 그 분노와 좌절감을 어찌할 것인가? 만약 남원부민들이 그 분노를 참지 못하여 궐기한다면, 그리하여 변학도를 몰아내는 데 성공한다면, 그것은 진정한 승리인가? 그렇지는 않다고 본다. 역사는 민란이 민중의 큰 희생을 초래함을 보여주고 있다. 일손을 놓고 싸움에 나서는 것 자체가 희생이며, 싸움의 과정에서 사상자가 생기게 마련이고, 주동자들은 목숨을 내놓아야 했다. 비록 탐관오리를 몰아낸다고 해도 그 대가가 너무 크다. 요컨대 그것은 최선의 선택이 아닌, 최후의 선택인 것이다.

남원부민들은 그런 최후의 상황이 벌어지지 않기를 고대한다. 그러나 변학도의 회심은 바랄 수 없고, 춘향의 훼절 또한 기대할 수 없다. 그렇다면 그 해법은 무엇인가? 그것은 다름 아닌 '나라'의 개입이다.

---

55) 〈춘향전〉에서의 민란의 암시는 일찍이 김태준이 읽어낸 바 있다(김태준, 앞의글, 205면). 그러나 그의 논의는 작품의 전개과정에 대한 치밀한 분석을 바탕으로 삼았다기보다는 다분히 직감적인 것이었다고 할 수 있다.

56) 남원부민이 춘향이 죽기 전에 미리 궐기하는 상황도 가정해 볼 수 있겠다. 그러나 민중의 궐기란 명분을 필요로 한다. 춘향이 죽게 될 때, 그런 일이 있어서는 안되겠지만, 비로소 그 명분이 뚜렷하게 마련되는 것이다.

57) 이와 관련하여 우리가 주목할 것은 〈춘향전〉 이본 가운데 민란의 모의가 명시된 텍스트가 있다는 점이다. 이해조가 개작한 '옥중화'가 그것으로, 여기에는 남원고을 농부들이 춘향이 죽게 되면 궐기하자는 뜻을 담은 사발통문을 돌리는 내용이 들어있다.

'임금'이 나서야 한다. 나서서 탐관오리를 없애고, 민생을 보살펴야 하는 것이다. 남원부민들이 원한 것은, 또한 작품을 읽는 독자들이 원한 것은, 바로 그것이었다. 그들은 농부가를 통해 "우리 성군"(386면)을 노래하고, 임금이 어사를 보냈다는 소문에 귀를 기울인다. 그리고 민정을 묻는 낯선 양반에게 불만을 털어놓는다. 그리고 그러한 간절한 소망은 이루어져, 어사가 출도한다.58)

〈춘향전〉에 관한 기존 연구 중에는 작중의 백성들이 임금에게 기대를 거는 모습을 곧 '봉건적 왕도정치에 대한 기대'로 해석한 예가 있다.59) 그러나 이러한 견해에 동의하기 어렵다. 작품에서 '임금'을 정점으로 하는 체제가 긍정되고 있음은 분명하지만, 임금이 곧 '봉건제도', '봉건권력'의 대변자일 수는 없는 것이다. 백성에게 있어 임금은 나라의 표상이다. 곧 '국가권력' 또는 '국가권위'의 상징이다. 이 국가권위가 제대로 서는 것은, 그리하여 그 권력이 올바로 발휘되는 것은 중세나 근대를 막론한 하나의 민족적 과제로서, 그 자체 봉건성의 징표일 수 없다.60) 19세기 반봉건적 민중항쟁을 결산하는 동학농민전쟁에서도 임금으로 상징되는 국가권위의 회복이 중요한 과제였음을 상기할 필요가 있다.61)

---

58) 한 가지 흥미로운 사실은 임금이 "삼남에 민원이 우심"하다며 이도령을 호남어사로 보낸 점이다. 우리는 여기서 춘향사건으로 민원이 중앙에까지 미쳤을 가능성을 떠올려 볼 수 있다. 변학도가 부임 전에 서울에서 춘향의 소문을 미리 들었음을 고려할 때, 이는 충분히 가능한 가정이라고 본다.

59) 황패강, 앞의 논문, 19면. "춘향전은 성군치하의 봉건적 왕조사회의 기본 체제에 대하여 원칙적으로 긍정하고 있다. (…중략…) 춘향전은 시종 봉건적 작품이며, 그것이 내포하는 비판도 봉건적 작품의 한계 이상의 것이 될 수 없다. 춘향전은 근대적 자각 이전의 전통적인 왕조소설이다."

60) 결국 그 봉건성 여부는 '국가권력'이 어떻게 쓰이는가에 따라 판단할 문제라고 할 수 있다. 그런데 앞서 이미 살핀 바대로, 〈춘향전〉에 있어 그 권력은 '관의 봉건적 횡포'를 제어하는 데 사용되고 있다. 그런 면에서 〈춘향전〉을 봉건적인 작품이라고 보는 것은, 작품을 피상적으로 본 견해라 할 수 있다.

61) 19세기에서 20세기 초에 이르는 시기의 민족적 과제가 단지 '반봉건'뿐 아니라 '반제(反帝)'를 겸한 것이었음을 생각할 때, 국가권위의 회복은 더더욱 중요한 시대적·현실적 의의를 지니는 것이었다고 할 수 있다.

〈춘향전〉에 있어 암행어사의 출도는 결국 '국가권위의 행사'를 의미하고, 탐관오리의 징치는 '봉건적 횡포의 해결'이라는 의미를 지닌다.[62] 나라에서 민중을 주인으로 삼은 것이고, 그 주인을 위해 힘을 발휘한 것이다. 그리고 그것은 민중의 염원에 의해 이끌어내어진 것이었다. 여기서 우리는 〈춘향전〉의 하나의 본질적인 주제를 발견하게 된다. '국가권위와 민중의 합치를 통해 봉건적 횡포를 제거해야 한다는 것', 그리하여 '민중이 주인으로 대접받으며 살아가는 세상을 이루어야 한다는 것'이 바로 그것이다.[63]

그런데 우리는 이 지점에서 또 하나의 본질적인 물음과 맞닥뜨리게 된다. 그것은 다름 아닌 '현실성'의 문제이다. 과연 그와 같은 소망이, 국가권력이 민중의 편에서 행사되어 봉건적 모순을 깨뜨리고 새로운 삶을 연다는 것이 과연 현실적으로 가능하겠는가? 그것은 하나의 공상적인 꿈이 아닌가?

그동안 많은 연구자들은 이러한 의문과 관련해 〈춘향전〉의 결말이 현실보다는 공상에 가까운 것이라고 해석해 왔던 것이 사실이다. 예컨대 한 연구자는 어사출도에 대하여 "작품의 현실성을 크게 떨어뜨리는 요소"라고 하면서 "〈춘향전〉이 보다 본격적인 현실적 미학을 구현하였다면, 〈춘향전〉의 결말대목인 암행어사 출두대목은 나타나지 않았을 것"[64]이라 하였다. 그러나 필자는, 이러한 해석에 본질적으로 동의하지 않는다. 이 대목은 그렇게 비현실적이지 않다고 보며, 설사 비현실적인

---

62) 박희병은 어사에 의한 변학도 징치를 민중과 '양심적인 양반'의 연합으로 해석한 바 있다(박희병, 앞의 논문, 127면). 여기서 이도령을 양심적인 양반으로 본 것은 탁견이라고 할 수 있다. 그렇지만 이런 지적에 머물지 않고, 그가 임금을 보좌하여 국가권위을 세우고 세상을 바로잡는 역할을 하고 있음을 이해할 때 이 작품의 본질적 의미가 더욱 온전하게 파악된다고 본다.

63) 이러한 지향은 일차적으로는 작품 속의 남원부민의 것이지만, 또한 작품을 읽는 독자들의 것이기도 하다. 곧 그것은 '살아있는' 의미인 것이다. '춘향사건'을 통해 춘향을 축으로 하여 온 남원부민과 독자들이 일체감을 획득하게 되었다는 사실을 상기하자.

64) 박일용, 앞의 논문. 275면 참조

요소가 있다고 해서 작품의 가치가 훼손되는 것은 아니라고 본다.

　우리는 19세기의 역사적 현실에 있어 새로운 세상을 지향하는 민중의 요구가 권력의 횡포에 의해 짓밟힌 사실을 잘 알고 있다. 민중은 나라에 의하여 거듭 배반당하였던 것이다. 동학농민혁명의 좌절은 아마도 그 상징적 사건이 될 것이다. 그런데 〈춘향전〉은 이와 달리 민중의 지향이 이루어지는 모습을 감격적인 모습을 그리고 있다. 그렇다면, 이는 곧 비현실적인 것이라 할 수 있는가?

　이 문제와 관련하여 우리는 작품의 시대 배경에 관심을 기울일 필요가 있다. 〈춘향전〉의 시대배경은 '숙종대왕 즉위 초'로 돼 있다. 주지하듯이, 숙종은 일반 민중에 의해 '성군'으로 인식되어 온 임금이다. 결국 〈춘향전〉은 훌륭한 임금, 곧 능력 있는 치자(治者)가 즉위하여 봉건적 횡포를 물리치고 민생을 바로잡는다는 내용의 작품으로 읽을 수 있다. 그러한 작중현실이 실제현실과 만나면서 의미는 실현된다. 곧 독자들은 작중상황을 보면서 다음과 같은 의미를 되새기게 되는 것이다. —우리가 속한 작금의 현실은 어떠한가? 국가권위는 무너지고 반민중적 세력의 이권다툼이 자행되고 있다. 민생은 피폐해져 있다. 어찌할 것인가? 숙종과 같은 덕 있고 능력 있는 치자가 다시 나와야 한다. 그리하여 국가를 바로 세우고 민생을 바로잡아야 한다. 우리가 어려움을 꿋꿋이 버텨낸다면, 그러면서 함께 뭉쳐 힘을 쌓아간다면, 그런 날은 결국 오고야 말 것이다. 춘향과 남원부민들이 그랬던 것처럼……

　현실의 고난 속에서도 언젠가 새 날이 오리라는 신념을 가진다는 것은 너무나 소중한 일이다. 그러한 신념이 무너질 때 사람들의 정신은 무너지고, 삶은 무너진다. 좌절감 속에, 남는 것은 그저 하루하루의 이해관계와 욕망, 모진 목숨일 뿐이다. 〈춘향전〉은 그러한 신념을 일으켜 세우는 작품이다. 현실의 모순을 여실히 드러내는 것은 물론, 온당한 해결의 방향을 제시하고 해결의 가능성을 제시한다. 〈춘향전〉이 제시하는 해결의 가능성은 현실적인 것이었고 그리하여 '힘 있는' 것이었다.[65]

<춘향전>의 마지막 장면은, 곧 춘향과 이도령이 재회하여 기쁨을 나누는 장면은, 그 새로운 세상에 대한 소망이 어우러지는 자리라 할 수 있다. 온 남원부민들의 축복 속에 이루어지는 춘향과 이도령의 재결합은 이미 단순한 청춘남녀의 결합이 아니다. 그것은 민중과 나라의, 참사랑과 인간해방의 정신을 바탕으로 한 결합이다.[66] 이제 독자들은 그 결합을 지켜보면서 자신들이 진정 세상의 주인이 될, 참사랑이 흘러넘치게 될 그 날에 대한 소망을, 신념을 '가슴'에 힘 있게 되새기면서 작품과 헤어지게 된다. 그 날은 꼭 와야 하는 것이었고, 언젠가는 기어이 오고야 말 것이었다.[67]

---

65) <심청전>이나 <흥부전> 같은 작품 또한 <춘향전>과 마찬가지로 현실의 고난과 함께 새로운 날에 대한 희망 내지는 신념을 제시하고 있다. 그런 면에서 커다란 의의를 지닌다. 그렇지만 이 작품들은 그 해결의 현실적 통로를 제시하지는 못하고 있다. 그저 '믿고 기다리다 보면 하늘이라도 돕게 될 것'이라는 식이다. 그것은 역설적으로 현실적 고난의 그 처절함을 환기하는 것이지만, 그런 면에서 의미있는 것이지만, 이런 신념이 발휘할 수 있는 현실적인 힘은 약할 수밖에 없다. 그런데 <춘향전>은 이 작품들과 달리 그 현실적 통로를 실감있게 그려 보이고 있다(작품분석 과정에서 보인 것처럼, 우리의 텍스트에 있어 어사의 발행과 출도까지의 과정은 관민의 현실적 역학구도를 전제로 하여 현실성 있고 박진감 있게 전개되고 있다). 그리하여 이 작품이 환기하는 신념은 더욱 힘 있는 것이 되는 것이다. 이것이야말로 다른 판소리계 소설이 따를 수 없는 <춘향전>의 나아간 점이라고 본다.

66) 신재효는 <춘향전>을 개작하면서, 이 부분에서의 춘향과 이도령의 기쁨에 찬 재회가 격에 맞지 않는다고 하여 그 재회를 차후로 미루었다. 그러나 이는 작품에 대한 그릇된 해석이라고 본다. 남원부민에게 있어 춘향과 이도령은 이미 남이 아니다. 그들의 재회는 온 민중의 축복 속에서 당당하게, 호기롭게 이루어져 마땅하다.

67) 이제 <춘향전>의 시대로부터 수십 년, 또는 백여 년……긴 세월에 걸친 수많은 우여곡절이 있었으나, 우리 민족사의 전개는, 아직도 크게 미흡한 것이지만, 그 소망이 성취되는 방향으로 나아왔다고 본다(또한 나아가고 있고, 나아가야 한다고 본다). 필자는, 우리가 현재 누리고 있는 삶이란 그 근원을 따지고 보면 우리 선조들─<춘향전> 같은 작품을 짓고 또 오래도록 사랑했던─이 새로운 세상에 대한 희망을 잃지 않고 열심히 살아온 결과라고 믿고 있다. 이제 그 새로운 세상을 더욱 힘차게 열어 나가는 것은 바로 우리들의 과제로 주어져 있다.

4) 되돌아 다시 보기

　우리는 지금까지 〈춘향전〉 텍스트를 평민 독자의 입장에서 읽으며 그 의미를 찾아보았다. 그 작업은 기본적으로 작품의 전개과정에 발맞추어 이루어진 것이었다. 그런데 우리는 이를 기정사실로 받아들이기에 앞서, 한 가지 문제를 점검할 필요가 있다. 그것은 바로 2절 끝부분에서 전제한 바 있는, 판소리계 소설의 특징으로서의 '반복적 재음미'의 문제이다. 만약 독자들이 작품의 내용을 미리 알고 있는 상태에서 작품을 수용하는 것이라면 전개과정에 따른 분석은 그 의의를 잃는 것이 아닌가 하는 의문이 성립될 수 있다. 이제 이에 대하여 살펴보기로 한다.

　이 문제에 대한 우리의 기초적인 입장은, 작품에 대한 사전경험이 텍스트의 수용 방향을 규정하기에는 한계가 있다는 것이다. 독자가 직접 대면하는 것은 작품의 구체적인 텍스트인 만큼, 그 텍스트에 대한 감응이 작품 수용의 기본 통로를 이룬다고 보아야 할 것이다. 그에 비하면 사전경험에 의한 규정성은 추상적이고 간접적이라고 할 수 있다. 예컨대 춘향이 작품 첫머리에서 '솜씨 좋은 기생'의 형상을 리얼하게 보여 준다고 할 때, 독자는, 비록 춘향이 나중에 민중의 표상이 될 존재임을 알고 있다 하더라도, 일차적으로 '솜씨 좋은 기생'으로서 받아들이고 그에 대하여 반응하게 된다. 독자가 춘향의 앞일을 떠올려 보면서 눈앞의 모습을 그것과 연결시키는 것은 어디까지나 이차적인 반응이다.

　그러나, 일차적이든 이차적이든, 그러한 반응이 작품의 수용 방향에 영향을 미치는 것은 분명하다. 이를테면, 춘향이 민중의 표상이 될 것임을 모르고 작품을 보는 경우와 알면서 보는 경우 간에는 차이가 있는 것이다. 그것을 모르는 경우보다 아는 경우에, 춘향에 대한 독자의 태도는 아무래도 더 온정적이 될 것이다. 예컨대, 춘향의 솜씨 좋은 기생으로서의 능란한 수완을 보면서도 그것을 '아니꼽다'는 쪽보다는 '사랑스럽다'는 쪽으로 받아들일 가능성이 더 커진다. 그 '맹랑한' 성격과 솜씨가 뒤에 변학도에 대한 저항으로 이어질 것임을 미리 떠올려보는 것은 매우 유쾌한 일이 될 것이다.

이런 점을 고려할 때, 작품을 '재음미' 하는 독자들에 한하여, 앞서 〈춘향전〉 작품 전반부에서 분석해낸 춘향에 대한 독자들의 시각—이도령에 대한 시각도 이와 비슷하다—은 동질적이고 긍정적인 쪽에 좀더 무게를 싣는 방향으로 수정되어야 할 것이다. 춘향과 이도령의 만남을 보는 그들의 시각은 좀더 따뜻하고, 춘향의 이별의 고통을 보는 그들의 시각은 좀더 동정적이 된다는 것이다.

여기에서 우리는 〈춘향전〉에 있어 한낱 '양반자제와 기생의 한가한 사랑놀음'으로 치부될 수 있는 춘향과 이도령의 사랑이 냉소적인 쪽보다는 즐겁고 흥겨운 쪽으로 부각되게 된 메커니즘을 알 수 있다. 그것은 실로 작품 중·후반부의 내용과 따로 떼어서 생각할 수 없는 것이다. 어떻든, 이런 이유로 하여 춘향과 이도령의 사랑이 사람들에게 있어 흥취 있는 사랑의 표상으로 받아들여지고 또한 둘의 이별이 비통한 이별의 대명사로 받아들여지게 되는 것이라 할 수 있다.

그렇지만 우리가 중요하게 보아야 할 것은 작품 중·후반부에 대한 사전경험이 작품 전반부의 인물의 성격 및 행동양상 자체를 변질시키지 않고 있다는 사실이다. 작품 후반에 있어서의 춘향의 고귀한 이미지를 염두에 둘 때, 작품 전반부에서의 춘향의 형상을 '솜씨 있는 기생'으로 그린다는 것은 작가로서는 쉬운 선택이 아니다. 후반부에 걸맞게 고상한 인물로 격을 높이고 싶은 충동에 빠지기 쉬운 것이다(실제 우리는 그러한 충동에 빠져 작품 첫머리에서부터 춘향을 고상한 인물로 그려낸 텍스트를 볼 수 있다. 신재효본 남창 춘향가가 그러하며, 완판84장본에도 그런 면이 나타난다). 그러나 〈춘향전〉—우리가 텍스트로 삼은 '신학균본'이 그러하고, 다른 많은 이본들이 또한 그러하다—의 작가는 그 충동을 뿌리치고 춘향을 여실히 '솜씨 있는 기생'으로 부각시켰다. 그러한 형상이 상황에 걸맞는 현실적인 것이기 때문이다.

흥미로운 것은 작중인물의 현실적 형상화가 단지 주인공뿐 아니라 주변인물에까지 두루 적용되고 있다는 점이다. 작품 전반부에서 방자는 이도령이나 춘향에게 자꾸 어깃장을 놓으며 부정적 시선을 나타내곤 한다. 오리정에서의 마부의 태도도 이와 통한다. 그리고 춘향을 잡으러 나설 때의 사령의 태도나 춘향을 부르러 갈 때의 행수기생의 태도 또한 매우 부정적이다. 특히 사령들은 춘향을 "그 제밀 붙고 발겨갈 년"(377면)이라고 심하게 모욕하기도 한다. 이는 '민중의 표상'으로서의 춘향을 염두에 둘 때 가히 모독적으로까지 들릴 만한 언사이다. 그러나 중요한 것은 그러한 형상이 매우 현실적이라는 점이다. 그 인물들은 그 상황에서 충분히 그러한 행위를 할 만한 자기 논리를 지니고 있는 것이다.[68]

이와 같은 작가의 선택이 있었음으로 하여, 곧 현실적 상황논리에 충실한 형상화가 이루어졌음으로 해서, 〈춘향전〉의 의미는 제대로 살아날 수 있었다. 작중인물의 성격 변화가 뚜렷이 부각될 수 있었고, 독자와 작중인물의 관계의 발전적 변화가 이루어질 수 있었다. 그리고 그와 함께 의미의 역동적인, 비약적인 확산이 가능하게 되었다. 그야말로 현실주의적인 작가의식의 승리라 할 것이다.[69]

〈춘향전〉의 현실성은 진정으로 이러한 경지에까지 미치고 있다. 그것은 참으로 다른 작품에서 유례를 발견하기 쉽지 않은, 〈춘향전〉의 나아간 점이라고 할 수 있다. 이러한 사실을 보면서 우리는 〈춘향전〉에

---

68) 〈춘향전〉에 등장하는 주변인물들이 나타내 보이는 현실성에 대해서는 정출헌이 이 고본을 대상으로 하여 자세히 분석한 바 있다. 정출헌, 앞의 논문, 112~124면 참조.
69) 우리는 이 논문에서 '독자'의 입장에서 텍스트를 읽어 보았다. 그러나 그러한 해독은 텍스트를 그렇게 만든 작가가 있기 때문에 가능한 것이다. 그런 면에서 '작가의식'의 문제는, 이 논문에서 직접 다루지는 않았지만, 역시 매우 중요하다.
한 가지 주목할 점은, 그 '작가의식'이란 독자의 관점과 동떨어져 존재하는 것이 아니라는 점이다. 〈춘향전〉의 하나의 새로운 이본은 독자들의 반응이, 그들의 관점이 충적된 결과로서의 의미를 지니기 때문이다. 그러므로 독자의 입장에서 작품을 살피는 것은 기실 그 속에 작가의식의 문제까지도 일부 포용하는 것이라 할 수 있다(물론 '신재효' 같은 특수한 작가에 의한 개작이 이루어질 때는 사정이 이와는 좀 다르다).

주어진 우리 민족의 남다른 애착이 결코 우연이 아니었음을 새삼 깨닫
게 된다.

4. 결론

지금까지 필자는 평민 독자의 입장에서 춘향전의 의미를, 그 주제를
탐색하는 작업을 해왔다. 그것은 독자와 텍스트의 역학관계에 초점을
맞춘 것으로서, 새로운 의미를 찾는다기보다는 의미가 어떤 방식으로
구현되는가를 새롭게 밝히는 데 주안점을 둔 것이었다.

이 글에서는 작품 분석에 앞서 독자와 텍스트, 그리고 작품의미의 관
계에 대하여 모색해 보았는데, 방법론적 측면에서 진전이 있었다고 본
다. 작품의 의미를 텍스트로부터, 특히 주요인물의 작품내적 관계로부
터 직접 도출해내는 방법을 지양하고 독자와 작중인물 관계의 다각적
인 분석을 통해 작품의 '살아있는 의미'를 검출하는 분석방법을 제안하
였다. 작중인물에 대하여 독자가 느끼는 동질성과 이질성을 살피고, 긍
정적·부정적 시각을 가려 따지며, 또한 그 관계의 밀도를 점검하면서
작중상황이 제기하는 의미에 접근해 들어가야 한다는 것이 그 요점이
된다.

이런 전제에 입각하여 〈춘향전〉 텍스트—신학균본 별춘향가—를
분석해본 결과 작품의 의미 구현 양상과 관련하여 전에 미처 포착하지
못했던 특징들을 새롭게 발견할 수 있었다. 그 핵심은 작품의 전개과정
에서 작중인물에 대한 독자의 시각이 점차적으로 변화해 나가면서 의
미의 역동적 확산이 이루어진다는 것이다.

작품 전반부에 형상화된 춘향과 이도령의 형상은 본질적으로 '솜씨

좋은 기생'과 '부귀 있는 양반자제'의 그것으로서, 평민 독자들의 전폭적인 공감을 얻기에는 특수하고 이질적인 것이다. 그들의 만남과 결연은 독자들에게 '한가한 사랑놀음'으로서 부정적으로 받아들여질 만한 면모를 지니고 있다. 그러던 중 갑자기 닥친 이별을 통해 춘향의 가련한 신세가 부각되면서 중요한 공감의 계기가 마련되지만 이 장면에서의 공감은 아직 부분적이고 밀도가 낮은 것이었다.

그러던 중 작품 중반에서 발생하는 '춘향 사건'을 통해 그 양상은 결정적으로 변화한다. 춘향은 수청을 거부한 결과 변학도로부터 참혹한 형벌을 받거니와, 이 지점에서 변학도의 탐관으로서의 본질이 폭로되면서 민심이 이반함과 동시에 춘향은 관권에 의한 억울한 피해자의 표상, 저항의 화신으로 떠오르게 된다. 독자들은 이 장면에서 눈물 속에 춘향과 하나가 되는바, 이때의 일체감은 그야말로 전폭적이라 할 수 있다. 그러한 일체감 속에서 한편으로 관권의 부정한 횡포에 대한 저항의식이라는 의미가 구현되며, 또한 춘향의 신분상승과 사랑에 대한 지향이 '반봉건적 인간해방'으로서의 의미를 부여받는 가운데 사람들의 가슴속에 각인된다.

이 작품 후반부는 '춘향 사건'의 해결과정을 그린 부분으로서, 관권의 봉건적 횡포에 대한 해법을 모색하고 인간해방의 길을 찾는다는 의미를 지닌다. 그에 대한 해법은 어사의 출도에 의하여 변학도가 징치되고 춘향과 이도령이 재결합하는 방식이었다. 그 해결의 과정과 방법, 주체 등을 다각적으로 검토한 결과 필자는 독자들이 이 대목에서 '국가권위에 의하여 봉건적 횡포가 제거되고 민중이 주인으로 대접받는, 참사랑과 인간해방의 정신이 넘치는 세상에 대한 지향'이라는 의미를 체득하게 된다는 결론에 도달하였다. 그러한 주제의식은 시대현실에 대한 적절하고도 가치 있는 대응논리로서 커다란 현실적 의의를 지닌다고 할 수 있다.

특정 이본을 대상으로 삼는 이 글의 작품 분석이 〈춘향전〉 일반에 의미 있게 적용되기 위해서는 다른 여러 이본에 대한 정밀한 비교 고찰 작업이 뒤따라야 할 것이다. 이 작업은 후속 연구과제로 예비되어 있음을 밝혀 둔다. 〈춘향전〉의 문학적·역사적 가치에 관한 논쟁이 새롭게 살아나기를 기대한다.

〈춘향전〉 주제의식의 역사적 변모양상

완판 계열 이본을 중심으로

1. 머리말

19세기에서 20세기 초에 이르는 시기에 걸친 판소리문학의 역사적 전개를 어떻게 볼 것인가 하는 문제는 현재 국문학계의 주요 쟁점으로 자리잡고 있다. 전승5가 및 실전판소리를 대상으로 한 수많은 논의를 통해 이 문제에 대한 다양한 관점이 제시돼 왔다.[1]

그 논의의 중심에 놓여 있는 작품은 뭐니뭐니해도 〈춘향전〉[2]이라고 할 수 있다. 논쟁에 참여하고 있는 많은 연구자들이 〈춘향전〉을 기본 텍스트로 삼아서 판소리사에 대한 관점을 입론해 왔다.[3] 이처럼 〈춘향전〉

---

1) 판소리의 역사적 전개에 대한 연구의 경과에 대한 자세한 논의는 김종철, 『판소리사 연구』, 역사비평사, 1996, 11~19면 참조.
2) 이하 '춘향전'과 '춘향가'를 따로 구별하지 않고 소설적인 텍스트와 판소리적인 텍스트를 통칭하여 '춘향전'으로 부르기로 한다.

이 집중적인 관심대상이 되고 있는 것은 이 작품이 지니는 역사적 무게 때문일 것이다. 〈춘향전〉은 현실적 삶의 양상을 다른 어떤 작품보다도 리얼하고 생동감 있게 형상화하고 있으며, 그에 걸맞게 오랜 세월 동안 사람들의 전폭적인 호응을 얻으면서 자기 변신을 거듭해 온 작품인 것이다.

〈춘향전〉 분석을 통하여 도출된 판소리사에 대한 관점은 가지각색이다. 19세기 이래로 판소리가 서민층은 물론 양반층의 의식까지 포용함으로써 국민문학으로 부상했다는 종래의 교과서적 관점에 대하여, 19세기 이래로 판소리가 양반취향에 맞게 변질되는 가운데 본래의 민중문학적 생동감을 상실했다는 주장4)과 이 시기에 판소리가 민중문학으로서의 특성을 유지 내지는 강화해 왔다는 주장5)이 맞서 있다. 여기에 19세기말 20세기 초를 거치며 판소리의 민중성이 근대적 시민성으로 전화되는 양상이 나타났다는 견해도 제출된 바 있다.6)

---

3) 〈춘향전〉을 주요 분석대상으로 삼아 판소리사에 관한 관점을 제시한 논문들 가운데 주요한 것을 발표순으로 제시하면 다음과 같다. 김흥규, 「신재효 개작 춘향가의 판소리사적 위치」, 『한국학보』 10, 1978 봄; 김흥규, 「판소리의 사회적 성격과 그 변모」, 『세계의 문학』, 1979 가을; 정하영, 「춘향전 개작에 있어서 신분문제」, 『한국언어문학』 17 · 18집, 1979; 정병헌, 「춘향가를 통해 본 신재효의 작가의식」, 『국문학연구』 제45집, 1979; 임진택, 「이야기와 판소리」, 『민중연희의 창조』, 창작과비평사, 1981; 박희병, 「춘향전의 역사적 성격 분석」, 『전환기의 동아시아 문학』, 창작과비평사, 1985; 박희병, 「판소리에 나타난 현실인식」, 『한국문학사의 쟁점』(장덕순 외), 집문당, 1987; 김흥규, 「19세기 전기 판소리의 연행환경과 사회적 기반」, 『어문논집』(고려대) 제30집, 1991; 김종철, 「19세기~20세기 초 판소리 변모양상 연구」, 서울대 박사논문, 1993; 김현양, 「19세기 판소리사의 성격」, 『민족문학사연구』 제3집, 1993; 정출헌, 「춘향전의 인물형상과 작중역할의 현실주의적 성격」, 『판소리연구』 제4집, 1993; 박일용, 「판소리계 소설 춘향전의 사실적 성격」, 『조선시대의 애정소설』, 집문당, 1993; 설성경, 『춘향전의 통시적 연구』, 바이정, 1994; 김종철, 「19세기~20세기 초 판소리 수용양상 연구」, 『판소리사 연구』, 역사비평사, 1996.
4) 이러한 관점은 김흥규의 일련의 논의(앞에 제시한 논저 목록 참조)를 통해 뚜렷이 제기된 이후로 여러 문학사서와 개설류의 글에 두루 수용되고 있다.
5) 앞에 제시한 여러 연구 가운데 박희병의 논의에서 이러한 관점이 단적으로 드러나고 있으며, 김현양과 정출헌의 논의 또한 유사한 입장을 나타내고 있다.
6) 김종철, 앞의 논문들.

이제 이 쉽지 않은 문제에 대하여 하나의 췌론을 보태려 한다. 그 논제는 〈춘향전〉 주제의식의 역사적 변모양상이다. 〈춘향전〉의 주제가, 그리고 그 구현양상이 사적으로 어떠한 변모를 겪었는지를 주요 이본을 통해 추적함으로써 판소리사에 대한 새로운 관점을 탐색하는 것이 이 글의 목적이다. 필자는 이전에 '신학균본 별춘향가'를 텍스트로 삼아서 〈춘향전〉의 주제구현 양상을 새롭게 해명하는 작업을 작품론 차원에서 수행한 바 있는데,7) 이번의 논의는 그 관심을 역사적 전개 쪽으로 확대하는 작업에 해당한다.

춘향전 주제의 역사적 변모라는 새롭지 않은 논제에 대한 이번 논의 특유의 접근 방식을 든다면, 그것은 무엇보다도 작품의 문학적 성취를 제대로 분석하고 평가하는 방향에서 문제를 다루고자 한다는 것이다. 그동안의 많은 논의들이 '어느' 주제가 '얼마나' 부각되는가를 다루는 데 그친 데 대하여, 이번 논의에서는 작품에 내재한 주요한 의미의 '속성'(또는 '질')에 주목하면서 그것이 문학적으로 실현되는 양상을 분석하는 데 작업의 주안점을 두려고 한다. 의미의 문학적 실현 양상을 살핌에 있어서 우리는, 전번의 논의에서 그랬던 것처럼, 주인공과 주변인물, 독자(청자) 사이의 역학관계를 논의의 주요 축으로 삼음으로써 문제에 대한 새로운 인식을 도출해내고자 한다.

이 논문의 논의 대상은 완판 판본들 및 이와 긴밀한 연관을 지니는 주요 이본들로 한정되며, 경판 계열(남원고사계) 이본들은 논외로 한다. 여러 계통의 이본을 한꺼번에 다루지 않는 것은 서로 역사적 관련이 있는 이본들을 대상으로 하여 구체적 분석을 진행하는 것이 보다 유효한 결론을 도출하는 길이라고 보기 때문이다. 이 때 완판 계열을 우선적인 논의 대상으로 삼는 것은 당연한 선택일 것이다. 경판 계열보다는 완판 계열의 이본들 속에 판소리의 숨결이, 판소리사의 곡절이 잘 새겨져 있기 때문이다.

---

7) 신동흔, 「평민 독자의 입장에서 본 춘향전의 주제─신학균본 별춘향가를 중심으로」,
『판소리연구』 제6집, 1995.

분석대상으로 삼을 구체적인 텍스트는 모두 7편이다. 완판29장본, 완판33장본, 신재효본(남창), 완판84장본, 신학균본, 박순호99장본, 장자백창본 등이 그들이다.[8] 이 중 신학균본과 99장본, 장자백본 등은 기존의 논의에서 그리 주목되지 않았던 것들인데, 이번 논의에서 비중있게 다루게 될 것이다. 우리의 이번 논의가 판소리사에 대한 새로운 관점을 도출할 수 있다면 그것은 아마도 이 이본들에 적잖이 힘입게 될 것이다.

2. 〈춘향전〉 주제에 대한 시각

널리 알려져 있듯이, 〈춘향전〉의 주제는 단일하지 않다. 여러가지 중요한 의미들이 작품 속에, 각 이본 속에 다각적으로 얽혀 있다. 이러한 특징은 '주제의 양면성'이나 '다양성', '다층성' 등으로 규정돼 왔다.

〈춘향전〉의 주제에 관해서는 그간 아주 많은 논의가 이루어졌거니와,[9] 그 논의 결과를 무리를 무릅쓰고 단순화하면 이 작품에서 주제로 부각되고 있는 주요한 의미는 크게 네 가지 정도로 집약된다. '사랑', '정절', '신분갈등', '관민갈등' 등이 그것이다.[10] 이 네 의미요소가 여러 〈춘향전〉 이본들에서 다양하게 변주되면서 한데 얽히고 있다고 할 수 있다.

---

8) 이 이본들 가운데 '신재효본'이나 '신학균본' 등은 딱히 '완판 계열'로 규정하기 어려운 면이 있다. 신재효본은 창작물로서의 성격이 강하며, 신학균본은 경판 계열과도 친연성이 있는 이본이다. 그러나 이들이 완판본과 깊은 역사적 연관을 맺고 있다는 것 또한 내용상 뚜렷이 확인되는 사실이다. 서로 역사적 연관이 있는 것을 묶어서 다룬다는 것이 우리의 취지인 만큼 이들을 논의대상으로 포괄하는 데는 문제가 없다고 본다.

9) 〈춘향전〉 주제에 관한 그동안의 논의에 대해서는 정하영, 「춘향전의 주제」, 장덕순 외, 『한국문학사의 쟁점』, 집문당, 1987 및 「춘향전 주제론 재고」, 『춘향전의 종합적 고찰』, 아세아문화사, 1991 참조.

10) 이밖에도 각 장면 차원에서 구현되는 다양한 의미들이 있지만, '주제'라는 이름에 걸맞는 중요성을 지니는 것은 위의 넷으로 압축된다고 할 수 있다.

<춘향전> 주제의 역사적 변모에 대한 논의는 일차적으로 그 의미요소들의 변주양상 및 관계양상에 대한 고찰을 필요로 한다. 각 이본 속에서 어느 의미요소가 두드러지게 부각되는지를 해명하고 거기 얽힌 의식을 검출할 필요가 있으며, 여러 의미요소들이 어떤 상호 관련 속에서 작품의 전체적 의미망을 형성하는지를 살펴야 한다. 그런 다음 각 이본에 대한 분석의 결과를 통시적으로 종합함으로써 작품 주제의 역사적 변모에 대한 개괄적인 밑그림을 그릴 수 있다.

그러나 이보다 더 중요한 것은 각 이본에서 나타나는, 또한 이본의 각 서사적 국면에서 나타나는 의미의 '속성'을 분석하는 일이다. '사랑'이나 '정절' 등의 의미요소는 그 구체적 속성 면에서 다양한 편폭을 지닐 수 있다는 전제가 필요하다. 다양한 이본을 놓고서 그 문면을 세심히 살펴볼 때 실제로 그러한 차이가 포착이 되고 있다. <춘향전>에 있어 '사랑'이나 '정절'이라는 의미는, 그리고 '신분갈등'이나 '관민갈등'이라는 의미는 어느 것 하나도 그 속성이 단일하지가 않다. 그것은 여러 가지 미묘한 차이를 지니며, 때로는 서로 상반될 정도로 판이한 양상을 보이기도 한다.

[1] "춘향아 우리 두리 업움질이나 좀 ᄒ여보자." "익고 잡성시러워라. 업움질을 엇더케 ᄒ잔 말리요." "너와 나와 활신 벗고 등도 디고 비도 디면 마시 훈굿나제야." "나는 붓그려워 못ᄒ것소." "어서 버셔라. 어서 버셔라." "나는 붓그려워 못 벗것소." "에라 이 게집아 안될 말리로다. 어셔 버셔라. 어셔 버셔라." 만첩청산 늘근 범이 살진 암키 무러다 노코 이는 샌져 먹던 못ᄒ고 흐르렁 흐르렁 어루난듯, 북희상의 황용이 여의주를 물고 치운간의 넘노난듯, 도련임 급흔 마음 와락 달여들어 츈향의 가는 허리을 후리처안고 저고리 풀며 바지보션 다 벗겨노와쩌니 츈향이 못이긔여 이미젼의도 구실쑴이 송실송실 "익고 잡성시러워라." "네가 뉘 간장을 녹일나고 이리 곱게 싱겨난야. 여보라 춘향아 이리와 업피여라." 오슬 버신 게집아라 엇절주를 몰나 붓그려워 못

전디는 아히를 업고 못홀 소리가 업다. "이고 츈향아 네가 니 등의 업퍼쓰니 네 마음이 엇더흐야." "흔정이 업시 좃소." (…중략…) "사랑노리 다 바리고 탈 승짜 노리 드러보소. 타고노자 타고노자. 헌원씨 시용간과흐야 능작터 못지르 고 탁녹야 사로잡어 지남거 빗겨타고 남원천 구경홀 제, 이적선 고리 타고 안 기싱 나구 타고 일모장강 어웅더런 일엽선 도도 타고 만경창파 어긔야 어기 양 흐며 쩌나간다. 나는 탈 것 바이 업서 츈향비 자바타고 탈승짜로만 둥둥둥 노라보자." 밤나지로 셰월 가는 줄 모로고 이 지경으로 노라노니 형용이 완전 흐리.

—33장본, 9~10장

②도련님 기가 막켜 우룸이란계 말이난 사람이 잇시면 더 우던 거시엿다. 춘향 홰를 니여 "여보 도련임 아굴지 보기 실소 그만 울고 니력 말리나 흐 오." "사쏘계옵셔 동부승지 흐계시단다." 춘향이 조와흐여 "딕의 경사요 그레 서 그러면 웨 운단 마리요." "너을 바리고 갈터인니 니 안이 답답흐야." "언계 는 남원짱으셔 평싱 사르실 줄노 알어겟소 날과 엇지 함기 가기를 바리리요. 도련임 먼저 올라가시면 나는 예서 팔 것 팔고 추후에 올나갈 거시니 아무 걱 정 마르시요. 니 말더로 흐엿스면 군속잔코 졸 거시요. 니가 올나가드리도 도 련임 큰딕으로 가셔 살 수 업슬 거시니 큰딕 각가이 조구만한 집 방이나 두엇 되면 족흐오니 연탐흐여 사 두소서. 우리 권구 가더리도 공밥 먹지 아니홀 터 이니 그렁져렁 지니다가 도련임 날만 밋고 장긔 안이 갈 수 잇소. 부귀 영총 지상가의 요조숙여 가리여서 혼정신성 홀지라도 아주 잇든 마옵소서. 도련임 과거흐야 벼살 놉파 외방 가면 실니마마 치힝홀 계 마마로 니셰우면 무삼 마 리 되오릿가. 그리 아라 조쳐흐오." "그게 일를 말인야. 사정이 그러켜로 내 말을 사쏘계난 못 엿주고 디부인젼 엿자오니 쑤종이 디단흐시며 양반의 자식 이 부형 짜라 하힝의 왓다 화방작첩흐야 다려간단 마리 젼졍으도 고이흐고 조졍으 드러 벼살도 못흔다던구나. 불가불 이벼리 될박그 수 업다." 춘향이 이 말을 듯더니 고닥기 발연 변식이 되며 요두졀목으 불그락 푸르락 눈을 간잔

조롬ᄒ게 쓰고 눈섭이 꼭꼿ᄒ여지면서 코가 발심발심ᄒ며 이를 쎄도독 쎄도
독 갈며 온 몸을 쑤순입 틀덧ᄒ며 미 쒱 차난 듯ᄒ고 안던이 "허허 이게 웬
말이요" 왈칵 쮜여 달여들며 초미차락도 와드득 좌루욱 찌져 바리며 머리도
와드득 쥐여쓰더 싹싹 비벼 도련임 앞푸다 던지면서 "무어시 엇져고 엇졔요"

—84장본, 36~38장

③ 츈힝니 니 말을 듯고 "이고 이겨 원말리오. 아까 와셧든 님이 싱시예도
와셧단니 꿈니야 싱시든야." 급ᄒ 마음 와락 쮜여나오잔들 목으는 디젼모칼니
오 수족은는 항쇄 족시 형문마진 두 달리는 장독니 나셔 츤보홀 길 젼이 업고
만슈비봉 홋틀어진 멀리을 글령졀령 집어연쏘 칼멀니을 일니 몽그작 졀니 몽
그작 ᄒ여 간신니 나오셔 "이고 이고 셔방님 와겻쑈" (…중략…) 츈힝니 ᄒ는
말리 "아시시요 어만 그게 무신 말슘니요. 여보시요 셔방님 울리 모친 ᄒ신
말슘 쇽상ᄒ여 노망니요. 허물치 말의시요. 니의 ᄒ 말 들어보시요. 쳡의 즁심
원ᄒ기을 유졍낭군 귀니 되야 이 셜치을 ᄒ여 쥴가 쥬야츅수 발리던니 졀엇
타시 글읏되야 결긱으로 와셧신니 니도 쏘ᄒ 니 팔즈라 한탄ᄒ들 어니ᄒ며
이통ᄒ들 무엇ᄒ리. 여보시요 어만니 니졔는 하일업시 십분구스 되얏쎄니 목
슘 ᄒ나 크잔ᄒ오나 쩔의든 금봉치을 자기함의 너헛신니 시문 니여다가 되는
디로 팔어셔 셔방님 관망근과 의복을 날 본다시 ᄒ여쥬고 월광단 남식쥬먼니
당팔스 벌미답 쑤고 일광단 홍식엽낭 경팔스 쑤고 영초쌈지 ᄒ여 ᄌ긔함의
넛니 니여쥬시오. 나는 이무 쥭건니와 어만니가 아무쫄록 시시공양 쩌맛츄어
착실리 밧들의시고 쳔힝으로 도령님니 귀니 되면 셜마 괄셰ᄒ올잇가. (…중
략…)" 한슘짓코 안는 모양 아물리 쳘셕인들 안니 울고 젼들숀야. 잇쩌의 어삿
도니 마음니 긔가 믹켜 동원을 바리보며 어언간의 꼭 일리 나겟고 츈힝모와
상단니며 눈이 붓계 울고 어삿도는 엇지 울엇던지 눈이 붓고 목니 슈여 스룸
졍싱은 못볼네라. (…중략…) 잇쩌의 어삿도니 곰곰 싱각ᄒ니 졀긔잇는 계집니
라 밤일을 알슈업셔 단단이 부탁ᄒ되 "여바라 츈힝아 니가 셔울셔 네 쇼식을
듯고 홀연디장과 병죠판셔 두 디신젼의 편지을 맛더다가 슈영무의다 붓치고

왓신니 니일 오시면 너을 빅방으로 노흘리라. 울리 둘리 다시 맛나 흔업시 이
말 일으고 살어야졔 죽어셔야 씰 일리야.”

—99장본, 84~88장

이는 모두 춘향과 이도령의 사랑의 역정과 관련되는 낯익은 대목들
이다. ①은 춘향과 이도령이 처음 만나 사랑을 나누는 장면이고, ②는
이도령이 춘향에게 이별을 고하는 장면이며, ③은 걸인 행색의 이도령
이 옥에 갇힌 춘향을 만나는 장면이다. 우리가 유의할 것은 이들 각 장
면에서 두 인물이 빚어내는 사랑의 성격이 서로 동일하지 않다는 사실
이다.

①에서 부각되고 있는 것은 '풍정(風情)' 차원의 분방한 사랑이다. 아
직 세파를 겪지 않은 청춘남녀가 본능으로서의 애욕을 마음껏 발산하
면서 희열을 찾고 있는 모습이다. 이해관계라든가 윤리의식 등에 앞서
는 원초적 차원의 사랑이다.

이에 대하여 ②에서 우리는 두 인물의 애정 속에 이해관계가 얽히고
있음을 본다. 자신의 전로를 위하여 춘향을 떼치는 이도령의 모습이나,
물정 모르고 장밋빛 계산—이도령을 따라 한양에 가서 살림을 차렸다
가 뒷날 이도령이 외방에 부임할 때 실내마마 행세를 하려는 식의—을
하고 있다가 그것이 오산이었음을 알고 펄쩍 뛰는 춘향의 모습은 매우
현실적이고 자기중심적이다. 좀 과장해서 말한다면, 이도령은 무책임하
게 애욕을 채워 왔고 춘향은 나름의 계산속에서 애정행각에 동참했다
고 생각하게 하는 면이 없지 않다. 현실적·세속적 사랑이다.

③에 형상화되고 있는 사랑은 또 다르다. 모진 형벌을 당한 봄으로
옥중에서 형언하기 힘든 참혹한 고통을 당하고 있는, 살아날 희망을 잃
고 죽음을 눈앞에 두게 된 상황에서 오히려 상대방을 걱정하고 있는 춘
향의 사랑은 이해관계를 초월한 순수한 사랑이며, 상대방을 나의 소중
한 일부로 삼는 자타합일적 사랑이다. 그러한 춘향의 마음에 감동하여

울면서 춘향을 위로하는 이도령의 모습을 통하여 자타합일의 사랑은 일방의 것이 아니라 서로의 것으로 완성이 된다. 고통과 시련 속에서 피어나는 그 아름답고 숭고한 사랑은 감동 속에 독자의 마음을 정화시키고 있다.

'사랑'을 하나의 예로 들었지만, '정절'이나 '신분갈등', '관민갈등'의 의미요소 또한 작품 속에서 그 속성이 다양하게 변주되어 나타나고 있다. 춘향이 지키는 정절은 유교적 이념의 의식적 구현으로서의 정절일 수 있는 한편으로, 그와는 차원이 다른 자연적·자발적인 신념으로서의 정절로 구현되기도 한다.[11] '신분갈등'의 의미는 특수한 개인의 '신분상 승'을 문제삼는 차원에서 표출되기도 하고, 사회의 제도적 불평등을 문제삼으면서 '인간해방'을 지향하는 방식으로 부각되기도 한다.[12] '관민 갈등' 또한 변학도에 대한 춘향이라는 인물의 개인적 저항으로 그려지기도 하고, 부정한 관권에 대한 민중의 집단적 저항으로서 구체화되기도 한다.[13] 이러한 차이들은 아주 본질적인 것으로서, 〈춘향전〉 주제 논의의 필수적 분석대상을 이룬다.

그런데 그 의미의 속성이란 실상 특정 장면을 따로 떼어가지고 따질 성질의 문제는 아니다. 그것은 작품의 서사의 맥락 속에서만 제대로 규명될 수 있다. 한 예로 ①에서의 춘향과 이도령의 사랑의 행위를 '풍정 (風情)'으로 규정한 것은 그에 앞선 두 인물의 만남의 과정 및 작가의 서

---

11) 춘향의 정절을 유교적 이념과 구별되는 '자발적 신념'으로 해석하는 입장은 박희병에 의하여 표명된 바 있다. 박희병, 앞의 논문(춘향전의 역사적 성격), 111~115면. 성현경 또한 춘향의 수절을 "권리로서 쟁취하여 능동적으로 수호하고자 하는 자발적인 수절이요 맹목적이고도 불합리한 수절이 아니고, 어디까지나 합목적적이며 합리적인 수절"이라고 평한 바 있다. 성현경, 「남원고사본 춘향전의 구조와 의미」, 『고전소설 연구의 방향』, 새문사, 1985.
12) 기생 신분을 벗어나려는 춘향의 노력에서 '인간해방'의 지향을 검출하는 시각은 조동일(「갈등에서 본 춘향전의 주제」, 『계명논총』 7, 1970, 22면) 이래 여러 연구자들에 의하여 가다듬어져 왔다.
13) 신동흔, 앞의 논문에서 관권의 부당한 횡포에 대한 민중의 집단적 항거의 양상에 대하여 상세히 논한 바 있다.

술시각 등을 고려함으로써 비로소 가능한 것이었다. 요컨대, 작품의 주
제에 대한 올바른 인식은 의미가 '서사적으로 실현되는 양상'을 종합적
으로 고찰하는 작업을 필요로 한다.

중요한 것은 의미의 서사적 실현 과정에서 그 속성의 질적 변화가 나
타날 수 있다는, 아니 나타나고 있다는 점이다. 앞에서 서로 속성이 다
른 '사랑'의 양상을 제시했거니와, 그 차이는 실상 서로 다른 이본이 아
닌 동일 이본 내에서도 나타나고 있다. 전반부에 있어 다분히 철없고
자기중심적으로 그려지던 이도령과 춘향의 사랑이 작품 후반에 있어
순수하고 성숙된 자타합일적 사랑으로 변화되는 양상이 여러 편의 이
본에서 뚜렷이 확인되는 것이다. 서사적 전개 과정에서 나타나고 있는
이러한 의미의 질적 변화는 작품의 의미를 역동적으로 상승시키는 효
과를 낳고 있다.14)

의미요소의 속성이 질적으로 변화하는 양상은 '신분갈등' 및 '관민갈
등'의 요소에서도 뚜렷이 나타나고 있다. 이에 대해서는 필자가 이미
신학균본을 대상으로 하여 의미의 변전 양상을 상세히 살핀 바 있다.
그 논의 결과는 독자가 작중인물 및 상황에 정서적으로 밀착돼 나가는
가운데 작품의 의미가 신분상승으로부터 신분해방으로, 개인적 항거에
서 집단적 항거에로 확장돼 나가고 있음을 보여주는 것이었다. 그 결론
을 일부분 옮겨 본다.

작품 전반부에 형상화된 춘향과 이도령의 형상은 본질적으로 '솜씨 좋은 기
생'과 '부귀있는 양반자제'의 그것으로서, 평민 독자들의 전폭적인 공감을 얻
기에는 특수하고 이질적인 것이다. 그들의 만남과 결연은 독자들에게 '한가한

---

14) 〈춘향전〉에서 춘향과 이도령의 성격이 성숙하고 그들이 이루는 사랑이 질적으로 상승
하고 있음은 여러 논자가 지적한 바 있으며, 필자 또한 그 양상을 구체적으로 살핀 바
있다. 윤세평, 『고전 춘향전 연구』, 국립 인문출판사, 1948(『판소리연구』 제3집에 「춘향
전에 대한 분석과 연구」로 재수록); 오세영, 「춘향의 성격 변화」, 『국어국문학』 70, 1976;
박희병, 앞의 논문(1985); 정출헌, 앞의 논문, 신동흔, 앞의 논문 참조

사랑놀음'으로서 부정적으로 받아들여질 만한 면모를 지니고 있다. 그러던 중 갑자기 닥친 이별을 통해 춘향의 가련한 신세가 부각되면서 중요한 공감의 계기가 마련되지만 이 장면에서의 공감은 아직 부분적이고 밀도가 낮은 것이었다.

그러던 중 작품 중반에서 발생하는 '춘향 사건'을 통해 그 양상은 결정적으로 변화한다. 춘향은 수청을 거부한 결과 변학도로부터 참혹한 형벌을 받거니와, 이 지점에서 변학도의 탐관으로서의 본질이 폭로되면서 민심이 이반함과 동시에 춘향은 관권에 의한 억울한 피해자의 표상, 저항의 화신으로 떠오르게 된다. 독자들은 이 장면에서 눈물 속에 춘향과 하나가 되는바, 이때의 일체감은 그야말로 전폭적이라 할 수 있다. 그러한 일체감 속에서 한편으로 관권의 부정한 횡포에 대한 저항의식이라는 의미가 구현되며, 또한 춘향의 신분상승과 사랑에 대한 지향이 '반봉건적 인간해방'으로서의 의미를 부여받는 가운데 사람들의 가슴 속에 각인된다.[15]

필자는 이와 같은 '의미의 질적 비약'의 성취 여부를 살피는 것이 〈춘향전〉 각 이본의 문학적 가치를 가늠하는 중요한 지표가 된다고 보고 있다. 과연 그러한 의미의 비약이 나타나고 있는지를, 그것이 얼마나 현실적·필연적으로, 역동적으로 부각되면서 사람들의 마음에 문학적 감동으로서 각인되는지를 가려 따져야 한다. 우리의 이본 대비는 이 점에 주안점을 둘 것임을 예고해 둔다.

---

15) 신동흔, 앞의 논문, 217면. 이 결론은 '신학균본 별춘향가'라는 한 이본에 대한 것으로, 아직 일반화의 과정을 거치지 않은 것임에 유의할 필요가 있다. 한편, 신분갈등 내지 관민갈등의 의미가 개인적인 것에서 집단적인 것으로 확산돼 나간다는 인식은 필자가 처음 제기한 것은 아님을 밝혀 둔다. 조동일(「갈등에서 본 춘향전의 주제」, 『계명논총』 제6집, 1969)을 비롯한 여러 연구자가 이를 지적한 바 있다. 이에 대하여 필자의 논의는 독자와 작중상황의 역학관계에 기초하여 의미의 변전 양상을 더욱 세심히 고찰한 것이었다.

3. 주제의식의 변모양상

1) 본래의 구도 — 완판29장본, 33장본

〈춘향전〉은 판소리로서의 오랜 구비적 전승과정을 거쳐, 19세기 중엽부터 활발하게 국문 텍스트로 정착되기 시작하였다. 완산에서 '별춘향전'이라는 표제가 붙은 29장본의 판각본이 나온 것이 이 무렵의 일이며, 33장본 열녀춘향수절가가 그 뒤를 이었다. 이 이본들을 통하여 우리는 완판 계열 〈춘향전〉의 '본래의 모습'과 만날 수 있다. 이 자료들이 나온 시기가 이른 것도 그렇지만, 이들이 모종의 '의도적인 개작'의 세례를 입지 않은 '순수한' 이본들이라는 점이 더욱 중요하다.16)

완판29장본과 33장본은 뚜렷한 친연성을 지니는 이본이다. 인물의 성격이나 서사적 골격이 유사하며 행문이 그대로 겹치는 부분이 많다. 이는 33장본이 29장본의 내용을 수용한 결과로 이해가 된다. 그렇지만 두 작품은 그 구체적 장면에 있어 크고 작은 차이를 보이고 있으며, 그것은 주제 구현양상의 차이로 이어지고 있다.

(1) 완판29장본

완판29장본에 있어 작품의 주요한 의미요소들은 이도령과 춘향의 만

---

16) 한 가지 짚고 넘어갈 문제는 완판33장본의 간행시기이다. 30장본이 19세기 중엽의 자료임이 인정되고 있는 데 비하여 33장본(병오판 열녀춘향수절가)에 대해서는 1846년설(김동욱·설성경 등)과 1906년설(유탁일·성현경 등)이 엇갈리고 있다. 1846년설은 내용상의 특징을, 1906년설은 문헌적인 특징을 논거로 삼고 있는데, 어느쪽이 옳다고 단정하기가 어렵다. 이 글에서는 고심 끝에 이 이본의 내용이 신재효본보다 앞선 시기의 모습을 반영한다는 점을 중시하여 30장본과 함께 전시기 자료로 다루기로 하였다. 설사 이 이본의 간행연도가 1906년이라고 하더라도, 이 이본이 30장본과 맺고 있는 깊은 친연성을 통해 볼 때 그 내용이 이전 시기 춘향전의 모습을 반영한 것이라는 전제는 여전히 유효하리라고 본다.

남 부분에서 두루 그 모습을 선보이고 있다. 두 인물의 대면은 다음과
같이 그려진다.

이 대목에서 우리는 사랑, 정절, 신분갈등의 여러 의미를 한꺼번에
접할 수 있다. 춘향과 이도령이 상대방에게 연심을 품는 모습이 보이며,
춘향의 대사를 통해 '열불경이부절'의 정절에 대한 지향과 함께 '천첩'
으로서의 신분의식이 표출되고 있다.

이 여러 의미요소 가운데 두 사람의 만남의 성격을 규정하는 핵심 요
소는 '사랑'으로 판단된다. 춘향에 대한 이도령의 '풍정'이 일종의 연심
이라 할 수 있는데 더하여, 춘향의 심리에서도 이도령의 빼어난 풍모에
대한 흠모의 감정이 두드러져 보인다. 이도령이 '금석뇌약'을 맺겠다고

하는 말에 춘향이 선뜻 자기 집을 가르쳐주는 것은 이미 마음이 이도령에게 이끌렸다는 증좌다.

일단 실마리를 찾은 둘의 사랑은 쾌속으로 진행된다. 춘향의 집을 찾은 이도령을 춘향이 반갑게 이끌어들이고(춘향모의 개입이 전혀 나타나지 않는다), 이도령의 언약과 함께 술자리가 펼쳐지며, 첫날밤의 사랑의 행위가 이어진다. 양반자제와 기생 사이의, 특별히 거리낄 것 없는 '평범하고 순탄한' 사랑이다.[17]

춘향과 이도령의 이별은 그 만남과 마찬가지로 자연스럽게, 손쉽게 이루어진다. 이도령은 별다른 고뇌 없이 춘향에게 이별을 통고하며, 춘향은 이를 현실로서 받아들인다. 미혼의 양반자제와 기생 간 결연의 예정된 행로인 셈이다. 춘향이 "날갓턴 흐방천첩니야 손톱만치나 싱각흐릿가. 날만날만 달리가오" 하고 한탄하는 대목에서 천민의 설움을 공감하게도 되지만, "엇다 이년아 우리는 너만할 쩌 行娼으로 열어번 흐여시되 져다지 흐여본 일이 업다" 하고 춘향을 꾸짖는 춘향모의 모습은 그 이별을 '억울한 것'이 아니라 '어쩔 수 없는 것'으로 되돌리고 있다.

작품의 의미는 춘향이 변학도와 싸우는 과정에서 전환의 계기를 맞는다. 춘향이 수청을 거부하다 옥에 갇혀 시련을 겪는 일련의 과정에서 작품의 의미가 다각적으로 확장 내지 심화된다. 이도령에 대한 춘향의 깊은 사랑이 확인되는 한편으로, 춘향이 절개가 매우 뛰어난 인물임이 천하에 드러나면서 정절의 의미가 선양된다. 이와 함께 자신을 천시하여 모욕하는 변학도에 맞서 항변하다가 엄중한 형벌을 당하는 춘향의 모습을 통하여, 신분차별의 부당성에 대한 인식과 함께 관의 횡포에 대

---

17) 30장본에서 춘향은 '기생'으로 설정돼 있으며, 실제 기생으로서의 행동양상을 보이고 있다. 그리하여 이도령과 춘향의 결연은 관습을 넘는 자유연애로서의 파격성을 잘 갖추지 못하고 있다. 또한 30장본은 초야 사설이 아주 간략하여, 십여 줄의 사랑가가 전부이며 업음질 등의 질탕한 사랑놀음이 전혀 보이지 않는다. 청춘남녀의 분방하고 흥성한 환락적 사랑이 드러내는 파격성이 보이지 않는 것이다. 둘의 사랑을 '평범하다'고 표현한 것은 이러한 특성에 따른 것이다.

한 불만과 저항의식이 환기된다.

그러나 그 싸움의 과정에서 작품의 의미가 확산되고 비약되는 데는 일정한 제한이 있다고 판단된다. 춘향에 대한 주변인물의, 나아가 독자의 공감의 계기가 마련되기는 하나 그것이 충분히 서사적으로 실현되지 못하고 있다는 뜻이다. 29장본의 십장가 대목은 아주 소략하게 돼 있고, 춘향이 받는 모진 형벌에 대한 사람들의 감응의 과정이 제대로 살아나지 못하고 있다. 남원부민이나 기생들이 악형을 받는 춘향에 대하여 심정적 일체감을 가지면서 관에 대한 저항감이나 천민의 설움을 표출하는 장면이 보이지 않는다. 단지 남원 한량들이 찾아와 소동을 피우면서 춘향을 위로하는 장면이 들어 있을 뿐이다.

> 5 열치고 히박홀가 삼십도을 밍중ᄒ아 칙가엄슈 영니 난니 연약혼 즈로셔 호흡니 막킨 즁의 정신을 찰릴손야. 고즁의 큰닥헌 전목칼을 옥갓턴 목의 무릅시고 항시 슈시 죡시ᄒ고 칼머리예 닌봉ᄒ고 검멀못 쳘박ᄒ야 옥으로 눌러 온니 춘향니 통곡ᄒ며 일은 말리 "국곡투식ᄒ야던가 엄형즁슈 무슴일고 살닌 죠ㅣ 안니여든 항시 죡시 무슴일고" ᄉ정니 등의 업피여셔 긔식ᄒ야 나올적의 잇써 남원 흔냥 거슥이 무슉이 평슉이 진슉이 여슉이 부슉니 ᄎ문쥬가 ᄒ올적의 잇써 츈향이 즁장ᄒ고 나오물 보고 깜작 놀니 달녀들여 츈향손 덥벽 잡고 "업다 니 어닌 일이나. 정신ᄎ려 진정ᄒ라." "동변을 들리라." "쇼합환 들리라." "쳥심환 들리라." 무슉이 썩 니다라 "니 쥼지여 잇던니라." "그려면 속히 니소" 한쥼을 줘여닐제 톡기똥이 분명ᄒ다.

— 17~18장

요컨대 29장본에서 변학도와 춘향의 싸움은 변학도의 횡포에 대하여 춘향이 한 개인으로서 맞서는 양상을 나타내고 있다. 깊은 사랑과 절개심을 지닌 여인이 그것을 깨뜨리려는 방해자와 맞서 자신의 신념을 지키고 있는 모습이다. 그 과정에서 구현되는 사랑과 정절의 의미는 중요한 것이지만, 그 의미가 독자들에게 '나의 것', '우리 모두의 것'으로 실현되지는 못한다는 한계를 지니고 있다. 이와 함께 신분 차별의 현실과 관권의 부정한 횡포에 대한 저항이라는 의미가 제대로 살아나지 못하고 있다는 것 또한 문제점이 된다.

그러나 이 이본에서 작품 주제가 단순히 개인적인 차원에 머무르고 있다고 단정해도 좋은 것은 아니다. 비록 그 변전의 과정이 구체적으로 그려져 있지는 않지만, 우리는 작품 후반부에서 변학도에 대한 춘향의 싸움이 어느 사이에 남원고을 백성 전체의 문제로 확산돼 있는 양상을 발견하게 된다.

> 6 어스의 일른 말리 "이 골 ᄉᄶ 졍체 엇쩌흔고" 농부 디답하되 "우리 ᄉᄶ 졍체 엇쩌할 것 닛쇼 원임은 노망이요 좌슈은 쥬망니요 아젼는 도망이요 빅셩은 원망인니 사망니 물미듯 흐지요" 어스 다시 무르되 "들른니 츈향이가 ᄉᄶ 슈쳥들시 분명헌가." 니 농부 디골리 츌흐야 흐난 말리 "옥갓턴 츈향몸의 누츄흔 말 어니 함난닛가. 구관ᄉᄶ 즈졔 니도령닌가 난졍의 아들린가 츈향과 빅연가략 미졋썬지 니도령 오기만 기다리고 독슈공방 빈방안의 슈졀흐던니 신관 도님쵸의 급피 불너 슈쳥들나 흐니 슈졀리 졍졀리라 슛쳥 안니 든다 흐고 무죄흔 츈향을 옥갓턴 달리의 쇄골되기 빅여도 밍장흐야 항쇄슈쇄예 금슈옥중 흐야 명지경각흐엿쓴니 셰상의 그릭키 원통흐고 불상흔 니리 닛시이요."
>
> —21~22장

춘향이 억울하게 매를 맞고 옥에 갇힌 일은 벌써 시골의 농부들에까지 피져 관에 대한 원망의 한 자리를 차지하고 있다. 이른바 '춘향 사건'[18]이다. 이 사건을 둘러싸고 백성들이 표현하는 '원통함'은 일차적으

---

18) 필자는 변학도가 춘향을 잡아들여 치죄하고 하옥한 일이 하나의 중요한 사회적 사건으로서의 의미를 지닌가고 보아 이를 '춘향 사건'으로 칭한 바 있다. 신동흔, 앞의 논문, 196면.

로 관의 부당한 횡포에 대한 불만이지만, 그 속에는 신분제하 하층민의 억울한 처지에 대한 저항감이 담겨 있다고 할 수 있다. 이러한 의미는 대다수 서민 독자(청자)에게 있어 문면에 나타난 것 이상으로 묵직하게 다가왔을 것임이 분명하다.

작품에 내재한 다양한 의미는 옥중재회와 어사출도 대목을 거치며 완결된다. 걸인행색의 이도령을 맞이하여 "죽어도 한이 없다"면서 죽어서 오히려 상대방을 걱정하는 춘향의 모습을 통하여, 그 장면묘사가 대체로 소략하여 울림이 다소 약하기는 하지만, 이도령에 대한 춘향의 사랑 또는 정절[19]은 최고조에 이른다. 그리고 어사출도를 통한 재상봉의 장면에서 그 사랑은, 정절은 사람들의 축복 속에서 완성이 된다. 그 축제의 장은 사랑과 정절의 가치를 선양하는 장인 동시에 관(官)에 대한 하층백성의 불만과 저항감이 승리감으로 바뀌는 장이기도 하다.

정리하면, 완판29장본은 춘향과 변학도와의 싸움을 계기로 하여 사랑과 정절, 신분갈등, 관민갈등 등의 여러 의미가 확산 내지 격상되는 기본 구도를 갖추고 있다. 그러나 그 의미들이 뚜렷하게 부각되지는 못한 면이 있는 것이 사실이다. 사랑과 정절의 의미에 비하여 신분갈등이나 관민갈등의 의미는 부수적이고 희미하다. 의미의 변전 과정을 생동감있게 살리지 못하고 있음으로 해서, 질적 비약과 확산을 동반한 의미의 통합이 그리 효과적으로 실현되지 못하고 있다. 독자를 문학적 감동으로 이끌기에는 부족함이 있다는 결론이다.

그러나 우리는 이 이본이 보이는 주제 구현상의 미흡한 점을 곧 〈춘향전〉 본래의 한계로 속단해서는 안 된다. 29장본은 완본이라기보다는 절략본으로서의 성격을 지니고 있으며,[20] 이 이본이 나타내 보이는 문

---

19) 자발적인 인간 본연의 마음으로서의 참다운 사랑과 참다운 정절은 그 자체 둘이 아니라고 할 수 있다. 이 지점에서 양자를 분간한다는 것은 불가능하고, 무의미하다.
20) 김종철, 「완서신간본 별춘향전에 대하여」, 『판소리연구』 제7집, 1996, 31~32면에서 완판29장본이 26장본(완서신간본)과 함께 절략본임을 언급하고 있다. 이에 대해 신동흔 또한, 26장본만큼 심한 것은 아니지만, 29장본이 부분적으로 절략본으로서의 성격

제점은 그 '절략'과 연관이 있다고 볼 수 있는 것이다. 필요한 대목을 생략 내지 축소하고 디테일을 세심하게 엮어나가지 못한 결과 작품의 형상에, 주제에 손상이 왔다는 것이다.

(2) 완판33장본

완판29장본이 부적절한 절략 때문에 작품의 의미를 충분히 살리지 못하고 있다고 한다면, 절략을 겪지 않은 완판 〈춘향전〉 본래의 모습은 어떠한 것이었을까? 우리는 33장본을 통하여 그 모습에 다가설 수 있다.

완판33장본의 전반부는 29장본과 흡사하다. 춘향과 이도령의 결연 과정은 그 구체적 행문까지도 거의 일치한다. 당연한 결과로, 의미요소의 표출 양상 또한 서로 통하고 있다. 사랑, 정절, 신분갈등 등의 의미요소들이 드러나는 가운데 특히 사랑의 의미가 크게 부각되고 있으며, 그 사랑은 양반자제와 기생 사이의 그리 특별할 것 없는 사랑으로서의 면모를 드러낸다.

두 이본은 첫날밤 사랑 대목에서 큰 차이를 나타낸다. 29장본에서 이 대목이 아주 소략하게 그려진 데 비하여 33장본의 사랑놀음 대목은 아주 길고 흥성하다. 권주가와 사랑가에 이어 업음질, 탈승자 놀음 등이 상세하게 그려진다. 앞의 인용 ⬚1에 업음질과 탈승자 놀음의 일부를 옮겨놓았거니와, 앞서 설명한 대로 이 대목은 청춘남녀의 풍정으로서의 질탕한 사랑, 원초적인 사랑의 형상을 잘 그려내고 있다. 그 사랑의 의미는 29장본에 비하여 더욱 강하고 파격적이다.

중요한 것은 이 대목이 단순히 의미를 강화하는 데 그치지 않고 인물의 성격을 구체화함으로써 작품에 리얼리디를 부여하는 역힐을 하고 있다는 점이다. 29장본에 있어 다소 불투명하던 이도령과 춘향의 성격이 33장본에서는 질탕한 사랑놀음의 과정에서 보다 구체적으로 부각되고 있다. 드러난 모습은, 이도령은 바람기 있는 양반자제이고 춘향은

을 띠고 있음을 인정하고 있다.

'솜씨 좋은 기생'이라고 할 수 있다. 사랑 대목에서 보이는 두 인물의 형상은 군자나 요조숙녀와는 상당한 거리가 있다.

이러한 인물형상은 주변인물의, 나아가 독자들의 시각을 규정한다는 면에서 의미가 있다. 그들의 파격적인 자유분방함은 물론 긍정적 가치가 있는 것이지만, 그리하여 사람들에게 즐겁고 흥성하게 받아들여질 수 있는 것이지만, 다른 한편으로 그 질탕한 사랑놀음이란 고단한 생활에 지쳐있는 사람들에게는 한가한 남의 일로 받아들여질 소지가 있다. 특히 작중의 주변인물에게 있어 양반자제가 기생과 눈이 맞아 벌이는 사랑놀음은 눈살을 찌푸릴 만한 마땅치 않은 일일 수 있다. 춘향을 잡아들이라는 명령이 내렸을 때 사령들이 보이는 다음과 같은 태도는 그러한 시선의 반영으로서, 리얼리티를 지니고 있다.

> ⑦ "걸이엿다 걸이엿다 츈향이가 걸이엿다. 조을시고 조을시고. 양반셔방 어던노라 ᄒ고 도고홈도 도고ᄒ고 도량터니"21)
>
> ─15장

그러나 솜씨 좋고 콧대 높은 기생으로서의 춘향의 이미지는 변학도와의 싸움의 과정에서 일대 전변을 겪게 된다. 그 전변의 과정은 33장본에 있어 29장본보다 훨씬 리얼하게, 긴박감있게 형상화되고 있다.

신관이 부임하여 위의있게 거조를 차리는 상황. 그 자리에 끌려나온 춘향은 구경꾼들의 속된 예상에 반하여 변학도의 협박과 회유를 단호히 뿌리치고 수청을 거부한다. 그 결과는 유혈이 낭자한 악형이다. 그럼에도 춘향은 이를 악물고 형벌을 견디면서 '십장가'로써 더욱 매몰차게 항변을 한다. 사람들은─작중의 주변인물들, 나아가 독자들은─이 장면에서 일종의 충격 속에 춘향의 진면목을 발견하게 된다. 춘향의 사랑

---

21) 이 대목은 29장본에도 있지만, 29장본의 경우 솜씨 좋고 콧대높은 기생으로서의 춘향의 이미지가 잘 살아나지 않고 있어 의미맥락이 자연스럽게 닿질 않는다.

은 한순간의 풍정이 아니었고, 정절은 말로만의 정절이 아니었다. 그것은 참다운 인간적 요구이며 신념이었던 것이다. 사람들은 이제 일종의 경애감 속에 춘향에 대하여 정서적 일체감을 경험하게 되고, 그 과정에서 사랑과 정절의 의미는 비약적으로 확산된다.

한편, 변학도는 어떠한가? 순간의 모욕을 설치하려고 연약한 여인에게 눈뜨고 보기 힘든 악형을 내려 부임 첫날을 피로 물들이는 인간이다. 그 한 가지 행위를 통해 그는 탐관으로서의 본질을 여실히 폭로하고 만다. 그리고 민심은 한순간에 그를 떠난다. 다음 대목은 이를 웅변적으로 보여준다.

⑧ 말못ᄒ고 기절ᄒ니 업제엿던 형방도 눈물지고 미질ᄒ던 집장사령도 서를 끌끌 "사롬의 자식은 못 보것다." "모지도다 모지도다 우리 사쏘 모지도다. 저것슬 쩌리면 쌍이나 치제 저것 몸의 미질ᄒ다니 모지도다 모지도다 우리 사쏘 모지도다. 가시 가시 어서 가시 사롬은 차마 못 보건네."

—17장

민심의 이반과 함께 신분문제에 대한 새로운 각성이 이루어지는 점 또한 주목할 만하다. 남원기생들이 떼지어 나와 춘향을 붙들고 울부짖는 눈물겨운 모습을 통하여 기생 춘향의 설움은 그 혼자만이 아닌 천민 전반의, 상민 전반의 설움으로 뚜렷이 부각된다. 그와 함께 봉건적 신분차별의 부당성에 대한 인식이, 부당한 차별로부터의 해방에 대한 지향이 자연스럽게 각인된다. 의미의 또 하나의 질적 비약이다.

⑨ 이쩌 남원 기셩드리 춘향이 미맛고 죽게 되얏단 말을 듯고 찔찔리 동무 지여 일홈 불너 나오난디 "이고 형임" "이고 동싱" "이고 츈향아." 조고만ᄒ 동기는 "이고 션싱임. 청가묘무를 뉘흔틔 비울잇가." 훈참 이러ᄒ올제 엇던 기셩 ᄒ나 춤추며 나오난듸 "얼시구 절시구 조을시구." 여러 기셩 듯더니 "져년 밋

쳐쑤나. 춘향은 미를 맛고 거의 죽게 되여난디 너는 무삼 혐우 잇셔 춤을 추
고 길기난야.” “형님네 드러보소. 희셔기싱 농션이는 동셜영의 죽어잇고 평양
기싱 월션이는 소셥의 목을 베여 김장군게 드리고 쳔추혈식ᄒ엿고 진주기싱
논기는 왜장의 목을 안고 남강의 쩌러젓긔로 천추의 힝사ᄒ여쓰니 우리 남원
도 현판감이 삼겨쑤나.” 훈참 이리ᄒ더니 와락 달여드러 츈향의 목을 안고
“익고 셔울집아. 불상ᄒ여라.”22)

— 18장

일련의 '춘향 사건'이 사람들의 마음속에 자리하면서 관에 대한 저항
의식을 환기함은 29장본에서도 보이는 특징이지만, 33장본에 있어 훨씬
뚜렷하게 부각되고 있다. 춘향 사건은 농부가의 한 사설을 이룰 정도
로23) 사람들 마음속에 크게 자리잡고 있다. 그것은 백성에 대한 관의
횡포를 대변하는 상징적 사건을 이루고 있다고 할 수 있다. 춘향의 훼
절을 운운하는 이어사에 대한 농부들이 민감한 반응을 보이는 것은 물
론이거니와,24) 그러한 반응에서 우리는 남원 백성들의 춘향에 대한 강
한 정서적 일체감을 확인할 수 있다. 그 일체감은 물론 독자들의 몫이
기도 하다. 그 일체감 속에서 한편으로 춘향이 지키고 있는 참사랑과
정절의 의미가 선양되며, 다른 한편으로 억울하게 핍박받아야 하는 하
층민의 설움과 권력의 부당한 횡포에 대한 저항감이라는 의미가 구현
된다. 의미의 통합이 이루어지고 있는 모습이다.

이어지는 옥중상봉 장면 및 어사출도 대목 역시 33장본이 29장본보
다 훨씬 상세하고 리얼하다. 옥중상봉 장면은 앞의 인용 ③—이는 박
순호 99장본의 대목이다—과 흡사하거니와, 옥중 춘향의 참혹한 정

---

22) ⑧과 ⑨의 대목은 완판29장본에는 들어 있지 않다.
23) “모지도다 모지도다 우리골 사쏘가 모지도다. 월삼동취 독흔 형벌 몹시도 쌍쌍 쩌려
   셔 거의 죽게 싱겨쓰되 종시훼절 안이ᄒ고 죽기로만 결단ᄒ니 그런 열녀 어더 잇나.
   어이여여루 상사뒤오”(23장).
24) 이 대목은 앞에 인용한 ⑥과 유사하게 그려지고 있다.

〈춘향전〉 주제의식의 역사적 변모양상 547

과 어진 마음 씀이 독자를 눈물짓게 한다. 이도령이 '눈이 붓고 목이 쉬도록' 우는 것도 당연한 일이다. 이 장면에서 실현되는 정절의 의미는, 사랑의 의미는—이는 물론 둘이 아니다—지극히 순수하고 아름답고 숭고하다. 그 의미가 이별 전의 질탕한 사랑놀음에서 표출되던 그것과 질적으로 다름은 두말할 필요도 없다.

한편, 어사출도 장면에서 혼비백산하는 관장들의 모습, 춘향이 기꺼워하고 춘향모가 즐거워 춤추는 등의 모습 또한 29장본에서보다 더욱 흥취있고 생동감있게 표현되고 있다.

> ⑩ 이렁저렁 훗터질 제 칙방이 눈치치고 삼반ᄒ인 수군수군, 예서 수군 제셔 수군, 셔리는 눈을 끔적. 청비역졸 거동 바라. 달갓탄 마퓌를 희갓치 둘너메고 삼문을 넙더치며 "암힝어ᄉ 출도야." 흔번을 고함ᄒ니 강산이 문어지고 두번을 고함ᄒ니 초목이 쩌난 듯, 셰번을 고홈ᄒ니 남원이 우군우군. "공형 공형." "공형이 드러가오." 등치로 휘닥짝, "이고 허리야." "공방 공방." 공방이 자리를 둘둘 모라 엽푸찌고 "안할나고 ᄒ는 공방을 부득이 하라더니 저 불 속의 엇지 드러가랴." 등치로 휘닥짝, "이고 박 터졋네." 좌수 별감 넉실 일코 이방 호장 정신업셔 "네가 누구냐." 운봉 곡셩 겁을 니여 말을 쩍쑤로 타고 삼식 나졸 넉실 이러 엇지홀 졸 모로난듸 씨지난이 거문고요 궁구난이 북장구라. 본관의 거동 보소 칼집 쥐고 오좀 누며 탕건 일코 요강 쓰며 갓 일코 전립 쓰며 인통 일코 연상 들며 "문 드러온다 바롬 다더라. 물 마르다 목 드리여라."
>
> —31~32장

이처럼 부낭한 횡포를 부리던 관원이 된서리를 맞는 장면을 통하여, 그리고 뒤이어 춘향과 이도령이 상봉하고 백성들이 모두 하나가 되어 축복하고 즐기는 흥성한 축제의 장면을 통하여 작품의 의미는 절정에

---

25) "ᄒ도 반가워 급흔 마음 와락 쮜여나오잔들목의난 젼모칼이요 수족의난 황쇄 족쇄 형문 마진 다리 장독이 나셔 수족 놀일 길 젼이 업네. ……"(29장)

이른다. 진정한 사랑과 정절의 가치가 한껏 선양되고, 봉건적 권력의 부당한 횡포에 대한 저항감과 승리감이 확인되며, 신분해방과 인간해방의 정신이 구현된다. 환희와 감동의 마당이다.

애초에 한 인물을 중심으로 하여 개인적이고 특수한 차원에서 제기되던 사랑과 정절, 신분갈등의 의미가 권력의 부당한 횡포에 맞서 유발되는 싸움과 시련의 과정에서 관민갈등의 의미와 맞물리면서 질적 비약과 확산, 통합이 이루어지는 것, 필자는 이것이 완판 계열 〈춘향전〉 주제의 본령에 해당한다고 보고 있다. 완판33장본은 그러한 주제를 안정감 있게, 감동이 우러나도록 구현해내고 있다.

2) 개작의 방향—신재효본, 완판84장본

그동안 〈춘향전〉에 관한 논의에서 가장 많이 거론된 이본은 아마도 신재효본 남창 춘향가와 완판84장본일 것이다. 이들은 독특한 개작의식에 의해 이루어진 이본으로서, 또는 〈춘향전〉의 사적 변모에 큰 영향을 미친 이본들로서 주목을 받아 왔다.

그러나 우리는 과연 이들이 주목에 값할 만큼의 문학적 가치를 지니고 있는가를 좀더 냉정히 따져볼 필요가 있다. 얼핏 눈에 띄는 서사적 안정감이나 합리성, 또는 디테일의 수려함과 풍성함 등을 가지고 문학적 가치를 평가할 수는 없는 것이다. 작품의 주제의식 및 그 구현양상에 대한 엄정한 분석이 필요하다.

(1) 신재효본 남창 춘향가

신재효가 엮은 판소리사설은 판소리사에서의 신재효의 위치 때문에 많은 관심을 끌어 왔다. 그중에서도 남창 춘향가(이하 '신재효본'으로 지칭)는 그 독특한 개작의식으로 인하여 많은 논란을 불러 일으켰다. 이에 대하여 〈춘향전〉에 합리적 현실성을 부여했다는 긍정적 평가와 작품의 민중문학적 발랄함을 훼손했다는 부정적 평가가 교차적으로 속출하고 있는 형국이다. 이제 신재효본에서 이루어진 주요한 변개의 양상을 짚어 보고 그 결과 주제의 구현 양상에 어떠한 변화가 나타났는지를 살펴보기로 한다.

신재효본에 있어 내용의 변개는 작품 전반에 걸쳐 이루어졌지만, 특히 전반부에 있어 두드러진 것이었다. 그 변개의 핵심은 애초에 아리땁고 솜씨좋은 기생 정도의 형상을 지니고 있었던 춘향의 모습을 요조숙녀에 가깝도록 바꾸어 놓은 점이다. 춘향은 천상 도화(桃花)의 화신으로 세상에 태어난 인물로 그려지며,26) 이도령을 만날 당시 대비 넣고 정속하여 규방 행실을 닦고 있던 인물로 설정돼 있다. 그리하여 이도령과 춘향의 결연은 양반자제와 여염집 규중 처자의 결연으로서 그려진다. 이는 단지 신분과 처지가 그렇게 설정되어 있을 뿐이 아니고 구체적 행동양상이 또한 그렇게 돼있다. 춘향과 이도령의 언행은 품위와 격조를 지닌 것으로 가다듬어져 있다.

⑪ 잇써의 방즈놈 春香을 못 부르고 저 혼즈 도라가셔 츈향과 ᄒᆞ던 酬酌 낫낫치 드 고ᄒᆞ니 도련임 죠와하여 "그 아히 ᄒᆞ난 行實 듯든 말과 다름업다. 불너셔 안이온기 제 도례난 당연ᄒᆞ나 請ᄒᆞ다가 못 보면은 닉 긔샹이 엇지 되리." 쥬지축 푸러노코 두어 쥴 셜셜 써셔 견봉ᄒᆞ여 방즈 주니 방즈놈 바다들고 번기갓치 건네가셔 편지 너여 春香 쥰이 春香이 회피부득 편지바ᄃ 쩨여 본이 아무 말도 안이ᄒᆞ고 五言 호 귀쑨이로다. "녹쥬(綠珠)가 우셕슝(遇石崇) 홍불(紅拂)이 슈이졍(隨李靖)" 春香이 안마음의 "지죠 잇난 사람이라 이 일을

---

26) "春香어모 退妓로서 四十이 너문 后어 春香을 쳐음 빌 제 쑴 가온디 엇쩐 仙女 桃花李花 두 가지를 두 숀의 갈나줘고 ᄒᆞ날노 니려와셔 桃花를 너여쥬며 「이 꼿슬 잘 각고와 李花接을 부쳐씨면 모연힝낙 죠흘이라. 이화 갓다 젼홀 곳이 時刻이 急ᄒᆞ긔로 忽忽이 써나노라.」" 김진영 외편, 『춘향전전집』 1, 박이정, 1997, 11면. 이하 신재효본의 원문은 이 책에 실린 가람본 자료를 인용하기로 한다.

엇지할쑈.” 良久의 싱각다가 셜화지 쩨여너여 잠깐 젹어 근봉ᄒ야 방ᄌᆞ 쥬며 ᄒᆞ는 말이 “閨中의 處子 몸이 쇼미 平生 도련임께 편지ᄒᆞ긔 不當ᄒ되 有文不 答할 슈 업셔 부득니 답장ᄒᆞ이 갓다가 딜인 후의 닷시난 오지 마라.” 방ᄌᆞ놈 다힝ᄒᆞ야 셰거름의 쮜어와셔 도련임께 올이온이 도련임 쩨여본이 당신 편지 쏜이여든 ‘文王이 求呂尙 皇叔이 訪孔明’이라 하엿씬이 도련임이 무릅치며 “지여로다 민여로다. 경각간의 씬 答狀이 이러케 통창하리.”27)

　이와 같은 결연의 장면에 있어 두드러지게 부각되는 것은 다름 아닌 ‘연애의 감정’이다. 상대방의 용모와 글솜씨를 확인하면서 이도령과 춘향이 서로를 연모한 끝에 결연에 이르게 되는 일련의 과정은, 연애를 주제로 한 한편의 전기소설(傳奇小說)을 연상시키고 있다.

　춘향과 이도령의 사랑의 격조는 작품 속에서 시종일관 유지된다. 첫날밤의 사랑의 정경은 흥성하지만 난하지 않으며, 이별의 모습 또한 슬프지만 경박하지 않다. 앞의 인용 ②에서와 같이 춘향이 이도령에게 대들면서 따지는 장면은 신재효본에는 당연히 들어 있지 않다. 서로 헤어짐을 서러워하면서 훗날을 기약할 뿐이다.

　⑫ 도련임이 흔삼으로 春香 눈물 씩끼면셔 “우지 마라 우지 마라. 네 셔럼이 그리할 제 니 마음이 엇쩌컨나. 우리 정지 의논ᄒᆞ면 결발의 부부로셔 이질 길이 잇쎳난야. 네 의심 그러ᄒᆞ니 後日 가고 信物 쥬마.” 錦囊을 션뜻 푸러 面鏡을 너여 쥬며 “大丈夫 平生 마음 셕경빗과 갓튼지라. 멧 ᄒᆡ가 지너가되 변치 안이할 쩌신이 깁피 깁피 갈마두고 니 싱각 날 제마닥 날 본다시 여러 바라.” 春香이 셕경 밧고 쪗든 玉指環을 한 짝 버셔 듸리면셔 “女子의 정절힝이 白玉無瑕 갓싸온이 賤妾의 一片丹心 일노 信物 삼무시요.”28)

---

27) 『춘향전전집』 1, 17면.
28) 위의 책, 26면.

춘향과 이도령이 이루는 이와 같은 애틋하고 격조있는 사랑의 모습은 작품의 중·후반부로 자연스럽게 연결돼 나간다. 이도령이 떠난 뒤 춘향이 수절하는 것은 이미 예견됐던 것이며, 변학도의 수청 요구를 거부하는 것 또한 뜻밖의 일이 아니다. 사랑하는 이와 백년가약을 맺고서 훗날을 기약한 '규중 처자'의 입장에서 관장의 수청 요구를 거부하는 것은 당연한 일인 것이다.

신재효본에서 이루어진 이와 같은 변개는 인물의 성격 및 작품의 서사적 전개에 합리적 일관성을 부여하기 위한 것으로 이해된다. 아마도 신재효는 〈춘향전〉 전반부에서 춘향이 솜씨 좋은 기생으로서 행하는 질탕하고 파격적인 사랑과 후반부에서 춘향이 정숙하고 도덕적인 여인으로서 나타내 보이는 숭고한 사랑과 절행 사이에 나타나는 불일치를 서사적 모순으로 본 것으로 생각된다. 그리하여 작품 전반부를 대폭 변개하여 후반부의 형상과 나란하게 맞춤으로써 그러한 모순을 해소하려 했던 것이다. 이러한 신재효의 의도는 실제 작품에서 무리없이 잘 실현되었다고 평가된다. 인물의 성격이 그가 뜻한 대로 재창조되었고, 서사적 전개에 있어 전후반부의 불일치가 해소되면서 일관성과 합리성이 갖추어진 것이다. 판소리를 무척이나 아끼고 사랑했던 신재효의 뛰어난 작가적 능력을 보여주는 대목이 아닐 수 없다.[29]

---

[29] 신재효는 남창 춘향가 외에 동창 춘향가를 남겼거니와, 그는 동창 춘향가에 있어 솜씨 좋은 기생의 질탕한 사랑놀음을 아주 잘 살려서 표현하고 있다. 남창 춘향가에서 작품 후반부에 걸맞게 전반부를 수정하는 대신, 춘향전 전반부 본래의 모습을 살린 독립된 한 작품을 만든 것이다. 춘향전의 불합리성을 극복하면서 또 한편으로 그 본래의 면모까지도 놓치지 않기 위해 작품을 둘로 나누어 만든 것에서 〈춘향전〉에 대한 신재효의 애정을 볼 수 있다. 그리고 그 두 작품을 각기 잘 살려낸 데서 그의 작가적 역량을 확인할 수 있다.

　동창 춘향가와 관련하여 그간 대다수 논자들은 남창과 동창의 분화를 판소리 창의 분화로 설명하였으며(서종문, 「신재효본 춘향가 동창, 남창의 판의 분화에 대하여」, 『한국고전산문연구』, 동화출판사, 1981이 대표적이다), 동창을 미완성 작품으로 보아 왔다. 그러나 신동흔은 위와 같은 견지에서 남창과 동창의 분화가 주제의식에 따른 것이라고 보고 있으며, 동창은 이별 대목을 끝으로 일단락된 작품이라고 보고 있다. 이에 대한 더 자세한 논의는 후고를 기약하기로 한다.

문제는 그가 〈춘향전〉 전·후반부의 불일치를 모순으로 보았을 뿐 미처 발전적 변화로 이해하지 못하였다는 데 있다. 앞서 살폈듯이 〈춘 향전〉의 서사적 전개의 묘미는 변학도의 출현과 '춘향사건'을 축으로 한 상황의 극적 변전 및 의미의 질적 비약에 있다. 전반부에 솜씨 좋은 기생으로 등장하여 행동하던 춘향이 이별을 겪고 변학도와 싸우는 일 련의 과정에서 참사랑과 정절의, 저항의 화신으로 변모하는 데에 〈춘향 전〉의 탁월함이 있는 것이다. 그런데 신재효는 이 점을 미처 깨닫지 못 한 채로 작품에 손을 댔다. 그리하여 그의 개작은 평면적 일관성을 획 득한 대신 춘향전이 본래 가지고 있던 역동적 발전성을 오히려 상실하 는 결과를 낳고 말았다.30)

작품 중반에서 이루어지는 극적 변전 과정의 소거는 변학도와 춘향의 싸움에 얽힌 의미를 개인 차원의 특수한 것으로 머물게 하는 결과를 가 져왔다. 신재효본에 있어 춘향사건은 춘향의 견고한 정념과 변학도의 불같은 성질이 부딪쳐 발생한 하나의 특수한 사단으로 형상화되고 있다.

> ⒀ 사쏘가 두 인군 말의 홰가 엇지 나쏀지 상투 고가 너무가고 망건 편ㅈ
> 탁 터지고 목이 꽉 쉬여쑤나. "네 인연 즈바 니라." (…중략…) 九치 낫 짝 부
> 친이 "구즁분우 관장되야 구진 짓 그만ᄒ고." 十채 낫 짝 붓친이 "十伐之木
> 아지 마오." 가드키 분난 쇽을 풀슉 풀슉 질너논이 오직 홰가 나시것나. 호 손
> 으로 무턱 잡고 호 숀으로 書案 치며 집장ᄉ령을 에울너 "엇쩌케 찌리긔에 그
> 연이 그져 사라 말을 ᄒ게 호단 말가." 낫낫치 신칙ᄒ야 열다셧 시물 넘겨 三
> 十度 즁治ᄒ니 시죵치갓탄 다리 流血이 狼藉ᄒ되 ᄉ쏘의 분호 마음 죡금도
> 안이 풀여 착가구격 ᄒ옥ᄒ니 가지록 불상ᄒ다. 잇쩌의 春香어모 상단ᄒ고 川
> 邊의로 셜니 갓다 이 消息 늦게 듯고 십젼구도 급피 온니31)

---

30) 이러한 지적은 신재효의 양반 취향이 작품의 생동성을 훼손했다는 식의 입장(김홍 규, 앞의 논문, 1978)과는 차이가 있다. 신동흔은 지금 그의 양반 취향보다는 작품을 재해석하는 관점을 문제삼고 있는 것이다.

변학도가 춘향에게 엄형을 내린 것은 춘향의 '두 임금' 소리에 격노
한데다가 춘향이 십장가로 대꾸하는 데 대하여 더욱 화가 난 때문으로
돼 있다. 변학도의 일방적 횡포보다는 춘향의 지나친 정심(貞心)과 경솔
한 부추김이 문제를 낳고 있는 것이다. 그에 따른 결과인지 모르겠지만,
사령이나 구경꾼, 기생 등이 엄형에 쓰러져 유혈이 낭자한 춘향을 동정
하며 변학도를 원망하는 등의 삽화는 신재효본에서 전혀 보이지 않는
다. 서로간의 정서적 일체감의 구현이 이루어지지 않는 것이다. 사람들
에게 있어 춘향은 남다른 정절행을 지닌 고귀한 인물로, 특수한 타자로
남는다. 그리고 '춘향 사건'은 하나의 특수한 사건으로 남는다.[32]

변학도와 춘향의 싸움이 지니는 이러한 성격은 작품 후반부에서 일
관되게 이어진다. 완판33장본에서 춘향 사건이 백성의 원성의 한가운데
자리잡고 있으면서 어사가 출도하게 하는 힘으로 작용하는 것과 달리,
신재효본에 있어 그것은 어사 출도의 주요 사유가 되지 못한다. 이도령
이 농부의 입을 통해 춘향의 수절을 확인하는 대목이 나오지만 그것은
하나의 삽화에 불과하며, 어사가 뒤에 이곳저곳 다니면서 변학도의 실
정을 확인하는 내용이 나오면서 출도의 근거를 이루고 있다. 요컨대,
'춘향 사건'은 민원의 중심에 있지 않고, 변두리에 있다. 그것은 관민갈
등의 축이 되지 못하며, 주인공과 주변인물을, 또한 작중상황과 독자를
역동적으로 엮어주는 중심축 역할을 하지 못한다. 그리하여 작품의 의
미는 애정의 삼각관계라는 개인적 차원의 문제로 축소되고 만다. 이러
한 특징은 서술자가 이도령과 춘향이 만백성 앞에서 재결합하는 일을

---

31) 『춘향전전집』 1, 31~34면.

32) 이러한 특징은 단지 신재효본에 있어 인물의 성격 변화에 따른 극적 변전이 이루어
지지 않았기 때문으로만 돌릴 수는 없다. 서술자가 애초에 춘향을 하나의 특수한 인물
로, 고귀한 열녀로 설정하려고 의도했다는 점을 소홀히 할 수 없다. 이 또한 〈춘향전〉
에 대한 신재효 나름의 재해석 방법으로서, 옳고 그름을 논할 성질의 문제는 아니다.
다만 그 문학적 효과가 어떠한가 하는 것이 문제일 뿐인데, 이에 대한 필자의 입장은
그것이 의미의 축소와 약화를 가져오고 있다는 것이다.

우세스런 일로 보아 그 만남을 뒤로 미룬 데서 명명백백하게 드러난다.

> ⑭ 어ㅅ쏘 안마음의 아무리 귀ㅎ긔로 닉가 네의 낭군이다 졍당으로 불너 올
> 여 두리 셔셔 디면ㅎ면 쇼즁ㅎ신 봉명힝츠 그 우셰가 엇쩌컨나. 다시 分付ㅎ
> 시기를 "네 말만 가지고난 쥰신을 못할테니 다시 염문 작쳐ㅎ게 아직은 방송
> 하라." 관문 박긔 물너나니 잇쩌으 춘향어모 어ㅅ쏘 츌도후의 제의 쌀를 올여
> 씬이 혹장을 쏘 마지면 빅활이나 ㅎ여볼가 관문의셔 바장이다 다힝이 白放된
> 이 오쪽키 좃컨난야.33)

〈춘향전〉에 있어 본래 이도령과 춘향의 재결합이란 어떤 것이었던가. 그것은 춘향과 더불어 남원부민들이 겪어 온 아픔과 고통을 씻어버리고 다 함께 기쁨을 나누는 일종의 숭고한 의식이다. 온갖 의미가 한데 어우러지며 구현되는 작품의 클라이맥스다. 그러나 신재효는 그것을 희생하고서 굳이 이도령과 춘향의 결합을 백성들의 눈으로부터 떼어놓았다. 이 대목에 있어 춘향은 백성의 소중한 일부가 아니라 이도령이라는 개인의 애인일 뿐이다.

이처럼 춘향을 특수한 인물로 그려 나간 결과, 곧 춘향과 사람들 사이의 정서적 일체화를 차단한 결과, 신재효본에 있어 작품의 의미는 그 편폭이 현저히 좁아지고 말았다. '양반자제와 여염처자 간의 가연(佳緣)' 내지는 '한 미천한 여인의 가상한 정절' 정도로 이 작품의 최종적 주제가 귀결되어 버리고 만다.34) 좀 극단적으로 말한다면, 신재효본의 주제의식은 양반과 여염 처자의 결연을 소재로 하는 야담 수준의 주제의식을 크게 뛰어넘지 못하였다고 할 수 있다.

---

33) 『춘향전전집』 1, 59면.
34) 작품 후반에서 관에 대한 백성의 원성이 두루 나타나지만, 작품의 서사적 줄기와 역동적으로 맺어지지 못한 채 제시되는 이러한 삽화들에 담긴 의미는 수단적이고 부차적인 것으로 작품 주제로서의 자격을 갖지 못한다.

(2) 완판84장본

완판84장본은 한편으로는 29장본, 33장본의 흐름을 이으면서 또 한편
으로는 신재효본의 영향을 적지 않게 입은 이본이다. 물론 거기에 더해
그 나름의 특유한 개성을 나타내고 있기도 하다. 이러한 특징은 주제의
식의 측면에 잘 나타나고 있다.

29장본이나 33장본과 비교할 때 84장본 역시 신재효본과 마찬가지로
작품 전반부에서 중요한 변개가 나타나고 있다. 그 변개의 방향은 춘향
을 출천열녀로서 이상화하는 쪽이라고 할 수 있다. 작품 첫머리에서부
터 이 방향으로의 의도적 변개가 나타나고 있다.

84장본은 춘향의 출생을 거창하게 그리는 데서부터 출발한다. 이 부
분은 내용이나 표현이 신재효본에서 한 걸음 더 나아간 양상을 보인다.
춘향은 성참판의 서녀이고, 기자정성을 통해서 태어난 인물이며, 선녀
가 적강한 인물이다. 여러 차례 지적됐듯이, 춘향의 출생담은 영웅소설
주인공의 탄생담과 흡사한 모양을 갖추고 있다.[35]

춘향을 정절심을 지니고 있는 열녀로 부각시키고자 하는 의도는 작
품 전반부에서 곳곳에 나타나고 있다. 방자는 처음 이도령에게 춘향을
소개하면서 그녀를 다음과 같이 여중 군자로 칭송하고 있다.

15 도련임이 엉겁절의 한는 말이 "장이 좃타. 훌융하다." 퇴인이 알외되,
"제 어미는 기성이오나 춘향이는 도도하야 기성 구실 마다하고 빅화초엽의
글즈도 싱각하고 여공지질이며 문장을 겸전하야 여렴처자와 다름이 업논이
다." 도령 허허 웃고 방자을 불너 분부하되 "들은즉 기성의 짤이란이 급피 갈
불너올라." 방즈놈 엿자오되 "셜부화용이 남방의 유명키로 방첨스 병부스 군
슈 현감 관장임네 엄지발가락이 두 뼘 가옷식 되난 양반 외입징이덜도 무슈
이 보려 하되 장강의 식과 임스의 덕힝이며 이두의 문필이며 티스의 회순심

---

35) 워낙 잘 알려진 대목이므로 원문 인용을 생략한다.

과 이비의 정절얼 품어스니 금천하지절식이요 만고여중군자오니 황공하온 말
삼으로 초리하기 어렵니다."

─9장

이러한 태도는 방자뿐만 아니라 수로(首奴)나 사령 같은 다른 인물에
게서도 나타난다. 변학도가 춘향에 대해서 묻자 수로는 춘향이 "덕식이
장한" 인물로서 수절하고 있는 중이라고 한다. 그리고 춘향 촉래의 명
을 받은 사령들 또한, 33장본에서처럼 힘을 뽐내는 것이 아니라, 춘향의
정절을 생각하며 그녀를 걱정해 주는 모습을 보이고 있다.

> ⑯ 육방이 소동 각청 두목이 넉실 일러 "김번수야 이번수야 일런 별이리 쏘
> 잇난야. 불상ᄒ다 춘향 정절 가련케 되기 쉽다. 사쏘 분부 지엄ᄒ니 어셔 가자
> 밧비 가자."

─51장

이렇게 춘향을 열녀로서 이상화하는 양상에 대하여 그것을 시민문학
적 지향의 하나로 보아 긍정적으로 평가한 견해도 있지만,[36] 그것은 기
본적으로 작품의 현실성을 떨어뜨리는 요소로 작용하고 있다는 것이
우리의 생각이다. 서사의 맥락상 사람들이 춘향을 열녀로 받아들일 만
한 상황적 근거가 마련돼 있지 않은 상태에서, '춘향은 열녀다'라는 서
술자의 관념이 추상적·일방적으로 작중인물들에게 투사되고 있는 것
이다.

우리가 주목할 것은 작중에서의 춘향의 실제의 행동양상이 이러한
서술자의 의식적 관념과 어긋나고 있다는 사실이다. 춘향이 방자와 주
고받는 말수작도 그러하거니와, 이도령의 부름에 자존심을 내세우면서
집으로 돌아왔다가 다시 광한루로 그를 만나러 가는 춘향의 모습은 아

---

36) 김종철, 앞의 논문, 1993, 154~157·176면.

무래도 어색하다. 33장본에서보다 훨씬 더 길고 자세하게 묘사돼 있는 첫날밤의 질탕한 사랑놀음 또한 '열녀'의 형상과 어울리지 않으며, 이도 령이 이별을 선언할 때의 발악에 가까운 행동 역시 그러하다. 춘향이 이도령을 원망하는 대목을 앞서 인용 ②에 제시하였거니와, 여기 나타 난 춘향의 모습은, 뜻밖의 이별이 가져온 정신적 충격을 고려한다고 하 더라도, 절개 있는 요조숙녀와는 거리가 멀다고 할 수 있다.

84장본의 서술자가 춘향을 처음부터 열녀로 부각하려고 한 것은 후 반부에서의 춘향의 모습을 염두에 둔 선택이라고 생각된다. 이 점 신재 효본과 성격이 통한다고 할 수 있다. 그러나 신재효본에 있어 인물의 성격과 행동 양상이 서술자의 의식에 따라 새롭게 창조된 데 비하여, 84장본에서는 실제 형상화된 양상이 서술자의 의도를 따르지 못하고 있다. 춘향의 구체적 행동 양상은 33장본 등에서 보이는 바와 같은 '솜 씨좋은 기생'의 그것이 많은 부분 그대로 유지되고 있는 것이다. 이러 한 의도와 실제의 불일치는 어색한 양면성 속에 현실성의 약화를 가져 오고 있다.

그 과정이야 어떻든, 84장본은 신재효본과 달리 작품 전반부에서의 인물의 행동 양상에 있어 〈춘향전〉 본래의 모습—말하자면, 양반자제 와 기생 딸의 자유분방하고 질탕한 애정행각—이 유지되었고,[37] 그러 한 모습은 작품 후반으로 넘어가면서 변모를 겪는다. 변학도와의 싸움 을 계기로 하여 춘향은 진정한 열녀로 드러나게 되고, 신분차별이나 관 의 횡포에 얽힌 의미 등이 부각되면서 의미의 확산이 이루어진다. 84장 본 후반부에서 부각되는 사랑과 정절의 의미는, 그리고 신분해방적 지 향은 자유분방한 애정 내지 '신분상승'의 지향이 주조를 이루던 작품 전반부와는 뚜렷이 다른 모습을 보이고 있다.

---

37) 84장본에서는 그 모습이 오히려 강화된 측면이 없지 않다. 사랑놀음 대목이 대폭 확 장된 것이라든가 인물의 성격과 행동이 33장본 등에서보다 더욱 강하게 형상화된 것 등에서 이러한 느낌을 받게 된다.

문제는 그 변화의 과정이 얼마나 문학적으로 살아나고 있는가 하는 점이다. 앞서 이 작품 전반부에 투사되고 있는 서술자의 관념을 지적했지만, 84장본에 있어 의미의 질적 변전이 이루어지는 양상은 33장본과 비교할 때 어색한 면이 많고 긴장감이 떨어진다는 것이 우리의 판단된다. 춘향사건이 벌어지기 전부터 이미 춘향이 열녀로 내세워지고 있었으니, 사람들의 시선에 있어서의 역동적 변화와 그에 따른 의미의 비약이 제대로 살아나지 못하는 것은 자연스러운 일일 것이다.

84장본에 있어 변학도와 맞서는 춘향의 모습은 아주 '장하게' 그려진다. 변학도의 수청 요구에 대하여 춘향은 한 치도 굽히지 않고 허유와 백이·숙제에 자신을 비교하면서 '정절'의 가치를 내세우고 있다.[38] 일개 아녀자로서 관장의 권위에 당당히 맞서고 있는 이러한 춘향의 형상은 말 그대로 '정절의 화신'으로서 부족함이 없다.

> [17] 춘힝이 엿자오되 "츙불삿이군이요 열불경이부졀을 본밧고자 하옵난듸 수차 분부 이러한이 싱불여사이옵고 열불경이부온이 쳐분듸로 하옵소셔." (…중략…) 춘향 다시 사쏘젼의 엿자오되, "당초의 이수지 만날 쩌의 틱산 셔히 구든 마음 소쳡의 일심 졍졀 밍분갓턴 용밍인들 쎄여너지 못할 터요 소진장의 구변인들 쳡의 마음 옴계가지 못할 터요 공명션싱 놉푼 지조 동남풍은 비러써되 일편단심 소여 마음 굴복지 못하리다. 기산의 허유난 붓촉수요 거쳔ㅎ고 셔산의 빅슉 양인은 불식쥬속 하여쓴이 만일 허유 업셔쓰면 고도지산 뉘가 하며 만일 빅이 숙졔 업셔쓰면 난신적자 만하리다. 쳡신이 수쳔한 계집인들 허유 빅을 모르잇가. 사람의 쳡이 되야 비부기가 흐는 법이 베살하난 관장임네 망국부쥬 갓싸오니 쳐분듸로 ㅎ옵소셔." (…중략…) 춘향이 포악하되 "유부겁탈하난 거슨 죄 안이고 무어시요." 사쏘 기가 막켜 엇지 분하시던지 연상을 쑤달일 제

---

38) 84장본에는 고사의 인용이 많은 편인데, 이는 의미를 관념적으로 추상화하여 현실성을 약화시키는 면이 있다. 춘향이 변학도에 항변하는 장면에서도 이러한 특징이 나타나고 있다.

탕건이 버셔지고 상토고가 탁 풀리고 더마듸여 목이 쉬여 "이연 자바 니리라."

—54~56장

이처럼 변학도에 당당히 맞서다가 악형을 당하는 춘향에게 사람들이 보내는 애정과 지지는 뚜렷한 편이다. 그러나 84장본에 있어 사람들이 춘향과의 정서적 일체감을 형성하는 과정은 33장본과는 다른 미묘한 뉘앙스를 담고 있다.

⑱ 말 못하고 기절ᄒ니 업졋던 형방 퇴인 고기 드러 눈물 쓰고 미질하든 져 사령도 눈물 쓰고 도라셔며 "사람으 자식은 못하건네." 좌우의 구경하난 사람과 거힝ᄒ는 관속드리 눈물 쓰고 도라셔며 "춘향이 미맛는 거동 사람 자식은 못 보것다. 모지도다 모지도다 춘향 졍절리 모지도다. 출쳔열여로다." 남여노소 업시 셔로 낙누하며 도라셜 졔 사쏜들 조흘 이가 잇스랴. "네 이연 관정의 발악ᄒ고 마지니 조흔 계 무어신야. 일후의 쏘 그런 거욕관장할가." 반싱반사 저 춘향이 졈졈 포악 ᄒ는 마리, "여보 사쏘 드리시요. 일런 포한 부지상사 어이 그리 모르시요. 계집의 곡훈 마음 온유월 셔리 침네. 혼비즁쳔 단이다가 우리 셩군 좌졍하의 이 원졍을 알외오면 사쏜들 무사홀가. 덕분의 죽여 주오." 사쏘 기가 믹켜 "허허 그연 말 못할 연이로고. 큰 칼 쓰여 하옥하라."

—59장

⑰에서 ⑱로 이어지는 대목에 있어 사람들의 관심은 변학도의 횡포와 춘향의 절개 양쪽을 향하고 있다. 이 점 33장본과 본질적인 차이가 없다. 그린데 84장본에 있어 그 초점은 33장본과 달리 '춘향의 절개' 쪽으로 치우치는 양상이 나타나고 있다. 서술자는 변학도의 형벌을 춘향의 포악이 유발한 것으로 설정하고 또한 변학도의 마음도 좋지 않았다고 함으로써 그의 악형에 상당한 면죄부를 주고 있다.39) 그런 한편으로

---

39) 애초에 84장본은 변학도를 단지 여색에 '흠'이 있는 풍류남아로 표현하고 있거니와,

사람들이 탐관의 모진 형벌에 저항하기보다 '출천열녀' 춘향의 모진 정절에 찬탄을 나타내고 있는 것으로서 장면을 구체화하고 있다. 작품 전반부에서 그런 것처럼 '정절'의 관념에 대한 경도가 나타나고 있는 것이다.

이 장면에서의 춘향의 정절행은 작품 전반부에서 이미 서술자가 예고했던 것으로서, 의미의 질적 변전은 그리 역동적으로 이루어지지 못한다. 그리고 관심의 초점이 춘향의 '특출한 정절'에 맞추어짐으로써, 부정한 권력의 횡포에 고통받는 운명공동체로서의 춘향과 사람들—남원부민, 그리고 독자들—의 정서적 일체감은 효과적으로 구현되지 못한다. 사건의 정황은 그러한 일체감을 형성할 만한 것이되, 서술자의 관념적 편향이 오히려 이를 방해하고 있는 형국이다. 물론 서술자의 의도는 춘향을 지고지순의 숭고한 인물로 부각하고자 한 것이겠지만, 결과적으로 그것이 춘향에 대한 거리감을 유발하는 작용을 하고 있음을 부인할 수 없다.

이러한 서사적 전개의 양상은 작품 후반부에서도 그대로 이어진다. 남원부민들은 '춘향 사건'에 깊은 관심을 나타내며 그 추이를 주시하지만, 그것은 '나 자신의 일'로서 살아나지는 못하고 있다. 본래 춘향 사건은 변학도가 저지르는 갖은 수탈과 횡포의 상징적 표상으로서 민원의 중심에 놓이는 것인데, 84장본에서는 그러한 구도를 갖추지 못하고 있다. 변학도의 학정의 흔적은 작품 문면에 거의 나타나지 않는다. 오히려 농부들은 대풍을 이룬 농사를 돌보며 태평하게 일하고 있는 것으로 돼 있다. '춘향 사건'이 농부들의 삶과 역동적으로 맺어지지 못하고 있음을 보여주는 대목이다. 그럼에도 농부들은 춘향의 정절에 대해서는 칭탄을 아끼지 않는다.

이러한 설정은 이 장면의 서술 시각과 서로 맥락이 통하고 있다.

19 어사쏘 반말ㅎ기는 공성이 낫졔. "져 농부 말 좀 무러보면 조커쑤만." "무삼 말." "이 골 춘향니가 본관의 수쳥드러 뇌물을 만이 바더묵고 민졍의 작폐한단 말이 올흔지." 져 농부 열을 니여 "게가 어듸 삽나." "아무듸 사든지." "아무듸 사든지란이. 게난 눈콩알 귀쭝알리 업나. 지금 춘향이를 수쳥 아니 든다 하고 형장 맛고 갓쳐쓰니 창가의 그련 열여 세상의 드문지라. 옥결갓튼 춘향 몸의 자니 갓턴 동냥치가 누셜을 지치다는 비러먹도 못ㅎ고 굴머 뒤여지리. 올나간 이도령인지 삼도령인지 그놈의 자식은 일거후 무소식하니 인사가 그러코는 벼살은컨이와 니 좃도 못하졔."

—72장

　이처럼 백성들이 춘향에 대하여 나타내는 경애의 감정은 그것이 백성들 자신의 삶과 역동적으로 연결되지 못하고 있음으로 해서 현실적 생동감이 떨어지고 있다. 그리고 서사적 전개의 긴장감이 대폭 약화되고 있다. 이어사에게 주어진 일은 관에 대한 백성의 원성을 다스리고 민심을 다독이는 일이 아니라 단지 춘향을 구하여 그 정절을 기리고 전날의 가연(佳緣)을 잇는 일일 뿐이다. 그리하여 84장본의 어사 출도 장면에는 긴박감이 잘 살아나지 않는다. 오히려 관헌에 출도하여 본관을 봉고파직하는 행위가 춘향이 당한 고통에 대한 설치 내지 보상—그것은 물론 사람들이 모두 바라고 있는 일이지만—이상의 명분을 제대로 갖추지 못하고 있는 양상이다. 탐관의 횡포 밑에서 말 못할 고통을 겪고 있던 백성들이 수난의 표상이었던 춘향과 더불어 축제의 한마당을 벌이는 모습을 형상화한 33장본에 비하여 상황적 진실성이, 또한 의미와 감동이 대폭 축소된 모습이다.
　84장본은 장점이 많은 이본으로서, 주제의식에 있어서도 전보다 진전된 측면이 없지 않다. 예컨대 84장본은 춘향의 신분적 자의식이나 고귀한 정절의 가치 등을 그전의 이본들보다 더 뚜렷하게 부각시키고 있다. 그러나 전체적으로 볼 때, 진전보다 후퇴가 두드러지다는 것이 우리의 결론이다. 서술자가 '정절'의 관념에 경도된 결과는 득(得)보다는 실(失)을 더 많이 가져왔다. 인물의 행동 및 사건전개의 현실적 생동감을 약화시켰으며, 상황의 극적 변전에 따른 의미의 질적 비약과 확산을 감당해내지 못하였다. 그 결과 의미의 편폭이 좁아지고, 의미의 문학적 실현이 제대로 이루어지지 못하였다.

84장본에서의 이러한 개악과 관련하여 필자는 그것이 판각본 업자의 어설픈 개입에 의한 것이 아닐까 하고 추측하고 있지만, 확인할 수는 없는 일이다. 어떻든 작품의 문학적 성취도라는 측면에서 볼 때 84장본이 완판 〈춘향전〉의 대표 판본이 되기 어렵다는 사실만큼은 분명하다고 하겠다.

3) 저변의 흐름—신학균본, 박순호99장본, 장자백창본

그동안 학계에서는 신재효본과 완판84장본을 19세기 말 20세기 초 〈춘향전〉의, 나아가 판소리문학의 향방을 대변하는 이본들로 받아들여 왔다. 그러한 관점을 받아들일 경우, 앞 절의 논의 결과는 이 시기 판소리가 주제의식 면에서 질적으로 후퇴하였음을 드러내 준 셈이 된다.

그러나 우리는 신재효본이나 84장본이 이 시기 춘향전의, 나아가 판소리문학의 성격을 대변한다고 보지 않는다. 그것은 단지 하나의 특수한 단면을 보여주고 있을 뿐이다. 이제 20세기 초에 나온 또 다른 춘향전 이본을 통하여, 특히 판소리적 성격을 짙게 지닌 필사본 자료들을 통하여 이 시기 판소리 문학의 또다른 모습을 보기로 한다. 문학사 표면에 요란하게 떠오르지 않았던, 저변의 흐름이다.

(1) 신학균본

신학균본 별춘향가[40]는 필자가 20세기 초의 춘향전 이본들 가운데 특히 주목하고 있는 자료다. 주제의식을 포함한 작품성 면에서 완판 계열 춘향전의 정점에 놓인다고 감히 평하고 싶다. 판소리적 흥취를 적절히 살리면서도 삶에 대한 진지한 자세를 유지하고 있는 이 이본은, 정곡을 찌르는 섬세하고 날카로운 표현을 통하여 심도있는 현실인식과 함께 문학적 감동을 전해주고 있다. 이 이본의 주제 구현양상에 대해서는 필자가 이미 상세한 분석을 수행한 바 있거니와,41) 이를 길게 되풀이하는 것은 생략한다. 단지 이 이본이 나타내는 주제구현상의 주요한 특성을 요약하여 소개하기로 한다.

신학균본의 주제의식은 본질적으로 완판33장본의 맥을 잇고 있다. 변학도와의 싸움을 계기로 한 의미의 비약과 확산을 주제구현의 기본 축으로 삼고 있다. 초반부의 흥성하고 분방한, 이기적 요소가 있는 사랑이 후반에서 아름답고 숭고한 사랑으로 비약해 가는 과정이 뚜렷이 부각되며, 춘향사건을 축으로 하여 사람들이 춘향과 한몸이 되어 부정한 권력에 맞서는 양상이 잘 그려지고 있다. 부언하자면, 신재효본이나 84장본에서 보이는 바와 같은 변개는 신학균본에 있어 전혀 수용되지 않고 있다.

신학균본의 장점은 풍부하고 섬세한, 정곡을 얻은 장면묘사를 통하여 작품의 의미를 훌륭하게 형상화하고 있다는 데 있다. 이 이본에 있어 인물의 행동과 심리는 33장본과 비교할 때 훨씬 생동감 있게 살아나고 있다.42) 이해를 돕기 위하여 그중 한 장면을 아래에 제시해 본다. 그 내용을 차근히 음미해 보면 인물들의 말과 행동 하나하나가 섬세하고 실감있게 그려져 있음을 느낄 수 있을 것이다.

---

40) 이 이본은 김동욱 선생이 『문학사상』 1974년 2월호에 소개한 자료로, 기유년에 납품된 것으로 돼있다. 1909년에 필사된 것으로 이해된다.

41) 신동흔, 앞의 논문.

42) 신학균본은 작품 분량이 33장본은 물론 84장본을 훨씬 능가하는 대작이다. 이러한 양적 확대는 기본적으로 장면묘사의 확장에 따른 것이라 할 수 있다. 주목할 것은 그 장면묘사가 거의 군더더기라고 할 만한 것 없이 인물의 성격 창조 및 의미의 서사적 실현에 효과적으로 기여하고 있다는 점이다.

⃟20 춘향이 찔찔 웃어 화기로 하는 말이, "도련님 올라가면 내가 집안 살림 하나나 두고 갈까. 모두 방매하면 후에 우리 모녀 신교 타고 가거더면 한달 안에 만나볼걸 그다지 서러워하며, 또 한스럼으로 의논하면 남녀가 분명한데 사대부 체면으로 그다지 상서합쇼." "네가 누구 청으로 말을 한다마는 끓는 국에 멋물 났다. 내가 층층시하일 뿐더러 미성년 아이가 애비 골에 따라와 작첩하여 간다 하면 집안은 망가되고 동년동갑 보실는지 노형 소제간이라도 버린 인사로 알 것이니 이 일을 어쩌잔 말이냐? 영영사정 너 데려갈 길 내 없으니 이 아니 답답하냐."

춘향이 앉아 들으매 종시가 틀리고 표리가 부동하니 십상 좋은 영이별이라. 도화같이 고운 얼굴색이 변색하여 보도독 나앉으며 "애고 그 말씀이 웬말이오?" 바느질 그릇 집어 놓고 실패 골무 가위 누비띠 등물 좌르륵 흩어 되는 대로 집어 얹고 사랑하던 면경 체경 각장장판에 땅땅 부딪치며 "속 보이는 그 말씀을 입으로 나오는가. 어찌 그리 향내 나는 말 따위를 하오" 와락 뛰어 달려들며 향단이 부르더니 "여쭈어라. 여쭈어라. 마루하님께 여쭈어라. 오늘밤에 내가 죽노라고 마루하님께 여쭈어라. 여보 도련님 상봉한 지가 한달이요 두달이요. 데려간단 말이 몇번이오 어제 저녁 서울자랑 온갖 골목 다 섬기며 세간까지 걱정터니 웬 이때 금석언약 시각을 못 지내어 일조에 잊잔 말이요 야속하고 인정없는 그 소리를 살아있는 나를 두고 차마 입을 붙이는가. 산색은 고금 같고 인정은 변한다 한들 저녁 한 말 아침 변코 아침 한말 또 변하니 군자소인 있으리까. 말게 말게 그런 법이 없습네다. 매우 점잖소. 백불이삼지기우를 헛말로 알았더니 십상팔구 해오인을 오늘 보니 내 알것네. 어서어서 올라가오."

이때 춘향모 (…중략…) 난간마루 뛰어 올라 밑창을 열뜨리고 팔뺌 내어 딸겨누며 "내 평생에 이르기를 태도도 너와 같고 인물도 너와 같고 행실도 너와 같은 봉황의 짝을 지어 안하에 노는 양을 목전에 보았더니 잘되었다 잘되었다. 에 요년 썩 죽어라. 너 죽은 시체라도 저 양반이 지고 가게."43)

신학균본은 다양한 의미의 복합적 제기와 종합적 통일이라는 측면에 있어서도 33장본보다 주제의식이 진전된 면이 있다. 특히 신분갈등 문제가 잘 부각되고 있다는 점을 주목할 만하다. 신학균본은 33장본과 달리 작품 전반부에서부터 '사랑'에 대한 지향과 함께 신분제의 불합리성이 낳는 고통을 뚜렷이 부각하고 있다. 춘향의 신분적 자의식과 신분상승 의지가 뚜렷이 나타나며, 위 인용문에서도 엿볼 수 있듯이 기생이라는 천한 신분 때문에 춘향의 겪는 아픔이 리얼하게 살아나고 있다.[44] 이렇게 부각된 신분갈등의 의미는 작품 중반 '춘향 사건'의 전개과정을 통해 더욱 강화되고 확산되며, 종국적으로 '인간해방'의 구현 차원에서 사랑·정절의 의미와 하나로 맺어지게 된다.

필자가 〈춘향전〉 서사적 구성의 관건이라고 보고 있는, '춘향 사건'을 축으로 한 의미의 변전 양상을 신학균본은 다른 어떤 이본보다도 잘 살리고 있다. 신학균본에 있어 변학도가 춘향에게 매질을 가하는 것은 단순한 순간적 분노에 의한 것이 아니라 백성을 힘으로 다스리겠다는 의지의 표현으로 그려지고 있다. 그 억울하고도 참혹한 형벌을 보면서 남원부민들은, 바로 전까지만 하더라도 양반서방 얻고서 잘난 체한다고 춘향을 모욕하던 그 모습에서 돌변하여 춘향과 한몸이 되어 변학도의 횡포에 함께 저항하게 된다. 그들에게 있어 춘향의 일은 곧 '나 자신의 일'이 되는 것이다. 이제 춘향과 사람들 —남원부민, 나아가 독자들— 사이에 강한 정서적 일체감이 형성되는 과정이 나타난 장면을 아래에 제시한다. 앞서 인용한 33장본과 84장본의 같은 대목(인용 8~9, 19)과 비교해 보면 작고 큰 차이를 느낄 수 있을 것이다.

---

43) 「신학균본 별춘향가」, 『문학사상』 1974년 2월호, 371~372면.
44) 위 인용에는 나와 있지 않지만, 춘향과 춘향모는 '하방 천첩' 또는 '하방 기생'의 설움을 자주 토로하고 있다. "하방천첩 내 딸 춘향 일분 생각 하오리까"(372면), "내 팔자는 어이하여 하방 기생 되어 나서 임이별이 웬일인고"(373면), "내 아무리 기생인들 기생마다 기생인가"(373면) 하는 등이다.

㉑ 애고애고 우는 소리 동정추수 넓은 물에 짝 잃은 원앙조요, 목단화 웃분장에 나비 잃은 꽃이로다. 춘향이 거동 보소. 정신이 캄캄 살아날 길 전혀 없다. 도화 같은 두 귀 밑에 흐르느니 눈물이요, 백옥 같은 두 다리에 솟느니 유혈이라. 하나 치고 그만둘까 둘 치고 그만둘까, 별전 삼십도에 남원 읍내 남녀노소 이른 말이 "불쌍하다 열녀춘향 저 매 맞고 어찌 살리." 여기저기 손가락질 구석구석 닦는 눈물, 우는 기생 몇명이며, 집장사령 잡은 형장 내던지고 군복자락 들어다가 얼굴을 체면 불구하고 눈물을 씻으면서 하는 말이 "못하겠네, 못하겠네 사령구실 못하겠네. 다시 이런 매 잡는 놈은 제밀 붙고 밟고 갈 놈일세."

한참 이러할 때 실색발광 저 향단이 함부로 달려들어 춘향 다리 검쳐 잡고 "비나이나 비나이다 사또전에 비나이다. 일전에 토사병을 앓은 때가 이틀인데, 어제 아침 어제 저녁 오늘같이 굶은 속에 죄 있어서 맞건마는 만일 맞아 죽었으면 백발노모 소녀까지 살아날 길 없사오니 한 분부 어진 덕택 세 목숨 살아지이다." 사또 더욱 분을 내어 "삼목 칼 씌워 하옥하라."

사장이 분부 듣고 커다란 삼목칼을 춘향의 가는 목에 함빡 씌워 칼머리 인봉 치고 삼문 밖에 끌어내니 남원 왈자 모였으되 호가각제 노는 사람 이호장 승방 공방 굵직굵직한 통인 방자 여러 기생이 모였으되, "산월아 옥낭아 청심환 이리 내어라." "냉수는 금한단다. 따뜻한 물 떠오너라." 중놈이는 대접 들고 정신없이 오락가락, 계심이는 청심환을 옥수로 덥석 잡고 비죽비죽 우는 눈물. 군분이는 숟가락 들고 춘향 입에 떠넣는데 칠선이는 부채질과 공형들은 들락날락. "부디 찬물 권하지 마라. 중장 끝에 죽느니라." 행수군관 왔다갔다 "너무 과히 헌화 말라."

한참 이러할 때 춘향어멈 거동 보소 백발머리 뒤흔들며 거문 대문 땅땅 몸부림을 드러내며 "의쇼의쇼 이 사람들 속이 내워 나 죽겠네. 늙은년이 살았다가 청춘딸을 잃게 되니, 형문에도 법이 있지 불효강상 범하더냐 남의 굴총 하였던가. 천신만고 곱게 길러 음식이며 바느질과 온갖것을 가르쳐도 뺨 한번을 아니친 걸 저 매 맞고 어찌 사리. 아가 정신차려라." "헌화를 금하라." 사장이 재촉하니 향단은 춘향 업고 여러 기생 칼머리 들고 옥으로 내려갈 때 춘향 어멈 달려들어 얼굴을 한테 대고 목탁입을 비죽비죽 검버섯 돋은 귀밑에 눈물이 그저 좔좔.[45]

신학균본에 있어 관민간의 갈등과 대립은 다른 어떤 이본보다도 날카롭게 부각된다. 백성에 대한 변학도의 위세가 등등하며, 백성들의 반발 또한 그에 비례하여 전면적이다. 흉흉한 민심이 일촉즉발의 형세를 이루고 있는 형국이다. 민란의 기운이 감돌기까지 하는 이러한 긴장된 상황에서 어사의 파견과 출도가 이루어진다. 그것은 민심을 가라앉히기 위한 최선의 선택이었다. 나라에서 민의(民意)에 부응하여 관의 부당한 횡포를 징치함으로써, 관과 민의 첨예한 갈등이 해결되는 것이다. 권력의 횡포에 대한 민의의 승리다.[46]

권력에 대한 민중의 항거라는 의미는 물론 신학균본에 있어 여타의 의미요소와 분리되어 따로 구현되는 것이 아니다. 33장본에서 그랬던 것처럼, 그것은 사랑, 정절, 신분갈등의 의미와 한데 맞물려 있다. 이해관계를 뛰어넘는 참사랑, 인간적 신의와 자존심으로서의 정절, 부당한 신분적 차별로부터의 탈피, 권력의 부당한 횡포에 대한 항거, 이 모든 의미는 궁극적으로 '인간 해방'의 차원에서 하나로 만난다. 그 경지를 〈춘향전〉은 보여주고 있다.

이상 신학균본을 통하여 우리는 20세기초의 〈춘향전〉이, 나아가 판소리문학이 그 본래의 주제의식을 더욱 강화하면서 현실성을, 문학성을 확대하고 있는 모습을 단면적으로 볼 수 있다. 신재효본에서 완판84본으로 이어지는, 그리고 대중적 활자본으로 이어지는 표면의 흐름 뒷면에서, 아래 바탕에서 가꾸어져 온 〈춘향전〉의 참모습이다.[47]

---

45) 「신학균본 별춘향가」, 381면.
46) 이에 대한 자세한 분석은 신동흔, 앞의 논문, 200~213면 참조.
47) 20세기초에 나타난 이러한 변화가 무슨 의미가 있겠느냐고 반문할 수도 있겠다. 이

(2) 박순호99장본, 장자백창본

박순호99장본과 장자백창본은 1910년대 이후 판소리문학의 향방을 가늠할 수 있게 해주는 자료로서 중요한 의의를 지니고 있다.[48] 이 두 이본은 대목마다 장단이 명시돼 있는 등 판소리 창본으로서의 성격을 지니고 있거니와, 이들을 통하여 우리는 이 시기 대중적 소설본과 구별되는 '판소리' 춘향전의 흐름을 읽어낼 수 있다.

99장본과 장자백본은 둘 다 창본이라는 것 외에 구체적 내용 면에서 깊은 친연성을 지니고 있다. 전체적인 서사적 전개는 물론 행문까지도 상당한 부분이 서로 유사하다. 이제 이 둘을 한데 묶어서 그 주제구현상의 특성을 살펴보기로 한다.

99장본과 장자백본에서 우리가 눈여겨볼 것은 완판84장본과의 밀접한 관련성이다. 앞서 두 이본의 행문이 유사하다고 했지만, 그 유사한 행문은 기실 완판84장본에서 온 것이라 할 수 있다. 두 이본의 사설 가운데 아니리를 제외한 '창' 부분은 84장본에 크게 의존하고 있다.[49]

중요한 것은 두 이본이 84장본의 아류가 아니라는 점이다. 이들은 84

때는 이미 〈춘향전〉류의 전통적 판소리문학이 시대적 의의를 상실한 시기라는 관점이다. 그러나 필자는 이러한 시각에 동의할 수 없다. '진정한 사랑과 정절의 구현', '부당한 인간차별로부터의 탈피', '권력의 부당한 횡포에 대한 저항'과 같은 〈춘향전〉의 주제는 조선시대에만 유효한 것이 아니다. 그것은 일제시대에도, 아니 오늘날까지 여전히 유효한 의미라고 할 수 있다. 한 이본이 그러한 의미를 문학적으로 가다듬고 강화하는 데 성공하고 있다면 그것은 시기와 상관없이 그 자체로 소중한 일이라 할 수 있다.

48) 박순호 99장본은 1917년에, 장자백창본은 1925년에 필사된 것이다. 장자백창본에 대해서는 1865년 필사의 가능성이 제기되고 있으나, 그 가능성은 거의 없다고 본다. 장자백의 활동기간과 맞지 않을 뿐 아니라, 내용상으로도 신재효본이나 84장본보다 앞선 것으로 보기 힘들다(춘향이 성참판의 서녀로 돼있는 점 등). 참고로, 두 자료의 원문은 김진영 외편, 『춘향전전집』 1, 박이정, 1997에 실려 있으며, 장자백창본의 경우 김진영 외 역주, 『춘향가―명창 장자백 창본』, 박이정, 1996에 원문과 함께 해제, 주석까지 이루어져 있다.

49) 99장본 및 장자백본이 84장본과 유사한 것을 두고 84장본이 이 두 이본의 모본이라고 단정할 수는 없다. 다른 모본이 있어 거기로부터 이 세 이본이 산출되었을 가능성이 있는 것이다. 그러나 두 이본의 필사 연대가 늦다는 점을 고려하여, 이들을 84장본의 후본(後本)으로 전제한 가운데 논의를 전개하고자 한다.

장본이 범했던 무리를 답습하지 않고 있다. 오히려 그것을 극복하여 높은 문학적 문학적 성과를 성취하고 있다. 이제 그 양상을 구체적으로 살펴본다.

두 이본은 우선 작품 첫머리에서 춘향을 천상 선녀의 적강으로 설정하는 거추장스러운 영웅소설식의 서두를 걷어내 버렸다. 작품 전반부에 있어 춘향은 관념적으로 이상화되지 않는다. 곧 요조숙녀 내지 열녀로 그려지지 않는다. 서술자는 춘향과 이도령의 성격을 미화하는 대신 오히려 골계적이고 비속한 대사와 언행을 되살림으로써 이들을 발랄하게 살아 움직이는 인물로서 부각시키고 있다.

> ② "아나 엿짜 이이 츈향아." (말노) 불러 논이 츈향이 쌈작 놀너여 근의 아리 쑥 쩌러지며 "이고 호접시럭게 삼긴 지식. 너의 선산의 불이 낫는야. 눈쌀치 싱긴 것이 어름의 밋쓰러져 죽은 거멍쇼ㅣ 눈쌀쳐로 싱긴 즈식 한마트면 낙상할 변 보왓짜." (…중략…) "엇짜 그 즈식 밋친 즈식일시. 도련님이 날를 엇지 아라 부른단 말린야. 네가 도련님 틱 밋터 안져 춘향인지 난양인지 긔싱인이 비상인이 네미니 네 할민이 종죠리시 열씨 까듯 죠랑죠랑 외야 밧치라든야. 이 긔씹의로 나셔 쇼ㅣ졋 먹쏘 도야지 등의 업피여 즈라난 이 두덕이 잠연네 즈식가."50)

> ―6장

이와 같은 인물의 발랄한 성격51)은 첫날밤의 질탕한 사랑놀음 장면과 자연스럽게 어우러지고 있다. 그러면서 파격적이고 흥성한 사랑이라는 의미가 자연스럽게 구현된다. 84장본에서 보이는 바와 같은 어색한 이중성이 해소된 양상이다.

---

50) 99장본도 이 대목의 표현이 이와 유사하다.
51) 장자백본이 보이는 서민적 발랄성에 대해서는 김진영 외 역주, 앞의 책, 해설 부분에 자세한 설명이 이루어져 있다.

작품 전반부가 이렇게 되돌려짐으로 해서 작품 전반부에서 후반부로 넘어가는 과정에서의 상황의 극적 전변이 되살아나고 있다는 점도 주목할 만하다. 솜씨 좋은, 도도하고 자존심 강한 기생으로만 알았던 춘향이 뜻밖에도 사랑과 정절의, 저항의 화신으로 새롭게 살아나면서 사람들이 그와의 정서적 일체감 속에 관의 횡포에 맞서게 되는 식의 변화다. 이러한 변화는 84장본에서 그리 생동감 있게 살아나지 못하고 있던 것인데, 99장본과 장자백본에서는 그 변전의 양상이 잘 형상화되고 있다. 힘을 뽐내며 춘향을 잡으러 나가는 사령의 모습과, 악형으로 처참한 몰골이 된 춘향을 보며 눈물을 삼키는 사람들의 모습이 다음과 같이 선명한 대비를 이룬다.

23 굴노 ᄉ령니 나온다. 굴노 ᄉ령니 나온다. "예바라 짐변슈야." "워야 워야." "예바라 니변수야." "글예셔야." "예바라 빅변슈야." "멋홀난야." "걸니엿다 걸니엿다." "뉘가 뉘가 걸니여." "춘힝니가 걸니엿다." "올타 올타 그연 일 잘 되얏다. 신통ᄒ다. 구관 ᄌ졔 셔방ᄒ야 울니 보면 괴가 만ᄒ아 쫏딩혜을 짝짝 쓸며 거만실엽게 걸음 걸턴니라. 너민 돌의 졍 맛는니라. 그물코가 쳔 코 되면 걸일 코가 잇는이라. 우리 동관 슈삼인 중의 일분 사졍 두는 놈은 난졍 급살 식니리라. 어셔 가ᄌ 어셔 가ᄌ."

—99장본, 47장

24 말 못ᄒ고 긔졀ᄒ니 업졋든 형방도 누물짓코 미질ᄒ든 집장ᄉ령도 발굴니며 셔도 쓸쓸 치며 "사롬의 ᄌ식은 못 보것다." 좌우 틈셕의셔 남여노쇼 업시 구경ᄒ는 ᄉ롬덜도 "아셜라. 츈힝 미맛는 거동은 ᄉ롬의 ᄌ식은 못 보것다. 모지도다 모지도다 우리 골 삿도가 모지도다. 독ᄒ도다 독ᄒ도다. 나는 간다 나는 간다 썰썰거리고 나는 간다." (말노ᄒ라) 삿도 니글니 분니 덜 풀여셔 "네 그연 항시 죽시ᄒ고 큰 젼목칼 씨여 장방굴리ᄒ라." 쓸어다가 삼문간의 니다 논니 잇쩌여 남원 긔싱덜리 츈힝니 미맛고 죽게되야단 말을 듯고 썰썰

리 동무지어 각각니 일홈을 불너 나오며 일언 야단니 업는 것시엿다. "이고 형임." "이고 동싱." "이고 츈힝아."

—99장본, 59장

이와 같은 역동적 전변의 과정을 통하여 의미의 확산과 비약이 이루어지고 있음은 앞서 살핀 33장본이나 신학균본 등에서와 유사하다. 참사랑과 정절의 의미가 선양되며, 이와 맞물려 신분제의 모순과 관의 부당한 횡포에 대한 저항감이라는 의미가 부각된다. 그 의미요소들이 부각되는 정도를 굳이 다른 이본과 비교해 본다면, 신학균본에 비하여 다소 약한 듯하나 33장본에 비하면 더 뚜렷한 쪽이라고 할 수 있다. 신재효본이나 84장본은 물론 비교 대상이 되지 못한다.

그런데 99장본과 장자백본은 작품 후반에 있어 주제의식상 하나의 중요한 차이를 나타내게 된다. 그것은 바로 관민갈등의 문제와 관련이 있다. 99장본이 관민갈등의 의미요소를 약화시키고 사랑 내지 신분갈등이라는 의미를 핵심 주제로 부각시키는 쪽으로 작품을 귀결시킨 데 비하여, 장자백본에서는 관민갈등의 요소를 뚜렷이 의식하면서 다른 의미와 더불어 작품의 핵심적 주제로 부각시키고 있다.

앞에 인용한 대로 99장본에는 춘향이 받는 악형에 대하여 남원부민들이 함께 눈물지으면서 변학도를 욕하는 내용이 나와 있다. 관의 횡포에 대한 저항감을 내면화하는 양상이다. 그러나 서술자는 뒤이은 서사적 전개 과정에 있어 관에 대한 저항감보다는 춘향에 대한 경애감에 초점을 맞추고 있다. 어사의 민정시찰 과정에서 '춘향 사건' 이외의 관의 횡포는 구체적으로 문제시되지 않고 있다. 춘향의 훼절을 운운하는 춘향에 대한 농부들의 반응이 무척이나 과격한 데서 사람들의 울분을 감지하게 되지만,52) 그것이 곧 관에 대한 저항감이라고 단정하기는 어렵

---

52) 농부가 어사의 멱살을 잡고 덤비면서 이도령을 '비쏩 쩌져 죽일 놈', '쎠말국 먹여 죽일 놈'으로 욕하고 있다.

다. 무엇보다도 이 이본의 서술자가 작품 말미에서 변학도를 용서하는 쪽으로 문제를 결말짓고 있다는 것이 이러한 판단을 뒷받침한다.

> 25 본관니 들어와 절을 쌍의 코가 닷커 흐고 인병부을 끌너 올니며 스죄을 흐는듸 "과연 악졍티민흐고 호열을 몰나 죄을 지엿씨니 죄당만스로쇼니다." 흐고 묵묵키 안졋거늘 어삿도 흐는 말리 "일을 싱각흐면 본고파직흐고 왕명을 보고자 흐나 글어티 안니흐고 그져 스죄을 흐니 글니 알고 이후로는 티민흐되 션티션졍흐거을 심씨쇼셔. 본관니 안니면 호열을 엇지 알고 그간의 슈고가 디단흐오. 감스 감스흐니다." 춘향어모 흐는 말니 "어삿도 부디 본관은 스죄흐어 쥬시오."

—95장

이 대목에서 변학도의 횡포는 단지 춘향의 정절을 드러내 준 수단 정도로 격하되고 있다. 이러한 변개는 관민갈등의 의미요소를 크게 약화시킨 84장본의 전례에서 한 걸음 더 나아간 것으로, 거의 그것을 무화하는 지경에 이르고 있다. 작품을 떠받치고 있는 하나의 중요한 의미요소를 스스로 약화시킴으로써 의미의 편폭을 좁히고 있는 모습이다.

99장본 말미에서의 다소 뜻밖이라 할 수 있는 이러한 변개는 서술자가 '민중의 항거'보다는 '사랑' 내지 '신분갈등' 쪽에 의미의 무게중심을 둔 데 따른 것이라 할 수 있다. 이 점 서사의 일관성 면이나 의미의 효과적 통합이라는 측면에서 아쉬움이 있지만, 서술자의 선택을 존중하고 싶다는 생각이다. 적어도 이 이본에 있어 참사랑과 신분 해방이라는 의미요소는 사람들과의 정서적 일체감 속에서 잘 구현이 되고 있는 것이다. 앞서 춘향과 이도령의 옥중상봉 대목을 인용 3에 제시하였거니와, 그 순수하고 숭고한 사랑이 주는 감동은 다른 어느 이본에 못지않다.53)

---

53) 참고로 이 장면을 84장본과 비교해 보면 다음과 같다.
　84장본의 옥중장면에는 99장본과 달리 이도령이 춘향의 마음에 감동하여 눈물을 흘

99장본과 달리 장자백본에서는 작품 후반부 및 말미에서 관민갈등의
요소를 오히려 뚜렷이 되살리는 방향을 선택하였다. 장자백본에 있어
'춘향사건'은 관과 민의 갈등과 대립을 상징하는 사건으로서의 요소를
선명히 갖추고 있다. 변학도는 '저승차사 강림'하듯이 부임하여 첫 사업
으로 춘향을 잔혹하게 다스린다. 춘향은 "팔도방빅 각읍수령 치민하려
보니셧졔 학졍ᄒ려 보니셧쇼" 하면서 폭력에 정면으로 항거한다. 그 참
혹한 정경에 백성들이 너나없이 눈물짓고 통곡함은 물론이다. 이 장면
을 통해 예고된 변학도의 횡포는 어김없이 백성에 대한 수탈로 이어지
고, 민원은 고조된다.

26 "여보 농부덜 말 듯쑈 우리 남원이 스판일네. 어이ᄒ여 스판인가. 우리
골 원님은 농판이요 상쳥죠ㅑ슈난 퇴판이요 육방관쇽은 먹을 판 낫씬이 우리
빅셩들은 죽을 판니로다. 얼널널 상ᄉ뒤."

—49장

27 어ᄉ쏘 보시다가 "농부 한나 이리 오면 말 좀 무러보게." 한 농부 나오며
"무신 말삼 무를남나." "원의 졍쳬가 엇쩌한고" 져 농부 디답ᄒ되 "스망이 물
밀 듯ᄒ지요." "스망이란니 무신 말린지." "원님은 쥬망이요 죠ㅑ슈는 노망이
요 아젼은 도망이요 빅셩은 원망 그리ᄒ여 스망이요." 어ᄉ쏘가 실금이 짠젼
을 보것짜. "본관이 호식ᄒ여 츈향이란 긔싱을 작쳡ᄒ여 두고 쥬야로 호강만
한단이 그 말이 오른지." (휘모리) 져편의 엇쩐 농부 우루루 펄젹 쑤여 나와
거문 낫빗 변식되며 운에눈을 부름쓰고 "군쇼리 분한 말이. 용심불칙 져 거린

리면서 좋은 말로 춘향의 심경을 다독여 주는 부분이 없다. 그저 "우지 마라. 하나리
무너져도 소사날 궁기가 잇난이라. 네가 날를 엇지 알고 이러타시 셔러ᄒ야" 하고 말
하고 떠나는 것이다. 아픈 상봉의 자리에서조차 체통을 차리는 듯한 이러한 이도령의
태도로 인해 둘의 사랑은 상호간의 자타합일적 사랑으로 충분히 살아나지 못하고 있
다. 아마도 이는 서술자의 관념적 허위의식이 개입한 결과라 할 것이다. 이에 대하여
99장본에는 그러한 개입이 배제되어 상황적 진실성을 획득하고 있다. (이는 앞서 살핀
33장본이나 신학균본, 뒤에서 살필 장자백본에서도 마찬가지다.)

아 본관의 편역인가. 열여 츈향 몰나보고 거짓뿌리 츄런ᄒ야 무암잡는 져 쥬
둥이 쿡쿡 찌여 벙어리 되게 ᄒ시." 왈칵 쒸여 달여든이 (말노) 늘근 농부 말
니는 말리 더 밉것짜. "마라 마라. 네 쥬먹의로 그 스람 디강이넌 말고 도야지
디강이라도 찌리면 터지것짜."

—49장

　흥미로운 것은 이처럼 민심이 들썩이는 가운데 어사가 났다는 소문
이 떠돈다는 점이다. 임금은 이도령을 전라어사로 삼으면서 "학정ᄒ난
탐관덜"을 "임의 휘지쳐참" 하는 권한을 주거니와, 이도령이 민심을 탐
지하는 대목에서 방자를 통하여 어사가 내렸다는 소문에 고을이 떠들
썩하다는 사실이 밝혀진다. 남원고을 백성들은 불안한 긴장감 속에서
어사의 출두를 기대하고 있는 것이다. 나라에서 개입하여 관권의 부당
한 횡포를 바로잡아야 된다는 여론이다.54) 그러한 민심은 마침내 반영
이 되어서 어사가 출도하고 변학도가 추출된다. 그리고는 그동안의 온
갖 시련과 고통을 딛고서 춘향과 이도령, 남원부민, 독자들이 모두 다
함께 기쁨을 나누는 축제의 한 마당이 펼쳐지는 것이다. 그 축제의 마
당 속에 참사랑과 인간해방의 의미가 구현되고 있음은 물론이다.
　장자백본은 99장본보다도 여러 해가 더 지난 뒤에 나온 이본이다. 장
자백본이 나온 1926년 무렵은 이미 〈춘향전〉이 대중적인 소설본으로,
창극으로 개작되면서 두루 변질되고 있던 시점이다. 그렇지만 그 격랑
의 세월 속에서도 판소리가 그 본래의 주제의식을 힘있게 지켜오고 있
었다는 사실을 장자백본은 단적으로 증명해 주고 있다.

---

54) 이러한 내용은 앞서 살핀 여러 이본들 가운데 신학균본에서만 보인다. 신학균본에
서는 춘향의 죽음에 대한 불안과 어사 출도에 대한 기대가 맞물리면서 긴장이 감돌고
있는 상황이 그려지고 있다. 어사의 출도가 이루어지지 않고 춘향이 죽을 경우 남원부
민들이 봉기할 수도 있는 상황이다.

4. 맺음말

이 논문에서는 완판 계열에 속하는 〈춘향전〉 주요 이본들을 대상으로 하여 작품의 주제의식 내지 주제 구현양상의 변모양상을 살펴보았다. 그 결과 우리는 19세기에서 20세기 초에 이르는 시기의 판소리문학의 전개양상에 대하여 하나의 새로운 관점을 얻을 수 있었다. 19세기 말 20세기 초를 거치면서 판소리 본래의 주제의식이 변질되어 나가는 것이 하나의 흐름을 형성하는 가운데 그 저변에는 그것을 유지 내지는 더욱 강화하는 또 하나의 흐름이 이어지고 있었다는 것이다.

이 논문에서 자료를 분석한 기본 관점은 작품의 문학적 성취를 제대로 고려하자는 입장이었는바, 그것을 가늠하는 주요 잣대로서 작품 중반의 '춘향 사건'을 축으로 하여 의미의 질적 비약과 확산이 이루어지는 양상을 중점적으로 고찰하였다. 애초에 개인적이고 불완전한 형태로 제기된 사랑과 정절, 신분갈등 등의 의미요소가 '춘향 사건'을 계기로 춘향과 사람들 — 남원부민, 나아가 독자 — 의 정서적 일체감이 형성되는 가운데 관권의 횡포에 대한 항거라는 의미요소와 맞물리면서 참사랑과 신분해방, 인간해방의 의미로 격상돼 나가는 것이 〈춘향전〉 주제 구현양상의 핵심 줄기라는 것이 우리의 관점이었다. 그 구도를 완판29장본과 33장본, 특히 33장본을 통하여 확인할 수 있었다.

그런데 〈춘향전〉의 대표적인 개작본으로 손꼽히고 있는 신재효본이나 완판84장본은 그러한 구도를 뒤바꾸거나 흩트린 것으로 나타났다. 서사적 전개에 나름의 일관성과 합리성을 부여하고자 한 신재효의 개작은 결과적으로 서사 전개의 극적 전환을 소거함으로써 의미의 질적 비약과 확산을 약화하는 결과를 가져왔다. 이에 더하여 그가 춘향의 형상을 일반 백성과 구별되는 지점에 있는 특수한 개인으로 엮어 나간 것 또한 의미의 확장에 걸림돌로 작용하였다. 한편, 완판84장본에서는 서술자가 정절의 관념에 경도된 결과로서 의미 변전의 구도가 약화 내지 와해되고 말았다. 작품 전반에서부터 춘향을 무리하게 열녀로 부각시키고자 한 의도는 실제 인물형상과의 어색한 불일치를 가져왔고, 작품 중반에서의 진정한 열녀로의 극적 변전을 희생하고 말았다. '열녀 춘향'에 대한 서술자의 집착은 작품 후반에도 계속 이어져서, 의미를 '가상한 정절'이라는 좁고 특수한 것으로 몰고 가는 양상을 나타냈다. 그 결과 참사랑이나 신분해방, 권력에의 항거 등과 같은 의미들이 충분히 살아나지 못하고 퇴색되었다.

이에 대하여 20세기 초의 이본들인 신학균본이나 박순호99장본, 장자백본은 오히려 춘향전 본래의 주제의식을 유지 내지는 진전시킨 것으로 나타났다. 특히 신학균본은 '춘향 사건'을 축으로 한 의미의 질적 비약과 확산이라는 구도를 다른 어떤 이본보다도 잘 살린 수작으로 판명되었다. 현실적 생동감과 짙은 감동이 우러나도록 묘사된 세심한 디테일이 안정된 서사적 구도와 더불어 이 이본의 문학적 성취를 뒷받침하고 있다. 한편, 99장본과 장자백본 역시 상황의 극적 변전과 의미의 질적 비약을 잘 살리고 있었는데, 그것은 완판84장본의 영향 속에서 그 한계를 극복하고서 얻은 성과라는 점에서 큰 의의를 지닌다. 단 두 이본은 의미를 최종적으로 집약하는 방식에서는 차이를 드러냈다. 99장본이 관민갈등보다는 사랑과 신분갈등이라는 의미요소에 초점을 맞추어 주제로 삼은 데 비하여, 장자백본에서는 관민갈등을 여타 의미요소에 못지않은 중요한 의미로 부각시키면서 다양한 의미요소들을 한데 통합하는 방향성을 나타냈다. 말하자면 장자백본이 정도를 선택한 셈이다. 장자백본의 이러한 선택은 20세기에 들어서고 상당한 세월이 흐른 뒤에까지 판소리가 정도를 걷고 있었음을 보여주는 좋은 실례가 되고 있다.

우리가 내린 이상과 같은 결론은 아직 완전한 것이라고 할 수 없다. 수많은 이본을 대상으로 하여 그 주제의식의 허실을 한꺼번에 가려 따지겠다는 것이 애초에 지나친 욕심이었음을 인정한다. 그러나 필자는

이번 논의의 의의를 문제를 새롭게 제기한다는 데 두고 있다. 이 글에
서의 문제 제기가 판소리문학의 역사적 전개에 대한 활발한 논쟁을 되
살리는 데 조금이나마 이바지할 수 있게 되기를 기대한다.

판소리문학의 결말부에 담긴 현실의식 재론

〈심청전〉과 〈흥부전〉을 중심으로

1. 머리말

우리 서사문학사에서 판소리문학이 이룩한 예술적 광휘에 대해서는 달리 이의를 제기할 사람이 없을 것이다. 〈춘향전〉이나 〈심청전〉·〈흥부전〉 같은 판소리 문학 작품들은 시대적 전형성과 보편성을 함께 지닌 인물을 매개로 삼아 사람들의 삶의 양상을 생동감 넘치는 현실적 형상으로 그려냄으로써 오늘날의 독자들에게까지 폭넓은 재미와 감동을 전해주고 있다.

하지만 이들 작품의 문학적 성취에 대해서는 비판적 언술이 꼬리표처럼 따르고 있는 것 또한 사실이다. 인물 형상과 문제 상황의 현실성에도 불구하고 작품의 결말부에 비현실적·낭만적 요소가 짙게 개입함으로써 그 문학적 의의가 퇴색했다고 하는 지적이다. 특히 설화적 서사로 이야기가 마무리되는 〈심청전〉이나 〈흥부전〉 같은 작품은 이러한 비판에서 자유로울 수 없었다. 작품 전반부에 있어 당대적 삶의 현실을 사실적으로 반영해냈지만 그것을 작품 후반부까지 일관되게 관철하지 못한 채 설화적 환상에 머묾으로써 소설적 한계를 드러냈다는 것이 이들 작품에 대한 통상적인 평가였다. "심청전은 기본적으로 비극적 효행의 환상적 보상이라는 낭만적 구성을 축으로 하는 이야기"[1]라고 하는 지적이나, "현실에서 삶의 길을 잃어버린 실농민의 전형인 흥부의 빈곤을 비현실적 설화를 이용한 방법으로 부농민으로 승화시켜서 민중들의 성원에 보답"[2]한 것이 〈흥부전〉이라고 하는 등의 언술이 그 예가 된다. 이에 대해 작품 전반부의 현실성을 강조하고 그 맥락에서 결말부를 읽음으로써 문학적 성취를 옹호하려는 논의가 없지 않았지만, 환상성의 미적·철학적 가치를 온전히 드러내지 못함으로써 수세적 입장을 드러냈다.[3]

이들 작품의 결말이 현실보다 '꿈'을 투영한 것임은 재론의 여지가 없다. 관건은 그 꿈이 현실과 어떠한 관계를 맺으면서 작품적 가치를 실현하는가 하는 데 있다. 양자가 서로 연관을 맺지 못한 채 겉돌 때 그 꿈은 문학적 의의를 부여받기 어려운 것이지만, 그 꿈이 현실과 긴밀한 관계를 맺으면서 그것을 수렴하고 극복하는 위치에 놓인다고 할 때 상

---

1) 박일용, 「심청전의 가사적 향유 양상과 그 판소리사적 의미」, 『판소리연구』 제5집, 판소리학회, 1994, 95면.
2) 임용식, 「흥부전 주제의 고찰」, 『흥부전연구』(인권환 편), 집문당, 1991, 371면.
3) 그 대표적인 사례로 〈심청전〉의 환상적 결말에 담긴 의미를 촘촘하게 따져 살핀 정출헌의 논의를 들 수 있다. 정출헌, 「심청전의 민중정서와 그 형상화 방식」, 『민족문학사연구』 제9호, 민족문학사연구소, 1996. 그는 〈심청전〉 인물과 작중상황의 현실성을 다각적으로 살피고 그 맥락 속에서 작품의 환상적 결말에 적극적 의미를 부여했다. 그것은 "새로운 세계를 꿈꾸던 민중의 염원에 대한 소설적 응답"이었고 "세계의 횡포에 맞서 승리한 한 인간 한 시대의 기념비"라는 것이었다. 치밀한 분석에 기초한 주목할 만한 해석이지만, 현실과 환상을 잇는 매개항으로 설정된 '민중의 염원'이란 요소가 여전히 막연하고 추상적인 터라서 아쉬움을 남기고 있다. 그 미학적·철학적 의미맥락을 좀 더 본격적으로 따지는 과제를 남기고 있는 셈이다.

황은 달라진다. 특히 그 이면에 미학적·철학적 체계를 갖추고 있다면 더더욱 그러하다. 그간 이들 작품에 대해 펼쳐진 수많은 논의에도 불구하고 아직 이 문제가 충분히 해명되지 않았다고 보는 것이 필자의 시각이다.

이 논문의 기본 관심사는 이들 작품 결말부에 담긴 문학적 의미를 살피는 것이다. 하지만 결말부만을 따로 떼어 논의하는 것은 적합한 방법이 아닐 것이다. 작품의 의미란 출발에서 결말에 이르기까지의 일련의 문학적 전개 과정 속에서 실현되는 것이기 때문이다. 이 글에서는 작품 전반부의 인물형상과 작중현실을 새롭게 점검한 후 그 서사적 맥락 속에서 작품 결말부에 담긴 현실적 의미를 고찰하려 한다. 작중의 인물과 상황을 살펴 나감에 있어 그간의 연구에서 놓쳤거나 소홀히 다루었던 부분들을 중점적으로 짚어냄으로써 작품에 대한 새로운 이해를 꾀하고자 한다.

구체적인 논의는 판소리 창본 계열 자료를 대상으로 삼아 전개하기로 한다. 소설본이 이본에 따른 문학적 편차가 큰 데 비하여 창본 자료들은 내용 및 주제상의 편차가 상대적으로 적으며 오랜 세월의 정련을 통한 문학적 안정성을 나타내고 있다. 정착된 시기는 소설본보다 늦지만 서민 대중의 삶의 철학과 미학을 잘 함유하고 있어 작품의 본래적 면모를 드러내기에 무리가 없다. 여러 창본 가운데 기본 고찰대상으로 선택한 것은 정광수창본 〈심청가〉와 〈흥보가〉다. 정광수창본을 선택한 것은 그것이 전래 사설을 의도적 변개나 특별한 가감 없이 정확하게 갖추고 있고 인물과 상황에 대한 안정적인 문학적 형상화를 통해 주제를 잘 살려내고 있어 작품의 특성을 대표할 만하다고 보았기 때문이다.[4]

---

4) 판소리 문학 이본은 어느 것이나 독자적 특성을 가지기 마련이며, 정광수창본 또한 예외가 아니다. 그것은 서로 계보가 다른 사설을 조합한 것으로서, 말을 유식하게 가다듬었고 윤리적 지향이 강하다는 시각이 있다. 정광수 스스로 자신의 심청가 사설에 대해 김창환의 가사와 정응민의 가사를 협화적으로 편성하면서 부분적으로 가감을 했다고 밝히고 있다. 하지만 전체적으로 볼 때 정광수창본 심청가와 흥보가는 작품의 서

2. 새롭게 돌아보는 작중 인물과 현실

1) 심봉사와 심청의 상황

주지하듯이 〈심청전〉의 핵심 인물은 심봉사와 심청이다. 이들이 극한의 현실을 헤쳐 나가는 과정에 서사의 초점이 놓인다. 그 두 인물의 성격에 대해서는 다각적인 분석이 이루어진 터라 더이상 논의할 여지가 없어 보인다. 하지만, 논의를 살펴보면 인물 평가에 적지 않은 편향적 시각이 작용하고 있음을 발견하게 된다. 특히 심봉사에 대한 시각이 그러하다. 착하고 효성스런 딸에 의지해 살아가다가 그 딸을 죽음의 길로 내몰고 딸이 남긴 재산까지 허망하게 날려버리는 무능하고 못난 존재라는 것이 심봉사에 대한 일반적 관념이다. 하지만 작품의 문면을 세심히 살펴보면 양상이 그리 단순치 않음을 발견할 수 있다. 심봉사는 현실적 능력을 갖추지 못한 무능한 인물이었음이 분명하지만, 그렇다고 하여 그를 '못난 인물'이었다고 논단하는 것은 타당치 않다. 그는 오히려 그와 반대되는 면모를 보이고 있다.

사구조나 주요 대목, 주제에 있어 기존 작품에 대한 심각한 변개가 이루어졌다고 하기 어렵다. 일관된 주제의식에 입각해 기존 사설을 자연스럽게 아우르고 있으며, 그 주제의식은 두 작품의 본령에 닿아 있다는 것이 신동흔의 시각이다. 기존 사설의 가감이란 것도 전통 사설 내에서 일부 대목과 구절들을 자연스럽게 손질한 정도로서, 특별한 변개라 어렵다. 두 작품 창본에 일반적으로 나타나는 특성을 중심으로 논의를 전개한다면 작품 일반에 적용할 만한 분석 결과를 추출하는 데 큰 무리가 없으리라 생각한다(물론, 완전한 일반화는 가능하지 않을 터, 이에 대해서는 추후 논의를 통한 보완이 필요할 것이다). 필요한 경우 주석을 통해 다른 이본을 보조적으로 언급함으로써 논의의 객관성을 뒷받침하려 한다.
　정광수창본 자료 원문은 다음 책에서 인용하기로 한다.
　〈심청전〉(심청가): 김진영 외편, 『심청전전집』 2, 박이정, 1997, 69~134면.
　〈흥부전〉(흥보가): 김진영 외편, 『흥부전전집』 1, 박이정, 1997, 135~188면.
　이하 작품 원문을 인용할 때는 따로 서지사항을 밝히지 않고 작품명과 위 책의 면수만을 적기로 한다.

작품 서술자는 단적으로 그가 덕성을 갖춰 지녀 사람들의 기림을 받는 존재였다고 전하고 있다.

> 향곡의 곤한 신세 강근한 친척 없고 겸하여야 안맹(眼盲)하니 양반의 후예로서 저렇게 궁곤하나 행실이 청렴하고 지조가 경개하야 일동일정(一動一靜)을 경솔히 아니하니 누가 아니 칭찬하리.
>
> ─〈심청전〉, 69면5)

이것이 단순한 의례적 묘사가 아님은 심봉사의 구체적 행동 양상을 통하여 거듭 확인된다.

> "여보 마누라 이리 오. 세상에 사람이 생겨나서 부부야 뉘 없을까마는 이목구비 성한 사람들도 불측한 계집을 얻으면 부부 불화하는데 마누라는 전생에 날과 무슨 은인으로 이생에 부부 되여 앞 못 보는 나 하나를 밤낮으로 구완하니 불쌍하고 미안하오."6)
>
> ─〈심청전〉, 70~71면

> "허허 마누라 그런 말씀 하지 마오 아들도 잘못 두면 욕급선영(辱及先塋)할 것이요 딸이라도 잘 두면 아들 주고 바꾸겠소. 우리 이 딸 고이 길러 예절 먼저 가르치고 침선방적 다 시켜서 요조숙녀 좋은 배필 가리어서 금실우지 즐거움과 종시위(終是爲) 진진(秦晉)하면 외손봉사 못 하리까."
>
> ─〈심청전〉, 73면

아내 곽씨부인이 무척이나 현철한 여인이었다고는 하지만, 아내를

---

5) 이러한 표현은 '정광수창본' 외에 '심정순창본', '김연수창본', '김소희창본' 그리고 '완판71장본' 등에 널리 나타나고 있다. 앞으로 인용하게 될 대다수의 대목들 또한 다른 이본들에서 유사한 표현을 볼 수 있는 것들이다.
6) 인용문의 큰따옴표 등 일부 구두점은 인용자가 넣은 것이다. 이하 마찬가지다.

대하는 심봉사의 태도 또한 범상히 넘길 만한 것이 아니다. 상대방을
깊이 신뢰하고 이해하는 마음이 행동 속에 묻어나고 있다. 부부의 관계
가 상대적인 것이라 할 때, 곽씨가 눈먼 남편을 지성으로 공대해온 것
도 심봉사의 이러한 태도와 관련이 있다고 보아야 할 것이다.

그 심봉사에게 어느 날 갑자기 감당 못할 큰 시험이 닥쳐온다. 제 생
명과도 같은 아내의 갑작스런 죽음이었다. 작품은 그 죽음을 '산후별증
(産後別症)'으로 전하고 있거니와(심청전, 74면), 가난과 노동이 가져온 기
막힌 비극이었다고 할 수 있다.[7] 심봉사가 그 죽음 앞에 다음과 같이
절규하는 것이 조금의 과장도 아니다.

> 약그릇 번쩍 들어 방바닥에 내던지고 남지서지(南之西之) 더듬으며, "아이
> 고 마누라, 그대가 살고 나 죽으면 강보의 어린 자식 젖을 먹여 잘 기를디 그
> 대가 죽고 내가 사니 어린 자식 어찌할고. 동지섣달 찬바람에 무엇 입혀 길러
> 내며 달이 없고 불없을 제 어둑침침 야삼경 젖달라고 우는 자식 뉘 젖 먹여
> 길러내리. 해도 졌다 다시 돋고 꽃도 다시 피건마는 마누라 가신 곳은 어느
> 시절에 오려는가."
>
> —〈심청전〉, 77면

떠난 사람도 떠난 사람이지만 위의 말마따나 남은 사람이 더 큰 문제
였다. 험한 세상에 가진 것 하나 없이 남겨진 두 사람. 하나는 앞 못 보는
장님이고 또 하나는 핏덩어리 갓난아이다. 일신도 주체를 못하는 터에
침침한 방안에서 배고파 우는 아이를 어떻게 달래고 어떻게 키워낼까.

> 귀덕이네는 돌아가고 혼자 앉아 슬피 울 제 문틈에 찬바람은 스르르르 살
> 쏘듯이 소란하구나. 어린아이 놀라 운다. "응아 응아" 울음 우니 심봉사 기가

---

7) 정출헌, 앞의 논문, 152면에서 이를 지적한 바 있다. 이와 관련하여 '김연수창본'은
그것이 "해복한 지 초칠일이 다 못되어 찬물에 빨래하기 조석취반 하느라고 외풍을 과
히 쐬어"(김진영 외편, 『심청전전집』 2, 박이정, 1997, 98면) 난 병이라 전하고 있다.

막혀 "우지 마라 내 새끼야, 너의 모친은 먼데 갔다. 낙양동촌이화정(洛陽東村
梨花亭)에 숙랑자를 따라 갔다. 죽상지루(竹上之淚) 우는 혼백 이비(二妃) 부인
을 보러 갔다. 벽해청천야야심(碧海靑天也夜深)의 월궁항아 따라가서 하소연
을 하러 갔다. 가신 날은 안다마는 오마는 날은 모르겠다. 네가 얼마나 복이
있으면 네 낳은 칠일 만에 네의 모친을 잃었으랴. 배가 고파 운다마는 강목수
생(剛木水生)이로구나." 어린아이 기진하여 그저 "응아 응아." 안았던 아이를
방바닥에 내려놓고 화가 나서, "아나 죽거라, 죽거라. 썩 죽어라. 네가 죽으면
내 못 살고 내가 죽어도 네 못 살리라. 불쌍한 내 자식아, 우지 마라. 어서 어
서 날이 새면 젖을 얻어 많이 먹여주마." 아기를 다시 끼어 안고 슬피 운다.
—〈심청전〉, 81~82면

눈먼 봉사가 배고파 우는 아이를 방바닥에 밀쳤다가 다시 안으며 슬
피 우는 모습이 눈에 선하다. 이 밤만의 일이면 좋겠지만, 이제 단지 시
작일 뿐이다. 일년 삼백 예순 날 단 하루도 거를 수 없는 엄정한 현실이
었다. 배고파 우는 아이를 안고서 암흑의 길을 더듬어 젖을 동냥하러
다니는 아버지. 뉘라서 도와주지 않을까만, 남의 자식 먹여줄 젖이 때맞
추어 기다려주는 것일 리 없다. 굳은비 내리거나 눈보라 몰아쳐서 집을
나서지 못하고 부녀가 속절없이 함께 굶은 날 또한 하루 이틀이 아니었
을 것이다.
그 기막힌 일을 훌륭하게 해낸 장한 아버지가 심봉사였다. 어찌 훌륭
한가 하면 그 딸을 건강하고 심성 고운 아이로 키워냈기 때문이다. 서술
자는 이를 일러 하늘이 도왔던 것이라 하나, 그것이 저절로 이루어진 일
일 리 없다. 눈물겨운 노력의 결과다. 어떤가 하면, 심봉사는 그 고단한
삶 속에서도 아내의 삭망(朔望)과 소대상(小大祥)을 거르지 않고 챙겼던
터다. 어린 딸에게 전해주는 다음과 같은 사랑의 가르침은 또 어떠한가.

젖을 많이 먹여 안고 집으로 돌아올 제 언덕 밑 그늘 속에 두 다리를 펴 버

리고 아기를 어르는디, "둥둥 내 딸이야. 어허둥둥 내 딸이야. 뺑뺑하게 배불렀다. 이 덕이 뉘 덕이냐, 동네 부인님들 덕이로다. 어렸을 제 고생하면 부귀다남을 한다드라. 네도 어서 속히 자라나서 너의 모친을 닮아 현철하고 얌전하여 아비 귀염을 보이거라. 둥둥 둥둥 어허둥둥 내 딸이야."

—〈심청전〉, 82~83면

넘쳐나는 부성애와 세상의 고마움에 대한 가르침, 지향 대상으로서의 모친에 대한 각인. 이는 동냥젖과 함께 눈먼 아버지가 딸에게 전해준 또 다른 나날의 양식이었다. 제 몸 간수하기도 지난한 처지에 이렇게 딸을 사랑으로 거두어 키운 이 아버지를 일컬어 어찌 '못난 사람'이라 할 수 있겠는가. 기림을 받아 마땅한, 천복(天福)을 받아 마땅한 인물이 심봉사다.8)

심청이 철이 들면서 눈먼 아버지를 대신해 동냥 길에 나서는 것은 그리 해야 마땅한 인간적 도리이자 정리였다.9) 이를 두고 매정한 아버지가 자식을 동냥 길로 내몰았다고 하는 것은 방관자의 시각일 뿐이다. 어떤가 하면, 딸의 소청을 받아들여 동냥을 내보냈으되 실상은 그 자신이 함께 나간 길이었다.

심청이 돌아와서 문전에 들어서며 "아버지 차가우시지요? 저 오기를 많이 기달렸지요? 자연히 더디였소. 아버지 시장하시지요?" 심봉사 반겨 듣고 "아가 어서 들어오느라. 발 시리지야? 불 쬐여라. 손도 차구나." 심청의 손을 잡아

---

8) 심봉사가 눈먼 몸으로 딸을 키워낸 과정은 가없는 희생의 과정이었지만 그것은 또한 자기 발견과 실현의 과정이기도 했다. 심봉사는 딸과의 관계를 통해서 받는 존재에서 주는 존재로, 생명을 키워내고 희망을 일궈내는 존재로 다시 태어난 것이다. 심청에게 아버지가 자신의 생명이었다면, 심봉사에게는 또한 딸이 자신의 생명이었다고 할 수 있다.

9) 심청의 효행을 부녀간의 인간적 정리로 해석하는 관점은 정하영과 정출헌 등의 논의에서 찾아볼 수 있다. 정하영, 「심청전의 주제고」, 『한국고전소설연구』(이상택·성현경 편), 새문사, 1983, 470면; 정출헌, 앞의 논문, 162면.

입에 대고 후후 불며 하는 말이, "가엾어라 너의 모친, 무상한 나의 팔자. 널
로 하여 밥을 빌어다 먹고 살자느냐. 모진 목숨 죽지 못하고 자식 고생까지
시키겠구나."

—〈심청전〉, 84~85면

생각하면 슬프고 애처로운 모습이지만, 결코 동정의 대상이 아니다.
헤아리기 어려운 깊은 사랑, 아무나 누릴 수 없는 행복이 거기 있다. 세
상에 이 부녀만큼 열악한 처지에 있는 이 없겠지만 이만한 사랑과 행복
을 일궈낸 이 또한 찾기 어렵다. 지켜보는 이로 하여금 스스로의 삶을
돌아보면서 크고 귀한 그 무엇을 느끼게 하는 모습이다.

그러나 그 삶을 지켜나가기에 현실은, 또는 운명은 너무나 가혹했다.
보이지 않는 눈과 뼈저린 가난. 그것은 사랑과 믿음만으로 덮을 수 없
는 엄정한 현실이었다. 운명은 이 가련한 부녀를 그 현실 앞에 벌거벗
겨 놓는다. 심청이 장승상 부인의 수양딸 요청을, 안온한 삶에 대한 강
력한 유혹을 눈물로 사양하고 돌아오던 바로 그 날이었다. 개천에 빠져
죽다가 살아나서 원수 같은 눈을 띄우려는 생각에 공양미 삼백 석을 덜
컥 약조해 놓고는 후회와 걱정에 휩싸인 아버지, 그리고 그 설운 아버
지를 눈앞에 둔 딸.

심청이 거동보소. 속속히 돌아와서 닫은 방문 펄쩍 열고 부친의 모양 보고
우루루 달려들며 부친의 목을 안고 "아부지, 아이고 이게 웬 일이요? 나를 보
러 나오시다 이런 욕을 보시었오, 이웃집에 가시다가 이런 변을 당하셨오? 춥
긴들 오직 하며 분한 마음 오직하오리까. 승상댁 노부인이 굳이 잡고 만류하
여 이리 더듸었오" 승상댁 시비 불러 부엌에 불 피우고, "아부지 어서 말씀
좀 하서요. 아부지 소녀가 늦게 왔다고 노하시였오? 답답하니 말씀 좀 하서
요." 심봉사 듣고 "아니다 아가, 네 알 일이 아니고 너 알아 쓸데없다." 심청이
여짜오되, "아부지는 불초여식 소녀만 믿으시고 소녀는 아부지만 믿고 대소사

를 의론하더니 오늘날 너 알아 쓸데없다고 하시니 소녀 마음 설꼬 설사이다.”
눈물이 비오듯이 훌적 훌적 울음우니 심봉사 기가 막혀, “아가, 청아, 우지 마
라. 내가 너를 무슨 일을 속이겠냐마는 만일 네가 듣는다면 지극한 네 효성에
큰 걱정만 되것기로 말을 못하였다. 아까 내가 너 오기를 기다리다가 마음이
답답하여 너 오는가 찾아 나가다가”

—〈심청전〉, 91면

눈 먼 신세가 얼마나 서러우셨으면 그리하셨을까. 그 순간 심청은 결
심한다. 제 한 몸을 지푸라기처럼 던져서라도 아버지의 그 가슴 깊은
한을 달래 보자고. 심청이 남경장사 선인들한테 몸을 팔게 되는 것은
하나의 예정된 행로였다.

정화수 떠놓고 공양미 삼백 석 얻을 길을 기원하면서 심청은 장승상
댁 수양딸로 들어가기로 하면서 공양미를 청하는 장면을 수없이 떠올
렸을 것이다. 그러니 뒤에 아버지한테 그리 하였노라고 둘러대는 말이
술술 나왔던 터다.10) 하지만 마음속으로 여러 번 했을 그 선택을 심청
은 실제로는 할 수 없었다. 철부지 어린 마음에 자신의 안락으로 향하
는 그 선택은 아버지를 배반하는 일로 생각되었던 것이다.11) 결국 심청
은 선인들한테 몸을 팔아 공양미를 구하는 극단의 선택을 하게 된다.

---

10) “월평무릉촌 장승상댁 부인께서 진즉 수양녀로 되라 하시되 아부지 계시기로 무남
독녀기로 못한다고 하였더니 이제는 할 일 없이 수양녀로 몸을 팔아 시주미를 보내었
소” “애, 그러면 그 댁에 가 있겠느냐?” “오락가락 하옵지요” “언제쯤 다려간다고 하
시더냐?” “내월 십오일 날이라 하시옵디다.”(심청전, 93면)

11) 심청이 장승상 부인에게 했던 다음의 말에서 그 마음을 읽어낼 수 있다 : 심청이 공
순히 여짜오되, “명도가 기구하여 저 낳은지 칠일 만에 모친 세상 버리시고 앞 어두신
아버님이 강보에 싸서 안고 이 집 저 집 다니면서 동냥젖 얻어 먹여 이만큼 자랐내다.
부인 말씀 듣사오면 소녀 몸은 영귀하오나 앞 어두신 저의 부친 누를 믿고 살으리까.
우리 부친 저 믿기를 아들 겸 믿사옵고 소년 부친 모시옵기 모친 겸 모시오니 부인 말
씀 황송하오나 어찌할 수 없습니다”(심청전, 87면). 심봉사는 바로 그 날 횡액을 당했
으니, 심청으로서는 자기의 귀가가 늦었기 때문에 아버지가 변을 당했다는 죄의식과
함께 장승상댁 수양딸로 가고 싶은 심정을 더욱 강하게 억누르게 되는 것이라 할 수
있다.

어린 소견에 차라리 제 몸을 버리는 것이 더 마음 편한 일이었던 터다. 원망스럽도록 슬픈 순결이다.

천만 뜻밖에 딸을 사지(死地)로 보내며 실성 발광하는 아버지와, 그 아버지를 남겨두고 끌려가는 심청을 보면서 사람들이 할 수 있는 일이란 무엇이었겠는가. 하늘 쳐다보며 눈이 붓게 우는 일 말고.

> 선인들을 따라갈 제 끌리는 치마자락 거듬 거듬 걷어 안고, 흐트러진 머리 가닥 두 귀 밑에 가 느렸구나. 엎어지고 자빠지며 천방지축 따라갈 제 "이진 사댁 큰 아기야, 작년 오월 단오일에 앵도 따고 노던 일을 네가 항여 생각느냐. 저 너머 작은 아가, 금년 칠월 칠석야에 함께 걸교(乞巧) 하자더니 이제는 허사로다. 너의 날을 생각커든 불쌍하신 우리 부친 헌 의복을 씻어주고 병이 나면 약 달이기 가끔 들려 하야 주면 노오로(老吾老)한 급인지로(及人之老)라." 남녀노소 없이 눈이 붓게 모두 울고
>
> ― 〈심청전〉, 99면

이 순간 심청은 사람들한테 특별한 존재가 된다고 할 수 있다. 일컬어 '나 이상의 나'가 된다. 그 가슴 아프도록 고운 마음에 대한 감복, 그 고운 소녀를 사지로 몰아넣는 가혹한 현실 또는 운명에 대한 원망, 그리고 그 소녀를 그렇게 보내야 하는 자기 자신의 무력함에 대한 회오 ―이 모든 것들이 함께 얽히며 심청은 그들의 마음속에 커다란 멍울을 남기게 되는 것이다. 그렇게 심청은 이 세상 사람들의 시련과 아픔, 좌절의 상징이 된다. 김대행이 일컬은 바 사람들의 '표상(表象)'12)이 되는 것이다. 작품 속 사람들의. 그리고 작품 밖 더 많은 사람들의.

---

12) 김대행은 표상성을 판소리의 핵심적인 미학적 특성으로 들고 있다. '대표로 삼을 만큼 상징적인 것'이 표상인바, 〈춘향전〉이나 〈심청전〉 〈흥부전〉 등의 대표적 판소리 작품은 그러한 표상을 훌륭히 형상화해냄으로써 문학적 생명력을 갖출 수 있었다고 한다. 김대행, 「판소리의 발전 전망과 구도」, 『판소리연구』 제19집, 판소리학회, 2004, 32~35면.

사람들에게 '나 이상으로 소중한 나'가 된 심청, 그가 앞으로 겪을 역정은 단순한 한 소녀의 것이 아니다. 세상 사람들의 비참한 현실과 비극적 운명의 행방이 거기 얹혀 있다. 이어질 서사의 무게가 지금까지의 서사에 비해 가벼운 것일 리 없다.

2) 흥부 부부의 삶의 방식

〈심청전〉의 심봉사 부녀와 비견할 만한 〈흥부전〉의 표상적 인물은 흥부 부부가 된다. 뜻하지 않게 엄혹한 현실 속에 내던져져 간난신고의 삶을 짊어져 나가는 흥부와 흥부처의 모습 속에 당대인들의 삶의 단면이 함축되어 있다. 흥부 부부의 인물 성격이나 삶의 방식에 대해서는 다각적인 해명이 이루어진 바 있지만, 이들이 표상하는 삶의 전형에 대해서는 좀 더 정리할 필요성이 있어 보인다.

흥부의 인물형에 대해서는 '가난하고 선량한 민중'을 대변하는 존재로 보는 시각과 '무능하고 모순적인 양반'의 한 전형으로 보는 시각이 함께 제시되어 있는데,13) 흥부가 반영하는 전형은 그리 간단치가 않다. 그 둘 다이기도 하며 둘 다가 아니기도 하다. 쉽게 단순화시킬 수 없는 복합적인 성격을 나타내는 인물이 흥부라 할 수 있다. 이러한 특성은 흥부가 처한 현실적 상황과 깊은 관련이 있다.

흥부는 현실적 처지에 있어 극단적 변동을 겪는 인물이다. 양반 행세

---

13) 흥부를 선인으로 보는 전통적 견해에 대해 조동일은 그것이 표면이 모습일 뿐 '몰락 양반의 허위의식'이 그 이면적 본질이라고 지석하였다(조동일, 「흥부전의 양면성」, 『계명논총』 제5집, 1968). 이에 대해 임형택은 흥부를 '양심을 잃지 않고 근면으로 가난을 극복하려는 서민적인 인간상'으로 해석한 바 있다(임형택, 「흥부전의 현실성에 대한 연구」, 『문화비평』 1호, 1973(임형택, 『한국문학사의 시각』, 창작과비평사, 1984에 「흥부전의 역사적 현실성」으로 재수록). 이를 위시하여 흥부에 대해 제기된 긍정 부정의 다양한 인물평가에 대해서는 이상택, 「흥부 놀부의 인물평가」, 『한국문학사의 쟁점』, 집문당, 1987, 540~549면에 그 내용이 잘 정리되어 있다.

를 하는 부잣집의 귀한 자제에서 하루아침에 모든 것을 잃어버리고 극심한 굶주림에 떠는 존재로 전락했으니 말이다. 불의에 아내를 잃고 극한상황으로 내몰린 심봉사에 비견될 만한 상황이다. 심봉사가 본래부터 가난했던 것과 달리 흥부는 복락을 누리던 상황에서 정반대로 급전직하한 터이니 충격이 오히려 더 컸을지도 모른다.

> 홍보가 기가 막혀 나가란 말을 듣더니마는, "아이고 여보시오 형님, 동생을 나가라 허니 어느 곳으로 가오리까. 갈 곳이나 일러주오 이 엄동설한풍에 어느 곳을 가면 살 듯하오? 지리산으로 가오리까, 백이 숙제 주려 죽던 수양산으로 가오리까?" "이놈 내가 너를 갈 곳까지 알려주랴. 잔소리 말고 나가거라." 홍보가 기가 막혀 안으로 들어가며, "아이고, 여보 마누라, 형님이 나가라고 허니 어느 영이라 거역하며 어느 말씀이라 안 가겠소 자식들을 챙겨 보오 큰 자식아 어데 갔냐, 둘째 놈아 이리 오너라." 이삿짐을 챙겨 지고 놀보 앞에 가 늘어서서 "형님 갑니다. 부디 안녕히 계옵시오" "오냐 잘 가거라." 울며불며 나가는데 서산에 해는 떨어지고 월출동령 달 솟는다.
>
> ―〈홍부전, 138면〉

홍부는 이렇게 급작스레 문제적 인물이 되거니와, 그 문제성은 흥부의 성격 때문에 의미가 더욱 커진다. 흥부는 자타가 공인하는 선량한 사람, 도덕군자(道德君子)였다. 하지만 그것은 누릴 것을 충분히 누리는 유복한 처지에서 발휘된 선량함이었다. 먹고 살 걱정이 없는 편안한 처지에서 남 좋은 착한 일을 누가 못할까 하는 것이 흥부에게 주어질 수 있었던 하나의 시선이 된다. 그 흥부가 가난과 굶주림이라는 냉혹한 현실 속에 던져졌다. 그 현실 앞에서 예의 선량함은 과연 어떤 양상을 나타내게 될지, 누구라도 그 귀추를 주목하게 되는 상황이다. 그는 이렇게 하나의 '시험 대상'이 된다.

그 시험의 결과는 먼저 '무대책과 무능'으로 나타났다. 제 앞가림조차 변변히 할 줄 모르는 것이 흥부의 선량함이었다. 위의 인용에서 볼수 있듯 형의 일방적인 내침에 제대로 저항 한번 못하고 속절없이 쫓겨나고 마는 그였다. 아내와 자식들의 삶을 지켜주는 방패의 구실을 못하고 있는 모습이다. 이러한 무능함은, 이어지는 장면에서 어김없이 노출된다.

> 한 곳을 당도하니 촌명(村名)은 복덕(福德)인데 인심은 순후하다. 빈 집 한 칸 서있거늘 잠시 주접허여 살 제 문 밖에 세우(細雨) 오면 방안은 큰 비 오고, 부엌에 불을 때면 천정은 굴뚝이요, 흙 떨어진 윗대궁기 바람은 살 쏜 듯이 들이 불고, 틀만 남은 헌 문짝 멍석으로 창호(窓戶)하고, 방 안에 반듯 드러누어 가만히 망견하면 천정은 개천도(開天圖)요 이십팔수(二十八宿)를 세어본다.
>
> ―〈흥부전〉, 139면

걸식을 하며 근근히 지내다가 깃든 집이 이 모양이다. 여러 식구 살아갈 거처에 대한 대책이 이러하고 보면 그의 선량함이란 그 처자식에게 있어 차라리 죄라고 할 만하다. 흥부가 굶주리는 처자식을 위해 낸 대책이란 관가에 환자 섬을 타러 가는 것이 고작이었는데, 그의 처지에 무망한 일이었다. 그나마 관가로 향하는 모습이 가관이다. 다 떨어진 양반 의관을 찾아서 걸치고 "한 손에다가 떨어진 부채 들고 또 한 손에다 곱돌 조대를 들고 그래도 양반이라고 여덟 팔자 걸음으로 엇비식이 들어"(흥부전, 140~141면)가는 모습 말이다. 생활상의 무능에 더하여 처지에 어울리지 않는 허위의식까지 걸치고 있는 형상이다.14) 이것이 도덕군자의 모습인가 하고 헛웃음을 짓게 하는 대목이다.15)

---

14) 흥부의 이러한 허위의식에 대해서는 조동일을 비롯한 수많은 연구자들이 상세히 논의한 바 있다. 조동일, 앞의 논문 참조

15) 일부 이본에서는 이러한 허위의식에 더해 흥부의 가부장적 권위의식을 드러내고 있기도 하다. 환곡을 타올 수 있을까 걱정하는 아내한테 "가장이 출입을 헐라는데 여편네가 재수 없는 소리를 허고 있어"(김연수 창본 〈흥보가〉, 『흥부전전집』(김진영 외) 1,

하지만 흥부의 선량함은 이렇게 허망하기만 한 것이 아니었다. 어떻게든 처자식을 먹여 살려 보려고 발버둥치는 그의 모습을 가볍게 지나칠 수 없다. 그 단적인 상징이 '매품'에 얽힌 사단이 된다. 좌수 대신 곤장 열 대를 맞으면 서른 냥을 벌 수 있다는 말에 앞뒤 안 가리고 덥석 나서는 모습 말이다. 가깝지 않은 병영을 두 발로 걸어서 다녀올 요량으로 마삯 닷 냥을 챙기고서 무슨 큰 수라도 난 듯 기뻐하는 그의 모습을 바라보는 시선은 단순한 것일 수 없다.

> 박흥보가 좋아라고 질청문 밖에 썩 나서서 "돈 봐라 돈, 돈 봐라 돈 봐. 얼씨구나 돈돈, 돈 봐라 돈. 이 돈을 눈에 옳게 보면 삼강오륜이 다 보이고, 만일 돈을 못 보면 삼강오륜이 끊어지니 보이는 게 돈밖에 또 있느냐." 떡국집으로 들어가서 떡국 반 돈어치를 사서 먹고, 막걸리 집으로 들어를 가서 막걸리 서푼어치를 사서 마시고, 어깨를 느리우고 죽통을 뺏트리고 "대장부 한 걸음에 엽전 서른닷냥이 들어간다. 우리 집을 어서 가자." 저의 집으로 들어가며, "여보게 마누라, 집안 어른이 어디 갔다가 집으로 돌아오면 우루루루루루루 쫓아나와 영접허는 게 도리 옳지, 계집이 이 사람아 당돌히 앉어 좌이부동(坐而不動)이 웬 일인가. 에라 이 사람 요망허다."
>
> —〈흥부전〉, 141~142면

제 몸을 팔아서 돈을 만들어보겠다고 하는 흥부의 발상이란 보기에 따라 한심하기 이를 데 없는 일이다. 눈앞의 돈 몇 푼에 작약하는 속없음 또한 가소로운 면이 있다. 게다가 술까지 한 잔 걸치고 돌아와 호기

박이정, 1997, 361면) 하고 호통하거나 "가모가 가장의 관건 둔 데를 몰라? 눈먹대로고"(김진영·김현주 역주, 「박흥보전」, 『흥보전』, 박이정, 1997, 179면) 하고 타박하는 것이 흥부의 모습이다. '신재효본'은 흥부의 가부장적 권위의식을 특별히 강조해 드러내고 있는바, 흥부가 지팡이로 아내를 매질도 하고 물방아 집에 불도 놓아보는 등 행패를 부리면서 여러 해를 보냈다고 표현하고 있다. 흥부 식의 선량함의 본질이란 그 실상이 이와 같다고 하는 현실적 해석이다. 다소 지나친 감이 있지만 그 나름의 리얼리티를 인정할 만하다.

를 부리며 아내 앞에 큰소리를 땅땅 치는 모습은 또 어떠한지.

하지만 그것은 한심한 한편으로 가련하고 선량한 모습이기도 하다. 그간 오죽이나 굶주리고 돈에 포한이 졌으면 저리 했을까 생각하지 않을 수 없다. 떡국 한 그릇 막걸리 한 사발 사먹는 것만 하더라도, 이제 곤장의 아픔을 견뎌내야 할 몸이니 그리 못할 일이 아니다. 집에 와서 아내한테 가장티를 내는 일 또한 마찬가지다. 형한테 쫓겨난 뒤로 한 번도 제대로 못해 보던 가장 노릇을 모처럼 해보는 터이니 큰소리 한번 쳐보지 못할 일이 아니다.16) 배고파 울던 처자식을 이제 한 번 배불리 먹일 수 있게 된 참이다. 그 마음 씀은 가소롭다기보다 오히려 애처로운 것이라 할 수 있다.

흥부는 이렇게 복합적인 시선을 받게 되거니와, 그중 어느 한쪽이 옳고 한쪽은 그르다고 말하기 어렵다. 무능하고 허위적인 모습과 어떻게든 처자식을 살려 보려고 애쓰는 선량한 모습은 둘 다 흥부의 정체성을 구성하는 요소가 된다. 그럼에도 독자의 입장에서 관심은 아무래도 후자 쪽에 기울게 되는 것이 아닐까 한다. 생활적 무능이나 허위의식이 지난 삶의 유산인 데 비하여 삶을 위한 발버둥은 현재의 삶에 대한 대응으로서의 성격을 지니기 때문이다. 실제로 작품에 있어 서사의 초점은 점차적으로 후자 쪽으로 넘어간다. 간난신고의 생활 속에서도 끝내 저버리지 않은 선량함 쪽으로.

그때 흥보집 자식들은 멍석 쓴 채 뭇놈이 나서 "어매 밥, 어매 밥." 밥 달라고 개고리 우는 소리로 각청으로 울음 울 제 흥보 마누라 막내동이를 등에 업고 밖으로 나서보니 건넌편 빗돌이 길에서 흥보가 허리를 웅크리고 작대기 짚고 절뚝절뚝 들어오니 우루루 달려나와, "여보 영감, 전곡간에 아무것도 못

<hr>

16) 홍보가 부리는 '가장티'의 심리적 맥락에 대해서는 김정애, 「역할극 수용을 통한 홍보가의 문학치료적 전망과 현대적 재창조 방안」, 『겨레어문학』 제29집, 겨레어문학회, 2001에서 자세히 분석한 바 있다.

얻어왔소?" "날 건드리지 마오." "또 맞었구료." "여보 내 말을 들어보오. 형님
의 댁을 갔더니 전보다 형님이 후해졌읍디다. 형수씨가 점심 지어 주기에 단
단이 먹고 나니 전곡간에 한 짐을 주시기에 짊어지고 오다가 요 넘예 강정 모
퉁이에서 도적떼가 나서 '네 이 놈 돈이 크냐 목숨이 크냐,' 엎어 뺨 한 주먹
에 정신 채릴 길 없이 모조리 빼앗기고 매만 실컷 맞고 왔소." 홍보 마누라가
물그러미 바라보더니, "그런데도 내가 알고 저런데도 내가 아요."

—〈홍부전〉, 148면

내키지 않은 발걸음을 떼어 형의 집에 찾아가 전곡을 청하다가 궂은
매를 흠씬 두드려 맞고서 눈물을 뿌리며 비틀비틀 돌아온 터에 아내 앞
에서 애써 제 형의 허물을 감싸려 하는 모습이다. 생각하면 어리석어
보이고 화가 나게 만들기도 하는 선량함이지만, 거기에는 사람의 마음
을 흔드는 그 무엇이 있다. 극한의 상황 속에서도 끝내 놓지 않은 인간
미가 자아내는 힘이다.

홍부가 인간적 선량함을 지킬 수 있었던 것, 그것은 그 혼자만의 힘
은 아니었다. 홍부에 못지않은 또 한 사람, 그 아내가 곁에 있어 힘이
돼주었던 터다. 남편이 매품을 팔아 돈 서른 냥을 받기로 했다는 말에
그 아내는 어찌했던가.

홍보 마누라 깜짝 놀라며 "중한 가장 매품 팔아 먹고 산단 말은 고금천지에
어디가 보았소 가지 마오, 가지 마오 불쌍헌 영감, 가지를 마오 천불생 무록
지인(天不生無祿之人)이요 지부장 무명지초(地不長無名之草)라, 하늘이 무너
져도 솟아날 궁기가 있는 법이니 설마한들 죽사리까. 병영 영문 곤장 한 개를
맞고 보면 종신 골병 된답디다. 여보, 불쌍한 우리 영감, 가지를 마오"

—〈홍부전〉, 142면

돈 서른 냥이 어찌 눈에 어른거리지 않았을까만, 이렇게 제 남편을

말린 아내였다. 만류를 뿌리치고 병영으로 떠난 남편의 무사 귀환을 진심으로 빌다가 매를 못 맞아 낙담하며 돌아온 남편을 맞이하여 덩실덩실 춤을 춘 그런 아내였다. 그 남편에 그 아내다. 사람들 마음을 촉촉하게 적셔주는.

이제 '시험'은 끝났다. 흥부의 선량함은 현실 앞에 무력하게 허물어질 값싼 가식이 아니었다. 당장 먹고 살 방도가 없는 터에 착하고 올바른 삶이란 게 다 무엇이랴 하는 통념은, 처음에 과연 그러할 듯이 전개되다가 보기 좋게 깨어졌다. 흥부와 그의 아내는 엄혹한 현실 속에서 오히려 더 아름답게 빛을 발하는 인간미와 참사랑이 있음을 몸으로 보여주었다. 흥부가 둥지에서 떨어져 다리가 부러진 제비—그 모습은 어찌 그리 흥부와 닮았는지 모른다—를 눈물까지 보이며 정성껏 지켜내는 장면은 이들이 실현하고 있는 참다운 휴머니즘의 함축적 표상이 된다.

흥부와 그의 아내는, 심봉사와 심청이 그랬던 것처럼, 이렇게 사람들의 경애(敬愛)의 대상이 된다. 나만큼이나 소중한 또 다른 나다. 이제 그들이 치른 시험에 대한 응답이 이어질 차례다. 서사가 본격적으로 펼쳐지려는 순간이다.

3. 작품 결말에 담긴 삶의 철학

1) '하늘'에 대한 믿음과 그 의미

심청은 자신을 둘러싸고 있는 현실의 벽을 향하여 제 한 몸을 던져 장렬히 산화했다. 제 한 몸 버려 운명의 질곡을 깨뜨려 보자는 장렬한 몸짓이었다. 그것은 끝처럼 보였지만 기실 새로운 시작이었다. 빛나는 비상으로 나아가기 위한 통과의례였다.

이때 옥황상제께서 남해용왕에게 분부하시되 "명일 오시에 진세에 출천대
효 심청이 어린 소저가 인당수 물에 빠져들 것이니 용궁 교자를 등대하여 팔
선녀로 시위하여 수정궁에 머물게 하고 선녀로 잘 모셔다가 다시 영을 기다
려 환송인간(還送人間)하게 하되, 만일 시(時)를 어겨 거행을 잘못하면 남해용
왕과 용궁제신은 대죄(大罪)를 면치 못하리라." 분부 지엄하니 용왕이 황겁하
야 수국 충신과 백만인갑(百萬鱗甲)이며 무수한 각궁(各宮) 시녀로 용궁 교자
를 등대하여 그 시를 기다릴 제 과연 옥 같은 한 소저가 물에 풍덩 빠지거늘
시녀 등이 좋이 받들어 교자 우에 편안히 모시거늘

—〈심청전〉, 105면

이때 용궁시녀가 개안초(開眼草)라는 무슨 약을 뿌려 발러 놓으니 황극전 어
정(御庭)에 청학 백학이 왕래하고 심봉사 눈을 희번덕 희번덕하더니 "아이고
갑갑하여라. 아이고 눈이 섭섭섭, 어서 눈을 떠서 보았으면!" 희번덕, 희번덕,
두 눈이 반짝 훤하니 밝았구나. 심봉사가 눈을 뜨고 보니 목소리나 알았지 얼
굴을 알 수가 있는가. "여기가 어디여? 초면강산(初面江山)이로구나." 심봉사
가 눈뜨는 바람에 여러 봉사들이 일시에 눈을 뜨는디 만좌(滿座) 맹인이 눈을
뜬다. 여기서 뜨고 저기서 뜨고, 오뉴월 장마철에 새 갓모 떼난 소리가 나고
우박 오는 소리같이 짝짝 후드득. 잔치에 왔다 돌아가다 뜨고, 미쳐 당두하지
못하고 뜨고, 사방에서 눈을 뜨는디

—〈심청전〉, 131면

흥부 또한 마찬가지다. 그가 처한 엄혹한 현실은 출구가 보이지 않는
아득한 것이었지만, 어느 날 거짓말처럼 새 날이 활짝 열린다. 누구도
예기치 않았던, 가없는 보상이었다.

저 동자 엿자오되 "삼신산(三神山) 열위선관 모여 앉아 공론하되, '홍보씨 지극 덕화 금수까지 미쳤으니 그저 있지 못하리라,' 여러 약을 보냈습니다. 백옥병에 넣은 것은 죽게 된 사람 혼 불러 돌아오는 환혼주(還魂酒)요, 밀화병에 넣은 것은 맹인이 먹었으면 눈이 밝는 개안주(開眼酒)요, 호박 그릇에 넣은 것은 벙어리가 먹었으면 말 잘하는 능언초(能言草)요 ……."

—〈홍부전〉, 160면

두 궤를 열고 보니 하나는 쌀이 가득, 하나는 돈이 가득. 홍보가 좋아라고 쌀을 비어 떨어내 보는데, 홍보가 좋아라고 홍보가 좋아라고 궤 두 짝을 떨어 붓고 나면 도로 수북, 톡톡 떨어 붓고 나면 도로 수북. 돌아섰다 도로 보면 도로 하나 가득, 돌아 섰다 도로 보면 도로 하나 가득. 비어내고 비어내고 …… 비어내고 돌아섰다 돌아서서 도로 궤를 열고 보면 돈도 도로 하나 가득, 쌀도 하나 가뜩. 가뜩 가뜩. "아이고 좋아라. 일년 삼백육십일을 그저 꾸역꾸역 나오너라."

—〈홍부전〉, 161면

꿈과 같이 펼쳐지는 대반전의 상황이다. 문제는 이러한 상황을 문학적으로 어떻게 이해할 것인가 하는 데 있다. 이 지점에서 작품에 대한 평가가 엇갈리게 된다.

이에 대한 일반적 시각은 이러한 반전이 현실적 가능성과 거리가 먼 공상적이고 비약적인 상황전개라고 하는 것이다. 작품 문면을 통해 볼 때 지극히 자연스러운 해석이 된다. 망망대해에 몸을 던진 소녀가 어떻게 다시 살아나고, 시골의 미천한 여인이 어찌 황후가 되며, 봉사들이 어떻게 한꺼번에 눈을 뜰 수 있겠는가. 또 어찌 제비 장수가 있어 박씨를 보내며, 박 속에서 동자가 약을 들고 나오고 쌀과 돈이 한없이 쏟아져 나오겠는가. 그것은 명백히 현실에서 있을 수 없는 일이다. 그리하여 그것은 사람들에게 한 순간 공상적 대리만족을 줄 수 있을지는 몰라도 현

실을 극복하는 힘을 발휘하기에는 턱없이 부족하다. 오히려 씁쓸한 허탈
감을 남기기 십상이다.

필자는 이와 같은 관점에 동의하면서 또한 동의하지 않는다. 저 형상
은 비현실임에 분명하지만 그렇다고 하여 허망한 비약이고 공허한 환
상인가 하면 그렇지 않다. 중요한 것은 외적 형상이 아니라 그 속에 담
긴 의미 맥락이 된다. 외적 형상은 비현실이되 그 안에 현실적 의미를
내재하고 있다면 그것을 적극적으로 읽어내고 평가하는 것이 마땅한
일이다. 〈심청전〉이나 〈흥부전〉은 이와 같은 독법이 필요한 작품이라는
것이 필자의 시각이다. 사람들은 저 위에 보이는 모습이 현실일 수 없
음을 잘 알고 있으면서도 상징적 의미를 축으로 하여 문학적으로 소통
하고 또한 감응하고 있는 터다.

관건은 그 상징적 의미가 무엇이며 어떻게 살아나는가 하는 점이 된
다. 이에 대한 필자의 일차적인 대답은 그것이 바로 '하늘에 대한 믿음'
이라고 하는 것이다. 사람들이 가시적으로 인지할 수 있는 영역 너머에
엄연히 '하늘의 이치[天道]'가 존재하면서 현실적 삶을 주재하고 있다는
인식이다. 심청과 흥부를 구원한 존재가 누군가 하면 바로 천지신명, 곧
'하늘'이었다. 구원을 받고 보상을 받아 마땅한 삶을 살았으므로 구원과
보상이 이루어진 상황이다. 이러한 전개를 통해 두 작품은 '하늘에 큰
이치가 있어 세상사는 결국 가야 할 길로 가기 마련'이라고 하는 의미
를 시현하고 있다.

〈심청전〉과 〈흥부전〉의 후반부에 있어 '하늘'의 표상으로서의 천지신
명(天地神明)의 역할은 가히 두드러지다고 할 수 있다. 초월적 존재가 전
면에 등장하여 서사적 상황의 전개를 주도해 나간다. 〈심청전〉의 경우
옥황상제의 명에 의한 사해용왕의 심청 구원에 이어, 광한전 옥진부인
이 된 곽씨부인이 등장하여 딸을 위로하며, 다시 옥황상제의 뜻에 따라
심청의 환생이 이루어진다. 황제가 심청을 황후로 맞게 된 것 또한 옥
황상제가 보낸 시녀들이 매개한 일이었으며, 심봉사가 눈을 뜬 것도 용

궁 시녀가 뿌린 개안초 덕택이었다.17) 다음 〈흥부전〉을 보면, 강남국 제
비 장수(제비왕)가 흥부 제비를 통해 보은의 박씨를 보냄으로써 대반전
이 시작된다. 흥부 박에서 나오는, 그리고 이어서 놀부 박에서 나오는
여러 존재들은 두루 하늘의 뜻을 받든 존재들이거니와, 박에서 처음 나
온 선동(仙童)과 능청낭을 든 생원, 장비(張飛) 등이 두루 그러하다.

〈심청전〉이나 〈흥부전〉에 있어 초월적 존재들이 등장하여 인과응보
의 상황을 펼치는 것이야 널리 알려진 상식이 아닌가 반문할 수 있겠다.
물론 그러하다. 중요한 것은 그것이 어떠한 서사적 맥락 속에서 어떻게
문학적 의미를 실현하는가 하는 점이다. 이 지점에서 작품 해석의 맥락
이 달라진다.

이와 관련해서 먼저 주목할 것은 이들 작품에 있어 '하늘'의 개입이
작품 후반부에 들어와 전후맥락 없이 급작스럽게 이루어지는 것이 아
니라는 사실이다. 천지신명이 서사 전면에 나서는 것은 작품 후반부에
들어온 다음의 일이지만, '하늘의 이치'는 작품 전반부에서부터 현실 이
면에 잠재하는 형태로 서사에 일관되게 작용을 해왔던 터다. 작품 곳곳
에서 그와 같은 복선(伏線)을 읽어낼 수 있다.

먼저 〈심청전〉을 보면, 심청의 출생부터가 하늘의 뜻에 의한 것이었
다. "명산대철 영신당과 고묘총사 성황당과 석불미륵 서계신데 허위허
위 다니면서 집지어 드리기와 칠성불공 라한불공 백일산제 제석불공
승중마지 가사시주 인등시주 창호시주 다리 건설 질 닦기와, 집안의 들
어있는 날도 성주 조왕 당산천룡 지극정성"(심청전, 71면)을 다 드린 덕으
로 천상선녀가 적강한 인물이 심청이었다. 이러한 설정은 작품 후반부
와 긴밀히 짝을 이루며 서사의 기본 맥락을 형성하고 있는 것으로서 단
순한 문학적 장치로 볼 수 없다. '하늘'은 심청의 출생에서 죽음에 이르

---

17) 이 대목은 이본에 따라 다소간의 차이가 있을 수 있다. 하지만, 구체적인 서술 형태
의 차이는 있을지 몰라도, 〈심청전〉 작품 후반부의 전개가 '천지신명'의 뜻대로 이어
지고 있음은 어느 이본에서나 뚜렷이 확인할 수 있는 사항이다.

는 일련의 상황 전개에 있어 곳곳에서 그 모습을 드러내고 있는바, 가볍게 넘길 사항이 아니다. 몇 곳만 인용해 본다.

> 삼신님의 집탈인가 문의(問醫)하야 약도 쓰고, 굿도 하고 경도 읽고 백가지로 다하여도 죽기로 난 병이라 일분효차 있으리요
>
> —〈심청전〉, 74~75면

> 한숨 쉬고 돌아누어 어린아이 잡아당겨 얼굴도 문지르고 수족도 만지면서 "천지도 무심하고 귀신도 야속하다. ……"
>
> —〈심청전〉, 76면

> 그때의 심청이는 하날이 도움이라 잔병 없이 잘 자라나 육칠세가 되어오니
>
> —〈심청전〉, 83면

> 하느님전 비는 말이, "비나이다 비나이다, 하느님전 비나이다. 아부지 무자생신(戊子生身) 이십 후에 안맹하야 천지 만물을 못 보오니 아부지 허물일랑은 소녀 몸으로 대신하게 하고, 하느님의 일월 두시는 일 인간의 두 눈이온데 만일 일월이 없사오면 무삼 분별 하오리까. ……"
>
> —〈심청전〉, 92면

> 남녀 노소없이 눈이 붓게 모두 울고, 하느님이 아신 바라 백일(白日)이 몽매하야 음운(陰雲)이 자욱하고 청산도 찡그난 듯 휘느러저 곱던 꽃은 이루어져 빛을 잃고
>
> —〈심청전〉, 99면

보는 바와 같다. 심청이 심봉사의 딸로 태어나 죽음을 맞기까지의 그 일련의 과정은 '하느님이 아신 바'였던 것이다. 그것은 작중의 인물들이

또한 막연히 감지하고 있는 것이기도 하다. 그들은 때로 그 일이 너무 기가 막혀 '천지도 무심하고 귀신도 야속하다' 하고 탄식을 하기도 하지만 그 또한 놀라운 반전을 위한, 하늘의 뜻을 더욱 극적으로 현시하기 위한 하나의 과정일 뿐이었다. 다소 과장하여 표현하자면, 무엇 하나 '하늘의 이치' 아닌 것이 없었다.

〈흥부전〉의 경우 하늘의 개입이 〈심청전〉에서와 같이 뚜렷이 드러나고 있지는 않다. 하지만, 이 작품에서도 여러 장면에서 '하늘'의 존재가 환기된다.

> 흥보 마누라는 영감이 떠난 그 날부터 후원에 단을 뭇고 정화수를 바치고 병영 가신 우리 영감 매 한 개도 맞지 말고 무사히 돌아오시라고 밤낮 축수 허오면서
>
> ―〈흥부전〉, 144면

> "그저께 하루를 굶은 처자가 어제 아침을 그저 있고 어저께 하루를 문드러니 굶은 처자가 오늘 아침을 그저 있사오니 인명(人命)은 재천(在天)이라 설마 한들 죽사리까마는……"
>
> ―〈흥부전〉, 146면

> "아이구 하느님, 박흥보를 벼락을 때려주면 염라국을 들어가서 우리 부모를 뵈옵는 날은 세세 전정을 아뢸라요."
>
> ―〈흥부전〉, 148면

> "가난이야 가난이야, 웬수년의 가난이야. 복이라 하는 것은 어찌 허면 잘 타는고 북두칠성님이 복 마련을 허시는가 삼신제왕님이 집자리 떨어질 제 허시는가. ……"
>
> ―〈흥부전〉, 149면

비록 하늘이 직접 개입하는 상황은 아니지만 흥부와 그 아내를 통해서 천지신명의 존재가, 하늘의 이치가 거듭 환기되고 있다. 그것이 삶의 하나의 잠재적 배경으로 자리하고 있는 모습이다. 그것은 언제든 서사 전면으로 나설 수 있는 것이었던바, 제비 박의 등장이 곧 거기 해당한다. 흥미로운 것은 그 개입이 예기치 않은 형태로 급작스레 이루어지는 것이 아니라 단계적으로 이루어지고 있다는 사실이다. 이는 특히 흥부에게 집터를 점지해 준 도승의 존재를 통해서 확인할 수 있는 특징이다. 박을 통한 대반전에 앞서 초월적 존재로서의 도승이 등장하여 좋은 집터를 잡아줌으로써 반전을 예고하는바,18) 하늘이 흥부의 삶에 한 걸음씩 다가오고 있는 상황이라 할 수 있다. 전체적인 서사적 맥락에서 볼 때 흥부의 삶 또한 두루 '하늘의 이치' 속에 있었던 것이라고 해도 지나치지 않다.

이상 '하늘'의 존재에 주목하면서 작품을 읽음으로써 우리는 〈심청전〉과 〈흥부전〉이 작품 전·후반에 걸친 일관된 서사적 맥락을 가진 작품임을 알 수 있다. 작품 후반부의 대반전은 작품 전반부에 대한 엉뚱하고 급작스런 단절이 아니라 필연적 인과관계 속에서의 '극적 비약'이었던 터다. 이면에 도사리고 있던 것이 전면으로 나서서 경이(驚異)를 일으킨 상황이다.

그렇다면 '하늘의 이치'를 축으로 한 서사 전개를 통해 작품의 문학적 의미는 어떻게 시현되는가? 우리의 논의가 궁극적으로 도달해야 할 지점이다. 몇 가지 쟁점적 요소에 대한 검토를 통해 그 의미에 다가가기로 한다.

먼저 천지신명의 구체적 실재 문제다. 작품의 작가나 향유자들이 두 작품에 등장하는 옥황상제나 사해용왕·도승·제비 장수 등과 같은 초월적 존재를 실재하는 신령으로서 믿었다고 할 수 있는가 하는 반문이 가능하

---

18) 도승이 등장하여 집터를 잡아주는 대목은 '정광수창본' 외에 '신재효본'과 '이선유창본', '김연수창본', '박녹주창본', '강도근창본', '박동진창본', '박헌봉본' 등 흥부가 창본 일반에 나타나는 보편적인 대목이다.

다. 이에 대한 대답은 그들이 어디까지나 '상징적 존재'라고 하는 것이다. 현실 이면에 초월적인 이치가 도사리고 있음을 감지하고 거기 의지한다 하지만, 그것이 구체적으로 어디에 어떤 모습을 하고 있는지, 어떻게 다가올지 하는 문제는 사람들의 인식 범위를 넘어서는 문제다. 그것을 어떤 형태로든 표현해야 하는 상황에서 사람들은 그 문학적 상징으로서 옥황상제나 용왕을, 또는 도승이나 제비 장수를 말하는 것이라 할 수 있다.19)

　다음, 두 작품의 서사가 '하늘의 이치'를 기본 축으로 삼고 있다면 그 것은 결정론적 세계관이거나 의존적 삶의 방식을 투영한 것이 아닌가 하는 문제다. 이에 대한 대답은 그렇게 볼 일이 아니라는 것이다. 심청이나 흥부가 현시하는 삶의 방식은 외적으로 주어진 운명이나 초월적 힘 앞에 손을 놓고 있는 것과는 질적으로 다르다. 앞에서 본 바와 같이, 그들의 삶은 자신에게 주어진 현실에 부닥뜨려 갈등하고 고민하면서 길을 찾아나가는 주체적인 삶이었다. 아득하여 길이 보이지 않는 상황 속에서 출구를 찾아내기 위해 이리저리 가시덤불을 헤치는 분투의 삶이었다. 하늘이 그 길에 '함께 했던' 것이니, 올바르다고 생각되는 쪽으로 최선을 다하여 나아가는 것, 그것이 바로 하늘이 계시하는 길이었다. 심청이 찾은 길은 자기희생을 무릅쓰며 아버지를 위해 지극한 정성과 사랑을 다하는 일이었고, 흥부가 찾은 길은 가족(나아가 세상만물)을 정성을 다해 돌보고 사랑하며 인간적 도리를 지키는 일이었다. 관점에 따라 최선의 선택이 아니었다 할 수 있을지 모르지만, 그것은 적어도 그들이 찾고 실천했던, 그리고 작품의 독자들이 감응하며 응원했던 '하늘의 길'이었다. 그렇게 나아간 결과가 하늘의 응보였으니, 하늘의 길은 기실 그들 스스로가 연 것이있다.

---

19) 특정의 종교적 체계에 있어서는 신령에 대한 실체적인 인식과 숭앙의 체계를 가질 수 있을 터이다. 하지만 이는 〈심청전〉이나 〈흥부전〉에서 볼 수 있는 특징은 아니다. 본문에서 인용한 것처럼 두 작품에서는 천지의 귀신과 삼신 제왕 등 여러 종류의 천지신명을 두루 일컫고, 그것을 포괄하는 범칭으로 '하늘(하느님)'을 상정하고 있는 상황이다.

요컨대 이 작품에 나타나는 '하늘에 대한 믿음'이란 사람들 자신의 신념과 의지의 표상이라고 보는 것이 필자의 해석이다. 사람들은 저 심청과 흥부를 통하여, '나보다 더 소중한 나'인 그들이 어두운 현실에 부딪쳐 '하늘의 길'을 열어내는 모습을 보고 공감하는 가운데 현실적 삶에 대한 신념과 의지를 되새기게 된다. 어떤 신념인가 하면 출구가 보이지 않는 고난의 날들이라 하더라도 바르게 나아가다 보면 언젠가 거짓말처럼 좋은 날이 열리리라는 신념이며, 어떤 의지인가 하면 삶이 아무리 벅차고 원망스럽더라도 언젠가 열리게 될 좋은 날을 향하여 바르게, 열심히 살아가자는 의지다. 하늘이 저 심청을 버리지 않았고 흥부를 구원했듯이, 그들이 스스로 돕는다면 하늘이 또한 그들을 돕게 되리라고 하는 삶의 철학이다. 환상적 설정 속에 깃들어 있는 지극히 현실적인 문학적 의미다.

작품의 결말이 엄혹한 현실을 리얼하게 드러내는 것으로 귀결되었으면 좋았으리라는 견해가 있다. 예컨대 심청이 죽는 것으로 작품이 마무리되었으면 〈심청전〉의 문학적 가치가 증대되었으리라는 주장이 있다.20) 현실적 맥락에서 볼 때 충분히 타당성을 인정할 만한 견해이지만, 작품이 산출된 당대의 삶의 현실에 비추어 볼 때 가혹한 면이 없지 않다. 그것은 저 현실에 출구란 없다고 하는, 발버둥을 쳐봐도 결국은 벗어날 수 없다고 하는 비관적 인식이다. 어쩌면 그것이 실제 현실에 더 근접한 것일지 모르지만, 사람들은 그쪽을 택하지 않았다. 출구가 보이지 않는 아득한 현실이지만 결국은 새 날이 열리게 되리라는 믿음과 의지를 놓지 않았다. 그 문학적 표상이 바로 심청이고 흥부다.

출구에 대한 전망을 비현실적 환상이 아닌 '현실'로서 형상화했으면

---

20) 〈심청전〉의 결말이 비극으로 끝났어야 작품의 가치가 높아졌을 것이라고 하는 주장
을 명시적으로 제시한 연구자로 장덕순이 있다. 장덕순, 「심청전 연구」, 『국문학통론』,
신구문화사, 1982, 249면. 〈춘향전〉의 경우에도 이러한 견해를 제시한 연구자들이 여
럿 있었다.

더 좋았으리라고 말할 수 있겠다. 그 출구가 눈에 보이는 상황이라면 그리 하는 것이 마땅할 터이다. 그러나 심청과 흥부가 처했던 상황이란 사면이 아득하여 출구가 좀처럼 보이지 않는, 언제 어떻게 새 날이 올지 상상조차 하기 어려운 상황이었다. 그러므로 그것을 '현실'로서 그려 보여주지 못한다. 하지만 그 출구란 보이지 않는다고 해서 없는 것은 아니다. 언제 어떻게 열리게 될지 그 시기와 방법을 알 수 없을 뿐이다. 그것은 한 걸음씩 아주 천천히 다가올 수도 있고, 거짓말처럼 갑작스럽게 닥쳐올 수도 있다. 심청이 연꽃에 실려 화려하게 환생한 것처럼, 또는 흥부 박에서 쌀과 돈이 쏟아져 나온 것처럼 말이다. 이 작품의 '환상'은 이렇게 '구체적으로 보이지는 않지만 어떻게든 다가오고야 말 좋은 날'의 문학적 표상이 된다.

방향을 달리하여 또 다시 생각해 보면, 두 작품의 환상적 서사란 출구가 보이지 않는 데 따른 어쩔 수 없는 선택이라고 생각할 일만은 아니다. 환상적 설정은 현실적 직접성을 희생하는 대신 광범위한 함축성을 확보한다. 현실로 볼 때 심청이 연꽃에 실려 환생하는 것은 가능한 하나의 일이 아니지만, 상징으로 볼 때 그것은 헤아릴 수 없는 무한한 가능성을 상징적으로 대변한다. '하늘의 이치'란 인간의 작은 예지로 예단할 수 있는 성질의 것이 아니다. 그것은 우리가 상상조차 못할 놀라운 방식으로, 수만 가지 형태로 실현될 수 있다. 그 수많은 '가능한 현실'을 담아냄에 있어 환상은 무척이나 유용하고 효과적인 미적 통로가 될 수 있다. 〈심청전〉와 〈흥부전〉에서 그러한 면모를 본다.

2) 웃음의 미학, 낙관의 철학

하늘에 대한 믿음이 〈심청전〉과 〈흥부전〉의 밑바탕에 서려 있는 삶의 철학이라 했다. '하늘의 이치'를 축으로 하여 작품 전반부의 현실적 서사와 후반부의 환상적 서사를 연계하는 분석을 통해 얻어낸 결론이었다. 하지만 그것이 두 작품 결말부에 얽힌 독보적인 문학적 의미인가 하면 그렇지는 않다. 서사(스토리) 차원에서는 그러하지만, 구체적인 작중상황 속으로 눈을 돌리면 또 다른 중요한 요소를 발견할 수 있다. 작품에 있어 환상 못지않게 큰 자리를 차지하고 있는 '희극적 요소'가 그것이다. 그것은 특히 〈흥부전〉에 두드러져 보이지만, 〈심청전〉에 배어 있는 희극적 웃음 또한 예사롭지 않다.

넓리 알려져 있듯이 〈흥부전〉은 극심한 가난의 고통이라는 엄혹한 현실상황을 그려내고 있으면서도 작품 전편에 걸쳐 유쾌한 웃음을 자아내고 있는 작품이다. 그 웃음은 작품 후반부에서 흥부 박과 놀부 박들이 벌어지는 과정에서 극대화되거니와, 그에 앞서 흥부의 참혹한 가난을 그려나가는 대목에서도 눈물과 함께 웃음이 얽히고 있다. 이에 대해서는 작중상황과 일정한 거리를 두고서 상황을 희화적으로 묘사하는 서술자 태도에 주목하는 것이 일반적인데, 그와 함께 주인공의 성격 및 삶의 태도를 눈여겨볼 필요가 있다는 것이 필자의 시각이다. 흥부 부부가 극한의 상황 속에서도 여유와 웃음을 잃지 않았던 모습을 두고 하는 말이다.

> 흥보 마누라 좋아라고 "얼씨구나 절씨구. 얼시구 절시구 지아자 좋네. 얼씨구나 좋을시구. 영감이 엊그저께 병영길을 떠나신 후 부디 매를 맞지 말고 무사히 돌아오시라고 하느님 전에 빌었더니 매 아니 맞고 돌아오시니 어찌 아니 즐거운가. 얼시구나 절시고. 옷을 헐벗어도 나는 좋고 굶어 죽어도 나는 좋네. 얼시구나 절시구."
>
> —〈흥부전〉, 144면

> 흥보가 보고 좋아라고 찬찬히 살펴보니 절골(折骨) 양각(兩脚)이 완연쿠나. "당사 실로 감은 흔적이 아리롱 아롱허니 어찌 아니 내 제비랴 (…중략…) 원촌 근촌에 너를 보내고 욕향청산문두견(欲向靑山問杜鵑) 소식 적적 막연터니

늬가 나를 찾아오니 어찌 아니 반가우냐.”

―〈홍부전〉, 156~157면

홍보가 가난 꼴은 이러하나 속멋은 답북 들어 “여보소 아이 어멈, 평지에 지어도 절은 절이요 성복(成服) 술에도 권주가 한다는 말이 있네. 우리가 일년 농사 논을 버나 밭을 가는가. 남들은 모 심을 제 상사소리 밭노래를 부르지마는 우리는 이. 박 타며 박노래를 불러보세.” “아이고 부끄러워 어찌할꼬.” “내가 사설 지어 메기거든 자네는 뒷소리만 맡소” 박을 타는디 “시르르링 실근 당겨주소” “에이여루 당겨주소” “이 박을 타거들랑은 아무것도 나오지를 말고 밥 한 통만 나오너라.”

―〈홍부전〉, 158~159면

돌이켜보면 홍부 부부가 얻은 천복(天福)은 저절로 다가온 것이 아니라 이와 같이 어려움 속에서도 웃음과 여유를 잃지 않는 낙관의 정신에서 연유했던 것이라고 말할 수 있다. 당장 끼니를 걱정해야 하는 처지에서도 남편의 무사함을 춤으로 즐기고, 강남 다녀온 제비를 반겨 노닐며, 배를 곯아 눈물이 나는 가운데도 박을 타면서 장단을 넣어 박타는 소리를 부르는 그 여유 말이다. 홍부가 복을 받는 직접적 원인이 되었던 ‘제비 다리 고치기’도 그와 같은 마음의 여유가 있었기에 가능했던 행동이었다. 그러한 여유와 웃음은 엄혹한 시험의 날들을 관통하여 신명의 새 날을 불러오는 중요한 동력이 되었다고 할 수 있다.

중요한 것은 이러한 여유가 앞서 살핀 ‘하늘에 대한 믿음’과 무관하지 않다는 사실이다. 길이 보이지 않아 방황하고 절망하는 상황에서 여유와 웃음은 우러나오기 어려운 터, 홍부 부부가 처했던 객관적 현실상황이 그러했다. 하지만 앞에서 살펴보았던 것처럼 홍부 부부는 그 현실 속에서 자신의 길을 지니고 있었다. 정성을 다해 주변을 돌보고 사랑하며 인간된 도리를 지키며 살아간다고 하는, 그리 살아가다 보면 살 길이 열리리라고 하는, 그들이 찾은 '하늘의 길' 말이다. 그러한 철학을 가슴에 지니고 있고 그것을 몸으로 실행하며 살고 있음으로 해서 그들은 어려운 현실 속에서도 여유와 웃음을 지킬 수 있었던 것이다.

양자의 관계는 이와 역의 방향으로 구현되기도 한다. 여유와 웃음을 잃지 않고 살아가는 과정에서 삶에 대한 희망과 의지를 찾아가게 된다는 것이다. 슬플 때 오히려 웃음을 지음으로써 힘을 얻어 나가는 삶의 방식이다. 이는 흥부와 그 아내뿐 아니라 작품 밖에서 작중현실을 지켜보는 사람들의 것이기도 하다. 눈물 나는 힘든 현실이지만 한바탕 웃음으로 그 눈물을 훔치는 가운데 낙관의 철학을 가다듬어 나갔던 것이 〈흥부전〉 전승자들의 문학적 태도였다. 돌아보면, 흥부는 박에서 나온 보화로 부자가 되어 신명나게 노닐거니와, 그것은 작품 속의 일일 뿐 작품 밖은 여전히 힘들고 가난한 현실 속이다. 하지만 사람들은 마치 그들이 부자가 된 것처럼 웃고 즐기며 신명의 판에 참여한다. 그것을 일컬어 현실을 몰각한 환상적 도취라 할 수 없다. 그것은 작품이 현시하는 문학적 의미를 체현함으로써 삶의 동력을 찾아가는 과정이었다고 보아야 한다. 흥부 박에 이어 놀부 박을 통해 펼쳐지는 한바탕의 시끄러운 사단 역시 마찬가지다. 놀부의 악을 징치한다고 하는 보복적 의미도 담겨 있는 것이 사실이지만, 그보다는 한바탕 신명나는 웃음의 장을 통해 낙관의 철학을 현시하는 것이 더욱 본질적 의미라고 하는 것이 필자의 시각이다.

옆에 놓아 있던 박 한 통이 저절로 딱 벌어지더니 각설이패 풍각쟁이 초란이패가 나오는듸, "뜨르르르 들어왔소 각설이라 먹서리라 동서리를 짊어지고 죽지도 않고 찾아왔소 옥동도화만수춘(玉洞桃花萬樹春) 가지가지가 봄바람. 어 품바 잘한다. 오리고 내리고 나리매장 다리 아파 못 보고, 흰오얏꽃 옥과장 눈이 희어서 못 보고 (…중략…)" 한참 이리 노닐 적에 한편에서는 고사 초라니가 덤벙이는데 구슬 상모 담벙거지 되게 맨 통장고를 턱 밑에 되게 메고,

"꽁그락꽁 꽁꽁 꽁꽁, 꽁꽁 꽁꽁 꽁그락꽁 꽁꽁. 소상에 반죽 꽁그락 꽁꽁꽁
꽁. 열두 마듸 꽁그락꽁 꽁꽁. 구름같은 댁이 꽁그락꽁 꽁꽁. 신선 같은 나그
네 왔소. 에헤라 액이야 액이야, 중천액을 막자."

—〈흥부전〉, 182~183면

보듯이 하나의 신명나는 난장이다. '환상'을 빙자한 한바탕의 놀이판
이며, 웃음을 통해 현실을 뒤집어 버리는 반역의 판이다. 세상은 낙관하
는 자의 것이니, 저러한 신명을 통해 마침내 그들의 세상은 열리게 될
터였다. 흥부가 그랬던 것처럼 말이다. 어찌 꼭 박 속에서 금은보화가
쏟아져 나와야만 좋은 날이겠는가. 저렇게 신명으로 삶을 풀어내는 그
순간, 세상은 이미 그들의 것이라 할 수 있다.21)

이상, 유쾌한 웃음의 미학은 〈흥부전〉에서 두드러지게 부각되는 것이
지만, 살펴보면 〈심청전〉에서도 웃음과 낙관이 만만치 않게 배어 있음
을 확인할 수 있다. 저 앞에서 심봉사가 동냥젖을 배불리 먹인 후 딸을
어르면서 즐기는 장면을 본 바 있거니와, 깜깜한 암흑 속에서 찾고 있
는 여유와 웃음을 가벼이 볼 일이 아니다. 이미 언급한 것처럼, 심봉사
부녀는 그 누구보다 어려운 현실 속에 놓인 가운데서도 서로 따뜻한 혈
육의 정을 나누면서 행복을 만들어 가는 삶을 살았다고 할 수 있다.

문제는 심청이 선인들을 따라 죽음의 길로 떠난 뒤의 상황이다. 모든
행복이 산산이 깨어져 버린 절망의 상황이다. 이제 웃음은 그들의 것이
될 수가 없다. 하지만 작품은 뜻밖에도 이 상황을 웃음으로 채색하고
있다. 널리 알려져 있는, 뺑덕어미에 얽힌 일련의 장면이 그것이다.

심봉사가 이리 저리 궁리한 끝에, "여보소 뺑덕이네. 우리가 이렇게 잠깐만

---

21) 〈흥부전〉 후반부에 현시되고 있는 웃음의 성격은 실상 다면적이라 할 수 있다. 유쾌
한 해학의 면모가 있는가 하면 풍자적 공격의 양상을 띠기도 한다. 이에 더하여 그 웃
음을 관통하는 본질적 요소로서 '낙관의 철학'을 주목해야 한다는 것이 곧 필자의 관
점이 된다.

떨어져 앉아도 내가 속이 타는디 이렇게 살다가 저 먼 타향으로 내가 도망을
쳐버리면 어찌 할라는가." "아이고 영감, 괴나리 봇다리를 짊어지고 어디라도
뺑뺑 돌아다니며 찾아가지요." "그러면 이렇게 살다가 내가 먼저 죽어 버리면
자네 혼자 살겠지?" "아이고 영감, 만일에 영감이 세상을 떠나시면 나 혼자 어
찌 살아요? 삼년상을 지낸 후에 깊은 물에 가 풍덩 빠져 죽어 혼이라도 영감
을 찾아가야지요." 심봉사 웃음을 퍼허, "그렇지. 우리 뺑덕이네가 열녀지, 열
녀여. 아니 열녀가 더 되지. 백녀다 백녀."

—〈심청전〉, 117면

뺑덕어미에 얽힌 대목은 심봉사가 딸을 보낸 다음 음흉한 여인에게
속아 깊은 절망의 나락으로 빠져 들어가는 과정으로 해석할 가능성이
큰 부분이다. 하지만, 그 장면이 웃음으로 채색되어 있는 것 또한 부정
할 수 없는 사실이다. 심봉사 자신이 뺑덕어미에게 강하게 집착하며 웃
음과 보람을 찾고 있는 상황이다.

아마도 이 일련의 장면은 오늘날의 독자들로 하여금 심봉사를 사지
(死地)에 딸을 보내놓고서 희희낙락하는 못난 아비로 규정하게 만든 결
정적인 원인이 아닌가 한다. 심청이 선인들을 따라서 죽으러 가던 비통
한 장면을 생각하면 이와 같은 심봉사의 모습이란 한심하게 보이는 것
이 사실이다. 하지만 이 대목을 그렇게만 볼 수 없도록 하는 것이 이 작
품의 미학이라고 생각한다. 심청은 그렇게 슬프게 세상을 떠났다. 그렇
다면 그 아비는 내내 딸의 죽음을 애도하며 슬피 통곡하고 있어야 하는
것일까? 죽지는 못하더라도 죽는 시늉이라도 하는 것이 딸의 죽음을 위
로하는 길일까? 이에 대한 작품의 대답은 그렇지 않다는 것이다. 심청
은 떠나갔지만, 산 사람은 살아야 하는 법이다. 힘들수록 더욱 즐겁게
말이다. 그것이 심청의 슬픈 죽음을 조금이라도 더 의미 있게 하는 길
이며, 심청을 살리는 길이다. 그리하여 사람들은 심봉사와 더불어 이 장
면을 함께 즐기고 있는 것이다.22)

딸을 먼저 떠나보낸 아픈 처지에서 심봉사가 애써 찾아나가는 낙관적 삶의 태도는 심봉사가 황성 가는 길에 아낙네들과 어울려 ‘방아타령’을 부르며 즐기는 대목에서 절정에 이른다. 한바탕 흥겨운 해학의 놀이판이 벌어지는데, 그 장면이 심봉사가 절망의 나락에 떨어졌던 상황에 연이어서 나온다는 사실이 의미심장하다. 절망의 상황이란 뺑덕어미가 자신을 버리고 떠나 홀로 남은 처지에 개울에서 목욕을 하다 옷조차 다 잃어버려 세상천지에 주름진 적신(赤身) 하나만 남은 상황을 두고 하는 말이다. 세상에 이보다 더 처량한 인간의 모습과 만나기 어려울 정도의 모습이다. 하지만, 그 상황에서 심봉사는 무너지지 않는다. 벌거벗은 몸으로 한길에 나서서 무릉태수한테 억지를 써서 옷을 얻어 걸치고 담뱃대까지 얻어 든다. 그리고는 길을 나서서 방아 찧는 아낙들과 신명나는 수작을 하는 것이다.

> 여인들이 심봉사를 놀려 건들것다. “떨구덩떵 자주 찧어, 어유아 방아요.” “봉사님의 생긴 모양, 의뭉한 음푹 눈은 우렁 구멍이 그 아닌가, 어유아 방아요.” 심봉사도 답을 할 제 “각씨님의 눈일랑은 이놈도 보고 깜짝 깜짝, 저놈을 보고 깜짝 깜짝, 양 깜짝이가 아닐런가, 어유아 방아요.” “봉사님의 배통이 수박통이 방불하고 북통배가 그 아닌가, 어유아 방아요.” “각씨님의 배통이는 가다가 타고 오다가 타고 나룻배가 다를손가, 어유아 방아요.”
>
> ―〈심청전〉, 127면

돌아보면, 이처럼 절망의 극점에서 일어나 새로운 삶의 힘을 찾는 것

---

22) 이 장면이 웃음으로 채색되는 것은 그에 앞서 심청이 환생하여 황후가 되는 서사가 제시된 것과도 깊은 연관이 있다. 독자들은 심청이 황후가 되어 아버지를 기다리고 있는 것을 아는 터이므로 이러한 장면을 편안하고 너그럽게 즐기고 있는 것이다. 이 일련의 대목에서 독자들의 감흥이 엮어져 나가는 과정에 대해서는 정출헌, 앞의 논문, 164~166면에 잘 정리되어 있다. 이러한 점을 인정하는 한편으로, 심봉사 자신이 낙천적인 자세로 삶을 버텨나가고 있는 모습 그 자체를 재평가할 필요가 있다는 것이 필자의 시각이다.

은 심봉사의 본래적인 모습이었다. 핏덩어리 자식을 남겨두고 아내가 떠난 뒤 앞 못 보는 몸으로 삼백육십일 동냥젖을 얻어 먹여 그 어린 자식을 훌륭히 키워냈던 그였다. 그때 홀로 일어났듯이, 심봉사는 지금 또 다시 이렇게 일어나고 있는 것이다. 그 웃음과 낙관의 힘이 그에게 새 삶을 가져오게 되는 것이니, 황후가 된 딸과의 상봉으로 상징되는 꿈같은 새 날이란 앞뒤 맥락 없이 하늘에서 뚝 떨어진 것이 아니라 할 수 있다.[23] 어떤가 하면 그것은 절망 속에서도 저버리지 않은 삶의 의지가, 웃음으로 눈물을 초극하는 철학이 만들어낸 결과였던 것이다.

4. 맺음말

이 글에서는 〈심청전〉과 〈흥부전〉을 통해 판소리문학에 담긴 현실적 의미를 새롭게 살펴보는 작업을 수행하였다. 작품 전반부에 그려진 인물형상과 작중상황을 현실적 문맥에서 새롭게 살핀 다음, 작품 후반부에 부각되는 환상적 요소 및 희극적 요소가 전반부의 현실적 요소와 어떠한 서사적 연관을 맺으며 문학적 의미를 구현하는지를 살폈다.

작중의 인물과 상황을 검토함에 있어서 먼저 작중인물에 대한 기존의 편향된 시각을 교정하고자 했다. 심봉사에 대하여 '무능하고 못난 아비'라는 관점이 일반화된 데 대하여, 핏덩어리 어린 자식을 훌륭히

---

23) 이와 관련하여 주목할 사실이 그와 안맹인과의 만남이다. 심봉사는 황궁에 들어가기에 앞서 능력과 덕을 갖춘 안맹인과 만나 인연을 맺고 동침을 하게 되거니와, 스스로 새로운 삶을 찾은 상황이다. 그 상황에 이어서 심청과 심봉사의 만남이 이루어지거니와 그 서사전개를 심상하게 볼 일이 아니다. 심봉사의 삶 이면에 숨어 있던 '하늘의 이치'는 이렇게 그 앞에 차차 모습을 드러내고 있었던 것이다. 이렇게 볼 때 모든 공을 심청에게만 돌리고 심봉사를 수동적 수혜자로 치부하는 것은 바른 시각이라 할 수 없다.

키워낸 장한 아버지로서의 면모를 바로 인식해야 함을 강조했다. 심봉사와 심청의 관계는 한쪽이 일방적으로 희생한 관계가 아니라 혈육의 정을 나누며 서로 의지했던 동반자적 관계로 보는 것이 온당하다는 입장이다. 한편 흥부에 대해서는 하루아침에 험한 현실 속에 던져지는 시험적 상황에 주목하여 '허위의식에 젖은 무능한 가장'과 '어떻게든 살아보려고 분투하는 선량하고 성실한 가장'이라는 상반된 형상이 모두 그의 참모습임을 지적하는 한편으로, 극한의 현실 속에서 인간미를 지켜나가는 모습에 특히 주목해야 한다고 보았다. 소중한 삶의 동반자로서의 흥부 아내의 역할에 대해서도 새삼 그중요성을 부각하고자 했다.

다음으로 주목한 것은 작중인물과 작품 수용자 사이에 형성되는 정서적 관계다. 심봉사와 심청 부녀가, 그리고 흥부 부부가 극한의 현실 속에 던져진 상태에서 스스로를 허물어뜨리지 않고 서로 믿고 사랑하며 바른 길을 찾아나가는 모습을 지켜보면서 독자들이 그들을 자신의 소중한 분신으로 받아들이게 되는 과정을 눈여겨 살폈다. 작품은 독자들에게 그러한 정서적 경험을 제공하는 감동적인 장면을 적절히 배치하고 있거니와, 독자들을 자연스럽게 흡인하면서 작중의 문제 상황을 사람들 일반의 전형적이고 보편적인 문제로 부각하는 데 성공하고 있다. 다시 말해 '표상성(表象性)'을 실현하고 있는 것이다. 작품의 서사 전반에 문학적 무게를 부여하는 요소가 된다.

두 작품에 있어 전반부의 현실적 서사와 후반부의 환상적 서사를 매개 또는 관통하는 요소로서 우선적으로 주목한 것은 천지신명(天地神明)으로 표상되는 '하늘의 이치[天道]'에 대한 관념이다. 그동안 작품 후반부에서의 초월적 요소의 개입이 전반부의 현실적 흐름과 어긋나거나 단절되는 것이었다고 보아왔던 데 대하여, 이 글에서는 '하늘'로 표상되는 현실 너머의 섭리가 전반부를 포함한 작품 전체에 걸쳐 일관되게 작용하고 있다고 보았다. 작품의 문면과 행간 곳곳에서 '하늘'의 존재를 확인할 수 있는 상황이다. 그리하여 이 작품 후반부에서 현시되는 '하늘의 이치'란 서사적 흐름을 깨면서 급작스럽게 등장한 것이 아니라 이면에 잠재했던 것이 전면으로 나선 것으로서의 성격을 지닌다는 것이 논의의 결론이다. 그러한 서사적 맥락을 통해 이 두 작품은 '어둡고 힘든 현실이라 하더라도 스스로 도우면서 바르게, 열심히 살아가면 언젠가 좋은 날이 열리게 될 것'이라고 하는 현실적 의미를 발현하고 있다.

두 작품에 있어 그러한 현실적 의미가 비현실적 환상을 매개로 하여 형상화된 것과 관련하여 그 문학적 가치를 격하하는 것은 온당한 관점이라 하기 어렵다. 그 환상은 '출구가 보이지 않는 현실'에 대한 문학적 형상화의 방법이라는 사실을 직시할 필요가 있다. 아득하고 막연하여 어떠한 하나의 구체적인 가능성을 현시하고 있지 않되 미지의 무수한 가능성을 가지고 있는 상황에 있어 그것을 형상화하는 효과적인 방법이 바로 상징을 통한 함축적 표현이라 할 수 있다. 심청의 환생이나 흥부 박에 얽힌 환상은 그와 같은 상징으로 읽는 것이 온당한 접근법이 된다는 것이 이 글의 관점이다. 앞날이 어떤 식으로 열릴지 아무도 정확히 알 수 없는 것은 실제적 진리이기도 하다.

〈심청전〉과 〈흥부전〉 결말부에 있어 환상적 요소와 함께 작품의 문학적 정체성을 특징짓는 또 다른 중요한 요소로서의 웃음과 낙관이 지니는 문학적 의미를 최종적으로 점검해 보았다. 그간 서술자의 희화적 시선에 의한 웃음의 유발을 중시한 데 대하여 이 논문에서는 작중인물이 나타내 보이는, 그리고 작품 밖의 수용자들이 함께 가담하는 낙관적인 삶의 태도를 주목하고자 했다. 흥부와 심봉사를 비롯한 두 작품의 주인공들은 어둡고 절망적인 상황 속에서도 여유를 잃지 않고 웃음으로 눈물을 덮으며 나아가는 모습을 보여주고 있거니와, '웃음의 미학'이나 '낙관의 철학'이라고 할 만한 것이다. 그것은 앞서 정리한 바 '하늘에 대한 믿음'과 긴밀한 상호관계를 맺는 가운데 현실의 어려움을 헤쳐 나가는 정신적 동력이 되어 주고 있다. 판소리문학이 현시하고 있는 문학적 가치의 중핵에 해당하는 국면이라 할 수 있다.

판소리문학 작품의 결말부에 대하여 손쉽게 문학적 한계를 논단했던 관점은 수정되어야 한다. 한계가 있다면 작품이 아닌 현실에 있었던 터다. 〈심청전〉이나 〈흥부전〉은 그 현실을 문학적으로 수용하는 가운데 그것을 짐 지고 극복해 나갈 길을 훌륭히 형상화한 작품이다.

※ 이 책에 수록된 글들의 원 출처

• 설화와 소설의 거리 : 김진세 편,『고전소설작품론』, 집문당, 1990.12. (원제 : 정수경전 - 관련설화와의 비교고찰)

• 고전소설의 문학적 성격과 장면구현 방식 :『애산학보』제12집, 1992.6. (원제 : 정수경전을 통해 본 고전소설의 장면구현방식)

• 설화와 소설의 장르적 본질 및 문학사적 위상 :『국어국문학』138, 2004.12.

• 신분갈등 설화의 형상화 방식과 문제해결 양상 : 신동흔, 서울대 석사논문, 1988.2. (원제 : 신분갈등 설화의 상황설정과 문제해결 방식)

• 신분갈등 설화의 공간구성과 주제 :『관악어문연구』제14집, 1989.12.

• 아기장수 설화와 진인출현설의 관계 :『고전문학연구』제5집, 1990.12.

• 신립장군 설화의 인간관과 역사인식 :『연거재 신동익박사 정년기념논총』, 경인문화사, 1995.6. (원제 : 신립장군 설화의 세계인식)

• 설화의 금기 화소에 담긴 세계인식 :『비교민속학』제33집, 2007.2.

• 구비설화에 담긴 효 관념의 층위 : 김현룡 외,『한국문학과 윤리의식』, 박이정, 2008.

• 문헌육담과 구전육담에 담긴 성의식 : 김선풍 외,『한국육담의 세계관』, 국학자료원, 1997.11.

• 조선 후기 야담에 나타난 재산과 신분의 관계 :『한국문화』15, 1994.12.

• 운영전에 대한 문학적 반론으로서의 영영전 : 박용식 외,『고전산문의 계보적 연구』, 국학자료원, 2001.4.

• 현씨양웅쌍린기에 그려진 귀족사회의 허와 실 :『고소설연구논총』, 경인문화사, 1994.2.

• 평민독자의 입장에서 본 춘향전의 주제 :『판소리연구』제6집, 1995.12.

• 춘향전 주제의식의 역사적 변모양상 :『판소리연구』제8집, 1997.12.

• 판소리문학의 결말부에 담긴 현실의식 재론 :『판소리연구』제19집, 2005.4.